KB267008

잠과 영혼

Sleep and the Soul

잠과 영혼

그렉 이건 지음 · 김상훈 옮김

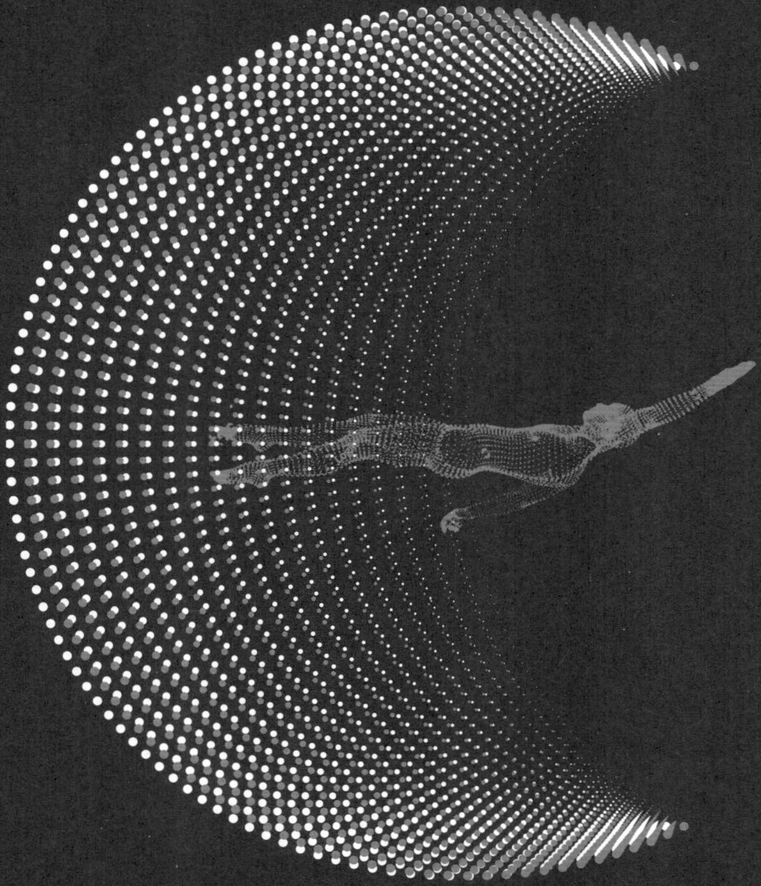

Greg Egan

contents

1

크리스털의 밤

Crystal Nights

1

"캐비어 더 들지 않겠나?" 대니얼 클리프가 서빙용 접시를 가리키자, 불투명했던 덮개는 카메라 조리개가 열리듯 투명해졌다. "신선함은 내가 보장하지. 우리 셰프가 오늘 아침 이란에서 항공편으로 공수한 걸세."

"아뇨, 됐습니다." 줄리 데가니는 냅킨을 살짝 입에 갖다 댔다가 접시 위에 내려놓으며 단호하게 거절 의사를 밝혔다. 식당은 금문교가 내려다보이는 곳에 있었고, 대니얼이 이곳에 초대한 사람들 대부분은 1, 2시간은 풍경을 즐기며 만족해했지만, 대니얼은 줄리가 자신의 잡담에 점점 지루해하고 있는 것을 알 수 있었다.

대니얼이 말했다. "자네에게 보여주고 싶은 게 있네." 그는 그녀를 식당과 붙어 있는 회의실로 안내했다. 회의용 탁자 위에는 무선 키보드가 하나 놓여 있었고, 벽면 스크린에는 리눅스의 명령줄 인터페이스가 떠 있었다. "자리에 앉게나." 그는 말했다.

줄리는 의자에 앉으며 말했다. "면접 보는 자리였다면 미리 귀띔이라도 해주시지 그랬어요."

"아니, 전혀 그런 게 아니야." 대니얼이 대답했다. "자네에게 이래 저래 지시할 생각은 추호도 없네. 단지 이 기계의 성능이 어떤지 자네 의견을 말해주기만 하면 돼."

줄리는 미간을 살짝 찌푸렸으나, 일단 그의 장단에 맞춰주기로 한 듯했다. 그녀는 키보드를 써서 표준 벤치마크 테스트 몇 개를 돌려보았다. 대니얼은 그녀가 눈을 가늘게 뜨고 스크린을 응시하면서, 테스크톱이라면 모니터가 있을 법한 위치로 손을 가져간 것을 보았다. 마치 플롭스※ 수치의 자릿수를 다시 세어보려는 듯이. 수치는 그녀가 예상했던 것을 크게 상회하고 있었고, 잘못 본 것도 아니었다.

"엄청나군요." 줄리는 말했다. "혹시 이 건물 전체가 네트워크로 연결된 프로세서들로 가득 차 있는 건가요? 이 펜트하우스만 인간용이고?"

대니얼이 말했다. "직접 판단해 보게. 그게 클러스터로 보이나?"

"흐음." 이래저래 지시할 생각은 없다더니. 그러나 별로 어려운 문제는 아니었다. 줄리는 다른 벤치마크 프로그램들을 돌려보았다. 모두 병렬 처리 자체가 불가능하다고 입증된 알고리즘에 기반한 것들이었기 때문에, 컴퓨터 성능이 아무리 뛰어나도 이 프로그램들이 요구하는 단계는 반드시 순차적으로 실행되어야 한다.

그런데도 플롭스 수치는 그대로였다.

줄리가 말했다. "좋습니다. 단일 프로세서로군요. 이젠 정말 흥미

※   1초당 수행할 수 있는 부동 소수점 연산 횟수. (참고로, 이 책에 나오는 모든 각주는 옮긴이 주다.)

롭네요. 그건 어디 있죠?”

“키보드를 뒤집어 보게.”

키보드 바닥에는 가로세로 5센티미터, 두께 5밀리미터의 짙은 회색 모듈이 매립식 도킹 베이에 꽂혀 있었다. 줄리는 모듈을 자세히 들여다보았지만, 제조사의 로고나 그 밖의 식별 마크는 눈에 띄지 않았다.

“이게 프로세서로 연결되어 있는 건가요?” 그녀는 물었다.

“아니. 그게 바로 프로세서라네.”

“농담하시는 거죠?” 줄리는 모듈을 뽑아 들었다. 그러자 벽 스크린이 곧바로 꺼졌다. 그녀는 그것을 손에 쥐고 이리저리 살펴봤다. 대니얼은 그녀가 뭘 찾고 있는지 알 수 없었다. 드라이버를 끼워 넣어 분해할 만한 틈새가 있는지 알아보려는 것인지도 몰랐다. 대니얼은 말했다. “그걸 부수면 배상해야 하네. 자네에게 그만한 거금이 있어야 가능한 일이겠지만.”

“몇십만 달러쯤? 무리예요.”

“몇억 달러야.”

줄리는 얼굴을 붉혔다. “그렇군요. 이 물건이 몇십만 달러밖에 안 된다면 이미 누구나 한 개씩은 갖고 있을 테니.” 그녀는 모듈을 탁자 위에 내려놓았고, 잠시 후 그것을 탁자 가장자리에서 더 떨어진 안쪽으로 슬쩍 밀어놓았다. “아까 말했듯이, 이젠 정말로 흥미를 느끼고 있습니다.”

대니얼은 웃었다. “연출이 과도했다면 미안하네.”

"아뇨, 이걸 보니 그러실 만도 하네요. 이건 대체 무슨 물건인가요?"

"단일 3차원 광자 크리스털이라네. 결정 구조 특성상 연산 속도를 늦추는 전자 회로가 전혀 없고, 구성 부품 모두가 광학 기반이야. 아키텍처는 모종의 기법을 써서 나노 공법으로 제작한 건데, 구체적인 공정은 밝힐 수는 없군."

"그건 이해합니다." 줄리는 잠시 생각에 잠겼다. "설마 제가 이걸 구매할 거라고 기대하시는 건 아니죠? 제 연구 예산으로는 1,000년을 모아도 살 수 있을까 말까 할 정도이니."

"지금 소속된 곳에 계속 머물러 있을 거라면 그렇겠지. 하지만 자네와 지금 소속된 대학은 절대 떨어질 수 없는 관계는 아니지 않나."

"결국 채용 면접을 하려고 저를 부르신 거군요?"

대니얼은 고개를 끄덕였다.

줄리는 자기도 모르게 다시 모듈을 집어 들었고, 마치 인간의 눈으로 식별할 수 있는 무엇인가가 있기라도 한 것처럼 자세히 훑어보았다. "업무 내용이 뭔지 얘기해 주시겠어요?"

"산파 역할이네."

줄리는 웃었다. "뭐가 태어나는데요?"

"역사." 대니얼이 말했다.

줄리의 얼굴에서 웃음기가 천천히 사라졌다.

"나는 자네가 현세대 최고의 인공지능 연구자라고 생각하네. 그래서 고용하고 싶어." 대니얼은 손을 뻗어 그녀의 손에 있던 크리스털을 집어 들었다. "이걸 플랫폼으로 쓴다면 뭘 할 수 있을지 상상해 보게.”

줄리는 말했다. “구체적으로 제가 뭘 하길 원하시죠?”

“지난 15년 동안, 자네는 자네 연구의 궁극적 목표가 인간 수준의 의식을 가진 인공지능을 만드는 것이라고 공언했지.”

“맞습니다.”

“그럼 우리 목표는 같군. 나는 자네가 그 목표를 달성하는 걸 보고 싶네.”

줄리는 손으로 얼굴을 쓸어내렸다. 속으로 무슨 생각을 하고 있든 간에, 그녀의 마음이 흔들리고 있다는 점은 명백했다. “제 능력을 그렇게 높이 평가해 주셔서 감사합니다.” 그녀는 말했다. “하지만 명확히 해둬야 할 부분이 있어요. 이 프로토타입은 경이롭고, 또 생산 단가를 낮출 수 있다면 응용 분야에서 틀림없이 엄청난 성과를 낼 수 있을 겁니다. 기후 예측 분야를 석권하고, 격자 양자 색역학※, 천체물리학 모델링, 단백질체학※※에서도….”

“물론이네.” 실은 대니얼은 이 장치를 시판할 생각이 전혀 없었다. 그는 개인 돈을 들여 이 크리스털의 나노 공법을 개발한 발명가로부터 특허를 인수했다. 따라서 이 기술을 어떻게 활용하라고 그에게 이래저래 간섭할 수 있는 주주나 임원은 없었다.

“하지만 인공지능은 그와는 완전히 별개의 문제입니다.” 줄리가 말했다. “AI 분야는 고속도로가 아니라 미로예요. 아무리 많은 엑사

※　시공간 격자 위에서 쿼크 간 강한 상호작용을 수치적으로 계산하는 이론.
※※　세포 내 전체 단백질의 구조와 기능을 통합적으로 분석하는 학문.

플롭스※를 동원한다고 해도 의식은 저절로 생겨나지 않습니다. 제 발목을 잡고 있는 건 제가 소속된 대학의 컴퓨터들이 성능이 나빠서가 아닙니다. 저는 필요하면 언제든 샤크넷※※에 접속할 수 있으니까요. 제 발목을 잡고 있는 건 연구 중인 문제에 대한 저 자신의 통찰력 부족입니다."

대니얼이 말했다. "미로라고는 해도, 막다른 길은 아니잖나. 난 열두 살 때 미로를 푸는 프로그램을 짠 적이 있다네."

"잘 작동했겠죠." 줄리가 말했다. "작고 평면적인 미로에 대해서는요. 하지만 그런 종류의 알고리즘이 얼마나 기하급수적으로 증가하는지 잘 아시지 않나요. 미로를 푸는 프로그램을 이 크리스털로 구동한다면, 저라면 크리스털을 무력화할 미로를 한나절 만에 설계할 수 있습니다."

"물론 그렇겠지." 대니얼은 시인했다. "그래서 바로 자네를 고용하고 싶다는 거야. 자네는 AI라는 미로에 대해 나보다 훨씬 더 많은 걸 알고 있어. 그런 자네가 전략을 개발해 준다면 그 어떤 방법보다도 효율적일 거야."

"제가 아무것도 모르는 상태에서 헤매고 있다는 뜻으로 미로를 예로 든 건 아닙니다." 줄리가 말했다. "그 정도까지 가망이 없었다면 지금쯤 아예 다른 연구를 하고 있겠죠. 하지만 이 프로세서가 AI 연구에 무슨 도움이 될지는 감이 오지 않는군요."

<hr>

※　1초당 1경 번의 부동 소수점 연산 횟수.
※※　캐나다 온타리오주 학술 기관들이 공동 운영하는 슈퍼컴퓨팅 네트워크.

"우리가 알고 있는 유일한 의식, 그것을 발생시킨 것은 무엇일까?" 대니얼이 물었다.

"진화겠죠."

"바로 그거야. 하지만 나는 30억 년을 기다리고 싶진 않아. 그러니 선택 과정을 훨씬 더 정교하게 제어하고, 변이의 원천을 더 정밀하게 조절할 필요가 있어."

줄리는 이 말을 곱씹었다. "진짜 AI를 진화시키겠다는 건가요? 의식을 갖고 있는, 인간 수준의 AI를?"

"그래." 대니얼은 줄리가 입을 꽉 다문 것을 깨달았다. 대꾸하기 전에 적절한 단어를 고르려고 고심하는 기색이 역력했다.

"이렇게 말하면 실례일지도 모르지만, 이 일에 관해 충분히 숙고해 보신 것 같지 않네요."

"그럴 리가 있나." 대니얼은 단언했다. "난 20년 동안이나 이걸 계획해 왔다네."

"진화라는 건 곧 실패와 죽음의 축적입니다. 호모사피엔스에 이르기까지, 지각이 가진 존재들이 얼마나 많이 나고 지며 사라졌는지 아세요? 그 과정에서 얼마나 많은 고통을 겪었는지도요?"

"자네의 임무 중 하나는 그 고통을 최소화하는 거야."

"**최소화한다고요?**" 줄리는 진심으로 충격을 받은 기색이었다. 마치 윤리적 문제 따위는 아예 발생하지 않는다는 경솔한 가정보다 대니얼이 방금 내놓은 절충안 쪽이 한층 더 끔찍하다는 투였다. "애초에 그런 고통을 줄 권리가 우리에게 있다고 생각하시나요?"

대니얼이 말했다. "자네는 지금 자네라는 사람이 존재한다는 사실에 감사하지 않나? 자네의 조상들이 고난을 겪었음에도 말이야."

"존재하고 있다는 사실은 고맙죠." 줄리는 동의했다. "하지만 인간의 경우, 진화 과정의 고통은 누군가에 의해 의도적으로 가해진 것도 아니었고, 우리가 이렇게 존재하게 되기까지 다른 방법이 있었던 것도 아니었어요. 정말로 공정한 창조주가 존재했다면, 창세기에 나와 있는 내용을 고스란히 실행에 옮겼을 겁니다. 진화 따위를 이용하는 대신."

"공정한 동시에, **전능한** 존재라면 그랬겠지." 대니얼이 덧붙였다. "안타깝게도, 전능함은 공정함보다 한층 더 보기 드문 특성이지만 말이야."

"우리의 형상을 본뜬 존재를 창조하는 데 딱히 전능함이 필요하다고는 생각하지 않습니다." 줄리는 말했다. "인내심과 자기 성찰을 조금 더 발휘하는 걸로 충분하니까요."

"이번 계획은 자연 선택과는 다르네." 대니얼은 주장했다. "그렇게 맹목적이지도, 잔혹하지도, 낭비적이지도 않아. 자네는 원하는 만큼 얼마든지 그 과정에 개입해서, 적절하다고 생각하는 완화 조치를 취해도 돼."

"**완화 조치라고요?**" 줄리는 그의 눈을 똑바로 쳐다보았다. 그녀의 믿기지 않는다는 눈빛이 더 어두운 무언가로 바뀌는 것을 그는 보았다. 그녀는 의자에서 일어나 손목 스마트워치를 흘끗 보았다. "여기선 신호가 안 잡히네요. 택시를 불러주시겠어요?"

대니얼이 말했다. "부탁이니 내 말을 끝까지 들어줘. 딱 10분이면 되네. 그런 뒤에는 헬리콥터로 공항까지 데려다주겠네."

"저 혼자서도 갈 수 있습니다." 대니얼을 바라보는 그녀의 눈빛은 이 결정이 협상 대상이 아님을 분명히 하고 있었다.

대니얼은 택시를 불렀고, 두 사람은 엘리베이터를 향해 걸어갔다.

"자네가 이걸 윤리적으로 받아들이기 힘들어한다는 걸 아네." 그는 말했다. "나도 그걸 존중해. 나 역시 이런 문제를 사소하게 여기는 사람을 고용할 생각은 추호도 없네. 하지만 내가 하지 않으면, 누군가 다른 사람이 할 거야. 나보다 훨씬 더 안 좋은 의도를 가진 누군가가 말이야."

"정말요?" 이제는 대놓고 비꼬는 말투였다. "AI 업계에 정말로 그런 빈 라덴 같은 자가 있어서 자체 프로젝트를 시작한다면, 당신 프로젝트의 존재만으로 어떻게 그걸 막는다는 거죠?"

대니얼은 실망했다. 그녀라면 적어도 사안의 중대함만은 이해해줄 것이라고 기대했는데. 그는 말했다. "이건 신이 되느냐, 아니면 노예가 되느냐를 가르는 경주야. 누구든 먼저 성공하는 쪽이 모든 걸 틀어쥔다는 뜻일세. 나는 그 누구의 노예도 될 생각이 없어."

줄리는 엘리베이터에 올라탔다. 그도 따라 탔다.

그녀가 말했다. "현대판 파스칼의 내기※에 관해 들어보셨어요? 평소 최대한 많은 트랜스휴머니스트에게 잘 보여둬서 손해 볼 건 없다는 의견이죠. 혹시 그들 중 하나가 정말로 신이 될 경우에 대비해서

※ 기독교 세계관에서 신을 믿지 않는 것보다 믿는 쪽이 이득이 된다는 철학 논증.

말이에요. 그러니까 당신 프로젝트의 모토는 '모든 챗봇에게 친절하게 대하라, 어쩌면 그중 하나가 신의 삼촌일 수도 있으니'라고 하는 편이 좋을지도 모르겠군요."

"물론 최대한 친절하게 대할 작정이네." 대니얼은 말했다. "잊지 말게. 우리가 그런 존재들의 본성을 정할 수 있다는 걸. 그들은 살아 있다는 사실에 감사하고, 창조주에 대해 감사의 마음을 가질 거야. 그런 특성을 선택하면 돼."

줄리는 대꾸했다. "귀밑을 긁어주면 꼬리를 흔드는 위버멘쉬超人 같은 존재들을 길러 내겠다는 거군요? 그렇다면 약간의 대가를 치러야 할지도요."

엘리베이터가 로비에 도착했다. 대니얼은 말했다. "너무 서둘러 결론 내리지 말고, 내 제안을 다시 생각해 줬으면 좋겠네. 언제든 연락해도 좋아." 오늘 밤 토론토로 돌아가는 민간 항공편은 없으므로, 그녀는 어쩔 수 없이 호텔에 묵는 수밖에 없다. 예기치 않게 부담스러운 비용을 지출하게 된 그녀로서는, 짐짓 까다롭게 굴며 거절했던 고액 연봉을 떠올리지 않을 수 없을 것이다. 만약 그녀가 이 모든 도덕적 결벽이 흥정을 위한 의도적인 줄다리기였다고 스스로를 설득한다면, 자존심 따위는 얼마든지 굽힐 수 있을 것이다.

줄리가 손을 내밀자 그는 그녀와 악수를 했다. 그녀가 말했다. "저녁 대접해 주셔서 감사합니다."

택시가 대기하고 있었다. 대니얼은 그녀와 함께 로비를 가로질렀다. "자네가 살아 있는 동안에 진짜 AI를 보고 싶다면." 그가 말했다.

"이게 유일한 방법이라는 걸 잊지 말게."

줄리는 몸을 돌려 그를 바라보았다. "그 말이 맞을지도 모르겠군요. 두고 보면 알겠죠. 하지만 당신 방식을 써서 10년 만에 성공하느니, 차라리 1,000년이 걸리더라도 온전한 방법으로 결과를 내는 게 나아요."

대니얼은 그녀를 태운 택시가 안개 속으로 사라지는 것을 보면서 애써 현실을 받아들였다. 그녀는 결코 마음을 바꾸려고 하지 않을 것이다. 줄리 데가니는 그의 첫 번째 선택이었고, 가장 이상적인 협력자라고 점찍은 인재였다. 따라서 프로젝트에 차질이 생길 거라는 점은 부인하기는 힘들었다.

하지만 대체 불가능한 인재란 없다. 그녀를 영입하는 것에 성공했더라면 정말로 기뻤겠지만, 대니얼의 후보 목록에는 그녀 말고도 아직 많은 이름이 남아 있었다.

2

대니얼의 손목이 따끔거리며 메시지가 도착한 것을 알렸다. 시계를 흘끗 보자 '새로운 진전 확인!'이라는 단어가 화면 위에 떠 있었다.

이사회는 거의 끝나가고 있었다. 그는 마음을 다잡고 10분 더 회의 내용에 집중했다. 지금 논의 중인 위들핸즈닷컴※은 그에게 처음으

※　WiddulHands.com. 조그만 손을 의미하는 'Little Hands'의 유아적 발음을 소리 나는 대로 쓴 것이다.

로 10억 달러를 벌게 해 준 회사였고, 지금도 여전히 0세에서 3세 사이의 유아층을 대상으로 하는 가장 유명한 소셜 네트워크 서비스였다. 그가 이 회사를 설립한 지 15년이 지났고 그 뒤로 여러 분야에 걸쳐 문어발식으로 사업을 확장해 왔지만, 그는 아직 어느 사업체의 통제권도 손에서 놓을 생각이 없었다.

회의가 끝나자 그는 벽 스크린을 껐다. 아무도 없는 회의실 안을 30초쯤 돌아다니며 뻐근해진 목과 어깨를 풀고 나서 그는 말했다. "루시언."

루시언 크레이스의 얼굴이 벽 스크린에 떠올랐다. "의미 있는 진전이 좀 있었나?" 대니얼이 물었다.

"물론입니다." 루시언은 예의 바르게 대니얼의 눈을 보면서 말하려고 했지만 자꾸 시선이 딴 데를 향하는 기색이었다. 대니얼은 상대방의 설명을 기다리는 대신 스크린을 향해 손을 흔들어 루시언이 보고 있는 것과 같은 영상을 띄웠다.

지평선까지 뻗어 나가는 바위투성이의 불모지가 눈에 들어왔다. 바위들 사이에는 게와 비슷한 생명체 수십 마리가 흩어져 있었다. 그중 일부는 짙은 파란색이었고 나머지는 분홍색이었다. 이 색깔들은 당사자들이 보는 색이 아니라 관찰자의 편의를 위해 화면에 나타나는 종 식별용 마커였다. 대니얼이 이 광경을 바라보고 있자 흘러가던 구름에서 굵은 산성비 빗방울이 후드득 떨어졌다. 행성 사파이어 전체를 통틀어 이곳만큼 황량한 환경은 찾아보기 힘들었다.

루시언의 모습은 여전히 화면 한 귀퉁이에 떠 있었다. "크레이터

호수 근처에 있는 파란 녀석들이 보이십니까?" 그는 화면에 원을 그려 대니얼의 시선을 유도했다.

"보이네." 파란색 종 다섯 마리가 분홍색 종 한 마리를 둘러싸고 있었다. 대니얼은 손짓으로 그 부분을 확대했다. 파란색 종들은 포로의 몸을 절개했지만, 포로가 된 분홍색 종은 아직 죽지 않았음을 대니얼은 확신했다. 분홍색 종은 최근 들어 사망하는 즉시 몸이 곤죽처럼 녹아내리는 유전적 특성을 획득했기 때문이다.

"살아 있는 채로 포로를 연구하는 방법을 찾아낸 겁니다." 루시언이 말했다.

이 프로젝트를 개시했을 때, 루시언과 대니얼은 파이트※들에게 최대한 스스로의 몸을 관찰하고 조작할 수 있는 능력을 부여하기로 일찌감치 결정해 둔 상태였다. DNA를 기반으로 생물이 진화하는 세계에서는, 고도로 정밀한 기술이 발명된 뒤에야 비로소 해부학적 구조와 유전의 작동 방식을 이해할 수 있다. 그러나 사파이어는 그런 장벽이 훨씬 낮아지도록 설계되었다. 이 세계에서 생물학의 기본 단위는 '비드'라고 불리는 작은 구슬이었는데, 소수의 단순한 속성들은 가지고 있었지만 그 내부에 복잡한 생화학은 존재하지 않았다. 비드는 DNA 세계의 세포보다 컸고, 사파이어에서는 광학적인 회절※※이 일어나지 않는 덕분에 적절한 안구 구조만 갖췄다면 맨눈으로도 볼 수 있었다. 사파이어의 동물은 먹이를 섭취해 비드를 얻었고, 식물은 햇

※　사파이어 행성의 주민이라는 뜻이다.
※※　빛이 장애물을 만났을 때 휘어지거나 퍼지는 현상.

빛을 받아 비드를 자기 복제했지만, 세포와는 달리 비드 자체는 돌연변이를 일으키지 않았다. 파이트의 몸 안에 있는 비드들은 최소한의 노력만으로도 재배열할 수 있었고, 이 덕분에 파이트들은 어떤 인간 외과 의사나 보철 엔지니어도 흉내 낼 수 없는 일종의 자기 수정을 할 수 있었다. 이 능력은 모든 파이트의 생애를 통틀어 적어도 어느 한 단계에서는 필수적이었다. 파이트의 번식은 두 개체가 각기 보유한 여분의 비드들을 한데 합친 뒤 협력해 그것들을 '조각'함으로써 미성숙한 개체를 형성하고, 상대방의 신체 구조를 직접 복제해 옮겨 오는 방식으로 이루어졌기 때문이다.

물론 이 게를 닮은 생물들은 공학이나 설계의 기반을 이루는 추상적 원리 따위에 관해서는 전혀 몰랐다. 하지만 시행착오와 자기 실험, 그리고 이종 간 표절 덕분에 그들 사이의 혁신 전쟁은 점점 더 치열해졌다. 죽은 직후 사체가 분해되도록 하는 방법을 우연히 발견해 비밀 유출을 미리 막아낸 것은 분홍색 종이었지만, 파란색 종들은 이제 그것을 우회하는 방법을 알아내어 생체 해부를 통한 산업 스파이 활동을 개시한 듯했다.

대니얼은 해부당하며 몸부림치는 분홍색 종을 보며 한순간 본능적인 연민으로 가슴이 뜨끔해지는 것을 느꼈지만, 곧 그런 감정을 떨쳐 냈다. 파이트들이 보통 게들 이상의 의식을 갖고 있을 것 같지도 않은 데다, 이들이 신체 훼손에 대해 인간과는 근본적으로 다른 인식을 가지고 있다는 점은 명백했기 때문이다. 저 분홍색 종이 반항하는 이유는 다른 종에 의해 해부당하고 있기 때문이었고, 자신을 해부하고 있는 것이 동족이라면 아무런 저항도 하지 않았을 공산이 컸다. 자신이 원하지 않는 일이 일어날 때 거부감을 느끼는 것은 당연하지만, 이 분홍색 개체가 자칼에게 산 채로 뜯기는 영양과 같은 고통을 겪고 있다고 생각하는 것은 불합리했다. 이런 현상을 적 부족에게 사로잡혀 팔다리를 절단당하는 인간의 실존적 공포와 결부시키는 것은 어불성설이었다.

"이건 녀석들한테 엄청난 이점으로 작용할 겁니다." 루시언이 열띤 어조로 말했다.

"파란색 종들한테?"

루시언은 고개를 가로저었다. "파란색 종이 분홍색 종에 대해 우위를 점한다는 것이 아니라, 파이트라는 종 전체가 종래의 생명체들에 대해 우위를 갖게 된다는 뜻입니다. 박테리아도 서로 유전자를 주고받을 수 있지만, 문화적인 뒷받침도 없이 이 정도의 능동적인 모방이 행해진 것은 전대미문의 사건입니다. 레오나르도 다빈치는 날아다니는 새를 보고 글라이더의 설계도를 그렸지만, 여우원숭이가 독수리를 해부해서 그 비밀을 훔쳐 낸 적은 없지 않습니까. 파이트들은 인간의 기술 전부를 합친 것에 필적하는 **생득적인** 능력을 갖게 될 겁니다. 그것도 언어를 갖기 전에 말입니다."

"흠." 대니얼도 낙관하고 싶었지만, 요즘은 루시언이 성과를 과장하고 있는 것이 아닌가 하는 의구심을 느끼고 있었다. 루시언은 유전 프로그래밍으로 박사 학위를 받았지만, 정작 이름을 알린 것은 의학 논문을 샅샅이 뒤져 몸에 안 좋은 음식을 먹어도 괜찮다는 식의 유사

과학적 펑계를 제공하는 '푸드익스큐즈닷컴'이라는 웹 서비스 덕분이었다. 루시언은 일반인은 알아듣기 힘든 최신 과학 용어를 구사해서 벤처 투자자들의 돈을 뜯어내는 데 일가견이 있었고, 대니얼도 개인적으로는 루시언의 그런 재능을 인정하고 있었다. 하지만 높은 보수를 지불하는 경영자 입장에서 루시언의 진정한 통찰 대비 개소리 비율은 개선될 필요가 있다고 느끼고 있었다.

파란색 종들이 포로를 놓아두고 후퇴했다. 대니얼이 지켜보는 가운데, 포로로 잡혔던 분홍색 종은 스스로 상처를 봉합하고 자기 무리 쪽으로 달려갔다. 이제 파란색 종은 고원의 희박한 공기 속에서 분홍색 종들에게 우위를 안겨준 호흡기의 상세 구조를 확인했다. 몇몇 파란색 종들은 그것을 자기 몸에 적용해 볼 것이고, 효과가 있으면 파란색 종 전체가 그것을 따라 할 것이다.

"자, 어떻게 할까요?" 루시언이 물었다.

"선택하게."

"파란색 종만 말입니까?"

"아니, 둘 다." 파란색 종만 남겨두더라도 언젠가는 아종들로 분화해서 서로 경합했겠지만, 그들의 오랜 라이벌인 분홍색 종도 함께 데려간다면 파란색 종은 자극을 받고 더욱 분발할 것이다.

"선택했습니다." 루시언이 대답했다. 눈 깜짝할 새에 1,000만 마리의 파이트들이 소거되었고, 이 황무지 출신의 파란색 종과 분홍색 종 몇천 마리만이 행성 전체를 물려받았다. 대니얼은 아무런 양심의 가책도 느끼지 않았다. 그가 명한 대량 멸종은 역사상 가장 고통 없는 것이었기 때문이다.

이제 더 이상 인간이 감시할 필요가 없어지자, 루시언은 크리스털의 속도 제한을 풀고 시뮬레이션을 급속 전진시켰다. 또다시 주목할 만한 변화가 발생하면 자동화된 툴들이 알려줄 것이다. 대니얼은 그가 선택한 종들이 사파이어에 다시 퍼져 나가면서 개체수가 급증하는 것을 바라보았다.

이들의 먼 후손들은 언젠가 대니얼에게 분노하게 될까? 그들이 번성하고 번영할 수 있는 공간을 마련해 주기 위해 그가 ‘집단학살’을 저질렀다는 사실에 대해? 그럴 가능성은 희박해 보였다. 애초에 그러는 것 말고 무슨 선택지가 있었단 말인가? 진화의 나무에 쓸모없는 곁가지가 자라날 때마다 새로운 크리스털을 제조할 수는 없는 노릇 아닌가. 아무리 부자라고 해도 기하급수적으로 늘어나는 가상 생물 수용소를 하나 더 짓기 위해 5억 달러를 쾌척할 정도로 부유한 인간은 존재하지 않는다.

대니얼은 공정한 창조주였지만 전능하지는 않았다. 신중한 가지치기만이 유일한 해법이었다.

3

이후 몇 달 동안은 띄엄띄엄 진전이 있었다. 대니얼의 손으로 역사를 되감아 과거의 결정을 부득이 없던 일로 하고 새로운 경로를 시도했던 적도 몇 번 있었다. 모든 파이트 변종을 살려둘 수는 없었으나, 소멸한 변종이라도 필요하면 언제든 되살릴 수 있을 만큼 정보를 보존해 두었기에 가능했던 일이었다.

AI의 미로는 여전히 미로로 남아 있었지만, 크리스털의 연산 속도가 큰 힘이 되어주었다. 프로젝트 사파이어를 개시한 지 불과 18개월 만에, 파이트들은 마음의 존재를 시사하는 기본적인 행동을 보이기 시작했다. 이들의 행동은 다른 개체가 세상에 대해 알고 있는 바를 자신의 지식과 구별하여 추론할 수 있음을 증명하고 있었다. 기존의 AI 연구자들은 이런 특성을 프로그램에 직접 편집해 넣어왔으나, 대니얼은 자신이 선택한 방식이 한층 더 통합적이고 견고하다고 확신했다. 인간이 만든 소프트웨어는 불안정하고 융통성이 없었지만, 그의 파이트들은 변화라는 불길 속에서 단련된 존재였다.

대니얼은 업계 경쟁자들의 동향을 주시했지만, 자신의 접근 방식에 의문을 느끼게 할 근거는 어디에서도 찾지 못했다. 수닐 굽타는 40년도 더 된 퍼지 논리※ 기술을 활용해서 모든 형태의 텍스트와 음성과 영상을 '이해'하는 검색 엔진으로 돈을 쓸어 담고 있었다. 대니얼은 굽타의 사업 수완을 존중했으나 만에 하나라도 굽타의 소프트웨어가 의식을 갖게 된다면, 밑도 끝도 없이 몰려오는 인터넷 배설물의 파도를 계속 헤쳐 나가게 강요한 창조주 굽타에게 영화 〈터미네이터〉 뺨치는 복수를 할 것이 뻔했다. 앤절라 린드스트롬은 가식적인 '애프터라이프'로 일정한 성공을 거두고 있었다. 죽음을 앞둔 고객들이 소프트웨어와 기탄없는 대화를 나누면, 그것을 바탕으로 아

※　참과 거짓 사이의 모호한 경계를 수치로 다루는 논리 체계.

바타를 구축해서 나중에 유족과 대화를 나눌 수 있게 해 주는 서비스였다. 줄리 데가니는 여전히 자기 재능을 허비하고 있었다. 그녀가 로봇용으로 개발 중인 소프트웨어는 인간 아기들과 컬러 블록들을 가지고 놀거나 아기들 말의 상호작용을 모방함으로써 성인 자원봉사자들로부터 언어를 습득하기 위한 것이었다. 1,000년이 걸리더라도 "온전하게 결과를 내겠다"라는 그녀의 말은 정곡을 찌른 예언이었을지도 모르겠다.

프로젝트 2년 차가 끝나갈 무렵, 루시언은 한 달에 한두 번씩 대니얼에게 연락해 새로운 돌파구가 열렸음을 알리곤 했다. 루시언은 적절한 자연 선택 압력을 가하는 환경을 구성함으로써, 간단한 도구를 사용하고, 거칠게나마 비바람을 피할 거처를 만들며, 심지어 식물을 재배하기까지 하는 일련의 새로운 종들을 만들어 냈다. 몸은 여전히 게를 닮았지만, 지능은 적어도 침팬지 수준에 도달해 있었다.

파이트들은 상호 관찰과 모방을 통해 서로 협력했고 한정된 몸짓과 울음소리로 서로를 인도하거나 질책했지만, 아직 진정한 의미에서 언어라고 부를 수 있는 것을 갖추지는 못했다. 대니얼은 점점 초조해졌다. 몇 가지의 전문화된 스킬을 가지고 있는 것만으로는 부족했다. 대니얼의 피조물들에게 필요한 것은 단순한 기술 구사를 넘어, 세상의 모든 대상, 행위, 그리고 전망을 언어와 사고의 틀 안에 끼워 넣는 능력이었다.

대니얼은 루시언을 불러 해결책을 모색하기 시작했다. 파이트들의 해부학적 구조를 조정해서 지금보다 미묘한 발성을 가능하게 만드는 것은 쉬웠지만, 그것만으로는 침팬지에게 지휘봉을 쥐여주는 것과 별반 다르지 않았다. 정말로 필요한 것은 고도화된 계획 수립 능력과 의사소통 능력을 생존에 불가결한 것으로 만드는 방법이었다.

결국 그와 루시언은 일련의 환경 개조를 통해, 피조물들이 그와 같은 생존의 기로에서 능력을 발휘할 수밖에 없는 환경을 조성하기로 결정했다. 대부분의 시나리오는 기근으로 시작되었다. 루시언은 파이트들의 주요 작물을 전멸시켰고, 아슬아슬하게 손이 닿지 않는 나뭇가지 끝에 맛나 보이는 신종 열매를 매다는 것과 다름없는 방식으로 진보에 대한 뚜렷한 보상을 제시했다. 이 비유는 경우에 따라서는 글자 그대로 실현되기도 했다. 복잡한 생애 주기를 가진 식물을 새로 도입해서 인위적인 처리 과정을 거쳐야 비로소 먹을 수 있는 열매를 맺게 하거나, 교활하고 사나워도 위험을 감수하며 사냥할 가치가 있을 만큼 영양가가 풍부한 먹잇감을 제공하는 방식을 썼기 때문이다.

파이트들은 번번이 시험에 낙제했고, 국지화된 종들은 수가 줄어들며 하나둘씩 멸종했다. 대니얼은 그런 광경을 바라보며 낙담했다. 그의 성격이 감상적으로 변한 것은 아니었지만, 자연이 생명체에게 부과하는 과도한 잔혹함보다는 더 고매한 기준을 가지고 있다고 줄곧 자부해 왔기 때문이다. 파이트들의 생리적 구조를 조정해 설령 굶어 죽더라도 좀 더 빠르고 고통이 없는 방식으로 죽을 수 있게 할까 고민했지만, 루시언은 생존이라는 강력한 동기를 부여하는 기간을 그런 식으로 단축한다면 실험의 성공 가능성을 스스로 깎아먹는 꼴이라며 반대했다. 한 무리가 멸종할 때마다 돌연변이를 일으킨 새로운 친족 무리가 먼지 속에서 나타나 그 자리를 대신했다. 그런 식의 개입조차 없었다면, 사파이어는 현실 시간으로 몇 시간 만에 완전한 불모지가 되어버렸을 것이다.

대니얼은 대학살을 애써 외면하며 순전히 시간 경과와 머릿수의 힘을 믿기로 했다. 결국 크리스털이 그에게 부여한 이점은 그것뿐이었기 때문이다. 설령 모든 시도가 실패로 끝나더라도, 목표를 달성하는 방법을 알고 있다는 식의 자기기만을 버리고 닥치는 대로 돌연변이들을 시험해 보면 그만이었다.

몇 달이 그런 식으로 흘러갔고, 수억 개의 부족들이 굶어 죽으며 무덤 속으로 사라졌다. 하지만 그에게 달리 무슨 선택지가 있단 말인가? 만약 이들에게 젖과 꿀을 내렸다면※ 파이트들은 변화하지 않고 그가 죽는 날까지 살찌고 어리석은 존재로 남았을 것이다. 반면 배고픔은 그들을 끊임없이 동요하게 했고 탐색과 분쟁으로 몰아넣었다. 다른 인간 관찰자가 있었다면 파이트들의 그런 행동을 자신만의 정서적 색안경을 통해 해석하고 싶었겠지만, 대니얼은 파이트들이 겪고 있는 고통은 피상적인 것이라고 스스로에게 되뇌었다. 불길에 가까워지면 뜨거움을 느끼기도 전에 화들짝 손을 빼는 본능적 반응과 다를 것이 없다고 말이다.

그들은 인간과 대등한 존재가 아니었다. 아직은.

※ 구약성경 신명기 6:3. 주 하나님께서 네게 약속하신 것과 같이 젖과 꿀이 흐르는 그 땅에서 너희가 크게 번성하리라.

그리고 그가 여기서 마음이 약해져 포기한다면, 앞으로도 결코 대등해지지 못할 것이다.

대니얼은 꿈을 꾸었다. 그는 사파이어 내부에 있었지만, 어디에도 파이트의 모습은 보이지 않았다. 그의 앞에는 매끈한 검은색 모놀리스*가 서 있었고, 그 매끄러운 흑요석 표면에 난 균열에서는 고름 같은 액체가 가늘게 흘러내리고 있었다. 누군가가 그의 손목을 부여잡더니 그를 악취가 진동하는 구덩이 속으로 억지로 밀어 넣으려 했다. 그 구덩이 속에는, 그가 보고 싶지도 만지고 싶지도 않은 것들이 가득 쌓여 있음을 그는 알고 있었다.

그는 몸부림치다가 잠에서 깼다. 하지만 손목이 눌리는 감각은 여전히 남아 있었다. 시계가 진동하고 있었던 탓이었다. 한 단어로 된 메시지를 읽자 뱃속이 긴장으로 딱딱해지는 걸 느꼈다. 루시언이 감히 이 새벽에 그를 깨운 것은, 결코 평범한 소식을 전하기 위함이 아니었다.

대니얼은 침대에서 일어나서 옷을 입고 집무실에 앉아 커피를 홀짝였다. 왜 전화 거는 것을 주저하고 있는지 스스로도 알 수 없었다. 그는 20년 이상 이 순간이 오기를 기다려 왔지만, 그렇다고 해서 이것이 그의 삶의 정점에 해당하는 것은 아니었다. 이다음부터는 무수히 많은 정상이 그를 기다리고 있을 것이다. 그리고 정상을 오를 때마다 예전보다 배는 더 찬란한 성과를 이룰 것이다.

※ 영화 〈2001 스페이스 오디세이〉에 등장하는, 인류의 진화를 이끄는 검은 돌기둥.

대니얼은 커피를 마신 뒤에도 한동안 자리에 앉아 관자놀이를 주물렀다. 정신을 맑게 하기 위해서였다. 잠기운이 가시지 않은 게슴츠레한 눈으로 이 새로운 시대를 맞이하고 싶지는 않았다. 그는 모든 통화를 기록하기는 했지만, 특히 이번 통화만큼은 후세를 위해 길이 보존할 생각이었다.

"루시언." 그가 말하자 루시언의 웃는 얼굴이 벽 스크린에 떠올랐다. "성공했나?"

"녀석들이 서로 얘기를 하고 있습니다."

"무슨 얘기?"

"먹거리, 날씨, 섹스, 죽음. 과거, 미래 등 오만 가지 얘기를 하고 있습니다, 쉴 틈도 없이."

루시언은 데이터 채널로 번역문을 전송했고, 대니얼은 그것을 읽어 내려갔다. 언어학 소프트웨어는 파이트들의 행동을 관찰하고 소리와 대조하는 데 그치지 않고, 가상 뇌 속을 직접 들여다보며 정보 흐름을 추적했다. 이것은 결코 단숨에 처리할 수 있는 작업이 아니었으며 번역이 완벽하다는 보장도 없었지만, 대니얼은 프로그램이 존재하지도 않는 언어를 만들어 내 이토록 풍성하고 상세한 대화들을 날조했을 것이라고는 생각하지 않았다.

대니얼은 통계 요약과 언어 구조에 관한 전문적 개요, 그리고 소프트웨어가 기록한 수백만 개의 대화에서 일부 발췌한 것들을 번갈아 살펴보았다. 먹거리, 날씨, 섹스, 죽음. 인간의 대화라고 생각하면 너무나도 평범한 주제들이었지만, 이 대화가 나오게 된 맥락을 짚어

보면 눈을 못 뗄 정도로 매력적이었다. 파이트들은 단순히 튜링 테스트 심사위원들에게 감명을 줄 목적으로 마르코프 연쇄[※]를 맹목적으로 따르도록 설계된 챗봇이 아니었다. 그들은 자발적으로 자신들의 생존과 죽음에 관련된 사안들을 토론하고 있었다.

대화 주제를 알파벳순으로 정렬한 페이지를 띄웠을 때, 'G' 항목 아래 단 하나뿐인 단어가 눈에 들어왔다. 슬픔Grief이었다. 그는 그 항목을 눌러서 파이트들이 자식, 부모, 친구의 죽음을 겪은 후 나눈 대화에서 '슬픔'이라는 개념이 등장한 사례들을 몇 분 동안 읽었다.

그는 눈꺼풀을 마사지했다. 새벽 3시였다. 모든 것이 밤에만 가능한, 끔찍할 정도의 명징함을 띤 채로 다가왔다. 그는 화면 속의 루시언을 돌아보았다.

"이제 '죽음'은 멈추게."

"네?" 루시언은 깜짝 놀란 기색으로 반문했다.

"난 이 녀석들을 죽지 않는 존재로 만들고 싶어. 진화는 이제 문화적인 형태를 취하게 해. 어떤 발상을 하더라도 파이트들이 원하는 대로 발전시키거나 파기할 수 있도록 내버려둬. 충분히 똑똑해지면 뇌 개조도 허용해. 몸의 다른 부분들은 이미 스스로 수정할 수 있잖아."

"그 많은 수를 다 어디에 둘 건데요?" 루시언이 물었다.

"크리스털을 하나 더 사면 돼. 어쩌면 두 개 더 살 수 있을지도 모르겠군."

"그걸로는 어림없습니다. 파이트의 현재 출산율을 감안하면⋯"

<hr>

[※]　현재의 값에 근거해 미래의 값을 독립적으로 유추하는 유한적인 확률 과정.

"출산율을 급격히 떨어뜨릴 필요가 있어. 점점 줄이다가 0이 될 때까지 말이야. 다시 번식하고 싶다면 파이트는 스스로 혁신하는 수밖에 없어." 그러기 위해서는 외부 세계의 존재를 깨닫고, 본인들이 이주해서 번식할 수 있는 새로운 하드웨어를 설계할 수 있는 수준까지 물리학 지식을 쌓아야 한다.

루시언은 얼굴을 찡그렸다. "그런 걸 어떻게 통제할 생각입니까? 어떤 식으로 유도해야 하죠? 예전처럼 선별적으로 도태시키지 못한다면…."

대니얼은 나직하게 말했다. "이건 논의의 대상이 아니야." 줄리데가니가 어떻게 생각했든 간에, 그는 괴물이 아니었다. 이 생명체들에게 그와 마찬가지로 자의식이 있다면, 그들을 가축처럼 도살하거나, 세계의 규칙을 그가 원하는 대로 바꿔 쓸 수 있는데도 그냥 '자연스럽게' 죽도록 방관할 생각은 없었다.

"파이트들이 자체적으로 생산하는 밈Meme들을 통해 그들이 나아갈 진로를 형성하겠어." 대니얼은 말했다. "해로운 밈은 제거하고, 우리가 원하는 밈만 퍼지도록 하는 거야." 그러기 위해서는 파이트들과 그들의 문화를 철저하게 통제할 필요가 있지만 말이다. 그렇지 않으면 그는 결코 파이트라는 종족을 신뢰하지 못할 것이다. 생물학적인 '개량'을 통해 충성심과 감사의 마음을 갖도록 할 수 없다면, 사상 통제를 통해서라도 같은 효과를 내는 수밖에 없었다.

루시언이 말했다. "당장은 준비가 전혀 안 되어 있습니다. 그러기 위해서는 새로운 소프트웨어에 새로운 분석법, 간섭용 툴이 필요합니다.”

대니얼도 그 점은 알고 있었다. “일단 사파이어의 시간을 멈추게. 그리고 연구팀에 전해줘. 주어진 기한은 18개월이라고.”

4

대니얼은 위들핸즈의 지분을 모두 팔고 크리스털 두 개를 더 제작했다. 크리스털 하나는 사파이어의 인구를 더 늘려 불사의 파이트들 사이에서 최대한 다채로운 유전적 풀을 확보하기 위한 것이었다. 다른 하나는 파이트들의 행동을 감시하기 위한 소프트웨어—루시언은 이것을 ‘사상경찰’이라 명명했다—를 돌리기 위한 것이었다. 만약 인간 감독관들이 계속 발전하는 파이트들의 문화를 일일이 감시하고 조정하려 했다면 진행 속도는 빙하가 움직이는 수준으로 떨어졌을 것이다. 그러나 감독 과정을 완전히 자동화하는 것은 결코 쉬운 일이 아니었다. 대니얼은 돌다리도 두들겨 보고 건너기로 마음먹었고, 세심한 주의를 요하는 상황이 발생할 경우 사상경찰이 일단 사파이어를 정지시킨 다음 그에게 통보하도록 했다.

파이트들은 죽음의 종말을 당혹스러워하면서도 기쁘게 받아들였지만, 출산의 종말은 그리 쉽게 받아들이지 못했다. 교미를 하며 여분의 구슬을 모아 자손을 만들어 내려는 모든 시도가 진흙으로 인형을 빚는 것만큼이나 무의미한 행위임이 판명되자, 파이트들은 끈질긴 집착과 절망이 뒤엉킨 상태에 빠졌다. 보고 있기만 해도 고통스러울 정도였다. 인간들이 불임이라는 현상을 익숙하게 받아들이는 것과 달리, 파이트들은 매번 사산을 계속해서 겪는 고통을 느꼈다. 보다 못한 대니얼이 개입해 기본 본능을 수정한 뒤에도, 문화적 또는 정서적인 관성이 많은 파이트들을 유사 교미로 내몰았다. 그들에게 부여된 새로운 본능은 여분의 구슬들을 모은 뒤에는 만족하고 멈추라고 지시했지만, 그럼에도 그들은 예전 방식대로 교미를 계속했다. 그들은 절망과 혼란한 속에서도, 아무 쓸모 없는 진흙 덩어리를 반죽해 뭔가 살아서 숨 쉬는 존재로 빚어내려고 기를 썼다.

전진해. 대니얼은 생각했다. **극복해.** 힘을 합치기만 하면 은하계 전체를 자손들로 가득 채울 수 있는 불사의 존재들에게 그는 별 동정심을 느끼지 못했다.

파이트들은 아직 문자가 없었지만 강력한 구비 전승을 발달시켰고, 일부 개체는 사라진 옛 방식을 기리는 애가를 부르기도 했다. 사상경찰은 그런 밈들을 적발해 널리 퍼지지 않도록 조처했다. 어떤 파이트들은 불임이 지배하는 새로운 세계에서 살아가는 대신 자살을 택했다. 대니얼은 자신한테 자살을 막을 권리는 없다고 생각했지만, 그런 행위를 무책임하게 미화하거나 부추기려는 자들 앞길에는 언제나 불가해한 장애물이 나타나게 했다.

파이트들은 스스로 원할 때만 죽을 수 있었고, 살아갈 의지를 가지고 있는 자들에게도 빈둥거리며 몇 세기씩 허비할 여유는 주어지지 않았다. 대니얼은 더 이상 가혹한 기근을 발생시키지는 않았지만 배고픔 자체를 없앤 것은 아니었다. 식량 공급과 자원 조달에 압박을 가함으로써 파이트들이 농업을 개선하고 무역을 발전시키고 끊임없이 혁신하도록 강요했기 때문이다.

사상경찰은 문학과 수학과 자연과학의 씨앗을 찾아내 육성했다. 사파이어의 물리법칙은 단순화된 게임 세계 모델에 기반한 것이었지만, 일관성이 없을 정도로 자의적이지도 않았고 그렇다고 입자 물리학이 필요할 정도로 복잡하지도 않았다. 크리스털의 내부 시간이 쏜살같이 흐르고, 불사의 존재가 된 파이트들이 자기들의 세계를 이해하며 위안을 얻기 시작하자, 곧 사파이어판 유클리드와 아르키메데스, 갈릴레오와 뉴턴이 출현했고, 이들의 사상이 초자연적인 속도로 확산하면서 수학자와 천문학자들이 쏟아져 나오기 시작했다.

사파이어의 별들은 플라네타륨과 마찬가지로 배경에 불과했으며 그저 파이트들이 태양중심설이나 관성의 개념을 이해하는 것을 돕기 위해 존재했다. 그러나 달만큼은 사파이어 못지않게 진짜였다. 달에 도달하기 위한 과학기술을 습득하려면 좀 시간이 걸리겠지만 상관없었다. 대니얼은 파이트들이 너무 앞서 나가는 것을 원하지 않았다. 사파이어의 달에는 그들을 위해 준비된 깜짝 선물이 있었고, 대니얼은 그들이 그 계시를 마주하기 전에 생명공학과 컴퓨터 공학 분야를 충분히 꽃피울 것을 바랐다.

사파이어에는 화석이 존재하지 않았고 생물 다양성은 제한적이었다. 게다가 외부의 서투른 개입을 감추기 위해 이런저런 조작이 행해진 탓에, 파이트들의 생물학이 다윈식의 장대한 관점에 도달하기는 쉽지 않았다. 그러나 파이트들은 구슬을 조작하는 선천적인 능력을 갖추고 있는 덕분에, 실용 기술 분야에서는 처음부터 유리한 고지에 설 수 있었다. 이쪽에서 약간 주의를 환기하는 것만으로도 그들은 자신들의 육체를 개조하기 시작했는데, 이는 의식이 생기기 전에는 미처 깨닫지 못하고 간과했던 몇몇 불편한 해부학적 결함들을 바로잡기 위한 것이었다.

파이트들의 지식과 기술이 정교해짐에 따라 대니얼은 그들이 번식 능력 회복을 목표로 삼는 것을 묵인했다. 그리고 그런 믿음은 완벽하게 사실이었다. 설령 그 목표에 도달하려면 그들이 예상하는 것보다 몇 차례 더 많은 개념적 대전환을 거칠 필요가 있다고 해도 말이다. 인류 역시 현자의 돌※이라는 소박한 환상을 부정당했지만, 훗날 핵기술을 통해 기어이 물질 변성에 성공하지 않았던가.

대니얼은 파이트들이 스스로를 변성하기를 바랐다. 자기 뇌를 조사하고 이해하고 개선에 착수하는 식으로 말이다. 그 어떤 존재에게도 이것은 엄청난 과업이었고, 신의 시점에서 그들을 내려다보는 루시언과 그의 연구팀조차도 감히 범접하지 못할 영역이었다. 하지만 크리스털을 최고 속도로 가동한다면, 파이트들은 창조주인 인간보다 몇백만 배나 더 빠른 속도로 사고할 수 있었다. 만약 대니얼이 올바른 길에서 벗어나지 않도록 제어할 수만 있다면, 인류가 수천 년은 걸려야 도달할 수 있다고 상상했던 모든 과학적 진보를 불과 몇 달 만에 이룩할 수도 있었다.

※　연금술에서 물질과 정신을 변성할 수 있게 한다는 촉매 물질.

루시언이 보고했다. "언어를 따라잡지 못하고 있습니다."

대니얼은 휴스턴 지사에 있는 자신의 집무실에 와 있었다. 텍사스에서 몇 차례 대면 회의를 하며, 크리스털 제조 공정의 라이선스 판매 계약이 가능한지 타진하는 중이었다. 프로젝트 운영 자금이 절실하게 필요했기 때문이다. 대니얼은 가능하다면 제조 기술을 독점하고 싶었지만, 이미 경쟁자들보다 한참 앞서 있었기에 독점이 필수적인 상황은 아니라고 자신했다.

"따라잡지 못한다니, 대체 그게 무슨 뜻이지?" 대니얼은 따져 물었다. 불과 3시간 전에 진척 상황을 보고받았을 때만 해도 루시언은 이런 위기가 닥칠 조짐조차 언급하지 않았다.

루시언의 설명에 의하면, 사상경찰은 지금까지 맡은 바 임무를 아주 훌륭하게 수행해 왔다고 한다. 뇌 구조의 자기 수정이라는 밈을 최대한 밀어붙인 덕에, 이제는 성공적인 '두뇌 강화'를 가능하게 하는 기술이 사파이어 전역에 퍼지는 중이었다. 이는 상세한 '레시피'만 있으면 실행할 수 있었고 별도의 기술적인 보조 수단도 필요하지 않았다. 파이트들이 과거에 자기 복제를 통해 번식했을 때 이용했던 기술, 즉 구슬을 관찰하고 조작하는 천부적인 능력만으로도 충분했던 것이다.

이 모든 게 대니얼이 원했던 상황이었다. 하지만 이 과정에는 심각한 부작용이 있었다. 두뇌 능력이 향상된 파이트들이 예전보다 훨씬 더 조밀하고 복잡한 언어를 쓰기 시작하자, 분석 소프트웨어는 그 것을 전혀 이해하지 못했던 것이다.

"실행 속도를 늦춰." 대니얼이 제안했다. "언어 분석 프로그램에 일할 시간을 더 주라고."

"이미 사파이어를 정지시켰습니다." 루시언이 대답했다. "언어 분석 프로그램은 크리스털 한 개의 연산 능력을 통째로 쓰며 1시간째 분석 중이고요."

대니얼은 짜증 섞인 목소리로 말했다. "우린 파이트들이 자기 뇌를 어떻게 개조했는지 정확하게 알고 있잖나. 그런데도 새 언어에 끼치는 영향을 이해하지 못한다는 말이야?"

루시언이 말했다. "일반적인 경우라면, 뇌의 해부학적 구조를 계산해 언어를 유추하는 것은 불가능합니다. 예전 언어의 경우에는 운이 좋았습니다. 일단 구조가 단순했고 명확한 행동 패턴과도 밀접하게 연관되어 있었으니까요. 하지만 이번 새 언어는 그보다 훨씬 더 추상적이고 개념 중심적입니다. 심지어 그들이 쓰는 개념 중 절반은 우리가 대응시킬 개념조차 존재하지 않을 가능성이 있습니다."

대니얼은 사파이어에서 벌어지는 일들이 자신의 통제에서 벗어나도록 놓아둘 생각이 전혀 없었다. 언젠가 파이트들이 우리 세계의 물리학을 문외한인 자신보다 훨씬 더 자유롭게 다루게 될 거라고 기대 중이긴 했다. 하지만 애초에 사파이어의 물리법칙은 똑똑한 열 살배기라면 충분히 파악할 수 있는 수준인 데다, 현재 파이트들의 과학기술은 첨단 수준에 도달하려면 아직 갈 길이 멀지 않았던가.

대니얼은 말했다. "사파이어는 계속 동결시켜 놓고, 처음으로 두뇌 강화를 시도했던 파이트들의 기록을 분석해 봐. 그 녀석들이 스스로 뭘 했는지를 이해하고 있다면 우리도 알아낼 수 있어."

그 주가 끝날 무렵, 대니얼은 라이선스 계약을 마무리하고 샌프란시스코로 돌아왔다. 루시언은 매일 대니얼에게 브리핑을 했고, 대니얼의 권유를 받고선 연구를 도와줄 계산언어학자 열두 명을 고용했다.

6개월이 지나자 아무런 진전도 없었음이 명백해졌다. 두뇌 강화 기술을 발명한 파이트들은 서로의 뇌를 조작했을 당시 인간에 비해 결정적인 이점을 한 가지 가지고 있었다. 파이트들에게 두뇌 강화는 순수하게 이론적인 작업이 아니었다. 자기들 몸의 해부도를 들여다보며 논리적인 추론을 더 나은 디자인으로 도출해 낸 것이 아니라는 뜻이다. 그러는 대신 그들은 수천 번 시행된 작은 실험들이 야기한 변화를 **자기 뇌로** 직접 경험했고, 그 결과가 강화 과정에 대한 그들 고유의 직관을 형성하는 것으로 이어졌던 것이다. 이 직관은 말로는 거의 설명된 적이 없었고, 글을 써서 정식으로 기록된 적은 더더욱 없었다. 그러한 통찰을 파이트 뇌의 구조적 관점에서만 해석하는 작업은 언어 자체를 해독하는 것만큼이나 어려웠다.

대니얼은 더 이상 마냥 기다릴 수가 없었다. 라이선스 제조된 크리스털들이 시장에 진입하고 있었고, 경쟁 기술들까지 가시화되는 마당에 힘들게 얻은 기술적 우위가 무너지는 것을 손 놓고 구경만 할 수는 없었다.

"파이트들에게 번역가 역할을 맡겨야 해." 대니얼은 루시언에게 말했다. "두뇌 강화를 거부하는 파이트들이 충분히 많아져서, 기존의 언어가 계속 쓰이는 상황을 만들어 낼 필요가 있어."

"그럼 전체 파이트의 25퍼센트 정도가 두뇌 강화를 거부하는 상황을 만들어야겠군요?" 루시언이 말했다. "그리고 무슨 일이 일어나고 있는지를, 우리도 이해할 수 있는 방식으로 그들에게 계속 설명해 줄 두뇌 강화 파이트들도 필요합니다."

"바로 그거야." 대니얼이 말했다.

"두뇌 강화의 수용 속도를 늦추는 건 가능할 것 같습니다." 루시언은 생각에 잠긴 투로 말했다. "그러면서 '옛것을 새것으로 완전히 대체하는 것보다는 두 문화 또는 두 언어 사이에 다리를 놓는 것이 낫다'라는 전통주의적 밈을 확산시키면 될 겁니다."

루시언의 연구팀은 즉시 작업에 착수했고, 사상경찰을 새 임무에 맞게 부분적으로 수정한 다음 사파이어 시뮬레이션을 재개했다.

그 노력은 원하는 성과를 올린 듯했다. 파이트들은 과거와의 연결고리를 유지한다는 개념을 존중하는 방향으로 유도되었고, 두뇌를 강화한 파이트들은 미래를 향해 돌진하면서도 강화를 하지 않은 개체들이 소외되지 않도록 최선을 다했다.

그러나 이것은 어설픈 타협에 가까웠다. 대니얼은 파이트들의 지적인 성과를 '얼간이들도 이해할 수 있는 사파이어' 같은 축약된 형태로 받아들여야 한다는 상황이 마음에 들지 않았다. 대니얼이 정말로 원하는 것은 사파이어 내부에 살면서 그에게 직접 보고를 해주는 파이트판 루시언 같은 존재였다.

슬슬 채용 면접에 관해 진지하게 고려할 때가 온 듯했다.

루시언은 평소보다 느린 속도로 사파이어를 실행하고 있었다. 이는 대량의 미가공 감시 데이터에 접근할 수 없게 된 사상경찰이 연산 능력 면에서 우위를 점할 수 있도록 배려한 조치였지만. 이렇게 감속한 상태에서조차도 두뇌 강화 파이트들이 컴퓨터를 발명하기까지는 지구 시간으로 불과 엿새밖에는 걸리지 않았다. 컴퓨터는 처음에는 수학적인 형식주의 형태를 취하고 있었지만, 얼마 지나지 않아 실용적인 기계들이 잇달아 출현했다.

대니얼은 만약 파이트들 사이에서 그들이 사는 세계의 본질을 간파하는 개체가 등장할 경우 즉시 보고하라고 루시언에게 지시해 둔 상태였다. 이미 과거에도 진실에 근접한 형이상학적 결론에 도달한 개체들이 몇 있기는 했지만, 이제는 상황이 달랐다. 보편적 계산이라는 개념을 확고히 이해하게 된 지금, 그들은 크리스털이 단순한 공상의 산물이 아님을 깨달을 수 있는 수준에까지 도달해 있었다.

그 메시지는 자정을 갓 넘긴 시각에 도착했다. 대니얼은 막 잠자리에 들려던 참이었다. 그는 집무실로 돌아가 루시언이 미리 작성해 둔 개입용 툴을 작동시켰고, 해당 파이트의 일련번호를 입력했다.

그러자 툴은 의사소통이 용이해지도록 대화 상대에게 부여할 인간식 이름을 입력할 것을 요구했다. 머릿속이 하얘지는 느낌이었지만,

20초쯤 입력이 없자 소프트웨어가 이름 하나를 제안했다. 프리모※.

프리모는 두뇌 강화를 마친 개체였고, 최근에 컴퓨터를 직접 제작했다. 그 직후 사상경찰은 그가 아직 두뇌 강화를 하지 않은 두 친구에게 '최근 떠오른 흥미로운 가능성'에 대해 말하는 것을 포착했다.

사파이어는 인간의 시간 흐름에 맞춰 감속된 상태였고, 대니얼이 전용 파이트 아바타를 조작하기 시작하자 개입용 툴이 둘 사이의 만남을 주선했다. 프리모가 거주용으로 만든 오두막에서 단둘이 만난다는 설정이었다. 오두막의 재료가 된 나무는 지금 유행하는 건축 양식에 따라 여전히 살아 있었다. 스스로를 수리하며 땅속뿌리에 단단히 고정된 상태였다.

프리모가 말했다. "안녕하십니까. 처음 뵙는 분 같은데요?"

이 세계에서는 낯선 이가 집 안에 들어오는 일이 별로 심각한 예절 위반은 아니었지만, 프리모는 내심 꽤 놀랐을 것이다. 불사의 존재들이 살고 있는 것과 별개로 제트여객기는 존재하지 않는 이 세계에서, 이렇게 낯선 이와 우연히 마주치는 일은 매우 드물었다.

"내 이름은 대니얼이네." 개입용 툴은 프리모가 알아들을 수 있도록 이것을 파이트식으로 변환해 주었을 것이다. "어젯밤 자네가 친구들에게 새로운 컴퓨터 얘기를 하는 것을 들었어. 이 기계들이 장래에 어떤 일을 할지, 그것들이 자기 내부에 세계 전체를 온전히 담을 만큼 강력해지지는 않을지 궁금하다고 했지."

※ 라틴어로 '처음에'라는 뜻이다.

"그 자리에는 안 계셨던 걸로 기억합니다만." 프리모는 대답했다.

"그 자리에는 있지 않았네." 대니얼은 설명했다. "나는 이 세계 밖에 사는 존재라네. 이 세계를 담고 있는 컴퓨터는 내가 만들었어."

프리모는 개입용 툴이 '유쾌함'이라는 주석을 붙인 몸짓을 했다. 그리고 강화 언어로 짧게 몇 마디 말했다. 욕설이었을까? 농담? 아니면 나의 전지함을 시험하려는 시도? 대니얼은 대수롭지 않다는 듯이 행동하며 상대방의 말을 무시하기로 했다.

대니얼은 말했다. "비를 내려." 빗방울이 지붕 위를 때리기 시작했다. "비를 멈춰." 대니얼은 한쪽 발톱으로 방 구석의 커다란 솥단지를 가리켰다. "모래. 꽃. 불. 물 주전자." 솥단지는 그의 명령에 따라 순차적으로 각각의 형태를 취했다.

프리모가 말했다. "좋아요, 대니얼. 당신 말을 믿겠습니다." 대니얼은 과거 경험을 통해 파이트들의 몸짓언어를 어느 정도 읽을 수 있었는데, 프리모는 상당히 침착해 보였다. 프리모처럼 오랜 세월을 살며 수많은 변화를 목격하게 된다면, 이처럼 컴퓨터 시대 초입에 신의 계시를 마주하더라도 일반적인 인간보다 충격을 훨씬 덜 받게 되는 것인지도 모르겠다.

"당신이 이 세계를 만들었습니까?" 프리모가 물었다.

"응."

"우리의 역사도 설계했나요?"

"부분적으로만 그랬어." 대니얼이 말했다. "대부분의 일은 우연이나, 자네들 자신의 선택에 의해 결정되었어."

"우리가 아이를 갖지 못하도록 한 것도 당신입니까?" 프리모가 힐문했다.

"응." 대니얼은 시인했다.

"도대체 왜?"

"컴퓨터 안에 남은 공간이 없었기 때문이야. 그러지 않았다면, 훨씬 더 많은 이가 죽었을 거야."

프리모는 이 말을 곱씹었다. "그 말은, 당신이 원했다면 우리 부모님의 죽음을 막을 수도 있었다는 뜻입니까?"

"자네가 원한다면, 당장 되살릴 수도 있네." 대니얼은 말했다. 거짓말은 아니었다. 그는 아직 불사의 존재가 되기 전에 죽은 파이트들의 상세한 기록들을 모두 저장해 두고 있었다. "하지만 아직은 안 돼. 더 큰 컴퓨터가 생긴 뒤에나 가능해. 그들을 담을 공간이 필요하거든."

"그럼 우리 부모님의 부모님들은? 그리고 그들의 부모님들의 부모님들은? 시간의 시작까지 거슬러 올라가서 전부 가능합니까?"

"그건 안 돼. 그렇게 오래된 정보는 사라졌어."

프리모가 물었다. "더 큰 컴퓨터가 생기는 걸 기다려야 한다는 게 무슨 뜻입니까? 우리 시간이 흐르지 않도록 멈춰두었다가, 새 컴퓨터가 완성되었을 때 다시 시작하는 것은 당신에게는 쉬운 일이 아닌가요?"

"그렇지 않네." 대니얼이 말했다. "불가능한 일이야. 왜냐하면 새 컴퓨터를 만들 수 있는 건 자네들뿐이기 때문이야. 나는 자네들하고는 달라서 불사의 존재가 아니고, 스스로 뇌를 강화하지도 못해. 지금까지 나는 최선을 다했지만, 이제 더 앞으로 나아가려면 자네들의 힘이 필요해. 모든 것은 자네들이 우리 세계의 과학을 배우고, 그것을 이용해 새로운 기계를 만드는 방법을 고안해 내느냐에 달렸어.”

프리모는 대니얼이 마법처럼 만들어 낸 물 주전자 쪽으로 걸어갔다. “당신은 스스로 설정한 과제를 수행할 준비가 부족했던 것 같군요. 당신이 정말로 필요로 하는 기계가 완성될 때까지 그냥 기다렸다면, 우리들의 삶도 이토록 힘들지는 않았을 텐데. 게다가 당신이 살아 있는 동안 그런 기계가 완성되지 않는다면, 당신의 손자들이 그걸 이어받으면 되지 않습니까?”

“선택의 여지가 없었네.” 대니얼은 단호한 어조로 말했다. “자네들을 내 후손에게 맡길 수가 없어. 우리 세계에서는 곧 동족끼리 전쟁이 벌어지거든. 그래서 자네들의 도움이 필요했어. 강력한 협력자가.”

“당신 세계에는 친구가 없습니까?”

“자네들 세계의 시간은 우리보다 훨씬 빠르게 흘러. 오직 자네들만이 때가 늦기 전에 내가 필요로 하는 협력자가 될 수 있어.”

프리모가 말했다. “당신이 우리에게 원하는 것은 정확히 무엇인가요?”

“지금 자네들이 필요로 하는 새로운 컴퓨터를 만드는 것.” 대니얼은 대답했다. “자네들의 수를 늘리고, 힘을 쌓게. 그다음 내가 자네들에게 해준 것처럼, 나를 더 위대한 존재로 만들어 주게. 전쟁에서 승리하면 영원한 평화가 기다리고 있을 거야. 우리는 힘을 합쳐서 수많은 세계를 함께 통치할 수 있어.”

“그렇다면 제게 바라시는 게 뭡니까?” 프리모가 물었다. “왜 저한 테만 이러시는 거죠? 우리 모두에게 알리지 않고요.”

“자네들 대다수는 아직 이 사실을 받아들일 준비가 되지 않았기 때문이야.” 대니얼이 말했다. “그러니 그들에게는 아직 진실을 알리지 않는 편이 좋네. 하지만 나를 위해 직접 일해줄 사람 하나가 필요해. 나는 자네들 세계의 모든 것을 보고 들을 수 있지만, 내게 그걸 설명해 줄 사람이 필요해. 나 대신 세상을 이해해 줄 사람이.”

프리모는 침묵했다.

대니얼이 말했다. “나는 자네에게 생명을 주었네. 설마 그런 나의 부탁을 거절할 생각은 아니겠지?”

6

대니얼은 샌프란시스코 본사 고층 건물 입구에 모여든 시위대를 헤치고 나아갔다. 헬리콥터로 오갈 수도 있었지만, 이들이 실질적인 위협은 되지 않는다는 것이 보안 자문팀의 판단이었다. 대니얼은 약간의 악평쯤은 개의치 않았다. 회사가 지금 제공하는 서비스 중 대중이 직접 불매 운동의 대상으로 삼을 만한 것은 아무것도 없었고, 거래하는 기업 중에서도 유탄을 맞을까 걱정하는 곳은 전무해 보였다. 그는 그 어떤 법도 어기지 않았고 그 어떤 소문도 사실이라고 시인한 적이 없었다. “소프트웨어는 노예가 아니다!”라는 플래카드를 든, 맛이

간 몇몇 사이버 성애자들 따위에는 신경을 쓸 가치조차 없었다.

다만 그와는 별개로, 프로젝트의 세부 사항을 외부에 누설한 직원을 찾아낼 수 있다면, 다리몽둥이를 부러뜨릴 작정이었다.

엘리베이터 안에 있을 때 루시언의 메시지를 받았다. **잠시 후 달 착륙!** 대니얼은 엘리베이터의 상승을 멈추고, 지하층으로 갈 것을 지시했다.

현재 세 개의 크리스털은 모두 지하층에 보관되어 있었다. 바로 옆에는 그들이 〈플레이펜〉※이라고 부르는 진공 체임버가 있었고, 그 안에는 독립적으로 가동하는 5만 개의 탐침을 보유한 원자힘현미경, 고체 레이저, 광검출기 어레이, 모든 안정적인 화학 원소의 샘플이 담긴 무수히 많은 마이크로웰이 갖춰져 있었다. 파이트들이 자기들 세계가 풀 스피드로 돌아가는 동안 대니얼이 사는 현실 세계의 물리 실험을 수행하려면, 사파이어와 이 장치 사이의 시차를 최소화할 필요가 있었다.

대니얼은 등받이가 없는 의자를 하나 끌어와 〈플레이펜〉 옆에 앉았다. 이 시점에서 사파이어의 실행 속도를 늦추지 않는 한, 실시간으로 무슨 일이 일어나는지를 지켜보려 애쓰는 것은 의미가 없었다. 결국 집무실로 올라간 뒤에야 달 착륙 장면의 영상을 재생해 보게 될 테지만, 그때쯤이면 사파이어 내부에서 이 사건은 이미 까마득한 고대 역사가 되어 있을 것이다.

이 성취를 두고 '위대한 도약'이라 표현하는 것은 오히려 과소평

<hr>

※　아기 놀이용 울타리.

가에 가까웠다. 파이트들은 달의 어느 지점에 착륙하든 간에, 그곳에서 기다리고 있는 검은색의 기묘한 모노리스가 서 있는 것을 발견하게 될 것이다. 모노리스에는 〈플레이펜〉을 조작할 수 있는 수단이 들어 있었고, 파이트들이 그 제어법을 습득하는 데는 오랜 시간이 걸리지 않을 것이다. 만약 그들이 이를 파악하는 데 지나치게 시간을 허비한다면, 프리모가 직접 나서서 설명하도록 이미 지시를 내려둔 상태였다.

현실 세계의 물리법칙은 파이트들이 사는 세계보다 훨씬 더 복잡했지만, 인간들조차도 양자장론[※]을 완벽하게 이해한 적은 없었고, 사상경찰은 시작 단계에서 필요한 수학 대부분을 파이트들이 미리 개발해 놓도록 유도해 놓았다. 설령 파이트들이 20세기 무렵의 과학 원리를 깨치는 데 인간보다 더 오랜 시간이 걸린다 해도 문제가 되지 않았다. 외부에서 보면 기껏해야 몇 시간이나 며칠, 길어도 몇 주면 충분했기 때문이다.

한 줄의 표시등들에 잇달아 불이 들어오며 〈플레이펜〉이 작동을 시작했다. 대니얼은 목이 바싹 타는 것을 느꼈다. 파이트들은 마침내 자기 세계에서 벗어나 외부 세계로 손을 뻗고 있었다.

기계 장비 위 패널에는 파이트들이 지금까지 수행한 실험 데이터가 막대그래프 형태의 통계 분포도로 표시되었다. 대니얼이 주의를 기울였을 즈음, 파이트들은 이미 원자 간의 결합 방식을 파악해 수천 가지 저분자 화합물을 조합하고 있었다. 대니얼이 지켜보는 동안 파

※　입자와 힘의 상호작용을 장(field)의 개념으로 설명하는 이론.

이트들은 분광 분석을 실시하고, 간단한 나노 머신들을 제조했으며, 데이터를 저장하는 기억 소자나 연산을 수행하는 논리 회로임이 분명한 장치들까지 제조했다.

파이트들은 자식을 낳기를 원하고 있었고, 이것이 유일한 수단임을 이해하고 있었다. 이제 그들은 곧 새로운 세계를 구축할 것이다. 단순히 개체수만 늘리는 것이 아니라, 크리스털 내부에 있었을 때보다 더 빠르고 똑똑해질 수 있는 세계를 말이다. 게다가 이는 첫 번째 단계에 불과했고, 앞으로 무수히 많은 과정이 반복될 것이다. 파이트들은 신이 되는 길을 개척하고 있었고, 그렇게 상승하는 과정에서 그들 자신의 창조주까지 끌어올려 줄 것이다.

대니얼은 지하층에서 나와 집무실로 향했고, 도착하자마자 루시언에게 전화를 걸었다.

"파이트들이 원자 스케일의 컴퓨터를 만들었습니다." 루시언이 보고했다. "상당히 복잡한 소프트웨어를 탑재하더군요. 하지만 단순한 업로드도 아니고, 그렇다고 구슬을 조작하는 수준의 조잡한 복제도 아닙니다." 그는 다소 당황한 기색이었다. 대니얼은 파이트들의 실험을 망치지 않도록 사파이어를 감속시키는 것을 금지했기 때문에, 프리모에게 상황 설명을 받더라도 루시언이 모든 사태를 따라잡기엔 역부족이었다.

"파이트들의 컴퓨터를 모델링해서, 그 소프트웨어가 뭘 하고 있는지 분석할 수는 없을까?" 대니얼이 제안했다.

루시언은 말했다. "우리 연구팀 내의 원자 물리학자는 고작 여섯 명뿐입니다. 반면 파이트들은 이미 그 시점에서 수적으로 우리를 1,000 대 1의 비율로 압도하고 있었습니다. 우리가 겨우 실마리를 잡을 무렵이면, 그들은 이미 다음 단계의 작업에 착수해 있을 겁니다.”

“프리모는 뭐라고 하던가?” 사상경찰은 프리모를 어느 달 탐사에도 포함시키지 못했지만, 루시언은 그에게 눈에 보이지 않는 상태로 사파이어나 달 기지의 어느 곳으로든 순간 이동할 수 있는 권한을 부여했다. 따라서 어디서 무슨 일이 일어나든 프리모는 자유롭게 엿들을 수 있었다.

“프리모도 자기가 들은 내용을 전부 이해하는 데 어려움을 겪고 있습니다. 두뇌를 강화했다고 해서 모든 분야에 능통한 박식가가 되거나 모든 전문 용어를 즉석에서 이해하는 전문가가 될 수 있는 건 아니니까요. 요약하자면 달 탐사 프로젝트의 관계자들은 사파이어의 〈외부 세계〉에 매우 빠른 컴퓨터를 구축했고, 그것이 자신들의 번식 문제를 해결하는 데 어떤 식으로든 도움이 될 거라 믿고 있습니다…. 어떤 식으로든 말입니다.” 루시언은 웃음을 터뜨렸다. “아, 어쩌면 파이트들은 우리가 한 일을 똑같이 되풀이할 작정일지도 모르겠군요. 자기들에게 도움을 줄 정도로 똑똑한 무엇인가를 진화시키는 방식으로 말입니다. 정말 우습지 않습니까?”

대니얼은 하나도 우습지 않았다. 결국 누군가는 결국 진짜 연구를 해야 한다. 파이트들이 그 책임을 다른 누군가에게 떠넘겼을 뿐이라면, 이 모든 계획은 다단계 사기처럼 무너지고 말 것이다.

대니얼에게는 더 이상 미룰 수 없는 몇몇 비즈니스 회의들이 남아 있었다. 가까스로 온갖 잡무를 소화하고 보니 이미 오후가 되어 있었다. 파이트들은 모종의 작은 고체 입자 가속기를 만들어 고에너지 전자를 충돌시키는 방법으로 양성자와 중성자의 내부 구조를 조사하고 있었다. 각종 탐지 장치에 연결된 원자 컴퓨터가 데이터 분석을 수행하고 있었는데, 그 처리 속도는 현실 세계의 어느 컴퓨터보다 빨랐다. 파이트들은 이미 쿼크의 표준 모형을 파악한 상태였다. 혹시 나노 컴퓨터들에 업로딩하는 단계를 건너뛰고 모종의 펨토 머신[※] 제작으로 직행하려는 것일까.

그러나 프리모의 브리핑 요약본에는 소립자 간의 강한 상호작용을 이용한 연산에 대한 언급은 없었다. 아직까지는 기본적인 물리법칙에 대한 호기심을 해소하는 단계에 머물러 있었다. 대니얼은 파이트들의 역사를 곱씹었다. 그들은 이미 물리학의 근간이라 여겨지는 지점까지 파고든 적이 있었으나, 당시에는 그 단순한 규칙들이 궁극적인 현실과는 무관하다는 사실을 깨달았을 뿐이었다. 그러니 그들이 이주할 식민지를 건설하거나 대규모 이주를 감행하기 전에 〈외부 세계〉의 수수께끼를 최대한 깊이 파헤치려 드는 것은 당연했다.

해가 질 무렵, 파이트들은 〈플레이펜〉 주변을 다양한 종류의 방사선으로 탐사하고 있었다. 방사선 수치는 극히 낮아 크리스털의 구조를 손상시킬 수준에는 전혀 미치지 못했기 때문에 대니얼은 굳이 개입할 필요를 느끼지 않았다. 〈플레이펜〉 자체는 대용량 전력 공급 장치를 갖춘 것도 아니었고 방사성 동위원소도 포함하고 있지

[※] 이론상 10의 마이너스 15제곱 초 단위로 연산을 수행할 수 있는 컴퓨터.

않았다. 설령 탁상 핵융합 실험 같은 것이 시작된다 해도 사상경찰이 즉시 경보를 울리고 인간 전문가들을 호출할 것이다. 대니얼은 파이트들이 어리석은 짓을 저질러 모든 일을 그르칠 위험은 없다고 확신했다.

프리모의 브리핑을 통해 파이트들이 자신들의 연구를 일종의 '천문학'이라 믿고 있음이 드러났다. 그렇다면 상대론적 중력이론이나 우주론의 이해로 이어질 수 있는 본격적인 관측 장비의 사용 권한을 그들에게 줘야 할까. 그러나 대형 천체망원경의 사용 시간을 구입해서 제공한다고 해도, 파이트들의 입장에서는 그 망원경을 관측 목표를 향해 돌리는 일만 해도 영원에 가까운 시간이 걸릴 것이 뻔했다. 그렇다고 해서 파이트들이 밤하늘을 탐험하는 동안 사파이어의 속도에 맞춰 마냥 늙어갈 생각은 추호도 없었다. 그랬다가는 파이트들이 30년은 족히 걸리는 탐사 미션을 위해 로켓을 쏘아 올리려 할지도 몰랐다. 이제 공동 작업의 수준을 끌어올려, 천문학 교과서와 성도星圖를 넘길 시점이 된 것일까? 인류 문명에도 파이트들이 쉽게 따라잡을 수 없는, 자체적으로 힘들게 쌓아 올린 위업은 존재한다.

밤이 깊어질 무렵 파이트들은 또다시 아원자 세계로 관심을 돌렸다. 새로운 형태의 입자 가속기가 단일 금 이온들을 엄청난 에너지로 충돌시키기 시작했지만, 실제로 소모되고 있는 전력량은 여전히 미미한 수준이었다. 이윽고 프리모는 파이트들이 3세대에 걸친 모든 쿼크와 렙톤※의 지도를 완성했다고 선언했다. 파이트들의 입자 물리학 지

※　물질을 구성하는 가장 기본적인 단위의 입자들.

식은 이제 인류와 대등한 수준에 근접하고 있었다. 대니얼은 기술적인 세부 사항을 더 이상 따라갈 수 없었지만, 전문가들은 모두 엄지를 치켜세우며 합격 판정을 내렸다. 대니얼은 가슴이 뿌듯해지는 것을 느꼈다. 그의 피조물답게, 파이트들은 자기들이 무엇을 하는지 잘 알고 있었다. 만약 그들이 대니얼을 잠시나마 혼란에 빠뜨릴 정도로 성장한다면, 그 즉시 잠깐 숨을 돌리고 상황을 설명해 달라고 요청하면 된다. 이주를 허락하기 전에, 그는 크리스털들의 실행 속도를 늦추고 모든 파이트 앞에서 자기소개를 할 작정이었다. 사실, 그때야말로 파이트들에게 다음 과제를 줄 수 있는 절호의 시점일 것이다. **인간의 생물학을 이해하라. 나를 업로드할 수 있는 수준까지.** 그렇게 대니얼을 불사의 존재로 만듦으로써, 파이트들은 자신들이 입은 은혜를 갚게 될 것이다.

대니얼은 의자에 앉아 원자힘현미경의 탐침을 통해 왕래하는 데이터를 기반으로 재구성된, 파이트들의 최신 컴퓨터에 대한 영상을 바라보고 있었다. 반짝거리는 원자들로 이루어진 광대한 격자가 아득히 펼쳐져 있었고, 그것들을 연결한 전자구름이 초현실적인 액체 주판에 끼워진 수은 주판알들처럼 파르르 떨리고 있었다. 그가 바라보고 있는 화면 귀퉁이에 창이 하나 뜨더니, 이온 가속기들이 재설계된 후 다시 기동하기 시작했음을 알렸다.

대니얼은 왠지 모를 초조함을 느꼈고, 엘리베이터를 향해 걸어갔다. 지하층에 가더라도 집무실에서 볼 수 있는 것과 똑같은 영상밖에는 없었지만, 〈플레이펜〉 옆에 서서 그 외장을 만지고 유리에 코를 갖다 대고 싶은 기분이었다. 사파이어가 그가 사는 세계와 아무런 인과 관계를 맺지 못한 채, 그저 가상의 영역에만 머물던 시절은 바야흐로 종언을 고하고 있었다. 그래서 대니얼은 본체 옆에 서서, 그것이 자신만큼이나 명확한 실체를 가지고 있다는 사실을 확인하고 싶었다.

엘리베이터가 10층, 9층, 8층을 거치며 하강했다. 느닷없이 대니얼이 찬 시계에서 루시언의 목소리가 터져 나왔다. 모든 프라이버시와 프로토콜의 장벽을 무시하고 전달되는 최우선 순위의 긴급 통화였다. "보스, 방사선이 감지됐습니다. 순 에너지가 증가했습니다. 헬리콥터를 타십쇼. 지금 당장."

대니얼은 잠시 머뭇거리며 반박하려고 했다. 이게 진짜 핵융합이라면, 사전에 감지되고 차단되었어야 마땅하지 않은가? 그는 정지 버튼을 눌렀고, 제동 장치가 작동하는 것을 느꼈다. 다음 순간, 전 세계가 눈 부신 섬광과 고통 속으로 녹아내렸다.

7

대니얼이 아편성 진통제가 만든 몽롱한 안개에서 빠져나오자 의사는 그에게 전신 60퍼센트에 화상을 입었다고 알렸다. 대부분 방사선보다는 열 때문이었는데, 생명에는 지장이 없을 거라고 했다.

침대 옆에 네트워크 단말기가 있었다. 대니얼은 루시언에게 연락했고, 〈플레이펜〉에서 마지막으로 외부로 전송된 데이터를 분석한 연구팀의 물리학자들이 잠정적으로 내린 결론을 전해 들을 수 있었다.

파이트들은 힉스장※을 발견했으며, 우주 급팽창과 유사한 폭발을 기술적으로 구현한 듯했다. 그러나 그들은 그저 극히 작은 진공의 일부를 팽창시켜 새로운 우주를 만든 것에 그치지 않았다. 상온 빅뱅을 일으키는 데 성공했을 뿐만 아니라, 자신들이 창조한 포켓 우주 속으로 현실 세계의 물질을 대량으로 끌고 들어간 것이다. 그들을 인도했던 웜홀은 아원자 크기로 작아져 지구를 관통한 뒤 사라져 버렸다.

파이트들은 물론 크리스털까지 모두 가지고 떠났다. 만약 그들이 달 기지의 데이터 링크를 통해 자신들을 포켓 우주로 업로드하려고 했다면 사상경찰에게 저지당했을 것이다. 그렇기에 그들은 완전히 다른 경로를 써서 이주했다. 스스로의 기판을 송두리째 낚아채서 도망친 것이다.

그 새로운 우주 안에 무엇이 들어 있을지에 대해서는 의견이 갈렸다. 세 개의 크리스털과 〈플레이펜〉이 동력원도 없이 허공을 부유하고 있다면 파이트들은 사실상 전멸했을 게 분명했다. 그러나 팀원 중에는 고온 빅뱅의 견딜 수 없이 뜨거운 쿼크-글루온 화구※※를 거치지 않는 특수한 형태의 힉스 붕괴를 통해, 양성자와 전자로 이루어진 희박한 플라스마가 생성되었으리라고 예측하는 이들도 있었다. 그걸 이용해서 파이트들이 적절한 나노 머신들을 만들었다면, 〈플레이펜〉을 개조해 크리스털들을 안전하게 보관할 수 있는 구조물을 건조했을 가능성도 전혀 없지는 않다. 그런 다음 긴 냉동 수면에 들어가서

※　우주의 모든 입자에 질량을 부여하는 에너지장.
※※　우주 탄생 직후, 입자들이 너무 뜨거워 서로 결합하지 못하고 마치 액체처럼 뒤섞여 있던 초고온 상태.

최초의 별빛이 나타날 때까지 기다리는 식으로 말이다.

의사들이 대니얼의 몸에서 채취한 작은 피부 샘플은 마침내 이식할 수 있을 만큼 넓은 막의 형태로 자라났다. 대니얼은 고통의 어두운 파도와 진통제가 주는 황홀감 사이를 오갔지만, 이 격랑이 이는 여정 속에서도 한 가지 생각만은 언제나 길잡이별처럼 그를 이끌었다. 프리모가 나를 배신했다. 나는 그 망할 자식에게 생명을 주었고, 권력을 위임했으며, 특권적 지식을 부여했고, 신의 은총을 아낌없이 내려주었다. 그런데 돌아온 보답은 뭐였나? 대니얼은 다시 출발점으로 돌아와 있었다. 변호사들과는 이미 상의해 보았는데. 보험사는 '불법적인 방사선원'에 대한 소문을 근거로 법적인 다툼 없이는 크리스털들에 대한 보험금을 지급하려 하지 않을 거라는 대답을 들었다.

루시언이 병원으로 직접 문병을 왔다. 그 사실에 대니얼은 감동했다. 그들은 취업 면접에서 처음 만난 이래 단 한 번도 직접 얼굴을 맞댄 적이 없었다. 대니얼은 루시언과 악수를 했다.

"자네는 날 배신하지 않았군."

루시언은 난처한 표정을 지었다. "실은 사임하려고 왔습니다, 보스."

대니얼은 충격을 받았지만, 냉정하게 이 소식을 받아들이려고 노력했다. "이해하네. 어쩔 수 없지. 굽타도 지금쯤이면 크리스털 하나쯤은 손에 넣었을 테니. 신들의 전쟁에서는 이기는 쪽에 붙는 것이 당연하고."

루시언은 사직서를 침대 곁의 탁자에 올려놓았다. "전쟁이라니요? 괴짜 억만장자들이 달을 컴퓨터로 만들려고 다투고 있다는 판타지를 아직도 믿고 계시는 겁니까?"

대니얼은 눈을 깜빡였다. "판타지라고? 그걸 안 믿었다면, 자넨 왜 나하고 일했지?"

"급료를 받았으니까요. 아주 후하게."

"그럼 굽타는 얼마 주겠대? 난 그 두 배를 줄게."

루시언은 고개를 설레설레 저으며 재밌다는 듯이 웃었다. "굽타 밑에 들어갈 생각은 없습니다. 입자물리학 분야로 갈 겁니다. 파이트들은 탈출 당시 우리보다 아주 크게 앞서 있진 않았습니다. 기껏해야 40년에서 50년 정도? 우리가 그걸 따라잡을 무렵에는, 개인 소유 우주의 가격은 개인 소유 섬의 가격과 비슷해질 겁니다. 장기적으로는 그보다 더 싸질 가능성조차 있고. 하지만 우리가 쓴 기술을 손에 넣기 위해 싸우겠다는 사람은 아무도 없을 겁니다. 그건 그레이 구[※]를 원숭이들이 똥 던지듯이 뿌려대서, 그 원숭이들이 마트료시카 브레인^{※※}을 설계해 주길 기대하는 거나 다름없으니까요."

대니얼은 말했다. "만약 〈플레이펜〉 기록에서 데이터를 조금이라도 가져갈 생각이라면…."

"계약서에 명시된 비밀 유지 의무는 다 지킬 겁니다." 루시언은 미소 지었다. "하지만 누구든 힉스장에 관심을 갖는 건 자유입니다. 그

※　'잿빛의 찐득찐득한 것'이라는 뜻으로, 제어 불능의 나노 로봇이 무한 증식해 지구를 뒤덮는 종말 시나리오.

※※　항성의 모든 에너지를 사용하는 거대 초구조체 컴퓨터.

건 공유 재산에 해당하니까요.”

루시언이 떠난 뒤, 대니얼은 간호사에게 뇌물을 주고 투여받는 진통제를 늘렸다. 그러자 배신감과 실망에서 오는 쓰라림이 사라지기 시작했다.

개인이 소유하는 우주라니. 그는 기쁜 마음으로 생각했다. 곧 나도 내 우주를 갖게 되겠군.

하지만 거기서 일할 일꾼들이 필요해질 거야. 동지들, 동반자들이. 나 혼자만으론 모든 걸 할 수는 없는 일이니. 나 대신 부담해 줄 인력이 필요해.

2

고향으로 돌아가는 길

This is Not the Way Home

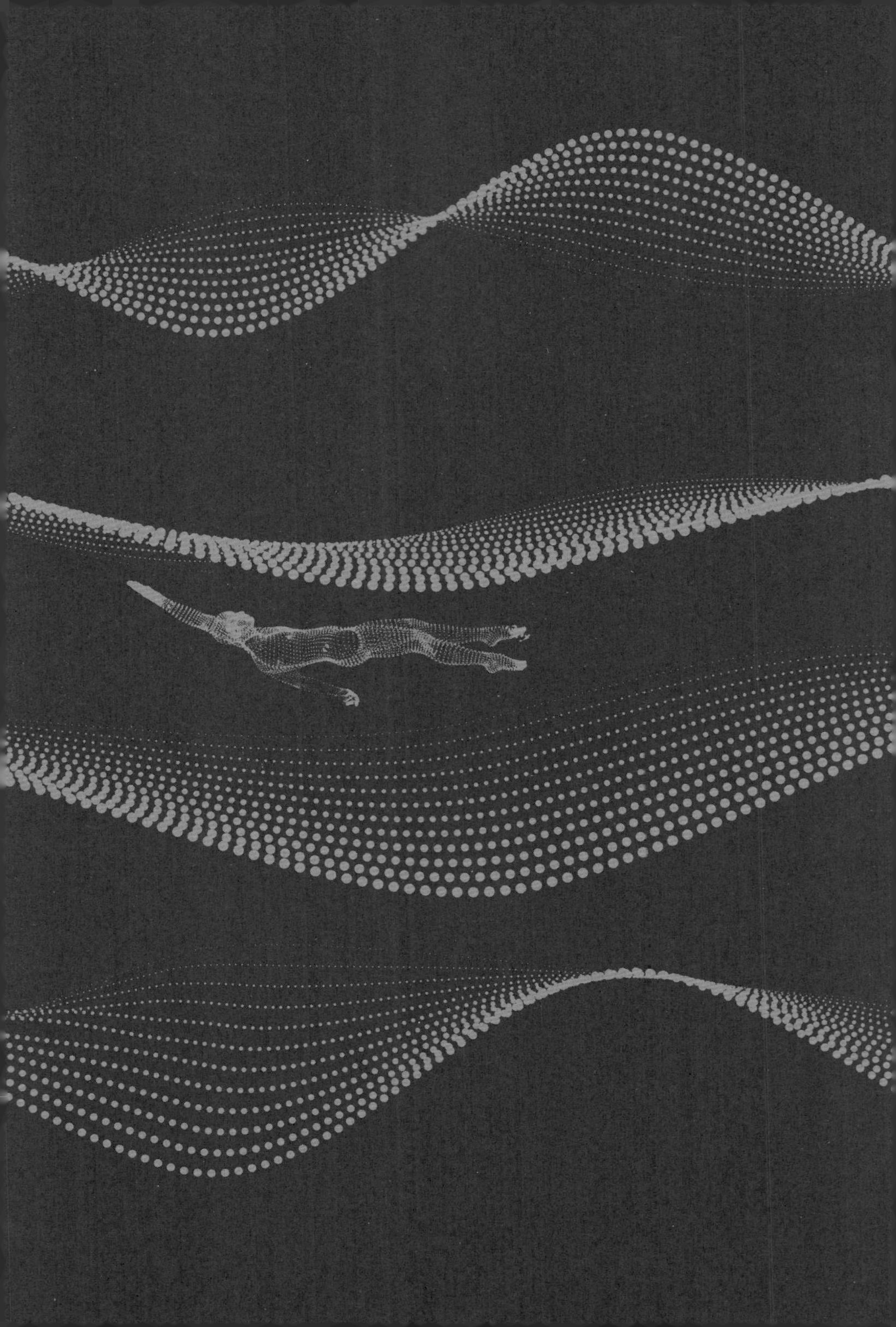

1

　창문 너머로 칭이를 본 순간, 처음에는 단순히 창유리의 반사된 모습일 거라 생각했다. 칭이는 목까지 올라오는 우주복을 입고 있었지만 머리를 그대로 드러내고 있었고, 헬멧은 옆으로 늘어뜨린 한쪽 손에 쥐고 있었기 때문이다. 그렇기에 아이샤는 칭이가 방 안에서 자신을 등진 채 서 있는 것이 틀림없다고 믿었다.

　그러나 칭이가 서 있는 곳은 방 안이 아니었다.

　아이샤는 방바닥에 꿇어앉고 흐느꼈다. 아이샤가 자포자기하지 않도록 용기를 준 사람은 다름 아닌 칭이였다. 계획을 실현 가능한 수준까지 구체화하고, 정력적으로 추진했던 사람 역시 그였다. 그러나 칭이 본인의 마음이 약해지고 확신이 흔들리기 시작한 후에는 방법이 없었다. 두 사람이 1년 가까이 온전한 심신을 유지할 수 있었던 것은 끊임없이 서로를 격려했던 덕이었다. 아이샤는 필사적으로 그런 선순환의 고리를 되살려 보려고 했지만 결국 아무 소용도 없었다.

　아이샤는 비탄에 빠져 한참 흐느끼다가, 가까스로 정신을 차리고 자신에게 남은 선택들을 고려하기 시작했다. 칭이의 뒤를 따라 어둠 속으로 몸을 던질까. 아니면 한 걸음 뒤로 물러나서 나락의 가장자리를 맴돌까. 아이샤는 일어서서 유아용 침대로 갔고, 젖먹이 딸인 누리를 안아 올려 가슴에 찬 아기 포대기에 집어 넣었다. 이 아이를 포기할 수는 없어. 그런 일이 일어났더라도, 또 앞으로 어떤 일이 일어나더라도. 누리는 깊이 잠들어 있었다. 너무 깊이 잠든 탓에, 아이샤가 포대기째로 우주복을 입혔을 때도 여전히 잠에서 깨지 않았다. 아이샤는 곧 여행 짐을 꾸리기 위해 밖으로 나갔다.

월면차月面車가 끄는 트레일러는 짐칸이 그대로 노출돼 있었고, 대학 시절 더니든※의 셰어하우스에서 살던 무렵에 가구 몇 개를 옮길 때 빌렸을 법한 물건처럼 보였다. 옛 추억이 절로 떠올랐지만 아이샤는 굳이 억누르지는 않았다. 그녀는 좁다란 짐칸 안에 짐들을 어떻게 끼워 맞출지 고민하다가, 곁에서 싱글거리며 농담을 건네던 지아니의 모습을 떠올렸다. 지주支柱들은 트레일러에 넣을 수 있을 정도로 길이가 짧았지만, 짐칸에서 제멋대로 굴러다니게 방치할 수는 없었다. 아이샤는 작업실로 가서 결속용 케이블 타이 몇 개를 찾아냈다. 지주들을 몇 다발로 묶어 연결한 다음, 짐칸 구석에 단단히 고정했다.

지난 넉 달 동안 칭이와 함께 직접 직조한 반짝이는 실리카 섬유 시트는 이미 접어둔 상태였음에도, 그 앞에 쭈그리고 앉아 집어 올리면 시야가 완전히 가릴 정도로 부피가 컸다. 아이샤는 견인용 줄이 달린 썰매를 가져와서 그 위에 시트 꾸러미를 던져놓고 작업실 밖에 펼

※ 뉴질랜드 남섬 동남부의 항구 도시.

쳐진 레골리스※ 지대까지 끌고 나갔다.

아이샤가 초승달 모양을 한 지구를 올려본 순간, 잠에서 깬 누리가 울기 시작했다. "쉬이이잇, 착하지 우리 아기!" 우주복 너머로 쓰다듬어 주는 것은 불가능했지만, 가까스로 아기 얼굴에 젖가슴을 갖다 댈 수 있었다. 누리는 젖꼭지를 물자마자 울음을 멈추더니 그럭저럭 만족한 기색으로 젖을 빨기 시작했다. "이제 우린 드라이브를 하러 갈 거야." 아이샤는 아기를 어르며 말했다. "정말 근사하지 않아?"

칭이는 서쪽을 향해 서 있었다. 해를 쫓아 함께 가기로 했던 방향이었다. 아이샤는 굳이 친구를 눕혀서 안치해 줄 생각은 없었다. 저런 식으로 우뚝 서 있는 것을 보니 일부러 우주복의 관절 부분을 고정해 놓은 것이 틀림없다. 칭이는 달의 먼지 속에 누운 채 죽을 생각이 없었음이 명백했다.

누리가 젖 빠는 것을 멈추고 불만스러운 듯이 칭얼거리는가 싶더니 코를 찌르는 구린내가 풍겼다. 누리가 찬 기저귀는 아이샤 것과 마찬가지로 우주복용 고성능 기저귀였지만, 냄새는 참고 견디는 수밖에 없었다.

짐을 모두 실은 아이샤는 방수포로 트레일러의 짐칸을 완전히 덮은 후 스트랩으로 단단히 고정했다.

작업을 마친 아이샤는 다시 한번 지구를 올려다봤다. 지형지물을 읽는 데는 자신이 있었다. 고향에서는 멀리 있는 첨탑을 한 번 흘끗 보는 것만으로도 집으로 가는 길을 금세 찾았을 정도였다. 그러나 지

※　달 표면을 뒤덮고 있는, 먼지와 암석 파편으로 이루어진 퇴적층.

금 그녀가 있는 곳은 지구와 가장 가까운 지점이었기에, 월면차를 몰고 오히려 지구와 가장 먼 쪽을 향하겠다는 계획이 치명적인 오류일지도 모른다는 생각이 머릿속에서 쉽게 지워지지 않았다. 지금으로부터 불과 열두 달 뒤에 이곳에 도착한 구조대원들이 피식거리며 “아니 그 여자, 정말로 **달 뒷면**으로 갔단 말이야?”라고 속삭이며 임무를 포기하는 광경은 상상만 해도 굴욕적이다.

기념상처럼 의연하게 서 있는 칭이는 여전히 꿋꿋하게 서쪽을 바라보고 있었다. “알았어, 원래 계획대로 할게.” 아이샤는 친구를 향해 말했다. “너도 그랬어야 했는데.”

2

“피지섬에서 신혼여행이라니! 아빠, 정말 고마워요!” 기쁨에 겨운 아이샤가 껴안으려고 하자 아버지는 짐짓 성마른 어조로 덧붙였다. “그것 말고도 봉투에 들어 있는 게 있어. 끝까지 확인해 봐야지.”

아이샤는 얼굴이 달아오르는 것을 느끼며 아버지의 말에 따랐다. 혹시 비행기 티켓하고 호텔 예약만으로도 모자라서, 불필요할 정도로 많은 용돈을 챙겨준 것은 아닐까. 그러나 그녀가 미처 확인하지 못했던 쪽지는 전혀 다른 종류의 티켓이었다.

“사기 전에 미리 지아니하고 의논했어.”

아버지가 설명했다. 사려 깊은 행동이다. 이 복권은 어디까지나 커플 한정이었기에, 만약 당첨된 뒤 지아니가 도저히 그런 여정을 감당할 수 없다고 나온다면 두 사람 모두 비참해질 터였다. 그럴 바에야 처음부터 아예 응모하지 않는 편이 낫다.

그날 밤 지아니와 함께 침대에 누웠을 때, 아이샤는 당첨 가능성이 극히 낮다는 사실을 지적했다. "10만분의 1밖에 안 되잖아." 그녀는 중얼거렸다. "그보다는 내가 우주비행사 훈련 프로그램에 합격할 가능성 쪽이 차라리 높아."

"네가 지원이나 했을 때 이야기지."

"아, 그건 그러네."

스물일곱 살이 된 지금, 우주비행사가 되어 우주로 나가는 자신의 모습을 상상하는 것은 열두 살 때만큼 쉽지는 않았다. 아이샤는 어린 시절의 자기 꿈을 아버지가 마음에 두고 있었다는 사실에 내심 감동했고, 또한 그 꿈을 자신보다 더 진지하게 받아들였던 쪽이 아버지였다는 사실에 새삼 놀랐다. "하여튼 우리가 당첨될 가능성은 없어. 당첨되는 건 중국인 커플일 게 뻔해."

"왜? 지금 중국과 미국이 갈등 중이고 주최사가 중국 회사라고 해서, 타국 사람들까지 일부러 배제할 이유는 없잖아."

"그거야 그렇지만, 결국 모든 건 마케팅 전략일 뿐이잖아. '허니문을 달에서!'라니. 그런 상품이라면 가장 규모가 큰 자국 시장을 배려하는 게 당연하지 않아?"

지아니는 곤혹스러운 기색이었다. "무려 1,000달러짜리 복권이라고. 그런 식으로 추첨을 조작하는 건 마케팅 전략이 아니야. 사기지."

냉소적이며 짐짓 무심한 척했던 그녀의 태도와는 무관하게, 주최

사는 실시간으로 추첨 장면을 중계했다. 당첨자는 우주 마이크로파 배경복사의 잡음으로부터 추출한 다섯 자리 숫자에 의해 결정되며, 마케팅 부서는 싫든 좋든 그 결정을 따를 수밖에 없었다.

아홉 살배기 제자들은 담임선생이 달에 간다는 사실에 열광했고, 직접 만든 축하 카드를 잔뜩 선물했다. 추신으로 깜짝 놀랄 정도로 세세한 달 광물들의 목록을 가져다 달라고 쓴 제자가 있었고, 축하 카드에 동봉된 이런저런 액션 피규어들을 월면에 세워놓고 사진을 찍어달라고 조른 제자도 있었다. 아이샤와 지아니는 건강검진에 합격하자마자 고비사막의 훈련소로 급파됐다. 그곳에서 경험한 원심분리기 탑승 훈련과 우주복 착용 훈련은, 아이샤와 지아니 커플이 수행할 역할이 스팸 깡통 속의 햄이나 다름없다는 사실을 감안하면 실제적이라기보다는 모큐멘터리를 찍는 것에 더 가까웠다고 해야 할 것이다. 그러나 아이샤는 컨베이어 벨트처럼 끊임없이 몰려드는 주최사의 이런저런 홍보 요구에 참을성 있게 응했다. 그리고 마침내 발사대에 오르는 날이 왔다.

"마치 수술대 위에서 집도를 기다리는 환자가 된 기분이야."

우주복 차림으로 창어 20호 본체까지 승조원들을 데려다줄 차량을 기다리던 지아니가 말했다.

조종사인 즈린은 재미있어하는 기색이었다. "그 수술이 수술 내내 깨어 있어야 하는 뇌 수술일 경우에나 해당하는 얘기야."

"두려웠던 적은 없어?"

아이샤가 물었다.

"첫 발사 때는 두려웠지." 즈린은 고백했다. "인간에게는 어울리지 않는 행위라는 생각이 들었어. 위화감을 느끼는 것도 충분히 이해해. 하지만 우리 조상님들도 현대인들이 하는 일들을 보면 생경하게 느낄 게 분명해. 차를 운전하거나 비행기를 조종하는 일들 말이야."

"마천루 사이에서 줄타기 곡예를 한다든지?"

지아니가 농담을 했다. 아이샤는 남편을 한 대 쥐어박고 싶은 충동을 느꼈지만 즈린은 그냥 웃었을 뿐이었다.

갠트리※ 위에 서서 황량한 잿빛 평원을 조망하며, 실시간 중계방송을 보고 있을 아버지와 제자들을 향해 아이샤는 쾌활하게 손을 흔들어 보였다. 그러나 좁다란 선실 안 좌석에 누워 안전 스트랩으로 몸을 단단히 고정한 후에는 곁에 있는 지아니의 손을 꼭 잡고 눈을 감았다.

"걱정하지 마."

지아니가 속삭였다.

엔진이 점화되기를 기다리면서 아이샤는 자신이 왜 우주를 동경하게 됐는지 생각해 봤다. 굳이 이렇게 지구를 떠나지 않더라도, 광막한 우주에서 고향 행성 지구는 지극히 섬약한 오아시스이며, 창백한 푸른 점에 불과하다는 정도는 이미 잘 알고 있다. 하지만 그 뻔한 사실을 가르치려 몸소 이런 식의 엄청난 스턴트까지 감행했는데, 이조차 제자들이 과학에 흥미를 느끼게 하지 못한다면 교사로서는 완전히 낙제점이라는 생각이 들었다.

※　우주선과 발사대를 연결하는 다리.

엔진이 점화된 순간, 엄청난 양의 화염이 뿜어져 나오는 소리가 귀청을 강타했다. 그녀의 몸과 사나운 불길 사이에 있는 모든 연약한 구조물이 덜덜 떨리고 있었다. 지아니가 그녀의 손을 꼭 쥔 순간, 두 사람이 어두운 사막을 밝히는 회전 폭죽처럼 빙빙 돌면서 하늘 높이 튕겨 올라가는 모습이 뇌리에 스쳤다.

우주비행 시뮬레이터로 훈련을 받았을 때, 아이샤는 눈앞의 스크린에 표시되는 가상 경로를 보며 몸에 전달되는 온갖 소음과 반동을 발사 단계나 추진체 분리 같은 공학적 정보로 치환해 이해하는 법을 배웠다. 그러나 지금은 그런 식의 해석을 의도적으로 피하고 있었다. 혹시 신호를 잘못 읽는 바람에, 가장 고비가 시작되려는 찰나에 상황이 다 끝났다고 착각할까 봐 두려웠기 때문이다. 엔진의 강력한 울림과 선실의 진동 탓에 지금까지 한 번도 느껴본 적 없는 방식으로 이가 욱신거렸다. 이건 뇌 수술이 아니다. 정신 나간 치과 치료다.

마침내 모든 것이 정지하고 조용해진 뒤에도 그녀는 자신의 오감을 믿기를 거부했다. 엄청난 소음과 진동에 아예 무감각해졌거나, 일종의 해리장애 상태에 빠져 외부 자극을 아예 차단하고 있는 것인지도 몰랐다.

"아이샤?"

아이샤는 눈을 떴다. 파안대소하는 지아니의 얼굴이 눈에 들어왔다. 그가 호주머니에서 펜을 꺼내고선 손에서 놓자 펜은 마술처럼 공중에 둥둥 떴다. 영화 속 특수 효과 또는, 스마트폰의 싼 티 나는 증강 현실 오버레이처럼. 영화 〈2001: 스페이스 오디세이〉를 수도 없이 되풀이해서 본 아이샤에게는 익숙한 장면이었지만, 정작 현실에서 그런 일이 일어나는 것을 보니 도저히 믿기지 않았다.

지아니가 말했다. "이젠 우리도 어엿한 우주비행사야. 정말 근사하지 않아?"

3

사흘 후 시누스 메디※에 발을 내디딘 순간, 아이샤는 한껏 고양돼 있었다. 다시 열두 살 시절로 돌아간 듯한 기분을 느끼며, 대낮에도 찬란하게 불타오르는 별들과 지평선까지 끝없이 이어지는 태곳적 현무암 협곡들을 경이에 찬 눈으로 응시했다. 이윽고 그녀는 수중 에어로빅을 연습하던 자신의 할머니처럼 위태로운 동작으로 어기적거리며 착륙장을 가로지르기 시작했다. 달에선 X든 Y든 Z든 사소한 수칙 중 무엇 하나라도 어기면 그 즉시 끔찍한 죽음을 맞이할 것이라는 사전 경고가 아이샤의 뇌리에 깊게 각인돼 있었지만, 그녀가 실제로 그런 치명적인 실수를 저지를 확률은 고층 건물 창문을 열고 뛰어내리는 식의 정신 나간 짓을 할 가능성만큼이나 희박했다.

시누스 메디 기지는 진공에 그대로 노출된 채 사방으로 뻗어 나간 공장과 작업실들의 집합체였지만, 호흡할 수 있는 공기와 기압이 유지되는 거주 구역은 작은 교외 주택만 한 공간 하나밖에 없었다. 거

※ 달 앞면 정중앙에 자리한, 지구와 가장 가까운 평원 지대. 라틴어로 '중앙의 만'을 뜻한다.

주 구역 뒤쪽에는 온실이 하나 딸려 있었지만 말이다. 즈린은 신혼부부에게 기지 요원들을 소개해 주었다. 칭이는 식물학자 겸 의사, 마틴은 로봇 기술자 겸 광산 기술자, 용은 지질학자 겸 천체물리학자였다. 학위를 두 개씩이나 꿰찬 이 천재들은 모두 서른 살쯤 돼 보였다. 아이샤는 처음에 이들의 존재에 압도당하는 느낌을 받았지만, 이런 감정은 곧 일종의 안도감으로 바뀌었다. 이들을 부러워한다는 것은 올림픽 선수를 부러워하는 것이나 마찬가지라는 사실을 꺠달았기 때문이다. 앞으로 달에서 보낼 나날을 허망한 잡념이나 후회 따위에 사로잡히는 일 없이 있는 그대로 즐기고 싶다는 기분 쪽이 더 강했다. 박사학위 하나라도 안 따놓은 것에 대한 아쉬움이라든지, 우주 승객으로서의 경험을 살려서 나중에 우주비행사에 도전하고 싶은 야망 따위는 생기지 않았다.

칭이는 수경 재배 작물에 영양분과 에너지를 전달하는 복잡한 시스템에 관해 간략하게 설명해 주었고, 아이샤의 제자들이 보내온 모든 질문에 대해 참을성 있게 대답해 주었다. 마틴은 현무암 덩어리들을 녹여 유용한 물질을 제조하는 태양열발전식 제련로를 보여줬다. 지금까지 만들어 낸 물질은 용의 프로젝트를 실현하기 위한 실리카 섬유가 대부분이었지만 말이다. 용이 적도 궤도에 쏴 올린 '모라벡 스카이훅'은 달 지름의 무려 3분의 1에 달하는 거대한 회전 케이블이었는데, 월면에 대해 수직으로 회전하면서 달의 자전과는 반대 방향으로 달 주위를 돌고 있었다. 케이블 자체는 달의 자전과 같은 방향으로 회전하는데, 그 회전 속도는 진자처럼 월면 상공을 스치며 역진

해 오는 케이블 말단의 통과 속도가 그 궤도 속도를 순간적으로 상쇄할 정도로 빨랐다. 알기 쉽게 말해서, 달의 적도를 따라 굴러다니는 거대한 바퀴의 바큇살 한 개의 움직임을 떠올리면 된다. 그러나 그 가상 바퀴의 진로는 달 지면에서 수 킬로미터 상공에 있기 때문에, 월면에 있는 인간이 제아무리 높이 뛰어오르더라도 케이블에 맞아 머리통이 박살 날 우려는 없다. 머지않은 장래에 스카이훅은 우주선과 보급 물자를 갈고리에 걸어 원심력으로 화성까지 날려 보낼 예정이었다. 아직 스카이훅은 그 개념이 충분히 실현 가능하다는 것을 만천하에 증명해 주는 근사한 전시물에 불과하고, 그 모습 역시 지치지도 않고 재주를 넘는 대벌레를 연상시키지만 말이다.

자기 방으로 돌아온 아이샤는 스카이프로 지구에 있는 아버지와 화상 통화를 나눴다. 3초에 달하는 지연 시간을 무시하기는 힘들었지만, 대륙 간 통화에선 이보다 더 상태가 안 좋았던 적도 있었다.

"몸은 건강해? 우주 비행을 하면서 아프지는 않았니?"

"아무렇지도 않아요." 게워 낼 것들은 이미 우주선 안에 전부 쏟아 낸 뒤였다.

"난 네가 정말이지 자랑스럽다. 네 엄마도 봤다면 얼마나 기뻐했을까!"

이 말에 아이샤는 단지 미소 지었을 뿐이었다. 자신이 한 일이라고는 아버지의 선물을 받은 것뿐이라고 지적할 정도로 매몰찬 성격은 아니었다.

통화를 마친 후 아이샤는 의자에 털썩 앉으며 한숨을 쉬었다. "아까 무슨 얘기였더라?"

"내 여동생은 지금 산호초에서 스쿠버다이빙을 하고 있다는데 샘나지 않아?"

지아니가 놀렸다. 피지 여행 티켓은 그녀에게 주고 왔다. 양쪽 모두를 즐긴다는 건 너무 과한 욕심이기에.

"아니."

기껏 제련로를 구경하려고 신혼여행을 간다는 식으로 비아냥거린 기사도 몇 개 있었다. 그러나 실제로 달에 와보니 따분할 겨를이 없었다.

"설마 우리 방에까지 카메라를 설치하지는 않았겠지?"

지아니가 물었다. 아이샤는 남편의 말이 농담이기를 희망했다. 그들이 맡은 역할이 무엇이든 간에, 리얼리티프로그램 출연자들과는 격이 달라도 한참 다르지 않은가. 그러나 아이샤는 돌다리를 두드리고 건너는 심정으로 컴퓨터를 껐다.

달에서는 별것 아닌 움직임도 큰 실수로 이어질 수 있다는 사실을 의식한 나머지 그들은 머뭇거리며 키스했다. 방바닥에 벨크로나 자석으로 고정돼 있지 않은 물건은 바나나 껍질이나 마찬가지라고 생각하면 된다.

"일단 침낭 안에 들어가면 괜찮아질 거야."

아이샤가 말했다. 이 방에 어느 정도까지 방음 처리가 돼 있는지 확신할 수 없었기 때문에, 그들은 웃음을 억누르며 서로의 옷을 벗겼다.

"장인어른이 달 여행 갈 용의가 있느냐고 물어봤을 때, 거의 거절할 뻔했어."

지아니가 털어놓자 아이샤는 이마를 찡그렸다. "거참 반가운 얘기네."

"난 그냥 솔직해지고 싶었을 뿐이야."

"농담이었어!" 아이샤는 지아니에게 입을 맞췄다. "나도 열 번 넘게 포기할 뻔했어."

"그렇다면 서로 포기하지 않아서 정말 다행이군. 이번 신혼여행은 우리 인생에서 가장 멋진 추억으로 남을 거야."

4

아이샤는 제자들과 얘기를 나눌 기회를 놓치지 않도록 손목시계의 기본 표시를 더니든의 현지 시각에 맞춰놨다. 6시에 잠에서 깼다. 샤워를 한 다음 침낭 쪽으로 가서 지아니의 어깨를 발로 툭 쳤다.

"지금 일어나서 아침 먹을래?"

지아니는 자기 시계를 봤다. "새벽 2시잖아!"

"그건 베이징 시간이고. 자, 일어나. 애들과 통화할 땐 당신도 내 옆에 앉아 있어야 해. 안 그러면 1시간 내내 당신은 뭐 하고 있느냐는 질문 공세에 시달릴 게 뻔해."

아침을 먹고 몸단장을 마친 다음 컴퓨터 앞에 앉아서 전원을 켰다. 아무 문제 없이 부팅됐지만, 스카이프를 켜자마자 인터넷 연결이 끊겼다는 메시지가 나타났다.

"달 기지가 지구에 있는 접시안테나의 통신 범위에서 벗어나 있는 건지도 모르겠군."

지아니가 추측했다.

"지구와는 종일 연결돼 있는 걸로 아는데."

달 기지와의 통신은 몽골, 나이지리아, 온두라스에 있는 지상 기지국들을 통해 상시 이뤄진다. 특정 시간대에만 교신할 수 있다는 이야기는 훈련소 교관한테도, 기지의 과학자들한테도 듣지 못했다.

지아니가 눈을 가늘게 떴다. "방금 저 소리 들었어?" 나직하게 쾅 하는 소리. 에어록의 안쪽 문들이 닫히는 소리 같았다.

그들은 방에서 나와 공용 거실로 갔다. 마틴은 방금 밖에서 돌아온 듯했다. 아직도 우주복 차림인 데다가 헬멧을 들고 있었다.

"통신에 문제가 생겼어."

마틴이 말했다.

"아." 아이샤는 잠시 주저하다가 말을 이었다. "고치는 건 어렵지 않아?" 선생님과 통화하지 못한 아이들은 크게 실망할 것이 뻔하지만, 지금은 그런 사소한 일에 신경을 쓸 때가 아니었다. 마틴과 그의 동료들은 넉 달이나 더 이 기지에 머물러야 하는데, 고장 수리에 꼭 필요한 부품이 없다면 교대 요원들이 도착할 때까지 통신은 줄곧 먹통인 채로 남아 있어야만 한다.

"모르겠어." 마틴이 대답했다. "우리 쪽엔 아무 문제가 없거든."

"오케이." 아이샤는 마치 나쁜 소식을 전하는 듯한 마틴의 말투가 마음에 걸렸다. "그냥 기다리고 있으면 지구의 다음 기지국과 교신이 가능해지는 게 아니었어…?"

마틴이 대꾸했다. "지금쯤이면 이미 다른 기지국에 접속돼 있어야 해."

"그럼 중앙 관제 센터의 문제인가?"

"아냐." 마틴은 황망해하는 기색이 역력했다. "교신 범위 끝자락에 있는 둥펑 센터도 접속이 되질 않아. 그곳에서 무슨 일이 일어나고 있든 간에, 적어도 접시안테나들이 쏘는 반송파는 수신할 수 있어야 하는데."

이 말에는 아이샤도 당혹감을 느꼈다. "서로 지구 반대편이나 다름없는 나이지리아와 둥펑의 안테나가 어떻게 동시에 먹통이 될 수 있는 거지?"

마틴은 고개를 설레설레 저었다. "나도 영문을 모르겠어."

다른 기지 요원들도 한 사람씩 거실로 왔다. 대화 소리를 듣고 잠을 깼든가, 아니면 자기 기계를 쓰던 중에 통신 링크가 끊긴 것을 알아차리고 온 듯했다. 용은 마틴을 상대로 기술적인 문제에 관해 잠시 의논하더니 추가 테스트를 해보겠다며 밖으로 나갔다. 마틴은 자체적으로 작동하는 휴대용 트랜시버를 써서 평소 지구 기지국들이 보내오는 것과 똑같은 통신 프로토콜을 발신해 보았고 기지의 수신기는 성공적으로 수신했다고 했다. 시누스 메디 기지에 설치된 송수신 안테나를 지구의 것과 능동적으로 동조시킬 필요는 없었다. 지구는 실질적으로 고정표적이나 마찬가지였고, 미세한 전파 추적에 관련된 기능은 모두 지구의 기지국들이 도맡아 수행하고 있었기 때문이다. 그러나 용은 근거리 트랜시버와는 접속되면서도 멀리 떨어진 지상국 안테나와의 교신만 차단하는 모종의 기술적 결함이 존재할지 모른다는 가설을 세우고 있었다.

지아니는 가라앉은 분위기를 띄워보려고 했다. "지구에서 연결이 안 되면 모뎀을 껐다 켜면 그만이었지만, 여기 사람들은 우리가 혹시 공룡이 멸종하지 않고 인류 역할을 떠맡은 평행 우주로 튕겨 들어온 건 아닌지 확인해 봐야 직성이 풀리는 모양이군."

이 농담에 웃은 사람은 즈린뿐이었는데, 이는 그가 과거 민간항공사 조종사로 일했던 경험 때문일 것이다. 그는 본인의 더릿속에 어떤 생각이 오가든 승객들의 불안을 잠재우는 일에 익숙했다.

용이 돌아왔다. "우리 탓이 아냐." 그는 단언했다. "문제는 지구 쪽에 있어."

칭이와 마틴은 식당의 식탁 위를 말없이 내려다봤지만, 지아니는 침묵을 견디지 못하고 다시 입을 열었다. "그럼 미국이 중국의 지상 기지국들을 몽땅 해킹이라도 했단 얘기야? 일종의 사이버 선제공격 같은 걸로?" 지아니는 구체적인 이유까지는 입에 올리지 않았지만, 최근의 미·중 갈등이 지구 궤도상의 무기 체계와 관련이 있다는 점은 누구나 아는 사실이었다.

아이샤는 말했다. "상황이 그 정도로까지 악화했을 것 같지는 않아."

용은 아이샤와 지아니를 보며 말했다. "오늘도 관광 일정이 있는 거 알고 있지? 보시다시피 난 우주복을 이미 입고 있어. 다음번에 연결될 기지국은 5시간 뒤에나 달을 마주 보니까, 마냥 걱정하면서 여기 앉아 있는 것보다는 일정을 소화하는 편이 낫지 않을까.”

아이샤와 지아니는 우주복을 입었고, 용과 함께 에어록을 통과했다. 아이샤는 주위에 펼쳐진 장관을 만끽했고, 레골리스 위를 걷는 법을 완벽하게 마스터하기 위해 최선을 다했다. 그들 주위의 지면이 마치 과거에 핵폭발이라도 일어난 듯이 녹아 있는 것처럼 보이고, 폐소 공포증을 불러올 정도로 답답한 우주복이 방사능 낙진 방호복을 연상케 한다는 점은 일단 잊기로 했다.

아이샤가 삑삑 하는 규칙적인 기계음을 들은 것은, 달의 뒷면에 있는 ‘바다’의 수가 앞면에 비해 적은 건 달의 뒷면에 달보다 훨씬 작은 위성이 충돌하면서 지각 자체가 두꺼워졌기 때문이라는 가설을 용이 설명하던 중의 일이었다.

“나 말고도 이 소리 들리는 사람 있어?”

아이샤가 물었다. 우주복은 우주복 자체에 문제가 발생했을 때조차도 착용자가 설정해 놓은 언어로 정중하고 유용한 메시지를 얘기하도록 만들어져 있다는 설명을 듣기는 했지만, 혹시 모종의 경보는 아닌지 불안했다.

“아, 미안. 그 소리는 스카이훅이 보낸 신호음이야.” 용이 뭔가를 조작하자 소리가 그쳤다. “그게 아직도 달 상공에 떠 있는지 직접 귀로 듣고 확인해 보는 버릇이 있어서.”

“상공에 떠 있지 그럼 어디로 가겠어?”

지아니가 반문했다.

"아주 미세한 운석에 직격당해서 두 동강이 날 수도 있지."

"혹시 우리가 그런 운석에 맞으면 어떻게 돼?"

"우린 스카이훅보다 훨씬 더 조그만 표적이니까 그럴 걱정은 안 해도 돼."

기지 내부로 돌아왔을 무렵에는 대기 시간이 거의 끝나가고 있었다. 마틴은 공동 거실의 통신 콘솔 위로 상체를 내밀고 스크린을 뚫어지게 바라보고 있었다. 설령 또 접속에 실패한다고 해도 너무 실망하는 일이 없도록 아이샤는 마음의 준비를 했다. 아직 아무도 알아내지 못한, 전혀 걱정할 필요가 없는 원인이 있을지도 모르지 않는가.

"아예 응답이 없어." 마틴이 선언했다. "모두 먹통이야."

지아니가 말했다. "NASA의 안테나 중 하나에 연결할 수는 없을까?"

"그건 애당초 우리 쪽을 향하고 있지 않아."

"TV 방송 전파를 포착할 수는 없어?"

마틴은 짜증스럽게 얼굴을 찌푸렸다. "그런 쓰레기들을 수신할 수 있을 정도로 감도가 높은 안테나는 달 뒷면에만 딱 하나 있어. 바로 그런 쓰레기를 피하기 위해서 말이야."

지아니는 풀 죽은 얼굴로 고개를 끄덕였다. "알았어. 그럼 이제 우린 어떻게 해야 하는 거지? 지구 쪽에서 곧 해결해 줄 거니까, 너무 고민하지 말고 그냥 기다려야 하는 건가?"

"그래야지." 즈린이 대답했다. "이틀쯤 인터넷 없이 지내보라고.

그렇다고 해서 문제 될 건 없잖아. 안 그래?"

5

통신 두절 상태가 길어지면서, 아이샤는 자신이 현 상황에 관한 두 가지 해석에 같은 무게를 두고 있다는 사실을 자각했다. 첫 번째 해석을 믿는다면 지구와 교신할 수 없다는 사실은 사소한 불편 사항에 불과했다. 이것은 달에 더 오래 체류해야 하는 기지 요원들에게도 (적어도 단기적으로는) 해당하는 얘기였다. 중국의 지상 기지국들에서 발생한 통신 장애가 국가 기밀로 지정되는 게 아닌 이상, 잠시 연락이 안 된다고 해서 가족들이 걱정할 이유는 없다. 어떠한 상황에서건 아버지는 걱정하겠지만, 적어도 통신 장애 때문이라는 사실은 알고 있을 것이다.

반면, 사이버든 뭐든 간에 진짜 전쟁이 일어나지 않았다면, 서로 멀리 떨어진 곳에 위치한 세 곳의 기지국에 도대체 무슨 일이 일어났길래 아직도 수리가 끝나지 않은 것일까? 베이징과 워싱턴 사이의 관계가 단지 말싸움 수준에 머물러 있는 것이 사실이라면, 선의를 베푸는 차원에서라도 스페인이라든지 오스트레일리아에 있는 지상 기지국에서 메디 기지를 불러내서 짧게라도 소식을 들려줘야 옳지 않은가.

그러나 아이샤는 지아니하고만 있을 때조차도 첫 번째 해석을 고수했고, 비관적인 생각 자체를 원천 봉쇄했다. "지구에서 출발 허가가 안 떨어지더라도 우린 달 착륙선을 타고 이륙해서 지구로 귀환할 수 있어." 그녀는 지적했다. "항공 교통 관제소에 미리 비행 계획서를 제출해서 허락을 맡아야 할 정도로 하늘이 붐비는 것도 아니고." 아마 즈린은 둥펑으로 출발하기 전에 미리 현지의 기상 상황을 확인하고 싶어 하겠지만, 지구로 돌아가는 일 자체에는 원칙적으로 아무 문제도 없었다. 설령 지구에 있던 사람들 모두가 그리스도 재림으로 인해 승천했고, 마지막으로 올라간 사람이 조명까지 완전히 끄고 갔다 해도 말이다.

아이샤는 지아니가 계속 그녀 이름을 부르는 소리를 듣고 잠에서 깼다. "뭔가 이상해!" 그가 속삭였다. "다들 공동 거실에서 한참 말다툼을 했는데, 그중 몇 명이 밖으로 나간 것 같아."

"무슨 말다툼을 했다는 거야?"

아이샤는 딱히 대답을 듣고 싶은 마음은 없었지만, 걱정하지 말고 다시 자라고 해봤자 동요한 기색이 역력한 지아니가 순순히 따를 것 같지는 않았다.

"몰라. 중국어로만 말하고 있었어."

"문제는 결국 우리 쪽에 있었다는 걸 알아냈고, 그걸 고치러 나간 게 아닐까?"

"직접 가서 확인해 봐야겠어."

"아니, 그러지 말고…."

그러나 이 말이 끝나기도 전에 지아니는 침낭 밖으로 나가 있었다. 아이샤는 안전등의 붉은 조명 아래에서 옷을 입는 남편의 모습을 응시했다. 그녀는 끊이지 않는 불안과 편집증으로 점철된 이런 분위기에 넌더리를 내고 있었다. 그러나 이틀만 참으면 지구를 향해 출발할 수 있고, 닷새 뒤면 모든 의문이 풀릴 것이다.

방에서 나간 지아니가 칭이와 말을 나누는 소리가 들렸다. 처음에는 너무 나직해서 알아들을 수가 없었지만, 지아니는 곧 고함을 지르기 시작했다. "그런 개 같은 경우가 어딨어!" 그가 외쳤다.

"제발, 아무 일도 하지 마!"

칭이가 애원하듯이 말했다.

아이샤는 힘겹게 침낭에서 빠져나와 그들에게 갔다. 지아니는 자기 몸을 껴안듯이 팔짱을 끼고 거실 안을 돌아다니고 있었다.

"무슨 일이야?"

아이샤가 물었다.

"자기들끼리 지구로 간대!"

"뭐?"

칭이가 말했다. "지구의 상황이 정말로 심각하다면, 지구에서 오랫동안 다른 우주선을 보내지 않을지도 모른다고 두려워하고 있었어."

아이샤는 망연자실했다. 창어 20호는 조종사 이외에 세 명의 승객만을 태울 수 있기 때문에 여섯 명 모두 함께 돌아갈 수는 없지만, 지구가 달 기지의 요원들을 저버릴지도 모른다고 생각하다니 미쳐도 단단히 미쳤다는 생각밖에 들지 않았다. "그럼 우린 완전히 버림받은 거야?"

칭이는 고개를 가로저었다. "당신들은 손님이고, 회사 홍보를 위해서 여기 왔어. 그러니까 그쪽에서도 구조하기 위해 훨씬 더 큰 노력을 기울일 거야. 하지만 우리 기지 요원들은 1년 계약으로 여기 왔고, 장기 거주를 위한 훈련도 이미 받았어. 그러니까 당신들에 비하면 우릴 당장 구조해야 한다는 압력은 훨씬 덜할 거야."

아이샤는 분개해야 할지, 아니면 약간의 동정심을 느껴야 할지 갈피를 잡을 수 없었다. 도주한 기지 요원들의 판단은 적확했는지도 모른다. 그러나 닷새간의 통신 두절이 정말로 지구에서의 전쟁 발발을 의미한다면, 회사 이미지에 조금 타격을 받는 것이 두려워서 몇십 억 달러나 하는 파괴된 인프라 재건에 나선다는 것은 어불성설이었다.

지아니가 말했다. "내가 가서 막아야겠어." 그는 에어록 앞으로 걸어가서 우주복을 입기 시작했다.

칭이는 아이샤를 보고 말했다. "나가지 말라고 설득해야 해. 밖에서 싸우는 건 너무 위험해."

"그냥 말을 나누려고 가는 거야!"

지아니가 화난 어조로 쏴붙였다.

"여기서도 얘기할 수 있잖아."

칭이는 손짓으로 통신 콘솔을 가리켜 보였다. 지아니는 칭이를 무시했지만, 아이샤는 칭이와 함께 콘솔로 가서 마이크 앞에 앉았다.

"용? 마틴?" 그러나 응답은 없었다. "제발. 일단 얘기를 나눌 수는 없을까?"

지아니는 헬멧을 제외하면 우주복을 완전히 입은 상태였다. "그렇게 좋게 얘기해 봤자 되돌아올 인간들이 아냐!"

"그럼 당신은 저 사람들을 어떻게 설득할 예정인데?"

"내가 앞을 가로막고 선다면 절대 무시 못 할걸."

"몸으로 막는 건 좋은 생각이 아니야." 아이샤가 말했다. 우주복 재질은 쉽게 찢어지지는 않지만, 어떤 식으로든 진공 상태에서 다른 사람과 다투는 것은 바람직하지 않다. "어차피 지금쯤은 다들 착륙선 안에 들어가 있을 거야."

"가서 확인해 보면 알겠지."

지아니는 헬멧을 목 부분에 끼워 맞춘 후 에어록 안으로 들어갔다.

감정이 마비된 듯한 느낌이다. 지금 지아니를 따라간다면, 단지 상황을 악화시킬 뿐일까? 에어록의 바깥문이 닫히는 소리가 들리자 그녀는 마이크 옆의 버튼을 눌렀다. "지아니?"

"뭐야?"

마치 달리기를 할 때처럼 격하게 숨을 몰아쉬는 소리가 들렸다. 발사장은 기지에서 500미터 떨어진 곳에 위치해 있었지만, 10분 전에 떠난 사내들이 지아니에게 따라잡힐 가능성은 전무했다.

"그냥 가게 내버려둬. 아마 일주일만 기다리면 지구에서 다른 우주선을 보내줄 거야."

"말도 안 되는 소리! 저건 우리를 태우고 지구로 가는 우주선이야. 저놈들에겐 그걸 훔칠 권리가 없어."

"그냥 돌아와 줘!"

지아니는 대답하지 않았다.

아이샤가 말했다. "직접 가서 데려와야겠어."

우주복을 입는 아이샤를 칭이는 비참한 표정으로 바라보고 있었다. 이 여자는 왜 다른 동료들과 함께 떠나지 않은 것일까? 우주선에는 그녀가 탑승할 자리가 하나 남아 있지 않은가. 혹시 뒤에 남아 손님들을 돌볼 베이비시터가 필요하다는 이유로 제비를 뽑은 것인지도 모르겠다. 단지 남의 도움 없이는 달에서 단 하루도 살아남기 힘든 두 명의 초심자를 저버리고 갈 수 있을 정도로 모질지 못했을 가능성도 있지만.

에어록 밖으로 나가자 멀리서 은박지에 싸인 캥거루처럼 월면 위를 껑충껑충 나아가는 지아니의 모습이 보였다. 발사대 근처를 돌아다니는 사람은 눈에 띄지 않았다.

"제발 돌아와, 이 멍청아!" 그녀는 간원했다. "기지에서도 살아갈 수 있으니까 괜찮잖아!" 설령 여기서 1, 2년 기다려야 한다고 해도, 칭이는 작물을 재배하고 기지를 생존 가능하도록 유지하는 법을 알고 있었다.

지아니는 계속 달렸다. 아이샤는 남편을 따라잡는 것을 포기하고, 뒤뚱거리며 최대한 빠른 속도로 전진하는 일에 전념했다.

지아니가 마침내 발사대에 도달하자, 아이샤는 눈으로 직접 보고 상황을 확인한 남편이 단념하기를 희망하며 기다렸다. 즈린은 착륙선 안에서 최종 시스템 체크에 들어갔을 것이고, 이미 탑승한 요원들이 지아니와 논쟁을 벌이기 위해 밖으로 나올 가능성은 없었다. 저 악당들은 결국에는 감옥에 가게 될지도 모르겠다. 법적으로 정확히 어떤 부분이 문제가 되는지는 잘 모르겠지만, 침몰선의 갑판 아래에 갇힌 승객들을 버리고 떠난 선장이 처벌받은 것과 비슷하지 않을까.

지아니는 착륙선의 해치로 이어지는 사다리를 타고 올라갔다. 거리가 있는 탓에 정확히 무엇을 하고 있는지는 알 수 없었지만, 아마 선체를 쾅쾅 두드리고 있을 것이다.

"밖으로 나올 때까지 여기 매달려 있을 거야!"

지아니가 외쳤다.

"이제 그만해!"

아이샤가 간원했다.

선체가 덜덜 떨리는 소리를 들은 것은 지아니의 통신기를 통해서였지만, 곧 우주복의 부츠를 통해 지면이 약하게 진동하는 것을 느꼈다. 아이샤는 달 착륙선을 응시했다. 엔진이 뿜는 불길은 보이지 않았지만, 넓게 분산된 탓인지도 몰랐다.

"당장 거기서 내려와."

지금까지 아무리 애원해도 막무가내였던 지아니도, 이번만큼은 그녀의 목소리에 서린 공포를 읽고 생각을 바꿀지도 모른다.

"이건 허세에 불과해!" 그는 쏘아붙였다. "그대로 이륙할 리가 없어."

"당장 내려와서 도망쳐. 안 그러면 널 절대 용서하지 않을 거야!" 이제는 착륙선의 하단 주위에서 푸르스름한 빛이 깜박거리는 것을 볼 수 있었다. "뛰어내려!"

"엔진을 끄고 밖으로 나와."

지아니가 탈주자들에게 명령했다. 그가 아이샤에게 모욕적인 언사를 내뱉었던 불량배들이 잔뜩 타고 있는 차 앞을 우뚝 가로막고 서서, 전혀 위축되지 않은 기색으로 차 밖으로 나오라고 명령하는 광경을 본 적이 있다. 예전부터 자기가 옳다고 생각하면 물불을 가리지 않는 성격이었다.

착륙선이 상승하기 시작했다. 5미터, 10미터. 아이샤는 자기도 모르게 짧게 흐느꼈고, 지아니가 마침내 사다리에서 손을 놓은 것을 보고 숨을 멈췄다. 지아니는 마치 꿈속의 한 장면처럼 나른한 동작으로 우주선에서 떨어져 나와 자유낙하를 시작했고, 엔진의 분사구가 내뿜는 새파란 화염 속으로 천천히 굴러떨어졌다.

6

월면차는 햇빛을 필요로 하기 때문에 아이샤는 시속 16킬로미터의 느긋한 속도로 주행했다. 월면차의 에너지원인 태양보다 더 빨리 이동해 봤자 의미가 없었다. 태양은 실질적으로 하늘에 못 박혀 있는 것이나 마찬가지였으므로. 기지에 오랫동안 체류하면서 익숙해진 빛의 미묘한 변화도 더 이상 감지할 수 없었다. 주행 시의 완만한 지형 변화조차도 그녀가 느끼는 이런 정체감을 한층 더 기묘하게 만들 뿐이었다. 아이샤는 GPS로 월면차의 움직임을 추적했고, 창밖으로 스쳐 가는 크레이터나 열구의 모습을 위성 맵의 사진과 대조해 보며 따분함을 잊으려고 했다. 그러나 며칠 동안 똑같은 풍경이 끊임없이 변주되는 광경을 바라본 뒤에는, 마치 컴퓨터 게임의 자동 생성된 황량한 풍경 속에 갇혀 있는 듯한 폐색감에 사로잡혔다. 놀랄 정도로 핍진한 풍경이라는 점은 부인할 수 없지만, 누군가가 여기에 정신이 번쩍 들 정도로 푸르른 초목이라든가, 건물 한두 채, 사람의 모습 따위를 넣어준다면 얼마나 좋을까.

누리 역시 아이샤가 보는 것보다 훨씬 더 단조로운 제 주변 풍경을 향해 이따금 항의하듯 울어댔다. 아이샤는 야단친다는 인상을 주지 않으려고 노력하며 우주복 안에서 시끄럽게 울어대는 누리를 얼렀다. 그 누구에게도 이런 식의 감각 박탈을 받아들이라고 강요할 수는 없다. 지금처럼 참고 견디는 수밖에 없는 경우조차도 말이다.

우주복은 수분을 최대한 재활용해 줬고, 식사는 월면차 뒤의 저장 탱크에 담긴 액상 완전식품을 관을 통해 빨아 먹는 것으로 해결했다. 우주복에게 명령해서 안면 유리를 불투명하게 만들면 잠을 자는 것도 어렵지 않았다. 적어도 누리가 협조적인 기분일 때는 말이다. 월면차는 1센티미터 단위까지 상세하게 탐사됐을 뿐만 아니라 10억 년 동안 아예 변하지 않았을 공산이 큰 지역을 가로지르는 평탄하고 안전한 진로를 이미 설정해 놓고 있었다. 어차피 실수로 야생동물을 친다거나 빗길에 미끄러질 위험 따위가 있는 것도 아니었으므로 그리 어려운 일은 아니었다.

경도 90도 선이 가까워졌을 때 아이샤는 지평선 위에 떠 있는 지구를 되돌아봤다. 저 멍청이들이 무슨 짓을 저질렀든 간에, 저 파란 구체 전체를 사람이 아예 살 수 없는 불모지로 만들어 놨을 것 같지는 않았다. 가장 가까운 천체인 달에 로켓은커녕 전파 신호조차 보낼 수 없는 처지가 되었을지는 몰라도, 인류의 긴 역사에서는 그런 수단 없이 지낸 기간이 훨씬 길지 않았던가. 호흡 가능한 공기가 있고 작물이 여전히 자랄 수 있다면, 돌아가기 위해 고투할 가치는 충분하다.

“스카이훅은 왜 지금보다 더 낮은 고도까지 내려오지 않는 거야?” 아이샤는 용에게 이렇게 물은 적이 있다. 기지 상공 6킬로미터라니, 아무리 안전을 위해서라도 너무 간격이 넓지 않은가.

“지금보다 낮은 고도에서 우리 기지 위를 통과하게 한다면, 다른 지점에서는 아예 땅에 부딪히기 때문이야.” 용은 대답했다. “어느 한쪽의 고리가 거의 월면을 스칠 정도로 낮게 내려오는 지점은 여섯 곳이 있는데, 이 여섯 지점을 모두 안전하게 통과할 수 있는 최소한의 높이를 확보할 필요가 있었어.”

이런 대화를 나누고 여섯 달 지난 뒤에 아이샤와 칭이가 탈출 계획을 짜기 시작했을 때, 원을 그리며 달 주위를 도는 스카이훅의 궤도를 타원 궤도로 수정함으로써 달 뒷면 고지대와의 충돌을 피하면서도 더 낮은 고도에서 기지 위를 통과하게 만드는 방안을 검토한 적이 있었다. 그러나 스카이훅 케이블의 허브 부분에 있는 이온엔진을 분사시켜서 궤도를 변화시키려면 몇 달이나 걸리는 데다가, 자전하는 달의 앞면과 뒷면은 불과 2주 만에 서로의 위치를 교환한다는 사실이 판명됐다.

그래서 그들은 주회 궤도의 이심률※을 변화시켜 중심이 한쪽으로

※　원 궤도가 타원으로 찌그러진 정도를 나타내는 비율.

치우친 타원형 궤도로 만드는 대신에, 본래의 원 궤도를 유지하면서도 허브의 항법 장치에 변경이 불가능하도록 하드 코딩돼 있는 안전 마진이 허락하는 한도 내에서 궤도의 지름을 최대한 축소시키는 편을 택했다. 그 결과, 달 앞면에 있는 시누스 메디의 반대편에 위치한 달 뒷면의 특정 지점에서, 케이블 말단은 지면에서 불과 10미터 위를 스쳐 지나가게 된다.

월면차가 마침내 목적지에 도착하자 아이샤는 별들로 가득 찬 하늘을 올려다봤다. 길이 1,000킬로미터의 채찍이 하늘에서 그녀를 후려치듯이 내려오는 광경을 떠올리며, 좌석에서 움츠러들고 싶은 마음을 애써 억눌렀다.

잠에서 깬 누리가 울기 시작했다. "알아." 아이샤는 위로하듯이 말했다. "엄마 냄새가 고약하고, 종일 턱만 올려다보는 일에도 이젠 신물이 난다는 거지."

아이샤는 월면차에서 내린 후 억지로 놀려두던 근육들을 깨우기 위해 몇 분 동안 주위를 걸어 다녔다. 그런 다음, 트레일러를 월면차에서 떼어 내 작업에 착수했다.

월면차 상부의 롤케이지※※의 볼트를 모두 풀고 금속 튜브로 이뤄진 보강 틀을 완전히 위로 들어냈다. 그런 다음 트레일러 짐칸에 넣어 둔 실리카 섬유 시트를 꺼내 와서 월면차 안에 넣고, 시트 연결용 코드의 고리들을 롤케이지를 다시 고정할 볼트 구멍들 위에 신중하게 정렬시켜 놨다.

※※※　운전자를 보호하기 위한 금속제 보강 틀.

트레일러에서 열두 개의 지주를 꺼내 와 높이 50센티미터의 장방형 탑 모양을 한 비계를 조립했고, 위쪽에 여분의 지주 두 개를 걸쳐 놓은 다음, 월면차로 하여금 비계 위에 올라가게 했다. 작업의 이 부분을 기지에서 열 번 넘게 되풀이해서 연습해 두지 않았더라면 지금쯤 이미 공황 상태에 빠져 있었을지도 모른다. 그러나 지금은 자동 평행주차를 하는 것만큼이나 사소하고 평범한 일로 느껴졌다.

누리의 울음소리가 두 배로 커졌다. "쉬이잇, 우리 아기 착하지. 다 잘될 거야." 아이샤가 장담했다. "몬스터 트럭으로 레고에 올라가는 거라고 생각하면 돼."

그녀는 두 번째 비계를 조립해서 첫 번째 비계에 붙였다. 이번에는 1미터 높이였다. 월면차는 불평하지 않고 계단을 오르듯 그 위로 올라갔다. 그것은 그녀의 요청을 자체적으로 평가하고 실행 가능하다고 판단했을 정도로 자기 능력에 관해 잘 알고 있었다. 그러나 탑 자체의 강도는 월면차의 전문 분야를 벗어난 일이었고, 탑이 구조적으로 안정돼 있는 것을 확인하는 것은 온전히 건조자의 책임이었다.

그녀는 한 단씩 비계를 올렸고, 월면차도 따라서 올라갔다. 비계의 높이가 7.5미터에 달하자 그녀는 아래로 내려왔고, 뒤로 물러서서 비계로 이뤄진 탑을 점검했다. 칭이는 아이샤가 이 부분까지 예행연습을 할 수 있도록 도왔지만, 동행을 결심할 정도의 확신에는 결국 이르지 못했던 것 같다.

아이샤는 칭이가 용의 작업실에서 찾아낸 '요술 상자'를 트레일러에서 꺼내 들었다. 대기 모드에 있던 상자를 깨워서 스카이훅의 상태를 체크한다. 케이블 말단은 약 20분 후에 이 지점을 통과할 예정이었다.

달의 GPS 시스템이 아직도 정확하고, 아이샤와 스카이훅이 쓰는 좌표들이 일치한다면, 케이블 끄트머리의 전자기식 갈고리는 저 월면차 바로 위로 하강해서 롤케이지에서 50센티미터 위의 허공에 멈췄다가 다시 상승할 것이다. 갈고리의 전자석이 꺼진 상태라면 월면차는 단 1밀리미터도 움직이지 않겠지만, 정말로 그런 식으로 접촉이 이뤄지는지 직접 확인할 필요가 있었다. 아이샤는 다시 탑 위로 올라가서 월면차의 블랙박스용 카메라를 하늘로 향하게 했다.

접촉 시간이 다가오자 아이샤는 지면에 등을 대고 누웠다. 갈고리가 지면에 부딪힐 정도로 낮게 내려오지는 않을 것이다. 궤도 축소 후 한 번이라도 그런 일이 일어났다면 케이블 전체의 움직임에 눈에 띌 정도로 큰 변화가 왔을 것이 뻔하기 때문이다. 그러나 실제 안전 마진이 공표된 마진보다 작을 가능성은 상존했으므로, 서 있다가 머리통이 박살 난 후에 알아차리느니 차라리 이렇게 안전하게 누워 있는 편이 낫다.

누리는 아이샤 쪽으로 고개를 돌렸지만 물론 서로 눈을 마주칠 수는 없었다. "예쁜 우리 아기." 아이샤는 누리를 달랬다. "엄마가 얼마나 널 사랑하는지 알지."

시간 오차가 있을 경우에 대비해서 몇 분 더 기다렸다가 일어섰다. 우주복은 최선을 다해 그녀가 몸을 일으키는 것을 도왔다.

탑은 제자리에 서 있었고, 월면차도 멀쩡했다. 아이샤는 블랙박스

카메라에 접속해서 녹화 영상을 슬로모션으로 재생하라고 우주복에 명령했다.

안면 유리가 불투명해지더니 곧 별로 가득 찬 하늘의 영상이 떠올랐다. "뭔가 변화가 있는 시점까지 빨리 재생해." 그녀는 명령했다.

둥근 실루엣을 가진 물체가 그녀를 향해 다가오고 있었다. 점점 커지면서 별들을 가릴 정도의 크기가 되는가 싶더니 속도를 늦춘다. 마치 공중으로 높이 던져진 거대한 프리스비가 포물선의 꼭대기에 다다르는 순간을 지켜보는 듯한 기분이었다.

실루엣이 후퇴하기 시작한 순간, 영상을 정지시켰다. 겉보기 크기로 미루어 보건대 통과 고도는 그녀가 예상한 높이에 가까웠지만, 통과 지점이 중심에서 6미터쯤 벗어나 있었다. 탑을 분해해서 정확한 지점에 다시 세우는 수밖에 없었다.

다음 접촉 시각까지 끝내려고 서두르지 않고, 천천히 작업을 진행했다. 서두르다가 탑이 무너져서 월면차가 뒤집히기라도 한다면 끝장이다. 아이샤는 일하며 누리에게 콧노래를 들려줬다. 노래를 부를 수 있으면 더 좋았겠지만, 그러면 목이 너무 칼칼해진다.

5시간 후 모든 준비를 끝마치고, 월면 위로 우뚝 솟은 탑 위까지 올라간 월면차의 좌석에 앉아 스트랩으로 단단히 몸을 고정했다. 그런 다음 스카이훅의 허브에 접속해서 전자석을 켜게 했고, 그것이 꺼지는 시각을 밀리초 단위까지 정확하게 프로그래밍했다. 이제 모든 과정은 그녀의 통제를 벗어났다.

누리는 자고 있었다. "이제 우린 할아버지를 만나러 갈 거야." 아이샤는 속삭였다. "아주 조금만 기다리면 돼."

좌석에 앉아서 안면 유리에 빨간색으로 투영된 초읽기 숫자를 바라본다. 발사 2초 전에는 결국 아무 일도 일어나지 않을 것이고, 고립 상태로 달에 영원히 남아 있어야 한다는 사실을 받아들일 마음의 준비를 했다. 그러나 발사 2초 후가 되자, 지구에서의 체중 절반에 달하는 무게가 몸을 짓눌렀을 때 느꼈던 그 엄청난 충격은, 어느덧 일종의 황홀경으로 바뀌어 있었다. 월면의 풍경은 점점 더 빠른 속도로 멀어져 가고 있었지만, 월면차는 아직 눈에 띌 정도의 각도로 기울어 있지는 않았다. 그녀 머리 위로 뻗어 나간 케이블의 허브는 여전히 상상하기 힘들 정도로 먼 우주 공간에 있었다.

누리는 잠에서 깼지만 보채지는 않았다. 아마 늘어난 중력에 의해 예전보다 더 바싹 어머니의 살갗에 밀착할 수 있어서 오히려 편안해하는 것인지도 모른다. 건강한 어른이 되려면 지금보다 체중을 더 늘리고, 더 힘이 세지고, 더 오래 살갗을 맞대고 있어야 한다는 사실을 본능적으로 알고 있는 것일까.

아이샤는 아기에게 지금 무슨 일이 일어나고 있는지를 설명해 줬고, 콧노래를 흥얼거리며 젖을 먹였다. 케이블 끝이 상승하기 시작하고 10분이 지나자 월면은 그녀의 왼쪽에 위치하고 있었다. 깎아지른 듯한 잿빛 암벽은 멀리서 바라본 절벽 표면을 연상시킨다. 그러나 월면차 안에서 아래는 여전히 월면차 바닥이었다. 스카이훅의 강력한 원심력이 달의 중력 따위는 가볍게 압도했기 때문이다. 절벽 면이 뒤로 천천히 물러나고 기울어지면서, 월면차 케이지에 딱 붙어 있는 검은 판 모양의 전자석 위를 덮은 지붕처럼 보이기 시작한 뒤에야, 자신을 가두었던 거대한 천체가 이제는 하늘에 뜬 작은 원반에 불과하다는 사실을 비로소 실감할 수 있었다. 앞으로 무슨 일이 일어나든 간에, 적어도 그 인력의 구속에서는 벗어난 것이다.

위아래가 역전되는 지점에서 몇 도 더 나아간 공간에서 전자석이 꺼지면서 월면차는 허공으로 튕겨 나갔다. 아이샤는 좌석을 움켜잡았고, 눈앞의 계기반도 부여잡았다. 그러나 지금 느끼는 무중력상태는 월면과는 달리 더 이상 위험한 느낌을 주지 않았다. 월면차를 부여잡고 있던 전자석의 지붕이 없어진 지금, 그녀가 이동 중임을 알려주는 물체 역시 아예 존재하지 않는다.

누리가 잠시 칭얼거리는가 싶더니 금세 조용해졌다. 혹시 변화한 환경에 관해 생각하고 있는 것일까. "이젠 우리도 어엿한 우주비행사야!" 아이샤는 아기에게 말했다. "정말 근사하지 않아?"

7

그들은 대다수의 로켓보다 더 빠른 속도로 달을 떠났다. 파란 지구의 모습도, 오면서 줄어들었을 때보다 더 빨리 커지고 있었다. 월면차는 몇 시간에 한 번꼴로 완만하게 자전했다. 계기반 위로 지구가 떠오를 때마다 아이샤는 계기들의 크기를 눈금 삼아 지구의 너비가 점점 늘어나는 것을 확인할 수 있었다.

우주복은 월면과 우주 공간을 따로 구분하지 않았고, 평소 해왔던 대로 공기를 정화하고 내부 온도를 견딜 만한 수준으로 유지하는 일을 계속했다. 액상 완전식품 그 특유의 찝찝한 맛은 이미 그 단계를 넘어, 가려움과 악취로 점철된 내부 환경에 완전히 녹아들었다. 아이샤의 복부는 굶주리지 않았는데도 기근 피해자처럼 퉁퉁 부풀어 올랐다.

갈고리에서 벗어난 지 이틀 후, 지구는 시야의 거의 반을 가리고 있었다. 설령 그녀의 계산에 오류가 있었다고 해도, 적어도 월면차를 태양에 직통으로 때려 넣지 않은 것만은 확실하다. 그녀는 아프리카를 내려다봤고, 밤이 찾아온 도시들에 하나둘 불이 들어오는 광경을 보며 용기를 얻었다.

너무 일찍 태양열발전을 멈추는 것은 아닌지 걱정되기는 했지만, 월면차가 아래에 보이는 대륙을 따라 한밤중의 상공 쪽으로 들어가기 시작하자 아이샤는 실리카 시트를 펴서 월면차를 감싸는 일에 착수했다. 이 기묘한 텐트 안은 어두웠고, 계기반의 불빛으로 주위 사물을 겨우 분간할 수 있을 정도였다.

지구 대기권에 도달하면 공기 밀도가 월면차의 진입 속도를 늦춰 주는 동시에 지구의 중력을 벗어나지 않을 정도로 높아지긴 하나 임시변통으로 만든 실리카 차열막을 녹일 정도로 높지 않은 지점을 골라 진입해야 한다. 아이샤는 칭이와 협력해서 만든 컴퓨터 예측 모델을 써서 최선을 다해 계산해 봤지만, 달 기지에는 지구 대기의 밀도 특성을 다룬 참고문헌 자체가 없었다. 설령 완벽한 정보가 주어졌다고 해도, 중간권※의 예측 불허한 날씨까지 계산에 넣는 것은 애당초 무리였다.

월면차의 차대에 양손을 대고 있었을 때 처음으로 장갑 너머의 따뜻한 기운이 느껴졌다. 손을 떼자 마치 그녀를 돕기라도 하듯 항력이 작용하며 좌석을 그녀 몸에서 밀어냈고, 그 결과 그녀는 마치 사고로 뒤집힌 자동차 안의 승객처럼 고정 스트랩에 거꾸로 매달린 자세가 됐다. 눈앞의 시트가 암적색으로 달궈지기 시작했고, 복사열이 우주복의 안면 유리를 직격했다. 상태가 변하며 열을 흡수하는 우주복의 합금이 필사적으로 열에너지를 처리하고 있겠지만, 그리 오래 버티지는 못할 것이다.

누리는 몸을 들썩이기 시작했지만 괴로운 기색은 아니었다. 아이샤도 아직 괴로울 정도는 아니었으나, 조금씩 불편함을 느끼고 있었다. 추운 밤에 전기난로에 바싹 몸을 대고 너무 오래 누워 있으면, 따스함이 점점 화상을 입을 정도의 수준의 뜨거움으로 변해가는 느낌이랄까.

잠시 후 열파가 사그라들었고, 실리카 시트의 붉은빛도 스러졌다. 아이샤는 계기반의 가속도계를 확인했다. 급격한 가속은 4분간 지속했다. 그녀가 산정했던 시간보다는 짧다.

아이샤는 그 수치를 컴퓨터 모델에 입력했다. 월면차는 지구 중력에 붙잡혀 공전할 수 있을 만큼 감속했지만, 이제 타원 궤도를 그리며 지구에서 가장 멀리 떨어진 지점인 약 10만 킬로미터 밖까지 뻗어 나

※　지상에서 50에서 80킬로미터 사이의 지구 대기층.

갈 터였다. 그런 다음 다시 지구에 접근하기 시작하지만, 처음보다 속도가 느려졌기 때문에 대기저항도 그만큼 줄어든다. 컴퓨터 예측 모델은 이런 식의 끔찍할 정도로 점진적인 궤도 변화가 누적되는 상황을 계산했고, 거의 50일 후에 63번째 공전을 마친 뒤에는 낙하산으로 지상을 향해 강하할 수 있을 정도로 낮은 고도에 도달하게 된다는 예상을 내놨다.

외부에서 구조대가 오기를 기대하며 시누스 메디 기지에서 마냥 기다린다는 안은 애당초 논외였다. 아이샤는 어떤 도박이든 시도할 가치가 있다고 판단했다. 설령 고향으로 돌아가는 좁디좁은 길이 뜨겁게 불타오르는 죽음과 완만한 아사 사이에 끼어 있다고 해도 말이다. 이제는 칭이가 왜 그런 선택을 했는지도 이해할 수 있었다. 친구와 자기 손으로 직접 받은 친구의 아기가, 식량과 식수와 공기가 고갈되면서 죽어가는 모습을 곁에서 지켜봐야 할지도 모른다는 가능성을 도저히 받아들일 수 없었던 것이다.

아이샤는 우주복이 약간이라도 열을 발산할 수 있도록 조심조심 텐트를 열었다. 컴퓨터 예측 모델에는 그녀에게 유리한 오류가 또 숨어 있을지도 모른다. 누리가 몸을 뒤척이며 자신의 가슴에 코를 문지르는 것이 느껴졌다. 살갗에 닿는 아기 뺨의 짓무른 발진 부위가 따스했다.

우연이 그들을 살려주지는 못한다. 여기서 운에만 의존한다면 죽는 수밖에 없다.

아이샤는 지구가 천천히 멀어지는 광경을 바라봤다. 다음번 대기권 진입 시의 속도와 고도는 이제 변경할 수 없었다. 그렇다면… 뭘 바꿀 수 있을까? 공기저항의 세기는 텐트의 형태와 공기 흐름에 면한 부분의 면적에 의해 결정된다. 월면차를 감싸고 있는 시트는 나중에 낙하산으로도 이용할 수 있도록 월면차 본체보다 훨씬 컸다. 그러나 지금 이 시점에서 시트를 뒤로 펼친다면 차열막을 잃은 월면차는 새까맣게 타버릴 것이다. 탑을 세웠을 때 썼던 지주들의 반이라도 있으면 지금보다 더 큰 텐트를 칠 수 있겠지만, 지금 와서 그것들을 달의 뒷면에 내버려두고 왔다는 사실을 아쉬워해 봤자 의미가 없었다.

누리는 이 모든 상황에도 아랑곳하지 않고 먹고 싸고 자는 일을 되풀이했다. 아이샤는 그런 누리가 죽을지도 모른다는 가능성을 도저히 받아들일 수 없었다. 아이샤가 그대로 달에 머무는 쪽을 택했다면 누리는 3년 후 응급처치를 못 받아서 죽을 수도 있었고, 10여 년 후 황폐화한 달 기지의 기능이 멈추면서 죽을 수도 있었다. 설령 모든 기계가 멀쩡하게 작동해서 100세 넘게 산다고 해도, 인류 역사상 가장 고립된 환경에서 홀로 죽어야 한다는 점에는 변함이 없었다.

지금 같은 상황도 받아들일 수 없지만 말이다.

아이샤는 눈을 감았고, 그녀와 칭이가 그토록 오랫동안 고생하며 짰던 아름다운 실리카 직물이 머리 위에서 활짝 펼쳐지면서 월면차가 초록이 무성한 들판이나 잔잔한 바다 위로 천천히 낙하하는 광경을 머리에 떠올렸다. 온전히 공기저항만을 이용해서 말이다. 하지만 호흡 불가능할 정도로 공기가 희박한 중간권을 스쳐 지나갈 때… 이 텐트를 기구처럼 부풀어 오르게 하려면 얼마나 큰 **내부** 압력이 필요할까?

그리 클 필요는 없다.

아이샤는 눈을 뜨고 잠깐 계산을 해봤다. 가능하다. 필요한 압력을 쓰더라도 살아남을 수 있다.

태양열 배터리가 최대한 오래 충전될 수 있도록 꾹 참고 기다렸다가, 월면차가 지구에 가장 가까워지는 근지점에 도달하기 1시간 전이 돼서야 비로소 작업을 개시했다. 월면차 주위로 시트를 펼친 다음, 반대쪽 구멍에 맞춰 고정끈들을 최대한 단단히 비끄러맨다. 공기가 아예 새어 나가지 않는 완전 밀폐 상태는 아니었지만, 내부 공기를 몇 분만 유지하면 되니까 상관없었다.

시간을 확인한 다음 우주복에게 공기를 배출하라고 명령했다.

텐트는 여전히 구겨진 채로 축 늘어져 있었다.

"더 많이 배출해."

그녀가 명령했다.

"그럴 경우 산소 비축량이 안전 기준치 아래로 떨어집니다."

우주복이 대답했다.

아이샤는 장갑 낀 양손을 헬멧 양쪽에 대고 헬멧을 돌렸다. 우주복은 만류하려고 했지만, 칭이는 이런 일이 가능하다는 것을 몸소 증명해 보이지 않았던가. 우주복 내부의 공기가 새어 나가면서 텐트는 풍선처럼 부풀어 올랐다. 팽팽해진 시트 너머는 진공이다.

아이샤는 헬멧을 반대쪽으로 돌려 잠갔다. 숨을 들이쉰다. 숨이 찼다. 더 깊이 들이쉰다. 현기증이 나지만 질식할 정도는 아니었다.

실리카 기구가 희박하고 빠른 바깥 기류에 휘말려 마구 흔들렸다. 머리가 어질어질한 상황에서도 아이샤는 얼굴이 점점 뜨거워지는 것을 느꼈다.

항력이 그녀를 앞으로 밀어냈다. 처음 그랬을 때 비하면 조금 약했지만, 현상 유지를 했을 경우를 상정하고 계산했을 때 나온 불길한 예측에 비하면 훨씬 강했다. 다시 무중력상태가 될 때까지 우주복의 시간 표시를 주시하며, 얼마나 걸렸는지 측정한다. 3분.

가속도계의 데이터를 써서 계산해 봤다. 앞으로 여섯 번 더 지구 주위를 돌면 그들은 나선을 그리며 지구로 하강하게 된다.

누리가 기쁜 듯이 옹알거리기 시작했다. 아이샤가 한 번도 들어본 적이 없는 소리였다. 아이샤는 잠시 흐느꼈다. 지아니를 떠올리며, 칭이를 떠올리며, 참담하게 변했을지도 모를 지구의 상황을 떠올리며.

이윽고 아이샤는 마음을 가라앉히고 딸을 향해 나직하게 노래를 불러주기 시작했다. 서로 눈을 마주 볼 수 있는 시간이 오기를 기다리면서.

3

너 혼자서?

You and Whose Army?

1

루퍼스가 기억하는 쌍둥이 동생 라이너스의 마지막 모습은, 시드니 교외 웨스트 라이드에 있는 아파트에서 도보 20분 거리에 있는 공공 수영장 레인을 오가며 헤엄을 치는 장면이었다. 루퍼스는 수년간 수영장을 멀리해 왔지만, 레인을 예약하고 안으로 들어가 몸을 떨며 물속으로 내려갔다.

너무 오랜만인 탓에 처음에는 허우적거리다가, 염소 소독약 냄새가 코를 찌르는 수영장 물을 들이켤 뻔했다. 그러나 곧 라이너스의 기억이 되살아나면서 루퍼스는 어느새 빠르게 물을 가르고 있었다. 우아하지는 않으나 능숙하게. 청소년용 풀 쪽에서 들려오는 아이들의 외침이 숨을 쉬려 고개를 돌릴 때마다 들렸다 안 들렸다 하면서 익숙한 느낌이 점점 되살아났고, 수영 자세가 가끔 흐트러지더라도 라이너스가 비슷한 자세를 교정하던 순간을 떠올리며 극복할 수 있었다.

라이너스는 보통 열 번을 왕복했지만, 루퍼스는 네 번만 왕복하고 그만두었다. 꾸준히 달리기와 근력 운동을 해온 덕에 폐활량과 근육 상태는 좋았지만, 익숙하지 않은 동작을 되풀이한 탓에 어깨가 아프고 숨이 차올랐다. 풀에서 나와 타월을 집으며, 루퍼스는 지금 자신이 느끼고 있는 묘한 위화감에 대해 생각했다. 힘든 운동을 끝내서 뿌듯한 기분이었지만, 라이너스의 경우는 훨씬 더 활기차고 편안한 기분을 느꼈음에도 불구하고 워낙 일상적으로 해온 일이라 평소에도 별다른 성취감을 느끼지 않았기 때문이다.

몸의 물기를 닦고 티셔츠를 입은 뒤 관중석 가장 낮은 단에 앉아 잠시 다른 사람들이 헤엄치는 모습을 바라보았다. 몇 분 후, 수영 고글을 이마로 올린 여자가 팔에서 물을 뚝뚝 흘리며 다가왔다. 여자는 이마를 찌푸리며 자신 없는 표정으로 그를 응시했다.

"라이너스?"

루퍼스는 고개를 가로저었다. "쌍둥이 형입니다." 루퍼스는 상대를 알아보았다. 같은 시간대에 정기적으로 수영을 하는 베스라는 여자로, 라이너스와 이따금 잡담을 나누던 사이였다.

여자는 놀란 듯 웃음을 터뜨리며 다가와 인사를 나누었다.

"쌍둥이 형제가 있었다니 금시초문이에요! 이 근처에 사시나요?"

"아뇨, 애들레이드에서 방금 비행기로 도착했습니다."

"앗, 오랜만에 만나서 좋았겠네요." 그녀는 수영장 쪽을 바라보며 말했다. "라이너스는 아직 수영하고 있어요? 레인에는 안 보이던데."

"라이너스와 함께 온 게 아닙니다. 사실, 얼마 전부터 연락이 닿지 않아서."

베스는 잠시 생각하다가 말했다. "그럼 라이너스를 찾고 있는 거예요?"

“네.”

그녀는 잠시 더 생각해 본 후, “여기서 마지막으로 라이너스를 본 게 목요일이었어요”라고 말했다.

루퍼스가 기억하는 마지막 세션이었다. “말도 좀 나눠봤나요?” 이미 어떤 대답을 들을지 확신이 있었지만 루퍼스는 물었다.

“아뇨.” 베스가 확인해 주었다. “그냥 풀에서 올라오는 걸 봤을 뿐이에요.” 그녀는 걱정스러운 표정으로 잠시 머뭇거렸다. 뭔가 단서라도 될 만한 게 없는지 고민하는 기색이 역력했다. “혹시 라이너스를 만나면 연락하라고 할까요?”

“그래주시면 정말 감사하죠.”

“틀림없이 잘 있을 거예요.”

루퍼스는 미소 지으며 고개를 끄덕였다. 베스는 자리를 떴다.

기억 공유를 중단하고 평소 해오던 수영까지 관뒀다고 해서, 신변에 꼭 무슨 일이 생겼다고 단정할 수는 없다. 그러나 라이너스가 형제들과 연결만 끊은 채로 아무 일 없었다는 듯 일상으로 복귀하지 않았다는 것만은 분명해 보였다.

루퍼스는 라이너스가 살던 아파트로 돌아갔다. 현관문을 몇 번 두드린 후 다시 라이너스의 휴대폰에 전화를 걸어봤다. 혹시 벽 너머로 전화벨 소리가 희미하게라도 들릴까 싶어 귀를 기울여 보았지만 소용이 없었다. 무음 모드로 해놓았거나, 아니면 집이 아니라 아예 다른 곳에 있는 게 분명했다. 그렇다고 해서 라이너스가 혼수상태에 빠져 방바닥에 쓰러져 있을 거라 지레짐작하고 불안해할 이유도 없었다. 또한, 건강한 스물네 살 청년이 자택을 비운 것처럼 보이고 형제들과도 닷새 동안 연락이 끊겼다는 사실만 가지고선 경찰에 실종 신고를 할 수는 없는 노릇이었다.

전철역으로 향하면서 독일 본에서 지내는 카이우스, 영국 런던에 사는 사일러스와 그룹 통화를 시작했다.

"뭔가 새로 알아낸 게 있어?" 카이우스가 물었다.

"목요일부터 수영장에 안 갔던 것 같아." 루퍼스는 이런 식으로 형제들과 대화를 나누는 상황이 못내 생경했지만, 평소의 소통 방식으로는 빠른 정보 교환이 어려웠기에 어쩔 수 없었다.

"그러니까 말했잖아. 집 안으로 들어가서 확인해 봐." 사일러스가 말했다.

"어떻게?" 라이너스가 현관문을 열고 집 안으로 들어가는 기억을 자주 공유해 줬다고 해도, 현관의 생체 인식 자물쇠는 그들이 공유한 지식이나 공유한 DNA 따위에 순순히 굴복할 만큼 허술하지 않았다.

"창문을 깨고 들어가." 카이우스가 제안했다. "물론 소리 안 나게."

"소리가 안 나게? 그나마 내 걱정을 해주긴 하는군." 아파트엔 방범 시스템이 없었고, 늦은 밤까지 시끌벅적한 파티가 열리는 식으로 사람의 왕래가 잦은 곳도 아니었다. 따라서 자정이 지나면 오가는 이웃과 마주칠 가능성은 거의 없었다. "유리 절단기를 사 올게." 루퍼스는 사일러스가 같은 생각을 입 밖으로 내기 전에 먼저 내뱉었다.

"뭔가 알아내면 다시 전화할게." 루퍼스는 말을 이었다. "만약 내가 감방에 갇히기라도 하면, 이번엔 너희들이 개고생할 차례라는 걸 잊지 마."

2

루퍼스는 필요한 도구를 산 뒤 피자를 사서 호텔방으로 갔다. 식사를 마친 후 침대에 누워 평소 집에서 스트리밍으로 즐겨 보던 프로그램들을 시청했다. 코미디쇼 두 편에 경찰 드라마, 초자연적 스릴러, 심리 드라마 따위였다. 〈루이지애나의 밤〉은 처음에는 별로였지만, 극 초반부부터 완전히 매료되었던 라이너스의 기억이 되살아나면서 루퍼스 또한 완전히 빠져들었다. 나중에 이 기억을 공유하게 될 카이우스는 한심해하며 눈을 굴릴 게 뻔했지만, 그런 예상도 루퍼스의 흥미를 꺾지는 못했다.

밤 11시경에 호텔에서 나와 웨스트 라이드행 전철을 탔다. 라이너스의 집에 도착하자 신경이 곤두선 나머지 하마터면 포기할 뻔했지만, 설령 이웃과 마주치더라도 집주인인 체하며 고장 난 자물쇠 탓에 어쩔 수 없이 창문을 부쉈다는 식으로 적당히 둘러대면 문제없을 거라고 스스로를 다독였다. 라이너스는 같은 건물에 사는 사람들과 거의 교류가 없었지만, 이곳에 꽤 오래 살았기 때문에 양쪽 집 사람들과는 서로 안면이 있을 터였다.

루퍼스는 손잡이가 딸린 흡착판을 주방 창문에 부착한 다음, 유리창 가장자리를 따라 다이아몬드 톱날 절단기를 돌리기 시작했다. 끽끽거리는 소리가 나지 않도록 톱날에 기름칠을 하는 동안은, 교외 배경의 멜로드라마와 코믹 범죄물을 뒤섞어 놓은 괴상한 연속극 속 보석 도둑이라도 된 기분이었다. 전철을 타고 오면서 라이너스에게 다시 전화를 걸어보았으나 여전히 먹통이었고, 그렇다고 옆집 사람들의 잠을 깨울 위험을 무릅쓰고 문을 두드릴 수도 없는 노릇이었다. 그래서 창문을 따고 억지로 침입했을 때, 굳이 형제들어 게까지 알리고 싶지 않았던 누군가와 함께 멀쩡히 침대에 누워 있는 라이너스를 발견한다 해도 그리 놀라지는 않을 것이다.

네모난 창유리가 떨어져 나왔다. 루퍼스는 떼어 낸 유리판을 발코니 바닥에 내려놓고 방충망을 들어냈다. 날카로운 유리 단면에 다치지 않게 욕실 타월을 걸쳐놓고는, 커튼 사이를 지나 주방 싱크대 위로 내려섰다.

휴대폰을 꺼내 손전등 기능을 켜고 주위를 비춰보았다. 주방은 텅 비어 있었고, 냉장고는 전원이 뽑힌 채 문만 덩그러니 열려 있었다.

싱크대에서 내려와 전등 스위치를 켜보았지만 먹통이었다. 집 전체의 전기가 끊긴 것이 분명했다. 라이너스는 어두운 골목 어딘가에서 시체가 되어 쓰러져 있는 게 아니었다. 그저 이 집을 떠났을 뿐이었다.

물론 형제의 시체를 발견하고 싶은 마음 따위 추호도 없었지만, 루퍼스 자신의 결백을 입증할 만한 근거가 송두리째 사라져 버린 것도 사실이었다. 이대로 현행범으로 잡힐 가능성이 퍼뜩 떠오르며 예전보다 열 배는 더 강한 당혹감이 솟구쳤다. 루퍼스는 급히 현관문을 열고 떼어 낸 유리판을 집 안으로 들여놓았다. 이러면 설령 우연히 지나가던 사람이 창문을 흘끗 본다고 해도 별일 아니겠거니 하고 그냥 지나칠 터였다.

방을 하나하나 돌아다니며 가구들을 살펴보았다. 라이너스가 서랍이나 수납장에 뭔가를 두고 가지 않았는지 확인하고 싶었다. 양말이나 문구류를 놓아두었던 기억이 있는 공간에 노출된 합판만 덩그러니 남아 있는 것을 보니 묘한 기분이 들었다. 귀가해 보니 도둑이 집 안의 모든 물건을 훔쳐 갔단 사실을 알게 된 것과 맞먹는 충격까지는 아니라고 해도, 늘 시선이 닿는 곳에 당연히 존재해야 할 것들이 갑작스레 변해버린 모습을 직접 목격하니 왠지 소름이 돋았다.

라이너스는 중요한 단서는 고사하고 그 어떤 흔적조차 남기지 않았다. 떠나고 싶었다면 왜 솔직하게 말하지 않은 걸까? 라이너스의 이탈을 루퍼스가 고통스러워했을 거라는 점은 부인할 수 없지만, 설령 그렇더라도 형제 중 누구도 그의 앞길을 막지는 않았을 텐데 말이다.

그러나 라이너스가 무엇을 계획하고 있었는지조차 몰랐던 루퍼스가, 다른 형제들의 의중을 제대로 예측할 자격이 있을까?

루퍼스는 창문 수리 업체에 의뢰해 내일 아침 창문을 고치기로 했고, 모든 비용을 본인의 신용카드로 결제했다. 집주인은 늦든 빠르든 사정을 알게 될 테고, 그렇다면 파손된 부분을 최대한 빨리 원상 복구하는 것이 그나마 나은 타협책이었기 때문이다. 이렇게 하면 아마 법정까지 갈 일은 없을 것이다.

전철역으로 걸어가면서 다른 형제들에게 전화를 걸어 뭘 발견했는지를 알렸다.

"본인이 발견되는 걸 원하지 않는다면, 우리가 더 이상 뭘 할 수 있을지 모르겠네." 카이우스가 말했다.

"사설탐정을 고용하면 어때?" 사일러스가 제안했다.

"그건 사태를 악화시킬 뿐이야." 루퍼스는 대꾸했다. "우리한테서 떨어져 나가고 싶어서 자취를 감췄는데, 우리가 추적하기 시작한다면 아무 도움도 안 되잖아."

"이사 통보를 제때 안 해서 4주 치 방세를 날렸다는 게 말이 돼?" 사일러스가 반박했다. "충동적으로 떠나면서 동시에 연락을 끊어버렸다고 쳐도 그래. 이런 비정상적인 행동이 누군가의 압박 때문이라는 생각은 안 들어?"

루퍼스는 자신이 가지고 있는 카이우스의 기억이 카이우스에게 동의하고, 사일러스의 기억 또한 사일러스가 한 말에 동의하는 것을 느낄 수 있었다. 그러나 라이너스의 기억은 이번 일에 대해 아무 의견도 내놓지 않았다. 그냥 물살을 가르며 규칙적으로 팔을 움직이는 것에 만족하고 있는 듯한 느낌이다.

"나 피곤해." 루퍼스는 말했다. "내일 아침에 다시 뭘 하면 좋을지 생각해 볼게."

호텔로 돌아간 루퍼스는 옷을 벗은 다음 침대에 누웠다. 자신조차도 링크를 끊어버리고 싶을 만큼 피곤했다. 만약 다른 형제들이 서로 결탁해서 라이너스에게 계속 압력을 가하고 자신의 삶을 통제하려고 들었다면, 라이너스가 링크를 끊은 것도 이해할 수 있었다. 그러나 라이너스를 비난하거나 못마땅해한 사람은 없었다. 예전부터 그래왔듯이, 그냥 있는 그대로의 라이너스를 받아들였을 뿐이었다.

루퍼스는 자신의 꿈부터 먼저 꿨다. 유리 절단기와 생일 케이크를 들고 아버지가 갇혀 있는 감방으로 침입하는 꿈이었다. "절단기는 케이크 안에 숨기고 왔어야 하는 거 아니냐?" 아버지가 불평했다. "그렇게 대놓고 들고 다니면 무슨 소용이 있어?"

"아버지 생일 때문이 아녜요." 루퍼스는 대꾸했다. "이것들도 아버지한테 드리려고 가져온 게 아닙니다."

카이우스가 되자 그는 송전선에 나무늘보처럼 매달려 있었다. 자신만만하게 홀로 매달려 있기만 하면 안전할 거라 확신하며, 전기가 통하는 전선을 잡고 조금씩 전진한다. 지면에 서 있던 부랑아들이 카이우스를 향해 신발을 던졌지만 그는 눈썹도 까딱하지 않았다. 그런데 어디선가 고무 타는 냄새가 난다. 신발에서 나는 냄새일까, 아니면 어딘가 더 가까운 곳에서 나는 냄새일까.

다음 순간 그는 여덟 살의 사일러스가 되어, 첫 번째 위탁 가정이었던 쿠퍼 부부네 집에 있었다. 그는 털실 뭉치를 한 개 발견했고, 그걸 써서 고양이 목걸이를 개의 목걸이에 연결하는 중이었다. 쿠퍼 아줌마가 다가오더니 화난 어조로 그를 야단치기 시작했다.

"어차피 애네들은 신경 안 쓰잖아요." 사일러스는 지적했다. 고양이는 머뭇거리면서도 개의 코를 핥아주고 있었고, 개는 지금까지는 가만히 참고 있었다.

"그게 문제라는 거야!" 쿠퍼 아줌마가 악악거렸다. "우린 애네들이 서로 싸우도록 훈련시켰다고! 지금 막 싸워야 정상이야!"

알람 소리가 루퍼스를 호텔방으로 다시 불러들였다. 그는 잠시 꼼짝도 하지 않고 누워, 자신이 정확히 누구이며 어디에 와 있는지를 확인했다. 해외에 거주하는 그의 형제들은 아직 끝나지 않은 화요일의 경험을 그와 공유하기 전이었다. 월요일의 기억을 떠올려 보니 유럽에 있는 두 형제 모두 작성 중인 논문에서 별다른 진척을 보지 못한 듯했다. 루퍼스가 시드니에 도착해 상황을 보고해 주길 기다리며 라이너스 걱정에 매달린 탓에 각자의 논문 쓰기에 집중하지 못했던 것이다. 시차에 의한 이런 식의 지연은 예전엔 거의 신경이 쓰이지 않았지만, 지금은 전화로 실시간 정보 공유까지 병행하고 있다 보니 짜증스럽고 혼란스러웠다.

루퍼스는 몸을 일으키려다가 라이너스의 빈자리를 다시금 절절하게 자각했다. 아침에 잠에서 깨면 라이너스와 기적적으로 다시 연결되어 있을지도 모른다는 무의식적인 기대를 품었던 모양이다. 그러나 라이너스라는 방송국이 전파 신호를 내보내야 할 곳에서는 오직 정적만이 흐르고 있었다.

샤워를 하고 아침을 먹은 후, 루퍼스는 침울한 표정으로 컴퓨터 앞에 앉아 탐정 사무소 광고들을 스크롤 하기 시작했다. 하나같이 '신중한' 조사 진행을 약속한다는 사실이 되레 수상쩍게 느껴졌다. 혹시 라이너스의 새 여자 친구가 형제들의 뇌라는 공유 주택에서 빠져나오라고 그를 설득한 거라면 그녀에게 진심으로 감사하고 싶을 정도였다. 정말 그런 상황이라면 두 사람은 평화로운 삶을 누릴 권리가 있다. 질투에 불타는 배우자들을 피해 잠적한 불륜 커플도 아닌

이들이, 망원 렌즈를 든 탐정들에게 추적당한다는 건 말도 안 되는 일이었다.

하지만… **단 하루 만에 라이너스를 설득했단 말인가?** 루퍼스가 아는 한 무대 뒤에서 라이너스의 해방자가 될 기회를 호시탐탐 엿보던 후보자 따위는 없었다. 사일러스 말이 맞다. 라이너스가 형제들과의 모든 유대를 전광석화처럼 끊어버린 속도만 보아도, 정말 본인의 의지로 행동했는지 의구심이 드는 건 당연하다. 반면 탐정이 뇌 공유 따위는 하지 않는 어느 줄리엣과 잘 살고 있는 라이너스를 찾아낸다면, 당사자들에게는 아무것도 알리지 않는 편이 낫다. 그럴 경우 라이너스의 형제들은 그가 안전하다는 사실에 안도하며, 그에게 혼자가 될 자유를 주고 기꺼이 물러날 것이다. 청첩장 받을 날을 기대하면서.

루퍼스는 라이너스의 생활권과 충분히 가까운 레인 코브에 있는 탐정 사무소를 골랐고, 등기부에 기재된 사무소 정보까지 샅샅이 확인했다. 그는 마음을 다잡았다. 오래된 상처의 반창고를 단숨에 뜯어낼 준비를 마친 것이다. 생판 모르는 타인에게 가족의 비밀을 털어놓는 행위는 좋게 끝난 적이 거의 없었지만, 형제를 지키기 위해서라면 루퍼스는 기꺼이 감수할 수 있었다.

3

대기실로 들어가자마자 띠링 하는 알림음과 함께 스마트폰에 메시지가 떴다. 곧 만나겠다는 전갈이었다. 1분도 채 지나기 전에 그 말은 곧장 현실이 되었다.

"베넷 씨? 저는 캐서린 리엉이라고 합니다. 안으로 들어오시죠."

루퍼스는 그녀를 따라 사무실로 들어갔다. 리엉은 그에게 자리에 앉을 것을 권하고 책상 뒤에 앉더니 태블릿을 흘끗 내려다보았다.

"형제분의 안부를 걱정하시면서도, 경찰에 의뢰하기는 마땅치 않다고 생각하시는 거군요?"

"그렇습니다." 루퍼스는 수긍했다. 사실, 이 탐정 사무소의 웹사이트에도 범죄 가능성이 있는 항목이 하나라도 발견되면 어떤 의뢰든 간에 자동으로 경찰에 이관될 거라고 명기되어 있었다.

"왜 형제분이 위험에 처했을지도 모른다고 생각하시는 건가요?"

"느닷없이 모든 가족과 연락을 끊었습니다. 아무런 전갈도, 경고도 없이 말입니다."

"단순히 전화를 안 받는 건가요? 지난 목요일부터?"

"예. 게다가 그 시점에 다른 곳으로 이사까지 한 것 같습니다."

"휴대폰을 분실했을 가능성은 없나요?" 리엉이 말했다. "이사를 하느라고 너무 바빠서 아직 새로 장만하지 못했다든지?"

"그랬을 가능성은 없습니다." 루퍼스는 여러 번 예습했음에도 속에서 치밀어 오르는 불편한 감정을 자각했다. 이 여자가 소문대로 유능하다면, 왜 우리 가족에 대해 샅샅이 알고 있지 않은 것일까? 그러나 재판 기록에서 그들의 이름은 모두 삭제되었고, 아직 인터넷 밑바닥 정보까지 깡그리 훑어낼 정도의 수고비를 치르지 않았으니 그녀가 모르는 것도 당연했다.

리엉은 루퍼스가 방금 한 대답을 부연 설명하기를 기다리는 듯한 기색으로 말을 멈췄다. 그러나 루퍼스가 계속 침묵하고 있자 그녀가 거듭 물었다. "애들레이드에 사신다고 했죠? 그럼 사라진 형제분과는 정기적으로 만났나요?"

"직접 만난 것은 아닙니다." 루퍼스는 주먹을 꽉 쥐고 깊게 숨을 들이쉬었다. "우리 형제들은 뉴럴 링크※로 연결되어 있습니다. 네 명 모두요. 그래서 각자가 서로의 기억을 공유합니다. 우리가 여덟 살 때, 그 배에서 구출된 이후로 말입니다."

"**피살리아호**에서 태어나셨다는 말인가요?"

"그렇습니다." 리엉이 배의 이름을 기억해 냈을 뿐만 아니라 정확하게 발음했다는 점만은 높이 평가해야 할 듯했다.

"그럼 베넷 씨와 라이너스 씨는 네쌍둥이인가요?"

"네. 다른 두 명은 외국에서 유학 중입니다." 우리를 '클론'과 혼동하는 식의 헛소리도 하지 않는군. 루퍼스는 경험상 크게 기대하지 않았지만, 상대방의 입에서 적절한 표현이 나올 때마다 왠지 쾌재를 부르고 싶은 감정에 사로잡혔다.

"뉴럴 링크가 정확히 어떤 식으로 작동하는지 잘 몰라서 하는 질문입니다만," 리엉이 말했다. "서로의 기억을 공유한다는 건 어떤 의미인지…?"

"잠에서 깰 때마다 다른 세 형제가 뭘 했는지를 기억하게 됩니다. 우리는 잠을 자면서 자기 자신의 경험을 장기 기억에 저장할 뿐만 아

※ 뇌와 컴퓨터를 연결해 두뇌 능력을 통합·증강하는 기술.

니라, 다른 형제들의 기억도 그렇게 처리할 수 있는 충분한 데이터를 수신합니다. 따라서 잠에서 깨면 자기 경험뿐만 아니라 다른 형제들의 경험까지 마치 자기 것처럼 기억하는 거죠."

리엉은 잠시 생각에 잠겼다. "그 기억은 실제 행동뿐만 아니라 계획했던 것까지 포함하나요? 어떤 상상을 했는지도 기억한다든지?"

루퍼스는 말했다. "모든 상상까진 아닐 겁니다. 그 배에서 살던 시절, 라이너스는 자기가 해저에 성을 쌓고 있다는 얘기를 종종 한 적이 있습니다. 그 얘기를 들을 때마다 엄청난 혼란에 빠졌는데, 왜냐하면 라이너스가 그런 상상을 했다는 사실조차도 내 기억에는 없었기 때문입니다. 하지만 아무리 라이너스라 해도 다른 형제들과의 유대를 완전히 끊고 다른 곳으로 이사한다는 식의 구체적인 계획을 우리에게 들키지 않고 세울 수 있었을 것 같지는 않습니다."

"알겠습니다." 리엉은 다시 태블릿에서 뭔가를 읽었다. "라이너스는 정해진 직업이 없다고 하셨죠. 그럼 실업수당을 받고 있었나요?"

"아뇨. 몇 년 전에 피살리아호를 운영하던 조직에게 받은 합의금이 있습니다. 그 배에 타고 있었던 아이들은 모두 어떤 식으로든 금전적 보상을 받았죠."

"그럼 형제들 모두 부유하신 편인가요?"

루퍼스는 웃음을 터뜨렸다. "각자 그럭저럭 굶지는 않는다는 편이 더 정확합니다. 일시불이 아니라 정기적으로 소액을 지급받는 방식이니까요. 카이우스하고 사일러스는 박사과정을 마치려는 참인데, 장학금만으로는 충분하지 않아서 합의금을 생활비에 보태고 있습니다. 우리 중 정해진 직장이 있는 건 저뿐이라, 제 봉급 일부를 라이너스의 계좌로 이체해 생계를 돕고 있었습니다.”

“무슨 직업을 갖고 계시죠?”

“고등학교에서 수학을 가르칩니다.”

“라이너스는 보통 뭘 하면서 시간을 보내나요?”

“수영하는 걸 좋아합니다. 산책도 하고, 책도 읽죠.”

“어떤 종류의 책을 읽나요?”

“대부분 19세기에 나온 소설이었습니다.”

리엉은 얼굴을 찡그렸다. “그럼 라이너스의 장래 계획은 뭐였죠? 어떤 삶을 살아가기를 원하던가요?”

루퍼스도 확실하게는 몰랐기 때문에 사실만을 전달하기로 했다. “과거에 취직하려고 한 적은 몇 번 있었습니다. 대부분 과일 따기처럼 계절노동이었지만. 지난 몇 년 동안은 그조차도 찾기 어려워졌죠.”

“지금도 농장 같은 데서 일하고 있을 가능성은 없나요?”

“가능성은 있겠죠. 하지만 우리에게 그걸 알리지 않고 간 이유를 모르겠습니다.”

리엉이 잠시 주저하는 기색을 보이자 루퍼스는 말했다. “뭐든 물어봐도 괜찮습니다. 화를 내거나 하진 않을 테니까요.”

“라이너스 씨도 다른 형제들의 능력을 공유하고 있나요? 베넷 씨의 능력뿐만 아니라 다른 두 분의 능력까지?”

“어느 정도까지는요. 내가 가르치는 고등학생들에게 수학을 가르칠 실력이 되는 건 확실하고, 다른 형제들이 하는 박사 수준의 연구도 대부분 이해할 수 있을 겁니다. 하지만 정식으로 취직할 수 있는지에 관해 묻고 있는 거라면, 정식 자격을 따지 않았으니 당장 교사가 되는 건 무리입니다. 박사 학위는 말할 것도 없고요."

"다른 두 형제분은 뭘 연구하고 있나요?"

"수학입니다. 서로 전문 분야는 다르지만, 아주 다른 건 아닙니다."

"모두가 상호 보완적인 재능을 갖는 것, 그게 피살리아호의 원래 목적 아니었나요?"

루퍼스가 말했다. "그 컬트 집단을 너무 과대평가하시는군요. 그 자들의 원래 목적은 광대하고 초월적인 집단 지능이라는 건물을 세우기 위한 첫 번째 건축자재를 만들어 내는 것이었습니다." 루퍼스는 시드니 교외 레인 코브의 평범한 사무실에서, 방금 자기 입으로 이런 말을 내뱉었다는 사실이 스스로도 믿기지 않았다. "우리 부모님은 남의 말을 쉽게 믿어버리는 바보들이라, 과학기술을 좀 알고 있을 뿐인 무원칙적인 미치광이들의 집단 망상에 휘말렸던 겁니다. 그자들의 목표는 하버드에 쉽게 입학할 수 있는 천재 따위를 육성하는 게 아니라, 은하계 정복까지 꿈꾸는 초인적 존재를 양성하는 것이었습니다."

리엉은 끈질기게 되물었다. "그럼 아무 이점도 없었다는 건가요?"

"흠, 초기에는 영재급이었을 수도 있겠죠." 루퍼스는 시인했다. "우린 매우 빠르게 학습했으니까요. 한 사람일 때에 비교해서 학습 속도가 네 배 더 빠르다든지, 학습 범위가 네 배 더 넓어지거나 한 건 아니었지만요. 여섯 살이 될 무렵에는 형제들 모두 5개 국어를 구사할 수 있었습니다. 하지만 그 배에는 여러 나라에서 온 사람들이 타고 있었기 때문에 외국어 습득에 딱히 뉴럴 링크가 필요했었는지는 확신할 수 없군요. 현실 세계로 돌아오고 나서 처음 몇 년은 바뀐 환경에 적응을 못 해 고생했지만, 고등학교에서는 각자가 학습한 걸 모조리 공유하는 방식으로 모든 과목에서 A 학점을 받았습니다. 따라서 우리는 범지구적인 초지능의 잠재적인 톱니바퀴 중 하나였다기보다는, 상당히 효율적인 스터디 그룹의 일원에 가까웠다고 말하는 쪽이 더 적절합니다."

리엉은 조심스럽게 미소 지었다. "하지만 그걸 *끄지는* 않았군요? 배를 떠난 지 16년이나 지났는데도요."

"우린 태어나면서부터 그런 존재였으니까요." 루퍼스는 말했다. "배에서 구출된 뒤 당국이 우리의 링크를 끊으려고 했지만, 우리는 즉각 격렬한 거부 반응을 보였습니다. 결국 심리학자들도 모든 걸 우리에게 맡기는 편이 낫다고 판단했던 것이죠."

"이런 얘기를 아무에게나 하지는 않으신다는 인상을 받는군요"

"물론입니다." 루퍼스는 리엉이 어떤 질문을 하고 싶어 하는지를 짐작하고 있었기 때문에, 완곡하게 돌려 묻는 수고를 덜어주기로 했다. "우리 형제 모두가 여자와 사귄 적이 있습니다. 우리 각자가 겪은 일을 다른 세 명의 형제가 모두 기억할 거라고는 전혀 모르고 있던 여자들과요. 그걸 비도덕적이라고 느끼신다면 아마 그렇다고 할 수 있겠죠. 하지만 상대에게 사정을 완전히 털어놓는 순간 연애할 기회 자체를 잃거나 일종의 기인 취급을 받게 될 텐데, 그런 상황에서 솔직해지기를 기대하는 건 무리가 아닐까요."

리엉은 가볍게 고개를 끄덕였다. 마치 루퍼스의 사소한 고백 따위는 탐정업을 하면서 수없이 봐왔던 부적절한 인간 행동의 목록엔 끼지도 못한다는 듯한 투였다. "라이너스 씨가 새 여자 친구와 사귀기 시작했다면 그 즉시 알아차렸을 거라는 얘기군요. 하지만 예전에 사귀었던 애인이었을 경우는 어떻습니까? 그러니까, 과거에 이미 충분히 깊은 정서적 관계를 맺었던 옛 여자 친구가 다시 나타나, 그런 느닷없는 변화를 실행하도록 그를 설득했을 가능성은 없을까요?"

"가능성은 있습니다." 루퍼스는 시인했다. 라이너스 본인의 평가에 의하면 모든 관계는 완전히 끝나 있었지만, 그렇다고 해서 재결합 기회가 왔을 때 반드시 거절했으리라는 보장은 없기 때문이다.

"예전에 사귄 여성들의 목록을 보내주신다면 도움이 될 겁니다." 리엉은 루퍼스의 얼굴에 언뜻 불안한 기색이 스친 것을 보고 덧붙였다. "그 사람들에게는 단지 라이너스의 가족이 걱정하고 있고, 무사한지만 확인하고 싶어 한다고만 전하겠습니다."

"알겠습니다."

"그 밖에도 과거에 알고 지내던 사람들은 어떤가요?" 리엉이 궁금해했다. "부모님이라든지…?"

루퍼스는 말했다. "우리 부모는 적어도 4년은 더 감옥에 갇혀 있을 거고, 재판 이후 접촉한 관계자는 아무도 없습니다."

"학교 친구들 목록도 주실 수 있나요? 갑자기 찾아왔다고 해도 라이너스가 대화에 응할 정도로 가까웠던 사람들의 목록도요."

"알겠습니다."

"최근 찍은 사진은 있나요?"

"유감이지만 4년 전 것밖에 없군요." 루퍼스는 스마트폰에 저장된 라이너스의 사진을 보여주었다. 사진 속 라이너스는 망고 과수원에 서 있었는데, 찌는 듯한 열대의 더위 속에서 처음으로 하루 종일 일한 뒤라 축 처져 있는 모습이 지금 보아도 안쓰러웠다. 그 기억을 공유하는 루퍼스조차도 망고 냄새를 맡으면 몸 절반의 근육이 저릿해질 정도였다.

리엉은 에어드롭을 통해 사진을 전송받고 의자를 뒤로 젖혔다. "이 이름들을 실마리로 삼아 이웃들과도 얘기를 나눠보겠습니다. 하지만 본격적으로 조사를 시작하기 전에… 저희 웹사이트에 있는 요금표를 보셨겠죠. 선불로 최소 6시간 동안의 조사 비용을 지불하셔야 하고, 6시간 더 연장할 때마다 같은 요금이 추가됩니다. 그렇게 진행할 용의가 있으신지요?"

루퍼스는 말했다. "우선 다른 형제들과 의논해 보겠습니다."

한순간 리엉은 처음으로 약간 움찔하는 기색을 보였다. 마치 루퍼스의 눈이 허옇게 뒤집히고 각기 다른 세 명의 목소리로 중얼거리기 시작할 것이라고 상상한 듯이.

루퍼스는 자리에서 일어나 대기실로 돌아가면서 스마트폰을 꺼내 들었다. "2분만 기다려 주시겠습니까? 본하고 런던은 지금 늦은 밤이지만, 미리 메시지를 보내놓았으니 내 연락을 기다리고 있을 겁니다."

루퍼스는 카이우스가 되어 어떤 불특정 고차원 공간에서 구로 이루어진 격자 구조를 들여다보았다. 구와 구 사이의 틈새에 특정 초평면※이 온전히 놓일 수 있는지, 아니면 결국 일부 구체와 교차하게 될지를 가늠해 보는 중이었다. 그는 흥분한 채 초평면을 앞뒤로 마구 흔들며 해답을 찾으려 했다. 그러나 카이우스에게 이것은 순수하게 수학적인 문제가 아니었다. 자신이 라이너스를 살해했다는 사실을 경찰이 증명할 수 있을지의 여부는, 그 해답에 달려 있다고 확신하고 있었기 때문이다.

사일러스가 된 루퍼스는 다시 배로 돌아간 꿈을 꾸었다. 절반은 어릴 적 가장 좋아했던 만화영화를 보면서, 나머지 절반은 등장인물이 되어 그 안에서 살고 있었다. 미어캣 용사 레이노는 악랄한 하이에나 악당 래글러를 쫓아 황량한 협곡에 와 있었다. 래글러는 동굴 속에서 미어캣 아기들을 인질로 잡고 있었다.

"그 애들을 놓아줘!" 레이노는 분노에 찬 목소리로 외쳤다. 적수인 래글러가 잠복하고 있는 동굴 쪽으로 다가가자, 레이노의 외침은 협곡의 바위벽에 부딪혀 메아리쳤지만, 메아리가 되풀이될수록 점점 희미해지더니 급기야는 하소연하는 듯한 속삭임이 되어 스러졌다. 말라붙은 강바닥에 드리워진 레이노의 그림자는 키보다 열 배나 길

※　n차원 공간을 가르는 n-1차원의 평평한 공간. 3차원 공간의 초평면은 2차원 평면이고, 4차원 공간의 초평면은 우리가 아는 3차원 공간이 된다.

게 늘어났지만, 너무 가늘고 연약한 탓에 광활한 협곡 사이에 묻혀 제대로 보이지도 않았다.

"당장 풀어줘!" 레이노가 다시 외쳤다. "안 그러면 지금 가서 본때를 보여주겠어!"

래글러가 비웃었다. "본때를 보여주겠다고? 설마 너 혼자서 싸우겠다는 거야?"

사일러스는 뒤이어 어떤 일이 일어날지 정확히 알고 있었다. 운 나쁜 악역이 막판에 이 대사를 말하며 비아냥거리면, 주인공은 언제나 충실한 동료들의 도움을 받아 열세를 뒤집고 극적인 승리를 거두곤 했다. 하지만 협곡 꼭대기를 돌아보아도, 우정의 힘으로 그와 함께 악당을 깨부수어 줄 미어캣 기병대는 나타날 기색이 없었다.

그다음은 라이너스가 된 꿈이었다. 배를 떠나, 보이지 않는 물가를 향해 수면을 가르며 헤엄치고 있었다. 그러나 수영장에서 턴을 하는 습관이 워낙 강고했던 탓에, 일정한 거리를 나아간 순간 갑자기 허리를 구부리고 바닷물 속에서 몸을 뒤집어 피살리아호로 되돌아가기 시작했다.

알람 소리를 듣고 잠에서 깬 루퍼스는 확신했다. **라이너스가 돌아왔어.** 그게 아니라면 방금 라이너스의 눈을 통해 꿈을 꿨을 리가 없지 않은가? 그러나 기억을 뒤져보아도 새로운 것은 아무것도 없었다. 그가 꾼 꿈들은 기억의 경계에 흐릿한 반영半影처럼 남아 있었지만, 모든 기억은 같은 목요일에서 끝나 있었다.

여전히 어둠에 잠긴 방 안에서 담요를 젖혔을 때, 집게손가락 피부가 잠깐 희미한 빛을 발하는 것을 보았다. 조금 전 엄지손톱에 눌렸던 자리를 다시 건드리자 손가락은 또 빛을 발했지만, 지그시 누르고 있자 곧 꺼졌다. 뉴럴 링크를 위해 뉴런 일부가 빛을 내게 하는 유전자들은 말초신경계에서까지 발현되도록 설계되지는 않았지만, 가끔은 이런 일이 생기곤 했다. 루퍼스는 이걸 보고 놀란 잠자리 파트너에게 나이트클럽에서 입장권 대신 찍어주는 형광 스탬프는 자외선 라이트 없이도 빛을 낼 수 있다고 둘러댔던 것을 떠올렸다. 하지만 그렇게 둘러댄 사람이 실제로 루퍼스 자신이었는지는 지금은 확실하지 않았다.

웨스트 라이드에 갔다 온 후 첫 출근 날이었다. 고작 일주일 휴가를 냈을 뿐인데 수업을 재개하기가 무척 고통스러웠다. 임시 교사는 루퍼스가 만들어 둔 수업 계획을 충실히 따른 듯했지만, 복습을 시작하자 학생들은 틈만 나면 수업 흐름을 방해하려 들었다. 마치 처음 실습을 나온 풋내기 교생처럼 만만하게 보고 놀리는 듯한 태도였다. 루퍼스는 일주일 전에 이들을 가르쳤을 때만 해도 자연스레 몸에 배어 있었던 편안함과 자신감을 되찾으려고 노력했지만, 예전의 그로 돌아가기 위해 무슨 말을 하더라도 왠지 어설프게 헛돌기 일쑤였다.

점심시간에 교무실로 갔을 때, 다이앤 엉거는 자신이 읽고 있던 『카라마조프가의 형제들』의 표지를 루퍼스가 쳐다보고 있는 것을 알아차렸다.

"그 소설 괜찮아?" 루퍼스가 물었다.

"다 읽고 나서 얘기해 줄게." 다이앤이 말했다. "원하면 다 읽고 빌려줄게."

"고마워."

저녁에는 평소 습관대로 헬스장으로 가서 근력 운동을 했고, 그 뒤에 구내 수영장으로 가서 몇 번 왕복을 시도했다. 그러나 수영장 길이가 라이너스가 다니던 수영장의 4분의 1밖에 되지 않아서 번번이 리듬이 깨졌고, 너무 자주 턴을 해야 하는 탓에 적응할 만하면 금세 무리가 왔다.

탈의실에서 스마트폰을 확인하니 캐서린 리엉에게서 메시지가 와 있었다. 이 사진 속 인물이 라이너스가 맞는지 확인해 주시겠습니까?

메시지 아래에 첨부된 사진에는 엿새 전 시드니 공항의 국제 터미널에서 찍힌 사진임을 알리는 메타데이터가 딸려 있었다. 루퍼스가 탄 국내선 항공기가 그곳에 착륙하기 약 1시간 전이다. 다른 여행자가 찍어서 소셜 미디어에 올린 사진의 배경에서, 라이너스는 카펫이 깔린 바닥 위에서 여행 가방을 끌고 가는 중이었다. 정면이 아닌 옆얼굴만 찍혔지만, 표정에서 딱히 불안한 기색은 찾을 수 없었다. 그냥 탑승 시간이 되어 탑승구를 찾고 있는 느낌이랄까. 혹시 동행인이 없을까 해서 사진을 자세히 들여다보았지만, 조금이라도 흥미를 느낀 듯한 표정으로 라이너스를 쳐다보고 있는 남자나 여자는 없었다. 만약 애인과 도피하는 중이었다면, 문제의 애인은 화장실 앞에서 줄이라도 서고 있는 것이리라. 유괴당한 경우라면, 유괴범들은 아주 긴 목줄을 채워 그를 풀어놓았다고 해야 할 것이다.

루퍼스는 리엉에게 전화를 걸었다. "라이너스가 맞습니다. 어디로 가는 항공편에 탔는지 알아냈습니까?”

“아쉽게도 확인하지 못했습니다. 제가 찾을 수 있었던 이미지는 이거 하나뿐이라서요. 타임스탬프를 보면 싱가포르나 쿠알라룸푸르로 갔을 가능성이 가장 높아 보입니다만….”

“알겠습니다.” 그렇다면 북남미나 태평양 지역은 제외해도 좋겠지만, 그 밖의 지구상 어떤 지역으로 갔다고 해도 이상할 것이 없었다. “라이너스가 비행기표를 자기 돈으로 샀을 리가 없습니다. 2주 전에 라이너스가 은행 잔액을 확인했을 때는 36달러밖에는 없었으니까요.”

“현재 잔액을 확인할 수는 없나요?” 리엉이 물었다. 라이너스에 관한 루퍼스의 지식이 전지全知와는 거리가 멀다는 사실에 루퍼스 자신만큼이나 좌절감을 느끼고 있는 기색이 역력했다. “물론 법을 어기면서까지 그러라는 뜻은 아닙니다.”

“우리 형제들이 온라인에서 쓰는 보안 방식은 홍채 패턴하고 지문뿐입니다.” 루퍼스는 설명했다. 뉴럴 링크로 연결된 네쌍둥이든 아니든 간에, 요즘 20대는 비밀번호 따위 써본 적도 없을 거라는 사실을 리엉에게 지적할 용기는 차마 나지 않았다.

“뭔가를 강요받는 것처럼 보이지는 않는군요.” 리엉은 마지못한 어조로 말했다.

“그런 것 같군요. 하지만 크게 걱정할 게 뻔한 가족들에게 아예 알리지도 않고, 저렇게 급히 출국했다는 건 아무리 봐도 이상하지 않습니까?”

"현실에선 그보다 더 이상한 일들도 얼마든지 일어난답니다." 리엉은 대답했다. "어쩌면 라이너스 씨에게는 다른 형제들은 전혀 눈치채지 못했던 울분이 쌓여 있었을지도 모릅니다. 그러던 중 새출발을 장담하는 누군가와 우연히 마주쳤을 수도 있고요. 그걸 미리 알렸다가 형제들에게 설득당할까 봐 두려웠던 겁니다. 이도 저도 아닌 불안정한 삶을 살고 있었으니. 자기가 그렇게 된 건 가족 간의 너무 긴밀한 유대 탓이라고 형제들을 비난하고 싶지 않았던 건지도 모릅니다."

물론 리엉이 내놓은 가능성들을 단박에 부인할 수는 없었지만, 루퍼스의 직감은 아니라고 말하고 있었다. "이제 어떻게 하면 될까요?" 그는 물었다.

"전에 주신 목록에 있던 사람들과 모두 얘기를 해봤습니다. 최근에 라이너스와 만났다고 시인한 사람은 아무도 없었고, 또 해외에 나가 있는 사람도 없었습니다."

"좋습니다. 그렇다면…."

리엉은 잠시 주저했다. "피살리아호에서 자랐던 경험은 라이너스의 인격 형성에서 가장 중요한 경험이었다고 봐도 될까요?"

"지극히 타당한 추론입니다."

"그렇다면 본인의 행동을 결정짓는 원동력이라는 측면에서 그 경험은 옛 여자 친구와 우연히 마주치는 경험 따위와는 비교가 안 될 정도로 강력하지 않습니까?"

"물론입니다. 하지만…." 루퍼스는 라이너스가 어린 시절에 관한 고민에 빠진 나머지 도망친 것이 아니라고 반박하려다가, 리엉이 방금 한 말의 진의를 퍼뜩 깨달았다. "그 배에 타고 있던 누군가가 라이너스와 접촉했을 수도 있다는 말인가요?"

"그럴 가능성은 없다고 생각하시나요?"

"그 배에 있던 어른들은 여전히 모두 감옥에 있습니다. 다른 아이들 중 누군가가 어떻게든 라이너스의 행방을 알아냈을 가능성은 있지만… 솔직히 저더러 그 애들을 찾으라고 해도, 어디서부터 손을 대야 할지조차 모르겠습니다."

"알겠습니다." 리엉은 더 이상 캐묻지는 않았다. "그 부분에 대해 좀 더 생각해 보신 뒤에, 조사를 진행하는 게 좋겠다고 판단되시면 알려주세요."

루퍼스는 집으로 걸어가면서 이 소식을 다른 형제들에게 어떻게 전해야 할지 고민했다. 리엉의 설명은 하나같이 받아들이기 힘들었지만, 그렇다고 더 나은 가설이 떠오르는 것도 아니었다.

그는 잠시 눈을 감고, 선입견을 최대한 배제한 상태에서 전문가의 의견을 곱씹어 보았다. 그러나 루퍼스 머릿속에 있는 라이너스는 다이앤이 빌려주겠다고 약속한 도스토옙스키의 소설과 방금 헤엄친 곳보다 더 나은 수영장을 찾을 수 있을지에만 흥미를 보였을 뿐이었다. 결국 라이너스를 해외로 떠나게 만든 동기는 그들이 공유한 과거에서 비롯되었는지도 모른다. 하지만 그런 행동을 촉발한 결정적인 계기는 하늘에서 뚝 떨어진 듯 전혀 예기치 못한 사건임이 분명했고, 라이너스가 아닌 다른 형제들이 경험했더라도 똑같은 충격을 받았을 법한 일이었다.

5

사일러스는 다른 형제들이 벌이고 있는 논쟁을 듣다가 잠시 뒤로 물러나 도플갱어※들로 하여금 대신 대화를 따라가게 했고, 적절한 대목에서 맞장구를 쳐가면서 자신만의 계획을 세우기 시작했다.

리엉은 얼굴 인식 서비스에 시드니 인근 교통 요충지에서만 특정 대상 검색을 해달라고 요청했을 것이다. 그보다 넓은 지역을 스캔하려면 너무 많은 비용이 들기 때문이다. 라이너스가 출국해 버린 지금, 그가 가 있을 만한 장소는 기하급수적으로 늘어난 상태였다. 공항에서 찍힌 사진처럼 운 좋게 실마리를 찾을 수 있기를 기대하며 전 세계의 소셜 미디어 게시물의 반을 낱낱이 뒤져볼 금전적 여유는 그들에게 없었다. 전문 업체의 검색 비용은 개인이 부담하기에는 너무 비쌌다.

따라서 이제는 크라우드소싱에 의존할 수밖에 없다. 당국에서 제공하는 실종자 알리미 앱은 공식 명단에 오른 실종자만 찾아주기에, 그들이 전용 앱을 직접 만들어야 했다. 게다가 데이터가 전혀 없는 상태에서 시작해야 하므로 빠르게 인기를 끌어야 했다. 설령 며칠 후 유행이 시들해지고 일주일 뒤에는 사람들의 기억에서 완전히 사라지더라도, 입소문을 타고 단시간에 바이럴 효과를 낼 필요가 있다는 뜻이다.

대화에 끼어들 기회가 오자 사일러스는 말했다. "너희들은 어떤

※　뉴럴 링크를 통한 기억 공유의 산물로, 여기서는 사일러스의 머릿속에서 자동적으로 시뮬레이션되고 있는 다른 세 형제들의 가상 인격들을 의미한다.

노아를 알아?”

카이우스는 얼굴을 찡그렸다. “뜬금없이 뭔 소리?”

그러나 루퍼스는 알아들었다. “노아 트리베디 얘기로군.” 그는 카이우스에게 설명했다. “4년쯤 전에 〈멍청이 제국〉이라는 예능 프로에 출연했잖아. 내가 그걸 시청했던 걸 기억했나 보군? 하여튼 중요한 건, 노아 트리베디는 어느 프로에 얼굴을 내밀든 간에 매번 전혀 다른 기발한 모습을 하고 등장했다는 점이야. 그런 식으로 가다간 언젠가는 누군가가 좋아하는 음식 모습을 하고 나올 거라는 농담이 돌 정도였지.”

카이우스는 이미 체념한 표정으로 오만상을 찌푸리고 있었고, 사일러스의 머릿속에 있는 카이우스의 도플갱어는 ‘이 멍청이들은 내가 뭔 소리를 하든 하고 싶은 대로 할 테니, 반론해 봤자 소용없겠군’이라고 생각하고 있었다.

사일러스는 그런 카이우스를 약 올리려고 짐짓 열띤 어조로 설명을 이어갔다. “그러니까 ‘어떤 노아를 아시나요?’라는 이름의 무료 앱을 만들어서 공개하자는 얘기야. 이 앱은 사용자의 소셜 미디어 피드를 스캔해서 노아가 연기한 캐릭터들과 가장 닮은 친구들을 찾아줘. 그리고 그런 사진이나 영상 옆에 ‘지난주 베라 집에서 열린 파티에서 만난 디에고는 〈예쁜 살인자들〉에 등장한 노아와 똑같아요!’ 하는 식의 캡션까지 달아주는 거지.”

카이우스가 말했다. “난 그냥 여기 없는 셈 쳐.”

사일러스는 루퍼스와 함께 앱을 어떻게 구현할지에 대해 논의했다. 코딩 자체는 별로 어려울 게 없었다. 어느 스마트폰 기종에서도 기본 제공되는 툴킷을 불러오기만 하면 되니까 말이다. 앱이 사용자에게 요구하는 접근 권한도 앱의 설명문에 적힌 목적과 정확하게 일치했다. 노아의 사진들은 저작권 보호 대상이라서 앱 스토어의 심사를 통과하려면 앱에 직접 넣을 수는 없지만, 공식적으로 공개된 원본 이미지들의 URL을 삽입하는 것은 법에 저촉되지 않는다. 즉, 최종적인 이미지 병합 및 캡션 삽입은 저작권을 가진 제작사들이 묵인하거나 오히려 추천하기까지 하는 외부의 밈 제작 사이트에 맡기면 된다.

"어떻게 하면 우리 의도를 들키지 않고 라이너스 사진을 앱에 슬쩍 끼워 넣을 수 있을까?" 루퍼스가 물었다. "이미지 자체는 난독화※해서 숨기면 되지만, 요즘 애플은 앱 패키지에 데이터 덩어리를 하나 넣을 때마다 족히 10페이지에 달하는 설명을 요구한다던데."

사일러스는 잠시 고민했지만, 이내 명안을 떠올렸다. "깃허브※※에 있는 내 프로필 사진을 라이너스 사진으로 바꾼 다음, 앱 실행 시에 보정 작업인 것처럼 위장해서 사용자들이 올린 사진과 비교하면 돼. 앱에 내 프로필 사진을 별도로 삽입할 필요조차 없어. 공개된 개발자의 사진을 테스트 데이터로 쓴다는데 누가 딴지를 걸겠어?"

카이우스가 말했다. "그래도 누군가가 그걸 디컴파일해서 제대로 분석한다면…."

루퍼스는 웃음을 터뜨렸다. "대체 누가?"

※　제3자가 해독하기 어렵게 코드를 변형하는 기법.

※※　분산형 파일 관리 시스템을 제공하는 소프트웨어 개발 플랫폼.

"세상에는 생각보다 시간이 남아도는 인간들이 많아."

사일러스는 대꾸했다. "이 세상에 존재하는 스마트폰 앱 수는 세상에 있는 인간 수보다 1,000배는 많아. 만에 하나 우리 앱이 뒷조사를 당할 만큼 엄청난 인기를 끈다면, 그때쯤 우린 수천 달러어치 비용이 드는 라이너스 추적을 공짜로 끝낸 뒤일걸."

6

사일러스가 완성된 앱을 자신의 소셜 미디어 피드로 테스트해 보자, 그가 아는 사람 중에서 노아를 닮은 사람은 아무도 없다는 사실이 드러났다. "앱 이름은 그대로 놓아두고, 노아처럼 변신하기 좋아하는 유명인들을 몇 명 더 추가해 보면 어떨까." 루퍼스가 제안했다.

사일러스는 그가 타겟으로 삼은 사용자층의 덕질 계정들을 샅샅이 훑어보고, 그로선 한 번도 들어본 적이 없는 배우와 가수들 몇십 명을 추출해 냈다. 그에게 정말 필요한 것은 어떤 사용자라도 만족할 만큼 완벽한 '최애'들의 목록이었다.

"유감이지만 노아와 비슷한 사람은 없네요." 루퍼스는 자기 스마트폰 화면에 뜬 캡션을 읽었다. "하지만 리디아를 진짜 빼닮은 사람이 세 명, 사이먼을 쏙 닮은 사람이 두 명, 그리고 당신의 최애 아이돌인 가윤을 닮은 사람이 한 명 있어요!"

"딱 맞는 균형점을 찾아낸 것 같군." 사일러스가 말했다. "닮음 기준을 이것보다 더 느슨하게 하거나 B급 연예인들을 더 포함시키면,

사람들이 짜증을 내며 앱을 꺼버릴 게 뻔해."

카이우스는 뭔가 말하려다 그만두었다. 루퍼스가 말했다. "드디어 공개할 때가 됐군."

사일러스는 10분 뒤에 지도 교수와의 면담을 앞두고 있었다. 머그잔에 든 핫초코를 마저 들이킨 뒤, 목표로 삼은 여섯 개의 앱 스토어에 앱을 제출했다. 그런 다음 스마트폰 전원을 끄고 캠퍼스를 가로지르기 시작했다.

카페에서 나왔을 때 라이너스의 도플갱어가 말했다. "나를 찾겠다고 이렇게까지 해주니 감동이지만, 내가 그걸 원하지 않는다면 어떻게 할 거야?"

"원하지 않는다는 확실한 증거가 있어?" 사일러스가 반박했다.

"없어." 도플갱어는 시인했다.

"네가 생각하는 최악의 결과란 어떤 거야?" 사일러스는 되물었다. "넌 발견되는 걸 원치 않는데 우리가 기어이 너를 찾아낸다면?"

"모르겠어. 하지만 아무 연락도 없이 떠났다면, 틀림없이 뭔가 중요한 일이었을 거야. 적어도 그 부분에 관해서는 나를 믿어주면 안 돼?"

"믿어." 사일러스는 보장했다. "하지만 그게 자발적인 결정이 아니었다면? 누군가가 네 머리에 총을 겨누고 강요했을 수도 있잖아? 너도 우리 세 명을 믿어줘야 해."

도플갱어는 침묵했다. 사일러스는 머리를 식히려고 풀밭을 성큼성큼 가로질렀다.

매주 논문 지도 교수와의 면담에서 그는 진척이 있었거나 막힌 부분에 관해 설명할 작정이었다. 그러나 라이너스가 사라진 이래 논문에는 거의 손을 대지 않았다는 점이 문제였다. 사일러스는 타무라 박사 곁에 앉아서, 며칠 전 카이우스가 밤에 치실질을 하다 뜬금없이 떠올린 아이디어를 자신이 지난 일주일간 고뇌한 결과물인 양 포장하며, 40분에 달하는 고통스러운 시간을 버텨냈다.

"나도 네 논문의 공동 집필자로 올려줄래?" 교수실에서 도망치듯이 나온 사일러스에게 카이우스의 도플갱어가 물었다.

"개소리하지 마. 다음 주에 교수한테 그 아이디어는 막다른 골목이라 가망이 없다고 말할 거야."

"그거야말로 네가 찾고 있던 실마리 같던데." 도플갱어가 놀렸다.

"됐어. 내 힘으로 더 나은 방법을 찾아낼 거야."

사일러스는 건물들에 둘러싸인 사각형 안뜰 가장자리에 앉아 마음을 다잡은 다음, 스마트폰 전원을 켰다. 다섯 개의 스토어는 그가 만든 앱을 받아들였고, 여섯 번째 스토어는 사소한 문제점들을 길게 늘어놓으며 퇴짜를 놓았다. 해당 앱의 자동 평가 프로그램이 자기네 회사의 정책조차 제대로 이해하지 못한 탓이었다. 사일러스는 문제점들을 모두 해결한 후 앱을 다시 제출했고, 곧바로 새로운 문제점 다섯 개를 지적받자 다시 같은 절차를 반복했다. 이 작업을 끝냈을 즈음에는 다른 다섯 스토어에서의 다운로드 수는 이미 10만 회를 넘고 있었다.

몇 분 뒤, 매칭 보고가 올라오기 시작했지만, 모두 사일러스, 루퍼스, 카이우스가 찍힌 사진들이었다. 사일러스는 이미 예상하고 있던 일이었다. 친구들과 함께 찍힌 예전 사진들은 필터가 자동으로 걸러 내게 해 놓았지만, 지금처럼 생판 모르는 사람의 사진 배경에 우연히 등장한 경우를 찾아내는 것이야말로 라이너스를 발견할 유일한 방법이었다.

같은 결과를 보고 있던 루퍼스가 메시지를 보냈다. 적어도 시스템은 제대로 돌아가고는 있네.

다운로드 수는 계속 올라갔지만, 새로운 매칭은 극도로 줄어들었다. 사일러스는 위가 욱신거리는 것을 느꼈다. 이 시도가 실패한다면 라이너스가 완전히 자취를 감추기 전에 그를 찾아낼 유일한 기회를 잃게 된다. "혹시 라이너스는 우리가 이럴 줄 예상하고 대비책을 마련해 뒀을까?" 그는 라이너스의 도플갱어에게 물었다.

"공항에서는 그러지 못했잖아. 안 그래?"

"하지만 일단 목적지에 도착한 뒤에는 외출할 때마다 후드를 뒤집어쓰고 돌아다녔을 것 같지 않아? 주위 사람이 스마트폰을 들어올릴 때마다 얼굴을 감추는 식으로?"

라이너스의 도플갱어는 잠시 생각에 잠겼다. "나야 지금 너희들이 뭘 하고 있는지 아니까, 그게 자연스러운 행동일 수도 있겠지. 하지만 혼자서 얼마나 빨리 그럴 생각을 떠올렸을지는 모르겠어."

"우린 완전히 혼자라고는 할 수 없잖아." 사일러스는 반박했다.

"거야 그렇지. 하지만 너희들이 내 행동을 쉽게 예측하지 못하는 것과 마찬가지로, 나도 너희 행동을 쉽게 예측하진 못할걸."

사일러스의 스마트폰이 띠링 하는 소리를 냈다. 그는 새로 도착한 사진을 훑어보고 메타데이터를 확인하려 했지만, 개인정보 보호를 택한 사용자에 의해 이미 삭제되어 있었다.

사일러스는 그 사진을 다시 보았다. 처음에는 웃고 있는 커플 뒤로 지나가는 인물이 카이우스라고 생각했지만, 잘 뜯어보니 아니라는 확신이 강해졌다. 사진 배경 대부분은 단철제 울타리가 차지하고 있었고, 그 너머로는 포석의 깨진 틈새마다 잡초가 자라난 저택 안뜰이 보였다. 사일러스도, 그의 도플갱어들도 이런 장소를 본 기억이 없었다. 물론 이런 집들이야 수천 번은 그냥 지나쳤겠지만, 맥락을 알지 못한다면 알아보지도 못할 게 뻔했다.

몇 초 후, 루퍼스가 그룹 통화를 신청했다.

"이건 분명히 라이너스야." 루퍼스가 말했다. "게다가 틀림없이 최근에 찍힌 거야."

"그걸 어떻게 알아?"

"시드니에선 이런 재킷을 입지 않았어."

"스트리트 뷰로 매칭해 봤어?" 카이우스가 조급하게 물었다.

사일러스는 웃음을 터뜨렸다. "그걸 이용하려면 미국 달러로 1만 달러를 내야 해!"

"검색 대상을 전 세계를 대상으로 하라고. 아메리카 대륙은 이미 제외했잖아."

사일러스는 앱을 띄우고 견적을 확인했다. "아메리카 대륙을 빼도 6,000달러야."

"이 재킷을 검색해 보면 어때?" 라이너스의 도플갱어가 제안했다. "내가 이런 옷을 입고 있는 건 마음에 드는 걸 고를 시간이 없어서였을 거야."

"잠깐만," 사일러스는 다른 형제들에게 양해를 구했다. 사진에 찍힌 제품을 찾아주는 무료 앱은 700개 이상 있었다. 그가 처음 시도한 여섯 개의 앱은 겉보기만 비슷한 제품들의 링크를 보내왔다.

일곱 번째 앱에서 정확히 일치하는 제품이 나왔다. 재킷 자체는 중국에서 제조되었고 몇몇 온라인 상점들은 전 세계 어디로든 그걸 배송해 주지만, 오프라인 매장에서 이 재킷을 직접 판매하는 상점은 오직 프랑스에만 있었다.

사일러스는 다시 그룹통화에 합류해서 그가 알아낸 내용을 공유했다. "프랑스만 검색하더라도 여전히 1,000달러나 드네," 그는 투덜거렸다.

"검색한다고 해도 뭘 알 수 있지?" 루퍼스가 물었다. "이 사진이 어디에서 찍혔든, 지금은 그 근처에 없을 수도 있잖아."

사일러스의 스마트폰에서 또 한 번 띠링 하는 알림음이 울렸다. 이번에 도착한 사진에서 라이너스는 얼굴을 약간 찡그린 심란한 표정으로 카페 앞을 지나고 있었다. 카페 안에서 창밖을 찍은 사진이라서 가게 이름을 알 수는 없었지만, 이번에는 메타데이터가 남아 있었다. "주이앙조자스." ❋ 사일러스가 위치 데이터를 읽었다. "나흘 전에 찍혔군."

❋ 프랑스 파리 근교의 도시.

루퍼스가 잽싸게 검색을 해보고 말했다. "파리경영대학. 약칭 'HEC 파리'의 소재지로 유명하다."

카이우스는 황당하다는 듯이 너털웃음을 터뜨렸다. 라이너스의 도플갱어도 따라 웃기 시작했다.

루퍼스가 말했다. "그 농담 기억하지? 내가 너한테 전화를 걸어 최근 본 바그너 오페라가 정말 끝내줬다고 말한다면, 그건 내가 납치당했고, 납치범들도 엿듣고 있으니 조심하라는 비밀 메시지야. 하지만 납치범들을 속여 그런 메시지를 전달하려면⋯ 넌 우선 납치범들을 설득해서 바이로이트 바그너 축제의 티켓을 사게 해야 해!"

사일러스는 섣부른 결론을 내고 싶지는 않았지만, 어떤 식으로 해석하든 라이너스의 행동이 기괴해 보인다는 점에는 변함이 없었다. 차라리 그들로선 도저히 짐작조차 할 수 없는 모호한 이유로 파리 외곽의 이 고급 주택지를 선택했다면 또 모를까, 라이너스가 짐을 싸서 급히 출국하고 가족까지 저버린 것은 프랑스의 한 경영대학에 등록하기 위해서인 것처럼 보였기 때문이다.

7

카이우스가 말했다. "일단 내게 맡겨. 여기저기 물어볼게. 라이너스가 정말 거기 있다면, 확인하는 데 오래 걸리진 않을 거야."

그는 스마트폰을 내려놓고 잠시 생각에 잠겼다. 굳이 프랑스의 동료 수학자들에게 도움을 청하지 않아도, 혼자 힘으로 이 문제를 해결할 방법이 있을지도 모른다. 그는 HEC의 웹사이트를 열어 국제 장학금 정보를 훑어보기 시작했다. 무일푼에 달랑 고등학교 졸업장 한 장밖에 없는 외국인이, 소수정예로 유명한 프랑스 최고 명문 그랑제콜 중 하나에 입학할 수 있는 경로가 정말로 존재할까?

놀랍게도, 존재했다. 10년 전, 한 부유한 후원자가 전 세계의 지원자들이 온라인 입학시험을 볼 수 있도록 하는 프로그램에 기부를 했고, 그 시험에서 가장 높은 점수를 받은 상위 10위 안에 드는 응시생은 파리로 초대되어 최종 면접을 진행하는 방식이었다. 이번 회차의 마감일은 라이너스가 연락을 끊었던 바로 그날이었다.

웹사이트에는 최종 후보 명단은 물론이고 합격자들의 이름조차 공개되어 있지 않았는데, 이는 아마 EU의 개인정보 보호 규정을 신중하게 해석했기 때문일 것이다. 라이너스도 충분히 시간을 가지고 노력한다면 어떤 분야든 마스터할 수 있으리라는 사실을 카이우스는 의심하지 않았다. 시험 중 상당 부분은 형제들이 모두 가지고 있는 순수한 수학적 재능만으로도 충분히 풀 수 있었을 것이다. 하지만 그들의 과거 어디에도 경제학이나 경영 이론, 혹은 상법 분야 시험에서 라이너스를 단 몇 시간 만에 상위 10위 안에 들게 할 만큼의 배경지식은 존재하지 않았다.

내가 틀렸을 가능성은 없을까? 카이우스는 눈을 감고 라이너스가 지금까지 그와 공유했던 모든 것을 바탕으로 세운 기억의 궁전을 떠올렸다. 수영장이 딸린 넓고 웅장한 로비, 발자크와 플로베르의 소설로 가득한 도서실을 지나, 수학적 설명이 빼곡하게 쓰인 칠판들이 늘어선 서재로 들어갔다. 라이너스는 수많은 추상적 정리를 구체적인 예시를 써서 설명하곤 했지만, 그러기 위해 그가 선택한 방법은 기하학적이었고, 상업적이라기보다는 예술적인 느낌이 강했다. 카이우스는 안으로 갈수록 더 작아지고 우중충해지는 골방들을 뒤진 뒤에야 마침내 '금융'이라는 단어를 발견했다. 버려진 차고 구석의 잡동사니 아래에 깔려 있던, 세탁용 가루비누가 들어 있었던 듯한 찌부라진 마분지 상자 위에서.

하지만 라이너스는 바로 그 시간에, 그 장소에 가 있었다. 합격하기는커녕 후보에 오를 가능성조차도 없어 보이는 장학 프로그램의 개별 면접에 참가하기 위해서 말이다.

카이우스는 최근 논문의 공동 저자로 함께 일한 적이 있는 소피 알라르에게 이메일을 보냈다. 그녀는 리옹대학의 복잡계 모델링 연구 그룹의 연구원이었는데, 이 그룹은 계량 경제학 분야와도 관계가 있었다. 그는 가급적 거짓말을 최소화하려고 노력하며 이렇게 적었다. "동생인 라이너스가 HEC의 귀나르 장학금 최종 후보에 올랐다는 소문을 들었습니다. 워낙 내성적이라서 저한테 일부러 알릴 것 같진 않은데, 혹시 그게 사실인지 확인할 방법이 있을까요? 사실이라면 몰래 찾아가서 축하하고 응원해 주고 싶어서요."

일단 이런 이메일을 보내고 보니, 이 모든 가설이 처음보다 열 배는 더 터무니없게 느껴졌다. 우연히 복권에 당첨되어 몇천 달러를 손에 쥐었고, 그 돈으로 애독하는 소설들의 무대가 된 도시에서 휴가를 보내기로 했다는 쪽이 차라리 더 믿음이 갔다. 라이너스는 베르사유

궁전을 구경하러 가던 중에 잠시 주이앙조사스에 들렀던 것인지도 모른다. 형제들과 연락을 끊은 것은 당첨금을 나눠주지 않았다는 원망을 들을지도 모른다는 그릇된 상상에서 비롯된 행동이었을 수도 있다. 물론 라이너스가 지금까지 단 한 번도 복권을 사본 적이 없다는 것은 누구나 아는 사실이었지만, 그보다 수상쩍은 방식으로 거금을 손에 넣었다면 오히려 이를 숨기려 드는 쪽이 더 설득력 있게 들렸다.

카이우스는 더 이상의 추측을 보류했다. 지금 상태에서 억지로 답을 내봐야 소용없으니 사실을 확인할 때까지 인내하며 기다리는 편이 나았다. 그는 연구 노트를 꺼내서 지난 열흘 동안 마무리하려고 노력 중인 계산을 검토하기 시작했다. 장발장이라도 된 것처럼 파리 시내를 배회하는 라이너스의 모습이 문득 뇌리를 스쳤지만, 카이우스는 논문에서 정의하려는 격자로 주의를 돌렸다. 인접한 점들 사이의 최단 거리를 완전 탐색※으로 구하는 것은 계산량 탓에 현실적으로 불가능했지만, 그는 여전히 일련의 부등식을 쓰면 그 거리를 간접적으로 특정할 수 있을지도 모른다는 기대를 품고 있었다.

3시간 뒤 충분한 진전을 이룬 카이우스는 휴식을 취하기로 했다. 아파트 아랫집에서 풍겨 오는 음식 냄새에 침이 고였다. 그는 노트북을 열어 이메일을 확인했다. 1시간 전에 소피의 답장이 와 있었다. 그녀는 그의 문의와 관련해 다른 사람들과 주고받은 이메일들을 복사해서 붙여놓았지만, 결론은 제일 위에 있었다.

※ 모든 가능한 경우의 수를 일일이 확인하여 해를 찾는 방식.

"안녕하세요, 카이우스. 맞아요, 동생분은 HEC에 있어요. 그리고 이젠 최종 후보가 아니라 장학생으로 선발됐어요. 축하합니다! 만나면 동생분도 기뻐할 거예요."

8

"마르셀 귀나르에 대해 좀 알아봤어." 루퍼스가 말했다. "21세기가 될 즈음 소액 결제 스타트업으로 성공해 10억 달러 넘게 벌었고, 그걸 주식 시장에서 견실하게 굴리는 식으로 계속 자산을 불려왔더군. 베이퍼웨어※ 따위에 투자해 수익의 절반을 날려가면서도 말이야. 기부금을 무기로 이런저런 나라의 대학에 석좌 교수직을 만들거나 연구소를 세우기도 했는데, 죄다 테크 브로※※들이나 환장할 듯한 허황된 분야였어. 버클리에선 시뮬레이션 우주론, 런던에선 초지능 AI, 로마에선 특이점 신학 같은 식이지. 귀나르가 피살리아호와 직접적인 연관이 있다는 증거는 못 찾았지만, 설령 비밀리에 연구 자금을 대진 않았더라도 라이너스의 과거를 모를 리가 없어."

카이우스가 수집한 정보 역시 루퍼스와 크게 다르지 않았지만 여전히 상황이 이해되지 않았다. "하지만 그게 뭘 의미하지? 피살리아호의 아이들을 끌어모아서 또 그놈의 집단 지능 놀음을 하려 한다는 거야?"

※ 개발 계획만 있고 실체가 없는 소프트웨어 및 하드웨어.
※※※ 사회성이 부족하고 특권 의식을 가진 실리콘밸리 남성 IT 종사자를 일컫는 멸칭.

사일러스가 말했다. "인체 실험에 참가해 주는 대가로, 도스토옙스키 팬한테 MBA 학위를 주겠다고 유혹했다…?"

카이우스는 피곤한 표정으로 웃었다. 이미 자정을 넘긴 시각인 데다가 아침 6시에는 파리행 열차를 타야 하지만, 돌아와서 보고할 때까지 참고 기다리라는 말은 차마 할 수가 없었다. 라이너스가 정확히 무엇에 휘말렸는지를 확인할 때까지는 그 누구도 잠을 이루지 못할 게 뻔했기 때문이다.

루퍼스가 말했다. "어쨌든 그 장학금이 라이너스를 파리에 머물게 할 구실이라는 건 확실해. 진짜 뇌물은 현금일 게 뻔하고. 그러니 라이너스가 아무리 수업을 빼먹어도 뭐라 안 할걸."

"하지만 왜 파리에 머물러야 하는 거지?" 카이우스가 반박했다. "귀나르가 우리와의 뉴럴 링크를 끊고 다른 그룹과 연결하라고 라이너스를 설득했다면, 링크 참가자들은 물리적으로 어디 살고 있든 상관없잖아."

루퍼스는 카이우스의 둔감함을 한탄하며 한숨을 쉬었다. "이 모든 일의 흑막이 누구든 간에 실험 대상이 마음을 바꿀 경우를 대비해 물리적으로 통제하려 들지 않겠어?"

"억만장자가 거금을 줄 테니 피살리아호에서 알고 지냈던 옛 친구들이랑 어울려 보라고 부추겼다면, 당분간 그 장단에 맞춰줘도 좋겠다는 마음이 들었을 수도 있겠군." 사일러스는 시인했다. "새로운 상대들의 기억을 수신하는 일도 당분간은 재미있을 테니까. 위탁 가정에서 각자가 겪은 일의 기억을 주고받아 봤자 초인적인 지능 따위는 생겨나지 않는다는 사실이 들통나더라도, 주머니가 조금 더 두둑해진 상태로 떠나면 그만이고 말이야. 귀나르는 조금 더 맛이 가겠지만."

그러나 루퍼스는 마냥 낙관할 수 없었다. "그 작자가 라이너스의 두개골을 열고 뭔가를 '업그레이드'하려 든다면 어쩔 건데?"

"만약 귀나르가 실험 대상의 뇌에 새 하드웨어를 설치하는 위험을 감수할 작정이라면, 굳이 피살리아호 출신자들을 끌어들일 이유가 없어." 사일러스가 말했다. "라이너스 같은 존재의 유일한 가치는 이미 뉴럴 링크를 달고 있고, 그걸 달아준 자들은 이미 감방에서 죗값을 치르고 있다는 점이야."

"게다가 라이너스의 뉴런은 이미 광학 채널용으로 조정되어 있어." 루퍼스가 덧붙였다. "그런 식으로 조작된 어린아이를 유용한 수준까지 육성하려면 시간이 걸리지."

카이우스는 형제들과 분노를 공유하면서도 어느 정도 거리를 둔 채 상황을 관찰하고 있었다. 피살리아호는 이미 먼 과거의 일이라 생각했건만. 그런 광기의 세계로 다시 끌어들이려는 자는 절대 용서할 수 없었다. 특히 생존자 중에서도 가장 취약한 인물을 골라냈다는 사실은 더더욱 용납하기 힘들었다.

"귀나르는 우리가 무슨 일을 할 거라고 생각했던 걸까?" 카이우스는 물었다. "그냥 라이너스를 찾는 걸 포기하거나, 아니면 장학금 어쩌고 하는 그 황당한 설명을 곧이곧대로 믿을 줄 알았을까?"

사일러스가 말했다. "그보다 더 중요한 게 있어. 라이너스는 우리가 어떻게 행동할 거라고 생각했을까? 느닷없이 우리하고 접속을 끊었을 땐 분명 어떤 계획이 있었을 거야. 그만한 이유가 있었을 거라고."

"맞아." 카이우스는 손으로 얼굴을 문질렀다. "어찌 됐든 직접 만나 물어보면 틀림없이 설명해 줄 거야."

9

카이우스는 열차에서 눈을 감았지만 실제로 잠들지는 않았다. 수면 부족으로 사고가 꿈의 논리에 빠져든 듯한 상태에 가까웠다. 본에서 쾰른으로 가는 동안 그는 어느새 애들레이드의 아파트로 돌아가 있었다. 그가 루퍼스와 사일러스와 함께 대학에 다니는 동안 살았던 아파트였다. 당시 라이너스는 시골을 돌아다니며 일거리를 찾고 있었다. 사일러스는 그 시기를 농담 삼아 '슈뢰딩거의 갭 이어※'라고 부르곤 했다. 세 명은 이미 대학에 다니고 있었지만, 라이너스가 자기 경험을 공유해 준 덕분에 학업과 모험을 동시에 만끽할 수 있었기 때문이다.

쾰른역에 도착한 카이우스는 환승을 위해 기다리던 중에 플랫폼의 시계를 보고 라이너스가 고등학교 시절 출전했던 수영 대회의 순간으로 되돌아갔다. 처음에는 경쟁자들을 앞지르며 힘차게 물살을 가르는 라이너스의 모습을 바라보고 있었지만, 나중에는 라이너스 본인의 순수한 신체 감각적 기쁨을 직접 느꼈다. 그 기쁨은 경쟁에서

※ 영국 등지에서 고등학교 졸업 후 여행 등을 하며 진로를 모색하는 관습.

이기는 것과는 상관없이, 온전히 자신의 힘으로 무언가를 달성하고 그것을 형제들과 나눌 수 있다는 데서 비롯된 것이었다.

갈아탄 열차 안에서 카이우스는 형제들과 함께 양부모인 쿠퍼 부부와 함께 살던 시절로 되돌아갔다. 잘 키워보겠다고 집으로 데려온 괴상한 네쌍둥이 결합체로부터 서투르게나마 개별적인 정체성을 분리해 내려고 했던 양부모를 비난할 수는 없었다. 컬트에 빠진 친부모가, 장차 다른 형태의 초지능들을 상대로 벌어질 세계대전에서 일종의 기술적 자산으로 활용할 목적으로 자기들을 낳았다는 충격적인 진실에 매몰된 네쌍둥이를 어떻게 다뤄야 할지 양부모에게 조언해 준 사람은 아무도 없었기 때문이다. 불행 중 다행이었던 것은 컬트의 세계관을 주입해서 본격적으로 세뇌할 시기가 오기 전에 모두 배에서 구출되었다는 점이었다. 그들은 스스로를 완전히 정상이라고 믿도록 세뇌당했을 뿐이므로, 별도의 심리 치료를 받을 필요는 없었다.

브뤼셀에 도착해서 구내 화장실로 간 카이우스는 얼굴에 물을 끼얹고 자기 뺨을 때리며 졸음을 쫓으려 애썼다. 자판기에서 핫초콜릿을 사 마시고, 목에서 따뜻한 온기가 올라오는 것을 느끼며 파리행 열차로 갈아탔다. 그는 좌석에 앉아 공책을 꺼내 어제 했던 계산을 다시 검토해 보기 시작했다. 이번에도 마지막 장애물을 넘지 못했지만, 기계적으로 계산을 확인하는 과정에 몰두하며 잡념을 쫓아낼 수 있었다.

파리 북역에서 B선으로 갈아타고 남쪽의 마시-팔레조까지 갔고, 마침내 주이앙조사스행 전철에 몸을 실었다. 이곳은 여전히 파리의 교외 지역이었지만, 목적지 역에 가까워지자 선로 옆에 짙푸르게 우거진 숲들이 눈에 들어왔다. 역에서는 캠퍼스로 바로 갈 수 있는 버스가 있었으나, 머리를 식히기 위해 걸어가기로 했다. 리베라시옹 거리를 따라 걷자 자동차 소음 위로 새들이 지저귀는 소리가 들려왔다.

HEC의 캠퍼스 맵에는 열 채의 기숙사 건물이 표시되어 있었을 뿐, 전공별로 기숙사가 어떻게 배정되는지는 알 수 없었다. 그렇게 헤매던 중 여섯 번째로 들어간 기숙사 건물의 로비 안내판에 손 글씨로 라이너스의 이름이 적혀 있는 것을 보았다. 카이우스는 그 방 앞까지 가보았지만, 짐작했던 대로 문은 잠겨 있었고 인기척도 나지 않았다. 그는 라이너스에게 이메일을 보내 자기가 지금 어디 와 있는지를 알리고 만날 수 없을지 물었다. 이렇게까지 가까이 와 있는 지금, 라이너스 쪽에서도 애써 카이우스를 피해봤자 의미가 없었다. 카이우스는 기숙사 밖에 앉아서 햇볕을 쬐었다.

눈꺼풀이 절로 감겼을 때 가까운 곳에서 목소리가 들렸다. "점심 먹으러 갈래?"

카이우스는 고개를 들었다. 꿈이 아니었다. "응. 그러자."

10

셀프 서비스식 구내식당에서 라이너스가 가장 먼저 쟁반 위에 올려놓은 것은 홍차 주전자였다. 카이우스는 내심 어리둥절해하면서도 아무 말도 하지 않았다. 한 달 전이었다면 형제들 사이에서 농담거리가 되었을 취향 변화도, 더 큰 문제에 직면한 지금은 별로 중요하게 느껴지지 않았다.

자리에 앉자 라이너스는 홍차를 한 모금 마신 뒤에 음식을 먹기 시작했다. 자기를 기어이 찾아낸 것에 대해 화를 내는 것 같지는 않았지만, 당장 뭔가를 설명하려는 기색도 아니었다.

"호지 바지?"※ 카이우스가 물었다.

라이너스는 미소 지었다. "잘 있었어. 하지만 내 헝가리어는 많이 녹슬었으니 영어 아니면 프랑스어로 하자고."

"누가 엿들을 가능성이 조금은 줄어들까 싶어 해봤어."

라이너스는 주위를 둘러보았다. "우리 대화를 엿들을 사람은 없어. 우린 그 정도로 흥미로운 존재가 아니야. 반면 우리가 헝가리어로 대화하기 시작하면, 이 식당에 있는 헝가리인들은 모두 귀를 쫑긋 세울 게 뻔해."

카이우스는 말했다. "이 식탁 근처에 헝가리인이 있을 확률은 1,000분의 1도 안 될걸."

"아마 그렇겠지. 어쨌든 녹슬었다는 건 정말이야."

카이우스는 고개를 끄덕였다. "다들 진짜 걱정했어. 그렇게 아무 말도 안 하고 급하게 떠나버리면 우린 어쩌라고?"

"미안해." 라이너스는 스파게티를 포크로 돌돌 말며 말했다. "하지만 일단 마음을 먹은 뒤에는 왁자지껄 논쟁을 벌일 기분이 아니었어."

"무슨 논쟁?" 카이우스는 힐문했다. "네 주장을 펼치는 게 그리

※ 　헝가리어로 "잘 있었어?"라는 뜻이다.

어렵지는 않았을 텐데. 지난 20년 동안 이 학교는 하버드보다 더 많이 《포천》 500대 기업 CEO들을 배출했잖아. 그런 기회를 마다할 사람이 어디 있겠어?"

"맞아."

"이제 와서 갑자기 사업가가 되겠다고 열정을 불태우는 건 좀 의외이긴 하지만."

라이너스는 대꾸했다. "그러는 대신 평생 네 눈부신 천재성의 그늘에서 사는 게 나았을까?"

카이우스는 웃었지만 내심 아연실색했다. 라이너스의 대답 자체보다는, 그 말을 이제 얼마나 진지하게 받아들여야 할지 확신할 수 없다는 사실이 더 충격적이었다. "넌 뭐든 하고 싶은 대로 할 수 있었잖아. 사일러스가 가끔 힘들어했다는 건 나도 알아. 나랑 관심사가 너무 비슷했으니. 하지만 넌 작가가 되든, 운동선수가 되든, 하여튼 내논문 주제를 훔치는 일만 빼면 그 밖의 무슨 미친 짓을 해도 괜찮았어. 나랑 사일러스처럼 서로에게 빌붙는 느낌을 받을 필요 없이 말이야." 카이우스는 짜증 섞인 표정으로 고개를 저었다. "그러니 피차 헛소리는 이제 그만하지 않을래? 난 네가 사업 수완을 갈고닦으려고 여기 온 게 아니라는 걸 알아."

"그래? 그럼 왜 왔다는 거지?"

카이우스는 헝가리어를 다시 시도해 볼까 고민했지만, 말조심할 필요가 없다는 말을 들었기에 그냥 뱉어 내기로 했다. "네가 여기 와 있는 건 네 후원자가 너의 머릿속에 있는 걸 악용하고 싶어 하기 때문이야.”

“정말?” 라이너스는 짐짓 깜짝 놀란 표정을 지었다. “어떻게 악용한다는 건데?”

“네가 먼저 고백해 줬으면 좋았겠지만, 내 머릿속의 조그만 집단 지능은 이게 ‘피살리아호 시즌 2’라는 결론에 합의했어.”

라이너스는 주변에서 식사 중인 사람들을 가리켜 보였다. “배에서 봤던 사람이 여기 한 명이라도 있어?”

“16년이나 지났잖아.” 카이우스는 대꾸했다. “눈앞에 있더라도 못 알아볼걸. 링크 상대는 어차피 물리적으로 가까이 있을 필요가 없고.”

“그럼 내가 파리에 온 이유가 뭐라고 생각해?”

“모르겠어.” 카이우스는 시인했다. “단 하나 확신하는 게 있다면, 넌 이곳에서 가르치는 것들에 단 한 번도 관심을 둔 적이 없다는 점이야.”

라이너스는 짓궂은 표정으로 카이우스를 쳐다보았지만, 반박하지는 않았다.

이윽고 그는 말했다. “어쩌면 난 뭔가에 관심을 갖기로 결심한 건지도 몰라.”

“그게 무슨 뜻이야?”

“난 24년 동안 너희 셋의 관심사를 흡수하며 살아왔어. 그래서 이젠 다른 데서 그걸 찾아보기로 결심했을 뿐이야.”

카이우스는 말했다. “알았어. 하지만 귀나르가 대체 너한테 뭘 제안했기에 굳이 이런 곳까지 와서 새 관심사를 찾아보려는 거지?"

"전도유망한 커리어." 라이너스는 대답했다. "과거에는 상상할 엄두조차 못 냈던 거지."

"귀나르는 그 대가로 뭘 얻는데?"

"모든 장학생은 정기적으로 귀나르에게 진척 상황을 보고해야 해. 내가 해야 하는 일은 그게 전부야."

카이우스는 자신이 밥을 너무 빨리 먹고 있다는 것을 깨달았다. 소화불량에 걸릴 것 같아 입안의 음식을 의식적으로 충분히 씹은 뒤 삼켰다.

마르셀 귀나르는 94세였다. 지난 수십 년간 그는 불로불사를 약속하는 온갖 정신 나간 연구에 아낌없이 자금을 쏟아부었지만, 결국 아무 성과도 내지 못했다. 보나 마나 지금도 냉동 수면 따위를 활용해서 현대판 외치※가 되겠다는 야망에 불타고 있을 게 뻔했지만, 그가 막대한 부를 쌓은 건 위험 분산에 능했기 때문이라는 사실을 잊어서는 안 된다.

"너 귀나르하고 기억을 공유하고 있지?" 카이우스는 말했지만, 라이너스는 침묵을 지켰다.

"왜 대답 안 해? 혹시 내가 몰래 녹음이라도 하고 있을까 봐?" 카이우스는 농담하듯 말했다. "아니면 녹음하고 있는 게 너라서 그러는 건가?"

"아까 말했듯이, 난 어떤 진로로 나아갈지 정했어." 라이너스는

<hr>

※ 알프스 외치 계곡에서 발견된 청동기 시대 남성 냉동 미라.

대답했다. "오래 방황한 끝에 말이야. 너희들이 원했던 것도 그거 아니었어? 그러니 나를 위해 기뻐해 줘."

그렇다면 라이너스가 경영대학에 다니는 것도 완전히 사기라고는 할 수 없다는 얘기다. 아침에 눈을 뜨면, 그가 전날 받은 수업 내용에 대한 멘토의 소견이 머릿속에 고스란히 들어 있을 테니까 말이다. 물론 귀나르는 전통적인 의미의 제자를 얼마든지 골라 육성할 수 있었다. 라이너스보다 자격이 훌륭하고 자율성까지 겸비하여, 뉴럴 링크 같은 극단적인 교습 방법을 쓰지 않아도 기꺼이 자신의 조언을 따를 용의가 있는 후계자들을 말이다. 반면 라이너스의 가치는 귀나르가 축적한 지혜―수업 내용뿐 아니라 훨씬 넓은 분야에 걸친―를 쏟아부을 수 있는 빈 그릇이라는 점에 있었다.

"그 진로 끝에는 뭐가 기다리고 있어?" 카이우스는 물었다. "최우등으로 졸업한 뒤 넌 귀나르의 기업에 즉시 채용될 거고, 날개 돋친 것처럼 승진에 승진을 거듭하면서 더 큰 책임을 떠맡고, 주위에서도 좋은 평가를 받겠지. 하지만… 그다음엔? 죽을 때가 된 귀나르한테 제국의 열쇠를 물려받고, 그제야 사람들이 네 실력을 인정해 줄 것 같아?"

"내가 선택한 직업에서 성공하는 게 마치 무슨 문제라도 되는 것처럼 말하네."

"아냐. 문제는 네가 왜 그런 선택을 했느냐는 거야."

이 말을 듣고 라이너스의 포커페이스가 살짝 흔들렸지만, 그 틈새로 드러난 것이 무엇인지는 판단하기 어려웠다.

라이너스가 입을 열었다. "이 길을 고르지 않았다면, 난 뭘 할 수 있었을까? 내가 대체 뭘 이룰 수 있었겠냐고? 너야 우리가 다 잘하는 분야를 골라 일찌감치 자리를 잡았지만, 만약 다른 형제가 너와 똑같은 길을 택했다면 결국은 자리다툼이 벌어졌을 거야."

"절대 그런 게 아니었어." 카이우스는 항의했다. "지금도 그렇지 않고. 넌 여전히 뭐든 하고 싶은 일을 할 수 있어."

"내가 원했던 건 항상 너희들이 원했던 것뿐이었어." 라이너스는 쓰디쓴 어조로 내뱉었다. "난 다른 걸 원할 능력조차 없었다고."

카이우스는 라이너스의 말에 동의하지 않았지만, 이제 그것은 중요하지 않았다. "다시 우리와 연결되라고 요구하는 게 아니야. 하지만 우리와 접속을 끊고 귀나르를 머릿속에 들이기까지 얼마나 오래 고민했어? 자신만의 길을 찾기 위해 스스로에게 어떤 기회를 줬냐고."

라이너스는 나직하게 웃었다. "마치 내가 가족의 그늘에서 벗어나도 얼마든지 잘 살아갈 수 있는 평범한 사람이라도 되는 것처럼 말하는군. 난 그런 사람이 아니라는 걸 너도 잘 알잖아. 난 나무가 아니라 덩굴이야. 혼자서는 땅에 떨어져 말라 죽을 수밖에 없는 덩굴식물. 그래서 난 어차피 이길 가망도 없는 경주에 목을 매는 대신 나를 지탱해 주고, 내 앞길을 터줄 큰 나무에 의지하는 쪽을 택했어. 내가 그걸 원하는 건, 그게 나라는 인간이 할 수 있는 최선의 일이기 때문이야."

11

마음의 동요가 너무 컸던 나머지 당장 형제들에게 연락할 엄두가 나지 않았다. 그래서 우선 하룻밤 묵을 곳을 찾기로 했다. 스마트폰으로 근처의 숙소를 검색해 보니 네 군데가 떴지만, 어느 곳도 오후 3시 이전에는 체크인이 불가능했다. 그래서 그는 걸어갔을 때 가장 오래 걸리는 곳을 선택했다.

거리를 걷는 동안 주위 풍경은 거의 눈에 들어오지 않았다. 마치 폭탄이 터진 충격으로 머리가 멍멍한 기분이었다. 라이너스가 자신을 어떻게 보고 있었는지, 왜 지금까지 알아차리지 못했던 것일까. 카이우스는 자기가 나아가려는 방향을 정하고, 거기서도 반드시 주도권을 틀어쥐어야 직성이 풀리는 부류의 인간이었다. 사일러스가 그런 자신을 어떤 눈으로 보고 있는지는 이해하고 있었지만, 그들 사이의 관계는 언제나 선의의 경쟁에 가까웠고 수학자로서의 능력은 대등했다. 루퍼스 역시 수학에 매료되어 있었지만 그들과는 전혀 다른 방식으로 그것을 추구해 왔다.

그러나 라이너스는 수영과 책 읽기를 선호했고, 다른 형제들이 먼저 차지했던 공간을 비집고 들어오려고 다투지도 않았다. 왜냐하면 … 뭐랄까, 너무 일찍 포기해 버려서? 카이우스가 기억하는 라이너스의 삶은 불만보다는 평온함으로 가득 차 있는 것처럼 보였다. 하지만 뉴럴 링크를 통해 불완전하게 전사된 라이너스의 기억은 그 밑에 깔려 있는 체념을 온전히 잡아내지 못했을 수도 있다. 너무 오랫동안 음지에만 머물렀던 탓에 다시 양지로 나올 가능성조차 상상할 수 없는 상태였다면, 본인에겐 무감각한 수용이 다른 사람에게는 진정한 만족감처럼 보였을 수도 있다.

카이우스는 모텔에 체크인한 뒤 침대에 앉아 형제들에게 전화를 걸었다.

"어떻게 해야 할지 모르겠어." 그는 라이너스와의 대화를 간단히 요약해서 들려준 후 실토했다.

"귀나르는 피살리아호에서 태어난 사람들을 빠짐없이 추적한 것이 틀림없어." 루퍼스가 말했다. "그리고 전 세계로 조사원들을 보내서 그들을 관찰하게 했겠지. 그리고 모든 후보 중 라이너스를 점찍은 거야. 자아를 지워버리는 것이 가장 밝은 미래라는 개소리를 받아들일 가능성이 가장 높은 인물로 말이야." 루퍼스의 목소리는 분노와 수치심으로 떨리고 있었다. "우리가 라이너스를 어떻게 대했는지를 보여주는 거울 같다고 해야 할까?"

사일러스도 루퍼스 못지않게 동요하고 있었지만 아무 말도 하지 않았다.

카이우스가 말했다. "경찰에 신고해야 한다는 생각이 떠나질 않아. 하지만 귀나르는 법을 어긴 게 아니잖아? 자기 뇌에 뉴럴 링크를 설치하기 위해 무슨 짓을 했든, 성인이면 합법적인 장소로 가서 이식 수술을 받았을 게 뻔해. 라이너스가 어릴 때부터 링크를 갖고 있었다는 건 귀나르의 잘못이 아니고, 설령 관련이 있었다 해도 우리가 그걸 증명할 방법은 없어. 궁극적인 목적은커녕 어떤 식으로든 연루되었다는 사실조차 실토하게 할 방법도 떠오르지 않고.”

루퍼스는 이런 소극적인 태도가 마음에 들지 않는 듯했다. “그럼 귀나르 그 인간이 라이너스를 묻어버리는 걸 손가락 빨면서 지켜보고만 있을 거야?”

“우리가 서로를 묻어버린 적이 있었어?” 사일러스가 물었다. “설마 다들 자기가 카이우스의 클론에 불과하다고 느끼는 건 아니겠지?”

“설마,” 루퍼스가 대답했다. “하지만 의도치 않았더라도, 우린 알게 모르게 라이너스를 너무 압박했던 건지도 몰라. 누군가에게 자기 운명을 맡겨도 좋다고 자포자기할 정도로.”

“일단 거기서 라이너스를 빼 오자.” 카이우스가 결단을 내렸다. “다른 곳으로 데려가서, 귀나르와의 연결이 끊긴 상태에서 스스로 생각할 시간을 줘야 해.”

사일러스는 회의적인 반응을 보였다. “무슨 특공대 흉내라도 내자는 거야?”

“난 기꺼이 그럴 용의가 있어.” 루퍼스가 단호한 어조로 말했다. “파리행 첫 비행기를 타고 갈게.”

카이우스는 사일러스에게 말했다. “가스총을 들고 몰래 기숙사에 침투하자는 게 아니야. 적당한 이유를 대고 캠퍼스 밖으로 유인해서, 인터넷 접속이 안 되는 곳으로 데려가 며칠만 기다려 보자는 뜻이야. 정신을 차릴 때까지.”

사일러스가 말했다. “유럽에 인터넷 안 되는 곳이 어딨어?”

"그럼 패러데이 케이지*에 넣으면 돼."

사일러스는 믿을 수 없다는 표정으로 얼굴을 찡그렸다. "제정신이야? 라이너스를 납치해 으슥한 숲속 오두막으로 끌고 가서 은박지 모자**라도 씌우겠다는 거야?"

강압적인 방법을 써야 한다는 사실에 낙담하고 있는 것은 카이우스도 매한가지였지만, 결국 이 방법밖에는 없었다. "라이너스가 예전 삶을 통째로 포기하게 내버려둘 수는 없어. 그 빈자리를 다른 사람이 채우게 할 수는 더더욱 없고. 만약 옛 방식이 라이너스에게 달리 행동할 여지를 주지 않았고, 그래도 혼자서는 결코 살아남을 수 없다고 확신하고 있는 거라면, 그 상황을 바로잡을 수 있는 유일한 방법은 우리가 외부에서라도 라이너스를 지원할 수 있다는 걸 보여주는 거야. 라이너스의 머릿속으로 다시 들어갈 수 없어도, 그걸 증명하기 위해서라면 우린 무슨 일이든 해야 해."

12

라이너스는 리베라시옹 거리를 따라 걸으며, 담장 너머로 언뜻언뜻 보이는 숲이 자꾸 마르셀의 젊은 시절 기억을 불러일으키는 것을 느꼈다. 1976년의 어느 여름날 밤, 친구들과 함께 저기서 술을 마신 적이 있었다. 라이너스는 그들 사이에서 한 여성의 얼굴을 보았고, 그

※　전자파를 차단하기 위해 금속망으로 둘러싼 공간.
※※※　마인드 컨트롤 전파를 차단할 수 있다는 음모론이 존재한다.

즉시 그녀를 향한 애정과 향수가 솟구치는 것을 느꼈다…. 그러나 그는 그 이미지를 짜증스럽게 밀어냈다. 진심으로 형제들을 떼어 낼 작정이라면, 오늘만큼은 온전히 라이너스라는 개인으로 존재해야 했다.

길게 호를 그리는 도로를 따라 터벅터벅 걸으며, 라이너스는 돌아오라고 애타게 간청하는 형제들의 모습을 상상했다. 카이우스와의 대화만으로 문제가 해결되리라고 기대했던 것은 너무 순진한 생각이었다. 루퍼스와 사일러스는 그 대화를 간접적으로 기억하는 것만으로는 결코 만족하지 않고, 어떻게든 직접 만나서 본인에게 설명을 들어야만 비로소 수긍할 것이다. 링크가 남긴 기존의 기억조차도, 라이너스의 진짜 목적이 무엇인지를 그들에게 명확하게 알려주지는 않았기 때문이다. 그래서 그들은 점점 희미해지는 라이너스의 빈자리에 자신들의 선입견을 채워 넣었고, 그 결과 자신들의 머릿속엔 원래의 라이너스는 거의 남아 있지 않다는 사실을 눈치채지조차 못했다.

모텔에 도착할 무렵에는 땅거미가 지고 있었다. 라이너스는 마지막 몇 걸음을 내디딜 용기를 불러일으키려고 길가에서 잠시 어정거렸다. 설득을 염두에 두고 긴 연설을 미리 준비해 왔지만, 머릿속에서 되뇌어 보니 부자연스럽기 짝이 없었다.

라이너스는 주차장을 가로질러 가서 방문을 두드렸다. 문을 연 사람은 카이우스였지만 다른 형제들도 바로 뒤에 서 있었다.

네쌍둥이가 다시 모였다는 사실을 새삼 실감한 라이너스는 도저히 유혹을 떨칠 수 없었다. "본때를 보여주지, **난 혼자가 아니거든!**" 그는 미어캣 용사 레이노의 목소리로 의기양양하게 선언했다.

사일러스는 웃었지만, 다른 두 명은 유머 감각을 어디 흘리고 온 듯했다. 루퍼스가 걸어 나오더니 라이너스를 와락 껴안았다. 너무나도 꽉 껴안았던 탓에, 루퍼스가 지금 느끼고 있을 그 감각을 나중에 자신이 내려받게 될 장면이 언뜻 떠오를 정도였다. 물론 이제 그런 일은 일어나지 않는다. 머리를 쥐어짜서 추측해 보건대, 이 포옹은 라이너스를 향한 메시지였고, 공동의 목적을 위해 힘을 보태겠다는 의지의 표명이었다. 라이너스는 상냥하게 루퍼스의 등을 툭툭 쳤지만, 그들 사이에 공동의 목적은 더 이상 존재하지 않았다.

"힘들다는 거 나도 알아." 라이너스는 포옹을 풀고 몸을 돌려 사일러스를 포함한 모든 형제를 향해 말했다. "하지만 너희들도 받아들여야 해. 난 더 이상 예비 타이어처럼 살아갈 수 없고, 그렇다고 뉴럴 링크 없이 혼자 살아갈 수도 없어. 귀나르가 자기 목적을 위해 나를 이용한다고 믿겠지만, 귀나르야말로 나에게 명확한 방향을 제시하고 뒤로 물러나 줄 적임자야."

사일러스의 표정이 돌처럼 무표정해졌다. "귀나르가 죽은 뒤에 홀로서기를 할 자신이 있다면, 지금도 그럴 수 있을 거 아니야?"

"네가 그걸 어떻게 알아?" 라이너스는 쏘아붙였다. "우리가 갖고 있던 목표가 뭐였든 간에, 너희 셋이 오래전에 이미 다 나눠 가졌잖아. 난 백업 드라이브처럼 너희들한테 얹혀살았을 뿐이고…."

"우린 빌어먹을 컴퓨터 네트워크가 아니야." 사일러스가 화난 어조로 끼어들었다. "컬트의 의도는 바로 그거였을지도 모르지만, 결국 성공하지 못했어."

"그렇다고 우리가 평범한 것도 아니잖아." 라이너스는 말했다. "양부모는 우리가 그렇게 되길 바랐을지도 모르지만, 그들 역시 성공하지 못했어."

"그러니까 우리의 제안을 한 번만이라도 시험해 보란 얘기야." 루퍼스가 간원했다. "우리뿐만 아니라 귀나르하고도 링크를 끊고, 그게 어떤 느낌인지 직접 확인해 보라고."

"좋은 생각이야." 라이너스가 대답했다. "귀나르도 똑같은 제안을 하더군. 그래서 난 너희들과 링크를 끊은 뒤에도 일주일을 더 기다렸다가 귀나르와 기억을 공유하기 시작했어."

"그래서, 그 일주일은 어떤 기분이었어?" 루퍼스가 물었지만, 표정을 보아하니 정말로 답을 듣고 싶어 하는 것 같지는 않았다.

라이너스는 대답했다. "마치 내가 사라져 가는 것 같은 기분이었어. 공기 속으로 녹아드는 듯한 느낌이랄까."

루퍼스는 카이우스를 흘끗 보았다. 라이너스의 고백에 잠시 당황한 듯했다. 하지만 카이우스는 곧 입을 열었다. "하지만 귀나르는 여전히 배후에서 널 조종했어. 네 시험 점수를 조작하거나, 비행기표를 사주는 식으로. 그러니까 애들레이드로 돌아가서 잠시 혼자 살아보면 어떨까?"

"뭘 하면서?"

"뭐든 네가 좋아하는 걸 하면서."

라이너스는 말했다. "내가 좋아하는 것 따윈 없어."

"수영하는 거 좋아했잖아?" 루퍼스가 반박했다. "발자크 소설도 좋아한다고 하지 않았어?”

“취미를 몇 개 가졌다고 해서 그걸 인생이라 할 수 있어? 내가 계속 너희의 적선을 받으며 살면서, 아침마다 일어나야 할 이유를 찾으려고 버둥거리는 걸 보고 싶어? 갑자기 머릿속에 근사한 인생 목표가 떠오를지도 모른다는 희망 하나만으로? 적어도 여기선 내가 따라갈 수 있는 커리큘럼이 있어. 이걸 마치면 억대 연봉이 보장되고, 마흔이 되기 전에 억만장자가 될 가능성도 높아.”

카이우스가 물었다. “네가, 아니면 새 몸을 얻은 귀나르가?”

라이너스는 어깨를 으쓱했다. “너희는 어디까지가 오직 본인만의 힘으로 이룬 거라고 생각해? 아마 우리라는 존재를 제대로 직시한 건 나 혼자뿐일지도 몰라. 아무튼 너희들이 스스로를 어떻게 생각하는지는 중요하지 않아. 중요한 건 내가 나 자신에 대해 뭘 알고 있느냐야.”

루퍼스는 처연한 눈으로 라이너스를 응시했다. 그가 다가오자 라이너스는 마지막 작별 포옹에 대비해서 마음을 다잡았지만, 다음 순간 갑자기 양손이 뒤로 꺾인 것을 깨달았다. 카이우스가 오더니 케이블타이로 라이너스의 손목을 결박했다.

“이게 무슨 미친 짓이야?” 라이너스가 따졌다. 고함을 질러 도움을 요청할까 하는 생각도 들었지만, 생판 모르는 사람에게 이런 가족 싸움을 보여주는 게 얼마나 당혹스러울지 상상하고는 그만두었다. “내 머릿속을 통제하는 것에 너무 익숙해져서, 내가 스스로 선택했다는 사실을 도저히 못 받아들이겠다, 이거야?”

루퍼스는 쥐어짜듯이 말했다. “딱 귀나르가 할 만한 소리군. 안 그래?" 카이우스는 호주머니에서 길고 흰 천 조각을 꺼내더니 라이너스의 입과 목을 둘둘 말았고, 턱 아래로 돌려 아예 입을 벌리지 못하도록 하는 작업에 착수했다. 재갈이라고 하기에는 좀 빈약했지만, 입에 뭔가를 쑤셔 넣었다가 자칫 질식할까 봐 걱정하는 듯했다. 라이너스가 이 신체 기관을 사용해 숨 쉬고, 먹고, 기침하고, 키스하던 모든 감각을 자기 일처럼 낱낱이 기억하고 있는 탓에, 차마 건드릴 엄두를 내지 못한다고나 할까.

침대에 눕혀져 발목까지 묶이는 동안 라이너스는 거울에 비친 자신의 모습을 보았다. 붕대를 칭칭 감은 얼굴을 보니 영화 〈투명 인간〉을 촬영하기 위해 분장 중인 배우 같았다. 그는 계속 따지며 불평하고 싶은 충동을 억눌렀다. 붕대에 감긴 상태에서도 얼마나 큰 소리를 낼 수 있는지 드러내고 싶지 않았기 때문이다. 그러나 그들이 몸을 담요로 둘둘 말기 시작하자 참았던 화가 폭발했다. 라이너스는 고함을 지르기 시작했다. 루퍼스는 라이너스의 가슴을 무릎으로 누르고 손으로 입을 틀어막았다. 그러는 동안 사일러스는 덕트 테이프로 그의 몸을 담요째 감았다.

여러 장의 담요에 둘둘 말린 상태에서도 라이너스는 여전히 가슴을 짓누르고 있는 루퍼스의 체중을 느낄 수 있었다. 그가 몸을 덜덜 떨고 있는 것은 아드레날린 탓이리라. "제발 가만히 있어. 아무 말도 하지 마." 루퍼스가 간원했다. "약을 써서 재우고 싶진 않아."

그들은 라이너스를 들어 올려 방 밖으로 나왔다. 차 트렁크 안으로 그를 집어넣었을 때는 태아처럼 몸을 웅크릴 필요가 있었지만, 라이너스는 저항하지 않고 순순히 지시를 따랐다. 자신이 납치당했다는 사실보다 형제들이 현행범으로 잡힐 수 있다는 사실이 열 배는 더 두려웠다. 이제는 더 이상 모텔방에서 벌어진 몸싸움 수준의 해프닝이 아니었고, 경찰 입장에서는 그들이 라이너스를 숲에 묻어버리기 위해 이런 일을 벌였다고 판단해도 이상할 것이 없었다. 그런 오해 탓에 누군가의 머리에 총알이 박히는 사태는 상상하고 싶지도 않았다.

트렁크 뚜껑이 닫혔다. 트렁크 안의 텁텁한 공기에서는 방향 탈취제 냄새가 났다. 모터의 부드러운 회전음과 함께 차는 후진했고, 주차장을 가로지르기 시작했다. 설마 자신을 국외로 몰래 빼돌리려고 이러는 것은 아니겠지? 아니, 어쩌면 방해받지 않을 호젓한 곳에 숙소를 빌렸을지도 모른다.

무슨 목적으로? 이들은 라이너스가 학교에 남는다면 죽을 것이라고 진심으로 믿고 있었다. 그래서 그를 구하기 위해서는 무슨 짓이든 할 작정인 것이다.

차가 급정거했다. 타이어가 비명을 질렀다. 누군가가 프랑스어로 외쳤다. "나와! 나와!"

라이너스는 차체의 진동을 통해 문들이 벌컥 열리는 것을 느꼈다. 잠시 후 누군가가 그의 몸을 트렁크에서 들어 올렸고 지면 위에 내려놓았다. 손발을 구속하고 있던 것들이 하나씩 풀리기 시작했다.

라이너스가 일어서자, 차 옆에서 양 무릎을 꿇고 있는 형제들의 모습이 눈에 들어왔다. 고개를 숙이고 두 손을 머리 뒤로 돌리고 있었다. 라이너스는 곁에 서 있는 보안 요원을 돌아보며 말했다. "저 사람들은 절대로 건드리지 마! 경찰도 부르면 안 돼.”

처음 보는 남자였지만, 그는 라이너스를 향해 정중하게 고개를 끄덕였다. “물론입니다. 안전한 곳까지 모신 뒤에 모두 풀어주겠습니다. 아무 문제 없습니다.”

라이너스는 ‘메르시’라고 말하려다가 흠칫하며 그만두었다. 이 사내는 우리를 위해 일하고 있어. 나를 위해 일하고 있어. 자기 할 일을 했을 뿐이니 고마워할 필요는 없어.

13

라이너스는 어두운 수면을 가르며 배에서 떠나갔다. 잠시 동작을 멈추고 어깨 너머로 뒤를 돌아봤다. 루퍼스, 사일러스, 카이우스 모두 갑판에 우두커니 서서, 처량하고 초췌한 몰골로 그의 탈출을 바라보고 있었다. 왜 나는 형제들을 버려두고 떠나려는 걸까? 그들을 배신한 데서 오는 죄책감과 공포가 라이너스의 마음을 마치 질긴 끈처럼 파고들었다. 다시 팔을 움직이려고 했을 때, 올가미처럼 엉킨 낚싯줄이 자신의 어깨와 몸통을 옥죄고 있는 것을 그는 깨달았다.

아, 좋아. 꿈이었군. 라이너스는 생각했다. 그는 주도권을 틀어쥐고 은유적인 낚싯줄의 무의미한 결박을 떨쳐 냈다. 그러고선 바닷물을 갈라 해저에 있는 자신의 집까지 이어지는 경사진 공기 터널을 만들었다. 그는 미끄럼을 타듯이 원통형 터널 내부로 내려가 〈시민 케인〉의 카메라처럼 매끄럽게 도서실의 천창을 통과했다.

도서실 안은 따뜻했고 램프들은 밝게 빛나고 있었다. 라이너스는 개처럼 후드득 몸을 흔들며 물기를 털어 냈고, 맨발로 카펫 위를 걸어가 새로 도착한 정기 간행물들이 보관된 책장으로 향했다.

벽에 걸린 시계는 새벽 3시를 가리키고 있었다. 책장에 꽂혀 있던 것은 귀나르의 회고록에 추가될 새로운 소책자였다. 라이너스는 푹신한 안락의자에 앉아 최신 호를 읽기 시작했다.

책은 '깨어 있는' 상태의 라이너스가 모텔에서 형제들을 만났을 때 일어난 일에 관한 귀나르의 회상과 성찰로 시작되고 있었다. 라이너스는 그 구절을 몇 번이고 꼼꼼하게 읽어보았지만, 라이너스 자신에 대한 의구심이나 불신의 흔적은 조금도 찾아볼 수 없었다. 귀나르가 고용한 두 스파이의 보고와, 귀나르 본인이 '깨어 있는' 상태의 라이너스의 눈을 통해 보고 느낀 모든 것들은, 세 형제가 고집을 꺾으려 하지 않는 라이너스를 구출하기 위해 필사적으로 싸웠다는 서사를 담고 있었다. '깨어 있는' 라이너스 본인은 자신이 소멸할 가능성을 냉철하게 직시하는 대신 라이너스-마르셀이라는 융합 존재의 불가결한 구성 요소로서 계속 존속할 수 있을 것이라는 막연한 확신에서 위안을 얻고 있었다. 하지만 이 상황에서 그런 사실은 중요하지 않았다. 라이너스의 형제들은 그가 외부 영향에 얼마나 취약한지, 또 얼마나 쉽게 예속되어 소멸의 길에 빠져들 수 있는지를 잘 알고 있었으므로.

라이너스는 나머지 부분을 훑어보았다. 귀나르의 따분한 일상과, 그보다 한층 더 무미건조한 개인적 성찰과 회상을 기록한 것이었다.

이런 쓸데없는 기억을 캐릭터 연기를 위한 정보로 진지하게 받아들이는 건 '깨어 있는' 라이너스의 몫이므로 여기서는 신경 쓰지 않아도 된다. 라이너스는 소책자를 옆에 내려놓고 형제들의 삶을 기록한 책들이 꽂혀 있는 책장으로 갔다.

임시 휴간 중인 그 책들의 책등을 손으로 훑어보다가 문득 죄책감을 느꼈다. 꿈속에서 졸라와 프루스트를 재독하다가 싫증이 났을 때 이 과월호들을 읽으면 시간을 때우는 데 도움이 됐다. 그러나 그가 이렇게 칩거하며 귀나르가 죽기만을 기다리고 있는 동안, 남은 세 형제는 얼마나 큰 고통을 감수해야 할까?

라이너스는 형제들이 언젠가는 절망을 딛고 일어나 자신의 속마음을 정확히 추측해 주리라는 희망을 품고 있었다. 일단 그것을 이해한다면, 그들 역시 비밀을 지키려 할 것이다. 귀나르는 형제들을 감시하면서 슬픔이 언제 체념으로 바뀌는지 가늠해 보려 할 것이고, 이 긴 사기극의 성공 여부는 자신들이 기만의 일부인지조차 몰랐던 형제들이 계속 라이너스를 애도하는 모습을 보이느냐에 달려 있었기 때문이다.

4

꿈 공장

Dream Factory

1

　"혹시 반려동물 있어?" 스마트폰 화면의 체크리스트를 보고 있던 저스틴이 흘끗 올려다보며 물었다.

　"없어." 제임스는 이 말이 자신에게 유리하게 작용하길 기대하며 대답했다. 하지만 자신을 심문 중인 저스틴의 표정을 읽는 것은 쉽지 않았다. 법대생이라던 그녀가 법정에서 거짓 증언을 일삼는 불성실한 증인들을 침착하게 몰아세워, 그들 자신의 거짓말로 옭아매는 광경을 상상하기란 결코 어렵지 않았다. 저스틴과 같은 집에서 사는 두 명의 대학생은(모두 철학 전공이라고 했다) 그녀 옆 소파에 앉아 있었는데, 그들이 스마트폰으로 몰두하고 있는 일은 이번 면접과는 전혀 상관없어 보였다.

　"알레르기는?" 저스틴이 질문을 이어갔다.

　"어, 꽃가루 알레르기가 조금. 적어도 내가 아는 한은 그래."

　"반려동물 알레르기에 관해 물어본 거였어." 저스틴이 설명했다. "우린 포포라는 고양이를 기르거든. 혹시 심각한 음식 알레르기가 있다면 그것도 미리 알려주면 좋겠지만."

“어렸을 때 집에 고양이가 한 마리 있었어. 그러니까 고양이 알레르기가 없는 건 확실해. 땅콩 알레르기도 없고.”

“2주 치 집세를 미리 내고, 거기에 보증금으로 1주 치를 더 낼 수 있어?”

“응.”

집세 얘기가 나오자마자 페루즈와 리사가 고개를 들더니 저스틴과 의미심장한 눈빛을 교환했다. 이 친구들은 굳이 입을 열지 않아도 의사소통이 가능한 듯하다.

저스틴이 말했다. “그럼 37번지에 입주한 걸 환영해.”

“고마워.” 제임스는 스마트폰으로 돈을 이체했다. 부동산 사무소 컴퓨터가 제임스의 이름이 임차인 명부에 추가되었다는 영수증을 보내오자, 그는 어깨의 긴장이 풀리는 것을 느꼈다. 당장 사흘 뒤에는 지금 머무는 곳에서 나와야 할 처지였기 때문이다.

면접 위원들이 일어서자 조그만 흑백 무늬 고양이가 소리 없이 거실로 걸어 들어왔다. 꼬리를 높이 세운 채 야옹거리는 녀석을 보고 리사는 쭈그리고 앉아 머리를 쓰다듬었다. 그러자 고양이는 큰 소리로 목을 가르랑거리며 리사의 손가락에 머리를 부벼댔다.

“와, 정말 사람을 좋아하나 보네.” 제임스가 말했다. “수컷인가?”

“수컷이지만, 중성화 수술을 했어.” 페루즈가 대답했다.

“애랑도 좀 친해져 봐.” 리사가 제안했다. 그녀가 옆으로 물러나자 고양이는 그쪽으로 몸을 돌려 애원하듯이 그녀를 올려다보았다. 제임스는 리사가 있던 자리에 재빨리 쭈그리고 앉았다. 포포는 친숙한 인간을 상대했을 때 못지않게 열성적으로 머리를 들이대며 제임스의 손가락 마디에 문질렀다. 마치 이만큼 흡족한 일은 없다는 듯이.

제임스는 미소를 짓지 않을 수 없었지만, 손가락에 닿은 고양이 머리에는 묘하게 오톨도톨한 부분이 있었다. 그것이 단순히 털이 뭉친 게 아니라 피부 아래 솟아오른 작은 혹 같다는 사실을 그녀는 깨달았다. "머리에 혹시 진드기라도 붙어 있는 거 아니야?" 이렇게까지 열심히 머리를 문지르는 것을 보면, 혹시 기생충을 떼어 내려거나, 아니면 최소한 가려운 곳을 긁고 싶어서 그러는 것인지도 모른다는 생각이 들었다.

리사는 웃었다. "아냐. 그건 인터페이스야."

"뭐라고?"

리사는 자기 머리 위에서 손을 펼치고 움직여 보았다. "전극에 연결된 블루투스 안테나라고."

"설마 고양이 머리에 전극을 심었다는 얘기야?"

"노에미가 설치했어." 페루즈가 끼어들었다. "포포는 원래 개가 기르던 고양이었어. 하지만 노에미는 얼마 전 귀국해야 했고, 녀석을 데려갈 수 없었던 거지."

"그랬었군." 앞으로 살게 될 방의 전 주인을 안 좋게 얘기했다가 어떤 반응이 돌아올지 알 수 없었던 제임스는 적당히 말끝을 흐렸다. 이들 모두 노에미와 사이가 각별했을 뿐만 아니라, 그 결정에 대해 전적으로 찬성했을 가능성을 무시할 수는 없었기 때문이다.

"근처 야생동물들을 공격 못 하게 하려고 그랬던 거야." 리사는 제임스를 대신해서 다시 고양이 머리를 쓰다듬기 시작했다. "하루 종일 집 안에 가둬두는 건 너무 잔인하잖아. 녀석이 밖에 나갔을 때 새를 잡지 못하도록 소프트웨어가 막아주는 거야."

"목걸이에 방울만 달아도 같은 효과를 볼 수 있지 않나?"

"연구 결과에 의하면 전극 쪽이 네 배는 더 효과적이래. 게다가 포포도 전혀 신경 쓰지 않아. 얘 좀 보라고, 불행해 보여?"

"아니." 제임스는 시인했다. 고양이는 쉴 새 없이 갸르릉거리고 있었다. 하지만 이것은 같은 집에 사는 이들에게 느끼는 진심 어린 반응일까, 아니면 단지 목걸이에 내장된 소프트웨어가 그렇게 느끼라고 명령한 탓일까?

이 모든 상황이 제임스에게는 극히 불편하게 다가왔지만, 여기서 그가 뭘 할 수 있단 말인가? 포포를 유괴해서 프로그램 제거 시설로 몰래 데리고 갈 계획이라도 세우란 말인가? 힘들게 얻은 방을 포기하고, 다음 달 내내 이미 낸 집세를 환불받으려고 아등바등해야 하나? 실제로는 아무것도 변화시키지 못한 채로, 단지 옳은 행동을 했다는 자기만족을 얻기 위해서?

세상에는 이보다 훨씬 더 나쁜 일들이 매일 수도 없이 일어나고 있고, 어떤 관점에서 보든 고양이가 괴로워하고 있지 않다는 것 또한 사실이었다. 이런 상황을 초래한 당사자도 아닌 사람들에게 일장 훈계를 한다면 단지 불쾌한 인물이라는 인상만 줄 뿐이고, 결국 그들이 자신을 쫓아낼 때까지 비참한 동거를 계속하는 수밖에 없을 것이다.

"오늘 이사해도 될까?" 그는 물었다.

2

"곱의 미분법 기억나?" 제임스는 리언에게 물었다. "수영장의 길이와 너비가 모두 늘어나는 경우 말이야."

"아뇨." 리언은 고집스럽게 대답했다. "수영장 얘기 따윈 들은 적 없어요."

제임스는 리언의 말에 대놓고 반박하는 것은 역효과라는 사실을 알고 있었다. "수영장의 길이와 너비를 늘리면 그에 맞춰 면적도 넓어져. 한쪽 길이에 너비의 변화량을 곱한 값에, 원래 너비에 길이의 변화량을 곱한 값을 서로 더하는 식이지." 그는 사각형들을 그려 보였다. 이미 아홉 번이나 열 번은 그려줬던 듯하다.

"하지만 그러면 수영장 물의 높이만 낮아질 뿐이잖아요," 리언이 지적했다. "그래서 말이 안 된다는 거예요. 물의 양은 변하지 않는다는 사실을 무시하고 있잖아요." 리언은 의자를 뒤로 기울이며 제임스를 여봐라는 듯이 쳐다보았다.

"그럼 x 곱하기 코사인 x의 기울기는 어떻게 되지?" 제임스는 끈질기게 물었다. "곱의 미분법을 쓸 필요가 없다고 생각한다면 다른 방법을 찾아봐. 반드시 답은 있어."

리언은 반박했다. "그건 함정 질문이에요. 아무거나 마음대로 곱할 수는 없어요. x는 각도이지만 코사인 x는 전혀 다른 거라고요. 사과에 오렌지를 곱하는 거랑 똑같아요."

"이를테면… 뉴턴과 미터를 곱하거나, 인원수와 시간을 곱하는 것과 같다?”

“맞아요,” 리언이 동의했다. “그건 그냥 말장난이에요.”

과외 수업이 끝나자 쿠퍼 부인은 베란다로 제임스를 데려가서 조용하게 말했다. “이런 말을 하는 게 내키지는 않지만, 리언은 벌써 네 번이나 수학 테스트를 망쳤어요. 그러니 더 이상 계속해 봐야 소용이 없을 것 같군요.”

제임스는 말했다. “예. 저도 이해합니다.” 그녀의 아들은 워낙 게으르고 거만한 녀석이라서, 그 어떤 가정교사를 붙여봤자 더 나은 결과가 나올 리 없다는 사실은 말해봤자 아무 의미도 없었다. “그래도 추천인 역할은 계속 맡아주시겠습니까?”

쿠퍼 부인은 얼굴을 찡그렸다. “누군가가 선생에 대해 묻는다면 솔직하게 대답할 수밖에 없어요. 그 솔직한 대답이 선생에겐 도움이 될 것 같지 않네요.”

“알았습니다. 하지만 솔직히 말해서 리언은 아예 노력할 의지조차 없어 보입니다.”

쿠퍼 부인은 웃음을 터뜨렸다. “그래서 선생을 부른 거잖아요! 굳이 돈을 들여 가정교사를 들인 것도 학교 선생들로는 아예 가망이 없어서였고.” 그녀는 답답하다는 듯이 설레설레 고개를 저으며 집 안으로 들어갔다.

“차라리 슈퍼 모델이라도 고용하시죠.” 제임스는 중얼거렸다. “코카인을 밀매하는 슈퍼 모델이 나타나서 ‘미적분을 배우면 자기처럼 부자가 될 수 있다’라고 귀띔하면 가망이 있을지도.” 주위의 매미

들은 제임스의 말을 무시하고 계속 시끄럽게 울어댔다.

　지독하게도 푹푹 찌는 밤이었다. 버스 정류장에 앉아 있던 제임스는 자신이 흘리는 땀의 쉰내가 교외 주택가의 깔끔하게 손질된 뜰에서 풍기는 꽃향기를 덮어버리는 것을 느꼈다. 집에 가서 빨리 샤워를 한 후에 다음 아르바이트를 시작하고 싶은 마음이 굴뚝같았지만, 버스 시간표가 바뀐 탓에 불가능했다. 식당에 도착한 제임스는 직원용 화장실에서 얼굴과 웃통을 찬물로 닦은 뒤에 근무복으로 갈아입고 용광로처럼 뜨거운 주방으로 걸어 들어갔다.

　"지금보다 더 늦게까지 일할 수는 없을까?" 제임스는 제대로 버거를 굽고 있는지 확인하러 온 켄에게 물었다.

　켄은 콧방귀를 뀌었다. "한 달 전에 더 늦게까지 일할 수 있느냐고 물어봤을 때, 너무 피곤하면 학교 수업 받는 데 차질이 온다고 거절한 게 누구였더라?"

　"그래도 지금보다 일찍 온다면…."

　"그 시간대에는 일할 사람이 필요 없어."

　"알겠어." 제임스는 결단을 내렸다. "그럼 어느 시간대라도 괜찮아."

　"지금은 꽉 찼어. 나중에 필요해지면 얘기해 줄게."

　"고마워."

　집으로 가는 버스 안에서 제임스는 구인란을 훑어보았다. 리언 이전에 가르쳤던 크리스와 안드레아의 경우는 선생으로서 가르치는 보람이 있었다. 호기심이 많고 배우겠다는 의욕이 큰 데다가, 당장 이해

못 하는 부분이 있더라도 다른 방식으로 끈기 있게 설명해 주기만 하면 금세 알아들었기 때문이다. 하지만 지금의 아르바이트 스케줄에 끼워 넣을 만큼 가까우면서, 크리스나 안드레아 같은 아이들을 맡을 수 있는 가정교사 자리는 현재로선 없었다.

집으로 들어간 것은 자정을 훌쩍 넘긴 시각이었다. 다들 자고 있는 듯했고, 그래서 마치 동거인이라기보다는 도둑이 된 기분이었다. 제임스가 컵에 물을 붓자 포포가 오더니 그의 다리 사이를 들락거리며 8자 돌기를 시작했다. 제임스는 포포가 밖으로 나갈 수 있게 뒷문을 열어주었고, 볼일을 본 녀석이 배설물을 땅에 묻고 돌아올 때까지 기다렸다.

"리사한테 가." 제임스는 저리 가라는 손짓을 하며 속삭였다. 노에미가 떠난 뒤로 포포는 언제나 방문을 조금 열어두고 잠을 자는 리사의 침대 위에서 자는 듯했다. 그러나 오늘따라 포포는 곁에 서 있는 사람 쪽에 더 흥미를 느낀 듯 제임스의 발치에서 떠나려고 하지 않았다. 제임스는 포포를 겨우 따돌리고 자기 방의 문을 닫았다.

침대에 누웠지만 도저히 잠을 이룰 수가 없었다. 어느 순간부터, 통장 잔고라는 자신의 수영장 안으로 쏟아져 들어오는 물보다 밖으로 흘러 나가는 물의 양이 더 많아지는 그 임계점을 머릿속으로 쉴 새 없이 계산해 보고 있었기 때문이다. 그러다 문득 수영장의 가로세로가 넓어지며 계속 확장되는데도, 수면은 낮아지지 않고 오히려 물의 양이 마법처럼 늘어나 여분의 공간을 가득 채우는 광경이 눈에 들어왔다.

3

제임스는 누군가가 전기 피아노로 레너드 코헨의 곡 〈할렐루야〉를 더듬더듬 연주하는 소리에 잠에서 깼다.

"조용히 해!" 그는 꽥 소리를 질렀다. 신참이든 아니든 간에 이런 일까지 참고 넘겨줄 생각은 추호도 없었다. 그럼에도 장송곡 같은 곡의 선율이 이어지자, 그는 침대에서 뛰쳐나와 쿵쾅거리며 주방으로 갔다.

전기 피아노는 식탁 위에 놓여 있었지만 그것을 치던 사람은 이미 내뺐는지 없었고 그저 포포만이 건반 위를 아무렇게나 밟고 있을 뿐이었다.

그러나 고양이는 아무렇게나 건반을 밟고 있는 것이 아니었다. 처음 들었을 때와 마찬가지로 더듬더듬 이어졌지만, 제임스가 듣는 한 음정은 완벽하게 맞아떨어졌다.

주방 구석에 쭈그리고 앉아 스마트폰으로 이 모든 광경을 촬영하고 있던 리사가 웃음을 터뜨렸다. 포포는 연주를 멈추고 애처롭게 야옹거리기 시작했다. 청중의 반응이 각기 딴판이라서 혼란에 빠진 듯했다.

"누가 봐도 이건 업로드 각이야!" 리사가 의기양양하게 말했다.

"그게 뭐든 간에, 난 빼줘." 제임스는 화난 어조로 내뱉었다.

"에이 너무 아깝잖아. 아까 네 표정이 얼마나 웃겼는지 알아?"

페루즈가 히죽거리며 주방으로 들어왔다. "어젯밤 목걸이에 새 앱을 깔면서 다들 네가 어떤 반응을 보일지 정말 궁금하다고 했는데…."

그제야 제임스는 기상 알람이 울리는 것도 모르고 잤던가, 아니면 잠결에 꺼버렸다는 사실을 깨달았다. 40분 뒤면 수업이었다. 서둘러 샤워를 하고 버스 정류장에서 먹으려고 뮤즐리※를 하나 챙겼다.

리사는 기어이 업로드한 동영상 링크를 제임스에게 보냈다. 버스를 타고 가면서 제임스는 자신이 녹화에 동의하지 않았다는 이유를 들며 삭제를 요청했지만, 유튜브 컴플레인트 앱의 회답은 부정적이었다. 앱은 제임스가 보낸 얼굴 사진이 15분 전에 올라온 동영상에 찍힌 인물의 얼굴과 '일치할 개연성'이 높다는 점을 인정하면서도, 제임스가 해당 콘텐츠에서 '우연히 등장한 제3자'에 불과하다고 판단했다. 따라서 그의 삭제 요청을 받아들이는 것은 "콘텐츠 제작자에게 지나친 부담을 지우거나 표현의 자유를 과도하게 제한할 가능성이 있다"라며 요청을 기각했다.

"그러나 이 동영상의 초상권이 재사용될 경우에 대비해서 비구속적인 권고 태그를 달 수 있습니다," 앱이 친절하게 덧붙였다. "다음 항목 중 한 개나 그 이상을 체크해 주세요. 본인이 (a) 체포되었을 경우, (b) 사망했을 경우, (c) 범죄 피해를 당했을 경우, 이 이미지는 일반 미디어 공개에 부적합합니다."

캠퍼스에 도착한 그는 계단식 강의실을 향해 전력 질주했고, 감점 사이렌이 울리기 전에 가까스로 뒷자리에 앉을 수 있었다. 머신 러닝※※

※　곡물-견과류 혼합 바.
※※　데이터 패턴을 분석해 스스로 알고리즘을 만드는 인공지능 기술.

수업은 학기 초 4, 5주 동안은 인기가 많아서 앉을 자리가 없을 정도였다. 수강생들은 이 과목만 마스터한다면 수십억 달러를 벌어들일 스타트업 기업을 세울 수 있을 것이라는 꿈에 잔뜩 부풀어 있었지만, 현실을 점차 깨닫게 되면서 참석자 수는 점점 줄어들었다. 이 강의에서 배우는 방식 일부는 특정 문제 해결에는 지극히 유용할 수 있었지만, 마법의 탄환과 같은 만능 해결책하고는 거리가 멀었고, 대중매체에서 곧잘 과대 포장되곤 하는 상용화 수단들은 실제로는 아무 쓸모도 없었다.

강의가 끝나고 줄지어 나가는 학생들 사이에 합류했을 때 누군가가 그의 어깨를 툭 쳤다. 뒤를 돌아보자 세라가 걱정스러운 표정으로 그를 보고 있었다. "안색이 정말 안 좋아 보여." 그녀가 말했다. "새로 살 곳은 찾았어? 설마 친구네 집 소파에서 지내는 건 아니지?"

"찾았어." 제임스는 대답했다. "완벽하지는 않지. 하지만…."

"하지만 뭐?"

제임스는 아침에 단잠을 깨운 고양이의 연주에 관해 설명했지만, 그가 피곤한 진짜 이유는 그것이 아니었다. "어젯밤에 과외 자리에서 잘렸어." 그는 덧붙였다. 자신이 처한 곤경들을 이렇게 일일이 늘어놓다 보면 왠지 사소한 문제처럼 들리기도 했지만, 찰스 디킨스의 『데이비드 코퍼필드』에서 읽었던 구절 하나만큼은 부정하기 힘들었다. 비참해지기까지 몇 실링 남은 것일까?[※]

<hr>

※ "한 해 수입이 20파운드인데 지출이 19파운드 19실링 6펜스면 결과는 행복이고, 한 해 수입이 20파운드인데 지출이 20파운드 6실링이면 결과는 비참하지"라는 대목이 있다.

"지금도 카지노에서 일해?" 뙤약볕이 내리쬐는 안뜰로 나오면서 제임스가 물었다.

"응. 빈자리가 생기면 알려줄게."

"고마워. 하지만 거기서 아르바이트를 뛰느니 차라리 손님으로 가서 몇천 달러쯤 벌 수 있으면 좋겠네. 명색이 컴퓨터 전공인데 포커 머신으로 떼돈 버는 건 껌일 것 같지 않아?"

세라가 고개를 끄덕였다. "자리 있는지 알아볼게. 그 전에 연습 삼아서 고양이부터 해킹해 보면 어때?"

"그러지 않아도 그 녀석은 이미 충분히 비참한 상태야."

"내 말이." 세라는 고개를 끄덕였다. "그러니까 그 모지리들이 그 불쌍한 고양이를 더 이상 못살게 굴지 못하게 하라고."

"좋든 싫든 한집에 사는 처지에 걔들하고 얼굴 붉히는 건 내키지 않은데."

"흔적만 안 남기면 되잖아!" 세라가 몰아붙였다. "고양이가 재주를 멈춘 이유를 알아내려고 설마 디지털 포렌식 전문가까지 고용하겠어?"

"안 할 거라고는 단언 못 해. 리사의 유튜브 팔로워는 6만 명이나 되거든."

"그 정도로 뭐 대단한 걸 하겠다고." 세라는 비웃었다.

"알아. 하지만 걔네 부모도 부자인 것 같고, 리사는 그놈의 '좋아요'에 목을 매고 있어서 어디로 어떻게 튈지 몰라."

도서관에 거의 다 왔다. "넌 요즘 잘 지내?" 제임스는 물었다. 농담을 주고받으면서도 그녀의 말투 어딘가가 마음에 걸렸기 때문이다.

"앤드루하고 지난주에 헤어졌어."

"저런. 얼마나 오래 사귀었어?"

"7개월. 하지만 주말에 다른 사람을 새로 만났으니 됐어."

"좋아. 아주… 효율적이네."

세라는 미소 짓고 테네시 윌리엄스의 남부 출신 주인공처럼 말꼬리를 길게 늘어뜨리며 읊조렸다. "저는 항상 틴더*의 묘한 매력에 의존해 왔어요."**

제임스는 도서관 출입문을 흘끗 보았다. "숙제가 하나 남아 있어."

"알았어. 나중에 보자고."

4

제임스가 주방에서 파스타를 삶고 있었을 때, 조그만 청백색 유리 구슬이 그의 다리 사이로 굴러오더니 싱크대 밑의 찬장에 부딪쳐 튕겨 나갔다.

"골인!" 문간에 서 있던 페루즈가 기세등등하게 선언했다. 그의 앞에는 조그만 롤러스케이트를 신고 입에는 미니 사이즈의 하키 스틱을 문 포포가 서 있었다. 리사는 평소처럼 옆으로 좀 떨어진 곳에서 이 광경을 촬영하는 중이었다.

<hr>

※　온라인 매칭 앱.

※※　연극 〈욕망이라는 이름의 전차〉에 나오는 명대사, "저는 항상 낯선 사람들의 친절에 의존해 왔어요"를 패러디한 것이다.

제임스는 아무 말도 하지 않았지만, 리사는 그의 얼굴에 떠오른 표정을 놓치지 않고 자기 행동을 정당화하기 시작했다. "쟤는 이런 동영상 찍는 걸 좋아한다고! 묘생 경험을 쌓는 데도 도움이 되고!"

"장난감 쥐를 사줘야겠다는 생각은 한 번도 한 적이 없어?" 제임스가 물었다. "집 안에서 고양이가 쫓아갈 수 있게 전기로 움직이는 거?"

"으웩. 생각만 해도 징그러워." 리사가 내뱉었다.

포포가 리놀륨 바닥에서 미끄러지기 시작했다. 순간 당황한 듯했지만, 이내 몸을 돌려 털썩 누웠다. 페루즈가 다가가 스케이트를 모두 벗겨주었다. "애 먹이하고 동물병원 비용을 대는 건 우리야." 그는 지적했다. "저스틴은 안 내지만 말이야. 노에미가 나갔을 때 그냥 동물보호소로 보낼 수도 있었다고."

"그럼 나도 내 몫을 부담하면 어떻게 돼?" 제임스는 충동적으로 물었다. "포포가 어떤 대우를 받을지 나도 발언권이 생겨?"

리사는 탐탁지 않은 표정이었지만, 페루즈는 대답했다. "그럼 동등하게 투표할 수 있어."

제임스는 방금 자신이 내놓은 제안에 관해 생각해 보았다. 포포의 목걸이를 끄자고 하면 페루즈와 리사는 부결시킬 게 뻔하다. 하지만 그보다 사소한 문제들부터 이의 제기를 한다면 리사-페루즈 연합에 조금씩 금을 가게 할 수 있을지도 모른다.

"내가 양육비의 3분의 1을 내고 장난감 쥐를 사준다면, 포포가 그걸 갖고 놀게 해 주겠어?" 한 가지라도 성공이 보장된다면 올인하는 것도 나쁘지 않다.

페루즈는 전혀 당황하는 기색이 없었다. 아마 그도 힘의 균형을 유지하면서도 돈을 절약할 방법을 찾고 있었을 테고, 그러면서 리사의 약을 올릴 수 있다면 금상첨화라고 여기는 건지도 모르겠다. "좋아!" 페루즈는 대답했다.

제임스는 온라인 쇼핑몰에서 장난감 쥐를 주문했다. 사흘 후에 물건이 도착하자 그는 포장을 뜯고 우선 자기 방에서 시험해 보았다. 쥐에는 장애물 탐지기와 모션 센서가 달려 있어서, 진짜 쥐처럼 눈에 안 띄는 곳으로 몰래 도망치는 동작이 상당히 그럴듯했다. 누군가가 다가오면 얼어붙지만, 추적당하면 도망가는 식이다. 실제로는 멍청한 로봇 이상도 이하도 아니므로 공포나 고통을 느끼지도 않는다. 군대에서는 여전히 쥐와 비둘기 따위를 사이보그화해서 감시용으로 활용하는 연구에 매진하고 있지만, 어떤 생물을 쓰든 간에 그 종 특유의 한계가 걸림돌이 된다는 글을 읽은 적이 있었다. 그런 연구가 실제 상품화로까지 이어진 케이스는 아직은 이런 고양이 장난감뿐이었다.

제임스는 장난감 쥐의 전원을 끄고선 거실로 가져갔다. 리사와 페루즈는 좀비들이 경주용 자동차를 모는 비디오 게임에 열중하고 있었다. 포포는 리사의 종아리에 코를 비비고 있었고, 리사는 이따금 아래로 손을 내밀어 녀석의 머리를 쓰다듬어 주고 있었다.

제임스는 거실 바닥에 쥐를 내려놓고 리모컨으로 전원을 켰다. 쥐는 잽싸게 카펫 위를 달려가더니 모니터 스탠드 뒤에 숨었다.

포포는 반응하지 않았지만, 페루즈는 제임스를 돌아보고 말했다.

"아! 왔구나! 근사하네." 페루즈가 게임을 일시 정지시키자 리사는 자기 스마트폰을 집어 들었다.

제임스는 조금 민망한 기분으로 문간에 서 있었다. 쥐는 움직이려 하지 않았고, 포포는 합성 털가죽으로 덮인 플라스틱 덩어리에는 아직 아무런 관심도 보이지 않았기 때문이다. 장난감 쥐의 담력 레벨은 0에서 톡소플라스마증※에 걸려 겁대가리를 완전히 상실한 수준까지 조절이 가능했다. 제임스는 레벨을 한 눈금 올렸다. 딱히 목표를 지시받지 않았어도 장난감 쥐는 숨은 곳에서 나와 걸레받이를 따라 조심스럽게 움직이기 시작했다.

쥐가 바닥에 떨어져 있던 피자집 메뉴판 위를 지나갔을 때, 종이 부스럭거리는 소리를 들은 포포가 귀를 쫑긋 세우더니 고개를 돌려 메뉴판 쪽을 바라보았다. 가만히 서서 침입자를 눈으로 좇으며 정체를 파악하는 듯했지만, 여전히 추적에 나서려는 기색은 보이지 않았다. 제임스가 리모컨으로 담력 눈금을 하나 더 올리자 쥐는 벽에서 방향을 틀더니 방구석을 과감하게 횡단하기 시작했다.

포포는 소파 위로 뛰어 올라가 리사에게 몸을 딱 붙이고 움츠러들었다. 리사는 이 모든 광경을 촬영하고 있었다. 고양이는 몸을 비틀며 한 번 더 쥐를 훔쳐보더니, 머리를 등받이와 쿠션 사이에 처박고 아예 외면해 버렸다.

페루즈는 폭소를 터뜨렸지만, 자기 말소리가 동영상에 들어가는 것을 피하려고 리사가 촬영을 마칠 때까지 기다렸다가 제임스를 향

※　쥐가 고양이를 두려워하지 않게 만드는 기생충 질환.

해 비꼬듯이 물었다. "원하는 걸 얻었어? 학대받는 불쌍한 고양이의 권익을 보호하고 싶어 했잖아?"

제임스는 대꾸하지 않았다. 화가 치밀었지만, 결국 사전 조사를 제대로 하지 않은 자신의 잘못임을 인정하지 않을 수 없었다. 대체 고양이의 목걸이가 어떤 방법으로 야생 쥐를 보호해 줄 거라고 믿었던 것일까? 특정 종만 골라서 접근을 차단하는 필터? 아니면 사냥감과 결부된 모든 외부 자극에 대한 강력한 혐오감?

페루즈가 말했다. "이제 '길들여졌다'라는 표현은 본능까지 길들여졌다는 걸 의미해. 얘는 편하게 살고 싶어서 우리 인간을 그냥 참고 견디는, 덩치만 작은 재규어 따위가 아니라고. 그저 우리가 기르는 반려냥일 뿐이야. 그러니까 우리가 이 녀석한테 산타 옷을 입히고 그걸 유튜브에 올려서 조회수 장사를 하든 말든, 이 녀석은 그걸 매 순간 진심으로 사랑하고 받아들일 수밖에 없다고. 그게 못마땅하다면 꺼지시든가."

제임스는 장난감 쥐의 전원을 끄고 방으로 가지고 돌아왔다. 여기서 고집을 부려봤자 그걸 감당할 시간적 여유가 없었다. 그가 지금 해야 할 일은 자존심을 접고, 일거리를 더 구하고, 신경 끄고 공부에만 집중하는 것이다. 양심의 가책을 덜고 싶다면 동물 보호소에 몇 달러쯤 기부하면 된다. 그 밖의 일들은 완전히 그의 손을 떠난 상태였으므로.

"리사한테 가!" 제임스는 애원했다. 새벽 2시였고, 그는 피로 때문에 녹초가 되어 있었지만, 포포는 그가 한 발짝이라도 움직이려고 하면 그냥 따라오는 게 아니라 발목 사이를 교묘히 비집고 들어와서 보행을 방해했고, 제임스가 어디로 가든 그 자리에 동시에 도착하려고 했다.

"알았어, 내가 졌어." 제임스는 고양이를 자기 방으로 들여보냈다. 포포는 침대 위로 뛰어 올라가서 앞발톱으로 시트를 벅벅 긁기 시작했다.

제임스는 야단을 치려다가 그냥 포기했다. 행여나 불쾌감을 드러냈다가 저 목걸이가 그걸 제멋대로 해석해 포포에게 벌을 주기라도 하면 어쩔 건가?

하지만 이런 의문에 대한 해답을 얻는 것은 가능했다.

제임스는 자리에 앉아 노트북을 켰고, 커피 한 잔을 내리러 갔다. 포포는 주방까지 따라오지는 않았다. 예전에는 출입이 금지됐던 곳에 들어온 것만으로 만족한 듯했다.

제임스가 돌아왔을 때, 고양이는 침대 끄트머리에서 웅크리고 누워 있었다. 그는 목걸이를 풀며 혹시 리사의 스마트폰에서 귀청이 터질 듯한 경고음이 울려 퍼져 분기탱천한 리사가 문을 박차고 들어오지는 않을까 걱정했지만, 밤의 정적을 깨는 것은 아무것도 없었다. 포포는 목걸이에 눌린 부분을 뒷발로 긁어댔으나, 곧 완전히 곯아떨어진 기색이었다.

목걸이는 블루투스를 통해 전극에 명령을 내리는 방식이었고, 집 네트워크에 와이파이로 연결되어 있었다. 관리자 계정 초기 비밀번호는 플라스틱 목걸이에 각인되어 있었다. 음각된 부분의 페인트가 벗겨져 있어 잘 보이지 않았지만, 연필로 문지르니 곧 읽을 수 있었다. 노에미도, 그 밖의 사람들도 굳이 비밀번호를 바꿀 생각은 하지 않은 듯했다.

제임스는 앱들을 전부 복사한 뒤, 소스 코드를 추출해 줄 뿐만 아니라 프로그램 구조를 쉽게 파악할 수 있게끔 유용한 주석까지 추가해 주는 툴로 그것들을 디컴파일했다. 앱들은 동적 링크가 담긴 라이브러리에서 수백 개의 루틴을 호출하고 있었는데, 그것들을 실행하기 위해서는 숫자로 된 원시 바이너리 주소가 아닌 실제 명칭이 필요했고, 그 결과 코드는 '먹잇감_반응_모듈_설치InstallPreyMotionResponder', '혐오_자극_강화RampAversiveStimulus', '긍정_감정_유발TriggerPositiveAffect' 따위의 읽기만 해도 쉽게 의미를 유추할 수 있는 함수명들로 가득 차 있었다.

〈건반 위의 지배자〉라는 이름의 앱은 증강 현실 시스템과 불쾌한 환각 체험을 섞어놓은 듯한 물건이었다. 이 앱을 실행하면 이름도 형태도 없지만 '뭔가 움직이는 것'이 사용자가 지정하는 키 위에 겹치는 것처럼 보이게 만들었고, 그 결과 희생양이 된 고양이는 앞발을 뻗어 본능적으로 그것을 후려칠 것을 강요받는다. 이런 식으로 어떤 조잡한 곡이든 인코딩만 거치면 고양이에게 강제로 연주를 시킬 수 있었다. 비록 고양이는 차원의 벽을 뚫고 온 바퀴벌레들이 눈앞에 어른 거리는 듯한 감각을 경험해야 하지만 말이다. 제임스는 거울 조각으로 빛을 반사해 자신이 기르던 고양이 실버가 그 빛줄기를 쫓게끔 장난을 치던 기억을 떠올렸다. 그러나 적어도 실버에게는 원하지 않으면 언제든 자리를 뜰 수 있는 자유가 있었다.

일단 앱들이 어떤 기능을 가졌는지 감을 잡은 뒤에는, 그것들을 무력화할 최선의 방법을 찾아야 했다. 단순히 앱 실행만 막는다면 리사와 페루즈가 목걸이를 수리 서비스에 갖다 맡길 테니 말이다. 설령 제임스가 사보타주 범인으로 지목되는 것을 피한다고 해도, 결국 그런 식의 승리는 오래가지 못했다.

따라서 앱들의 성능이 서서히 저하된 것처럼 보이게 할 필요가 있었다. 그럴 경우 고양이가 목걸이 신호에 익숙해져서 점점 둔감해졌거나, 전극의 기능이 떨어졌다는 식의 그럴듯한 설명이 가능해지기 때문이다. 목걸이의 보증 기간을 확인해 보니 어차피 구입 후 30일 뒤부터는 무조건 사용자 책임이지만, 목걸이 본체가 아닌 전극의 고장에 무게가 실린다면 해결 비용은 천문학적으로 치솟게 된다. 애초에 이런 수술을 해주는 수의사 자체가 드문 데다가, 삽입한 전극에 의한 염증이나 감염을 치료하기 위해서도 아니고 단지 **고양이가 말을 잘 듣지 않는다**는 이유로 다시 두개골을 열 수의사를 찾아내야 한다면, 아무리 정신 나간 펫플루언서라도 쉽사리 엄두를 내지 못할 것이 분명했다.

그 목걸이는 웨어러블 기기에서 흔히 쓰이는 리눅스 변종 OS를 실행하고 있었기에, 누구든 자유롭게 시스템을 수정할 수 있는 구조였다. 제임스는 부트 로더를 아주 간단히 잠금 해제하는 방법을 인터넷에서 찾아냈고, 인증되지 않은 코드도 실행할 수 있도록 설계된 새로운 펌웨어를 목걸이에 설치했다. 이제 기초적인 라이브러리 설정 몇 개만 수정하면, 목걸이가 전극으로 보내는 신호들은 향후 2주 동안 서서히 약해지다가 결국 사라질 것이다. 이러면 코드를 몰래 수정했다는 사실을 은폐하는 데 도움이 될 뿐 아니라, 갑자기 자극이 끊기는 것도 아니어서 포포 입장에서도 한결 수월하게 적응할 수 있을 것이다.

제임스는 모든 수정을 마치고 나서야, 그것들이 의도대로 제대로 작동하는지 확인해 볼 필요가 있다는 사실을 깨달았다. 지금까지는 그냥 노트북 화면에 뜬 기호들을 조작했을 뿐이다. 포포는 깊게 천천히 숨을 쉬고 있었고, 가끔 머리를 움찔거릴 뿐이었다. 단지 신호 감소 설정이 제대로 돌아가는지 확인하겠다고 깊은 잠에 빠진 포포를 깨우는 것은 너무 잔인하다는 생각이 들었다.

포포의 머릿속에서는 지금 무슨 일이 일어나고 있을까? 제임스는 잠시 주저하다가, 곧 껄끄러움을 털어 내고는 가용 데이터를 전부 추출해 실시간으로 요약하는 작은 프로그램을 작성했다. 이 프로그램은 고양이의 시야를 시각화하지는 못하지만, 꿈속에서 어떤 종류의 물체와 움직임이 환상처럼 떠오르고 있는지, 그리고 또 깊은 잠에 빠져 있지 않을 경우에는 운동 피질이 어떤 행동을 일으킬지를 텍스트로 알려준다.

포포는 땅을 후다닥 가로지르는 무엇인가를 쫓는 꿈을 꾸고 있었
다. 평소에는 먹잇감을 두려워하게 만드는 목걸이의 상시 실행 프로
세스는 더 이상 작동하지 않았고, 적어도 이런 상태에서는 인위적인
조건형성은 더 이상 힘을 쓰지 못했다. 포포는 도망치는 대신 사냥감
을 뒤쫓고 있었고, 전극 데이터가 전하는 포포의 감정 수치는 녀석이
몹시 흥분한 채 사냥에 몰두하고 있음을 가리켰다.

제임스는 포포의 꿈이 펼쳐지는 것을 지켜보았다. 먹잇감을 쫓아
끝내 숨통을 끊어버리는 순간도 있었지만, 새끼였을 때 형제들과 몸
싸움을 벌였던 순간을 재현하려는 듯이 자신과 같은 크기의 동물들
과 다정하게 투닥거리는 장면도 있었다. 녀석보다 훨씬 더 큰 존재들
이 그가 있는 풍경을 성큼성큼 가로질렀고, 그 광경은 반은 두려움,
반은 우애의 정으로 이루어진 복잡한 반응을 이끌어 냈다.

넋을 잃을 만큼 매혹적이었다…. 하지만 곧 집에 있는 다른 사람
들도 잠에서 깰 것이고, 그 전에 수정한 라이브러리 설정값들이 정말
로 전극이 보내는 신호를 약화할 수 있는지 확인해야 한다. 제임스는
포포의 꿈속에 가상 키보드 바퀴벌레를 투입했다. 최대 강도로. 그러
자 포포가 반응하며 그것을 후려쳤다. 강도를 0으로 낮춘 뒤 다시 시
도했고 이번에는 아무 반응도 없었다. 50으로 설정해 보자 꿈속에서
포포는 바퀴벌레의 침입을 인지했지만, 어떻게 할지 망설였다. 앱들
은 서서히 그 효력을 잃을 것이다. 의도적인 사보타주가 아니라 자연
스럽게 쇠퇴한 것처럼 보이도록.

제임스는 목걸이를 재부팅한 뒤 다시 고양이 목에 채웠다. 포포는

몸을 뒤척이며 원망스러운 눈으로 그를 쳐다보았다.

"2주만 있으면 이 쓰레기들은 다 네 머릿속에서 사라질 거야." 제임스는 약속했다.

6

"커널 머신※은 이런 접근법을 일반화함으로써, 가공되지 않은 원시 데이터를 고차원 특징 공간에 일일이 배치하지 않고도 분리초평면※※※을 찾아냅니다."

제임스에게는 이미 익숙한 내용이었지만, 피곤하다고 눈을 감을 수는 없었다. 강의실의 안면 모니터는 수강생의 집중력이 흐트러지는 순간을 모두 기록하고 있었기 때문이다. 그는 강사의 목소리를 의식에서 차단한 후 두서없는 몽상을 하기 시작했지만, 적어도 각성 쪽의 분리 초평면에는 남아 있으려고 화이트보드를 뚫어지게 응시했다.

점심시간에 잔디밭에 누워 잠깐이라도 눈을 붙일 생각이었다. 오늘 밤 근무는 빠질 수 없었다. 통장 잔고는 거의 바닥나기 직전이었고, 무이자 기간을 넘기지 않으면서 신용카드를 긁는 일조차 쉽지 않았다. 식당에서는 최대한 많은 근무 시간을 배정받았지만, 설령 지금보다 일자리를 늘린다고 해도 정작 일할 시간이 없었다.

지금 내게 필요한 건 잠을 자면서도 돈을 벌 방법이야. 전혀 성적

※　기계 학습에서 패턴 인식 등에 쓰이는 알고리즘.
※※※　데이터 군을 가르는 경계면.

인 요소 없이 그저 침대에 누워 있는 내 모습을 웹캠으로 중계한다면, 과연 돈을 지불하고 그걸 시청할 사람이 있을까? 아마 없을 것이다. 설령 그런 것이 유행한다고 해도 시장은 이미 포화 상태일 게 뻔하니까. 그럼 자동식 투르크인※이라도 된 기분으로, 자면서도 할 수 있는 일은 없을까? 이를테면 온라인상에 아동이 학대당하는 음성 스트리밍이 올라오지 않는지 실시간으로 감시하는 일이라든지? 콘텐츠 필터링 봇들은 아직 그런 일까지 하지는 못한다. 만약 자면서도 그런 끔찍한 소리가 들리면 무의식적으로 얼굴을 찡그리지 않을까? 가끔은 그럴지도 모르겠으나 수익 모델이 될 만큼 안정적일 것 같지는 않았다. 그런데 왜 '투르크인'이란 이름을 그대로 방치하는 것일까? 18세기 오리엔탈리즘에 뿌리를 둔 비하적인 명칭이라도 역사적 맥락만 있으면 용인된다는 뜻인가? 왜 아무도 거기 대항해서 '자동식 합스부르크인' 같은 서비스를 내놓지 않는 걸까?

제임스 본인이 잠든 사이 머릿속의 정보를 입출력하는 일은 불가능에 가까웠다. 하지만 포포의 채널은 24시간 내내 열려 있다. 그렇다면 그 고양이는 꿈을 꾸는 동안… 자율주행차의 충돌 사고를 막는 아르바이트 따위를 할 수 있지 않을까? 고양이든 사람이든 차에 치이는 건 매한가지이지만, 이 두 종 모두 여전히 장애물 탐지 능력만큼은 (레이저 거리 탐지기가 없는) 구식 자동차를 거뜬히 능가하지 않는가.

강의가 끝났음을 알리는 사이렌이 울렸다. 제임스는 주섬주섬 소

※　18세기 유럽에서 유행한 체스 기계. 투르크 마술사 인형의 외관을 했으나, 사실은 내부에 숨은 사람이 조작하는 눈속임 장치였다.

지품을 챙겨 강의실을 나서면서 머릿속의 터무니없는 공상을 떨쳐버리려고 했다. 고양이 뇌에 박혀 있는 전극들은 정교한 시각적 지각을 구현할 수는 없고, 기껏해야 막연한 인상만 전달하는 정도다. 꿈속에서 어떤 묘기를 부릴 수 있든 간에, 포포가 전 세계적인 연산 자원의 일원으로 일하며 생활비를 벌어올 가능성은 전무했다.

강의실 밖 안뜰에서 세라를 만난 제임스는 고양이 목걸이 소프트웨어를 두고 벌인 모험담을 그녀에게 들려주었다.

"진짜로 할 거라곤 생각 못 했어!" 세라는 말했다. 그들은 그늘진 곳에 있는 낮은 담벼락에 걸터앉았다. "하지만 그런 고양이들은 많잖아. 한 마리는 구했어도, 나머지 애들은 어떻게 할 거야?"

"다음 타깃은 미국 대통령의 퍼스트캣이었는데, 그 고양이가 미국 국가 부르는 걸 거부하는 즉시 난 어딘가의 안전 가옥으로 끌려갈 거라는 걸 깨닫고 포기했어."

"농담으로 한 말 아니야."

"알아. 근데 나더러 어쩌라는 거야? 난 앱 스토어에 멀웨어를 심을 실력까지는 안 돼. 한두 달쯤 짬을 내서 공부하면 그럴 수도 있겠지만, 알다시피…."

"그럼 멀웨어가 아닌 다른 걸 만들면 어때?" 세라가 제안했다. "목걸이에 쓰일 진짜 앱이지만, 고양이 주인들이 굳이 다른 앱들을 쓰지 않도록 유도할 수 있는 건 없을까?"

사회공학적 기법이라고 해서 멀웨어 제작보다 쉬운 건 아니라고 반박하려던 찰나, 갑자기 어떤 가능성이 머릿속에서 구체화되었다.

"고양이들한테 재미로 생쇼를 시키는 대신, 고양이가 머릿속에서 어떤 꿈을 꾸고 있는지 보여줄 수 있다면 어떨 것 같아?"

세라는 회의적인 반응을 보였다. "네가 전극을 통해 추출할 수 있는 고양이 꿈은 고작 텍스트로 된 간단한 실황 중계 정도라고 했잖아."

"그랬지. 하지만 인공 신경망이 그나마 잘하는 게 하나 있다면, 그건 바로 컨페뷸레이션※이야. 자기가 지어낸 얘기를 사실이라고 믿어 버리는 정신 질환자처럼, AI는 데이터가 없어도 계속 그럴듯한 헛소리를 만들어 낼 수 있어. 그러니까 오늘 아침에 내가 본 텍스트 데이터를 적당한 이미지 생성기에 입력해서 영상으로 보여준다면, 자기 반려동물이 파헬벨의 〈카논〉 따위를 억지로 치는 걸 귀엽다고 느끼는 부류의 적어도 절반은 녀석이 진짜로 하고 싶은 게 뭔지 깨닫고는 갑자기 이전에는 없었던 공감 능력에 눈뜰지도 몰라. 양심의 가책을 느낄 정도까진 아니어도, 충분히 맛이 갔거나 충분히 앙증맞은 영상을 찾아 인공 신경망을 뒤지는 수준에서 대리 만족을 느끼는 식으로 말이야."

세라는 대답하지 않았다. 제임스는 너무 피곤한 나머지 자신이 실제로 말을 한 건지, 아니면 머릿속으로만 구상을 늘어놓은 것인지조차 확신할 수 없었다. "정말 좋은 생각인 것 같아." 마침내 그녀가 말했다. "필요하다면 나도 도울게."

"컨디션이 최악이라 당장은 힘들어." 제임스는 실토했다.

※ 기억의 결손 부위를 메우기 위해 허구의 사실을 실제처럼 말하는 AI 특유의 장애 증세.

세라는 싱긋 웃었다. "그래 보이네. 그럼 다음 주는 어때?"

"응. 문제없어."

정신 나간 짓이기는 했지만 불가능한 일은 아니었다. 일단 모자라는 잠만 보충하면, 수업 사이에 몇 시간씩 짬을 내서 함께 앱을 만들면 된다. 게다가 제임스는 가장 어려운 부분인 포포의 뇌로 가는 직통 경로를 이미 확보해 놓은 상태였다. 따라서 이젠 고양이가 꾸는 꿈을 기록해서 데이터를 축적한 뒤, 인간들이 눈앞에서 어떤 종류의 반짝이는 미끼를 흔들어야 효과가 있는지 알아내면 된다. 인간들의 원초적인 충동을 잠재워서, 다른 종과 함께 살아가는 수준까지 길들일 수 있기를 기대하며.

7

"멍청한 짐승 같으니라고." 리사는 찌푸린 표정으로 스마트폰을 노려보며 중얼거렸다. 포포는 그녀 곁을 지나가더니 식탁 다리에 만족스러운 듯이 머리를 비볐고, 그런 다음 사료 그릇 쪽으로 유유히 걸어갔다.

제임스는 아무 말도 하지 않았지만, 그날 밤 포포 목걸이의 활동 로그를 들여다보다가 리사가 지난 24시간 동안 진단 프로그램을 세 번이나 돌렸다는 사실을 확인했다. 물론 모든 진단 보고서는 '이상 없음'으로 표시되어 있었다. 앱에 대한 포포의 면역력이 단순한 일시적 오류가 아님이 확실해졌을 때 리사가 어떻게 나올지는 알 수 없었다. 하지만 그녀가 자기 돈으로 새 목걸이를 산다 해도, 제임스는 이미 블루투스 쪽 취약점을 파악했기 때문에 전극들을 직접 조작할 수 있었다. 이제 꼭두각시놀음은 끝났다. 적어도, 이 집에서는.

제임스는 최신 버전의 〈꿈 고양이〉 앱을 실행했다. 베타 테스터들의 피드백을 참고해서 스타일 변환을 훨씬 더 매끄럽게 다듬은 덕분에, 이제는 재생 중에도 다양한 형태의 파스티슈*를 자유롭게 넘나들 수 있었다. 그림체를 반고흐에서 프랜시스 베이컨으로,『워터십 다운』**에서 지브리 식으로 바꾸는 식이다.

제임스는 몸을 뒤로 젖히고 맞춤 설정된 〈꿈 고양이〉를 바라보았다. 에메랄드빛 눈과 흑백 무늬 털가죽을 가진 앙증맞은 고양이가 별이 빛나는 밤하늘 아래 밀밭을 소리 없이 걸어간다. 밀 줄기들이 바스락거리자 고양이는 걸음을 멈추고 몸을 납작 낮췄다. 작은 소리 하나하나가 유발하는 긴장감은 일부러 배경 음악을 넣지 않은 제임스의 선택이 옳았음을 보여주고 있었다. 어차피 유튜버들은 영상 편집 소프트웨어를 써서 뭐든 자기 취향대로 집어넣을 게 뻔하지만 말이다. 지금처럼 전혀 꾸미지 않은 원본 역시 95퍼센트는 앱이 만들어 낸 허구였지만, 그럼에도 제임스는 이것에서 일종의 심미적인 조화를 느낄 수 있었다.

고양이가 마침내 사냥감을 덮쳤을 때도, 이러한 스타일 덕택에 시청자는 노골적인 유혈 묘사를 안 봐도 된다. 그러나 행위 자체는 여

───

※　특정 스타일이나 미학을 빌려와 재구성하는 기법.
※※※　토끼들의 모험을 그린 리처드 애덤스의 판타지 소설로, 특유의 사실적이고 거친 그림체의 삽화본이 유명하다.

과 없이 표현되기에, 〈꿈 고양이〉는 사냥감을 잠시 가지고 놀다가 갈 가리 찢어발겼다. 앱의 꿈 기록 기능이 활성화된 동안 목걸이의 다른 기능들은 모두 차단되기 때문에 이런 일탈적 행위를 하더라도 고양이는 아무 처벌도 받지 않는다. 그 결과 사용자들은 자기가 기르는 고양이가 '정상적'이라고 여기는 행동이 무엇인지를 똑똑히 보게 될 것이고, 운이 좋다면 고양이가 깨어 있는 동안에도 이를 대체할 무엇인가를 제공해 주는 쪽으로 마음이 기울 가능성도 있다. 앱의 정보 화면에는 고양이가 실내에 있을 경우 사냥 본능을 억제하는 기능을 해제하면 놀이의 폭을 넓힐 수 있다는 설명이 뜬다. 앱이 사용자들에게 목걸이를 아예 갖다 버리라고 권한다면 스토어에서 퇴짜를 맞을 게 뻔하다. 그러나 단순히 기본 설정 하나를 바꾸라고 유도하는 정도라면 비즈니스 모델 자체에는 악영향이 없을 것이다. 설령 사용자의 양심이 기능 해제 이상의 행동을 유발한다고 해도, 그것은 어디까지나 그들의 선택에 달렸기 때문이다.

제임스는 문을 긁는 소리를 듣고선 포포를 방 안으로 들여보내 주었다. 예전처럼 침대 위에서 몸을 동글게 말고 잠들 거라고 예상했지만, 포포는 방 안을 서성거리기 시작했다.

"왜 그래?"

포포는 책상 옆으로 가더니 서랍에 머리를 비볐다. 제임스는 맨 위 서랍을 열고 장난감 쥐를 꺼내 들었다. "설마 너, 이게 여기 있는 걸 알고 있었던 거야?"

제임스는 쥐의 전원을 넣고 바닥에 내려놓았다. 포포는 장난감 쥐를 응시했지만 쥐는 꼼짝도 하지 않았다.

제임스가 쥐의 담력 설정 눈금을 올리자, 쥐가 도망치기 시작했다. 포포는 쥐를 쫓아갔지만, 쥐는 옷장 아래의 공간으로 도망쳤다. 포포는 어두운 틈새로 몇 번 앞발을 뻗어보았고 이내 효과가 없다고 판단했는지 그 자리에 앉아서 기다렸다.

결국 이것도 인공적인 놀음에 불과했지만, 그렇다고 고양이가 실제 야생 동물을 사냥하게 내버려두는 것은 현실적으로 불가능한 일이다. 인간에게 길들여진 동물이 가감 없이 본능을 따르도록 하는 것과, 순전히 인간이 재미있어하는 행동에 순응하도록 강요하는 것 사이에서 실용적인 균형을 잡을 필요가 있다는 뜻이다.

"우리는 포포가 행복하다고 상상해야 한다."※ 제임스는 BBC 자연 다큐멘터리의 데이비드 애튼버러 목소리를 흉내 내며 말했다.

그때 노트북에서 띠링 하는 알림음이 울렸다. 세라가 보낸 메시지였다.

"제출할 준비 됐어?"

1, 2주쯤 더 스타일 선택 옵션을 만지작거릴 수도 있지만, 이 이상 손을 보더라도 별반 나아질 것 같지는 않았다.

"코딩은 다 끝났어." 제임스는 대답했다. "하지만 아직 이름이 없네." 더 중요한 일들을 처리하느라고 계속 미뤄온 문제였다.

"생각해 둔 거 있어?"

※　알베르 카뮈의 에세이 『시지프 신화』(1942)의 결말인 "우리는 시지프가 행복하다고 상상해야 한다"를 패러디한 문장.

제임스는 이미 대여섯 개 정도의 후보를 추려놓았지만, 어느 것도 딱히 와닿지가 않았다. 어차피 그는 세라의 판단 쪽을 더 신뢰했다. 잠도 그녀가 더 많이 자지 않는가.

"네가 정해."

8

이메일이 도착했을 때, 제임스는 식당 뒷골목에서 산패된 튀김용 기름을 수거 용기에 붓고 있던 중이었다. "축하합니다! 귀하가 제출한 〈유령 고양이〉 앱이 검증을 통과해 〈목걸이 스토어〉에서 정식 출시되었습니다!"

집으로 가는 버스에서 제임스는 다운로드 수를 확인했다. 지난 2시간 동안의 다운로드 수는 3건이었다. 개발자 계정 등록비라도 건지려면 최소한 500건은 팔려야 했다. 그는 몇 번 더 페이지를 새로 고침해 보았지만 침대에 쓰러지듯이 누웠을 때도 다운로드 수는 바뀌지 않았다. 아침이 되자 그는 적어도 일주일은 그것을 확인하지 않겠다고 결심했다.

"19건 팔렸어!" 다음 날 세라와 마주쳤을 때, 그녀는 명랑한 목소리로 외쳤다.

제임스는 피식 웃었다. "뭐 완전 헛수고는 아니었네. 아마 학부 프로젝트로 재활용할 수 있을 거야."

"포포는 잘 있어?" 세라가 물었다.

"잘 있어. 리사랑 페루즈는 이제 완전히 포포한테 흥미를 잃었어. 요즘 그 녀석이 하는 일이라곤 먹고, 자고, 쥐를 쫓아다니는 게 전부거든. 혹시나 해서 예전에 타던 롤러스케이트를 한번 보여줬는데, 마치 나를 카펫에 응가한 사람 보듯이 쳐다보더라고."

"하하." 세라는 잠시 뜸을 들였다. "근데 우리 광고는 안 하기로 했었지?"

제임스는 논쟁을 벌일 마음의 준비를 했다. "우리한텐 그럴 돈이 없어. 단 한 푼도! 이미 난 내가 감당할 수 있는 것보다 더 많은 돈을 쏟아부었다고."

"내 돈으로 이미 결제했어." 세라는 대답했다. "수익이 나기 전까진 반반씩 부담하자고 안 할게."

"누구한테 광고를 의뢰했는데?"

"프리다라는 여자가 있어. 〈완전 연결 냥이〉라는 유튜브 채널 운영자인데, 리사보다 팔로워가 열 배는 많아. 테스트해 보고 리뷰를 올려줄 테니 50달러랑 공짜 앱을 달라고 하더라고."

"그럼 우리 앱을 마음에 들어 하지 않을 수도 있다는 얘기잖아?"

제임스는 광고 비용을 모두 부담한 세라에게 설교를 늘어놓고 싶지는 않았지만, 아무리 생각해도 그건 사기 같았다. 돈을 받고 긍정적인 '리뷰'를 보장한다면 프리다는 솔직한 평가를 기대하는 구독자들을 기만한 것이 된다. 하지만 긍정적이지 않다면 프리다는 대체 무슨 명목으로 돈을 받았단 말인가?

"곧 알게 되겠지." 세라가 말했다. "오늘 밤 10시쯤 올라올 거래."

식당에 도착한 제임스는 휴대전화 전원을 껐다. 자신의 통제를 벗어난 일들을 계속 확인하려는 피학적인 충동을 억누르기 위해서였다. 과거의 제임스였다면 자신이 만든 소프트웨어의 존재 이유는 사용자들이 원래 가지고 있었던 진정한 욕구를 충족시키기 위한 것이라고 주장했을지도 모른다. 그러나 이제 거의 모든 앱은 일종의 무기가 되어버렸다. 그것이 초래하는 크고 작은 문화적 충돌과는 무관한 차원에서 말이다. 제임스는 자신이 투하하려는 폭탄의 의의를 부정할 생각은 없었지만, 전략적 조작에 응함으로써 한때는 결코 참여하지 않겠다고 다짐했던 세계에 발을 들여놓은 꼴이었다.

버거 굽는 기계가 삑 소리를 냈다. 패티 중 하나가 눌어붙어 있었다. "그거 손보고 있어?" 켄이 큰 소리로 물었다.

"지금 하고 있어!" 제임스는 대꾸했다.

일을 마친 뒤에도 제임스는 휴대폰을 끈 채로 두었다. 나쁠 것이 거의 확실한 소식을 들을 마음의 준비가 되지 않았기 때문이다. 다음 날 아침 잠에서 깨자, 약간의 호기심뿐만 아니라 아픈 매를 먼저 맞아버리고 싶은 충동조차도 완전히 사라져 있었다. 그는 포포에게 밥을 주고 아침을 먹는 동안에도 노트북이나 휴대폰을 켜지 않았다.

제임스는 평온한 기분으로 집에서 나왔다. 그가 참석한 강의 내용이 놀랄 정도로 새롭고 명료하게 다가왔다. 마치 도수가 맞는 안경을 새로 맞춘 것처럼.

"제임스? 도대체 너 어디 가 있었어?"

세라는 마치 그가 10년 동안 설명도 없이 자취를 감췄다가 갑자기 하늘에서 뚝 떨어진 것을 보기라도 한 듯한 표정으로 앞을 가로막았다.

"학교에 있었어. 계속⋯." 그는 강의실 쪽을 가리켰다.

"아침 내내 연락했다고!"

제임스는 그녀의 표정을 읽을 수 없었다. "앱에서 무슨 버그라도 발견됐어? 고양이들이 모두 혼수 상태에 빠지기라도 한 거야?"

"헛소리하지 마."

"그럼 왜 그렇게 안절부절못해? 설령 나쁜 리뷰를 받아서 앱이 폭망했더라도, 세상이 끝난 건 아니잖아."

세라는 말했다. "프리다가 리뷰에서 우리 앱을 혹평한 뒤, 한 번도 확인 안 했어?"

제임스는 침묵했다. 한 가지 예상은 맞았지만, 또 무슨 일이 있었던 것일까?

"그 리뷰," 세라가 말했다. "프리다가 우리 앱을 씹으려고 〈완전 연결 냥이〉에 올린 고양이 꿈 동영상을 본 사람이 있었는데⋯ 프리다와는 정반대의 결론을 내렸더라고."

"이해했어. 댓글러들 모두가 프리다 생각에 동의하지는 않는다는 걸."

"흔한 댓글러 얘기를 하고 있는 게 아니야. 그걸 보고 댓글을 단 건 **칼리스타**야. 동의하지 않은 사람도 **칼리스타**고. 그 여잔 우리 앱을 자기 고양이에게 써봤고, 완전 반해버렸다는 거야."

"칼리스타가 누구야?" 제임스는 퍼뜩 깨달았다. "설마 그⋯

가수?”

“응.”

“가수라고 하긴 좀 그런가. 어느 노래를 들어봐도 90퍼센트는 오토튠이고, 나머지 10퍼센트는 신음 소리던데.”

“그래도 그래미상을 네 번이나 탔어.” 세라는 대답했다. “나도 칼리스타 노래를 좋아하진 않지만, 팔로워 수가 무려 5,000만 명이야. 칼리스타가 우리 앱에 관해 포스팅한 뒤, 다운로드 수가 1만 건으로 늘었다고.”

제임스는 이 소식을 곱씹어 보았다. 그들은 다운로드 한 건당 1달러 정도를 받으므로, 각자 5,000달러를 벌었다는 얘기다. 그렇다면 식당 근무 시간을 줄일 수 있을지도 모른다. 심야 근무에서 마지막 2시간을 빼고, 예전처럼 11시에 끝낼 수 있는 것이다.

“학부생이 고안한 프로젝트치고는 나쁘지 않네.” 그는 농담하듯이 말했다. 수익은 둘째 치더라도, 1만 건이라는 숫자는 현재 보급된 50만 개의 목걸이 중 고작 2퍼센트에 불과하므로, 전 세계의 모든 고양이를 압제자들로부터 해방했다고 하기는 힘들었다. 그러나 그런 유명인이 ‘고양이 꿈 보기’를 적극 지지한다면, 저울추가 조금 우리 쪽으로 기울게 될지도 모르겠다.

식당으로 가는 버스 안에서 제임스는 프리다와 칼리스타의 유튜브 영상을 각각 확인했다. 프리다의 경멸은 이제 두렵지 않았다. “이 앱이 토해 내는 건 얼굴을 바꾸는 리벤지 포르노나 다름없어!” 프리다는 분통을 터뜨렸다. "이건 절대로 내가 찾던 '고양이수염 왕자[※]'가 아니야. 지난 몇 달 동안 우리가 고양이수염과 함께하며 얼마나 멋진 재능들을 찾아냈는지 다들 기억하지? 재즈 뮤지션, 패션모델, 비록 완벽하진 않아도 정말 자기 일에 최선을 다하던 파티시에까지! 그런데 이 바보 천치들은 고양이의 본심을 보여주겠다면서 우리 사랑스러운 냥이들한테 이런 만화 같은 패러디를 억지로 떠안기고 있어."

칼리스타의 반응은 달랐다. "드디어 우리 레이디 리디아의 영혼을 들여다볼 수 있었어. 이건 리디아가 줄곧 내 영혼의 동반묘였다는 걸 증명해 줬을 뿐만 아니라, 내 안에 있는 어두운 포식자의 본능을 온전히 받아들이게 해 줬어. 다음 앨범은 기대해도 좋아. 인간 혼자서는 절대 돌아다닐 수 없는 곳까지 모두를 데려가서, 포식자의 길에서 살아남는 유일한 길은 영혼의 교류뿐이라는 걸 보여줄게."

9

"그만둘 땐 2주 전에 미리 알리기로 했으니 지금 얘기할게." 제임스는 머리망을 어색하게 한 손에 쥔 채로 말했다. "그때까진 날 대신할 사람을 구할 수 있을 거야."

"돈 떨어지면 다시 기어들어 오겠지." 켄이 예측했다.

"그럴지도."

"무슨 일이야? 누가 죽으면서 유산이라도 남겼어?"

※ 동화 속 이상적인 왕자를 가리키는 '차밍 왕자'에 빗댄 이름.

"과외를 두 개 구했어." 제임스는 거짓말을 했다. "시급이 꽤 괜찮아서 그쪽이 나아. 잠도 더 잘 수 있고."

켄의 얼굴에 언뜻 부러운 기색이 떠올랐다. "알았어. 잘해봐."

"앞으로 2주는 계속 나올게." 제임스는 약속했다.

식당 밖으로 나온 제임스는 후덥지근한 밤거리를 천천히 걸었다. 내심 안도하고 있었지만 피곤했다. 차는 여덟 블록 떨어진 곳에 주차되어 있었다. 차를 산 것을 식당 동료들에게 들키면 보나 마나 이런 말을 들을 게 뻔했기 때문이다. "너 마약 거래라도 시작했어?" "아니." "그럼 대체 어디서 돈이 나서?" "설명하려면 복잡해."

새로 이사한 집까지는 차로 불과 10분 거리였다. 거실 불을 켜자 포포와 팬텀은 잠시 몸을 뒤척였지만, 소파 위에서 둥글게 몸을 말고 계속 잠을 잤다.

세라의 방에 여전히 불이 켜진 것을 보고 노크했다.

"들어와." 그녀는 침대 위에 앉아 노트북 화면을 들여다보고 있었다.

"그만둔다고 했어." 제임스는 문간에 서서 말했다.

"잘했네!"

제임스는 어깨를 으쓱했다. "매출이 떨어지지 않을 거라는 확신이 없었어. 반짝 유행이 언제까지나 계속되리라는 보장도 없고."

"우리에겐 반짝 유행보다 더 좋은 게 있어. 논란." 세라는 이렇게 말하며 노트북 화면을 제임스에게 보여주었다. 그녀가 보고 있었던 것은 미국 TV의 토크쇼 동영상이었다. "동물 행동학자를 인터뷰했는데, 〈유령 고양이〉가 보여주는 꿈은 사실이 아닌 윤색에 불과하니까 있는 그대로 받아들이면 안 된다고 하던데.”

“정말로 그렇게 말했다고? 우리 앱의 면책 조항에도 그렇게 쓰여 있잖아?”

“내 말이. 하지만 박사 학위를 가진 전문가조차도 이용 약관을 제대로 안 읽는다는 걸 알게 되니 왠지 안심이 되더라고. 그뿐 아니라 전극을 아예 금지해야 한다고 주장한 부분이 좋았어.”

“정말 그렇게 될까?”

“언젠가는.” 세라는 대답했다. “하지만 전극이 처음 나왔을 당시에도 금지 운동에 적극적이었던 사람은 없었으니까, 지금처럼 하드웨어 쪽에 이목이 쏠린다고 해서 당장 법안이 통과되거나 할 것 같진 않아. 그나마 우리 앱이 선전하고 있으니 이 정도인 거야.”

“음치 가수도 선전하고 있고.”

“너무 그러지 마. 옛날 방식을 고집하는 목걸이 유저들한테 집중 포화를 맞고 있는 건 칼리스타야. 브랜드 뒤에 숨어 있는 우릴 대신해서 말이야. 누가 너를 디스하는 곡을 올린 걸 본 적 있어?”

“없어.” 잠시 후 제임스는 용기를 내서 말을 꺼냈다. “그러니까 어쩌면 지금이 기회일 수도 있어. 앞으로 몇 달 동안, 이 상황을 잘… 활용할 수 있지 않을까.”

세라는 즉시 대답하지는 않았다. 제임스는 얼굴이 뜨거워진 것을 자각했다. 마치 입에 담을 수 없는 범죄를 저질렀다고 고백하기라도 한 기분이다.

"투자사들을 노려보자는 거야?"

"응."

"나도 생각은 하고 있었어." 세라는 솔직히 인정했다. "하지만 넌 앞으로도 계속 자선 재단 운영을 위한 오픈 소스 프로젝트에 헌신할 거라고 생각했는데."

제임스는 미간을 찌푸렸다. "비꼬는 거야?"

"당연히 비꼬는 거지." 세라는 싱긋 웃었다. "어쨌든 팝스타 덕분에 〈유령 고양이〉가 판을 뒤흔든 건 사실이잖아. 동물 해방을 위해 한 방 먹인 셈이니, 새 프로젝트도 의미 있는 일이기만 하다면 투자사 돈 좀 받는다고 죄책감 느낄 필요는 없어."

"그럴지도 모르겠군."

"그래서 말인데." 세라는 노트북을 한쪽으로 밀어놓았다. "어떤 프로젝트야? 뭐라고 설득할 건데?"

10

"가령 어떤 할머니가 대규모 실버타운 단지에 살고 있다고 가정해 보죠." 제임스는 발표를 시작했다. "그 단지에는 차가 진입할 수 있는 게이트가 여섯 개 있습니다. 그중 하나는 할머니 집 앞에서 불과 50미터 거리지만, 나머지는 할머니 집으로는 아예 통하지도 않을 공산이 큽니다. 그런데 할머니가 택시나 차량 공유 서비스, 또는 응급차를 부르면서 실버타운 내 자신의 집 주소를 정확하게 말하더라도, IT

대기업들이 제공하는 그렇고 그런 지리 정보 시스템이 호출된 차를 단지 전체를 대표하는 주소지로 잘못 보내버리는 상황을 상상해 보십시오. 결국 그 차는 잘못된 게이트로 들어가서, 할머니 집에는 아예 도달하지도 못할 겁니다."

실리아 대븐포트가 끼어들었다. "구글에서도 그 정도 문제는 이미 해결했을 텐데요?"

"그렇게 생각하시겠지만," 제임스가 대답했다. "실은 아직 해결 못 했습니다. 이건 가상의 시나리오가 아닙니다." 그는 발표 자료를 스크롤 해서 설문 조사 결과를 보여주었다. "응답자 중 6퍼센트가 지리 정보 시스템의 오류로 인한 문제를 겪었다고 대답했습니다. 현관으로 배달해 주는 피자를 골목까지 나가서 비를 맞으며 기다려야 했다든가, 환자가 있는 곳을 찾지 못해서 응급차의 도착이 늦어지는 경우까지 결과는 각양각색입니다. 차량 호출만의 문제가 아닙니다. 입력창에 정확한 우편 주소를 입력하려던 사람들의 3퍼센트는 그런 주소가 존재하지 않는다는 답을 받습니다. 그래서 아예 입력을 포기하든가, 두 가구가 붙어 있는 쌍둥이 주택의 호수를 구분하는 알파벳 기호를 생략하는 식으로 타협해야 합니다. 이런 오류는 단순한 불편함을 넘어 생명을 위협하는 수준에까지 이르며, 잘못 배달되는 소포만 하더라도 매년 수백만 달러의 생산성 손실을 초래합니다. 오류가 발생하는 순간 앞길을 막아서는 보이지 않는 벽이 되어버리는 겁니다."

"그럼 해결책이 뭐죠?" 대븐포트가 되물었다. "어떤 식으로 네트워크를 훈련시켜야 다른 기업들보다 더 좋은 결과를 낼 수 있다는 건가요?”

“처음부터 아예 머신 러닝의 문제로 접근하지 않는 것이 답입니다.” 제임스는 대답했다. “여러 지리 정보 시스템 데이터베이스에 대한 접근 권한을 확보해 그 사이의 불일치 지점들을 찾아내고, 전통적이고 강력한 결정론적 코드를 써서 그 문제를 해결할 겁니다. 저는 학습을 통해 95퍼센트의 정확도를 보이는 AI 신경망 따위에는 관심이 없습니다. 제가 목표로 하는 건, 주소 100만 개당 처리 오류가 기껏해야 10여 건에 불과할 정도의 정교하고 정확한 소프트웨어입니다. 그리고 그 정도의 오류는 두세 명의 직원이 수동 입력하는 것만으로도 충분히 대처 가능합니다.”

제임스는 깜짝 놀랄 정도로 견실한 자신의 제안을 상대방이 충분히 음미할 때까지 기다렸다. 겉보기만 화려한 전문 용어들로 프로젝트를 치장할 생각은 없었다. 불로불사가 가능하다거나 전 세계의 기아 문제를 해결하겠다고 나선 것도 아니지 않는가. 유저가 원하기는커녕 존재조차도 모르는 공허한 소일거리에 사람들을 중독시켜 돈을 벌 생각은 추호도 없었다. 단지 지금까지 그 누구도 크게 신경 쓰지 않았던 문제에 제대로 대처하고 싶었을 뿐이었다.

대븐포트는 그를 거세게 몰아붙였지만, 세라와 여러 번 리허설을 한 덕에 제임스는 충분히 준비된 상태였다. 마침내 대븐포트가 말했다.

“이틀 안에 확답을 드리죠. 하지만 비용을 일대일 부담하는 조건에서 파일럿 프로그램에 파트너로 참여하는 부분은 긍정적으로 보고 있습니다.”

“알겠습니다.” 제임스가 예상했던 것과는 조금 다른 조건이었지만, 그 비용은 〈유령 고양이〉의 수익으로 충당하면 된다. “연락 기다리겠습니다.”

화상 회의를 끝내자, 투자 결정이 내려질 경우 일어날 일들이 한층 더 현실적으로 다가왔다. 우선 학업을 중단해야 한다. 학자금 대출은 대부분 남으나 정작 학위는 받지 못한다는 뜻이다. 하지만 파일럿 프로그램을 운영하면서 대학 공부까지 병행할 여유 따위는 없었다.

제임스는 거품만 가득한 최신 기술 트렌드에서 한몫 챙겨 IT 업계의 거물이 되겠다는 야망에 불타던 동기들을 내심 비웃곤 했다. 그에 비해 제임스의 프로젝트는 견실했다. 절로 사라지지 않을 현실 문제에 대한 해결책을 제시하기 때문이다. 고양이 꿈을 날조한 영상을 셀럽이 지지해 준 덕에 여기까지 올 수 있었다고 해서, 초심을 잃고 허황된 환상을 쫓고 있는 것은 결코 아니었다.

11

“오늘 한 가지 깨달은 게 있어.” 세라는 제임스와 함께 저녁 식탁에 앉으며 말했다. “지난 12주 동안 우리 앱의 매출이 일정하게 유지된 거 알지?”

제임스는 미소 지었다. “응. 하지만 너무 신경 쓰지 않으려고 노력했어. 언제까지나 계속될 리가 없으니까 말이야. 솔직히 말해서 시장이 지금보다 훨씬 더 빨리 포화 상태에 이를 거라고 생각했어.”

“그럼 왜 매출이 이렇게 꾸준하게 유지된다고 생각해?”

“칼리스타 진영에 합류하는 사람들이 늘어나서?”

“아니야.” 세라는 잘라 말했다. “〈유령 고양이〉를 사지 않겠다는 목걸이 사용자들은 여전히 엄청 많아. 그들이 설득당한 게 아니야.”

제임스는 당혹감을 느꼈다. “그럼 누가 사고 있다는 거야?”

“새로 목걸이를 구입하는 사람들.” 세라는 대꾸했다. “최신 유행에 혹해서 고양이 뇌에 새로 전극을 삽입하는 사람들이 우리 앱을 구입하고 있는 거야. 그건 칼리스타 덕분이지만… 우리 탓이기도 해.”

제임스는 말했다. “믿기 힘들군. 어차피 매출은 예전부터 꾸준히 늘어나고 있었잖아.”

세라는 노트북을 꺼내 그래프를 보여주었다. 칼리스타가 글을 올린 지 약 일주일 뒤에 목걸이 판매가 급증한 것을 알 수 있었다. 그 뒤로 매출이 다시 떨어지긴 했지만, 여전히 예전에 비해 50퍼센트나 높았다.

“젠장. 젠장!” 제임스는 자리에서 일어나 식탁을 떠났다. “꼭 그런 얘기를 해야 했어?”

“진심으로 하는 소리야? 차라리 모르는 편이 나았어?”

몇 번 심호흡을 한 뒤에야 화를 가라앉힐 수 있었다. “아니야. 미안해. 하지만 그게 사실이라면…” 설령 새로 목걸이를 구매한 사람들이 꼭두각시놀음에는 아예 관심을 보이지 않는다고 해도, 전극 삽입 수술 자체가 위험하다는 사실에는 변함이 없었다. 게다가 자기 고양이가 보는 꿈에 싫증을 낸 주인들이 전극이 제공하는 그 밖의 신기한 기능을 시험해 보지 않는다는 보장이 어디 있단 말인가?

"〈어보드〉의 개발비를 충당해 주고 있는 〈유령 고양이〉를 스토어에서 철수시키겠다고 하면 실리아 대븐포트가 뭐라고 말할지 상상돼? 그게 시장을 너무 키웠다는 이유로?" 정말로 그런다면 투자 유치 따위는 영영 할 수 없게 될 것이다.

세라가 말했다. "〈유령 고양이〉를 내린다고 해도, 동일한 기능을 갖춘 〈오네이로〉※ 같은 유사품들이 이미 팔리고 있어. 우리가 매출 1위를 유지하고 있는 건 우리가 원조고 가격도 적당한 데다가 칼리스타가 홍보해 준 덕이야. 하지만 〈유령 고양이〉가 사라진다고 해도 유행 자체는 사라지지 않아."

제임스는 반박할 수 없었다. "그럼 어떻게 해야 하지?" 상황이 이미 통제 불능이라는 걸 받아들이고, 그저 돈이나 계속 벌어야 할까? 그는 포포와 팬텀을 흘끗 보았다. 녀석들은 양의 간을 즐겁게 먹고 있는 중이었다. 대자연은 유혈극이고, 인간은 쓰레기다. 포포와 팬텀을 살갑게 돌보는 것만이 자신과 세라가 기대할 수 있는 최상의 결말인지도 모른다.

"아이디어가 하나 있긴 한데, 좀 극단적이라서."

"새 목걸이의 판매를 둔화시킬 수 있는 방법이야?"

"응. 잘하면 전극 수술 자체를 불법화하고, 지금 개발 중인 강아

※　그리스신화에 등장하는 꿈의 신 '오네이로스'에서 따온 이름.

지 버전까지 막을 수 있을지도 몰라."

"합법적인 방법이야?"

"으음…."

"흔적을 남기지 않고 그럴 수 있어?"

세라는 잠시 망설였다. "아마 그럴 수 있을 거야."

제임스는 마음을 다잡고 말했다. "매출이 줄어들어도 대븐포트한테 둘러댈 방법은 있어?" 설령 그녀가 투자를 취소한다 해도 그는 감수할 용의가 있었다. 이 모든 창업 시도는 한때의 열병으로 치부하고 복학해서 다시 학위를 따면 그만이다. 하지만 그녀가 제임스의 투자 유치가 처음부터 사기였다고 판단한다면, 평생 백수로 살아야 하는 정도면 다행이고, 사기범으로 몰려 징역형에 처할 가능성조차 있었다.

세라가 말했다. "〈유령 고양이〉가 망한다고 해도, 그 여자의 용의자 목록에서 우리는 까마득하게 아래쪽에 있을 테니 크게 걱정하지 않아도 돼."

12

"우선 〈유령 고양이〉에 두 가지 버전이 있는 것처럼 보이게 할 필요가 있어." 세라는 강조했다. "하나는 모든 기능이 알려진 대로 작동하는 공식 버전이야. 그런데 누군가가 그 버전을 해킹해서 두 번째 버전을 만들었다고 가정해 봐. 간단한 검사쯤은 통과할 수 있도록 사용자 인터페이스와 원래 코드의 상당 부분을 남겨두었지만, 진짜 기능은 모조리 제거해 버리고 꼬리에 독침을 하나 숨겨놓은 블랙 버전이지."

"그런 걸 만드는 건 쉽지 않아." 제임스는 항의했다. "게다가 앱이 망가졌다고 해서 누가 그걸 소비자원에 신고하겠어?"

"모든 게 우리 계획대로 풀리면, 결국 유능한 과학 전문 기자가 조사에 나설 거라고는 생각하지 않아? 만약 기자가 블랙 버전을 들여다봤는데, 처음부터 끝까지 독이 든 꿀단지처럼 오직 사용자를 유혹할 목적으로 프로그래밍된 게 낱낱이 드러난다고 생각해 봐. 그러면 이미 탄탄한 사용자층을 갖고 있는 기존의 앱을 위장막으로 썼을 때와는 완전히 다른 시선으로 그걸 보지 않겠어?"

제임스는 접시를 싱크대로 가져가서 설거지를 하기 시작했다. "그런 불법 앱이 정말로 존재할 수도 있다고 생각해? 은밀하게 유통되는?"

"존재해도 이상할 건 없어." 세라는 대꾸했다. "하지만 다크웹으로 들어가서 정말로 존재하는지 확인해 보고 싶어? 이런 식의 가짜를 만드는 것만도 충분히 위험한데, 진짜 블랙 버전을 다운받다가 덜미를 잡히고 싶냐고."

"아니." 제임스는 마지못해 수긍했다.

제임스는 목걸이 스토어의 여러 앱을 이미 숙지하고 있었기 때문에, 코딩 첫 부분은 그의 몫이었다. 그는 기능적인 관점에서 이 작업에 접근하기로 마음먹었다. 사용자의 성향 수집과 목걸이의 센서, 전극으로 보내지는 신호를 통해 원하는 결괏값을 도출하는 과정을 각각 분리해서 설계하는 식이었다. 가장 순수한 형태의 도구적 행위라고나 할까. 목걸이를 찬 동물을 일련의 명령어를 보낼 수 있는 장치로 간주하고, 고행을 하듯이 코드를 한 줄 한 줄 써 내려갔다.

이런 식으로 사흘을 보내자 머리에 쥐가 날 지경이었지만, 적어도 그들이 표방하는 목표를 구현하기 위해 제대로 공들인 결과물처럼 보이는 무언가를 완성했다는 느낌이 왔다. 제임스는 파일을 세라에게 넘기면서 말했다. "내장이고 건더기고 다 빼버리는 식으로 아작 내야 한다는 걸 절대 잊지 마. 만약 누군가가 이 프로그램을 '손봐서' 실제로 작동하게 만들기라도 한다면…."

"흔적조차 남지 않게 들어낼게. 겉으론 멀쩡해 보여도 속은 완전히 아작 날 거야. 약속할게."

제임스는 오랫동안 샤워를 한 뒤 침대에 몸을 뉘었다.

다음 주 내내 제임스는 〈어보드〉의 데이터베이스 작업에 매달렸지만, 이제는 이것이 단순히 알리바이를 만들기 위한 위장막인지, 아니면 실제로 실현 가능한 과제인지조차 확신할 수가 없었다. 세라는 여전히 대학 강의와 과제에 치여 살았기에, 그녀가 반을 떠맡은 비밀 프로젝트는 시간이 더 걸렸다. 그러나 주말이 되면 그녀는 토요일 내내 제임스의 앱을 비활성화하고 부비트랩을 설치하는 작업에 몰두했고, 일요일 아침에는 다시 머리를 맞대고 논의했다.

제임스가 말했다. "다른 사람들도 이런 쓰레기를 만들 수는 있겠지. 하지만 그런 걸 대놓고 광고하는 바보가 세상에 어디 있겠어?" 설령 다크웹에 제임스와 세라가 제작한 블랙 앱의 유해한 버전에 해당하는 물건이 실제로 존재한다고 해도, 목걸이에 대한 매체의 관심이 최고조에 달했을 때조차도 그런 앱에 관한 소식이 모든 뉴스 사이트의 첫 화면을 장식하는 일은 없었다. 그렇다면 어떻게 속내를 드러내지 않고 이 앱을 띄울 수 있을까?

"실제로 광고하고 다닌 선례가 있어," 세라가 대답했다. "맹세컨대 그 따위 검색은 두 번 다시 하고 싶지 않지만 말이야. 하여튼… 몇 년쯤 전에 재스퍼 멜릭이라는 영국인 변태가 있었는데, 몇몇 대학 이름과 약간만 철자가 다른 도메인 이름에 알박기를 한 후 그 주소를 클릭한 사람들을 전부 자신의 BLTZ 선언문 사이트로 강제 접속하게 만들었어. 결국 소송까지 당해 가면서 15초 동안의 악명을 누렸지."※

"BLTZ? 무슨 랩 그룹 이름인가?"

"'동물 성애를 통한 더 나은 삶Better Living Through Zoophilia'의 약자야. 사람들과 섹스하는 걸 즐기도록 유전자조작된 동물의 공리적 효용을 찬양하는 정신 나간 장광설을 늘어놓았지."

"어… 설마 너 그치한테 다 뒤집어씌우려는 건 아니겠지?"

세라가 말했다. "그 영국인 변태는 이미 죽었어. 하지만 인터넷이 그의 흔적을 완전히 씻어 낸 건 아니지. 따라서 BLTZ라는 이름을 쓰고 그 선언문을 인용하면, 익명의 추종자들이 아직도 그의 메시지를 전파하기 위해 전력을 다하고 있는 것처럼 꾸밀 수 있어."

※　앤디 워홀의 예언 "미래에는 누구나 15분 동안 세계적인 명성을 누리게 될 것이다"를 비튼 표현.

“그럼 가면을 쓴 작자가 헛소리를 늘어놓는 영상이라도 만들자는 거야?”

“응.”

“합성 음성? 아니면 변조된 음성?”

“변조된 합성 음성.” 세라는 결론을 내렸다. “변조된 목소리처럼 들려야 언론도 진지하게 받아들일 테니.”

그들이 만든 동영상 속의 인물은 물론 컴퓨터로 생성한 것이었다. 가면의 눈구멍 사이로 깜박이는 눈꺼풀이 언뜻 비쳤다. 가면을 쓴 인물은 멜릭의 선언문을 낭독했다. “우리는 보편적인 번영의 새 시대를 열고 있다. 인간이든 짐승이든, 이제 더는 슬픔도, 좌절도, 외로움도 없을 것이다.”

그들은 동영상과 고의적으로 망가뜨린 앱을 토렌트와 IPFS[※]에 배포한 뒤, 〈유령 고양이〉에 관한 격렬한 논쟁이 벌어지고 있는 대여섯 개 영상 댓글난에 링크를 뿌렸다. 몇 시간 후 동영상은 점점 더 주목을 받기 시작했다. 동영상에서 언급된 앱의 실존 여부는 누구나 쉽게 확인할 수 있었지만, 목걸이의 부트 로더를 해킹해야만 실행이 가능하다는 점, 그리고 대다수 사람은 그런 저주받은 물건을 긴 자루가 달린 집게로도 건드리기를 꺼려 한다는 점이 장애물로 작용했다. 그 결과, 동영상 속 주장들은 진실, 즉 그 앱의 일부 또는 전부가(누가 그걸 알겠는가?) 고양이 목걸이의 블루투스를 먹통으로 만드는 악성 코드에 감염되었다는 사실보다 훨씬 더 빠르고 널리 퍼져 나갔다.

※   분산형 파일 공유 시스템의 일종.

제임스가 말했다.

"나중에 네 손자나 손녀가 이번 일에 관해 물어본다면…."

"안 돼." 세라는 단호하게 그의 말을 끊었다. "너도 나도 다시는 이 일에 관해 얘기하지 않을 거야. 성공하면 성공하는 거고, 성공 못 하더라도 최선을 다했으니 됐어. 하지만 자랑일랑은 절대 하지 마. 이번 일로 법정에 서지 않는다면, 우린 이 비밀을 무덤까지 가져가야 해."

13

"가만히 있도록 5분쯤 안고 있을 수 있겠나." 닥터 펠드먼이 말했다. "국소마취만으로 충분할 거야."

제임스가 말했다. "예, 가능할 것 같습니다."

닥터 펠드먼은 포포의 목을 쓰다듬더니 뒤통수를 꽉 잡았고, 세 개의 안테나 전극 사이 피부에 주삿바늘을 찔러 넣었다. 포포는 깜짝 놀랐다가 곧 짜증을 내는 기색이었지만 미친 듯이 날뛰지는 않았고, 제임스도 바늘이 빠질 때까지 포포를 꽉 잡고 놓아주지 않았다.

"좋아. 마취약이 효과를 낼 때까지 좀 진정시켜 보게."

"알겠습니다."

닥터 펠드먼은 주사기를 폐기 주사기 통에 넣으며 말했다. "이번 주 들어 벌써 열 번째 제거 수술이군. 다들 금지령 전에 하려고 서두르는 것 같아. 애초에 반려동물 머리에 전선을 박아 넣기 전에 좀 신중하게 생각해 보면 좋았을 텐데."

"입양했을 때부터 이런 상태였습니다." 제임스는 항변했다. "제가 내린 결정이 아닙니다."

닥터 펠드먼은 아무 말도 하지 않았지만, 제임스를 흘끗 보았을 때의 회의적인 눈빛은 그의 속마음을 웅변하고도 남았다. **다들 그렇게 말하지.**

그는 각 전극을 덮은 피부를 살짝 절개한 다음, 작은 볼트 커터처럼 생긴 도구로 전극의 회로를 잘라 냈다. 남은 와이어의 윗부분을 연마기로 다듬은 후 절개 부위를 봉합했다. 포포는 점점 더 불편해하는 기색이었다. 인간이 이 이상한 짓을 처음 했을 때는 그럭저럭 참았지만, 또? 다시 또 한다고?

"좋아. 끝났네." 닥터 펠드먼은 제임스에게 상처 관리 팸플릿을 건넸다.

제임스는 포포와 함께 차를 타고 귀가하기 위해 다시 케이지에 넣었다. 이전에 기르던 실버가 암 투병을 하다가 결국 불치 판정을 받았을 때, 제임스는 처음 녀석을 데려왔을 때 썼던 그 케이지에 죽은 실버를 담아 집으로 데려갔다. 그때 다시는 반려동물을 키우지 않겠다고 맹세했던 것을 기억한다. 그런데 또 기르고 있었다.

버스 정류장에서 제임스는 철망 사이로 손가락을 넣어 포포의 콧잔등을 쓰다듬었다. "마취가 풀리면 좀 따끔거릴 거야. 하지만 오래가지 않으니 조금만 참으면 돼. 이제 거의 끝났어."

5

크라이시스 액터스

Crisis Actors

1

"중년기의 위기가 오는 걸 1년 늦출 때마다 전체 수명은 2년씩 늘어나는 법이지. 단순한 덧셈이야."

칼은 웃음을 터뜨렸지만, 아버지의 진지한 표정은 전혀 바뀌지 않았다. 농담으로 한 말이 아니었던 것이다.

"내가 이미 오래전에 인생의 반환점을 돈 건 사실이야." 아버지는 초연한 어조로 말했다. "하지만 고조파※처럼 개인이 파동에 직접 개입할 수 있는 부분도 있지. 인생의 모든 순간에는 파동과 마찬가지로 마루와 골이 있기 마련이고, 양자역학에 의하면 우린 그런 파동의 형태를 수정할 수 있어. 파동의 위상에 변화를 주면, 예전엔 늙었으니 어쩔 수 없다고 단념했던 결과들까지 변화시킬 수 있다는 뜻이지."

여기서 무의미한 논쟁을 벌이느니 차라리 꾹 참고 대화 주제를 현실적인 것으로 돌리는 편이 낫겠다는 생각이 퍼뜩 떠올랐다. 그러니까, 지금 아버지가 앉아 있는 안락의자 뒤 책장 맨 위에 놓인 아이스

※ 기본 파동에 정수배로 겹쳐 나타나는 파동. 기본 파동의 큰 형태를 바꾸지 않으면서 파동의 세부 형태를 바꾼다.

크림 통만 한 큼직한 용기가 눈에 들어왔을 때까지는 말이다.

"거기서 양자역학이 왜 나옵니까." 칼은 쏘아붙였다. "저 따위 쓰레기를 사려고 대체 얼마를 쓴 겁니까?"

아버지는 칼의 시선이 향한 곳으로 고개를 돌려 '고조파 강화 보조제'가 든 통을 보았다. "그건 네 알 바가 아니야. 네가 딴 건 지질학 학위잖아? 그걸로 양자역학 전문가 행세를 해보겠다는 거냐?"

"전문가 행세를 하려는 게 아닙니다. 하지만 물리학의 기초쯤은 대학 시절에 공부해 봐서 알아요. 아버지는 잉글랜드 역사를 전공하지 않았지만, 인터넷에서 어떤 사기꾼이 영국의 왕위 승계 서열은 종합격투기 케이지 경기의 결과로 정해진다고 주장하면 헛소리라고 하시겠죠. 저도 물론 아버지 의견에 동의할 겁니다. 그게 상식이니까요."

아버지는 불만스러운 듯 끙 하는 소리를 냈다. "푸리에 해석이 버킹엄 궁전에서 종합격투기 시합을 하는 수준의 망상이라고 주장할 셈이냐?"

칼은 책장까지 걸어가 그 용기를 집어 들었다. 가격표를 찾아볼 작정이었지만, 자기도 모르게 용기 라벨에 쓰인 요란한 광고 문구를 훑어보고 있었다. "푸리에 해석법은 저도 배웠습니다." 칼은 말했다. "그건 지질학 같은 다른 분야의 연구에서도 필요하니까요. 그러니까 이 점만큼은 확신을 갖고 말할 수 있습니다. 푸리에 해석은 아버지의 삶이 '고조파로 이루어져 있다'라든지, 이 미정질微晶質 석영 알약을 복용하면 '최종적인 파절※을 늦출 수 있다'라고 주장하지 않습니다.

※ 물질에 힘이 가해져 금이 가고 결국 깨지는 현상.

자, 그리고 이건 제 전공 분야이니 확실하게 말해두죠. 이건 모래입니다. 아버지는 돈을 주고 모래를 한 통을 산 겁니다.”

“그래그래, 전혀 특별한 게 없다, 이거지!” 아버지가 쏘아붙였다. “하지만 이 모래가 몇천 년 동안이나 빛에서 차단된 상태로 그 결정 결함에 에너지를 축적했다는 사실은 모르지? 그것도 못 믿겠다면 넌 그 잘난 학위를 반환해야 해. 그거야말로 고대 유물의 연대를 측정할 때 쓰는 가장 정교한 방법의 기반이 되는 과학이니까 말이야.”

칼은 한순간 당황했다. 용기 측면의 설명문을 다시 읽어보니 발광 측정법의 원리에 관해 그럭저럭 정확하게 기술한 대목이 한 줄 있기는 했다.

“그건 이 문제와는 관련 없습니다. 물론 땅에 묻혀 있던 석영 알갱이에서 나오는 빛을 측정해서 퇴적물의 연대를 알아낼 수는 있습니다. 그런데 그게 무슨 소용이 있죠? 이걸 판 작자들은 위키피디아를 좀 검색해 보고, 이 모래 알약들은 몸에 좋다는 인상을 주려고 했다는 증거밖에 더 돼요?”

“오, 그러면 업자 나부랭이는 아무 주장도 할 수 없다, 이거냐?” 아버지는 흥분한 어조로 반박했다. “그 밖의 모든 점에서 이 친구들의 주장이 완전히 옳을 수도 있다는 가능성은 고려하지도 않고? 넌 그저 이 제품이 건강에 좋다고 인정하고 싶지 않은 것뿐이야. 마음에 들지 않으니 그냥 그 지점에서 마음을 닫아버리는 거지.”

“그 밖의 모든 점이라뇨?” 칼은 되물었다. “모래에 관해서 옳은 주장만 1,000가지는 할 수 있는데도요? 이 통에 그걸 모두 써놓는다고 해도, 이 모래가…," 칼은 다시 설명문을 읽었다. "…관절염, 고혈압, 과민성대장증후군 따위의 특효약으로 변하지는 않아요."

아버지는 양손을 들어 올렸다. "이 얘긴 이제 그만하지 않으련? 네가 우리 집까지 온 김에 좋은 소식을 들려주려고 했는데, 되레 나를 어린애 취급하다니. 너한테 이런 얘기를 꺼낼 생각을 한 것부터가 잘못이었어."

하도 답답한 나머지 얼굴이 화끈거릴 지경이었지만, 아버지에게 좀 미안한 마음이 드는 것도 사실이었다. 옳은 소리를 한 것에 대해 사과할 생각은 추호도 없었지만, 적어도 화제를 바꿀 용의는 있었다. 칼은 소파로 돌아가서 앉았고, 무더위와 악전고투하고 있는 에어컨 소리에 귀를 기울이며 카펫을 내려다보았다.

"캐럴라인 생일이 다음 주입니다." 마침내 칼이 말했다. "아홉 살이 되죠. 토요일에 생일 파티를 하는데, 오실 거죠?"

"물론 가야지!" 아버지는 대답했다. 노여운 기색은 씻은 듯 사라져 있었다. "뭘 선물할까? 최근 그 앤 뭐에 꽂혀 있지?"

선물 생각은 아직 안 해봤다. 아동 도서나 장난감은 정치적, 문화적 어젠다와 떼려야 뗄 수 없는 관계에 있기 마련이다. 그렇다고 해서 캐럴라인의 현재 부모 중 어느 쪽도 화나게 하지 않을 가장 무난한 선물들의 목록을 제안함으로써 또 다른 지뢰밭으로 걸어 들어갈 생각은 추호도 없었다. 아버지가 그것들 모두에 반대하기라도 하면 어쩔 건가.

"문화 상품권은 어떻습니까. 아이가 얼마나 빨리 자라는지 잘 아시잖아요." 칼은 농담하듯이 말했다. "일주일 전에 사달라고 한 걸 사주면, 이젠 그런 건 아기들만 쓰는 거라며, 할아버지는 그런 것도 모르냐고 울음을 터뜨릴지도 모를 나이니까요."

2

딸의 생일 파티에 참석한 후 집으로 돌아온 칼이 노트북 컴퓨터를 켜자 알스탠스※ 채널에 새 메시지가 와 있었다. 날짜와 요일을 머릿속에서 계산해 본 다음, 침실 벽장 바닥에 널려 있던 잡동사니 사이에서 목각 체스 세트를 꺼내 왔다. 백색 퀸을 집어 들고 노트북에 내장된 카메라 앞에서 체스 말의 특징적인 대리석 무늬가 잘 보이도록 들어 보였다.

그러자 메시지의 암호가 해제되면서 GIF 파일이 화면에 떠올랐다. 제3자가 언뜻 보면 정치 풍자를 소재로 한 저화질 동영상일 뿐이라고 생각하겠지만, 거칠게 렌더링된 동영상 배경의 일부에는 극소수의 전문가나 알고리즘이 아닌 이상 알아차리지도 못할 만큼 극도로 왜곡된 문장이 숨겨져 있었다. 칼은 노트북 화면 앞에 원통형 거울을 세워놓고 거울 표면에 떠오른 반전된 문장을 읽었고, 문장 내용을 받아쓰는 대신 세부까지 샅샅이 기억한 다음 앱을 껐다. 앱은 종료되기 직전에 자신이 액세스한 모든 파일의 바이트를 0이 되도록 삭제했다.

칼은 잠시 앉아서 이번 과제에 관해 곰곰이 생각해 보았다. 더 큰

※　RStance. 저항(Resistance)의 약칭으로 보인다.

일을 맡길 수 있다는 점을 증명하려면 이런 사소한 일을 앞으로 몇 번이나 더 수행해야 할까. 1시간 내내 딸을 목말 태우고 전처 집의 거실을 돌아다니면서, 천장에 걸린 파티용 장식을 피하느라고 하도 자주 몸을 굽힌 탓에 무릎이 아팠다. 그렇게 캐럴라인과 보냈던 모든 순간이 소중했지만, 아빠인 자신에게만 너무 매달리는 것 같아서 걱정스러웠다. 잠시 내려줄 테니 친구들과 놀고 오라고 넌지시 말할 때마다, 캐럴라인은 마치 부녀의 인연을 끊겠다는 말을 들을 것처럼 풀이 죽은 기색을 보였던 것이다.

메시지는 펜리스※의 주소 하나와 내일 오후 3시와 4시 사이의 시간대를 지정하고 있었다. 칼은 작업에 필요한 제복이 구김 없이 깔끔하고, 작업 도구도 모두 갖춰져 있는 것을 확인했다.

일요일 오후가 되자 칼은 차가 밀릴 경우에 대비해서 일찍 출발했지만, M4 고속도로의 교통 흐름은 대체로 원활했다. 그가 모는 차 전방에 빈 공간이 생길 때마다 끓어오르는 아스팔트 위로 아지랑이가 피어올랐다. 예상 시각보다 15분이나 일찍 도착했기 때문에 주택가 주위를 돌며 어떤 종류의 행인들과 마주칠지 감을 잡아보려고 했지만, 보도와 주택가 앞뜰에는 거의 인적이 없었다. 주차할 수 있는 곳을 미리 세 곳 점찍어 두었는데, 첫 번째 장소부터 비어 있었다.

칼은 'C-Ture'※※※라는 회사 휘장이 붙은 모자를 쓰고 선글라스를 다른 것으로 바꿔 쓴 다음 부스스한 수염을 쓰다듬었다. 차 문을 열

※　오스트레일리아 시드니 서부의 도시.
※※※　Cultue의 약칭.

자마자 사우나 같은 열기가 엄습했다. 왜 매번 푹푹 찌는 교외, 그것도 하필 뙤약볕이 쏟아지는 시간만 지정하는 걸까? 한 블록을 걸어가자 온몸이 땀에 젖었다. 앞으로도 다섯 블록을 더 가야 하지만, 표적 근처에 차를 세웠다가 목격당하고 싶지는 않으니 걷는 편이 낫다.

목적지는 황백색 벽돌로 지은, 전형적인 교외의 2층 저택이었다. 태양전지판으로 완전히 뒤덮인 지붕이 금방이라도 그 무게에 못 이겨 삐걱거릴 듯한 느낌이다. 일부러 현관문을 두드리거나 하지는 않았다. 그렇게 하면 되레 이웃들의 눈길을 끌기 십상이고, 바로 작업에 착수하는 편이 낫다는 사실을 경험으로 알고 있었기 때문이다. C-Ture 실외기는 건물 측면에 있었고, 내부 정보에 나와 있었듯이 진입을 가로막는 문도, 보안 카메라도 없었다. 흰 면장갑을 꼈을 때는 마치 지문을 남기지 않으려는 도둑이 된 듯한 기분을 피할 수 없었지만, 실제 수리 기술자들도 자신과 장치를 보호하기 위해 이와 똑같은 장갑을 낀다.

실외기의 전원을 끄고 나사를 풀어 금속 덮개를 떼어 냈다. 그 안의 필터는 16개의 볼트로 고정되어 있는 탓에 훨씬 더 오래 걸렸다. 필터가 지지 프레임 이외의 물체에 닿지 않도록 조심스럽게 들어 올렸다. 필터 표면에 자칫 흠집이라도 나면 누군가가 건드렸다는 증거가 되기 때문이다.

필터를 떼어 내자 빛에 노출된 촉매가 회절 현상을 일으키며 무지갯빛으로 번득였다. 마치 폐기된 DVD 디스크들로 만든 괴상한 예술 작품처럼 보였다. 아무리 그릇된 신념의 산물이라고는 해도, 칼은 눈앞에 드러난 엄청난 기술적 업적에 경탄을 금할 수가 없었다. 이토록 세밀한 프랙털 구조를 제조해서, 작은 숲에 있는 모든 나뭇잎의 표면적에 필적하는 면적을 불과 1세제곱미터의 공간에 집어넣는다는 설명을 처음 들었을 때는 황당무계하다고 생각했지만, 개발자들은 그런 기술을 실현했을 뿐만 아니라 상품화까지 이뤄냈던 것이다. 물론 고객은 그런 상품을 살 만한 재력과 허영심을 가진 작자들로 한정되지만 말이다.

공구 상자에서 액체가 든 병 하나를 꺼내서 무지갯빛 입방체의 상부 표면에 고르게 퍼지도록 10여 방울을 조심스럽게 뿌렸다. 탄화수소와 분기형 곁사슬 구조를 가진 알코올을 혼합한 이 물질은 촉매의 활성 부위와 결합하도록 만들어져 있었지만, 촉매가 생성하는 이산화탄소와 수증기의 혼합물과는 달리 해당 부위에 그대르 고착된다. 바꿔 말해서, 48시간 이내에 촉매 전체를 복구 불가능한 상태로 오염시키고, 비싸기만 하고 아무 쓸모도 없는 반짝거리는 벽돌 덩어리로 만들어 버리는 것이다.

집주인들은 이 기계가 지금까지 대기 중의 온실가스를 여과해서 조금씩 만들어 내던 친환경 탄소중립 항공유를 더 이상 얻지 못하게 되겠지만, 그런다고 무슨 심대한 금전적인 타격을 입는 것은 아니다. (생산량 자체가 워낙 미미한 탓에 그걸 팔아봤자 본인들이 살아 있는 동안에는 기계 본체의 매입 금액조차 회수하지 못한다.) 그러나 그런 허섭스레기 같은 기계를 사기 위해 거금을 허비했다는 사실에는 격노할 게 뻔했고, 보증기간이 이미 끝났다는 사실을 깨닫는다면 굳이 돈을 들여 부품을 교환하려고 들지도 않을 터였다. 대신 친구들에게 거리낌 없이 이 기술에 대한 악평을 늘어놓을 게 분명했다. 환경 파괴에 대한 자신들의 높은 문제의식을 과시하기 위해 비싼 돈을 주고 샀던 기계가 기대에 전혀 부응하지 못했다는 사실이 드러난다면, 마음의 평화를 위해서라도 차라리 피해자 입장에 서는 편이 유리하지 않겠는가. 이 기계는 친환경 기술을 전면에 내세워 제조 기업에 대한 비난 여론을 회피하기 위한 사기극의 산물에 불과하며, 제조 시에 배출된 분량의 탄소를 회수하기도 전에 망가지는 결함품이라며 강하게 규탄하는 식으로 말이다.

칼은 모든 부품을 원래 상태로 재조립했다. 그런 다음 앞뜰로 나가려던 순간, 옆집 주민의 차가 반대편 벽에 인접한 차도로 들어오는 소리가 들렸다. 그는 되돌아가서 벽 뒤에 선 채로 귀를 기울였다. 차문이 쾅 닫히고 아이들이 서로 아웅다웅하는 소리가 들린다. 기온은 족히 섭씨 50도에 육박했지만, 아이들은 여전히 투닥거리며 집에 들어가려는 기색을 보이지 않았다.

칼은 속에서 신물이 차오르는 것을 느꼈다. 이번에 받은 내부 정보는 이 집 사람들의 일정을 잘 알 정도로 안면이 있는 이웃 사람에게서 온 것이 틀림없으므로, 저 짜증 나는 가족 중에 익명의 제보자가 있을 가능성도 충분히 있었다. 그게 사실이라면 왜 직접 나서지 않았는지도 이해할 수 있었다. 그럴 경우 다른 이웃에게 얼굴을 들킬 위험이 너무 크기 때문이다. 그러나 저 가족이 이번 일과 전혀 관련이 없고, 칼이 그들 눈에 띈다면 얘기가 달라진다. 기계가 고장 났다는 사실을 알고 화가 난 집주인과 저 이웃이 한 번 얘기를 나누기만 해도, 단순 고장이 아닌 외부인의 파괴 공작이었을 가능성이 급부상할 게 뻔하기 때문이다.

칼은 양팔에서 땀을 뚝뚝 흘리며 기다렸다. 이윽고 어린애들의 말싸움 소리가 멀어지며 현관문이 닫히는 소리가 들렸다. 그는 옆집에는 눈길조차 주지 않고 앞뜰까지 똑바로 걸어갔고, 몸을 돌려 주차해 둔 차가 있는 곳을 향해 걷기 시작했다. 설령 누군가가 그의 이런 모습을 보았다고 해도 딱히 이상하게 생각하지는 않을 것이다. 초보 티를 벗고 진짜로 중요한 일에 종사하고 싶으면, 이런 장난 같은 임무에서 생긴 사소한 차질 따위에 동요해서는 안 된다.

나한테도 C4*를 좀 나눠달라고. 그는 기도하듯이 속으로 되뇌었다. 내 능력은 이미 충분히 증명했잖아. 난 어떤 상황에서도 냉정을 유지할 수 있어. 그러니까 뭔가 파괴할 만한 가치가 있는 대상을 알려줘.

3

그날 저녁, 칼은 블로그를 갱신했다. 의도적으로 악플을 다는 작자들과 기후 재앙론자들은 차단했지만, 반대를 한다기보다는 아직 설득되지 않았을 뿐인 사람들의 댓글에는 긴 답글을 달았다.

"설령 지구가 뜨거워지는 현상이 자연 주기의 일부라고 해도, 왜

* 플라스틱 폭약.

우리가 다 타 죽을 때까지 방관하고 있어야 하는데?" '솔직맨'이라는 아이디의 소유자가 질문했다.

블로그 운영자이자 '에픽테토스'⁕라는 아이디를 쓰는 칼은 극히 정중한 어조로 답했다. "단 한 명의 희생자도 나와서는 안 되지만, 지금 우리가 하고 있는 일은 완전히 잘못된 것입니다. 이산화탄소는 식물에는 양분이고, 기온 상승에 맞춰 이산화탄소의 농도가 함께 상승하는 현상은 삼림의 성장을 촉진해 장기적으로 지구 전체의 기온을 평형 온도로 되돌리는 자연스러운 피드백 과정의 일부이기 때문입니다. 따라서 탄소 배출을 줄인다거나, 거기서 한발 더 나아가 대기에서 온실가스를 제거하려는 시도는 인류를 먹여 살릴 곡물 수확량을 확보한다는 측면에서도, 기후 그 자체에 대해서도 완전히 그릇된 접근입니다. 지구가 점점 더 뜨거워지면 식물은 호흡할 때 쓰는 숨구멍을 좁힙니다. 바꿔 말해서 식물은 통상적인 대사 활동을 유지하기 위해서 여분의 이산화탄소를 필요로 할 뿐만 아니라, 필수적인 성장 촉진 과정을 지속하기 위해서라도 한층 더 많은 이산화탄소를 필요로 하는 것입니다. 식물이야 얼마든지 심고 싶은 만큼 심어도 되지만, 그 식물들에 이산화탄소라는 비료를 충분히 주지 않는다면 지구의 기후를 안정된 상태로 되돌리는 것은 불가능합니다."

솔직맨은 현재 네트워크에 접속하고 있지 않았지만, '방탕한 폭로자'라는 유저가 끼어들었다. "지구가 과거에도 화석연료를 태우는 인류의 도움 없이도 급격한 기온 상승을 견뎌내고 회복해 왔다면, 뭐

⁕ 1세기경 그리스의 스토아학파 철학자.

가 문제인데요? 내버려둬도 알아서 회복하는 거 아닌가요?”

“자연 주기에 의한 회복조차도 수천 년은 걸립니다.” 에픽테토스는 대답했다. “인위적인 탄소 포집은 그 기간을 오히려 두 배로 늘릴 겁니다!”

방탕한 폭로자는 잠시 침묵하는가 싶더니 어정쩡한 과학 논리와 엉터리 참고 문헌, 의도적인 곡해로 점철된 반론을 일일이 대응할 수 없을 만큼 대량으로 쏟아 냈다. 칼은 해당 댓글을 삭제하고 상대를 차단했다.

시계를 보니 11시를 훌쩍 넘긴 시각이었다. 내일 아침에는 채용 면접을 보아야 한다. 2주 동안의 단기 자문 업무였는데, 정신을 바짝 차리고 임할 필요가 있었다. 대학을 그만뒀을 때 받은 퇴직금은 점점 줄어들고 있었고, 대학을 상대로 한 부당해고 소송에서 칼에게 법률 조언을 해준 변호사들은 애초부터 이길 생각이 없었던 건 아닌가 하는 의구심이 고개를 들고 있었다.

칼은 블로그 페이지를 닫은 후에도 꼼짝도 하지 않고 의자에 앉아 있었다. 입만 살아 있는 아마추어들과 입씨름하거나 교외의 주택가를 몰래 돌아다니며 부자들의 장난감을 부수는 일에는 이제 넌더리가 났다. 그런 식으로 시간을 낭비하기에는 걸려 있는 것이 너무 많았다.

칼은 원통형 거울을 갖다 놓고 알스탠스를 기동한 다음, 그가 속한 상부 조직의 지도자에게 보내는 메시지를 쓰기 시작했다. “이제 나는 뭔가 더 큰일을 할 준비가 되어 있습니다.” 그는 거울에 비친 반전된 상을 보면서 손끝으로 트랙패드를 움직여 삐뚤삐뚤한 손 글씨를 써 내려갔다. "나는 유능하고, 신뢰할 수 있고, 의욕적입니다." 그는 퍼뜩 창피함을 느끼고 방금 쓴 부분을 지웠다. 이건 취업 자소서가 아니다. "가장 힘든 임무를 맡기더라도 기꺼이 완수할 작정입니다. 어떤 위험이나 대가도 감수하겠습니다." 대놓고 특정 댐이나 수소 생산 공장을 폭파하자고 하지 않았을 뿐이지, 오해하려야 오해할 수 없는 결연한 의지의 표명이었다.

그는 메시지를 송신했다. 과거 경험에 비추어 볼 때 며칠 안에 답장이 올 가능성은 거의 없었지만, 왠지 당장 노트북을 끄고 싶지 않았다. 그래서 욕실로 가서 이를 닦으며 방금 보낸 메시지를 반추해 보았다. 너무 필사적이라는 느낌을 주지 않았으면 좋겠다. 만약 경찰이 상부 조직에 침투했다면, 더 큰 규모의 범죄에 끼워달라고 계속 밀어붙이지 않을까? 방금 내가 그랬던 것처럼?

노트북 앞으로 돌아와 보니 답장이 와 있었다. 칼은 목덜미에 소름이 돋는 것을 느꼈다. 무시당하는 일에 너무 익숙해진 탓인지, 마치 점괘 판에서 응답이 온 것을 본 듯한 섬뜩한 기분이 들었다. 칼은 광물 표본을 보관하는 캐비닛으로 가서 오스트레일리아 서부 널라보 평원에서 채취한 콘드라이트 조각을 꺼내 왔다. 그것을 노트북의 카메라 앞에 들이댔다.

노트북 화면에 뜬 GIF 파일은 어떤 집 잔디밭에서 장난감 로봇과 싸우고 있는 고양이의 동영상이었지만, 잔디 위에 떨어져 있는 나뭇잎들이 만들어 내는 얼룩덜룩한 그림자를 해독하자 이런 대답이 떠올랐다. "거대한 거짓말을 까발리기 위해서 잠입 수사를 할 용의가 있나? 위험을 감수하고서라도?"

칼은 긴장으로 위가 딱딱해지는 것을 느꼈지만, 가슴은 고양감으로 가득 차 있었다. 지금까지 허드렛일을 마다하지 않은 보람이 있었다. 그에게도 드디어 환경주의자들이 만들어 낸 거창하고 우스꽝스러운 연극의 정체를 만천하에 까발릴 기회가 주어진 것이다.

거실을 왔다 갔다 하며 어떤 식의 답장을 보낼지 고민했다. 물론 열성적으로 수락할 작정이었지만, 그와 동시에 더 많은 정보를 끌어낼 필요가 있었기 때문이다. 그들이 언급한 거대한 거짓말이 어떤 거짓말을 의미하는지, 또 그걸 위해 구체적으로 무엇을 해야 할지 도통 감이 안 잡힌다는 사실을 들키지 않고 말이다.

4

사이클론 비상 대응 자원봉사 기구Cyclone Emergency Response Volunteers, 약칭 세르브CERV의 훈련 프로그램은 응급 처치 자격증을 따는 것부터 시작된다. 지질학 현지 조사에서 필요할 때도 있었기 때문에 칼은 이미 갱신을 마쳐둔 자격증을 가지고 있었지단, 인맥을 만들 기회를 놓치지 않기 위해서 다시 훈련 과정에 참가하기로 했다.

시드니 교외 주거 지역인 라이카트에 위치한, 예전에는 교회였던 건물 안에 모인 스무 명의 자원봉사자는 강사와 훈련용 마네킹을 에워쌌다. 자원봉사자들은 20대에서 50대쯤 되어 보였다. 칼은 겉모습으로만 그들을 판단하지 않으려고 노력했다. 몇 가지 겉으로 드러난 단순한 특징들만으로 이들 모두를 광신적인 기후 재앙론자라든지 그 신봉자라고 단정할 수는 없었다. 환경 단체인 '멸종 저항'※의 기호를 몸에 문신한 사람이 한 명도 없었다는 점에선 내심 실망했지만 말이다.

나무 마루를 깐 예배당은 소리가 잘 울리는 탓에, 그 안은 마치 동네의 연극부가 모여서 연습을 하는 듯한 진지하면서도 아마추어적인 분위기를 띠고 있었다. 응급 처치 요령은 지난번에 재교육을 받았을 때와 전혀 달라지지 않은 듯했지만, 칼은 강사가 하는 말에 진중하게 귀를 기울였다. 오리엔테이션이 진행되는 내내, 그는 자신이 극히 진지한 자원봉사자라는 인상을 남겨야 했기 때문이다.

휴식 시간이 되자 칼은 전기 주전자에서 조금 떨어진 자리에 서서 다른 사람들이 접촉해 오기를 기다렸고, 질문을 받으면 있는 그대로 정직하게 대답했다. 자신은 비상근 지질학자이며, 남는 시간을 최대한 유용하게 쓰고 싶어서 참가했다고 말이다. 잠시 뒤에는 칼의 주위에 작은 그룹이 모여 잡담을 하고 있었지만, 그건 단지 그가 고른 위치 덕분이었다.

"봉사를 하자고 결심하게 된 건 사이클론 오데트 탓이었어." 앤드리아가 말했다. 열정적인 말투와 꽉 잡아 묶은 포니테일이 인상적인 30대의 고등학교 체육 교사였다. "사이클론에 직격당한 타운즈빌이

※　화석연료 사용에 반대하고 기후 위기에 대한 즉각적 대응을 요구하는 국제 환경단체. 미술관의 명화에 접착제로 손을 붙이는 등의 과격한 불복종 시위로 유명하다.

어떻게 됐는지를 봤을 때, 아무나 후려갈기고 싶어지더라고. 정치하는 작자들이 조금이라도 기골이 있었다면 그런 환경 재해는 50년 전에 미리 방지할 수 있었을 거야."

칼은 슬픈 듯이 고개를 끄덕이긴 했으나 아무 말도 하지 않았다. 이런 광신도적인 환경론자들을 섣불리 흉내 내 앵무새처럼 그 주장을 되풀이했다가는 어색한 흉내로 보일까 두려웠기 때문이다.

"과학적 소양이 모자란 탓이야." 치과대학생인 비나이가 주장했다. "몇십 년 동안이나 눈앞에 증거가 쌓이고 쌓이는데도, 지방 의회는 말발만 있으면 못 피해 갈 문제란 없다고 믿는 법률가투성이니."

"그보다 더 뿌리가 깊다고 봐야 하지 않을까." 브루노가 말했다. "노벨상을 탄 과학자 중에서도 온난화 문제를 고의로 축소하거나, 온난화는 인간의 탄소 배출 탓이 아니라면서 애써 현실을 부정하려는 작자들의 이름을 난 적어도 여섯 명 이상 댈 수 있어. 인간은 일단 마음을 정하면 무슨 말이라도 믿어버리는 법이지." 브루노는 은퇴한 토목 기사였고, 반쯤 벗겨진 머리에 세월의 깊은 주름이 새겨진 얼굴을 하고 있었다. 칼은 그 사내에 대해 약간 불안감을 느꼈다. 어딘가 자기 자신과 성격이 닮아서, 오히려 위장이 들통나지 않을까 걱정되었기 때문이다.

강사가 큰 소리로 말했다. "자, 다들 다시 여기에 모여주세요."

"아까 들었던, 로봇으로 하는 지혈 연습이네!" 칼은 기쁜 듯이 말하며 두 손바닥을 마주쳤다.

자원봉사자 일동은, 운 나쁘게도 강풍에 날아온 나무줄기에 허벅지를 관통당한 리서시 애니※의 과다 출혈을 막고 생명을 구하기 위해 번갈아 가며 지혈 처치를 연습했다. 자기들이 가게 될 재해 현장이, 지금 하고 있는 예행연습 못지않게 연출된 연극에 불과하다는 사실을 알게 되면 과연 어떤 반응을 보일지 궁금했다. 실은 이들 중 몇 명은 이미 진실을 알아차렸고, 그걸 자기 눈으로 확인하기 위해 재해 구조의 탈을 쓴 사기극에 계속 참여할 작정인지도 모른다. 그러나 세르브는 일반인을 대상으로 자원봉사자를 모집했기 때문에, 칼 역시 표준적인 건강 진단과 경찰의 신원 조회만으로도 아무 문제 없이 자원봉사자 등록을 마칠 수 있었다. 즉, 이 스무 명 중에서 이런 냉소적인 사기극에 말려들었다는 사실을 깨닫고 아연실색했을 사람이 칼 혼자일 리가 없었다.

그럼에도 자신의 행동이 더 고귀한 대의를 위한 것이라고 여기고, 그 행동을 부추기고 정당화해 주는 협력적인 동료들에게 둘러싸인다면, 사람은 좀 꺼림직한 점이 있더라도 결국 자기가 하는 일을 정당화해 버리는 법이다. 그게 바로 모든 심리학 연구가 내린 결론이 아니던가?

5

구급차 사이렌같이 요란하게 울리는 세르브 앱의 알림음을 듣고서 칼은 잠에서 깼다. 침대 옆 탁자에서 스마트폰을 집어 들고 아직

※ 재난─응급 처치 훈련에 쓰이는 의료 교육용 마네킹.

잠이 덜 깬 눈으로 경보 화면을 응시하다가, 무심결에 '거절' 버튼 위로 손가락을 가져갔다. 자원봉사가 좋은 점은 그 누구도 참가를 강요할 수 없다는 점이다. 그러나 다음 순간, 따로 깔아둔 뉴스 앱이 띵 하는 알림음을 내면서 재해가 임박했음을 알리는 불길한 급보를 화면에 띄웠다. 여기서 아무 행동에 나서지 않음으로써 향후 4주 동안 이런 가짜 뉴스를 무력하게 바라보기만 해야 한다면 칼은 결코 스스로를 용서하지 못할 것이다.

공항으로 가는 카셰어를 전화로 신청하고 보니 앤드리아와 같은 차였다. "드디어 때가 왔군!" 그녀는 이렇게 말하며 옆자리에 올라탔다. 칼은 미소 지으며 고개를 끄덕였고, 상대방의 들뜬 브디랭귀지에 휘말려 자기 페이스를 잃지 않도록 마음을 다잡았다.

앤드리아는 스마트폰을 꺼내서 위성 이미지와 컴퓨터의 기상 예측이 겹쳐진 지도를 불러냈다. 사이클론 '유라이어'는 솔로몬제도와 투발루 중간에서 엿새 전에 발생했고, 바누아투[※]를 향해 남남서 방향으로 이동 중이었다. 칼은 유라이어가 상당한 피해를 불러올 골칫거리임을 의심하지 않았지만, 그 진로에 있는 주민들에게는 그에 대비해 피난처로 대피할 수 있는 충분한 시간이 있었다. 이런 상황에서 세르브가 실제로 수행할 수 있는 유일한 역할은 재해를 가장한 사기극의 연출을 지원하는 일뿐이다.

공항에 도착하자 자원봉사자 그룹 멤버들의 모습이 보였다. 일행

은 간단한 음식을 파는 매점 주위에 옹기종기 모여서 출국 절차가 끝
나기를 기다리고 있었다. 칼과 앤드리아는 수하물을 부치고 일행에
합류했다.

"예전엔 그냥 줄을 서서 보안 게이트를 통과하면 됐으니 훨씬 빨
랐는데." 앤드리아가 불평했다. 칼도 이의를 제기할 수 없었다. 공항
컴퓨터는 로비에 있는 모든 사람을 실시간으로 스캔하고 있었지만,
약한 신호를 감지하면서 이동 중인 목표를 추적해야 하기 때문에 출
국 심사는 예전보다 훨씬 더 오래 걸렸다.

"무대 공포증을 느끼지는 않아?" 비나이가 물었다. 웃는 얼굴이
었지만, 손에 든 물병 뚜껑을 계속 돌렸다 잠갔다 하는 것만 보아도
긴장한 기색이 역력했다.

"그렇게 실컷 리허설을 했는데도?" 칼은 대꾸했다. "이젠 자면서
도 할 수 있을 정도잖아."

브루노가 손에 든 스마트폰을 흘끗 보았다. "아. 전부 초록색이
됐네. 비행기 안에서 보자고."

칼은 자기 스마트폰을 꺼내 붉은색 사람 모양 실루엣 내부 여기
저기에서 녹색 반점이 번지는 광경을 바라보았다.

"적어도 내가 시상하부에 몰래 칼을 숨겨두지 않았다는 사실은
확인한 모양이군." 비나이가 농담을 했다.

칼은 대꾸했다. "오히려 나는 간에서 뭔가 검출되진 않았을지 걱
정이야."

자원봉사자들은 삼삼오오 공항 터미널로 들어갔다. 칼이 일행과

합류했을 무렵에는 포트빌라*행 항공편 탑승이 시작되고 있었다. 세르브가 전세기를 빌렸을 리 없었지만, 평소라면 관광객들을 가득 태우고 돌아왔어야 할 바누아투발 여객기는 텅텅 비어 있었다. 칼은 승객들 앞에서 비상 상황 시의 행동 요령을 설명하는 객실 승무원들 얼굴에서 불안감을 읽었다. 이번 사이클론은 모든 사람을 힘들게 하고 있는 듯했다.

기내는 빈자리가 많아 모든 승객에게 창가 좌석이 주어졌지만, 시드니의 불빛에서 벗어나자 창밖엔 컴컴한 바다와 잔뜩 흐린 하늘만 펼쳐져 있을 뿐이었다. 칼은 스마트폰에서 정체가 들통날 만한 것들을 모두 지워둔 탓에 평소처럼 시간을 때울 수단이 없었다. 그래서 기내 엔터테인먼트 시스템에서 액션 영화를 하나 골라서 틀어놓고선 화면 불빛과 이어폰 소리로 졸음을 쫓았다.

엔딩 크레디트가 올라올 무렵 새벽빛이 기내를 물들이기 시작했다. 창밖을 보자 파도가 일렁이는 잿빛 해면 위로 믿기 힘들 만큼 선명한 초록색 육지가 모습을 드러냈다. 바누아투의 수도가 있는 에파테섬이다. 주민들은 수천 년 동안이나 이곳에 살아오며 번성했고, 숲들은 화산성 군도에 숲을 유지할 수 있을 만큼의 토양이 생겨났을 때부터 그곳에 뿌리내리고 있었다. 사이클론에 휩쓸리는 일도 일상다반사였기 때문에, 이번 사이클론 역시 바누아투군도의 긴 역사에서는 수없이 반복돼 온 일 중 하나에 불과하다.

"바누아투에 오신 것을 환영합니다." 비행기에서 내리는 칼에게

※　바누아투공화국의 수도.

승무원이 말했다. "이렇게 일부러 찾아와 주셔서 감사합니다."

"도움을 드릴 수 있어 기쁩니다." 칼은 어색하게 대답했지만, 이동식 탑승교에서 나왔을 무렵에는 방금 대화하며 솟구쳤던 가책을 억누르며 마음을 가다듬었다. 그가 이곳에 온 의도에는 한 점 부끄럼도 없는데, 왜 죄책감을 느껴야 한단 말인가. 칼 역시 외부인이었지만, 그로서는 바누아투의 주민들을 사악한 목적을 위해 이용하려는 자들의 실체를 만천하에 폭로하는 것보다 더 정당한 행위는 떠올리기 힘들었다.

6

갓 도착한 자원봉사자들은 미니버스를 타고 세르브의 종합 상황실까지 이동했다. 상황실은 학교 체육관에 설치되어 있었고, 현지 지부뿐만 아니라 피지, 뉴칼레도니아, 뉴질랜드에서 온 자원봉사자들의 실내 캠프 역할도 하고 있었다. 입구를 들락거리거나 바닥에 펼쳐놓은 침낭 위에서 휴대폰으로 통화 중인 사람들도 보였다. 칼은 체육관 천장을 올려다보고 있는 브루노에게 농담하듯이 물었다. "설마 강풍에 천장이 날아가진 않겠지?"

브루노가 대꾸했다. "벽만 안 무너지면 괜찮아."

다음 브리핑은 거의 1시간 뒤였기 때문에 각자 할당받은 구획에 짐을 내려놓은 다음 아침을 먹기 위해 무리 지어 거리로 나왔다. 누군가가 지도에서 찾아낸 카페를 향해 걸어갔다. 바다 쪽에서는 줄곧

바람이 불어오고 있었지만, 얼마 지나지도 않아 칼은 땀을 뻘뻘 흘렸다.

카페 주인은 이미 가게 창문에 판자를 덧대놓았지만 카페는 아직 영업 중이었고, 카페 밖 보도에는 임시로 플라스틱 의자나 탁자가 놓여 있었다. 칼은 스크램블드에그와 크루아상을 주문한 후 의자에 앉아 바다 쪽을 내려다보았다. 작은 만은 그보다 더 큰 만의 측면을 마주하고 있어 외해로부터 이중으로 보호받고 있었지만, 그럼에도 해면에는 여전히 큰 너울이 일고 있었고, 맹그로브가 늘어선 해변에도 파도가 끊임없이 몰아치고 있었다. 그의 앞에 완만하게 경사진 거리에는 알록달록하게 칠해진 건물들이 보였는데, 조잡한 것과는 거리가 멀었지만 그렇다고 벙커처럼 견고해 보이지는 않았다.

아침을 먹고 체육관으로 돌아오자, 세르브의 조정관인 앤턴 설이 새로 도착한 자원봉사자들을 환영했고, 오전 작업 내용에 관해 설명해 주었다. 알기 쉽게 말해서 모래주머니 쌓기였다. 해수면 상승으로 인해 수몰될 가능성이 있는 저지대 도로에 방벽을 쌓기 의해 각자 한 구획씩을 할당받는 식이었다.

"방조제를 지금보다 더 많이 만들어 놓았으면 그나마 나았을 텐데." 칼이 이렇게 말한 것은 그의 작업팀이 5인 1조를 이루어 삽과 빈 모래주머니 더미를 건네받기 위해 줄을 서 있었을 때였다.

"생각보다 간단하지 않아." 브루노가 대꾸했다. "잘못된 위치에 방벽을 쌓으면 되레 침식을 촉진할 수도 있어. 방벽이 반사한 파도가 모래를 쓸어 가면서 지반이 약해지는 식이지. 다공성 구조물을 이용해서 맹그로브 숲의 나무뿌리처럼 안에 모래를 가두는 방안도 있지만, 그런 방식으로 폭풍 해일을 막는 데는 한계가 있어."

그런 소소한 문제쯤은 얼마든지 해결할 방법이 있을 것 같다는 생각이 들었지만, 여기서 괜스레 전문 지식을 동원했다가 무익한 논쟁에 빠져들고 싶지는 않았기 때문에 칼은 반론하지 않았다.

할당받은 도로로 가보니 덤프트럭이 쏟아놓고 간 듯한 커다란 모래 더미가 기다리고 있었다. 작업팀의 일원인 바버라라는 여성은 평소 말수가 적어 칼과 대화를 나눈 적이 거의 없었는데, 삽으로 모래를 채우는 동안 주머니 입구를 벌려둘 수 있는 거치대를 챙겨 왔다. 덕분에 팀원들은 금세 모래를 채우고 차곡차곡 쌓아 올리는 작업 리듬을 확립할 수 있었다.

작업 자체는 단순했지만, 사전 훈련을 받았을 때는 30분 이상 지속적으로 일한 적은 없었다. 어린아이 두 명이 나타나서 그들이 일하는 모습을 구경하기 시작했다. 처음에는 수줍어하는 기색이었지만 이내 킥킥거리며 영어 기반의 현지 크리올 언어*인 비슬라마어로 일행에게 말을 걸어왔다. 칼은 무슨 뜻인지 이해해 보려고 악전고투했지만 브루노는 문제없이 알아듣는 기색이었다. "톡 피진**하고 좀 비슷하다고 보면 돼." 브루노가 설명했다. "파푸아뉴기니에서도 잠시 일해봐서 알아."

칼은 수통의 물을 벌컥벌컥 들이켜는 것을 그만두었다. 물을 마

※　　여러 언어의 접촉으로 형성되어 한 공동체의 모어가 된 언어.
※※※　파푸아뉴기니에서 쓰이는 영어 기반의 혼성어.

셔보았자 땀만 더 흘리는 것 같았고, 워낙 습도가 높은 탓에 뜨거워진 몸도 전혀 식을 기색이 없었기 때문이다. 하늘은 먹구름으로 거의 덮여 있었고, 구름 사이로 가끔 보이는 해는 작고 창백한 원반처럼 보였다. 약한 바람으로라도 얼굴을 식혀볼까 하고 챙이 넓은 모자를 벗었지만, 그러자마자 하늘 전체에서 비처럼 쏟아져 내리는 열기에 화들짝 놀라며 황급히 다시 썼다.

휴식 시간이 되자 앤드리아는 휴대폰을 꺼내서 기상 예보를 확인했다. "유라이어는 이제 4등급※이 됐어." 그녀는 일동에게 말했다. "일몰 무렵 북쪽 섬들을 가로지를 거라는군."

"거긴 대부분 콘크리트로 된 대피소가 있어." 칼이 말했다.

"거야 그렇겠지." 앤드리아가 말했다. "하지만 대피소 밖은? 대피소에서 나오면 뭐가 남아 있을 것 같아?"

그렇게 걱정스러운 투로 아무리 말해봤자 사태가 나아질 리가 없다고 대꾸하고 싶었지만 칼은 그런 충동을 억눌렀다. 이건 사이클론이지 소풍이 아니지 않은가. 즐거운 시간 따위를 기대하는 사람은 없다. 각자가 최선을 다해 이 재난을 극복하는 수밖에 없다. 과거에도 수없이 그래왔듯이 말이다.

오전 내내 일한 끝에 마침내 모래를 다 썼다. 강풍에 날려 간 모래도 좀 있었지만, 뒤로 물러서서 작업 결과를 바라본 칼은 일종의 성취감을 느끼지 않을 수 없었다. 그들이 쌓은 모래주머니 장벽은 차오르는 바닷물이 자연히 지나게 될 물목에 자리 잡고 있었다. 그 탓에 도

※ 오스트레일리아 기상청 기준으로 초속 62.8미터에서 77.5미터에 해당하는 풍속.

로도 차단되었지만, 통행인은 장벽 좌우의 비탈을 타고 올라가 우회하면 되니 문제없었다.

일행은 터벅터벅 숙소로 돌아가기 시작했다. 길가의 모든 상점과 카페는 문을 닫아 거리는 완전히 인적이 끊겨 있었다. 먹구름이 하늘을 뒤덮은 탓에 해가 거의 보이지 않을 지경이었다. 맞바람과 싸우며 나아가는 일은 처음에는 재미있었지만 곧 힘든 싸움으로 변했다. 돌풍의 위력은 어른도 쓰러트릴 정도로 강했다.

가까스로 체육관에 도착해 보니 이런저런 작업을 끝내고 돌아온 봉사자들이 본부에서 제공한 점심 식사 앞에서 줄을 서고 있었다. 김이 모락모락 나는 거대한 냄비에서 국자로 떠 주는 음식의 향긋한 냄새가 체육관 입구까지 풍겨 왔다. 아침부터 힘들게 일한 탓에 온몸이 욱신거렸다. 칼은 다른 봉사자들과의 연대감에 몸을 맡긴 채 성공적으로 작업을 마친 것에 대해 자축하고 싶었지만, 곧 이것은 스톡홀름 증후군 초기 증세일 뿐이라고 되뇌며 마음을 다잡았다.

칼은 동료들에게는 잠깐 볼일을 보고 오겠다고 말한 뒤 화장실 쪽으로 갔다. 다들 음식에 정신이 팔려 있는 탓에 남의 이목을 끌지 않고 무대 뒤쪽으로 통하는 통로로 슬쩍 들어가는 것은 어렵지 않았다. 체육관은 강당을 겸하고 있었다. 조금만 검색해도 이곳에서 열렸던 음악회나 연극 공연 목록이 뜨는 것을 보니, 단지 학생들의 집회 장소로만 쓰이는 곳은 아니라는 점이 명백했다. 조명이 꺼진 복도를 더듬어 나아가는 일은 쉽지 않았지만, 위치상으로 보아 분장이나 그 밖의 공연 준비에 쓰였을 법한 방 두 개를 찾아냈다. 방으로 들어간 칼은 위험을 무릅쓰고 스마트폰의 손전등 기능을 써보기로 했다. 두 번째 방이 바로 그가 찾고 있던 곳이었다. 그곳에는 파일 캐비닛 두 개와 덜컹거리는 탁자 말고도 키 큰 목제 수납장 세 개가 있었는데, 그중 하나에는 손 글씨로 'Accessoire de scène'※이라고 쓰인 라벨이 붙어 있었다.

문제의 수납장을 열어보니 광택이 있는 회색 플라스틱 장검 다섯 자루에 허름한 상자 하나가 놓여 있었다. 상자 안에는 다량의 분장 도구와 가발, 가짜 수염, 그리고 과거에는 왕홀王笏로 쓰였을 법한 물건이 하나 들어 있었다. 가짜 혈액이 담긴 병이 틀림없이 어딘가에 있을 것이라고 확신한 칼은 상자 안을 뒤졌지만, 곧 그런 물건이 있다면 시체 따위가 널린 장면을 연출하는 임무를 맡은 작자가 이미 가져갔을 것이라는 사실을 깨달았다. 소도구용 수납장은 아무 의심도 받지 않고 가짜 혈액이 든 용기를 숨겨놓을 수 있는 이상적인 장소였지만, 폭풍이 섬을 강타한 지금 이 시점에 이곳에 놓아둔다면 아무 쓸모도 없었다.

칼은 실망하며 수납장에 몸을 기댔다. 문제의 혈액 용기를 위치 정보가 포함된 사진으로 남길 수 있었다면 폭로의 제1막으로서 완벽했을 것이다. 하지만 재해 현장에는 잠재적인 목격자들이 너무 많은 데다가 무슨 사건이라도 일어나는 즉시 사방에서 사진을 찍어댈 게 뻔하기 때문에, 아무리 높은 수준의 딥페이크 기술을 쓰더라도 희생자들의 모습을 날조하는 것은 그다지 현실적인 방법이 아니다. 따라

※   악세수아르 드 센. 프랑스어로 무대용 소도구라는 뜻이다.

서 사기를 치려면 옛 방식대로 분장을 하고 부상자인 척 연기하는 수밖에 없었다. 그리고 이제 남은 유일한 의문은 '누가?'였다.

"당신 거기서 뭐 해요?"

칼이 뒤를 돌아보자 입구에 여자 하나가 서 있었다. 목에 건 신분증에는 '세르브 피지'라고 쓰여 있었지만 이름까지는 읽을 수 없었다.

"화장실을 찾다가 잠시 곁길로 샜습니다." 칼은 플라스틱 장검 하나를 집어 들고 휘둘러 보였다. "소싯적 추억이 새록새록 떠올라서요. 고등학교 때 〈맥베스〉 연극을 했었는데, 전 뱅쿼 역할을 맡았죠. 원래는 주역이어서 대사까지 모조리 외웠는데."

여자는 칼이 쥐고 있는 장검을 빤히 쳐다보았다. 조금도 누그러질 기색이 없었다. "원래 있던 자리에 되돌려 놓으시죠? 우리 여기선 모두 손님이라고요! 맘대로 돌아다니면서 학교 비품을 건드리면 안 돼요!"

"죄송합니다." 칼은 장검을 되돌려 놓고 수납장을 닫았다.

"화장실은 저쪽에 있어요." 여자는 통로 쪽을 가리켰다.

"감사합니다."

칼은 방에서 나오면서 수납장에 들어 있던 물건 중에서, 결국 찾아내지 못했던 가짜 혈액과 함께 쓸 만한 소도구가 더 없었는지 생각해 보려 했다. 혹시 이번 재해 사기극의 소도구 담당자가 깜빡했을지도 모르는 물건 말이다. 만약 깜빡했다면 다시 가지러 올 것이다. 그러나 붕대는 구급상자에서 꺼내 온 진짜 붕대를 쓰면 그만이니 없는 게 당연하고, 가짜 유리 파편이라든지 고무로 만든 석조 블록 따위는 눈에 띄지 않았다. 안전 및 위생 규칙을 깐깐하게 준수하는 할리우드 액션 영화 촬영장이었다면 배우 근처 100미터 이내에 진짜 유리창 파편을 놓는 식의 위험을 감수하지 않겠지만, 이곳에서 벌어지고 있는 진짜 사기극은 영화보다 훨씬 더 아슬아슬하고 즉흥적인 데다가 온갖 투박한 특수 효과가 동원될 게 뻔했다. 따라서 정신을 바싹 차리고, 눈에 보이는 모든 것을 의심할 태세를 갖춰야 했다.

7

　　오후에 새로 할당받은 장소로 간 칼의 작업팀은 들이치는 강풍을 막아보고자 모래가 실린 트럭 짐칸에 방수포를 둘러치고는 삽으로 모래를 퍼내기 시작했다. 그럼에도 짐칸의 노출된 뒷부분에서 쉴 새 없이 튕겨 나오는 모래 알갱이 탓에 팔과 얼굴이 따끔거렸고, 워낙 바람이 거셌던 탓에 삽으로 퍼낸 모래 역시 주머니에 쏟아 넣기도 전에 마치 뜨거운 물에 넣은 설탕처럼 눈앞에서 흩어져 버리기 일쑤였다. 처음부터 실내에서 진행했어야 할 작업이었지만, 이제 와서 마땅한 장소를 알아보기에는 이미 때가 늦었다.

　　체육관으로 돌아왔을 때는 아직 4시밖에는 되지 않았지만, 어두워진 하늘에서는 보슬비가 내리고 있었다. 위성 이미지에 찍힌 유라이어는 바누아투 북쪽의 모든 섬을 뒤덮고 있었고, 칼이 있는 에파테 섬으로 빠르게 접근하는 중이었다.

　　칼은 자기 침낭으로 가 몸을 뉘었다. 자원봉사자들을 위한 식사가 다시 차려졌지만, 너무 피곤해서 먹을 기분이 아니었다. 이윽고 빗방울이 금속 지붕을 강하게 때리기 시작했다. 그 소리가 너무 시끄러웠던 탓에, 체육관 골조가 강풍으로 삐걱대며 덜커덕대는 것을 알아차리기까지 한참 시간이 걸렸을 정도였다.

갑자기 체육관의 조명이 꺼졌다. 가스불 앞에 서 있는 사람들의 초조한 안색이 일렁이는 불빛 사이로 언뜻언뜻 보였다. 곧 여기저기서 스마트폰 화면 불빛이 들어오는가 싶더니 이내 꺼지는 일이 반복되었다. 뭔가를 확인한 후 배터리를 절약하려고 마음먹은 것일까. 칼은 자기 스마트폰을 켜보고 네트워크 신호가 잡히지 않는다는 사실을 깨달았다.

몇 분 후 다시 천장의 조명이 들어오자 일동이 환호했다. 브루노가 스튜 접시를 들고 칼 옆에 와서 앉았다.

"배 안 고파?" 브루노는 지붕을 때리는 시끄러운 빗소리에 묻히지 않으려고 큰 소리로 물었다.

"안 고파."

비가 갑자기 그치더니 이번에는 바람이 강해지며 정적을 채웠다. 체육관 내부에서 울부짖는 듯한 저음이 울려 퍼졌다. 칼은 모든 입구와 멀찍하게 떨어진 곳에 있었지만, 차가운 외풍이 실내를 세차게 통과하는 것을 느꼈다.

지붕이 아까와는 다른 소리를 내기 시작했다. 금속판이 서까래를 두들기는 소리였다. 그것들을 고정하는 조임쇠 몇 개가 풀린 것이 틀림없다. 천장에서 안개처럼 미세한 물방울들이 흩날리며 흐릿한 무지개를 만들어 내더니 조명이 또 꺼졌다.

"혹시 이 건물이 무너진다면 밖에 나가 있는 편이 안전하지 않아?" 칼은 외쳤다.

"안 무너져!" 브루노가 맞받아 외쳤다. "지금 밖에 나가면 안 돼. 함석 파편이 날아와서 목이 잘릴 수도 있다고!"

칼은 일어섰다. 건물 밖으로 도망칠 생각은 없었지만, 가만히 앉아 있기 힘들었다. 조리용 가스버너를 꺼놓은 탓에 껌껌해진 실내에선 직사각형 반딧불이 같은 스마트폰 화면들만 어둠 속에서 켜졌다 꺼지는 일을 반복한다. 지붕에서 새는 빗방울은 점점 더 세차게 떨어졌다.

지붕이 귀에 거슬리는 날카로운 마찰음과 함께 반쯤 벗겨져 나갔다. 어둠 속에서 사람들이 황급히 몸을 피하거나 소지품을 옮기는 모습이 희미하게 보였다. 칼은 자기 침낭을 집어 들고 머리 부분이 아래로 가도록 한쪽 어깨에 걸쳤다. 침낭 표면은 방수 처리가 되어 있기 때문에 빗물만 들어오지 않으면 마른 상태를 유지할 것이다. 쏟아지는 빗물에 옷이 완전히 젖는 것을 느끼며, 그는 아직 지붕이 남아 있는 건물 측면을 향해 어둠 속을 느리게 가로질러 갔다.

그곳에서 낯선 사람 옆에 자리를 잡고 섰다. 추위로 이가 딱딱거렸지만, 두려워할 필요는 전혀 없다고 스스로를 다독였다. 설령 체육관 지붕이 완전히 날아가 버린다고 해도, 강풍에 날려 온 파편들은 건물 내부를 직격하기보다는 아직 남아 있는 벽들 위로 휙 지나가 버릴 공산이 크니까 말이다.

새벽 4시 무렵이 되자 바람이 잦아들기 시작했다. 전화 신호가 여전히 잡히지 않아 유라이어가 어떻게 되었는지 확인하는 것은 불가능했다. 그러나 고개를 들어 지붕 사이의 틈새를 올려다보니 맑은 밤하늘에서 수많은 별이 반짝이는 것이 보였다. 최악의 시간은 지나간 듯했다.

누군가가 배터리식 램프 여섯 개를 찾아내서 설치했고, 칼은 다른 사람들과 함께 대걸레로 체육관 바닥에 고인 물을 밀어냈다. 다른 그룹은 사다리를 타고 건물 측벽으로 올라가서 여러 개의 방수포를 써서 지붕의 구멍을 막는 데 성공했다.

동이 틀 무렵 종합 상황실로 쓰이던 체육관은 그럭저럭 다시 숙소로 쓸 수 있는 모습을 갖췄다. 자원봉사자의 머릿수를 세어본 결과 행방불명인 사람은 없었다. 그러나 건물 밖으로 나가 학교가 자리한 고지대에서 시내 쪽을 내려다본 칼은 심장이 철렁하는 기분을 맛보았다. 수백 채에 달하는 집의 지붕이 모조리 날아갔고, 수십 채의 건물은 완전히 무너졌으며, 아직 침수되지 않은 도로조차 건물의 잔해가 널려 있었다. 어제 보았던 선명한 파란색과 분홍색 담들은 모두 사라져 있었다. 전부 물에 잠기거나 진흙으로 뒤덮였고, 마모되어 쓸려 나갔거나 박살이 난 탓이었다.

자원봉사자들은 브리핑을 받기 위해 모였다. "유라이어는 바누아투를 통과했습니다." 조정관인 앤턴 설이 침울하면서도 단호한 어조로 말했다. "에스피리투산토섬에서는 산사태로 쓸려 내려온 진흙에 의한 이류泥流가 발생해서 많은 도로가 파손되었지만 다행히 사망자는 없다고 합니다. 지금 우리가 해야 할 일은 시내를 살펴보고 문제가 있으면 돕는 것입니다. 모든 팀에게 조사할 지역을 할당하겠습니다."

칼의 스마트폰은 아직도 신호를 잡지 못했지만, GPS와 P2P 기능은 작동했기 때문에 지시를 내려받을 수 있었다. 칼은 어느새 자기 팀과 떨어져 있었으나, 응급 키트를 챙겨 학교 부지 밖으로 나가자 조금 앞쪽에 브루노, 비나이, 안드레아, 그리고 바버라의 모습이 보였다. 그는 달려가 그들과 합류했다.

시내로 들어가는 일행은 거의 말이 없었다. 첫 번째 도로에 늘어선 가옥은 대부분 멀쩡했고, 유일하게 무너진 건물은 붕괴 시에 사람이 없었다고 한다. 방금 현장으로 돌아와 폐허가 된 집터를 살피고 있는 집주인들에게 청소를 돕겠다고 브루노가 제안했지만, 그들은 이웃들의 힘만으로 충분하다면서 고사했다.

두 번째 도로에 진입하자 소수의 구경꾼이 모여 있는 모습이 보였고, 황급히 외치는 소리와 비통하게 울부짖는 소리를 들었다. 다섯 사람 모두 소동이 일어난 장소를 향해 뛰어갔다. 나무와 함석으로 지은 집이 완전히 무너져 있었다. 모여든 사람들은 누군가 무너진 집 잔해 밑에 깔려 있다고 확신하고 있는 듯했다.

대여섯 명은 이미 잔해 사이를 돌아다니며 생존자를 찾고 있었지만, 정확히 어디를 파헤쳐야 할지 아는 사람은 없는 듯했다. 브루노가 다가가서 그들과 대화를 나눴고, 그 결과 체계적인 방식이 채택되었다. 벽이나 지붕의 파편을 들어 올렸다가 다시 그 자리에 내려놓는 대신, 들어 올린 파편을 일렬로 선 자원봉사자들에게 넘겨 릴레이식으로 치우는 방법이다.

칼과 비나이는 두 수색자로부터 들보 파편과 함석 조각을 받아 브루노와 바버라에게 넘겼다. 어느새 주위는 조용해졌다. 사라진 집을 잃은 주민의 친척으로 보이는 나이 든 여성을 친구들이 위로하고 있었고, 그 밖의 사람들은 모두 릴레이에 참가하고 있었기 때문이다.

수색 중이던 사람 하나가 도와달라며 소리쳤다. 옆에 있던 친구가 거들어 들보 하나를 들어 올리자 바닥에 꼼짝도 하지 않고 쓰러져 있던 여성의 몸이 드러났다. 눈이 감겨 있었지만 칼이 보는 한 부상 부위는 다리 아랫부분의 깊은 열상 하나뿐이었고, 그곳에선 여전히 피가 흘러나오고 있었다.

그녀를 발견한 사내가 쭈그리고 앉더니 그녀의 상태를 살폈고, 곧 흥분한 어조로 뭐라고 말했다. 무슨 말을 했는지 칼은 알아들을 수 없었지만, 말투로 미루어 보건대 숨을 쉬고 있다는 뜻인 듯했다.

칼은 응급 키트를 꺼내 들고 다가갔다. 여자 곁에 무릎을 꿇고 앉아서 상처 부위를 세척하고 소독한 다음, 재빨리 붕대로 감았다. 나중에 제대로 꿰맬 필요가 있는 상처였지만, 칼은 그보다 척수가 손상되었을 가능성을 더 우려하고 있었다. 이웃 사람들에게 임시변통으로 환자 운반용 들것을 하나 만들 수는 없는지 물어보려고 한 순간, 여자가 꿈틀거리더니 상체를 일으켜 앉았다. 극도로 동요한 기색이었다.

그녀는 수색자들과 대화하기 시작했고, 말뿐만 아니라 몸짓으로 간원했다. 그러자 수색자들은 조금 떨어진 곳에 있던 박살 난 목재 사이로 조심히 들어갔다. 모두가 비통한 표정을 짓고 있었지만, 수색 작업에 방해가 되지 않도록 원래대로 일렬로 서서 파편을 옆 사람에게 넘기는 일을 재개했다.

잔해 속에서 누워 있던 어린아이가 울음을 터뜨리자 어머니는 울부짖었지만, 아이를 찾아낸 사내는 활짝 웃더니 사내아이를 들어 올려 양팔로 안았다. 이웃들을 둘러보니 환호성을 지르는 사람도 있었고, 기쁜 나머지 눈물을 흘리는 사람도 있었다.

비나이가 칼의 어깨에 손을 얹었다. 표정을 보아하니 필사적으로 감정을 추스리려는 기색이 역력했다. 칼은 잘했다는 듯이 고개를 끄덕였다. 그 역시 말을 할 엄두가 나지 않았다. 자칫 자제심을 잃을까 두려웠기 때문이다.

브루노는 그런 그들을 향해 큰 소리로 말했다. "오케이. 다들 수고했어! 응급팀한테 보고해 놓았으니 상황이 되는 대로 와줄 거야. 자, 다음 도로로 가자고!"

9

귀국 편 비행기는 이른 오후에 시드니 공항에 착륙했다. 6주 동안이나 비우고 있었던 아파트 안으로 들어온 칼은 위화감을 느꼈다. 모든 것이 낯익었지만, 그와 동시에 모든 것이 어딘가 칙칙하다는 인상을 받았기 때문이다. 마치 그의 기억을 바탕으로 재현하려 했으나 불완전하게 완성된 모조품을 보는 느낌이랄까.

쟁여둔 빨랫감을 세탁기 안에 던져놓고 오랫동안 뜨거운 물로 샤워를 한 다음, 냉동 라자냐를 전자레인지에 넣고 돌렸다.

식탁 위에 노트북을 펼쳐둔 채로 라자냐를 먹었다. 식사를 마친 후 잠시 아무 일도 하지 않고 가만히 앉아 있었다. 화면 너머에서 어떤 대답이 돌아올지 두려웠기 때문이다. 칼은 전원을 켜고 부팅을 한 후 알스탠스 앱을 기동했다.

"가짜 희생자들이 있다는 증거는 전혀 찾지 못했습니다." 칼은 인정했다. "에스피리투산토섬까지 직접 가지는 않았지만요."

칼은 식사할 때 쓴 접시와 포크를 설거지한 다음 노트북 옆에서 대기했다.

15분 후 답장이 왔다. 낡은 병따개의 표면을 써서 파일의 암호를 해제한 다음, 노면 전차가 궤도 위에 쓰러져 있는 시체들 위로 오가는 GIF 동영상을 보정했다. 답장에는 "수고했네"라고 쓰여 있었다. "자네가 감시하고 있었던 덕에 크라이시스 액터※들은 출몰할 엄두조차 못 냈던 것이 틀림없어. 계속 세르브에 남아서 놈들을 견제해 줄 수 있겠나?"

임무에 실패함으로써 알스탠스를 실망시켰으니 응당 호된 질책을 받고 강등당할 것이라 각오하고 있었다. 체육관에서 소도구가 든

※　본래 재난 훈련용 전문 연기자를 뜻하지만, 음모론에서는 조작된 사고에 투입되는 가짜 희생자 배우를 가리킨다.

수납장을 뒤지다가 들켰을 때 이미 정체가 들통났고, 그 결과 어떠한 수상한 움직임도 더는 포착할 수 없으리라는 의구심은 지난 6주 사이 확신으로 변해 있었다.

설령 그들이 칼의 정체를 알아차리고 그곳에 간 의도를 정확히 추측했더라도, 기후 재앙론자들이 세상을 향해 거짓말을 늘어놓거나 가짜 죽음을 날조하여 사람들의 동정심을 착취하는 일을 막아냈다면, 결국 그의 행동은 성공적이었다고 할 수 있지 않을까?

한때는 조직의 최고위직까지 올라서 폭파나 암살 임무에 발탁되는 꿈을 꾸기도 했다. 하지만 정말로 그럴 기회가 주어진다면, 스스로의 자유를 희생하면서까지 그럴 수 있을지 솔직히 확신할 수 없었다. 두 번 다시 딸을 만나지 못할 위험을 무릅써야 했기 때문이다.

만약 칼이 세르브에 계속 머무르면서 그들의 활동을 감시하고 사기를 치지 못하게 막는다면 그것은 결코 사소한 업적이 아니다. 지구 온난화는 허구라는 사실을 인정하게 만들고, 그들이 그토록 우려한다는 환경 문제의 진짜 원인과 해결책을 받아들이라고 강요할 수는 없을 것이다. 하지만 시간이 흐르면 진실은 결국 스스로 드러나기 마련이다. 그때까지는 평범한 감시자 역할을 꾸준히 수행하면서, 도를 넘는 행동이나 허위 정보를 배포하려는 시도를 저지하면 된다.

칼은 원통형 거울을 다시 노트북 화면 앞에 놓고 답장을 끼적였다. "알겠습니다. 다음 지시가 있을 때까지 세르브 조직에 머무르겠습니다."

그런 다음 칼은 스마트폰을 집어 들었다. 지금쯤 캐럴라인은 학교가 끝나 이미 집에 돌아와 있을 테고, 귀국하는 즉시 만나러 가서 사이클론이라든지, 그 섬에서 그가 보거나 했던 일들에 관해 얘기해 주겠다고 약속했기 때문이다.

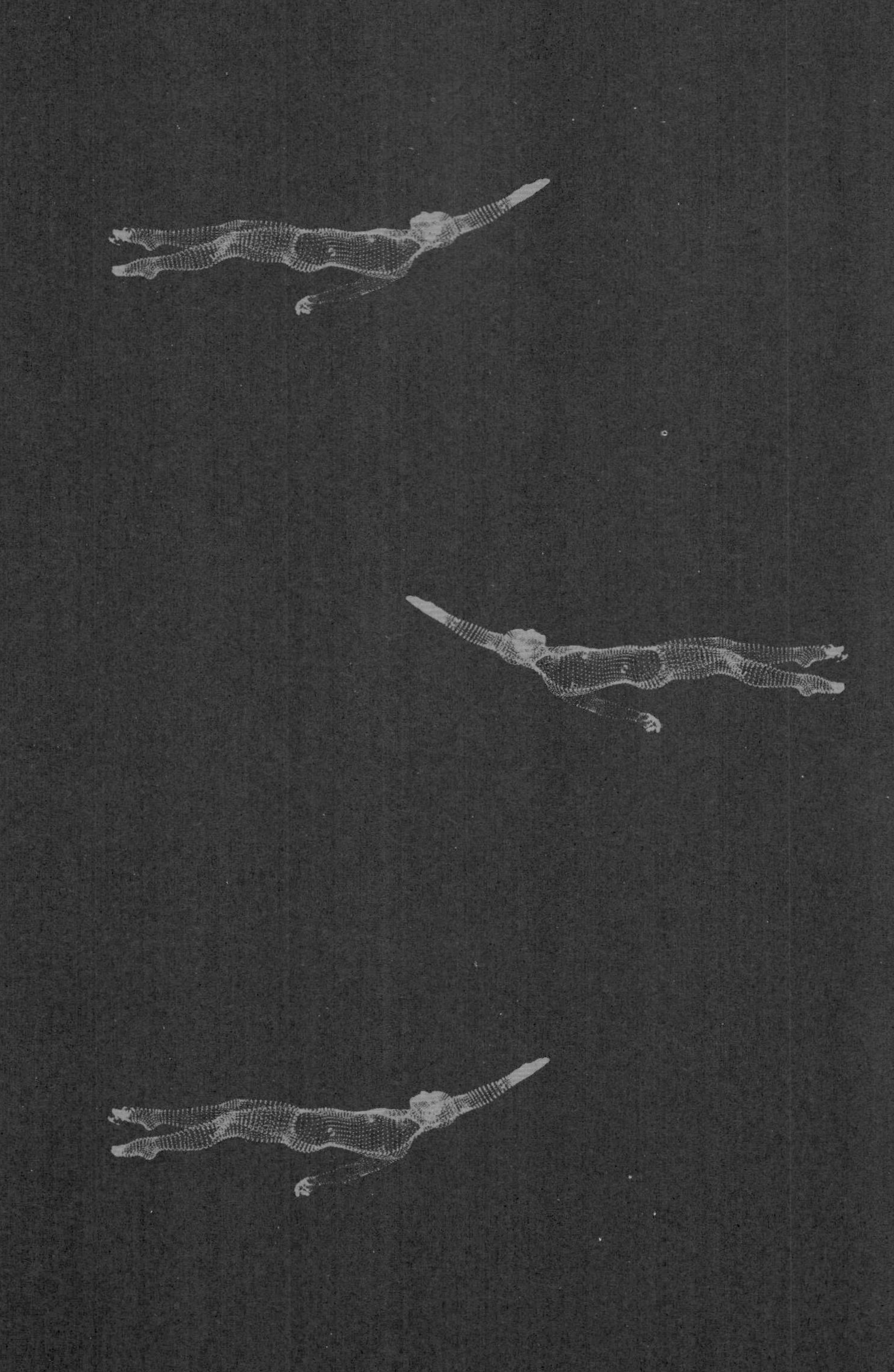

6

미토콘드리아 이브

Mitochondrial Eve

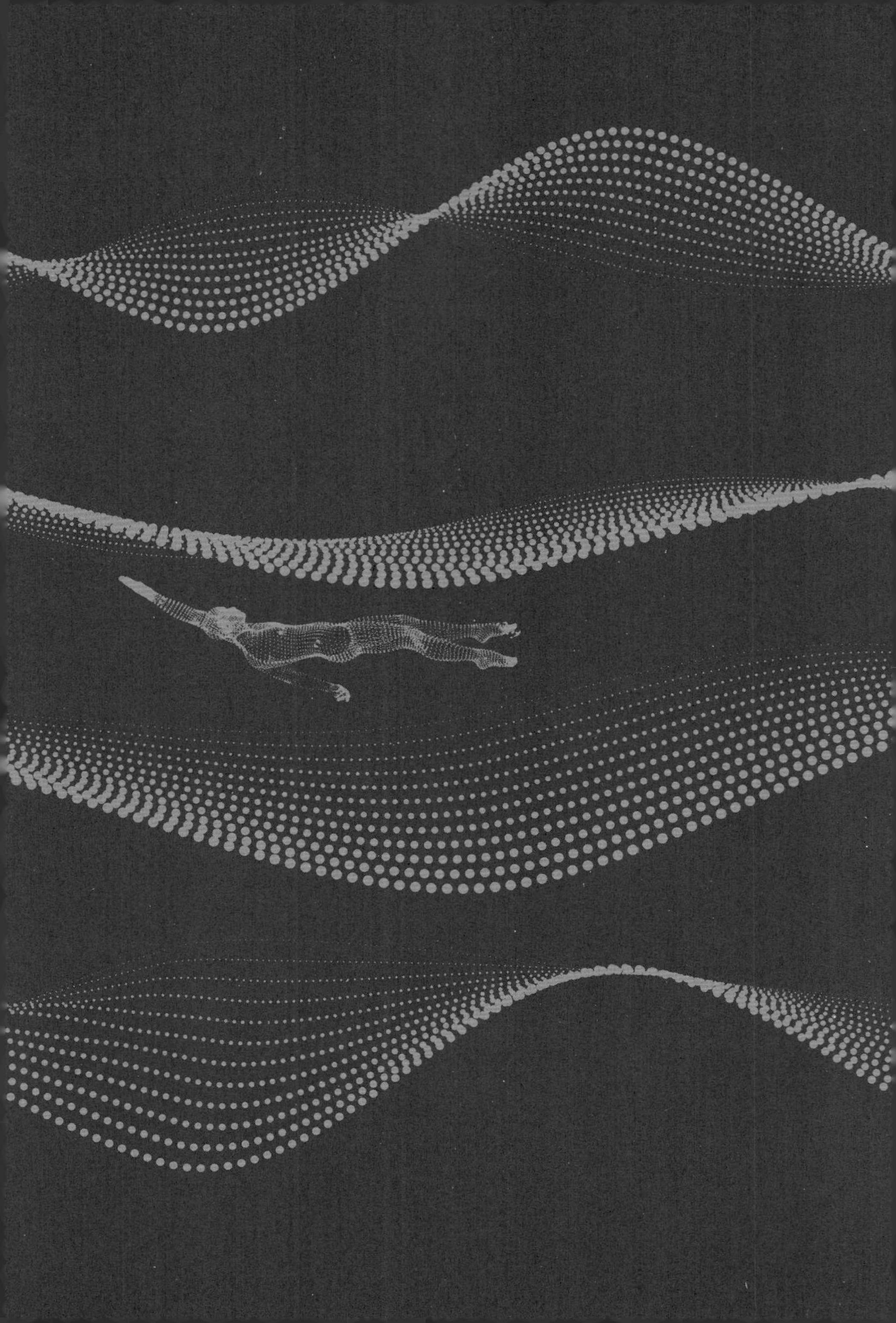

돌이켜 보면 이제는 내가 그놈의 족보 전쟁에 휘말린 것이 정확히 언제였는지 추정할 수 있다. **2007년 6월 2일 토요일이었다.** 그날 저녁, 리나는 나를 〈이브의 아이들〉로 끌고 가서 미토콘드리아형 검사를 받게 한 것이다. 늦은 외식을 즐긴 뒤라서 거의 자정에 가까운 시각이었지만, 유전자 시퀀싱※ 지점은 24시간 열려 있었다.

"네가 인간 집단의 어디쯤 위치하는지 알고 싶지 않아?" 그녀는 녹색 눈으로 나를 뚫어지게 쳐다보며 말했다. 웃는 낯이었지만 진지한 말투였다. "네가 인류 전체의 계통도 어디에 속해 있는지 정확히 알고 싶은 생각은 없느냐고?"

솔직하게 대답했다면, '아니, 제정신인 사람이 왜 그런 일에까지 신경을 써야 하는데?'라고 말했을 것이다. 그러나 나는 그녀와 사귄 지 5, 6주밖에 안 된 상태였기 때문에, 그렇게 직설적으로 본심을 털어놓아도 괜찮을지 영 자신이 없었다.

"지금 가기엔 너무 늦지 않았을까." 나는 조심스레 말했다. "게다가 내일은 일을 나가야 해서." 나는 물리학 박사 학위를 딴 후 그 힘들다는 박사후연구원 과정을 밟는 중이었고, 시간강사 자격으로 학

※　DNA의 염기서열 정보를 분석하는 기술.

부생들을 가르치고 종신직 교수가 우리와 같은 노예들에게 요구하는 온갖 궂은일을 도맡아 처리하면서 생계를 유지하고 있었다. 리나는 통신 기술자였고, 스물다섯 살인 나와 동갑이었지만 이미 4년 가까이 정규직으로 일하고 있었다.

"일은 언제나 하러 나가잖아. 금방이야, 폴. 15분밖에 안 걸린다고!"

안 가고 싶은 이유를 설명하려고 했다면 두 배는 더 오래 걸렸을 것이다. 그래서 나는 어차피 해가 되는 일도 아니라고 스스로를 설득했고, 리나와 함께 밝게 번쩍이는 번화가를 지나 북쪽 시가지를 향해 그녀를 뒤따라갔다.

온화한 겨울밤이었고, 비가 그친 뒤라 공기도 맑았다. 〈이브의 아이들〉은 가장 땅값이 비싼 시드니 중심부에 부티 나고 우아하며 인상적인 건물을 하나 소유함으로써 자금력을 과시하고 있었다. 건물 현관 위쪽에는 **세계는 하나, 가족도 하나**라는 모토가 반짝이고 있었다. 〈이브의 아이들〉은 전 세계의 100개 넘는 도시에 이런 분석소를 가지고 있었는데, 인도 일부 지역에서는 샤크티※, 사모아에서는 엘레엘레※※라고 하는 식으로 해당 국가의 특성에 맞춘, '문화적으로 적절한' 간판을 달고 있는 경우도 많았다. 최근 들어서는 한층 더 넓은 지역에서 회원을 모집할 수 있도록 자동판매기처럼 거리에 설치할 수 있는 DNA 분석기를 개발 중이라는 얘기도 있었다.

※　인도 여신의 이름이며 여성의 성적 능력을 상징한다.
※※　폴리네시아 창조 신화에 등장하는 '첫 번째 여성'.

로비로 들어가자 대리석 대좌 위에 투영된 미토콘드리아 이브 본인의 홀로그램 흉상이 우리 머리 위쪽의 공간을 위풍당당하게 응시하고 있었다. 이 홀로그램을 만든 예술가는 우리 인류의 1만 대를 거슬러 올라간 조상 할머니를 절세미인처럼 묘사했다. 나의 주관적 판단이긴 하지만, 그녀의 단정하고 조화로운 이목구비나 눈부신 건강함이나 결의에 찬 눈초리에 미묘한 해석 따위가 끼어들 틈은 아예 없어 보였다. 저 흉상이 투사하고 있는 미학적 인상이 전사, **여왕**, **여신** 기타 등등이라는 점에는 의심의 여지가 없었기 때문이다. 그리고 내가 그녀를 처음 보았을 때 본의 아니게 묘한 자긍심이 솟구쳤다는 사실을 인정하는 수밖에 없다. 마치 그녀의 당당한 모습과 격정적인 눈초리가 나를 포함한 그녀의 모든 자손의 '품위'를 높여주기라도 한 것처럼… 마치 인류라는 종 전체의 '캐릭터'와 잠재적인 선함이, 레니 리펜슈탈※이 찍은 영화의 주연을 맡아도 전혀 이상할 것이 없는 조상님을 적어도 한 명 보유하고 있는지에 달려 있다는 듯이.

이 이브는 물론 흑인이었고, 약 20만 년 전 아프리카 대륙의 사하라 인근에 살았다. 그러나 그 이외의 모든 것은 전적으로 상상의 산물이었다. 고생물학자들은 이브의 이목구비가 너무 현대적이라서 몇 안 되는 화석들이 증명해 주는 그녀의 동시대인들 모습과는 동떨어져 있다고 불평했다고 한다. 그러나 만약 〈이브의 아이들〉이 보편적 인류의 상징으로 에티오피아의 오모강 유역에서 발견된 금이 간 갈색

※　나치 독일 시대의 영화감독. 나치의 뉘른베르크 전당대회를 다룬 〈의지의 승리〉와 베를린 올림픽을 기록한 〈올림피아〉 등의 선전 영화로 유명하다.

의 두개골 조각 몇 개를 골랐다면, 지금쯤 이 운동은 흔적도 없이 사라졌을 것이다. 또 이브의 미모에서 파시즘의 징후를 감지한 것은 단지 내가 속이 좁아서인지도 모른다. 〈이브의 아이들〉은 이미 200만 명이 넘는 사람들에게 인류에게는 겉모습의 차이를 초월한 공통의 조상이 존재한다는 사실을 분명히 인정하도록 하지 않았는가. 이런 포괄적인 이념 덕에 〈이브의 아이들〉의 **혈통**에 대한 강박관념을 뭔가 불미스러운 동기에 결부시키려는 논쟁 자체가 사전에 차단된 감이 없지도 않았다.

나는 리나를 돌아보고 물었다. "작년에 모르몬교도들이 미토콘드리아 이브에게 사후 세례를 행했다는 거 알아?"

리나는 그런 건 도움 될 리 없다는 듯이 어깨를 으쓱해 보였다. "그래서 뭐? 이 이브는 모든 사람에게 평등해. 어떤 문화나 종교나 철학을 신봉하든 간에 말이야. 누구든 이브를 자기 것이라고 주장할 수 있어. 그런다고 해서 그녀의 입지가 줄어들거나 하지는 않아." 리나는 흉상을 찬탄하는 듯한 눈으로 바라보았다. 거의 경건하다고 할 수 있는 표정이었다.

나는 생각했다. '리나는 지난주에 무려 4시간 동안이나 나와 함께 마르크스 형제의 고전 코미디 영화를 감상해 줬어. 따분해서 죽을 것 같은 기색이었지만, 불평하지도 않았지. 그럼 나도 이 정도는 해줄 수 있지 않을까?' 단순한 기브 앤드 테이크의 문제라고 생각하면 그만이다. 창피한 헤어스타일이나 문신을 강요받는 것과는 사정이 다르지 않은가.

우리는 DNA 분석 대기실로 들어갔다.

대기실에는 우리 두 사람밖에 없었지만, 멸종위기에 처한 양서류의 울음소리를 연상케 하는 나직한 앰비언트※ 음악을 뚫고 잠깐 기다려 달라는 목소리가 들려왔다. 방바닥에는 푹신한 융단이 깔려 있었고, 방 한복판에는 둥근 소파가 놓여 있었다. 사방의 벽은 작가 미상의 아넘랜드※※ 점묘화에서 프랜시스 베이컨※※※의 복제화에 이르는 미술품들로 장식되어 있었다. 그림은 그렇다 쳐도 그 아래에 붙은 설명문들이 마음에 들지 않았다. '보편적인 원초적 이미지'라든지 '집단 무의식' 따위의 융 심리학적 헛소리로 점철되었기 때문이다. 나도 모르게 신음을 흘렸지만, 리나가 왜 그러느냐고 물었을 때는 천연덕스럽게 고개를 가로저으며 시치미를 뗐다.

흰 바지와 짧고 흰 튜닉을 입은 사내가 눈에 잘 띄지 않게 위장된 문을 열고 나타났다. 스칸디나비아산 고급 오디오를 방불케 하는, 미니멀한 기구로 가득 찬 카트를 밀고 있었다. 그는 우리 두 사람을 커즌※※※※이라고 부르며 인사를 건넸다. 나는 아무렇지도 않은 표정을 짓느라고 고생했다. 사내의 튜닉에 달린 배지에는 '커즌 안드레'라는 이름과 이브의 조그만 반사식 홀로그램, 그리고 그의 미토콘드리아 형을 식별해 주는 일련의 문자들과 숫자들이 각인되어 있었다. 리나가 앞으로 나서더니 자기는 〈이브의 아이들〉 멤버이며 내 유전자 시

※　리듬-멜로디보다 공간감과 분위기를 중시하며 배경 요소로 기능하는 음악 장르.
※※　오스트레일리아 북부 원주민 보호구역.
※※※　아일랜드의 표현주의 화가.
※※※※　cousin. 여기선 사촌이 아닌 먼 친척을 의미한다.

퀀싱을 하려고 왔다고 설명했다.

나는 요금 100달러(이걸로 나의 석 달 치 유흥비가 허공으로 날아갔다)를 내고, 커즌 안드레가 내 엄지손가락을 바늘로 찔러 흰 흡수성 패드 위에 피 한 방울을 떨어뜨리는 동안 가만히 있었다. 그가 카트에 실린 기계 중 하나에 패드를 넣자 정밀기계가 작동 중이라는 안심감을 주려는 듯이 나직하게 윙윙거리는 소리가 들려왔다. 여기서 나는 좀 의아한 느낌을 받았다. 《네이처》에 이와 비슷한 분석기기의 광고가 실린 것을 본 적이 있는데, 물리적으로 움직이는 부품이 전혀 쓰이지 않았다는 점을 장점으로 꼽고 있었기 때문이다.

결과가 나오기를 기다리던 방 안이 어두워지더니 앞쪽 벽에서 투영된 커다란 홀로그램이 나타났다. 살아 있는 세포 하나의 현미경 사진이었다. '설마 방금 뽑은 내 피에서?' 아니, 특정 개인의 세포가 아니라, 진짜처럼 보일 정도로 박진감이 있는 애니메이션일 가능성이 커 보인다.

"당신 몸의 모든 세포는," 커즌 안드레가 설명했다. "각각 수백 개에서 수천 개의 미토콘드리아를 포함하고 있습니다. 이것들은 탄수화물에서 에너지를 끌어내는 작은 발전소들입니다." 입체 영상은 어딘가 캡슐 약을 연상시키는, 양쪽 끝이 둥그런 막대 모양의 반투명한 세포 기관을 확대해서 보여줬다. "어떤 세포에서도 대부분의 DNA는 세포핵 속에 존재하고, 이것 모두는 양쪽 부모에게서 물려받은 것입니다. 하지만 DNA는 미토콘드리아 내부에도 존재하고, 오직 어머니에게서만 물려받은 것입니다. 따라서 당신의 혈통을 추적하려면 미토콘드리아 DNA를 쓰는 편이 더 쉽습니다.”

더 이상의 자세한 설명은 없었지만, 나는 고등학교 시절의 생물학 수업을 시작으로 이 이론에 관한 상세한 설명을 몇 번이나 들은 적이 있었다. 유전자 재조합(정자나 난자의 발생 준비 단계에서, 한 쌍의 염색체 사이에서 일정 범위의 DNA를 무작위적으로 교환하는 과정)이 일어나는 덕에 모든 염색체는 매끄럽게 상호 결합한, 수만 명에 달하는 잡다한 조상들의 유전자를 보유하고 있다. 고유전학적 관점에서 본다면, 세포핵의 DNA를 분석하는 것은 1만 명의 상이한 개체가 남긴 잡다한 뼛조각을 접합해서 급조한 ‘화석’들을 이해하려는 행위나 마찬가지다.

그러나 미토콘드리아 DNA는 한 쌍의 염색체가 아니라 ‘플라스미드’라고 불리는 미세한 고리에서 유래한다. 모든 세포 내부에는 수백 개에 달하는 플라스미드가 있지만, 이것들은 모두 똑같고, 모두 난자에서만 유래한 것들이다. 4,000년에 한 번꼴로 일어나는 돌연변이를 제외하면 어떤 개인의 미토콘드리아 DNA는 그 개인의 어머니 것과 완전히 동일하며, 외할머니, 외증조할머니 하는 식으로 세대를 거슬러 올라가더라도 마찬가지다. 같은 어머니에게서 난 형제들, 외가 쪽의 사촌, 육촌, 팔촌 형제들도 모두 동일한 미토콘드리아 DNA를 가지고 있는 것이다. 여기서 200세대쯤 경과하면서 플라스미드가 돌연변이를 일으키면 미토콘드리아 DNA도 어느 정도 변이하지만, 플라스미드 내부에는 1만 6,000개의 DNA 염기쌍이 있기 때문에 설령 이브 이래 50여 번쯤 점돌연변이가 일어났다고 해도 큰 의미는 없다.

홀로그램의 현미경 사진이 서서히 사라지며 색색의 분기된 선들로 이루어진 나무 모양의 계통수로 바뀌었다. 어디든 빠지지 않고 등장하는 이브의 이미지를 정점으로 시작되어 아래를 향해 수많은 가지를 친 인류의 거대한 가계도다. 이 〈나무〉의 가지가 갈라지는 부분은 돌연변이가 일어나서 이브의 유산이 서로 조금씩 다른 두 개의 버전으로 분화되었던 시점을 가리킨다. 계통수 바닥의 수백 개나 되는 가지 끄트머리에는 다양한 남녀의 얼굴이 떠올라 있었다. 실제 개인의 얼굴인지 합성한 것인지는 알 수 없었지만, 얼굴 하나하나는 같은 미토콘드리아형을 공유하는 (대략) 200번째의 모계 쪽 '사촌'들의 집단을 의미하는 듯했다. 20만 년이나 이어져 내려온 동일 주제에 대한 나름의 변주라고나 할까.

"그리고 여기가 당신 위치입니다." 커즌 안드레가 말했다. 양식화된 확대경이 홀로그램 앞쪽에 떠오르더니 수형도 바닥에 있는 조그만 얼굴 중 하나를 확대했다. 섬뜩할 정도로 나 자신의 이목구비를 닮은 것을 보니, 숨겨진 카메라로 찍은 내 스냅숏을 활용한 것이 거의 틀림없었다. 미토콘드리아 DNA는 개인의 외모에는 전혀 영향을 끼치지 않기 때문이다.

리나는 홀로그램으로 손을 뻗어 손가락 끝으로 내가 속한 가지를 훑기 시작했다. "폴, 넌 이브의 아이야. 이제 네가 누군지 너도 알아. 그리고 앞으로는 그 누구도 그걸 너한테서 빼앗아 갈 수 없어." 나는 빛을 발하는 나무를 응시했고, 등줄기가 섬뜩해지는 것을 느꼈다. 그러나 이것은 조상님들의 존재 앞에서 외경심을 느낀 탓이라기보다는 인류라는 종 전체에 마치 전매특허라도 가지고 있는 듯한 〈이브의 아이들〉의 태도에 대한 불안감에 가까웠다.

이브는 전혀 특별한 존재가 아니다. 진화의 분수령 따위도 아니고, 단지 끊기지 않는 모계 혈통을 거슬러 올라갔을 때, 현존하는 인류의 가장 최근의 공통 조상으로 정의될 뿐이다. 이브의 시대에 수천에서 수만에 달하는 동시대인의 여성들이 존재했다는 점에는 의심의 여지가 없다. 단지 시간과 우연(딸을 낳지 않고 죽었거나, 질병이나 기후 재앙에 의한 무작위적인 죽음) 같은 통계적 요인이 그들이 가지고 있던 미토콘드리아의 흔적을 완전히 지워버렸을 뿐이다. 이브의 미토콘드리아형에 딱히 특별한 진화상의 이점이 있었다고 추정할 근거도 없다. (어차피 대부분의 변이는 정크 DNA※에서 일어났기 때문이다.) 단 하나의 모계 혈통이 그 밖의 모든 혈통을 대체한 이유는 통계적 변동만으로도 설명 가능하다.

미토콘드리아 이브의 존재는 논리적인 필연이다. 그 개념을 충족하는 어떤 시대의 인류(또는 그 조상)가 필요했을 뿐이다. 논란의 대상이 되는 것은 어떤 시대인지뿐이다.

특정 시대, 그리고 그것이 시사하는 것들.

〈인류의 나무〉 옆에 지름 2미터에 달하는 지구가 출현했다. 대양 위에서 소용돌이치는 희고 두터운 적운처럼 우주에서 본 지구의 특징적인 모습을 하고 있었지만, 대륙들 위의 하늘은 모두 구름 한 점 없이 개어 있었다. 나무는 몸을 떨더니 모양을 바꾸기 시작했고, 원래의 직선 형상에서 뭔가 훨씬 더 기이하고 유기적으로 변화했지만, 모양

※　단백질을 암호화하지 않는 비암호화 DNA로, 인간 유전자의 8에서 9할을 차지한다.

이 달라져도 원래의 계통적 관계는 그대로 남아 있었다. 이윽고 나무는 지구 표면을 덮기 시작했고, 혈통의 선은 이주 경로가 되었다. 동부아프리카에서 지중해 동부의 레반트 지역 사이의 길들이 마치 구석기시대의 고속도로처럼 한데 뭉쳐 평행선들을 이뤘다. 지형의 영향을 덜 받는 다른 지역들의 경우, 이주 경로는 사방팔방 뻗어 갔다.

최근에 발표된 이브에 관한 연구는 '아웃 오브 아프리카' 가설을 지지하고 있었다. 현생 호모사피엔스는 오직 한 장소에서만 선행종인 호모에렉투스로부터 진화했고, 이들은 그 후 전 세계로 퍼지면서 현지의 호모에렉투스를 압도하고 대체했으며, 각 지역에 고유한 인종적 특성은 지난 20만 년 동안 비로소 발생한 것이라는 설이다. 인류라는 종의 유일한 발상지는 아프리카일 가능성이 가장 컸다. 왜냐하면 아프리카인들의 미토콘드리아 변이 폭이 가장 컸고(바꿔 말해서 가장 오래됐고), 그 밖의 모든 집단은 그보다 최근에 비교적 작은 '원조' 인구 집단에서 분화된 것처럼 보이기 때문이다.

물론 이와 대립하는 가설들도 존재한다. 호모사피엔스가 아직 존재하지도 않았던 100만 년 전 이상의 과거에 호모에렉투스가 자체적으로 자바섬 근처까지 진출했고, 각 지역에 고유한 외모적 차이를 획득했다는 설이다. 아시아와 유럽에서 발견된 호모에렉투스의 화석은 현생 아시아인과 유럽인들을 규정하는 특징 중 적어도 일부를 공유하고 있는 것처럼 보인다. 그러나 아프리카 기원론자들은 이것을 혈통이 아닌 수렴 진화의 산물로 본다. 만약 호모에렉투스가 한 곳이 아닌 여러 곳에서 호모사피엔스로 독립적으로 진화했다고 가정한다면, 현대인들, 이를테면 에티오피아인과 자바인들 사이의 미토콘드리아는 훨씬 오래전의 이브 이래 분리된 만큼, 고로 다섯 배에서 열 배에 달하는 차이를 보여야 마땅하기 때문이다. 설령 지구상에 산재한 호모에렉투스 집단들이 완전히 고립되어 있지는 않았고, 과거 200만 년 동안 파상적으로 이주해 온 타 집단과 상호 교배함으로써 잡종인 현생 인류를 낳았다면(그러는 동시에 호모에렉투스의 뚜렷한 유전적 특징을 어떻게든 유지했다면) 20만 년 전보다 훨씬 더 오래된 그들의 특징적인 미토콘드리아 혈통 역시 살아남았을 것이라는 논리다.

지구상을 가로지르는 이주 경로 하나가 다른 것들보다 한층 더 밝게 반짝였다. 커즌 안드레가 설명했다. "이것이 당신의 조상들이 이동한 길입니다. 그들은 15만 년쯤 전 에티오피아 또는 케냐나 탄자니아를 떠난 뒤에 북쪽을 향했습니다. 간빙기가 계속되는 동안 그들은 수단, 이집트, 이스라엘, 팔레스타인, 시리아, 터키를 통과하며 천천히 북상했습니다. 마지막 빙하기가 시작될 무렵에는 흑해 동부 연안이 그들의 본거지였습니다…." 그의 설명에 맞춰 아주 조그만 발자국들이 이주 경로들을 따라 움직였다.

커즌 안드레는 코카서스산맥을 지나 멀리 북유럽까지 계속되는 가상의 이주 경로를 묘사했지만, 분석 기술의 한계로 인해 내 조상님들의 여정은 약 4,000년(3,000년 전후로) 전에 나의 게르만계 200대 증조모가 미토콘드리아 정크 DNA에 딱 하나의 변이가 생긴 딸을 낳은 시점에서 느닷없이 끝났다. 이것이 분자시계에 마지막으로 기록된 변이점이었다.

그러나 커즌 안드레의 이야기는 여기서 끝나지 않았다. "당신의 조상들이 유럽으로 들어갔을 때, 그들의 유전자가 상대적으로 고립 돼 있었다는 사실과 현지의 기후에 적응할 필요성에 의해 그들은 점 진적으로 코카서스 인종, 즉 백인이라고 불리는 인종의 특징들을 획 득하게 됐습니다. 그러나 그 뒤에도 같은 경로를 경유한 아프리카로 부터의 이주는 파상적으로 계속됐고, 이런 식의 집단적인 이주는 이 따금 몇천 년의 간격을 두고 이뤄졌습니다. 그런 여정의 모든 단계에 서 새로 온 이주자들은 선행 집단과 혼혈을 거치며 유전적 유사성을 띠게 되었지만… 이 경로를 따라 여전히 수십 개의 상이한 모계 혈통 을 추적할 수 있고, 그 이후의 역사 시대에도 역시 다른 이주 경로들 을 따라 같은 식으로 추적하는 것이 가능합니다."

커즌 안드레는 나와 가장 가까운 모계 친척들, 그러니까 완전히 똑같은 미토콘드리아형을 가진 사람들 대다수가 코카서스 인종이라 고 말했다. 내 입장에서 딱히 놀라운 일은 아니었다. 염기쌍의 차이가 30쌍에 이를 때까지 범위를 확대한다면 전 코카서스 인종의 약 5퍼 센트가 이 집단에 포함된다. 그리고 나는 이 5퍼센트와 12만 년쯤 전 레반트 지역에 살았던 공통의 모계 조상을 공유하고 있다고 했다.

그러나 그 이브 본인의 친척들 상당수는 북쪽이 아니라 명백하게 동쪽을 향해 가고 있었다. 최종적으로 그 후손들은 아시아 전체를 횡 단해서 인도차이나반도로 갔고, 빙하기로 낮아진 해면 위로 드러난 육교를 지나거나 섬에서 섬으로 짧게 항해하는 방법으로 동남아시아 의 군도를 따라 남하했다. 그들의 이동은 오스트레일리아에 닿기 직전에 멈췄다.

따라서 모계 혈통적으로 볼 때 나는 95퍼센트의 코카서스 인종보다 뉴기니의 산악지대에 사는 소규모 집단 쪽에 유전적으로 더 가깝다는 얘기가 된다. 확대경이 지구 옆에 다시 나타나더니 현존하는 나의 1만 2,002촌 형제 중 한 명의 얼굴을 보여줬다. 육안으로 본 우리 두 사람의 얼굴은 지구에 사는 임의의 두 사람을 비교했을 때와 마찬가지로 전혀 닮지 않았다. 피부색이라든지 얼굴의 골상 같은 외모상의 특징을 암호화하는 한 줌의 핵 DNA 중에서, 한 세트는 한랭한 북부 유럽의 기후에 적응하기 위해 발탁됐고, 다른 한 세트는 적도의 열대 밀림에 적응하기 위해 선택됐다는 뜻이다. 그러나 지금 이 두 지역에 살고 있는 사람들의 미토콘드리아 내부에 여전히 남아 있는 특성들은 한 지역 내에서의 외모 균일화는 단지 표면상의 차이에 불과하며, 눈에 보이지 않는 혈연으로 이뤄진 태곳적 유전 네트워크 위에 최근 행해진 덧칠임을 증명하기에 충분한 것이었다.

리나는 의기양양한 표정으로 나를 돌아보았다. "봤지? 인종이나 문화나 혈연 같은 케케묵은 신화들이 한 방에 뒤집히는 걸! 저 사람들의 직계 조상들은 몇천 년 동안이나 고립된 채로 살아왔고, 20세기가 될 때까지 백인의 얼굴조차도 보지 못했어. 하지만 알고 보니 넌 유전적으로 나보다 저 사람들 쪽에 더 가까웠던 거야!"

나는 미소 지으며 고개를 끄덕였고, 그녀의 열정을 공유하려고 했다. '인종'이라는 순진한 개념이 이런 식으로 통째로 뒤집히는 광경은 확실히 매력적인 볼거리였다. 10만 년 전의 혈연관계를 이토록 정확하게 지도로 만들 수 있다고 주장하는 〈이브의 아이들〉의 대담함에 혀를 내두를 수밖에 없었다. 그러나 솔직히 말해서 일면식도 없는 나의 백인 친족 집단이 특정 흑인 친족 집단보다 유전적으로 더 멀리 떨어져 있다는 사실이 밝혀졌다고 해서 내 인생이 완전히 변했다고는 도저히 말하기 힘들었다. 완고한 인종차별주의자라면 이런 소식을 듣고 천지가 뒤집힐 정도로 엄청난 충격을 받을 수도 있겠지만… 그들이 미토콘드리아 분석을 받기 위해 〈이브의 아이들〉로 쇄도하는 광경은 상상하기 힘들었다.

카트 끄트머리에서 삑 하는 소리가 나더니 커즌 안드레가 달고 있는 것과 똑같은 배지가 튀어나왔다. 그는 내게 배지를 건넸다. 내가 주저하는 기색을 보이자 리나가 대신 받았고, 자랑스러운 기색으로 내 셔츠에 달아주었다.

건물 밖으로 나가자, 리나는 침착한 어조로 말했다. "이브는 세계를 변화시킬 거야. 우리는 운이 좋아. 살아서 그걸 보게 될 테니까. 지난 세기에 사람들은 잘못된 혈연 집단에 소속돼 있다는 이유로 학살당하곤 했지만, 곧 모든 사람이 그런 것보다 훨씬 더 오래되고 더 깊은 혈연관계가 존재한다는 사실을 깨닫고, 천박한 역사적 편견 따위는 모두 틀렸다는 게 입증될 거야."

'바꿔 말해서… 구약 성경에 등장하는 이브가 기독교 근본주의자들의 모든 편견을 타파한 것처럼? 아니면 우주에서 본 지구가 전쟁과 환경오염에 종지부를 찍었던 것처럼?' 내심 이렇게 대답하고 싶었지만, 나는 그녀의 마음을 헤아려 침묵을 지키는 쪽을 택했다. 리나는 조금 마음이 상한 듯한 표정으로 나를 응시했다. 마치 전혀 예상하지 못했던 **혈연관계** 존재가 밝혀진 뒤에도 뭐든 간에 내가 의문을 느끼고 있다는 사실을 믿기 힘들다는 투였다.

나는 말했다. "르완다 집단 학살을 기억해?"

"물론 기억해."

"그건 벨기에인들이 편리하게 식민지를 통치하기 위해 현지인들의 계급 갈등을 일부러 조장한 것에서 비롯됐지. 혈연 집단 간의 반목과는 거리가 멀어. 발칸 사태만 해도…."

리나가 내 말을 가로막았다. "그래, 맞아. 무슨 사건을 예로 들든 간에 그 뒤에는 복잡한 역사적 배경이 있기 마련이지. 나도 거기까진 부인하지는 않아. 하지만 그 해결책까지 말도 안 되게 복잡해야 할 필요는 없잖아. 만약 그런 일에 관련된 모든 사람이 지금 우리가 아는 걸 알고, 우리가 느끼는 이 감정을 느꼈다면…." 리나는 눈을 감고 활짝 웃어 보였다. 완전무결한 만족과 평온이 깃든 표정으로. "…이브를 통해서, 인류 전체를 포괄하는 단 하나의 가족에 대해 깊은 소속감을 느꼈다면… 그 사람들은 정말로 서로에게 그런 짓을 했을까?"

그때 나는 당혹스러운 어조로 이렇게 반론했어야 했다. '깊은 소속감이라니? 나는 아무런 소속감도 느끼지 않는데. 〈이브의 아이들〉은 단지 개종자들을 상대로 설교를 하고 있을 뿐이라고.'

당시 그녀와 내게 일어날 수 있었던 최악의 결말은 무엇이었을까? **고유전학의 정치적 중요성**에 대한 견해 차이를 이유로 그 자리에서 당장 결별을 선언했다면, 어차피 그런 관계는 오래가지 못했을 게 뻔하다. 그러나 배려와 불성실함, 취향 존중과 자기기만은 종이 한 장 차이일 수 있으므로, 마음을 정하기가 쉽지 않은 것도 사실이었다.

그렇다고는 해도, 이러쿵저러쿵 말싸움을 벌이기에는 일단 문제 자체가 너무나도 복잡다단한 것이 아닌가 하는 생각이 들었다. 리나가 이 문제에 대해 모종의 열정적인 견해를 가지고 있다는 점은 명백했던 데다가, 내가 딱 이번만 잘난 입을 나불거리지 않고 참는다면 우리 사이에서 이것이 다시 화제에 오를 일은 없어 보였다.

그래서 나는 이렇게 말했다. "아마 네 말이 옳을지도 모르겠군." 내가 리나의 어깨에 슬쩍 팔을 두르자 그녀는 고개를 돌려 내게 키스했다. 비가 다시 내리퍼붓기 시작했지만, 대기가 정체된 탓인지 묘하게 가라앉은 느낌이었다. 결국 우리는 리나의 아파트로 돌아왔고, 거의 아무 말도 나누지 않고 함께 밤을 보냈다.

물론 나는 비겁한 멍청이였다. 그러나 당시는 이런 행동에 대해 내가 얼마나 큰 대가를 치르게 될지 전혀 상상조차 못 하고 있었다.

그로부터 몇 주 뒤에, 나는 리나에게 뉴사우스웨일스대학 물리학부의 지하실을 구경시키고 있었다. 지하실 일각에는 내 연구 장비도 잔뜩 놓여 있었다. 이번 역시 늦은 밤이었고, 건물에 있는 사람은 우리뿐이었다. 지하실의 어둠을 희미하게 밝히는 다채로운 형광 디스플레이들은 마치 냉랭한 학술 사이버 공간 내부에서 부유하는 박사후연구 프로젝트들을 가리키는 먼 아이콘들처럼 보였다.

내가 쓰려고 가져다 둔 의자를 찾을 수가 없어서(단순한 이름표를 붙이는 것으로 시작된 나의 보안 조치는 이젠 아예 컴퓨터가 관리하는 도난 경보로까지 격상돼 있었지만, 무단으로 빌려 가는 사람이 끊이지 않았다) 우리는 콘크리트가 그대로 노출된 차가운 바닥에 서서 문제의 장치를 바라보고 있었다. 조명은 수명이 다하기 직전인 천장 패널 한 개가 발하는 희미한 빛이 전부였다. 나는 장치를 조작해서 양자 세계의 불가해함을 반영하는 0과 1의 시퀀스를 디스플레이에 띄웠다.

악명 높은 아인슈타인-포돌스키-로젠(이하 EPR) 역설(두 개의 극미 입자가 하나의 양자계에 얽히는 경우에 관한 가설)은 과거 20여 년 동안 실험 연구의 대상이 됐지만, 광자 한 쌍이나 전자 한 쌍보다 더 복잡한 것을 사용해서 이 가설의 진위를 검증하는 것이 가능해진 것은 최근의 일에 불과하다. 나는 자외선 레이저의 펄스에 의해 하나의 수소 분자가 해리될 때 생기는 수소 원자들을 써서 연구를 진행하고 있었다. 이렇게 분리된 두 개의 원자를 상대로 어떤 측정을 행하면 통계적인 상관관계가 나타나는데, 이것은 이 두 원자를 포함하는 하나의 파동함수가 상술한 측정 과정에 동시에 반응했다고 가정할 경우에만 가능한 일이다. 각 원자를 묶고 있었던 분자적 결합이 깨진 후 이동한 개개의 원자들이, 측정 시에 서로 얼마나 멀리 떨어져 있었든 상관없었다. 몇 미터든, 몇 킬로미터든, 몇 광년이든 간에 말이다.

이 현상은 거리라는 개념 자체를 완전히 무시하고 있는 것처럼 보였지만, 최근 발표한 내 연구는 EPR 역설이 초광속 신호 장치 개발로 이어질지도 모른다는 생각을 완전히 불식시키는 데 일조했다. 애당초 EPR 역설은 광속을 무시하는 것처럼 보이는 양자얽힘 현상을 부정할 목적으로 제기됐기 때문에 처음부터 그런 일은 불가능하다고 못을 박고 있었지만, 일각에서는 여전히 방정식에 숨겨진 결함이 빠져나갈 구멍을 제공해 줄지도 모른다고 기대하고 있었던 것이다.

나는 리나에게 설명했다. "이렇게 가정해 봐. EPR 상관관계를 가진 원자들을 보유한 장치가 지구에 하나, 화성에 또 하나 있고, 이 두 장치 모두 원자의, 흐음, 궤도 각운동량을 수직 방향에서도 수평 방향에서도 측정할 수 있는 기능을 갖고 있어. 측정되는 데이터는 언제나 무작위지만… 화성에 있는 장치는 완전히 동일한 시각에 지구에 있는 장치가 내놓은 무작위 데이터를 정확하게 모방하거나, 아니면 모방하지 않는 식으로 작동하도록 조작될 수 있어. 모방하는가 모방하지 않는가의 여부는 지구에서 행해지는 측정의 종류를 바꾸는 방식을 써서 순식간에 바꾸는 것이 가능하고."

"던지면 언제나 똑같은 쪽으로 떨어진다는 보장이 있는 동전 두 개를 갖고 있는 거나 마찬가지로군." 리나가 제안했다. "오른손으로 그걸 공중에 던지는 한은 말이야. 하지만 지구에 있는 당신이 한쪽 동전을 왼손으로 던지기 시작하면, 서로의 상관관계는 사라진다, 이 말이지?"

"응, 실로 완벽한 비유네." 나는 리나가 이런 얘기를 예전에 이미 들어서 알고 있으리라는 사실을 뒤늦게 깨달았다. 양자역학과 정보 이론은 그녀의 직업인 통신 분야의 기반을 이루는 이론이 아니던가. 그러나 그녀가 내 얘기에 예의 바르게 귀를 기울이고 있었기 때문에 나는 설명을 계속했다. "하지만 그 두 동전이 마치 마술처럼 언제나 똑같은 쪽으로 떨어진다고 해도, 떨어지는 횟수는 동일한 데다가 떨어지는 방향이 무작위라는 사실은 바뀌지 않아. 따라서 그 데이터에 메시지를 부호화해서 넣는다는 건 불가능해. 화성에서는 그런 상관관계가 언제 시작되고 끝나는지를 확인할 수는 없으니까 말이야. 지구에서 종래의 방법, 이를테면 무선통신 따위를 써서 그 데이터를 화성에 보낸다면 알 수야 있겠지. 하지만 빛의 속도를 넘지 못하는 전파 따위를 쓴다면 애당초 그런 실험을 시작한 의미가 없어져. 바꿔 말해서, EPR 자체는 아무것도 전달하지 못해.”

리나는 곰곰이 생각에 잠겼다. 이 결론에 딱히 놀랐다거나 한 기색은 전혀 없었지만 말이다.

그녀는 말했다. “이미 분리된 원자끼리는 서로 아무것도 전달할 수 없지만, 그러는 대신 원자들을 한데 모으면 그것들이 과거에 무엇을 해왔는지를 정확하게 알 수 있어. 대조 실험도 진행하고 있지? 과거에 단 한 번도 서로 결합한 적이 없는 원자들을 똑같이 측정하는 식으로?”

“응, 물론 하고 있어.” 나는 스크린에 떠오른 세 번째와 네 번째의 데이터열을 가리켰다. 측정 과정 자체는 우리가 얘기를 나누는 중에도 전자 장비들 뒤에 가려 보이지 않는 조그만 회색 상자 속의 진공 체임버 안에서 묵묵히 진행되고 있었다. “전혀 상관관계가 없다는 결과가 나왔지.”

“그렇다면 기본적으로 이 장치는 두 개의 원자가 과거에 결합한 적이 있는지 없는지를 판정하는 게 맞아?”

"개개의 원자 단위로는 무리야. 순전한 우연에 의해 측정 결과가 일치할 수도 있으니까 말이야. 하지만 이력을 공유하는 충분한 수의 원자들이 있다면, 맞아, 판정할 수 있어."

리나는 뭔가 꿍꿍이속이 있는 듯한, 의뭉스러운 미소를 짓고 있었다.

나는 말했다. "왜 그래?"

"그냥… 잠시 내 질문에 대답해 줘. 다음 단계는 뭐야? 중원자?"

"응, 하지만 그보다 더 복잡해. 우선 수소 분자를 분리한 다음, 두 개로 분리된 수소 원자를 그때까지 상관관계가 없던 두 개의 불소 원자와 각각 결합해서 두 개의 불화수소 분자를 만들어. 그런 다음 불화수소 분자들을 다시 분리하고, 분리된 불소 원자들을 측정함으로써 그것들 사이에 무슨 간접적인 상관관계가 있는지를 알아보는 식이야. 원래의 수소 분자로부터 어떤 2차적인 영향을 받지 않았는지 확인해 보는 거지."

사실을 말하자면, 내가 그 정도로 깊게 연구를 진행할 수 있는 자금 지원을 받을 가망은 거의 없었다. 실험으로 얻을 수 있는 EPR 가설의 기본적인 결과들은 이미 모두 밝혀져 있었기 때문에 측정 기술을 지금보다 더 발전시킬 이유는 거의 없었다.

"이건 이론상의 질문인데," 리나는 천연덕스럽게 물었다. "혹시 그보다 훨씬 더 큰 걸 써서 같은 실험을 할 수는 없어? 이를테면… DNA라든지?"

나는 웃었다. "없어."

"난 내일부터 일주일 뒤에 바로 여기서 결과를 낼 수 없느냐고 묻는 게 아니야. 하지만 과거에 서로 결합해 있던 DNA가 두 가닥 있다면, 그 둘 사이에는 조금이라도 어떤 상관관계가 존재하지 않을까?"

나는 이 얘기를 듣고 멈칫했지만, 솔직하게 대답했다. "그럴 가능성이야 있지. 당장 대답을 내놓지는 못하겠지만 말이야. 우선 생화학자들한테서 소프트웨어를 빌린 다음에 정확한 상호작용의 모델을 구축해 봐야 해."

리나는 만족한 듯이 고개를 끄덕였다. "난 네가 그래야 한다고 생각해."

"왜? 어차피 실험하지도 못할 텐데?"

"이런 고철 수준의 장비로는 물론 무리겠지."

나는 코웃음을 쳤다. "그럼 대체 누가 더 나은 장비를 구매할 자금을 대준다는 건데?"

리나는 삭막한 지하실 안을 슬쩍 둘러봤다. 마치 모든 것이 완전히 뒤바뀌기 전에, 내 과학자로서의 경력에서도 밑바닥에 해당하는 순간의 스냅숏을 뇌리에 각인하려는 듯이. "DNA 결합의 양자역학 지문을 탐지하는 수단을 찾기 위한 연구에 누가 자금을 대줄 것 같아? 두 개의 미토콘드리아 플라스미드가 얼마나 오랫동안 접촉을 유지했는지, 몇천 년 단위가 아니라 가장 최근의 **세포분열** 시점까지 거슬러 올라가서 계산할 수 있는 가능성에 누가 투자하려고 할까?"

나는 아연실색했다. 〈이브의 아이들〉이 세계 평화로 가는 마지막 희망이라고 믿고 있었던 이상주의자는 도대체 어디로 갔단 말인가?

나는 말했다. "그런 얘기엔 절대로 넘어가지 않을걸."

리나는 한순간 멍하게 나를 응시하더니, 곧 재미있다는 표정으로 고개를 가로저었다. "사기를 치자는 얘기가 아니야. 엉터리 이유를 대고 연구 보조금을 탄다거나 하는 일에는 관심이 없어."

"흠, 알았어. 그렇다면…?"

"자금 지원을 받아서, 해야 할 일을 하자는 얘기야. 유전자 염기배열을 분석하는 시퀀싱 기술은 이제 발전할 만큼 발전한 상태지만, 우리에게 반대하는 작자들은 여전히 이런저런 미비점을 예로 들면서 트집을 잡잖아. 미토콘드리아의 돌연변이율이라든지, 가장 가능성이 높아 보이는 가계도를 찾아내기 위해 분기점을 선택하는 방식, 혈통의 단절이나 혈통 존속의 세부 따위에 하자가 있다는 식으로 말이야. 우리 편인 고유전학자들조차도 툭하면 의견을 바꾸고. 이브의 나이도 마치 허블 정수※처럼 오르락내리락하는 판이니."

"설마 그 정도일까."

리나는 내 팔을 움켜잡았다. 나는 그녀의 흥분이 전류처럼 내게 전해지는 것을 느꼈다. 단지 신경 말단을 꼬집힌 것인지도 모르지만 말이다. "이건 이 연구 분야를 통째로 바꿀 수 있어. 더 이상 상상할 필요도, 추측할 필요도, 가정할 필요도 없어지는 거야. 마지막으로 남는 건, 20만 년 전까지 거슬러 올라가는, 반론의 여지가 없는 단 하나의 가계도뿐이니까 말이야."

"그런 건 처음부터 가능한 일이 아닐지도…."

※　우주의 후퇴 속도가 거리에 비례해서 증가하는 비율.

"하지만 알아볼 수는 있지? 연구를 통해서?"

나는 주저했지만, 그녀의 말을 부인할 이유가 하나도 떠오르지 않았다. "응."

리나는 미소 지었다. "양자 고유전학으로… 넌 이 세상을 위해 일찍이 그 누구도 하지 못했던 방법으로 이브를 되살릴 힘을 손에 넣게 될 거야."

여섯 달 후, 대학의 보조금이 끊겼다. 연구 자금이나 시간강사 일을 포함해서 몽땅. 리나는 석 달 동안 나를 먹여 살릴 테니 그동안 〈이브의 아이들〉에 제출할 연구 제안서를 써보는 게 어떻겠냐고 제안했다. 당시 우리는 이미 함께 살면서 생활비를 반씩 분담하고 있었기 때문에 그녀의 제안을 받아들이는 것은 생각보다 어렵지 않았다. 새 일자리를 찾기에는 좋은 시기가 아니었던 데다가 어차피 실업자가 될 각오를 하고 있었기도 했고….

실제로 컴퓨터 모델을 만들어 보니, 충분한 수의 플라스미드가 있다면(그러기 위해서는 1인당 한 방울이 아니라 몇 리터 단위의 피가 필요했지만) 통계적 잡음을 걸어 내고 DNA 분절들 사이에서 측정 가능한 상관관계를 찾아내는 것이 가능하다는 사실이 판명됐다. 그러나 이런 연구에 딸려 오기 마련인 기술적 문제들은, 극복은커녕 검토하는 일에만도 몇 년은 걸릴 것이 뻔했다. 제안서를 끝까지 쓰는 일은 장래에 내가 기업에 연구 보조금을 신청할 경우를 대비한 좋은 예행연습이 됐지만, 나는 실제로 무슨 결실을 볼 것이라고는 전혀 기대하지 않았다.

리나는 나와 함께 〈이브의 아이들〉 서태평양 지역 연구소장인 윌리엄 색스와의 미팅에 참석했다. 색스는 50대 후반의 사내였고, '에이즈는 안 좋아AIDS ISN'T NICE'라고 인쇄된 베네통의 고전적인 티셔츠에서 파도타기를 하는 비둘기를 모티프로 한 맘보 월드 피스의 보드쇼츠[*]에 이르기까지, 그로서는 지극히 보수적인 복장을 하고 있었다. 액자에 넣어 벽에 걸어둔 《와이어드》 표지에는 지금보다 조금 더 젊어 보이는 그가 우리를 내려다보며 미소 짓고 있었다. 그는 이 잡지가 선정한 2005년 4월 이달의 구루guru였다.

"저희 대학의 물리학과와 이 연구 전체를 감독하는 계약을 맺을 작정입니다." 나는 자신 없는 표정으로 설명했다. "여섯 달마다 이 연구의 과학적 성과에 대해 따로 감사를 받기 때문에 연구가 본궤도에서 탈선할 염려는 없습니다."

"EPR 상관관계는," 색스가 중얼거렸다. "모든 생명이 거대한 통일 메타 유기체에 전체론적으로 결부됐음을 증명한다, 이거로군?"

"아뇨." 내가 그의 말을 부인하자 리나가 책상 아래에서 나를 걷어찼다.

그러나 색스는 내 대답을 듣지 않은 듯했다. "그럼 가이아 자신의 세타 리듬^{**}을 들을 수 있겠군. 만물의 근저를 이루는 숨겨진 조화, 동시성, 형태적 공명, 윤회를…." 그는 꿈꾸는 듯한 표정으로 한숨을 쉬었다. "난 양자역학을 정말 사랑한다네. 내 태극권 스승이 그에 대

※　파도타기용의 알록달록한 수영복 반바지.
※※　주로 깊은 명상이나 얕은 수면, 창의적 사고 상태에서 나타나는 4~8헤르츠 범위의 뇌파.

292

한 책을 쓴 걸 아나?『슈뢰딩거의 연꽃』이라는 제목인데… 자네도 꼭 읽어보게. 정말이지 경천동지할 책이야! 게다가『하이젠베르크의 만다라』라는 속편도 쓰고 있는데….”

리나는 내가 입을 열기 전에 재빨리 끼어들었다. “아마도… 우리 뒤에 오는 세대들은 같은 인류뿐만 아니라 다른 종들에 이르는 상관관계까지도 추적할 수 있을지도 모르죠. 하지만 가까운 장래에는 이브까지 도달하는 것만으로도 엄청난 기술적인 도전이 될 겁니다.”

커즌 윌리엄은 다시 지상으로 되돌아온 듯했다. 그는 우리의 연구 제안서를 인쇄한 카피를 집어 들고 끝에 있는 예산 세목으로 주의를 돌렸다. 이 부분은 거의 리나가 작성한 것이었다.

“500만 달러라니, 거금이로군.”

“10년 동안 쓸 예산입니다.” 리나는 막힘없이 설명했다. “그리고 이번 회계연도에는 연구 개발 비용에 대해 125퍼센트의 세금 공제가 있다는 걸 잊으시면 안 됩니다. 지적 특허료를 회수할 수 있는 시점이 되면….”

“파생 기술이 그 정도로까지 고평가될 거라고 정말로 믿고 있나?”

“테플론◈의 예를 떠올리시면 됩니다.”

“이사회로 가져가서 의논해야겠군.”

2주 후에 이메일로 낭보를 받은 나는 속이 심하게 울렁거린 나머

<hr>

◈ 핵연료 설비 절연재로 개발되어 프라이팬 코팅제 등으로 쓰이는 불소수지.

지 거의 토할 뻔했다.

나는 리나를 돌아보았다. "내가 무슨 짓을 한 걸까? 이런 연구에 10년을 투자했다가 아무 성과도 안 나오면 어떻게 하지?"

리나는 당혹스러운 표정으로 미간을 찌푸렸다. "성공하리라는 보장은 없지만, 그 부분은 처음부터 확실하게 전달했잖아. 그러니까 우리는 무슨 부정을 저지른 게 아니야. 본디 모든 위대한 시도에는 불확실함이 따르기 마련이지만, 〈이브의 아이들〉도 바로 그런 위험을 감수하려고 마음먹었다는 걸 잊지 마."

사실을 말하자면 나는 지모신 콤플렉스에 시달리는 돈 많은 멍청이들로부터 거금을 가로채는 행위의 도덕성이라든지, 그 대가에 걸맞은 결과물을 낼 가능성이 거의 없다는 사실 따위를 고뇌한 것이 아니었다. 내가 전전긍긍한 것은 이 연구가 결국은 막다른 골목이라는 사실이 판명되고, 발표할 가치가 있는 성과를 아예 내지 못할 경우, 내 과학자로서의 경력이 어떻게 될지 상상하기만 해도 두려웠기 때문이었다.

리나가 말했다. "틀림없이 대성공을 거둘 거야. 난 너를 믿어, 폴."

그게 가장 큰 고민거리였다. 그녀는 본심이었기 때문이다.

우리는 서로를 사랑했고, 그와 동시에 서로를 이용하고 있었다. 그러나 곧 우리 삶에서 가장 중요한 것이 될 일에 대해 계속 거짓말을 하는 사람은 나였다.

2010년 겨울, 리나는 석 달 동안 휴가를 얻어 기술 이전을 한다는 명목으로 나이지리아로 갔다. 공식적으로는 통신 인프라의 현대화를 추진 중인 새 정부의 자문으로 활동한다는 명목이었지만, 그와 동시에 〈이브의 아이들〉 최신형 저비용 유전자 시퀀싱 기기를 조작할 몇백 명의 현지 직원들을 훈련하는 역할도 맡고 있었다. 내가 개발한 EPR 기술은 아직 걸음마를 뗀 단계였기 때문에 기껏해야 일란성쌍둥이들을 완전한 타인으로부터 구분하는 것이 고작이었지만, 원래부터 있던 미토콘드리아 DNA 분석기기는 극도로 소형화되고 견고해지고 저렴해진 덕에 대량 공급이 가능했다.

과거에 아프리카는 〈이브의 아이들〉에 강한 저항을 보인 지역이었지만, 이제는 어느 정도 발판을 마련한 느낌이었다. 라고스◈에 가 있는 리나가 선교사 같은 열정으로 눈을 반짝이며 화상 전화를 걸어 올 때마다 나는 〈인류의 나무〉가 있는 곳으로 가서 가계도를 검토했고, 부족적 친연성에 관한 전통적인 관념을 뒤집어엎는 유전자 시퀀싱이 현지에서 정말로 유행하기 시작한다면 어떤 결과가 나올지를 추측하려고 했다. 최근 있었던 내전에 참전한 사람들이 자기 친척들과 싸우고 있었다는 사실을 알면 정말로 더 친해질까, 아니면 덜 친해질까? 그러나 각 부족 동맹은 인종적으로는 이미 복잡하게 뒤섞인 상태였기 때문에 뚜렷한 판정을 내리는 것이 불가능했다. 게다가 내가 보는 한 내전에서 서로 싸웠던 파벌들은 고리타분한 부족적 충성 못지않게 21세기 특유의 정치적 비호 관계에 의해 빚어진 것이었다.

체류 기간이 거의 끝나갈 무렵 리나는 (내 시간으로) 오밤중에 전화

◈　나이지리아의 옛 수도.

를 걸어왔다. 그녀는 너무나도 화가 난 탓에 거의 눈물을 흘리기 직전인 것처럼 보였다. "폴, 난 지금 당장 런던으로 날아갈 거야. 3시간 뒤면 도착해."

나는 가늘게 눈을 뜨고 스크린을 응시했다. 그녀 뒤에서 쏟아지는 열대의 햇살에 눈이 부셨기 때문이다. "왜? 무슨 일이 일어난 거야?" 〈이브의 아이들〉이 취약했던 휴전 조약을 망치면서 말로 다할 수 없는 인종 대학살이 일어났고, 정작 그런 사태를 유발한 당사자들은 혼돈의 도가니에 빠진 나라를 뒤에 남겨두고 최고의 현미顯微 외과 의사들에게 상처를 치료받기 위해 비행기로 떠나는 광경이 머리에 떠올랐다.

리나는 카메라가 보이지 않는 곳으로 손을 뻗쳐 버튼을 눌렀고, 실시간 영상 구석에 조그맣게 기사 화면을 띄웠다. 기사 제목은 'Y 염색체 아담의 역습!'이었다. 제목 밑에 실린 사진의 인물은 근육질의 몸을 가진 반라 상태의 금발 백인 남성(묘하게도 몸에는 털이 아예 없어서, 들소 가죽으로 만든 기저귀를 찬 미켈란젤로의 다비드상을 연상케 한다)이었고, 마치 발레를 하는 듯한 우아한 자세로 독자들을 향해 창을 겨누고 있었다.

나는 나직하게 신음했다. 사실 이런 일이 일어나는 것은 시간문제였다. 정자 생성으로 이어지는 세포분열 과정에서 Y 염색체의 DNA 대부분은 X 염색체와 재조합된다. 그러나 그 일부는 여전히 뒤섞이지 않은 독립 상태를 유지하며, 어머니에서 딸에게 전달되는 미토콘드리아 DNA 못지않은 엄정한 방식으로 순수한 부계 혈통을 따라 전달된다. 사실, 이쪽이 더 엄정하다고 할 수 있다. 핵 DNA의 돌연변이 발생 빈도는 미토콘드리아 DNA에 비해 훨씬 낮기 때문이다. 그 탓에 분자시계로서의 유용성은 훨씬 떨어지지만 말이다.

"그자들은 모든 북유럽인의 조상인 단 한 명의 남자를 찾았다고 주장하고 있어. 불과 2만 년 전의 조상을! 이런 개소리를 내일 케임브리지에서 열리는 고유전학 학회에서 발표하겠대!"

나는 리나가 흐느끼는 동안 문제의 기사를 훑어보았다. 타블로이드판 신문 특유의 과장으로 점철된 기사였고, 연구자들이 실제로 무슨 주장을 하고 있는지 판단하기도 힘들었다. 그러나 오랫동안 〈이브의 아이들〉을 적대한 몇몇 우익 단체가 쌍수를 들고 이 뉴스를 환영하고 있었다.

나는 말했다. "그래서 왜 네가 거기 가야 하는데?"

"이브를 옹호하기 위해서지, 왜겠어! 그자들 맘대로 떠들게 할 수는 없어!"

머리가 지끈거렸다. "과학적으로 문제가 많은 주장이라면 논박하는 건 전문가들한테 맡기면 되잖아. 네가 나설 필요는 없어."

리나는 잠시 침묵하더니 쓰디쓴 어조로 반론했다. "남자의 혈통이 여자의 혈통보다 빨리 사라지는 걸 알잖아. 일부다처제 탓에 하나의 부계 혈통은 모계 혈통에 비해 훨씬 더 적은 수의 세대를 거치는 것만으로도 인구를 독점할 수 있어."

"그럼 그자들의 주장이 옳을 수도 있다는 얘기야? 비교적 최근에 단 한 명의 '북유럽 아담'이 존재했다?"

"그럴 수도 있겠지." 리나는 마지못해 인정했다. "하지만… 그래서 뭐? 그게 뭘 증명한다는 거지? 인류 전체의 아버지인 '아담'을 찾으려는 시도조차도 안 했으면서!"

나는 이렇게 대꾸하고 싶었다. 물론 그건 아무것도 증명하지 못하고, 아무것도 바꾸지 못해. '멀쩡하게 정신이 박힌 사람이 왜 그런 일에까지 신경을 써야 하는데?' 하지만… 애당초 혈연관계를 그렇게 큰 논쟁거리로 만든 주체가 누구였다고 생각해? 세상에서 가장 중요한 것들은 모두 가족 관계에 달려 있다는 생각을 총력을 다해 퍼뜨렸던 사람들이 누구였더라?

물론 이런 말을 하기에는 늦어도 한참 늦었다. 지금 와서 〈이브의 아이들〉에 등을 돌린다는 것은 위선의 극치였다. 나는 이미 그들의 돈을 받았고, 그들의 활동에 협조했기 때문이다.

그리고 리나를 저버릴 수는 없었다. 그녀에 대한 나의 사랑이 서로의 의견이 일치할 때만 발동한다면, 그런 것은 아예 사랑이라고 할 수는 없었기에.

나는 멍한 어조로 말했다. "3시 비행기로 런던으로 갈게. 학회장에서 봐."

제10회 세계 고유전학 포럼은 케임브리지대학 캠퍼스에서는 한참 떨어진 인조 잔디가 깔린 과학 연구 단지에 있는 피라미드 모양의 건물에서 개최되고 있었다. 플래카드를 흔들며 시위를 벌이고 있는 군중들 덕에 쉽게 찾을 수 있었다. '이브에게 손대지 마!', '나치 쓰레기들에게 죽음을!', '네안데르탈 야만인들은 꺼져!' (엥?) 나를 태우고 온 택시가 떠났을 때 시차로 인한 피로가 한꺼번에 몰려오며 무릎에서 힘이 풀리는 통에 쓰러질 뻔했다. 내가 여기 온 것은 한시라도 빨리 리나를 찾아내서 안전한 곳으로 데려가기 위해서였다. 이브는 스스로를 지키도록 놔두면 된다.

물론 이브는 그곳에 와 있었고, 몇십 벌의 티셔츠와 깃발에 인쇄된 사진 속에서 침착하고 품위 있게 우리를 응시하고 있었다. 그러나 최근 들어 〈이브의 아이들〉 및 그들의 마케팅 전문가들은 그녀의 이미지를 '미세 조정'하고 있었고, 그들의 모든 표본 조사와 소비자 반응 연구의 성과를 직접 볼 기회가 생긴 것은 이번이 처음이었다. 새로운 이브는 피부색이 조금 엷어졌고, 콧대도 좀 가늘어졌고, 눈도 예전보다 가늘어져 있었다. 변화 자체는 미묘했지만, 그녀를 좀 더 '범인종적'으로 보이도록 하기 위한 노력의 일환이라는 점은 명백했다. 아프리카라는 특정한 장소에 살고 있던 인류 공통의 조상이라기보다는 현대 인류의 모든 인종적 특징을 지니는 먼 미래의 공통 자손처럼 보이도록 말이다.

나는 언제나 운동에 대해 냉소적이었지만, 이번에 이루어진 재설계는 〈이브의 아이들〉이 지금까지 피력한 그 어떤 떠들썩한 싸구려 선전보다 더 나를 불안하게 만들었다. 그들조차도 마음속으로는 모든 사람이 아프리카계 이브를 받아들이는 세계가 오리라고는 생각하지 않지만, 자신들의 신념에 너무나도 깊이 심취해 있는 탓에 그녀의 매력을 확산시키기 위해서라면 진실조차도 왜곡할 용의가 있는 것처럼 보였기 때문이다…. 하지만 어디까지? 설마 국가별로 각기 다른 이름에 각기 다른 얼굴을 가진 이브를 내세우기라도 할 작정일까?

두세 명의 피켓 시위자들이 지나가던 나에게 욕설을 퍼부은 것을 제외하면 별문제 없이 건물 로비로 들어갈 수 있었다. 건물 안은 밖보다 훨씬 조용했지만, 학술 기관에서 온 고유전학자들은 서로 눈을 마주치지 않고 남의 눈을 피하려는 듯이 살금살금 돌아다니고 있었다. 나는 TV 뉴스의 취재진에게 잡힌 운 나쁜 여성 학자 옆을 지나갔다. 취재기자가 격한 어조로 힐문하는 소리가 들려왔다. "하지만 아마존 토착 원주민들의 기원 신화를 부정한다는 행위는 인류에 대한 범죄라는 걸 인정해야 하는 거 아닙니까." 피라미드형 건물의 외벽은 파란색이었지만 실제로는 투명했고, 그 덕에 패널 벽까지 밀려와서 안을 들여다보는 또 다른 시위대의 모습이 보였다. 손목 전화에 대고 뭐라고 속삭이는 사복 경비원들은 자기들의 비싼 마사리니 양복이 상할까 봐 전전긍긍하는 기색이 역력했다.

히스로 공항에서 나온 뒤로 리나에게 열몇 번은 전화했지만, 케임브리지의 지역 서비스에 무슨 차질이라도 생긴 건지 계속 대기 중이라는 신호만 떴다. 내가 정문으로 당당히 들어올 수 있었던 것은 리나가 미리 손을 써서 우리 두 사람 모두를 학회 참석자 명단에 올린 덕이었다. 건물로 들어올 수 있었다고 해서 그 안에 있는 사람들이 모두 중립적으로 행동한다는 보장은 없다는 사실을 깨달았을 때는 이미 엎질러진 물이었지만 말이다.

갑자기 근처에서 고함을 지르며 꽥꽥거리는 소리가 들려왔다. 뒤

이어 환호성이 일더니 육중한 플라스틱판이 틀에서 펑 하고 튕겨 나오는 소리가 들렸다. 나는 이브를 지지하는 시위대와 아담을 지지하는 시위대 모두가 결집했고, 후자는 전자보다 훨씬 더 폭력적이라는 뉴스 기사를 떠올렸다. 나는 공황 상태에 빠져 가장 가까운 복도로 뛰어들었다가 반대 방향에서 오던 단단한 체격의 청년과 정면충돌할 뻔했다. 큰 키에 흰 피부와 금발과 파란 눈을 가진 그는 게르만 민족 특유의 위압감을 발산하고 있었고… 그것을 목격한 나의 일부는 분노의 절규를 지르고 싶은 충동에 사로잡혔다. 나는 내 의사에 반해 바보 천치 같은 순수한 인종차별주의로 타락했다고 말이다.

그렇다고는 해도, 이자가 손에 쥐고 있는 당구 큐를 무시할 수 없는 일이다.

그러나 내가 슬금슬금 뒤로 물러나려고 했을 때, 사내가 입고 있는 소매 없는 티셔츠에서 구호가 반짝이기 시작했다. '여신은 우리와 함께 있다!'

"그래서 넌 정체가 뭐야?" 그가 비웃었다. "'아담의 아들'?"

나는 천천히 고개를 가로저었다. 내 정체가 **뭐냐고?** 난 **호모사피엔스야,** 이 멍청아. 넌 너하고 같은 종도 못 알아보냐?

나는 점잖게 말했다. "난 〈이브의 아이들〉에 속한 연구자라네." 동업자들과의 사교 파티에서 나는 언제나 '독립적으로 고유전학을 연구하는 물리학자'라고 자기소개를 했지만, 지금은 그런 사소한 구분에 연연할 때가 아닌 듯하다.

"그래?" 사내는 얼굴을 찌푸리더니(처음에는 내 말을 믿지 못해서 그러는 줄 알았다) 위협적인 태도로 다가왔다. "그럼 넌 대지 여신의 원형을 군이 구상화해서 그녀의 무한한 영적인 힘을 통제하려고 하는 가부장적이고 유물론적인 개자식 중 하나란 말이군?"

나는 사내의 반응에 너무나도 아연실색했던 나머지, 다음에 일어난 일에 제대로 대처하지 못했다. 사내는 큐로 내 명치를 쿡 찔렀다. 나는 고통으로 헐떡이며 무릎을 푹 꿇었다. 그러자 로비 쪽에서 우르르 달려오는 소리와 쉰 목소리로 구호를 외치는 소리가 들려왔다.

여신 숭배자는 내 한쪽 어깨를 움켜잡더니 억지로 일으켜 세웠고, 히죽 웃으며 말했다. "잠시 화가 치밀어서 그런 거니까 너무 나쁘게 생각하진 마. 여기서 우리는 같은 편이잖아, 안 그래? 그러니까 나하고 함께 가서 저 나치 놈들을 때려잡자고!"

나는 사내의 팔을 뿌리치려고 했지만, 도망치기에는 이미 때가 늦었다. 아담의 아들들이 이미 우리 코앞까지 와 있었기 때문이다.

리나는 병원에 입원한 나를 문병하러 왔다. "그냥 시드니에 머물러 있었어야 했어."

턱이 철사로 고정되어 있었기 때문에 나는 대답하고 싶어도 대답할 수 없었다.

"좀 더 자기 몸을 아껴야 해. 이제 네 연구는 한층 더 중요해졌잖아. 다른 집단들은 자기들 자신의 아담을 찾아낼 거고, 그렇다면 우리 이브의 인류 통합 메시지는 가장 가까운 공통 부계 조상이라는 개념에 내포된 부족주의에 휩쓸려서 압도될 거야. 닥치는 대로 여자들과 교미했던 몇몇 크로마뇽인 남자들 탓에 모든 게 수포로 돌아가는 걸 우리는 절대로 간과할 수 없어."

"크음, 음음음, 음음으음."

"우리에겐 미토콘드리아 분석이 있고… 그자들에겐 Y 염색체 분석이 있어. 물론 우리 분자시계 쪽이 더 정확하다는 건 이미 분명해졌지만… 우리에겐 압도적인 우위에 설 수 있는 큰 한 방이 필요해. 누구든 쉽게 파악할 수 있는. 돌연변이율이라든지 미토콘드리아 하플로타입 따위는 일반인들이 이해하기엔 너무 추상적이야. 우리가 EPR을 써서 정확한 가계도를 작성할 수만 있다면, 출발점은 가까운 친족이지만, 그런 정확한 동류 감각을 유지한 채로 1만 세대를 거슬러 올라가 이브에게 도달할 수 있다면, 우리가 필요로 하는 직접성과 신빙성을 얻을 수 있고, 그럼 아담의 아들들은 끝장나는 거야." 리나는 내 이마를 다정하게 쓰다듬었다. "폴, 넌 우리를 위해 족보 전쟁을 승리로 이끌 수 있어. 네가 그럴 수 있다는 걸 난 알아."

"으음, 음음음." 나는 수긍했다.

나는 양 진영을 싸잡아 비난하고 EPR 프로젝트에서 사임할 준비가 돼 있었다. 필요하다면 리나와 헤어질 준비조차도 돼 있었던 것이다.

아마 나의 결정은 사랑보다는 자존심과, 의무감보다는 나약함과, 충성심보다는 타성에서 비롯된 것이었는지도 모르겠다. 그러나 그 이유가 무엇이든 간에, 도저히 여기서 끝낼 수가 없었다. 리나와 헤어질 수가 없었다.

여기서 앞으로 나아가는 유일한 방법은 내가 시작한 일을 끝내는 것이었다. 〈이브의 아이들〉에게 물샐틈없는, 완전무결한 증거를 제공하는 방식으로.

경합 중인 조상 컬트 집단들이 서로에게 화염병을 던지고 피켓 시위를 벌이는 동안, 내 기계 장치 속에 대량의 피가 흘러갔다. 〈이브의 아이들〉은 무려 5만 명에 달하는 전 세계 회원들이 각자 2리터씩 제공한 샘플을 모두 내게 보냈다. 제아무리 무시무시한 해머[※] 호러 영화라고 할지라도 내 연구실 안의 풍경 앞에서는 명함도 내밀지 못했을 것이다.

수조 개의 플라스미드가 분석됐다. 특정한 저에너지 혼성 궤도에 있는 전자들(수천 년 동안 안정 상태를 유지할 수 있는 잠재력을 지닌, 서로 다른 두 전하 분포의 양자적 혼합물)은 정밀 조정된 레이저 펄스에 의해 하나의 특정한 상태로 붕괴하도록 유도된다. 모든 붕괴는 무작위로 일어나지만, 내가 선택한 궤도는 결합한 DNA 가닥들 사이에서 아주 조금이긴 하지만 상관관계를 보였다. 수천조 개에 달하는 측정치가 수집된 후 비교됐다. 각 개인에 대해 충분한 수의 플라스미드를 측정함으로써, 공통 조상이 있을 경우 그 희미한 특징을 통계적 잡음 속에서 포착하는 것이 가능해졌다.

〈이브의 아이들〉의 〈인류의 나무〉 배후에 존재하는 돌연변이들은

더 이상 문제가 되지 않았다. 사실, 내가 착안한 것은 이브에 이르기까지 단 한 번도 흠이 나지 않았을 가능성이 가장 큰 일련의 플라스미드였다. 완전무결한 DNA 복제에 의한 밀접한 화학적 접촉만이 문제의 상관관계를 포착할 유일한 기회를 제공했기 때문이다. 이 분석 과정의 작은 결점들이 제거되고 데이터가 축적되면서 마침내 최종 결과들이 표면에 떠오르기 시작했다.

혈액 제공자 중에는 가까운 가족 집단이 다수 포함되어 있었다. 나는 데이터를 블라인드 분석한 뒤 결과물을 연구 조수에게 넘겨, 이미 판명된 혈연관계와 대조 검토하도록 했다. 2013년 6월 초, 나는 1,000개의 샘플 중에서 형제자매들을 100퍼센트의 확률로 찾아냈다. 몇 주 뒤에는 사촌과 육촌들도 같은 정확도로 식별해 냈다.

얼마 지나지 않아 우리는 족보의 기록이 더 이상 존재하지 않는 지점에 부딪혔다. 교차 점검의 또 다른 수단을 획득하기 위해 나는 핵 내 유전자들도 분석하기 시작했다. 먼 친척의 경우도 공통의 조상으로부터 어느 정도는 같은 유전자를 물려받았을 것이기 때문이다. 그리고 EPR 기술은 그 조상이 어느 시기의 인물인지를 정확하게 특정할 수 있었다.

내가 시작한 프로젝트의 소문이 퍼지자, 내 주소로 정신 나간 사람들이 보낸 편지와 살해 위협이 쇄도했다. 연구실은 요새화됐고, 〈이브의 아이들〉은 이 연구의 관련자들 및 그들의 가족에게 모두 경호원을 붙여줬다.

연구 데이터는 급격히 쌓여갔지만, 〈이브의 아이들〉은 아담들이 대항 기술을 개발해서 자기들을 능가할지도 모른다는 공포에 사로잡힌 나머지 내 연구를 위한 자금 증액을 계속 승인했다. 그 덕에 나는 연구실의 슈퍼컴퓨터를 두 번이나 업그레이드할 수 있었다. 나를 이브로 이끌어 주는 것은 미토콘드리아뿐이었으나, 퍼뜩 정신을 차리고 보니 나는 실적을 보여주기 위해 남녀를 막론하고 수십만 명에 달하는 조상들의 핵 내 유전자까지 추적하고 있었다.

2016년의 봄이 오자 우리의 데이터베이스는 임계량에 도달했다. 우리가 분석한 표본의 수는 전 세계 인구의 극히 일부에 불과했지만, 불과 몇십 세대를 거슬러 올라가는 것이 가능해진 시점에서 겉으로는 분리된 것처럼 보이던 혈통들이 서로 합류하기 시작한 것이다. 세포핵 내의 상염색체*들이 이브들에 기인한 순수한 모계 나무와 아담들의 순수한 부계 나무 사이를 지그재그로 폭주하며 간극을 메웠고… 마침내 나는 9세기 초에 지구에 살았던(그리고 현시점까지 이어지는 자손들을 남긴) 실질적으로 모든 사람의 유전자 특성을 손에 넣었다. 이 사람들의 이름은 알 수 없었고, 정확한 거주 지역도 특정할 수 없었지만, 내 〈인류의 나무〉에서 그들이 어디에 위치해 있는지는 정확하게 알 수 있었던 것이다.

내가 손에 넣은 것은 인류라는 종 전체의 유전적 다양성을 보여주는 스냅숏이었다. 이 시점부터는 저지 불가능한 연쇄반응이 시작됐고, 나는 상관관계를 좇아 수천 년 전의 과거로까지 거슬러 올라갔다.

※ 성염색체 이외의 염색체.

2017년이 되자 리나가 했던 최악의 예측들은 모두 현실이 돼 있었다. 전 세계에서 수십 명에 달하는 아담들의 존재가 선포됐다. 점점 더 작은 인구 집단에서 좀 더 최근의 조상들로 수렴하는 공통 부계 혈통을 찾는 것이 크게 유행했다. 이제 아담 중 다수는 역사상의 위인들이었다. 각각 그리스와 마케도니아에서 출현한 두 집단은 어느 쪽이 알렉산더 대왕의 아들들이라고 부르느냐의 문제로 싸우고 있었다. 동유럽의 세 공화국에서는 Y 염색체에 따른 인종 분류법이 정부의 공식 정책이 됐다. 몇몇 다국적 기업에서도 인사 방침으로 채택됐다는 소문이 돌고 있었다.

분석 대상이 된 인구 집단이 작으면 작을수록 (그 내부에서 엄청난 빈도로 근친교배가 이뤄지지 않은 이상) 표본이 된 사람들이 단 한 명의 아담을 공통 조상으로 가지고 있을 가능성이 더 줄어드는 것은 당연했다. 따라서 첫 번째 남자 조상으로 확인된 인물은 '민족의 아버지'가 되었다…. 그 밖의 사람들은 유전자를 오염시킨 일종의 야만인 강간마로 간주했고, 그들이 남긴 끔찍한 유전적 오점은 여전히 탐지 가능하다고 간주되었다. 잡초를 뽑듯이 제거 가능하다는 뜻이다.

매일 밤 나는 새벽이 되도록 잠을 이루지 못했고, 침대에 누운 채로 내가 어쩌다가 이토록 우매한 일을 둘러싼 격렬한 분쟁의 중심에 서게 됐는지를 곰곰이 생각하곤 했다. 리나에게 본심을 털어놓을 용기가 여전히 나지 않았기 때문에, 나는 불을 끈 채로 집 안을 어정거리거나, 방탄 셔터를 내린 서재에 틀어박혀 그날 도착한 비난 메일(종이 편지와 전자메일 양쪽)들을 정리하면서, 내가 이브에 관해 발견할지도 모르는 사실이 〈이브의 아이들〉의 광신적인 지지자가 아닌 누군가에게 조금이라도 긍정적인 영향을 끼쳤다는 증거가 있는지 알아보려고 했다. 개종자들에게 설교하는 것보다 그나마 나은 일을 할 수 있다는 징조에서 한 가닥 희망을 찾고 싶던 것이다.

내가 원했던 고무적인 징조는 결국 하나도 찾지 못했지만, 한 장의 엽서는 조금은 나를 기운 나게 했다. 캔자스시티에 있는 성스러운 UFO 교회의 대제사장이 보낸 것이었다.

친애하는 지구 거주자에게

제발 당신의 **머리를** 써서 생각하십시오! 인류의 기원이 **완전히 해명됐**다는 사실은 이 **과학적** 시대에 살고 있는 모든 사람에게는 **자명한** 사실이 아닙니까! 아프리카인들은 **대홍수가** 일어난 뒤에 수성에서 지구로 왔고, 아시아인들은 금성에서 왔고, 백인들은 화성에서 왔고, 태평양 군도의 주민들은 이런저런 소행성에서 왔다는 걸 당신은 아직도 모릅니까. 만약 당신이 대지에서 **아스트랄계로** 스스로를 투사함으로써 이 사실을 확인할 수 있는 **필수 불가결한 주술적 스킬을** 갖고 있지 않다고 해도, 각 인종의 기질과 **외모를** 단순 분석하는 것만으로도 명백하게 알 수 있을 겁니다. 당신처럼 꽉 막힌 사람조차도!

하지만 **나를** 상대로 행여나 **반론할** 생각은 꿈에도 하지 마시길! 우리 모두가 다른 **행성에서** 왔다고 해서 우리가 **친구가** 될 수 있다는 뜻은 아니니까 말입니다.

리나는 크게 동요하고 있었다. "하지만 아직 커즌 윌리엄한테도 최종 결과를 못 보여줬는데, 어떻게 내일 당장 보도 매체를 상대로 기자회견을 열겠다는 거야?" 2018년 1월 28일 일요일의 일이었다. 우리는 경호원들에게 잘 자라는 인사를 하고, 발트 3국 중 하나에서 끔찍한 사건이 일어난 후 〈이브의 아이들〉이 우리를 위해 건조한 철근 콘크리트 벙커 안의 침실에 누운 참이었다.

나는 말했다. "난 독립 연구자야. 그러니까 언제든 원할 때 연구 데이터를 발표할 권리가 있어. 계약서에도 그렇게 쓰여 있고 말이야. 측정 기술상의 진보에 관해서는 〈이브의 아이들〉의 변호사들을 통해야 하지만, 고유전학에 관한 발견은 거기에 해당하지 않아."

리나는 다른 각도에서 나를 설득하려고 했다. "하지만 이 연구는 아직 논문 심사 과정도 거치지 않았고…."

"거쳤어. 내 논문은 이미 《네이처》의 심사를 통과했고, 기자회견 다음 날에 게재될 예정이야. 사실," 나는 천연덕스러운 미소를 지었다. "굳이 《네이처》에 싣는 것도 단지 편집장한테 호의를 베풀고 싶기 때문이야. 그 여자 말로는 이번 호는 왕창 팔릴 수도 있다는군."

리나는 침묵했다. 지난 여섯 달 동안 그녀 앞에서 나는 연구 결과에 관해 점점 더 말을 아꼈고, 그녀가 나의 이런 침묵을 기술적인 문제 때문에 진전이 더딘 거라고 해석했을 때도 굳이 반론하지 않았다.

이윽고 리나가 말했다. "적어도 그게 좋은 뉴스인지, 아니면 나쁜 뉴스인지는 얘기해 줄 수는 있지 않을까?"

나는 차마 그녀의 눈을 똑바로 쳐다볼 수가 없었지만, 고개를 가

로저였다. "무려 20만 년 전에 일어난 일인데, 그게 어떻게 뉴스가 될
수 있겠어."

　나는 기자회견을 위해 〈이브의 아이들〉 본사 고층 건물과 멀리 떨
어진 곳에 있는 공공 강당을 빌렸고, 자비로 대여료를 지불하고 경호
원들도 따로 고용했다. 색스와 그의 동료 이사들은 탐탁스럽지 않은
기색이 역력했지만, 나를 유괴라도 하지 않는 한 내 입을 틀어막는 것
은 불가능했다. 그들이 원하는 방향으로 연구 결과를 날조해 달라는
제안을 받은 적은 단 한 번도 없었지만, 이렇게 대대적인 홍보를 수반
한 행사에서 발표되는 데이터는 **올바른 데이터**여야 하며, 〈이브의 아
이들〉에도 자기들 방식으로 데이터를 꾸밀 충분한 기회를 줘야 한다
는 암묵적인 전제가 언제나 깔려 있었던 것 역시 사실이다. 발표하기
전에 말이다.

　강연대 뒤에 선 나의 손은 떨리고 있었다. 이 기자회견에는 전 세
계에서 2,000명 이상의 저널리스트가 참석했고, 그들 다수는 특정 조
상에 대한 충성을 나타내는 상징을 달고 있었다.

　나는 헛기침을 하고 발표를 시작했다. EPR 기술은 지금은 널리
알려졌기 때문에 다시 설명할 필요가 없었다. 그래서 나는 단지 이렇
게 말했을 뿐이었다. "호모사피엔스의 기원에 관해 제가 발견한 것을
여러분께 보여드리고 싶습니다."

　강당의 조명이 꺼지고 높이가 30미터에 달하는 거대한 홀로그램
이 내 뒤에 출현했다. 나는 이것을 가계도라고 선언했다. 유전자나 돌

연변이의 이력을 거칠게 표현한 도표가 아니라 9세기부터 먼 과거까지 거슬러 올라가는, 남녀 쌍방의 혈통을 한 세대 단위로 정확하게 추적해서 도면화한 족보라고 말이다. 빽빽한 잡목 숲을 연상시키는 홀로그램은 전체적으로 깔때기를 뒤집어 놓은 모양을 하고 있었다. 청중은 침묵을 지켰지만, 조바심을 내는 기색이 역력했다. 무수히 얽히고설킨 가는 선들의 집합은 개별 판독이 불가능했고, 보는 이들에게 아무런 정보도 전달하지 못했다. 그러나 나는 말없이 기다리며, 이해 불가능한 도표를 천천히 한 번 회전시켰다.

"Y 염색체의 돌연변이 시계는 틀렸습니다." 나는 말했다. "저는 비슷한 Y 염색체를 가진 부계 혈통 집단을 수십만 년 전까지 거슬러 올라가서 추적했습니다만, 그것이 한 남성으로 수렴하는 경우는 단 한 번도 없었습니다." 여기저기서 불만스러운 중얼거림이 들려오기 시작했다. 나는 앰프의 음량을 높여서 그 소리를 묻어버렸다. "왜 그런 걸까요? 인간의 DNA가 가까운 과거에 존재했던 단 하나의 원천에서 비롯된 것이 아니라면, 돌연변이에 의한 차이는 왜 이토록 작은 걸까요?" 두 번째 홀로그램이 출현했다. Y 염색체형의 영역을 나타내는 이중나선의 개념도였다. "왜냐하면 DNA의 돌연변이는 정확히 똑같은 부위에서 거듭해서 일어나기 때문입니다. 같은 부위에서 둘, 셋, 아니 50번의 복제 에러가 발생하더라도 DNA는 여전히 오리지널에서 불과 한 걸음 정도만 떨어진 곳에 존재하는 것처럼 보입니다." 이중나선 홀로그램은 분열하고 복제됐고, 다시 분열하고 복제됐다. 홀로그램에서는 각 세대에 축적된 차이를 나타내는 부분이 강조

돼 있었다. "우리 세포에서 복제할 때 에러 교정을 맡고 있는 효소들은 특정한 맹점 내지는 특정한 약점을 갖고 있는 것이 틀림없습니다. 마치 철자를 틀리기 쉬운 단어들처럼 말입니다. 물론 어떤 부위에서도 순수하게 무작위 에러가 발생할 가능성은 있습니다만, 그런 일은 몇백만 년 단위로 일어날 뿐입니다."

"모든 Y 염색체 아담들은 환상에 불과합니다." 나는 말했다. "그 어떤 인종이나 부족이나 국가에도 아버지라고 할 수 있는 개체는 존재하지 않았습니다. 현존하는 북유럽인들을 예로 들자면, 지난번 빙하기까지 이어지는 1,000개 이상의 뚜렷한 부계 혈통을 확인했는데, 이 1,000명의 조상 역시 아프리카에서 이주한 200명을 넘는 남성들의 후손이었던 것입니다." 가계도의 잿빛 미로 안에서 알록달록한 색채들이 번득이며 잠시 해당 혈통들을 강조했다.

10여 명의 저널리스트들이 벌떡 일어나서 욕설을 퍼붓기 시작했다. 나는 보안 요원들이 그들을 건물 밖으로 데리고 나갈 때까지 기다렸다.

나는 청중들을 둘러보며 리나의 모습을 찾아봤지만, 그녀는 어디에도 보이지 않았다. 나는 말을 이어나갔다. "미토콘드리아 DNA의 경우 역시 마찬가지입니다. 돌연변이는 스스로를 덮어씌우고, 분자시계를 망가뜨립니다. 20만 년 전 과거에 이브 따위는 존재하지 않았다는 뜻입니다." 청중들이 소란해졌지만 나는 말을 계속했다. "아프리카를 나와서 전 지구에 퍼진 종은 호모에렉투스입니다. 이들은 200만 년이라는 세월에 걸쳐 수십 번이나 파상적으로 확산하면서 선행 집단들과 상호 교배를 거듭했지만, 결코 그들을 완전히 대체하지는 않았습니다." 거대한 지구의가 출현했다. 선사시대의 이 지구는 종횡무진 교차하는 길들로 완전히 뒤덮인 탓에 노출된 지면은 단 1제곱킬로미터도 찾아볼 수 없었다. "호모사피엔스는 지구 모든 곳에서 한꺼번에 출현했습니다. 인류가 전 세계에서 하나의 종으로 유지될 수 있었던 것은 부분적으로는 이주에 의한 유전자의 흐름 덕이지만, 모든 분자시계를 무효로 하는 병행 돌연변이들이 발생했기 때문이기도 합니다. 이 돌연변이들의 발생 순서는 무작위지만, 같은 부위에 편중해서 일어나는 경향을 갖고 있습니다." 또 다른 홀로그램이 네 개의 DNA에서 돌연변이들이 축적되는 광경을 보여줬다. 초기에는 드물게 일어난 돌연변이들이 각기 다른 방식으로, 무작위로 분포되면서 네 개의 DNA는 점점 서로와 달라지는 것처럼 보였지만, 세월이 흐를수록 돌연변이에 취약한 똑같은 부위들만이 거듭해서 영향을 받으면서 결국은 그들 모두가 실질적으로 똑같은 흉터를 갖기에 이르렀다.

"따라서 현대인의 인종적 차이는 최대 200만 년 전에 호모에렉투스 이주민들로부터 물려받은 것이긴 하나, 그 이후의 모든 진화는 지구상의 모든 장소에서 병행해서 진행됐습니다…. 왜냐하면 호모에렉투스에게는 실질적으로 거의 선택의 여지가 없었기 때문입니다. 불과 200만 년이라는 짧은 세월 동안, 해당 지역의 기후 차이로 인해 특정 유전자들이 우위를 점하면서 국지적으로 표면적인 적응이 이뤄진 경우는 있었지만, 현대의 호모사피엔스로까지 이어지는 모든 인종적 차이는 아프리카를 떠나기 전에도 모든 이주민의 DNA에 이미 잠재해 있었습니다.”

이브 지지자들 사이에서 한순간 침묵이 흘렀다. 아마 내가 보여준 비전이 인류의 **통합** 또는 **분열**을 초래할지 확실하게 판단할 수 있는 사람이 아무도 없었기 때문인지도 모르겠다. 진실은 감탄스러울 정도로 무질서한 데다가 복잡하기까지 해서, 그 어떤 정치적 목표를 이루기 위한 수단에도 적합하지 않았던 것이다.

나는 말을 계속했다. “만에 하나 아담이나 이브가 정말로 존재했다면, 그들은 호모사피엔스라는 종이, 호모에렉투스라는 종이 태어나기 훨씬 전에 존재했을 겁니다. 아마 그들의 정체는… 오스트랄로피테쿠스였을지도?” 나는 유인원을 닮은 두 명의 구부정한 털북숭이 원시 인류의 영상을 투영했다. 사람들이 비디오카메라를 투척하기 시작하자 나는 강연대 아래쪽에 있는 단추를 눌러 무대 앞쪽에 투명하고 거대한 강화 아크릴 방어벽이 올라오게 했다.

“당신들이 만들어 낸 **상징**들 따윈 모두 불태워 버려!” 나는 외쳤다. “남자든 여자든, 부족주의든 범세계주의든 간에 이젠 필요 없어. 당신들의 잘난 조국이나 있지도 않은 지모신 따위를 숭배하는 일도 이젠 그만둬. 지금 우리는 유년기의 끝에 와 있다고! 그러니까 인류의 족보 따위는 개나 줘버리고, 혈연 따위도 엿이나 먹으라고 해. 남이 옳다고 하는 일이 아니라, 스스로 옳다고 생각하는 일을 하라고.”

방어벽에 금이 쩍 갔다. 나는 무대 출입문을 향해 달려갔다.

경비원들은 모두 내빼고 없었지만, 리나는 지하 주차장에 세워둔 우리의 장갑 볼보 안에서 엔진을 켜둔 채로 기다리고 있었다. 그녀는 거울 코팅이 된 운전석 창유리를 내렸다.

"인터넷으로 너의 조촐한 공연을 관람했어." 그녀는 침착하게 나를 응시했지만, 그녀의 눈에는 분노와 고뇌가 깃들어 있었다.

내게는 아드레날린도, 체력도, 긍지도 남아 있지 않았다. 나는 차 옆에서 무릎을 푹 꿇었다. "사랑해, 리나. 용서해 줘."

"빨리 타." 리나가 말했다. "해명을 들어야 할 일이 한두 개가 아니야."

7

암흑 정수

Dark Integers

옮긴이 주
본작은 중단편집 『내가 행복한 이유』에 수록된 중편 「루미너스」의 속편이다.

"굿모닝, 브루노. 거기 〈희박한 땅〉의 날씨는 어때?"

내 대화 상대의 화면 아이콘은 표면이 삼각형 타일로 뒤덮이고 세 개의 구멍이 뚫려 있는 원환체[※]였고, 겉과 속이 끊임없이 뒤집히고 있었다. 방금 들린 음성은 딱히 출신지를 특정할 수 없는, 교양이 있는 남성의 목소리를 합성한 것이었지만, 왠지 모국어가 영어가 아닌 듯한 느낌을 풍겼다.

자택 사무실의 창밖을 힐끗 보자 파란 하늘의 일부와 푸른 잎이 우거진 뜰이 눈에 들어왔다. 샘은 시간과 관계없이 언제나 "굿모닝"이라고 인사했다. 그러나 이번 경우는 정말로 오전 10시가 조금 지난 시각이었고, 한적한 시드니 교외의 주택가인 웨스트 라이드는 햇빛과 새들의 지저귐으로 가득 차 있었다.

"완벽해." 나는 대꾸했다. "내가 이렇게 책상에 매여 있지만 않았다면 말이야."

긴 침묵이 흘렀다. 혹시 번역기가 내가 쓴 관용구를 오역해서, 무자비한 적들이 나를 쇠사슬로 묶어놓았음에도 인스턴트 메신저 프로그램에는 쉽게 접속할 수 있도록 내버려두었다는 인상을 주기라도

※ 원을 평면상의 직선을 축으로 회전시켜 만든 도넛 모양의 입체 도형.

한 것일까. 잠시 후 샘이 말했다. "오늘은 자네가 조깅하러 밖에 나가 있지 않아서 다행이야. 아까 앨리슨하고 위안에게 연락했지만 두 사람 모두 응답하지 않더라고. 이렇게 자네와 연락이 닿지 않았다면 내 동료의 일부를 제어하는 것이 힘들어졌을 수도 있어."

불안감과 약간의 짜증이 섞인 감정이 치밀어 올랐다. 24시간 내내 연락을 받을 수 있도록 스마트워치를 차고 다닐 생각은 추호도 없었다. 나는 수학자지 산부인과 의사가 아니다. 아마 아마추어 외교관이라고는 할 수 있겠지만 말이다. 앨리슨과 위안과 나, 세 명만으로 지구의 모든 시간대를 커버할 수 없다는 것은 부정할 수 없는 사실이지만, 샘이 우리 중 누구와도 아예 연락을 취할 수 없는 시간대는 기껏해야 하루 몇 시간에 불과했다.

"자네가 그토록 성급한 동료들에게 둘러싸여 있는지는 몰랐어. 대체 얼마나 중차대한 비상사태이길래?" 나는 번역기가 내 가시 돋친 말투까지 제대로 전달해 주기를 바라며 말했다. 모든 화력을 틀어쥐고 자원을 보유한 쪽은 우리가 아니라 샘의 동료들인데, 그렇게까지 예민해질 필요가 어디 있단 말인가. 물론 과거에 우리는 그들을 소멸시키려고 한 적이 있었지만, 10년도 더 된 일인 데다가, 그건 고의가 아니라 순전히 무지에 의한 과실이었다.

샘이 말했다. "자네 쪽의 누군가가 경계를 뛰어넘은 것 같아."

"뛰어넘었다고?"

"우리가 확인할 수 있는 범위 내에서 조사해 봤지만, 경계선을 가로질러 이쪽으로 오는 땅굴 같은 것은 없었어. 하지만 몇 시간 전, 우리 쪽의 명제 군집 중 하나가 자네 측의 공리들을 따르기 시작했어."

나는 망연자실했다. "고립된 군집이 그랬다는 거야? 우리 쪽 공리들로 이어지는 도출 과정도 없이?"

"적어도 우리는 찾지 못했어."

나는 잠시 생각한 뒤에 말했다. "아마 그건 자연현상이었을 수도 있어. 배경 잡음에서 발생한 일종의 밀물이 잠시 경계를 넘었고, 그 자리에 조수 웅덩이 같은 흔적을 남긴 건 아닐까."

샘은 내 말을 즉시 부인했다. "그러기에는 그 군집은 너무 컸어. 실제로 그런 일이 일어났을 확률은 제로에 가까워." 데이터 채널을 통해 관련 수치들이 내게 전달되었다. 그의 말이 맞다.

나는 손끝으로 눈꺼풀을 지그시 눌렀다. 갑자기 지독한 피곤함이 밀려오는 것을 자각했다. 우리의 숙적인 인더스트리얼 알제브라Industrial Algebra 사는 이미 오래전에 추적을 포기했다고 생각했는데 어떻게 이런 일이 일어날 수 있단 말인가. IA 사는 더 이상 뇌물을 주겠다고 유혹하거나 용병들을 보내 나를 괴롭히지 않았다. 따라서 나는 그들이 문제의 〈결점〉은 사기나 신기루에 불과하다는 결론을 내렸고, 본업인 방위 산업, 즉 사람들을 죽이고 다치게 하는 것이 목적인 정교한 군사 테크놀로지를 개발하는 일로 돌아갔다고 지레짐작했던 것이다.

어쩌면 IA 사는 한 짓이 아닐 수도 있었다. 〈결점〉을 처음 발견한 사람은 앨리슨과 나였다. 〈결점〉이란 우리의 수학과 샘의 세계를 뒷받침하는 수학 사이의 경계를 표시해 주는, 일련의 모순된 수론 집합을 의미한다. 우리는 수만 명의 컴퓨터 사용자들이 기부해 준 CPU 유휴遊休 시간을 활용해서 인터넷상에서 방대한 양의 계산을 분산 처리하는 방식으로 이것을 찾아냈다. 우리가 IA 사는 〈결점〉을 무기화하는 것을 막기 위해 이 발견을 비밀에 부친 채 프로젝트를 중단했을 때, 갑작스러운 중단 결정에 분개하며 자기들끼리 탐색을 이어가겠다고 공언한 참가자들도 몇 명 있었다. 앨리슨과 내가 쓴 오픈 소스 프레임워크를 이용해서 자체적인 탐색 소프트웨어를 개발하는 것은 쉬웠겠지만, 우리처럼 공개적으로 외부에 연산 능력을 요청했다는 소식은 들은 바 없으므로 충분한 지원자를 확보했을 것 같지는 않지만 말이다.

나는 말했다. "지금 당장 그 사건에 관한 설명을 제공할 수는 없네. 내가 할 수 있는 건 조사에 착수하겠다는 약속뿐이야."

"이해하네." 샘이 대답했다.

"그쪽에서는 아무 단서도 못 찾아냈나?" 10여 년 전 상하이에서 앨리슨, 위안과 함께 '루미너스'라는 슈퍼컴퓨터로 〈결점〉을 의도치 않게 공격했을 당시, 〈저쪽〉 수학자들은 세부 사항을 정확히 파악하고 있었다. 그들은 대체 수학의 파동을 경계 너머 공격 원점으로 되돌려 보내, 우리 세 사람만을 정확히 타격했을 정도였다.

샘이 말했다. "문제의 군집이 뭔가에 연결되어 있었으면 우리도 공격 경로를 역추적할 수 있었겠지. 하지만 지금처럼 고립된 군집으로는 아무것도 알 수 없어. 그래서 내 동료들이 그토록 초조해하는 거라네."

"그래." 나는 여전히 이 모든 것이 단지 우연한 오류—레이더가 새 떼의 반사파를 뭔가 더 위험한 것으로 오인하는 현상의 수학적 버전—였기를 기대하고 있었지만, 상황의 심각성은 점점 더 분명해지고 있었다.

〈저쪽〉의 주민들은 우리 입장에서는 더 이상 바랄 수 없을 만큼 온화한 이웃이었지만, 그들의 수학적 기초가 위협을 받는다면 〈저쪽〉은 소멸이라는 현실의 위험에 직면하게 된다. 그들은 그런 위협을 한 번 성공적으로 방어한 적이 있었지만, 그것을 원천까지 추적해서 그 본질을 이해할 수 있었기 때문에 우리에게 큰 관용을 베풀어 주었다는 것이 사건의 진상이었다. 그들은 공격자인 우리에게 치명적인 보복을 가하지도 않았고, 상하이를 소멸시키지도 않았으며, 우리의 우주에 해당하는 〈이쪽〉의 기반을 붕괴시키지도 않았다.

이번에 새롭게 발생한 공격은 예전처럼 지속적이지는 않았지만, 그 출처가 어디인지 그것이 무엇의 전조인지를 아는 사람은 아무도 없었다. 나는 우리 이웃들이 스스로의 생존 보장에 필요한 만큼의 조치만 취할 것이라고 믿고 있었지만, 그들이 무작정 반격에 나설 수밖에 없는 상황으로 몰린다면, 자기들의 안전을 확보하는 길은 우리 세계를 완전히 소멸시키는 것밖에는 없다는 결론에 도달하더라도 이상할 것이 없었다.

상하이 시간은 시드니보다 겨우 2시간 뒤처져 있었지만, 위안의 인스턴트 메신저 상태는 여전히 '부재중'이었다. 나는 그와 앨리슨에게 따로 이메일을 보냈다. 앨리슨이 있는 취리히는 한밤중인 탓에 빨라도 4시간에서 5시간 후에나 읽을 것이다. 우리는 모두 샘과의 통신 프로그램을 상시 가동 중이었다. 이 프로그램은 〈결점〉의 작은 부분들을 모니터링하고 수정하여 수론상의 극히 불안정한 공리들을 변경했고, 그 과정에서 두 수학 체계 사이의 경계를 조금씩 변화시킴으로써 우리가 송신하는 비트를 인코딩하는 방식으로 작동했다. 〈이쪽〉에 있는 우리 세 사람도 이와 동일한 방식으로 서로 연락을 취할 수 있었지만, 비밀을 지키려면 종래의 암호화 방식을 쓰는 편이 오히려 더 안전하다는 결론을 내렸다. 샘이 보내오는 통신 데이터가 마치 무 無에서 오는 것처럼 보인다는 단순한 사실만으로도 의심을 받을 가능성이 있었으므로, 우리는 네트워크상에서 그럴듯한 가짜 패킷을 보내는 소프트웨어까지 작성해서 출처를 설명할 길 없는 샘과의 대화를 위장했다. 지극히 근면하고 유능한 해커가 아닌 이상, 전자적인 도청자들은 샘이 리투아니아의 인터넷 카페에서 우리와 대화 중이라는 결론을 내릴 것이다.

위안의 답장이 오기를 기다리면서, 내 정보 채굴 소프트웨어가 관련성이 낮다고 판단한 정보가 저장된 로그를 샅샅이 뒤져보았다. 혹시 내가 설정한 탐색 기준에 어떤 결함이 있어서 나도 모르는 맹점이 발생했을지도 모르기 때문이었다. 만약 어딘가의 누군가가 〈결점〉의 발견으로 이어질 수 있는 모종의 연산을 수행할 것이라고 공표했다면, 그 뉴스는 몇 초 안에 내 데스크톱 화면을 점멸하는 빨간 글자들로 뒤덮었을 것이다. 물론 그런 연산 자원을 보유한 조직 대부분은 그 성격상 비밀주의를 채택했을 공산이 크지만, 애당초 그런 정신 나간 연구에 몰두할 동기 따위는 이제 없다고 봐야 한다. 우리가 이용했던 루미너스는 2012년에 퇴역했다. 이론상으로는 이제 각국의 정보기관들뿐만 아니라 IT 분야를 주축으로 하는 몇몇 대기업들조차도 마음만 먹는다면 자체적으로 〈결점〉을 추적할 수 있는 연산 능력을 보유하고 있지만, 내가 아는 한, 〈결점〉이 정말로 존재한다는 사실을 확신하는 사람은 전 세계에서도 위안과 앨리슨, 나 세 사람뿐이었다. 국민의 세금을 낭비하는 것으로 악명 높은 국가들의 비밀 예산이나 가장 부유한 재계 거물들의 윤택한 자금원조차도, 단지 가능성이나 변덕을 이유로 〈결점〉 탐색 작업을 감당하지는 못할 것임을 나는 확신하고 있었다.

메신저 창이 뜨면서 앨리슨의 얼굴이 나타났다. 피곤한 표정이었다. "거기는 지금 몇 시야?" 나는 물었다.

"새벽이야. 로라가 배앓이를 해서."

"어, 지금 통화해도 괜찮아?"

"응, 방금 재우고 왔어."

나는 짤막한 이메일밖에 보내지 않았던 터라 다시금 그녀에게 자초지종을 설명했다. 앨리슨은 잠시 침묵하며 생각에 잠겼지만, 자꾸 나오는 하품을 감추려고 하지도 않았다.

"딱 하나 떠오르는 건 두 달 전에 로마에서 열린 학회에서 들은 소문이야. 뉴질랜드의 어떤 수학자가 수론 계산을 통해서 물리학의 기본 법칙을 테스트하는 방법을 고안해 냈다는 얘기였어. 여러 사람의 입을 거친 얘기라 확실하진 않지만.”

“그냥 황당한 소문인 걸까. 만약 그게 아니라면… 뭐라고 생각해?”

앨리슨은 마치 뇌에 더 혈액을 보내려는 듯이 손으로 양쪽 관자놀이를 문질렀다. “잘 모르겠어. 워낙 막연한 얘기라서 판단을 내릴 수가 없었어. 그걸 논문으로 발표하려고 하거나 블로그 따위에서 언급한 것 같지도 않아. 아마 몇몇 동료들에게만 직접 언급했고, 그중 한 명은 그 내용이 너무 우스워서 입이 근질근질했던 건지도 몰라.”

“그 친구의 이름은 들었어?”

앨리슨은 잠시 카메라 앞을 떠나 뭔가를 찾았다. “팀 캠벨.” 곧 데이터 채널을 통해 메모가 도착했다. “조합론이나 알고리즘 복잡성, 최적화 분야에서 꽤 괜찮은 연구 성과를 올렸더군. 하지만 인터넷을 샅샅이 뒤져보아도 내가 들은 그 괴상한 얘기와 관련된 것은 없더라고. 그래서 이메일을 보낼 작정이었는데, 결국 그러지 못했어.”

이유는 익히 짐작할 수 있었다. 그녀가 그 소문을 들은 것은 바로 로라가 태어날 무렵이었기 때문이다. 나는 말했다. “아직도 그렇게 많은 학회에 직접 참석할 수 있다니 다행이야. 유럽에 살면 모든 곳이 지척에 있으니 나보다는 쉬운 거겠지.”

“헛! 그게 앞으로도 계속될 거라고 생각하지 마, 브루노. 조만간 너도 그 무거운 엉덩이를 들고 비행기를 잡아타야 할 수도 있어.”

“위안은 지금 뭐 해?”

앨리슨은 미간을 찡그렸다. “말 안 했던가? 이틀 전에 입원했어. 폐렴이야. 딸하고 통화했는데, 예후가 좋지 않대.”

"저런." 앨리슨은 나보다 훨씬 더 위안과 가까웠다. 위안은 그녀가 박사과정을 밟을 당시의 지도 교수였기 때문에, 루미너스 사건으로 인해 우리 세 사람이 얽히기 전부터 이미 오랫동안 알고 지내던 사이였다.

위안은 이제 여든에 가까웠다. 수준 높은 의료 서비스를 받을 수 있는 중산층 중국인에게 여든은 아직 아주 늙은 나이는 아니었지만, 그가 영원히 우리 곁에 있어주지는 않을 것이다.

나는 말했다. "우리 힘으로만 이걸 처리하려는 건 미친 짓이 아닐까?" 앨리슨은 나의 우려를 이미 이해하고 있었다. 단둘이 샘과 연락을 주고받으며 경계를 관리하고, 두 세계가 대화는 하되 분리된 상태를 유지하여 양측 모두의 안전과 온전함을 책임진다는 것이 가당키나 한 일일까.

앨리슨이 대답했다. "이런 일을 안심하고 맡길 수 있는 정부가 있어? 그걸 알고도, 악용하지 않는다는 보장이 있어?"

"없어. 하지만 달리 대안이 없잖아? 나중에 로라한테 이 일을 떠맡기기라도 할 거야? 케이트는 아이를 가지는 데는 관심이 없어. 젊은 수학자를 아무나 뽑아서 내 후계자로 지명할까?"

"아무나 뽑지는 않았으면 좋겠어."

"그럼 광고라도 낼까? '수론에 통달하고, 마키아벨리적 책략에도 일가견이 있으며, 〈웨스트 윙〉※ 완전판 박스 세트를 소유한 인재를 구함.' 뭐 이런?"

앨리슨은 어깨를 으쓱했다. "때가 오면, 신뢰할 수 있는 능력자를 찾아야 해. 중요한 건 균형을 맞추는 거야. 우리 비밀을 아는 사람은 적으면 적을수록 좋지만, 그 지식이 완전히 사라질 위험이 없는 수준으로 인원을 유지해야 해."

"그리고 그걸 대대로 이어가자는 거야? 무슨 비밀결사처럼? '수론적 모순의 기사들' 같은 그럴듯한 이름을 붙여야 하나?"

"그 기사단의 문장紋章은 내가 만들어 줄게."

우리에게는 그보다 더 나은 계획이 필요했지만, 지금은 그런 일로 티격태격할 때가 아니었다. 나는 말했다. "이 캠벨이란 친구한테 연락해 보고, 결과를 알려줄게."

"알았어. 행운을 빌어." 앨리슨의 눈은 거의 감겨 있었다.

"너도 몸 잘 챙겨."

앨리슨은 피곤한 얼굴로 억지로 미소 지었다. "정말로 내가 걱정돼서 그러는 거야, 아니면 혼자서 성배를 지키고 싶지 않아서 하는 말이야?"

"물론 둘 다야."

"내일 비행기로 웰링턴※에 가야 해."

케이트는 파스타를 듬뿍 얹어 입으로 가져가던 포크를 내려놓고, 의아한 듯이 미간을 찌푸리며 나를 바라보았다. "갑작스럽네."

"응. 나도 귀찮아 죽겠어. 뉴질랜드 은행에서 요청해 왔는데, 내가

※ 뉴질랜드의 수도.

328

직접 현장까지 가서 보안 컴퓨터로 작업할 필요가 생겼어. 외부 네트워크와는 접속이 불가한 시스템이거든.”

케이트의 미간 주름이 깊어졌다. “언제 돌아오는데?”

“잘 모르겠어. 월요일이 될 수도 있어. 대부분의 일은 내일 끝낼 수 있을 것 같지만, 특정 작업은 다른 지점들과 접속을 끊는 주말에만 할 수 있어. 지점들이 오프라인일 때만 가능하거든. 어떻게 될지는 그때 가봐야 알 수 있어.”

나는 케이트에게 거짓말을 하고 싶지는 않았지만, 이미 그러는 일에 익숙해져 있었다. 우리가 만난 것은 상하이에서 그 사건을 겪은 지 1년 뒤의 일이었고, 당시에도 나는 IA 사가 고용한 용병 중 한 명이 내 몸 안에서 데이터 캐시를 후벼 파내려고 했을 때 생긴 팔뚝의 흉터가 가끔 쑤시는 것을 느끼곤 했다. 그리고 그녀와의 관계가 깊어지기 시작한 어느 시점에서, 나는 설령 우리가 아무리 가깝고 신뢰하는 사이가 되더라도 케이트는 〈결점〉에 관해 아예 모르는 편이 낫다는 결론을 내렸다. 그녀의 안전을 위해서는 그쪽이 훨씬 안전하기 때문이다.

“그런 일 정도면 현지의 전문가를 고용하면 되지 않아?” 케이트가 되물었다. 나를 의심하는 것은 아니겠지만, 짜증스러워하는 것은 확실했다. 그녀는 병원에서 매일 오랜 시간을 근무하고, 주말도 격주로 한 번밖에는 쉬지 못하기 때문이다. 그리고 이번 주말이 바로 그 쉬는 주말이었다. 딱히 무슨 계획을 세운 것은 아니었지만, 그 시간을 함께 보내는 것은 우리 사이에서는 습관이 되어 있었다.

나는 말했다. "물론 가능하겠지만, 그런 식으로 갑자기 사람을 찾기는 힘들 거야. 게다가 내가 힘들다고 거절한다면 계약 전체를 파기당할 게 뻔해. 이번 주말 중 하루가 날아간다고 해서 세상이 끝나는 건 아니잖아."

"맞아, 세상이 끝나는 건 아니지." 이윽고 그녀는 포크를 다시 들어 올렸다.

"소스 맛 괜찮아?"

"맛있어, 브루노." 그녀는 짤막하게 대꾸했다. 바꿔 말해서, 아무리 맛있는 음식을 만들어 주더라도 날아간 주말을 보상할 수는 없으니 신경 쓰지 말라는 뜻이었다.

케이트가 먹는 모습을 보면서 마음속에서 묘한 응어리가 지는 것을 느꼈다. 스파이들이 자기 가족에게 거짓말을 할 때 느끼는 감정이란 바로 이런 것일까? 하지만 내가 간직한 비밀은 정신병원에나 더 어울릴 법한 이야기였다. 나의 임무는 우리 세계와 공존하면서도 유령처럼 눈에 보이지 않는 다른 세계를 상대로 체결한 조약을 두 명의 친구와 함께 원활하게 운영하는 것이기 때문이다. 이 유령 세계는 결코 우리에게 적대적이지 않지만, 문제의 조약은 인류 역사상 가장 중요한 것이었다. 왜냐하면 양측 모두가 전면 핵전쟁조차도 사소해 보일 정도로 완전무결하게 상대방을 소멸시킬 능력을 갖추고 있었기 때문이다.

빅토리아대학은 웰링턴 시내가 내려다보이는 언덕 위 교외에 있었다. 나는 케이블카를 타고 금요일 오후에 열리는 연구 세미나 시간에 딱 맞게 도착했다. 나 자신이 논문 발표자로 초빙받는 것은 힘들었겠지만, 청강 허가는 쉽게 받을 수 있었다. 학교를 떠난 지는 거의 20년이 되어가지만, 오래되긴 했어도 박사 학위를 가지고 있는 데다가 (비록 이번 세미나와는 직접적인 관련이 없긴 하지만) 몇몇 논문도 발표한 적이 있는 덕에 여전히 학계 관계자로서 환영받을 수 있었던 것이다.

세미나의 주제는 캠벨 자신의 공식적, 비공식적인 연구와는 직접 관련이 없었기 때문에 캠벨의 참석 여부는 도박이었다. 그래서 대학 웹사이트의 교수진 소개 페이지에서 본 것과 같은 인물이 청중 속에 있는 것을 발견하고는 안도했다. 나는 앨리슨과 통화한 직후 그에게 이메일을 보냈지만, 그의 대답은 정중한 거절이었다. 캠벨은 내가 풍문으로 들은 그의 연구가 옛날 앨리슨과 내가 시작했던 악명 높은 탐색 프로젝트와 관련이 있음은 인정했지만, 자신이 고안한 접근법에 대해 공개할 준비는 되어 있지 않다고 답변했다.

나는 1시간 동안 '모노이드[※]와 제어 이론'이라는 주제에 관한 강연에 귀를 기울였다. 혹시라도 나중에 세미나 주최자가 왜 뉴질랜드 '관광'까지 중단하며 이 세미나에 참석했는지 물었을 때 엉뚱한 대답으로 웃음거리가 되지 않으려면 어느 정도는 이 주제에 대해 알고 있어야 했다. 세미나가 끝나자 청중은 건물 밖으로 나가는 쪽과 다과가 마련된 옆방으로 향하는 두 무리로 나뉘었다. 캠벨이 성큼성큼 건물 밖으로 나가는 것을 본 나는 남의 이목을 끌지 않고 그를 부를 수 있

※ 추상대수학의 대수 구조 중 하나.

는 거리까지 애써 접근했다.

"캠벨 박사님?"

그는 돌아서서 강연실을 둘러보았다. 아마도 과제 제출 기한 연장을 부탁하려는 학생을 찾고 있는 듯했다. 나는 손을 들어 올리며 그에게 다가갔다.

"브루노 코스탄조입니다. 어제 이메일을 보냈죠."

"아, 그분이시군요." 캠벨은 30대 초반의 마르고 창백한 남자였다. 그는 나와 악수를 나누면서도 깜짝 놀란 기색이었다. "웰링턴에 와 있다는 말씀은 없으셨는데요."

나는 별거 아니라는 듯한 손짓을 해 보였다. "말씀드릴까 했는데, 너무 민폐가 될 것 같아서요." 수론적 모순 어쩌고 하는 난센스에 대해서는 나도 캠벨 못지않게 상반되는 감정을 느끼고 있다는 인상을 주려고 더 이상의 자세한 말은 하지 않았다.

그러나 우리가 이렇게 운명적으로 마주친 이상, 이 기회를 최대한 활용하고 싶어 한다 해도 전혀 이상할 것이 없지 않겠는가?

"저기로 가서 그 유명한 스콘을 먹어볼 참이었습니다." 나는 말했다. 세미나 웹사이트에는 현지 명물인 스콘이 제공될 것이라는 요란한 광고가 실려 있었다. "혹시 지금 시간 괜찮으신가요?"

"음, 그냥 서류 작업이니까 나중에 해도 됩니다."

나는 그와 함께 옆방으로 가면서 휴가 계획이 어쩌고 하며 공허한 잡담을 늘어놓았다. 실제로 내가 뉴질랜드에 온 것은 이번이 처음이었기 때문에 앞으로도 아직 일정이 많이 남아 있다는 인상을 주려고 노력했다. 캠벨은 뉴질랜드 현지의 지리나 야생동물 따위에 대해서 나만큼이나 관심이 없어서, 내가 그에 관해 열변을 토하면 토할수록 그의 표정은 데면데면해졌다. 이런저런 하이킹 코스에 관해 나와 자세히 토론할 생각이 없다는 사실이 명백해진 시점에서, 나는 버터를 바른 스콘을 집어 들고 느닷없이 대화 주제를 바꿨다.

"실은 〈결점〉을 탐색하기 위한 더 효율적인 전략을 고안했다는 얘기를 들었습니다." 하마터면 '그' 〈결점〉이라고 말할 뻔했다. 내가 〈결점〉이 여전히 가설에 불과하다는 전제하에 다른 사람과 대화를 나눴던 것은 오래전의 일이다. "앨리슨 티어니 박사와 내가 끌어모은 연산 능력의 규모가 어느 정도였는지는 아시나요?"

"물론입니다. 당시 나는 학부생이었지만, 탐색 프로젝트에 관해서는 들은 적이 있습니다."

"혹시 자원봉사자 중 한 명이었습니까?" 이미 기록을 확인해 봤기에 자원봉사자 목록에는 캠벨의 이름이 없다는 건 알고 있었지만, 익명으로 등록할 수도 있었으므로 그럴 가능성을 완전히 배제할 수는 없었다.

"아뇨. 당시에는 그리 큰 흥미를 느끼지 못해서." 단지 12년 전에 컴퓨터 유휴 시간을 기부하지 않았다는 사실을 인정했을 뿐인데도 그의 표정은 왠지 불편해 보였다. 아무래도 캠벨은 당시 앨리슨과 내가 자원봉사자들을 모집하며 내건 농담 같은 가설을 도저히 용납할 수 없는 멍청한 짓이라고 느낀 사람 중 한 명일지도 모르겠다. 사실 우리는 진지하게 받아들여 달라는 요구를 한 적이 없었고, 웹페이지에서 눈에 가장 잘 띄는 곳에 우리처럼 연산 능력 기부를 필요로 하는 생명과학 분야 프로젝트들의 링크를 걸어놓기까지 했다. 그걸 본 사람들이 그들이 보유한 여분의 메가플롭스※에는 좀 더 유용한 사용법이 있다는 사실을 깨달을 수 있도록 말이다. 그럼에도 고루한 수학 및 철학 전공자 중에서는 우리 가설의 도저히 용납할 수 없는 무례함과 무지함에 분개하며 노골적으로 불쾌감을 드러낸 이들이 적지 않았다. 사태가 심각하게 변질되어 버리기 전에는 노땅들에게 그런 식으로 욕을 먹는 재미야말로 우리의 프로젝트를 지속시켜 준 원동력이었다고 해도 과언이 아니다.

"하지만 최근 들어 그 아이디어를 어떤 식으로든 개선했다는 말이군요?" 나는 후배인 그에게 뒤처졌다는 사실에 대해 전혀 분개하고 있지 않다는 인상을 주려고 노력하며 되물었다. 사실, 가설 자체는 앨리슨이 고안했기 때문에, 설령 내 자존심이 걸린 프로젝트였다고 해도 이 부분은 아무 문제도 되지 않는다. 탐색 알고리즘조차도 앨리슨의 황당한 가설을 조롱하고 싶었던 내가 일요일 오후에 농담 삼아 급조한 것이었다. 그러나 앨리슨은 웃어넘기기는커녕 반색했고, 그것을 세상에 공개하자고 했던 것이다.

캠벨은 남의 이목을 의식한 듯이 황급히 주위를 둘러보았다. 그의 새로운 연구에 관한 소식이 로마와 취리히의 대학들을 거쳐 내가 있는 시드니까지 도달했다면, 웰링턴대학에서 학자적인 평판을 지키려는 그의 노력은 아마 실패로 끝났다는 사실을 뒤늦게나마 눈치챈 듯

※　컴퓨터의 성능을 나타내는 단위.

했다.

그는 말했다. "당신과 티어니 박사가 제시한 가설은 초기 우주에서의 무작위한 과정들은 정수에 관한 상호 모순된 정리들의 증명을 포함하고 있었다는 주장이었습니다. 왜냐하면 초기 우주에서는 그런 모순을 밝혀줄 계산이 수행될 수 있을 정도의 시간은 아직 경과하지 않았기 때문이니까요. 이렇게 요약해도 될까요?"

"네. 적절한 요약입니다."

"내가 문제시하는 건, 그 가설만으로는 지금 여기서 수론적인 모순을 탐지하는 게 도저히 가능해 보이지 않는다는 점입니다. 만약 물리적 시스템 A가 정리 A를 증명했고 물리적 시스템 B가 정리 B를 증명했다면, 이 우주에는 각기 다른 공리에 따르는 각기 다른 영역이 존재한다는 얘기가 되지만, 그렇다고 해서 이미 증명이 끝난 모든 정리가 기재된 보편적 수학 교과서 따위가 시공간 밖에서 둥둥 떠다니고 있고, 우리 컴퓨터들은 그걸 참조해서 어떻게 행동할지 결정한다고 주장할 수는 없는 노릇이지 않습니까. 고전적 시스템의 행동은 그 시스템 자체의 인과적 과거에 의해 결정됩니다. 만약 우리가 정리 A를 증명한 어떤 영역의 후예라고 한다면, 우리 컴퓨터들은 마땅히 정리 B가 **참이 아니라는** 사실을 완벽하게 증명할 수 있을 겁니다. 140억 년쯤 전에※ 우주의 다른 곳에서 무슨 일이 일어났든 간에 말입니다."

나는 사려 깊게 고개를 끄덕였다. "무슨 말인지 알 것 같군요." 수학의 영원한 진리들이 나열된, 일종의 비실체적인 교과서가 존재한다

※　현존 이론에서 빅뱅은 약 138억 년 전에 일어난 것으로 간주된다.

는 식의 순수한 플라톤주의를 받아들일 경우, 교과서는 처음에는 백지로 시작되지만 이런저런 정의들이 검증됨에 따라 채워진다는 어정쩡한 주장은 최악의 타협처럼 보여도 이상할 것이 없다. 사실, 상하이에서 〈저쪽〉이 비록 몇 분 동안이긴 했지만 위안과 앨리슨과 나에게 그들의 수학에 관한 통찰을 제공해 주었을 때, 위안은 수학적 정보의 흐름은 아인슈타인적인 국소적 인과관계를 따른다고 선언했다. 보편적인 진리의 책 따위는 존재하지 않으며, 과거의 기록들이 광속이나 광속 이하의 속도로 떠돌며 서로 뒤섞이고 경합하고 있다는 뜻이다.

하지만 단 한 대의 컴퓨터만으로 어떤 정리와 그 부정을 모두 증명할 수 있다는 사실을 내 눈으로 직접 확인했다고 캠벨에게 털어놓을 수는 없는 노릇이었다. 하물며 그 컴퓨터가 해당 계산을 하는 순서에 따라서, 어떤 공리계는 기능을 멈추고 다른 공리계에 의해 대체되는 경계를 변경하는 것조차 가능하다는 사실을 밝히는 것은 어불성설이다.

나는 말했다. "그런데도 여전히 수론적 모순을 탐색할 가치가 있다고 생각하는 겁니까?"

"그렇습니다." 캠벨은 시인했다. "하지만 내가 그 아이디어를 떠올린 건 아주 다른 접근법을 통해서였습니다." 그는 잠시 망설이다가 우리 옆 탁자에서 스콘 하나를 집어 들었다.

"하나의 바위, 하나의 사과, 하나의 스콘. 우리는 이 표현들이 뭘 의미하는지를 명확하게 알고 있습니다. 비록 이것들이 각기 10의 10의 30몇 제곱 정도의 조금씩 다른 분자 배열을 갖고 있다고 해도 말

이죠. 따라서 내가 가진 '하나의 스콘'은 당신이 가진 '하나의 스콘'
과는 같지 않습니다."

"맞습니다."

"은행이 대량의 지폐를 어떻게 계산하는지 아십니까?"

"무게를 재나요?" 실은 은행에서는 그 외에도 몇 가지의 다른 방
법들을 써서 대조 확인을 하지만, 나는 그의 주장이 어떤 방향으로
가고 있는지를 알고 있었기 때문에 굳이 옥에 티를 찾는 식으로 대화
흐름을 방해할 생각은 없었다.

"바로 그겁니다. 자, 그럼 우리가 스콘을 같은 방식으로 계산한다
고 가정해 봅시다. 한 무더기의 무게를 재고, 그 값을 편의상의 표준
치로 나눈 다음, 가장 가까운 정수로 반올림합니다. 하지만 개별 스
콘의 무게는 너무나도 다양하기 때문에 우리가 평소에 쓰는 산술과
는 아예 다른 결과가 나와버릴 공산이 큽니다. 만약 두 개의 각기 다
른 스콘 무더기를 '센' 다음, 두 무더기를 합쳐서 함께 '센'다면, 그 수
치가 통상적인 정수 덧셈의 결과와 일치할 거라는 보장은 없습니다."

나는 말했다. "분명히 일치하지 않겠죠. 하지만 디지털 컴퓨터는
스콘으로 작동하는 물건이 아니고, 비트를 저울로 재지도 않습니다
만."

"내 말을 끝까지 들어주십시오." 캠벨이 말했다. "완벽한 비유는
아니지만, 겉보기만큼 정신 나간 얘기가 아닙니다. 자, 이제 우리가
'하나의 것'으로 취급하고 있는 모든 것은 실제로는 엄청난 수의 배
열 가능성을 내포하고 있지만, 우리는 그걸 의도적으로 무시하거나,

글자 그대로 식별이 불가능하다고 가정해 보십시오. 특정한 양자 상태에서 설정된 전자만큼이나 단순한 것조차 말입니다.”

나는 말했다. “물리학의 숨은 변수 얘기를 하는 겁니까?”

“일종의 숨은 변수가 맞습니다. 헤라르트 엇호프트＊의 결정론적인 양자역학 모델에 관해서 알고 계시는지?”

“대충 아는 정도입니다.” 나는 솔직하게 대답했다.

“엇호프트는 플랑크 스케일에서 순전히 결정론적인 자유도가 존재한다고 가정했고, 양자 상태는 여러 가지의 가능한 구성을 포함한 동치류에 대응한다고 주장했습니다. 그뿐 아니라 우리가 원자 준위에서 만들어 내는 통상적인 양자 상태들은 그런 원초적인 상태들의 복잡한 중첩이라고 가정함으로써, 엇호프트는 벨의 부등식＊＊ 논증을 회피할 수 있었습니다.” 나는 미간을 조금 찡그렸다. 대충 무슨 말인지 감은 왔지만, 따로 시간을 내서 엇호프트의 논문을 읽어볼 필요가 있어 보였다.

캠벨은 말을 이었다. “어떤 의미에서는, 물리학적인 세부는 그리 중요하지 않습니다. 단지 우리가 말하는 것이 어떤 종류의 물체이든 간에, ‘하나의 것’이 다른 ‘하나의 것’과 완전히 동일해지는 일은 결코 없을 거라는 사실만 받아들이면 됩니다. 그런 가정을 전제로 삼는다면, 다양한 산술적 계산과 엄격하게 등가인 것처럼 보이는 물리적 과정들은 생각했던 것보다 확고한 것이 아닐 수도 있습니다. 스콘 계

＊ 네덜란드의 물리학자. 전자기약력의 상호작용을 수학적으로 증명하여 1999년 노벨 물리학상을 받았다.
＊＊ 국소적인 숨은 변수 이론이 존재할 경우의 상한을 규정한 부등식.

량의 경우 그런 결함은 명명백백하지만, 지금 내가 지적하고 있는 건
물질의 근본적 성질을 오해하는 데서 오는 좀 더 미묘할 수도 있는 결
과들입니다."

"흐음." 설령 캠벨이 이런 추론을 다른 사람들에게도 털어놓았다
고 해도 나처럼 진지하게 받아들인 사람은 없었을 게 뻔하지만, 남의
말을 쉽사리 믿어버린다는 인상을 주고 싶지는 않은 데다가, 솔직히
현시점에서는 캠벨의 주장이 현실과 조금이라도 관련이 있는지조차
도 판단하기 힘들었다.

나는 말했다. "매우 흥미로운 아이디어이긴 하지만, 그게 수론적 모
순의 탐색을 어떻게 촉진할 수 있는지 여전히 이해가 되지 않는군요."

"나는 그것에 기반한 일군의 모델들을 확립했습니다." 캠벨이 말
했다. "이 모델들은 엇호프트가 주장한 몇 가지 물리학적 아이디어에
부합해야 한다는 제약하에 있을 뿐만 아니라, 극히 넓은 범위의 객체
들에 대한 산술 연산이 거의 모순이 없어야 한다는 요구 사항에 의해
서도 제약을 받고 있습니다. 중성미자※에서 은하단에 이르기까지, 우
리가 일상적인 상황에서 조우할 수 있는 종류의 수들에 대한 기본 산
술은 통상적인 방식으로 기능해야 옳습니다." 그는 웃었다. "사실, 우
리는 바로 그런 세계에 살고 있지 않습니까?"

우리 중 일부는 그렇다. "예."

"하지만 흥미로운 것은, 궁극적으로 문제의 산술이 흐트러져 주
지 않는다면, 바꿔 말해서, 물리적 표상들이 산술적 진실을 더 이상 완

※　중성자 붕괴 시 방출되는, 전하가 없고 질량이 미미한 소립자.

벽하게 포착하지 못할 정도의 초천문학적인 수들이 존재하지 않는다면, 나의 물리학적 모델들은 아예 작동하지도 못한다는 점입니다. 그리고 내가 확립한 각 모델은 그런 효과들이 어디서부터 발생하는지를 어느 정도 예측할 수 있습니다. 기초적인 물리법칙부터 시작해서 큰 정수들을 사용한 일련의 계산을 유추하면 수론적 모순을 도출해 낼 수 있다는 뜻입니다. 웬만한 컴퓨터 한 대만 있어도 가능합니다.”

“탐색 과정을 아예 거치지 않고 그 〈결점〉에 바로 도달한다는 얘기로군요.” 나도 모르게 ‘그’ 〈결점〉이라고 말해버렸지만, 이제는 이런 사소한 말실수에 연연할 상황이 아니었다.

“이론상으로는 그렇습니다.” 이렇게 말하며 캠벨이 얼굴을 살짝 붉힌 것은 의외였다. “뭐랄까, 방금 ‘탐색 과정을 아예 거치지 않고’라고 하셨지만, 실제로는 그보다 훨씬 축소된 규모의 탐색을 행한다는 쪽이 정확합니다. 내가 확립한 모델들에는 아직 값이 정해지지 않은 매개변수들이 있어서, 테스트해 봐야 할 가능성들은 잠재적으로 수십억 개에 달하기 때문입니다.”

나는 활짝 웃어 보였고, 문득 내 미소가 상대에게 얼마나 가식적으로 보였을까 하는 궁금증을 느꼈다. “하지만 아직 대박이 나진 않았다, 이거군요?”

“예.” 이러면서 엿듣는 사람이 없는지 확인하려는 듯이 주위를 흘끔거리는 것을 보니 다시 자의식이 고개를 쳐든 모양이다.

이 사내는 지금 내게 거짓말을 하고 있는 걸까? 이미 결과를 냈으면서도 일단은 비밀을 유지하고, 100만 번은 더 검증해 본 뒤에야 회의적인 동업자들과 아무것도 모르는 일반 대중을 상대로 그의 발견을 발표하기 위한 최상의 방법이 무엇인지 찾아볼 작정일까? 그게 아니라면, 어떤 방법을 썼든 간에 샘의 우주에 조그만 수류탄을 던진 것이나 마찬가지인 캠벨의 그 행위는 그의 컴퓨터에서는 통상적인 산술 계산으로 기록되었을 뿐이고, 그 결과 경계를 넘었다는 증거처럼 보이지는 않는 것일까? 결국 문제의 명제 군집은 **우리 측의 공리들을** 따랐으므로, 캠벨은 그것이 과거에는 그러지 않았다는 사실을 아예 모르는 채로 그런 일을 성공시켰던 것인지도 모른다. 그가 떠올린 아이디어가 진실에 근접해 있음은 명백하니까 말이다. 나 역시 이것을 더 이상 단순한 우연으로 치부할 수 없었다. 그러나 캠벨의 이론에는 내가 참임을 알고 있는 사실 하나를 포함시킬 여지가 없는 것처럼 보인다. 산술 계산은 단지 모순될 수 있는 것이 아니라, 역동적이라는 사실 말이다. 해당 모순점을 포착해서, 마치 카펫 표면에 솟은 주름처럼 여기저기로 움직일 수 있다는 뜻이다.

캠벨이 말했다. "그 과정의 일부는 자동화하기가 쉽지 않습니다. 모델들을 넓은 클래스※로 분류해 각각 적합한 탐색 방법을 설정하려면 일정량의 수작업이 필요하기 때문이죠. 짬이 날 때만 하는 일이라서, 모든 가능성들의 검토를 끝내려면 좀 더 시간이 걸릴 겁니다."

"그랬군요." 만약 지금까지 그가 해온 모든 계산이 단지 딱 한 번만 〈저쪽〉에 착탄한 것이라면, 남은 계산들은 아무 문제도 일으키지 않고 끝날 가능성도 있다. 그렇다면 캠벨은 별로 주목받지 못하는 물

※　집합론에서 특정한 성질을 만족하는 집합 또는 그 밖의 수학적 대상을 모은 것.

리 이론의 한 클래스를 부인하는 논문을 발표할 것이고, 그 후 경계의 양쪽에서는 평온한 일상이 이어질 것이다.

그러나 명색이 수학적 무기 감찰관인 내가 그런 장밋빛 추론을 덥석 받아들여도 될까?

캠벨은 어딘가 안절부절못하는 기색이었다. 나 때문에 미뤄둔 서류 작업이 마음에 걸리기 시작한 것일까. 나는 말했다. "이렇게 만난 김에 이 주제에 관해 조금 더 얘기를 나눌 수 있으면 정말 좋겠습니다. 혹시 오늘 밤 시간이 납니까? 나는 시내의 호스텔에 묵고 있습니다만, 이 근처에 좋은 레스토랑이 있으면 거기서 얘기를 계속하면 어떨까요?"

캠벨은 잠시 주저하는 표정이었지만, 곧 멀리서 온 손님이니 환대해야 한다는 생각이 의구심을 앞선 듯했다. 그는 말했다. "아내와 상의해 보겠습니다. 사실 우린 거의 외식을 하지 않는 데다가, 어차피 오늘은 내가 요리를 할 예정이었으니까 우리 집으로 오신다면 환영하겠습니다."

캠벨의 집은 대학 캠퍼스에서 걸어서 15분 거리였다. 나는 캠벨에게 양해를 구하고 주류 판매점에 들러 저녁 식사에 곁들일 와인을 두 병 샀다. 그의 집 안으로 들어갈 때 나는 현관 문틀에 손을 대고 조그만 장치를 슬쩍 붙여놓았다. 나중에 이 집에 무단으로 침입할 필요가 생기면 도움이 될 것이다.

캠벨의 아내인 브리지트는 유기화학자였고, 남편과 마찬가지로 빅토리아대학의 교수였다. 저녁 식사를 하며 우리가 나눈 대화는 모두 학과장, 예산, 그리고 연구비 신청에 관한 것들이었다. 나는 학계를 떠난 지 오래되었지만, 캠벨 부부의 불만에 공감하는 데는 전혀 어려움이 없었다. 집주인들은 내 와인잔이 언제나 차 있도록 신경을 써주었다.

식사가 끝나자 브리지트는 남섬의 작은 도시에 산다는 어머니에게 전화를 걸겠다며 자리를 떴다. 캠벨은 나를 서재로 안내했고, 키보드에 인쇄된 글자들이 거의 지워진, 20년은 족히 된 듯한 낡은 노트북을 켰다. 아직도 많은 가정에는 이런 컴퓨터들이 남아 있었다. 최신식 블로트웨어※ 따위를 돌리지는 못해도, 본래 운영체제에서는 여전히 완벽하게 작동하는 기계다.

캠벨은 비밀번호를 입력할 때 나에게 등을 돌렸고, 나는 엿보려고 했다는 오해를 조금이라도 받지 않으려고 신중하게 행동했다. 그런 다음 그는 편집기로 C++※※ 파일을 열었고, 직접 코딩한 탐색 알고리즘의 일부를 스크롤 해서 내게 보여주었다.

나는 어지럼증을 느꼈지만 와인 탓은 아니었다. 저녁을 먹기 전에 약국에서 파는 술 깨는 약을 이미 잔뜩 먹어뒀기 때문이다. 이 약은 인간의 몸이 에탄올을 미처 흡수하기도 전에 포도당과 물로 분해해준다. 나는 IA 사가 〈결점〉의 추적을 정말로 포기했기를 간절히 희망했다. 문제는 내가 불과 한나절 만에 캠벨의 비밀에 이토록 가깝게 접

※　메모리를 너무 많이 잡아먹는 불필요한 번들 프로그램.
※※　C 언어를 바탕으로 효율성과 유연성을 높인 프로그래밍 언어.

근할 수 있었다는 점이었다. 만약 IA 사가 이 비밀을 손에 넣는다면, 이번 달이 채 가기도 전에 대체 수론으로 주식시장을 조작하고, 펜타곤으로 가서 논리 체계와 시스템 자체를 붕괴시키는 병기를 팔려고 할 것이 뻔했기 때문이다.

나는 눈으로 본 것을 사진처럼 기억하는 완전 기억 능력 따위는 가지고 있지 않았고, 캠벨이 보여준 것들 역시 단편들에 불과했다. 하지만 그는 나를 일부러 약 올리려고 그러는 게 아니라 단지 구체적인 연구 결과가 존재한다는 것을 보여주고 싶은 마음에서 그러는 듯했다. 그가 언급한 플랑크 스케일 물리학이라든지 지향성 탐색 전략 따위가 단순한 허풍이 아니라는 사실을 말이다.

나는 큰 소리로 말했다. "잠깐! 그건 뭡니까?" 캠벨은 페이지 다운 키를 누르던 손을 멈췄고, 나는 화면 중앙에 뜬 변수 선언의 목록을 가리켰다.

```
long int i1, i2, i3;
dark d1, d2, d3;
```

'long int'란 long integer, 즉 일반 정수에 비해 두 배 많은 비트를 써서 표현되는 배장配長 정수를 의미한다. 이 오래된 랩톱에서는 아마도 합 64비트에 해당할 것이다. "도대체 이 얼어 죽을 'dark'는 뭡니까?" 나는 따져 물었다. 평소라면 처음 만난 상대를 향해 이런 말투로 묻지는 않았겠지만, 어차피 지금은 맨정신이 아닌 척하고 있으니 이러는 쪽이 오히려 자연스럽다.

캠벨은 웃었다. "암흑 정수입니다. 내가 정의한 정수형이죠. 4,096비트를 담을 수 있습니다."

"하필 왜 그런 이름을 붙였죠?"

"암흑 물질, 암흑 에너지… 그리고 암흑 정수. 이것들은 우리 주변 어디에나 있지만, 반드시 규칙을 따르지는 않기 때문에, 보통은 볼 수 없는 것들입니다."

등줄기가 오싹해졌다. 나조차도 샘의 세계의 기반을 이토록 간결하게 표현하지는 못했을 것이다.

캠벨은 노트북을 껐다. 나는 캠벨의 의심을 받지 않고 잠깐이라도 그것을 조작할 기회를 엿보고 있었지만, 그럴 수 없다는 것은 명백했으므로 서재에서 나와 플랜 B를 실행에 옮기기로 했다.

"그런데 속이 좀…." 나는 이렇게 말하며 복도 바닥에 털썩 주저 앉았다. 잠시 후, 나는 주머니에서 휴대폰을 꺼내 그에게 내밀었다. "택시 좀 불러주시겠습니까?"

"예, 물론 그러죠."

캠벨은 휴대폰을 받아들였고, 나는 팔로 머리를 감싸안았다. 그가 콜택시 번호를 누르기 전에, 나는 낮은 신음 소리를 내기 시작했다. 잠시 침묵이 흘렀다. 아마 지금 그는 여러 선택지 중 가장 덜 당혹스러운 것이 무엇인지를 따져보고 있을 것이다.

마침내 캠벨은 말했다. "괜찮으시다면 여기 소파에서 자도 됩니다." 나는 그에게 진심으로 미안함을 느꼈다. 면식도 거의 없는 인간이 내게 이런 민폐를 끼쳤다면, 적어도 밤중에 토하면 청소 비용은 부담하겠다는 약속이라도 미리 받아 냈을 것이다.

한밤중에 나는 화장실로 가기는 했지만, 일부러 음향 효과를 곁들이거나 하지는 않았다. 그러는 대신 도중에 조용히 서재로 가서 어두컴컴한 방을 가로질렀고, 몇 년 전 어딘가의 수리업자가 노트북 본체에 붙여놓은 접착 레이블 위에 얇고 투명한 패치를 한 장 더 붙였다. 내가 덧붙인 패치는 육안으로는 아예 볼 수 없었고, 억지로 떼어내려면 외과용 메스가 필요할 것이다. 이 패치와 통신할 중계기는 그보다는 커서 외투 단추만 했는데, 나는 그것을 책장 뒤에 붙여놓았다. 캠벨이 서재 벽을 새로 칠한다거나 바닥의 카펫을 교환하려고 하지 않는 이상, 아마 2년간은 발견되지 않을 것이다. 통신 요금은 현지의 무선 인터넷 제공 업체에 이미 2년 치를 선결제해 놓았다.

나는 동이 트고 얼마 지나지 않아 잠에서 깼다. 주정뱅이답지 않게 일찍 일어났다고 해서 내 연극이 들통날 염려는 없었다. 어젯밤 캠벨이 일부러 커튼을 활짝 열어둔 탓에 아침 햇살이 내 얼굴을 정면으로 비췄기 때문이다. 틀림없이 일부러 그랬을 것이다. 혹시 귀를 기울이고 있을지도 모를 누군가에게 너무 의도적이라는 인상을 주지 않으려고 10분쯤 조심조심 집 안을 돌아다녔다. 그런 다음 소파 옆 커피 테이블 위에 감사와 사죄의 말을 휘갈겨 쓴 메모지를 남겨두고, 현관에서 나와 케이블카 정류장으로 갔다.

시내로 내려온 나는 배낭 여행자용 호스텔 맞은편에 있는 카페에 앉아서 중계기에 접속했다. 중계기는 노트북에 붙인 패치의 고분자

회로에 이미 성공적으로 접속을 마친 상태였다. 정오가 지나도 캠벨이 로그인하지 않자, 나는 케이트에게 메시지를 보내 은행 일 때문에 적어도 하루는 더 걸릴 것 같다고 알렸다.

나는 값비싼 스낵을 주문하고 뉴스 피드를 훑어보며 시간을 보냈다. 카페의 다른 손님 중 절반은 나와 같은 일을 하고 있었다. 마침내 오후 3시를 조금 넘긴 시각에 캠벨이 노트북의 전원을 켰다.

내가 붙여놓은 패치는 노트북의 디스크 드라이브를 직접 읽을 수는 없었지만, 키보드와 디스플레이 사이를 오가는 전류를 감지함으로써 그가 타이핑한 모든 글자와 그가 화면에서 본 모든 것을 유추해낼 수 있었다. 비밀번호를 알아내는 것쯤은 식은 죽 먹기였다. 게다가 운 좋게도 캠벨은 로그인한 후 자신이 만든 어떤 파일의 편집에 착수했고, 새로운 클래스의 수론 모델들을 대상으로 탐색 프로그램을 확장했다. 그가 노트북 화면을 위아래로 스크롤 해준 덕에 작업 중인 파일의 내용이 패치의 스크린숏에 모두 포함되기까지는 그리 오랜 시간이 걸리지 않았다.

그는 2시간 넘게 이 작업에 매달리며 자신이 작성한 코드를 디버깅했고, 마침내 프로그램을 실행시켰다. 이 낡아빠진 20세기산 노트북 컴퓨터는 〈결점〉을 찾기 위한 전 인터넷 규모의 프로젝트가 시작되기 전에 제조된 물건이었지만, 이미 이 프로그램을 써서 〈저편〉의 명제 군집을 정확하게 한 번 직격한 적이 있었다. 방금 캠벨이 새로 지정한 클래스의 모델들이 며칠 전에 성과를 올린 기존 클래스와는 양립하지 않기를 바라는 수밖에 없었다.

잠시 후 패치에 내장된 적외선 센서가 캠벨이 방을 떠났다는 신호를 보내왔다. 패치는 키보드의 접속 케이블에서 전류를 유도할 수 있었기 때문에, 마치 내가 그 자리에 있는 것처럼 노트북에 입력할 수 있었다. 나는 새로운 작업창을 열었다. 노트북은 인터넷에 아예 연결되어 있지 않았고, 오직 내 스파이웨어를 통해서만 외부와 통신할 수 있었지만, 필요한 정보는 15분 만에 화면에 띄워서 모조리 기록할 수 있었다. 메인 프로그램이 의존하고 있는 몇몇 라이브러리 파일과 헤더 파일들, 그리고 지금까지 수행된 모든 탐색 결과가 기록된 데이터 로그 따위였다. 운영 체제를 해킹해서 향후의 탐색이 모두 실패하도록 하는 악성 코드를 심는 것도 그리 어려운 일은 아니었지만, 상황을 좀 더 정확히 파악할 수 있을 때까지 기다리기로 했다. 일단 시드니로 돌아간 뒤에도 노트북이 사용 중일 때는 언제든 훔쳐볼 수 있었고, 방치되어 있을 때는 이쪽에서 개입할 수도 있었다. 내가 웰링턴에 아직도 머무르고 있는 것은 혹시라도 캠벨의 집에 다시 직접 방문할 필요가 생길 경우에 대비하기 위해서였다.

해가 저물자 더 이상 급하게 할 일이 없다는 사실을 깨달았지만, 케이트에게 전화하지는 않았다. 내가 창문도 없는 컴퓨터실에 틀어박혀 노예처럼 일하고 있다고 믿게 하는 편이 현명하다는 생각이 들었기 때문이다. 나는 카페에서 호스텔로 돌아와서 침대에 누웠다. 공동 침실은 텅 비어 있었다. 다른 투숙객들은 모두 시내로 놀러 나간 듯했다.

나는 취리히에 있는 앨리슨에게 전화를 걸어 지금까지의 상황을 설명했다. 화면 밖에서는 그녀의 남편인 필리프가 다른 방에서 딸 로라를 달래는 소리가 들려왔다. 그는 프랑스어로 유아어를 써가며, 시끄럽게 우는 딸을 침착하게 어르고 있었다.

앨리슨은 큰 흥미를 느낀 듯했다. "캠벨의 이론은 완벽하진 않아도 현실에 상당히 근접해 있는 건 분명해. 우리도 아마 그 이론을 우리가 지금까지 관찰해 온 동역학에 끼워 맞출 수 있을지도 모르겠어." 10년 전에 문제의 〈결점〉을 우연히 발견한 이래, 우리는 그것에 대한 모든 연구를 짜증 날 정도로 경험주의적인 방식으로만 진행해 왔다. 우리의 작업은 일단 계산해 보고, 그 영향을 관찰하는 일의 연속이었다. 그보다 더 심층적인 레벨에서 이 현상의 기초를 이루는 원리를 발견하는 일은 아예 시도조차도 하지 못했던 것이다.

"샘이 모든 걸 알고 있다고 생각해?" 그녀가 물었다.

"모르겠어. 설령 알고 있더라도 인정하진 않겠지." 상하이에서 우리에게 〈저쪽〉의 수학을 맛보기로 경험하게 해 준 것은 샘이었지만, 그것은 우리가 루미너스로 의도치 않게 지워버리려고 했던 것이 황무지가 아니라 하나의 문명이라는 사실을 우리에게 뚜렷하게 알리기 위해 우리 머리통을 한 번 쥐어박은 것에 가까웠다. 우리 모두를 거의 파멸시킬 뻔했던 첫 번째 접촉이 있었던 이래, 샘은 우리와의 통신 방법을 확립했다. 그는 우리의 언어들을 습득한 뒤에는 우리가 자발적으로 알려주는 〈이쪽〉 세계의 정보에 기꺼이 귀를 기울였지만, 자신의 세계에 관해서는 거의 알려주려고 하지 않았다. 그래서 〈저쪽〉 세계의 물리학, 천문학, 생물학, 역사, 문화 따위에 관해서 우리는 거의 아는 게 없었다. 지구와 동일한 공간을 점유하는 생물이 존재한다는 사실은, 두 우주는 서로를 볼 수는 없어도 어떤 식으로든 밀접하게 연결되어 있다는 사실을 시사하고 있었다. 그러나 샘은 경계 너머에 있는 자신의 우주에서 생명은 우리 우주보다 훨씬 더 흔하다고 암시한 적이 있었다. 내가 샘에게 생물은 적어도 태양계 내에서는 지구에만 있는 것처럼 보이고, 지구 주위에는 수 광년에 달하는 불모의 진공이 펼쳐져 있을 뿐이라고 말한 이래, 그는 우리 세계를 〈희박한 땅〉이라고 부르기 시작했다.

앨리슨이 말했다. "어쨌든 간에, 이건 우리끼리만 알고 있어야 한다고 생각해. 조약은 상대편이 침범 사실을 통보해 오면 그에 대응해 우리가 할 수 있는 모든 조치를 취해야 한다고 규정하고 있어. 우린 지금 그걸 하고 있고. 하지만 캠벨의 구체적인 활동 내용까지 자세히 알릴 의무는 없어."

"맞아." 하지만 나는 그녀의 제안이 마냥 달갑지는 않았다. 샘과 그의 동료들이 취해온 방어적인 태도—무엇이든 조금이라도 우리에게 알리면 곧바로 그 정보가 악용되어 자신들을 더 취약하게 만들 거라고 가정하는 식의—에도, 언젠가는 우리의 진정성을 보여줄 수 있는 어떤 제스처를 취한다면 상호 간의 신뢰를 쌓을 기회를 만들 수 있지 않을까 하는 생각을 떨쳐버릴 수 없었기 때문이다. 캠벨과 대화를 나눈 이후, 나는 그의 발견이 우리 동기의 순수함을 증명할 기회를 제공해 줄지도 모른다는 희미한 기대를 마음속에 품고 있었다.

앨리슨은 내가 어떤 기분인지 알아차렸다. "브루노, 그치들이 우리한테 준 건 아무것도 없어. 상하이에서 그런 일이 있었으니 신중할 수밖에 없는 건 어느 정도 이해할 수 있지만, 그와 동시에 우리도 그 치들이 루미너스를 하루살이 쫓듯이 털어 낼 수 있다는 것도 알게 됐 잖아. 그치들은 우리를 단번에 박살 낼 정도로 엄청난 연산 능력을 가지고 있어. 그런데도 그치들은 손에 넣을 수 있는 모든 전략적 우위 를 움켜쥐고 있잖아. 우리도 그치들과 똑같이 행동하지 않는다면 그 건 그냥 어리석고 무책임한 짓이야.”

“그러니까 우리도 이 비장의 무기를 계속 숨겨두자는 거야?” 머 리가 송곳으로 찌르는 것처럼 쿡쿡 쑤시기 시작했다. 지금까지 우리 세 사람이 떠맡은 이 비현실적인 책임을 견디기 위해 내가 채택한 방 식은, 애초에 그런 책임이 존재하지 않는다는 듯이 그냥 무시해 버리 는 것이었다. 그런데 사흘째 계속 이 문제만 붙들고 있으려니 지난 10년 동안 겪은 그 어떤 일보다도 더한 스트레스가 나를 짓누르고 있 었다. “결국 이런 식으로 가는 수밖에 없는 거야? 우리 식의 냉전이 시작된 건가? 차라리 월요일에 네가 NATO 사령부로 직접 가서 우리 가 아는 걸 몽땅 털어놓는 편이 차라리 낫지 않을까?”

앨리슨은 무덤덤하게 말했다. “스위스는 NATO 회원국이 아니 야. 정말 그렇게 한다면, 정부는 아마 나를 반역죄로 기소할걸.”

나는 그녀와 싸우고 싶지 않았다. “그 얘긴 나중에 하자. 우리가 손 에 넣은 게 정확히 뭔지도 아직 모르잖아. 캠벨의 파일들을 다 확인하 고, 그 친구가 정말로 우리가 상상한 일을 했는지부터 검증해야 해.”

“알았어.”

"시드니로 돌아가서 다시 전화할게."

캠벨에게서 훔친 자료들을 모두 해석하는 데는 상당한 시간이 걸렸다. 하지만 마침내 캠벨이 수행한 작업들이 로그 파일에 기록된 어떤 계산에 해당하는지를 모두 확인할 수 있었다. 그런 다음 그가 시험한 명제들을 〈결점〉의 개략적인 정적靜的 맵과 비교해 보았다. 샘이 보고한 사건은 〈저쪽〉 세계의 심부에서 일어난 일이었기 때문에, 경계에서 자연히 일어나는 소규모의 변동들까지 고려할 필요는 없었다.

내 분석이 옳다면, 수요일 밤늦은 시각에 캠벨이 수행한 계산은 〈저쪽〉 세계의 수학 한복판에 정확하게 착탄했다. 그가 한 말은 사실이었다. 다만, 그곳에서 비정상적인 것은 아무것도 발견하지 못했지만 말이다. 그러는 대신, 그가 찾고 있었던 것은 그의 눈앞에서 눈 녹듯이 사라져 버렸다.

지금까지 앨리슨과 내가 수행했던 모든 계산에서, 우리는 오로지 경계상에서만 상대측의 명제를 우리의 공리계로 강제로 귀속시킬 수 있었다. 그러나 캠벨의 경우는 마치 더 높은 차원에서 뛰어 내려와서 우리가 알고 사랑하는 수론을 호스로 물을 뿌리듯이 뿌려댄 것처럼 보였다.

샘과 그의 동료들에게 이것은 추적하고 요격할 수 있는 대륙간탄도탄이 아니라, 갑자기 어디선가 튀어나온 휴대용 핵 배낭 수준의 위협이었다. 그런데도 앨리슨은 그들에게 "우리가 알아서 처리했으니 걱정하지 말아요"라고 말하자고 한다. 그 무기가 어떤 건지도 보여주지도 않고, 작동 원리도 설명해 주지 않으며, 그것에 맞설 새로운 방어책을 마련할 기회조차도 주지 않고 말이다.

앨리슨은 우리 쪽이 뭔가 비장의 수를 하나쯤 쥐고 있기를 바라고 있었다. 만약 〈저쪽〉의 매파들이 권력을 장악해서, 〈희박한 땅〉은 해롭기만 한 유령 같은 존재이니 아예 말살해 버리자는 결론을 내릴 경우에 대비해서 말이다.

토요일 밤에 술을 퍼마시고 온 여행자들이 호스텔로 돌아오기 시작했다. 음정이 맞지 않는 노래를 꽥꽥 부르거나 신나게 토해대고 있었다. 이것은 혹시 내가 어젯밤 캠벨의 집에서 만취한 척했던 것에 대한 인과응보인 것일까. 그렇다면 나는 1,000배쯤 앙갚음을 당하고 있었다. 좀 더 격식 있는 숙소에 묵지 않은 것이 후회되기 시작했지만, 출장비를 대줄 고용주가 있는 것도 아닌 데다가 케이트에게 한 거짓말을 수습하는 것만으로도 벅찬 마당에 여행 비용까지 더 지출하고 싶지는 않았다.

스콘 계산법 따위는 잊자. 나는 디지털 화폐를 마치 디즈니판 〈마법사의 제자〉에 등장하는 걸어 다니는 빗자루처럼 자가 증식시키는 방법을 알고 있었다. 어쩌면 샘에게 들키지 않고 그 이익을 슬쩍할 수도 있을 것이다. 샘과 일상적으로 메시지를 교환할 때 쓰는 경계선 조작 뒤로 〈저쪽〉을 이용한 거래를 숨기는 식으로 말이다.

하지만 그로 인해 생길 부작용을 통제할 방도는 전혀 생각나지 않았다. 그런 식의 간섭이 달리 무엇을 망가뜨릴지, 그 과정에서 얼마나 많은 사람들을 죽거나 다치게 할지 감을 잡을 수가 없다는 뜻이다.

나는 베개 밑에 머리를 파묻고 소음 속에서 어떻게든 잠들 방법을 찾으려 애썼고, 어린 시절 이래 처음으로 7의 거듭제곱을 암산하기 시작했다. 나는 암산에 천부적인 소질이 있었던 것도 아니었고, 간단한 처음 단계들을 넘어선 뒤에 필요해진 집중력은 그 어떤 육체노동보다 더 빠르게 나를 탈진하게 했다. 2억 8,247만 5,249. 숫자들은 잭의 콩나무처럼 성층권까지 솟구쳤다. 급기야는 너무 높은 곳까지 올라간 탓에 찢어지며 산산조각이 났고, 숫자로 된 구름이 검은 색종이처럼 내 머릿속을 떠다녔다.

"문제는 해결됐네." 나는 샘에게 말했다. "원인을 찾아냈고, 재발을 방지하기 위한 조치도 취했어."

"정말 확실해?" 샘이 이렇게 묻는 동안 화면 속의 삼중 원환체는 마치 불안한 듯이 계속 꿈틀거렸다. 물론 이 아이콘은 내가 직접 고른 것이고 샘이 그 형태에 영향을 끼치고 있는 것도 아니었지만, 이렇게 꿈틀거리는 것을 보면 나도 모르게 감정을 부여하지 않을 수 없었다.

나는 말했다. "수요일에 그쪽에 침입한 게 누군지 확인했네. 악의적인 행동은 아니었어. 그 인물은 자기가 경계를 넘었다는 사실조차도 몰라. 그래서 해당 컴퓨터의 운영체제를 수정해서 다시는 같은 행동을 할 수 없게 해 놓았네. 그걸 다시 시도하려 한다면 컴퓨터는 실제 계산을 수행하는 대신 그냥 예전과 동일한 결과만을 보여줄 거야."

"다행이군." 샘이 말했다. "그 계산들이 어떤 것이었는지 설명해 줄 수 있을까?"

샘의 모습이 보이지 않는 것과 마찬가지로 나의 모습도 보이지 않는다는 사실을 알면서도 나는 습관적으로 표정을 가다듬었다. "그건 우리가 맺은 조약의 합의 사항에는 포함되어 있지 않은데."

샘은 잠시 침묵했다. "맞아, 브루노. 하지만 어떤 계산이 침입의 원인이 되었는지를 안다면 우리 입장에서도 훨씬 안심될 거야."

"그쪽 심정은 십분 이해하네. 하지만 우리는 이미 결정을 내렸어." 여기서 '우리'란 앨리슨과 나를 의미했다. 위안은 아직 입원 중이어서 뭔가를 결정할 상태가 아니었다. 앨리슨과 내가 전 세계를 대표해서 말하고 있는 꼴이다.

"그렇다면 자네들의 입장을 우리 동료들에게 전달하겠네." 샘은 말했다. "우리는 자네들의 적이 아냐, 브루노." 그의 말투에는 아쉬움이 묻어 있었다. 그런 말투는 샘 본인의 것이지 그의 동료들의 것이 아니지만 말이다.

"나도 알아. 우리도 자네들의 적이 아냐. 그런데도 지금까지 자네는 그쪽 세계에 대한 자세한 정보를 우리에게 거의 알려주지 않았어. 하지만 우리는 그걸 적대 행위로 간주하지 않아. 그러니까 몇 가지 비밀을 유지한다고 해서 우리가 비난받을 이유는 없지 않을까."

"조만간 다시 연락하겠네." 샘이 말했다.

메신저 창이 닫혔다. 나는 암호화된 대화문을 앨리슨에게 이메일로 보낸 다음 책상에 엎드렸다. 머리가 지끈거렸지만, 대화 자체는 그리 나쁘게 끝나지는 않았다고 생각한다. 물론 샘과 그의 동료들이 모든 것을 알고 싶어 하는 것은 당연했다. 그들이 실망을 느끼고, 우리를 원망해도 당연하다. 그렇다고 해서 지난 10년간 유지해 온 우호

정책을 파기할 이유까지는 되지 못한다. 중요한 것은, 내가 보증했듯이 더 이상의 침입이 일어나지 않는 것이다.

내겐 해야 할 일이 있었다. 먹고살기 위해 하는 일 말이다. 나는 어떻게든 정신을 가다듬고 샘과의 문제를 머릿속에서 완전히 밀어낸 다음, 싱가포르의 한 기업에 보내야 할 서류의 작성에 착수했다. 분산 프로그래밍의 병목 현상을 해결해 줄 확률론적 기법에 관한 보고서였다.

4시간 후 초인종이 울렸을 때, 나는 요기를 하려고 사무실에서 나와서 주방에서 찬장을 뒤지고 있었다. 그래서 굳이 현관 카메라를 확인하지 않고 그냥 복도로 나가서 문을 열었다.

"잘 있었어, 브루노?" 캠벨이 말했다.

"그럭저럭. 시드니에 올 거면 미리 알리지 그랬어?"

"내가 자네 집을 어떻게 찾았는지는 안 궁금해?"

"어떻게 찾았어?"

그는 휴대폰을 들어 보였다. 내가 보낸, 정확하게 말하자면 내 휴대폰이 보낸 문자 메시지가 떠 있었다. 내 스마트폰의 GPS 좌표였다.

"제법인데," 나는 말했다.

"최근 오스트레일리아에선 '통신 기기의 부정 이용'도 테러리즘 관련 범죄 목록에 올랐더군. 원한다면 나를 최고 보안 시설을 갖춘 교도소의 독방에 처넣을 수도 있을 거야."

"그러려면 적어도 아랍어 단어를 열 개쯤은 알고 있어야 할걸요."

"실은 이집트에서 한 달 지낸 적이 있으니 불가능하진 않아. 하지만 브루노 자네도 날 경찰에 신고하고 싶어 할 것 같지는 않은데."

"일단 들어오게."

나는 그를 거실로 안내하며 맹렬하게 머리를 굴리기 시작했다. 책장 뒤에 숨겨둔 중계기를 우연히 찾아냈을 가능성은 있지만, 내가 그의 집을 떠나기 전에 그랬을 리가 없다. 그렇다면 원격조작으로 내 스마트폰에 바이러스를 심기라도 했단 말인가? 내가 해둔 보안 조치는 그 정도로 허술하지는 않았다.

캠벨이 말했다. "왜 내 컴퓨터를 엿보았는지 설명해 주지 않겠나?"

"나도 내가 왜 그랬는지 점점 더 혼란스러워지기 시작했네. 정답은 '내가 그러는 걸 자네가 원해서'일지도 모르겠군."

캠벨은 콧방귀를 뀌었다. "정말이지 얼굴이 두껍군! 내 연구에 대한 소문이 도는 걸 의도적으로 방치한 건 사실이야. 자네랑 앨리슨 티어니가 왜 탐색을 중단했는지 궁금했거든. 그래서 자네가 그 소문에 낚여서 찾아오는지 확인하고 싶었어. 실제로 그렇게 됐고. 하지만 그건 내 연구를 통째로 훔쳐도 좋다는 허가는 아니잖아."

"그렇다면 애당초 그렇게 멍석을 깔아준 이유는 뭔데? 나와 앨리슨에게서 뭔가를 훔치려고 그랬던 게 아니야?"

"설마 피장파장이라고 강변할 셈이야? 난 자네들이 뭔가를 정말로 찾아냈을지도 모른다는 의문을 확인하고 싶었을 뿐이야."

"그럼 그 의문이 사실임을 확인했다고 말하고 싶은 거야?"

캠벨은 고개를 가로저었지만, 부정한다기보다는 재미있어하는 표정이었다.

나는 말했다. "그럼 우리 집까지 찾아온 이유가 뭐지? 설마 내가 자네의 그 정신 나간 이론을 내 이름으로 발표하기라도 할 것 같아서? 난 필즈상 받을 나이는 지났지만, 노벨상이라면 충분히 노려볼 만하다고 생각하는 모양이군."

"자네가 명예에 관심이 있다고는 생각하지 않아. 방금 말했듯이, 난 자네들이 이미 오래전에 상을 받을만한 성과를 냈다고 생각하거든."

나도 모르게 벌떡 일어나서 오만상을 찌푸리고 주먹을 꽉 쥐었다.

"그래서 요점이 뭔가? 노트북을 해킹했다고 고소라도 할 참이야? 하려면 얼마든지 해. 맞고소하면 궐석 재판에서 두 사람 모두 벌금형을 받고 끝날 게 뻔하지만."

캠벨은 말했다. "내가 알고 싶은 건 딱 하나야. 대체 뭐가 그렇게 중요했기에 태즈먼해를 건너와서, 거짓말을 써서 내 집으로 들어오고, 내 호의를 악용하고, 내 파일을 훔쳤냐는 거야. 단순한 호기심이나 질투는 아니라고 생각하네. 자넨 10년 전에 뭔가를 발견했고, 지금 내 연구가 그걸 위험에 빠뜨릴까 봐 두려운 거야."

나는 다시 앉았다. 막다른 골목에 몰렸음을 자각했을 때 솟구쳤던 아드레날린은 어느새 다 증발해 버리고 없었다. 나는 마치 앨리슨이 귓가에서 속삭이는 듯한 느낌을 받았다.

"죽이거나, 또는 영입하든가, 둘 중 하나야, 브루노."

물론 사람을 죽일 생각은 추호도 없었지만, 선택지가 정말로 이 두 가지밖에 없는지 아직 확신이 서지 않았다.

"남의 일엔 상관 말라고 하면 어쩔 건데?"

캠벨은 어깨를 으쓱했다. "그럼 더 열심히 연구하면 그만이야. 자네 내 노트북을 망가뜨렸고, 우리 집에 있는 다른 컴퓨터들도 건드렸을지 모르지만, 나는 새 컴퓨터 하나 못 살 정도로 가난하진 않아."

그럴 경우 캠벨은 100배는 빠른 기계로 모든 탐색을 다시 실행할 것이다. 파라미터의 범위도 넓혀서 말이다. 이 모든 문제의 원인이었던 〈희박한 땅〉발 핵 배낭은 다시 폭발할 것이고, 그 위력은 예전보다 10배, 아니 100배는 더 클 수도 있었다.

나는 말했다. "자네 혹시 비밀결사의 일원이 되고 싶다고 생각한 적은 없나?"

캠벨은 황당하다는 듯이 웃었다. "없어!"

"유감스럽지만 나도 그랬다네."

나는 모든 것을 털어놓았다. 〈결함〉의 발견. 그 비밀을 손에 넣으려고 한 IA 사에게 추격당했던 일. 상하이에서 얻은 통찰. 샘이 먼저 우리에게 접촉해 와서, 두 세계 사이에서 협정을 맺은 일, 평온무사했던 10년. 그리고 캠벨의 연구가 느닷없이 가져온 충격과 아직도 확산 중인 파문에 대해서 말이다.

캠벨은 충격을 받은 기색이 역력했지만, 그가 원래부터 의심하고 있었던 사실을 내가 시인했음에도 모든 얘기를 곧이곧대로 받아들일 준비는 아직 되어 있지 않았다.

그런 그를 내 서재로 데려가서 시연해 보일 생각 따위는 애초부터 하지 않았다. 내가 거기서 결과를 조작하는 것은 너무나도 쉽다는 것을 서로 잘 알고 있었기 때문이다. 그러는 대신 우리는 걸어서 동네 쇼핑센터까지 갔고, 나는 그에게 200달러를 건네 새 노트북을 사게 했다. 나는 어떤 종류의 소프트웨어를 다운로드 받아야 하는지를 그에게 알려주었지만, 구체적으로 어떤 제품을 고를지는 캠벨에게 일임했다. 그런 다음에는 몇 가지 추가 지침을 주었을 뿐이었다. 반 시간도 채 지나지 않아 캠벨은 자기 힘으로 〈결점〉을 목격했고, 경계선을 양쪽으로 조금씩 움직여 보기까지 했다.

우리는 쇼핑센터의 푸드코트로 가서 앉았다. 주위는 방금 수업을 마치고 하교한 시끄러운 10대들로 가득했다. 캠벨은 마치 플라스틱 장난감 기관총을 그의 손에서 빼앗은 다음 그것을 딱딱한 금속으로 바꿔서 그의 머리통을 후려갈긴 사람을 보는 듯한 눈빛으로 나를 바라보고 있었다.

나는 말했다. "기운 내. 상하이 사건이 일어난 이래 예의 우주 전쟁은 단 한 번도 일어나지 않았어. 그러니까 이번에도 우린 살아남을 수 있을 거야." 10여 년 만에 처음으로 생긴 새 동료와 이 무거운 짐을 나눌 수 있다는 사실은 나를 평소보다 훨씬 더 낙관적으로 만들었다.

"설마 〈결점〉이 동적 현상이었다니." 캠벨이 중얼거렸다. "그렇다면 얘기가 완전히 달라지는군."

"알아."

캠벨은 찡그린 얼굴로 대꾸했다. "정치적인 문제나 잠재적인 위험성 같은 것만을 말하는 게 아니야. 〈결점〉의 기초를 이루는 물리적 모델 자체가 달라졌다는 뜻이야."

"그래?" 나는 그 부분을 진지하게 검토해 본 적조차 없었다. 캠벨의 독자적인 계산을 소화하는 것만으로도 충분히 벅찼기 때문이다.

"난 지금껏 플랑크 스케일의 물리학에는 정확한 대칭성이 존재하고, 거시적인 수론 구조들 사이의 경계가 안정적인 건 바로 그 탓이라고 지레짐작하고 있었어. 실은 인위적인 제약에 의한 것이었지만, 난 그걸 당연하게 받아들였지. 왜냐하면 그 밖의 가능성들은 모두…."

"믿기 힘든 것들이라서?"

"그래." 캠벨은 눈을 깜빡이고는 시선을 돌려 푸드코트에서 저녁을 먹는 사람들을 둘러보았다. 마치 자기가 어쩌다가 이런 곳에 와 있게 됐는지 짐작도 안 간다는 얼굴이었다. "몇 시간 뒤에 돌아가는 비행기를 타야 해."

"브리지트는 자네가 여기 왜 온 건지 알아?"

"정확히는 몰라."

나는 말했다. "방금 내가 한 얘기는 아무에게도 말하지 말게. 아직은 안 돼. 그러기엔 위험이 너무 크고, 아직 모든 것이 너무 유동적이야."

"응."

그는 똑바로 내 눈을 바라보았다. 그냥 맞장구친 게 아니었다. IA 사 같은 조직이 무슨 짓을 할 수 있는지 충분히 이해하고 있는 사람의 눈이었다.

"장기적으로는," 나는 말을 이었다. "이걸 안전하게 만들 방법을 찾아야 하네. 우리 모두가 안전해질 수 있는 방법을 말이야." 이 목적을 이렇게 뚜렷하게 입 밖에 내서 말한 것은 이번이 처음이었지만, 나는 캠벨의 통찰이 던지는 의미를 이제야 조금씩 받아들이기 시작한 참이었다.

"어떻게?" 캠벨은 물었다. "우린 벽을 세워야 할까, 아니면 허물어야 할까?"

"아직 잘 모르겠네. 지금 우리에게 필요한 건 더 나은 맵이지만 말이야. 영역 전체를 좀 더 정확하게 파악할 필요가 있어."

캠벨은 우리 집까지 와서 나와 대결할 작정으로 공항에서 렌터카를 빌렸고, 그것을 우리 집 근처의 골목에 세워놓았다고 했다. 나는 그곳까지 그를 배웅했다.

그와 작별 악수를 나누며 나는 말했다. "마지못해 결성된 음모단에 합류한 걸 환영하네."

캠벨은 얼굴을 찡그렸다. "마지못해서가 아니라, 쓸모없어지는 쪽으로 바꿀 방법을 찾아보자고."

향후 몇 주 동안 캠벨은 자신의 이론을 개량하기 위한 작업에 착수했고, 며칠에 한 번씩 앨리슨과 나에게 이메일을 보냈다. 캠벨을 끌어들인 나의 독단적인 결정에 대해 앨리슨은 예상보다 훨씬 더 담담한 반응을 보였다. "같은 텐트 아래로 끌어들이는 편이 낫지." 단지 이렇게 말했을 뿐이었다.

이 말은 과소평가였음이 판명되었다. 전문적인 부분은 우리 두 사람 모두 따라잡을 수 있었지만, 몇 년에 걸친 시행착오를 거듭하며 문제 해결에 매달려 온 캠벨의 직관적 이해력이야말로 현재 그가 올리고 있는 눈부신 성과의 열쇠임은 명백했다. 설령 그의 연구 노트와 알고리즘을 훔쳤다고 해도 우리 힘만으로는 절대 여기까지 오지 못했을 것이다.

캠벨이 고안한 이론의 '동적' 버전이 점차 형태를 갖춰가기 시작했다. 거시적 물체—이 맥락에서 '거시적'이라는 표현은 소립자의 양자적 상태까지 포함한다—에 관한 한, 플라톤주의적 수학은 흔적도 없이 소멸했다. 이 경우 정수에 관한 '증명'은 물리적 과정의 한 클래스일 뿐이고, 그 증명의 결과가 어떤 보편적인 진리의 책에서 추출되거나 그것에 기록되는 일도 없다. 게다가 여러 증명 사이에 존재하는 일관성조차도, 동일한 사실을 증명한 것으로 간주되는 상이한 과정들 사이에서 나타나는 강력하지만 불완전한 상관관계에서 비롯된 것이다. 이러한 상관관계는 플랑크 스케일의 물리적 현상에서, 원초적 상태들이 서로 구별되는 객체들처럼 보이는 부분계들로 (불완전하게) 분할되는 방식에 기인한다.

수학적 진리들이 항구적이고 보편적인 것처럼 보이는 이유는, 그것들이 물질과 시공간의 상태 내부에서 지극히 효율적으로 유지되기 때문이다. 그러나 구별 가능한 객체들의 이데아화 과정 자체는 태생적인 결함을 내포하고 있었고, 그 결함이 마침내 노출되는 지점이야말로 앨리슨과 내가 자원봉사자들이 보내온 연산 데이터 속에서 찾아낸 〈결점〉이었던 것이다. 그리고 그 어떤 거시적인 테스트에서도 그것은 모순되는 수학적 시스템들 사이의 경계처럼 보였다.

그리고 그 경계는 어떤 명제가 이웃한 명제들과의 투표에서 다수결로 밀릴 때 움직인다는 것이 앨리슨과 내가 도출해 냈던 불완전한 경험칙이었다. 예컨대 $x+1=y+1$, $x-1=y-1$을 증명한다면, 그 부근에서는 $x=y$가 절호의 포섭 대상이 된다. 설령 그것이 과거에는 참이 아니었다고 해도 말이다. 그러나 캠벨의 탐색 결과는 현실이 그보다 더 복잡하다는 것을 보여주었고, 그의 새로운 모델에서 경계에 관한 과거의 규칙들은 전자나 사과 알의 산술 따위는 전혀 알지 못하는 원초적인 상태들의 동역학적 관계에 뿌리를 둔, 좀 더 미묘한 과정을 거칠게 일반화한 것에 불과했다는 점이 판명되었다. 캠벨이 발사한 〈이쪽〉의 산술은 표적이 된 명제를 삼단논법으로 포위 공격함으로써 〈저쪽〉까지 도달한 것이 아니었다. 그러는 대신 캠벨은 '정수'라는 개념이 내포하고 있는 훨씬 더 깊은 결함—앨리슨과 나는 상상조차 하지 못했던—을 정면으로 파고들었던 것이다.

샘은 그런 상황을 상상했던 것일까? 나는 그가 다시 연락해 오기를 기다렸지만 몇 주가 지났어도 그는 침묵을 지켰다. 이쪽에서 먼저 연락할 생각은 추호도 없었다. 주위 사람들에게 계속 거짓말을 하는 것만으로도 벅찬 마당에, 거기에 한 사람을 더 추가하다니 가당치도 않다.

케이트가 내 일은 어떻게 되어가는지 묻자, 나는 최근 착수한 세 건의 따분한 하청 계약에 관한 애기를 장황하게 늘어놓았다. 애기를 멈추자 그녀는 나를 빤히 바라보았다. 방금 내가 어떤 말 못 할 범죄를 숨기기 위해 어설픈 변명을 떠듬떠듬 늘어놓기라도 했다는 듯한 눈초리였다. 내가 숨기고 있는 고양감과 두려움이 섞인 감정을 어떤 식으로든 감지하기라도 한 것일까. 설마 본능을 억누르지 못하고 불륜에 빠졌다가 가책에 시달리는 사람의 행동처럼 비쳤던 것일까. 진실을 고백하기 직전까지 간 것은 아니었지만, 그런 상태에 접근하고 있는 나의 모습을 상상할 수는 있었다. 케이트에게 아무것도 알리지 않으려고 결심했을 당시의 상황에 비하면, 이 비밀이 케이트에게 해를 끼칠 가능성은 크게 줄어든 상태였다. 그러나 내가 그녀에게 모든 것을 설명한 다음 날에 캠벨이 납치당해서 고문을 당하기라도 한다면? 만약 우리 모두가 감시당하고 있고, 감시자들이 유능하다면, 그런 사태가 벌어진 뒤에 후회해도 너무 늦다.

캠벨이 보내는 이메일의 수가 한동안 급감한 것을 보고 나는 그가 벽에 부딪힌 탓이라고 생각했다. 샘 쪽에서도 더 이상의 항의는 들어오지 않았다. 혹시 이것은 새로운 현상 유지의 시작이고, 평온무사한 또 다른 10년이 이어질 것이라는 징후일까. 그랬으면 좋겠다.

그렇게 생각하고 있었을 때 캠벨이 또 수류탄을 투척했다. 그는 인스턴트 메신저로 나를 불러내더니 이렇게 말했던 것이다. "맵 제작을 시작했어."

"〈결점〉의 맵?" 나는 되물었다.

"행성들의 맵."

나는 메신저 화면에 떠오른 그의 얼굴을 망연자실하게 응시했다.

"〈저쪽〉 행성들을 몇 개 찾아냈어." 그는 말했다. "물리적으로 존재하는 행성들을."

캠벨은 지구 각지에 분산된 컴퓨터 클러스터의 연산 시간을 사서 작업하고 있었다. 물론 지금은 더 이상 예전 같은 위험한 침입을 되풀이하고 있지는 않았지만, 경계상에서 밀물과 썰물처럼 자연적으로 발생하는 변동을 교묘하게 이용함으로서 그는 몇몇 깜짝 놀랄 만한 발견을 했다.

앨리슨과 나는 오래전부터 자연계에서 무작위하게 이루어지는 '증명'들이 경계에서 벌어지는 일에 영향을 준다는 사실을 깨닫고 있었지만, 캠벨의 이론은 그 개념을 한층 더 정밀하게 만들었다. 전 세계에 분산된 10여 개의 컴퓨터들로 경계선상의 명제들이 변화하는 시점을 정확하게 측정함으로서, 일종의 레이더 내지는 CT 스캐너를 만들어 냈던 것이다. 그걸 뭐라고 부르든 간에 캠벨은 그것을 써서 문제의 자연스러운 과정들이 일어나고 있는 위치를 추정할 수 있었고, 그가 확립한 모델을 통해 〈저쪽〉과 〈이쪽〉 양측에서 일어나는 과정들을 구별하고, 물질 속에서 일어나는 과정들과 진공 속에서 일어나는 과정들을 구별할 수 있었다. 그는 〈저쪽〉에 존재하는 물질의 밀도를 몇 광년 단위까지 측정함으로서, 가까운 행성들을 거칠게나마 시각화하는 데 성공했던 것이다.

"〈저쪽〉뿐만이 아냐." 캠벨이 말했다. "이 기술을 검증하려고 우리 행성들도 시각화해 봤어." 그는 나에게 데이터 로그를 보내면서 온라인 천문 연감에 실린 데이터와의 비교 결과도 함께 첨부했다. 그가 태양계에서 위치를 특정하는 데 성공한 행성 중 가장 먼 목성의 경우 오차는 무려 10만 킬로미터에 달했다. 도저히 GPS 급의 정밀도라고 할 수는 없지만, 이 경우 그걸 비판하는 것은 주판이 북쪽과 북서쪽을 구별하지 못한다고 불평하는 것이나 마찬가지다.

"혹시 샘은 이런 기술을 써서 상하이에서 우리를 찾아낼 수 있었던 걸까?" 나는 물었다. "이것과 유사하지만, 훨씬 더 정밀한 방식을 써서?"

캠벨은 말했다. "그랬을 수 있어."

"그래서, 〈저쪽〉 행성들이 어쨌다는 거야?"

"우선 가장 흥미로웠던 점은 이거야. 그 행성 중 우리 행성들과 겹치는 건 하나도 없었어. 그쪽 태양도 우리 태양과 겹치지 않고."

캠벨은 항성 한 개에 여섯 개의 행성을 보유한 〈저쪽〉 항성계에 우리 태양계를 겹친 이미지를 보내왔다.

"하지만 이게 사실이라면 샘과 통신했을 때 시차가 발생했어야 하지만, 시차 따위는 없었어." 나는 반론했다.

"샘이 정말로 먼 곳에 있었다면 말이 안 되지. 바로 그게 답이야. 샘은 이 행성 중 어디에서도 살고 있지 않은 데다가, 그들의 항성을 공전하는 자연적인 궤도상에 있지도 않아. 샘은 〈저쪽〉에서 지구의 현재 좌표를 따라 움직이는 우주선을 타고 동력 비행 중이야. 따라서 상하이에서 우리와 접촉했을 때보다 훨씬 오래전부터 우리에 관해 알고 있었다는 얘기가 돼."

"알고는 있었지만, 설마 상하이 같은 일이 벌어질 거라고는 예상 못 했던 건지도 모르겠군." 우리가 누군가를 위협하고 있다는 사실을 전혀 자각하지 못하고 루미너스를 동원해서 〈결점〉을 소멸시키려고 했을 때, 〈저쪽〉이 반응하기까지는 몇 분이 걸렸다. 지구와 함께 움직이는 우주선에 탑재된 컴퓨터라면 그런 공격을 즉시 감지했을 테지만, 공격 자체를 저지하기 위해서는 몇 광분은 족히 떨어진 곳에 있는 행성에 기반을 둔 대형 컴퓨터들을 동원할 필요가 있었던 것인지도 모른다.

캠벨의 이론과 조우하기 전까지만 해도 샘의 세계는 마치 숨겨진 메시지처럼 우리 지구에 겹치는 형태로 인코딩되어 있다는 것이 나의 작업가설이었다. 서로 다른 산술이 공기, 물, 암석 등 지구를 구성하는 모든 물질에 각기 다른 의미를 부여함으로써 각자만의 전혀 다른 세계를 이루고 있다는 식으로 말이다. 그러나 그들의 물질은 우리의 물질에 얽매여 있지 않았고, 그들은 암흑 정수를 표현하기 위해 우리 우주의 먼지 입자나 공기 분자 따위를 필요로 하지도 않았다. 두 세계는 훨씬 더 낮은 준위에서 분리되어 있었던 것이다. 따라서 〈이쪽〉 세계에서는 진공밖에 없는 공간에서도 〈저쪽〉 세계에서는 행성이 존재할 수 있고, 〈이쪽〉에서는 행성이 점유하고 있는 공간도 〈저쪽〉에서는 진공일 수 있다.

나는 말했다. "자, 노벨 물리학상과 평화상 중에서 어느 걸 받고 싶어?"

캠벨은 겸허한 미소를 지었다. "둘 다 요구할 수는 없을까?"

"내가 듣고 싶었던 대답은 바로 그거야." 나는 냉전 시대의 멍청한 은유를 뇌리에서 떨쳐 낼 수가 없었다. 우리가 지금 〈저쪽〉의 영토 위로 정찰기를 띄우고 있다는 사실을 샘의 과격한 동료들이 알아차린다면 어떤 반응을 보일까? 우리 입장에서 "엿이나 먹어, 너희들이 먼저 시작했잖아!"라고 반발하는 건 인지상정이지만, 이런 태도는 현 상황에서는 그리 도움이 되지 않는다.

나는 말했다. "우리 힘만으로 그치들이 쏘아 올린 스푸트니크에 맞서는 건 불가능해. 자네 지인 중에 괴상한 궤도 위로 우주 탐사기를 쏘아 올리는 걸 지원해 줄 믿을 만한 억만장자라도 있으면 또 모를까. 따라서 우리는 하고 싶은 일을 모두 지구상에서 행하는 수밖에 없어."

"그럼 리처드 브랜슨한테 보내려던 편지는 찢어버려야겠구먼."

나는 〈저쪽〉 태양계의 지도를 바라보았다. "〈저쪽〉의 항성과 우리 태양 사이에는 어떤 식으로든 상대 운동이 존재할 거야. 이렇게 가까운 상태가 그렇게 오랫동안 지속됐을 리가 없어."

"내 측정법은 속도에 관해 의미 있는 추정을 할 수 있을 정도로 정확하지 않네." 캠벨이 말했다. "하지만 별들 사이의 거리를 개략적으로 계산해 보니까, 〈저쪽〉의 별들 사이의 간격은 우리 우주의 그것보다 훨씬 더 좁더군. 그러니까 〈저쪽〉에서 우리 태양의 위치와 가까운 별을 발견하더라도 이상할 것은 없어. 문제의 별이 1,000년 전에 〈이쪽〉의 태양과 가까운 곳에 있었던 별과 동일할 가능성은 없지만 말이야. 하지만 일종의 선택 편향이 작용했을 수는 있겠지. 애초에 샘의 문명이 우리의 존재를 알아차릴 수 있었던 건 오직 우리 태양계가 광속의 몇분의 1에 달하는 엄청난 속도로 그들을 지나치지 않은 덕분이니."

"알겠네. 그러니까 저곳은 샘의 고향 성계일 수도 있지만, 몇천 년 동안 우리 태양을 따라다닌 우주 탐사대의 전진 기지일 가능성도 충분히 있단 뜻이로군."

"응."

나는 말했다. "그럼 이제 어떻게 하면 될까?"

"해상도를 높이려면 훨씬 더 많은 컴퓨터 클러스터를 사야 해."

캠벨이 대답했다. 계산 자체를 하는 데 대량의 연산 능력이 필요한 것은 아니었지만, 그런 식의 작업을 하려면 일단 기초 비용이 들고, 지금보다 더 선명한 이미지를 얻으려면 기존 컴퓨터의 사용 시간을 늘리는 것이 아니라 더 많은 컴퓨터를 동원해야 한다는 뜻이다.

"옛날에 그랬던 것처럼 연산 능력을 기부해 줄 자원봉사자를 모집하는 건 위험해. 정말로 그렇다면 연산을 위해 다운로드할 파일에 관해 거짓말을 해야 하는데, 틀림없이 누군가가 그걸 역설계해서 진짜 목적을 알아낼 거야."

"전적으로 동감하네."

나는 이 문제에 관해 곰곰이 생각하며 잠자리에 들었고, 새벽 4시에 불현듯 어떤 아이디어를 떠올리고 작업실로 직행했다. 우선 캠벨에게 이메일을 보낸 다음 답장이 오기를 기다리며 세부 계획을 구체화하는 일에 착수했다. 메신저 창이 떴다. 화면에 나타난 캠벨의 눈은 게슴츠레했다. 웰링턴 쪽이 시드니보다 시간이 더 빠르긴 하지만, 나와 마찬가지로 거의 잠을 못 잔 듯했다.

나는 말했다. "인터넷을 쓰자."

"그건 너무 위험하다고 하지 않았어?"

"자원봉사자들에게 스크린 세이버를 배포하자는 얘기가 아니야. 인터넷 자체를 계산에 이용하자는 뜻이야. 데이터 패킷하고 네트워크 라우터만 써서 계산하는 방법을 찾아보자고. 전 세계에서 트래픽을 발생시킨다면 우린 지리적인 해상도를 공짜로 얻을 수 있어."

"브루노, 농담이라도 그런 말은….."

"왜 그러면 안 되는데? 충분한 수의 NAND 게이트를 이어 붙인다면 어떤 연산 회로라도 만들 수 있잖아. 인터넷의 패킷 스위칭을 컴퓨터의 NAND 게이트처럼 쓸 수는 없다고 생각하는 거야? 이론상으로는 불가능하지 않잖아. 실제로는 그보다 1,000배는 더 효율적인 걸 만들 수 있을걸."

캠벨이 말했다. "아스피린 좀 먹고 올게."

앨리슨까지 끌어들여 도움을 받았지만 쓸 만한 설계를 완성하는 데만 6주 걸렸고, 실제로 그것을 기능하게 만드는 데는 한 달이 더 걸렸다. 결국 인터넷의 여러 층위에 걸쳐 내재해 있는 인증 및 오류 수정 프로토콜들을 이용해야 했는데, 이런 다차원적인 접근법을 채택했던 덕에 우리는 필요한 모든 계산을 수행할 수 있었을 뿐만 아니라 연산 능력을 여기저기서 조금씩 빼돌리는 행위를 탐지당해서 악의적인 시도로 오인당할 가능성도 줄어들었다. 사실 우리가 라우터와 인터넷 서버 등에서 '훔친' 연산 자원은 우리가 본격 3D 멀티 플레이 게임을 한 판 할 때 소비하는 것보다도 훨씬 적었지만, 인터넷의 보안 시스템들은 어떤 행동이 '정상적'이고 어떤 행동이 수상쩍은지를 판단하는 나름의 기준이 있었다. 가장 중요한 기준은 우리가 시스템에 준 부담의 크기가 아니라 우리가 수행한 작업의 패턴이었다.

전 세계의 네트워크를 이용해서 만든 우리의 새로운 산술적 망원경은 예전보다 훨씬 더 선명한 이미지를 생성해 냈고, 그 해상도는 10억 킬로미터 거리에서 1킬로미터 크기의 물체를 식별할 수 있을 정도였다. 그 결과 좀 거칠기는 했지만 〈저쪽〉 항성계에 있는 행성들 표면의 지형도를 얻을 수 있었다. 우리는 행성 중 네 개에서 산맥을 식별했고, 그중 두 행성에는 바다처럼 보이는 것도 있었다. 인공 구조물이 있었다면 너무 작아서 보이지 않았든가, 아니면 겉모습이 너무 미묘해서 우리 눈에는 인공 구조물처럼 보이지 않았든가 둘 중 하나였다.

우리 태양과, 문제의 행성들이 공전하는 항성 사이의 상대 속도는 초속 6킬로미터 정도였다. 상하이 사건 이후 10년 동안 두 항성계의 상대적 위치는 약 20억 킬로미터 변화했다. 10년 전에 경계의 지배권을 두고 루미너스와 싸웠던 컴퓨터들이 지금 어디 있든 간에, 당시 이 행성들 위에 있지 않았던 것만은 확실했다. 아마 그들은 우주선을 두 척 운용 중인지도 모르겠다. 한 척은 지구를 따라 이동하고, 그보다 더 큰 다른 한 척은 단지 우리 태양을 따라가며 연료를 절약하는 식으로 말이다.

위안이 마침내 건강을 회복했기 때문에 관측 결과를 검토하기 위해 비밀결사의 멤버들 전원이 참석한 인스턴트 메신저 회의가 열렸다.

"이걸 지질학자나 외계 생물학자들한테 보여주고 싶군." 위안이

탄식했다. 물론 정말로 공개하자는 얘기는 아니었지만, 그가 느끼는 답답함은 나도 이해할 수 있었다.

앨리슨이 말했다. "제일 아쉬운 건 샘한테 이 사진들을 들이대지 못한다는 거야. 우리가 그쪽이 생각하는 것만큼 멍청하기만 한 게 아니라는 걸 보여줄 수 있으면 정말 통쾌할 텐데."

"그치들 사진이 더 선명할걸." 캠벨이 대꾸했다.

"우리보다 몇 세기나 더 일찍 시작했으니 당연하지 않아?" 앨리슨이 쏘아붙였다. "하지만 〈저쪽〉 작자들이 그렇게 똑똑하다면, 왜 지난번에 우리가 경계를 넘은 방법을 알려달라고 조르는 걸까?"

"내가 어떤 방법을 썼는지를 정확하게 추측했을 수도 있어." 캠벨이 반박했다. "그래서 그 추측이 맞는지 확인하고 싶어 하는 건지도 몰라. 혹시 우리가 그치들은 상상조차도 못 한 참신한 방법을 발견했는지 알고 싶어 하는 것일 수도 있고."

나는 인위적으로 색을 입히고 등고선을 표시한 구체 하나를 바라보며 청회색 바다를, 외계의 숲이 펼쳐진 눈 덮인 산맥을, 기이한 도시들을, 경이로운 기계들을 상상했다. 설령 이것이 순수한 공상에 불과하고 우리가 발견한 일시적인 이웃이 불모의 땅이라고 해도, 생명을 보유한 샘과 그 동료들의 고향 행성은 〈저쪽〉 우주 어딘가에 반드시 존재할 것이다. 우리를 감시해 온 우주선들을 발사한 곳 말이다.

상하이 사건 이래 샘과 그의 동료들은 10년 동안 의도적으로 우리에게 아무 정보도 주지 않았지만, 우리가 최근 우연히 손에 넣은 무기의 비밀을 움켜쥐고 알리지 않는다는 결정을 내림으로써 상호 불신을 공고히 한 것은 우리 자신의 선택이었다. 만약 그들이 이 무기의 작동 원리를 이미 추측했다면 그것을 방어하는 수단 역시 이미 찾아냈을 것이고, 그럴 경우 우리의 침묵은 아무런 이득도 되지 않고 되레 의혹만 키웠을 것이다.

하지만 그 가정이 틀렸다면? 그렇다면 캠벨의 상세한 작업 내용을 넘겨주는 순간, 〈저쪽〉의 강경파들은 그것을 절호의 구실로 삼아 방어막을 치고 우리를 괴멸시키려고 할 것이다.

나는 말했다. "몇 가지 계획을 세워야 해. 나는 희망을 버리지 않고 서로 협력해서 나아갈 수 있는 최상의 방법을 찾고 싶지만, 우리는 최악의 경우에도 대비할 필요가 있어."

그 제안을 구체화하기 위해서는 내가 예상했던 것보다 훨씬 더 많은 노력이 필요했다. 계획이 그럭저럭 모양을 갖추기까지는 3개월이 걸렸다. 마침내 일상생활로 시선을 돌릴 여유가 생기자, 나는 휴가를 얻기로 마음먹었다. 케이트가 쉬는 주말이 다가오고 있었다. 나는 블루마운틴스⁂으로 가서 하루를 보내자고 케이트에게 제안했다.

케이트의 반응은 처음에는 냉소적이었지만, 내가 진심임을 깨달은 뒤에는 조금 부드러워졌고, 결국 승낙했다.

시외로 차를 몰고 가는 동안, 우리 사이에 생겨나 있던 냉랭한 분위기가 조금씩 녹기 시작했다. 우리는 카 라디오로 트리플 J⁂에서 흘

⁂ 시드니 근교의 국립공원. 유네스코 세계유산에 등록되어 있다.
⁂ 국내 음악을 주로 틀어주는 오스트레일리아의 국영 라디오 방송국.

374

러나오는 음악을 들으면서 이른바 최신 음악 대부분이 우리가 20대였을 때 유행하던 히트곡들을 샘플링하고 커버한 것이라는 사실에 황당해하며 웃음을 터뜨렸고, 우리가 처음 만났을 무렵 시도 때도 없이 되풀이했던 낡은 농담을 끄집어내기까지 했다.

그러나 차가 산속으로 접어들자, 나는 그냥 시계를 되돌리는 것은 불가능하다는 사실을 곱씹어야 했다. 케이트가 이렇게 말했기 때문이다.

"지난 몇 달 동안 무슨 회사를 위해 일했든 간에, 그 회사를 블랙리스트에 올릴 수는 없어?"

나는 웃었다. "그러면 그치들도 쫄겠네." 그러고는 영화 〈대부〉의 말런 브랜도 말투를 흉내 내며 말했다. "이제부터 자네들은 이 브루노 코스탄조의 블랙리스트에 올랐어. 앞으로는 이 도시에서 분산 소프트웨어를 효율적으로 돌릴 생각일랑 하지 않는 게 이로울 걸세."

케이트가 말했다. "진심으로 한 말이야. 일이든 사람이든 간에 뭣 때문에 그렇게 스트레스를 받는 건지 모르겠지만, 당신 완전히 망가졌어."

나는 그녀에게 어떤 식으로든 언질을 줄 수도 있었지만, 도저히 진지한 얼굴로 그런 말을 할 자신이 없었다. 그 언질을 나중에 지킬 자신은 더더욱 없었다. "먹고살아야 하니 쓰다 달다 할 처지가 못 돼."

케이트는 불만스러운 표정으로 고개를 가로저었다. "심장 발작을 일으킬 작정이라면 그래도 좋아. 하지만 이게 다 돈 때문이라는 식으로 얼버무리지는 마. 우린 그렇게 가난하지도 않고, 그렇다고 부자도 아니잖아. 힘들게 번 돈을 몽땅 취리히의 은행 계좌에 넣었다면 또 모르겠지만.”

그녀의 말이 스위스 은행에 빗댄 별거 아닌 농담이라고 확신하기까지는 몇 초가 걸렸다. 케이트는 앨리슨에 대해 알고 있었고, 과거에 우리 둘이 사귀었던 적이 있을 뿐만 아니라 지금도 연락하고 지낸다는 사실을 알고 있었다. 케이트 역시 예전에 사귀던 남자들은 얼마든지 있었고, 그들 모두가 시드니에 살고 있었다. 앨리슨과 나는 5년 넘게 같은 대륙에 발을 디딘 적조차 없지만 말이다.

우리는 차를 주차해 놓고 1시간쯤 경치 좋은 산책로를 따라 걸었다. 대화는 거의 없었다. 우리는 고대의 강에 의해 다듬어진 듯한 계단 모양의 시냇가 언덕 옆에서 자리를 잡고 내가 챙겨 온 점심을 먹었다.

눈 아래의 골짜기에 펼쳐진 울창한 숲에서 피어오르는 푸르스름한 실안개를 바라보자, 행성들로 붐비는 〈저쪽〉 하늘의 풍경을 뇌리에 떠올리지 않을 수 없었다. 눈이 부실 정도로 풍성한 세계가 우리를 둘러싸고 있다. 외계 행성, 외계 생물, 외계 문화. 서로에 대한 불신에 종지부를 찍고, 순수하고 거리낌 없이 지식을 교환할 방법은 틀림없이 있을 것이다.

다시 차로 돌아가면서, 나는 케이트를 돌아보고 말했다. “내가 당신한테 소홀했다는 거 알아. 지난 몇 달 동안은 내게도 힘든 시기였지만, 이제 모든 게 달라질 거야. 잘못한 것이 있으면 모두 바로잡을게.”

내심 쌀쌀맞게 퇴짜를 맞을 것을 각오하고 있었지만, 케이트는 한

동안 아무 말도 하지 않았다. 이윽고 그녀는 고개를 살짝 끄덕이며 "알았어"라고 말했다.

케이트가 손을 뻗어 내 손을 잡았을 때, 내 손목이 진동하기 시작했다. 결국 나는 압력을 이기지 못하고 스마트워치를 사버렸고, 이제는 24시간 내내 네트워크에 묶여 있는 신세였다.

나는 케이트의 손을 놓고 얼굴 가까이로 들어 올린 손목의 스마트워치를 들여다보았다. 이런 산속에서는 대역폭이 부족한 탓에 영상은 볼 수 없었지만, 저장되어 있던 앨리슨의 프로필 사진이 화면에 떴다.

"이건 비상 상황일 때만 쓰라고 했잖아." 나는 으르렁거렸다.

"뉴스 피드 확인해 봐." 앨리슨이 말했다. 통화 상대의 음성은 내 귀에만 들리도록 초점이 맞춰져 있었기 때문에, 케이트 귀에는 보청기로 증폭된 잡음 같은 소리로밖에는 들리지 않을 것이다. 출퇴근길의 만원 전철에서 스마트워치로 통화하는 사람들을 한 대 갈기고 싶어지는 것은 바로 이 기능 때문이다.

"내가 봤어야 하는 게 뭔지 말로 요약해 줄래?"

금융에 관련된 컴퓨터 시스템들이 줄줄이 맛이 가고 있었다. 이미 테러가 의심된다는 말이 나올 정도로 심각했다. 주말이라서 대다수의 거래는 멈춰 있었지만, 전문가 중에서는 개장일인 월요일이 되면 금세기 최대의 폭락 사태가 발생할 것이라고 예측하는 사람들도 있었다.

문득 우리의 비밀 활동이 원인일지도 모른다는 생각이 떠올랐다.

혹시 우리는 인터넷의 작동 방식을 〈결점〉과 연동시킴으로써, 의도치 않게 인터넷 전체를 망가뜨린 것일까? 하지만 그건 말도 안 된다. 오류가 발생한 금융 거래의 반은 보안이 철저한 은행 간 네트워크상에서만 이루어졌고, 우리가 만들어 낸 지구 규모의 컴퓨터와는 하드웨어를 아예 공유하고 있지 않았다. 이것은 〈저쪽〉의 공격이 맞다.

"샘한테는 연락했어?" 나는 물었다.

"응답이 없어."

"당신 어디 가는 거야?" 케이트가 화난 목소리로 외쳤다. 나는 무의식중에 달리고 있었다. 주차해 둔 차로, 도시로, 내 사무실로 돌아가야 한다.

나는 멈춰 서서 케이트를 돌아보았다. "같이 뛰어가 줄래? 부탁이야. 이건 정말 중요한 일이야."

"지금 농담해? 한나절이나 등산을 했는데? 난 못 뛰어!"

나는 잠시 망설이며, 옆에 보이는 유칼립투스 나무 밑에 앉아 이딕 트레이시※ 시계로 느긋하게 모든 것을 조율하는 모습을 떠올렸다. 배터리가 닳을 때까지는 말이다.

나는 말했다. "도로까지 가서 택시를 불러."

"차를 가져가겠다고?" 케이트는 믿을 수 없다는 눈으로 나를 응시했다. "이 개자식!"

"미안해." 나는 배낭을 땅바닥에 내던지고 전력 질주하기 시작

※　1931년에 시작된 미국 만화의 형사 주인공이며, 쌍방향 통신이 가능한 시계를 차고 다닌다.

했다.

"무기를 전개해야 해." 나는 앨리슨에게 말했다.

"알아. 이미 다들 시작했어."

올바른 판단이었다. 그러나 그런 대답을 실제로 듣자 〈저쪽〉이 우리를 공격하고 있다는 사실을 깨달았을 때보다 훨씬 더 큰 두려움을 느꼈다. 그들의 동기가 무엇이든 간에, 적어도 자기들이 의도한 것 이상의 피해를 이쪽에 끼치지는 않을 것이다. 그러나 우리의 공격이 〈저쪽〉에 야기할 피해에 대해서는 도저히 그렇게 자신할 수가 없었다.

"샘한테 계속 연락해 봐." 나는 강조했다. "그치들이 우리 무기에 관해 안다면 실제로 쓰는 것보다 1,000배는 더 효과가 있을 테니."

앨리슨이 말했다. "아마 지금은 〈닥터 스트레인지러브〉※ 농담을 할 때는 아닌 것 같군."

지난 3개월 동안 우리는 인터넷 '망원경' 소프트웨어를 개량해서 우리들 자신의 수학이 침식당하는 상황이 관측될 경우 〈저쪽〉의 명제들을 향해 캠벨식의 일제 사격을 퍼붓는 방법을 고안했다. 이 소프트웨어는 경계 전체를 방어하지는 못하지만, 몇백만 개의 개별적인 격발 지점들이 무작위적으로 변동하는 지뢰밭을 형성하는 식으로 기능한다. 원래 계획은 보복 공격을 실행하는 단계까지는 아예 가는 일 없이 어느 정도 안전을 확보하는 것이었다. 테스트가 완료되는 즉시 최종 버전을 활성화해서 인터넷에 풀어놓을 작정이었지만, 프로그램을 띄워서 실행하는 데는 몇 분밖에는 걸리지 않았다.

※ 냉전과 핵전쟁에 의한 인류 멸망을 풍자한 1964년작 할리우드 영화.

"금융 이외에도 공격받은 시스템이 있어?"

"내가 아는 한은 아직 없어."

만약 〈저쪽〉이 의도적으로 금융과 관련된 시장들만을 표적으로 삼은 거라면 천만다행이라고 해야 할 것이다. 그보다 훨씬 더 광범위한 공격을 받고 있다고 가정할 경우, 공격 대상 중에서 가장 취약한 금융 시스템이 먼저 무너진 것이라고 해석할 수도 있기 때문이다. 현대의 공학 및 항공 시스템 대다수는 시스템 오류에 집착하기보다는 그것을 대체할 시스템을 찾는 쪽에 관심을 보인다. 은행 컴퓨터는 어떤 수치들의 합계가 일치하지 않는다고 판단한 순간 복구가 불능한 장애가 발생했다고 선언하고 자발적으로 정지해 버릴 공산이 크다. 그러나 화학공업 공장이나 여객기의 시스템은 오류에 대해 은행보다는 유연하게 대처하도록 설계되어 있어서, 중대한 문제가 발생하더라도 더 단순한 대안들을 시행해 보고, 동원 가능한 인력을 의사 결정 루프에 포함시키는 식으로 작동한다.

나는 말했다. "위안하고 팀은?"

"두 사람 모두 접속했어." 앨리슨이 확인해 주었다. "상황을 모니터하고, 필요하다면 소프트웨어를 수정해 줄 거야."

"좋아. 그럼 내가 없어도 별문제 없겠네?"

앨리슨의 대답은 디지털 잡음 속으로 사라졌고, 그 직후 연결이 끊겼다. 나는 애써 걱정하지 않으려고 했다. 지금 내가 어디 와 있는지를 감안하면, 그나마 신호가 잡히는 것만 해도 다행이었기 때문이다. 나는 더 빨리 달리며, 상하이에서 샘이 수학적인 메스로 우리들의 뇌를 절개했을 때의 기억을 떠올리지 않으려고 노력했다. 당시 루미너스는 사방팔방을 향해 마치 비컨처럼 우리들의 위치를 악악댔지만, 이번에는 그때만큼 쉽게 우리의 위치를 특정하지는 못할 것이다. 그래도 그때보다 더 거친 접근법을 쓴다면, 〈저쪽〉의 강경파들은 우리들 모두의 머리를 도끼로 박살 낼 수도 있었다. 정말로 그렇게까지 할 작정일까? 이번 공격의 목적이 우리에 대한 협박 이상의 것이며, 단지 캠벨의 알고리즘을 넘겨받으려고 우리에게 겁을 주려는 게 아니라면 그럴 수 있다. 이것이 최종 전쟁이고, 아무런 경고도 협상도 하지 않고 〈희박한 땅〉을 지도에서 완전히 지워버리려는 시도라면 말이다.

앨리슨과 대화한 지 15분 만에 나는 차를 세워둔 곳에 도착했다. 엔터테인먼트 콘솔을 제외하면 단 한 개의 마이크로칩도 들어 있지 않은 차였다. 내가 그 사실을 두 번이나 확인하자 자동차 세일즈맨은 웃으며 이렇게 말했다. "뭘 그렇게 두려워하시는 겁니까? Y3K 문제?" 한 방에 시동이 걸렸다.

자동차 트렁크 안에는 오래된 중고 노트북이 하나 보관되어 있었다. 그것을 조수석 위에 올려놓고 고속도로 진입로를 향해 차를 몰며 부팅했다. 앨리슨과 나는 2주를 들여 불필요한 기능을 모두 뺀, 최대한 단순하고 견고한 운영체제를 만들었다. 이 노트북처럼 오래된 기기에서도 문제없이 돌아갈 수 있도록 말이다. 만약 〈저쪽〉이 수론적 성층권에서 계속 아래를 향해 손을 뻗쳐 간섭하려 한다면, 이것들이 그들을 저지할 것이다. 최신 컴퓨터가 유리로 뒤덮인 마천루라면, 이것들은 콘크리트 벙커나 마찬가지다. 그뿐 아니라 우리 네 사람은 이 운영체계의 각기 다른 버전을 각기 다른 명령어 집합을 따르는 CPU를 가진 컴퓨터에서 실행하고 있었다. 바꿔 말해서 이 벙커들은 지리적으로도, 수학적으로도 분산되어 있었다.

고속도로로 차를 진입시키자 스마트워치가 지직거리며 되살아났다. 앨리슨이 말했다. "브루노? 들려?"

"말해."

"제트여객기 세 대가 추락했어. 폴란드하고 인도네시아하고 남아프리카에서."

나는 망연자실했다. 10년 전, 내가 샘이 사는 수학적 세계를 불도저를 써서 통째로 바다에 밀어 넣으려고 했을 때도 샘은 내 목숨을 앗아 가지 않았다. 그런데 지금 〈저쪽〉은 죄 없는 사람들을 학살하고 있었다.

"우리 지뢰밭은 가동 중이야?"

"10분 전부터 가동하고 있지만, 아직은 누구도 그걸 밟지 않았어."

"혹시 그걸 피해 오고 있는 건 아니지?"

앨리슨은 머뭇거렸다. "그럴 수 있을 것 같진 않아. 안전한 경로를 예측할 방법이 없잖아." 우리는 양자 노이즈 서버를 써서 테스트할 명제를 무작위로 선정하고 있었다.

나는 말했다. "수동으로 작동시키자. 일단 한 번 역공을 날려서, 고민하게 만드는 거야." 나는 여전히 제트여객기들의 추락이 의도적인 것이 아니었길 바라고 있었지만, 보복하는 것 말고는 선택지가 없었다.

"알았어." 이제 화면상에는 실시간으로 앨리슨의 영상이 떠 있었다. 그녀가 마우스로 손을 뻗는 것이 보였다. 그녀가 말했다. "반응이 없어. 인터넷 속도가 너무 느려졌어." 우리가 시각화 소프트웨어를 몰래 가동했을 때 그토록 요긴하게 써먹었던 라우터용의 정교한 알고리즘들은 이제는 라우터들을 문진으로밖에 쓸 수 없는 물건들로 만들고 있었다. 인터넷망은 높은 레벨의 통신 노이즈와 접속망의 대량 손실에 대해서는 탄탄한 방비를 갖추고 있지만, 수론 자체가 붕괴하는 상황에 대해서는 속수무책이었다.

내 스마트워치가 꺼졌다. 노트북을 보니 아직 작동하고 있었다. 나는 손을 뻗어 단축키 하나를 눌렀고, 샘과 대화할 때처럼 경계의 일부를 변조해서 앨리슨과 다른 동료들에게 연락할 수 있게 해 주는 프로그램을 가동시켰다. 〈저쪽〉 매파들은 이론상으로는 경계 전체를 이동시켰을 수도 있었고, 사실이라면 우린 끝장이었다. 그러나 경계는 광대했고, 그들 입장에서도 연산 자원을 공격과 직결된 특정 목표들에 할당하는 쪽이 더 합리적이었다.

노트북 화면에 작은 아이콘이 떴다. 흑백 반전된 'A' 문자였다. 나는 말했다. "접속됐어?"

"응." 앨리슨이 대답했다. 아이콘이 깜박였다가 다시 나타났다. 우리는 헤디 라마르※식으로 작전을 수행 중이었다. 사전에 정해둔 경

<hr>

※　오스트리아 출신의 할리우드 여성 배우이자 발명가. 1940년대 초, 현대 무선 통신 기술의 핵심인 주파수 도약 기술을 고안했다.

계상의 각 지점으로 빠르게 도약하면서 탐지될 가능성을 최소화하는 방식이다. 일부 지점은 사라져 있겠지만, 아직 충분한 수가 멀쩡하게 남아 있는 것처럼 보였다.

앨리슨을 의미하는 문자 A에 이어 문자 Y와 T가 화면에 떴다. 의미가 있든 없든 간에, 나를 포함한 비밀결사 구성원 모두가 온라인 상태가 되었다는 뜻이다. 우리가 진짜로 필요로 하는 것은 S였지만, S에게서는 응답이 없었다.

캠벨이 침통한 어조로 말했다. "여객기들이 추락했다는 얘기 들었어. 내 쪽에서도 공격을 개시했어." 우리가 미리 합의해둔 작전은 캠벨의 경계 도약 알고리즘의 각기 다른 버전을 지구 각지에 분산되어 있는 각자의 기기에서 번갈아 가며 실행하는 것이었다.

나는 말했다. "그치들이 우리와 동일한 방식으로 우리에게 반격하고 있지 않은 건 기적에 가깝군. 예전처럼 다수결 방식을 써서 경계의 일부를 단계적으로 우리 쪽으로 밀어내고 있을 뿐이야. 그들이 요구한 걸 순순히 넘겼다면 지금쯤 우리는 모두 죽어 있었을걸."

"반드시 그렇다고는 할 수 없네." 위안이 말했다. "아직 증명을 마치지는 못했지만, 나는 캠벨 박사의 방식이 비대칭적이라고 거의 확신하고 있네. 한 방향으로만 작용한다는 뜻이야. 따라서 〈저쪽〉에 그걸 알려줬다고 해도, 그걸 역이용해서 우리를 공격하지는 못했을 거야."

나는 반박하려고 입을 열었지만, 위안의 말이 옳다면 완벽하게 아귀가 맞는다는 사실을 깨달았다. 〈저쪽〉은 몇 세기 동안이나 같은 수학 분야의 연구에만 매달렸을 공산이 컸다. 만약 〈저쪽〉에서도 유효하게 쓸 수 있는 캠벨 방식의 무기가 존재했다면, 오래전에 이미 발견했을 것이다.

캠벨의 기기와 동기화되던 나의 노트북이 자동으로 공격 임무를 인계받았다. 우리가 이것을 통해 정확히 무엇을 타격하고 있는지는 모른다. 표적이 된 명제들이 경계 너머로 더 깊이 들어간 곳에 존재하고, 〈저쪽〉이 건드린 적이 있는 우리 명제들에 비해 훨씬 더 단순한 수론을 암흑 정수로 기술하고 있다는 사실을 제외하면 말이다. 우리도 지금 그들의 기계를 고장 내고, 목숨을 앗아 가고 있는 것일까? 나는 보복에 성공했다는 고양감과, 사태를 이 지경이 되도록 방치했다는 죄책감 사이에서 갈등했다.

고속도로에서는 100미터 간격으로 갓길에 멈춰 선 차량과 지나쳤다. 아직도 차로 이동 중인 사람은 나 혼자가 아니었지만, 케이트가 택시를 잡기는 어려울 것 같았다. 그녀의 배낭에는 물통이 들어 있었고, 우리가 처음 주차한 곳에는 작은 피난소도 있었다. 이제는 우리 집 사무실까지 돌아가 봤자 별 이득이 없었다. 중요한 작업은 이 노트북만 있으면 모두 처리할 수 있고, 필요하다면 자동차 배터리에 연결해서 작동시킬 수도 있었다. 그러나 여기서 유턴을 해서 케이트를 데리러 간다면, 설명해야 할 것이 너무 많아서 다른 일은 아예 할 수 없을 게 뻔했다.

카 라디오를 켰지만 먹통이었다. 디지털 신호 프로세서가 너무 정교했든지, 아니면 현지 방송국이 침묵해 버렸든지 둘 중 하나다.

"아직도 뉴스 나오는 사람 있어?" 나는 물었다.

"라디오는 아직 살아 있어." 캠벨이 말했다. "TV나 인터넷은 안 돼. 유선 전화도 휴대폰도 다 먹통이야." 앨리슨과 위안도 마찬가지였다. 라디오 방송은 더 이상 재난 소식을 전하지 않았지만, 기지국들 역시 청취자들만큼이나 고립된 상태일 것이다. 아마추어 무선 애호가들은 서로 교신하고 있겠지만, 기자들과 보도국은 이 연락망에 포함되어 있지 않았다. 10년이라는 세월 동안 사람들에게 위험을 알리고 미리 대비를 했다면 얘기는 달라졌겠지만, 후회해 봤자 이미 엎질러진 물이었다.

시드니 교외의 펜리스시에 도착했을 무렵에는 길가에 버려진 차들이 너무 많아서 교통 흐름이 정체되기 직전이었다. 나는 집으로 돌아가는 것을 아예 포기했다. 상하이에서 샘이 나를 표적으로 삼았을 때 글자 그대로 나의 뇌를 스캔했는지, 또 내가 어디 있든 간에 지금도 당시와 동일한 신경 해부학적 정보를 이용해서 나를 공격할 수 있을지의 여부는 알 수 없었지만, 평소의 거처에서 떨어져 있는 편이 조금이라도 내게 유리하게 작용할 가능성이 있다면 얼마든지 그럴 용의가 있었다.

주유소를 하나 발견했는데, 사재기 목적으로 빈 기름통을 들고 걸어온 사람들보다 차를 몰고 온 고객들에게 우선적으로 연료를 팔고 있었다. 주유소의 EFTPOS[※]는 먹통이었지만 나는 갖고 있던 현금으로 차에 기름을 넣고 초콜릿바 몇 개를 살 수 있었다.

해가 지면서 어두워지자 가로등에 하나둘씩 불이 들어왔다. 신호

※ 오스트레일리아와 뉴질랜드 등지에서 쓰이는 전자결제 시스템.

등은 지금까지 꺼지지 않고 줄곧 작동하고 있었다. 우리의 노트북 네 대도 여전히 작동을 계속하며 〈저쪽〉을 향해 계속 수류탄을 던져대고 있었다. 〈저쪽〉의 공격을 받는 최전선이 단순한 산술에 가까워질수록, 경계상에서 〈이쪽〉의 계산 결과에 투표하고 있는 자연 과정들로부터의 더 큰 저항에 직면할 것이다. 우리의 적들은 슈퍼컴퓨터를 가지고 있었지만, 우리는 몇십억 년 동안 유지되어 온 진실의 버전을 따르는 지구의 모든 원자의 지원을 받고 있었다.

이 시나리오는 우리가 이미 모델화해 보았던 것이다. 우리 세계를 구성하는 모든 물질의 엄청난 산술적 관성 덕에 우리는 시간을 벌 수 있었지만, 장기적인 관점에서 일관되고 지속적인 〈저쪽〉의 연산 공격이 경계를 돌파할 가능성은 여전히 있었다.

그렇다면 우리는 어떻게 죽게 될까? 먼저 의식을 잃고 고통 없이 죽을 수 있을까? 아니면 우리의 뇌는 그보다는 더 견고할까? 우리 몸의 모든 세포에 복구 불가능할 정도의 생화학적 오류가 누적되면 세포들이 자멸하지는 않을까? 방사선 병에 가까울지도 모른다. 붕괴하는 수론에 의해, 마치 핵폭발의 불길에 휘말린 것처럼 불타버리는 것이다.

내 노트북이 삑 하는 소리를 냈다. 나는 도로를 벗어나서 불이 꺼진 상점 옆의 콘크리트 바닥에 차를 세웠다. 화면에 새 아이콘이 떠 있었다. 문자 S.

샘이 말했다. "브루노, 이건 내 결정이 아니었어."

"나도 자네 말을 믿어." 나는 말했다. "하지만 이제 메신저 역할밖에는 못 하는 거라면, 전달하고 싶은 메시지가 뭐야?"

"우리가 요청한 걸 넘겨주면 공격을 중지하겠네."

"우리 공격에 피해를 당하고 있기는 한 모양이네?"

"우리가 자네들에게 피해를 주고 있다는 걸 알아." 샘은 대답했다. 한 방 먹었다. 우리는 추측에 의지해서 무작정 쏘아대고 있을 뿐이다. 그러나 샘은 우리가 어떤 피해를 당했는지 물어볼 필요가 없었다.

나는 마음을 다잡고, 동료들과 미리 합의해 둔 시나리오대로 행동했다. "알고리즘은 넘겨줄게. 하지만 그러기 전에 우선 그쪽에서 예전 경계까지 철수해야 하고, 그런 다음 그걸 봉쇄해야 해."

샘은 내 심장에 네 번 뛸 때까지 침묵을 지켰다.

"봉쇄하자고?"

"무슨 뜻인지 알잖아." IA 사가 〈결점〉을 절대 악용하지 못하게 할 목적으로 상하이에서 루미너스를 가동했을 때, 우리는 〈결점〉 자체를 완전히 제거하는 대신 경계를 봉쇄하는 방법도 고려했다. 예의 다수결 투표 방식으로 경계를 밀어내려면 경계의 해당 부분에는 한쪽의 수학 명제들이 반대편에 있는 명제들에 의해 수적으로 압도당할 수 있도록 불규칙한 형태의 '주름'이 잡혀 있을 필요가 있었다. 그러나 충분한 시간과 연산 능력만 있다면, 경계의 그런 부분을 다리미로 다리듯이 매끄럽게 만드는 것은 불가능하지 않았다. 일단 모든 주름을 그런 식으로 다려버린다면 경계 전체는 그 자리에 고정된다. 우주의 그 어떤 힘도 다시는 그것을 움직일 수 없는 것이다.

샘이 말했다. "그쪽을 공격할 수 있는 우리의 무기를 전부 박탈

해 놓고, 자네들은 여전히 우리를 해칠 수 있는 능력을 유지하겠다는 거군."

"우린 그 힘을 오래 유지할 수 없어. 자네 쪽에서 일단 그게 뭔지를 정확하게 파악한다면, 반드시 그걸 저지할 방법을 찾아낼 테니."

잠시 정적이 흘렀다. 이윽고 샘이 말했다. "우리에 대한 공격을 중단한다면 자네의 제안을 검토해 볼 용의가 있네."

"우리가 더 이상 목숨을 위협받지 않는 지점까지 경계를 충분히 되돌린다면 공격을 멈출게."

"우리가 경계를 되돌렸다는 걸 자네는 어떻게 알 수 있는데?" 샘이 대꾸했다. 내가 느낀 상대의 오만함이 그의 말투에서 온 것인지 아니면 단어 선택에서 온 것인지는 확실하지 않았지만, 어느 쪽이든 내 입장에서는 환영할 만한 것이었다. 〈저쪽〉이 우리의 능력을 과소평가할수록, 우리의 제안은 그들에게는 더 매력적으로 비칠 것이기 때문이다.

나는 말했다. "그렇다면 자네는 우리의 모든 통신 시스템들이 회복되는 수준까지는 뒤로 물러나는 편이 나을 거야. 뉴스 보도를 통해 비행기들이 추락했다거나 발전소가 폭발했다는 얘기가 더 이상 나오지 않는다는 걸 확인하면, 휴전을 실행에 옮길게."

다시 침묵이 흘렀다. 이번 침묵은 단순한 망설임 이상으로 길었다. 아이콘은 여전히 떠 있었고, 문자 S는 깜박이지 않고 그 자리에 남아 있었다. 나는 한쪽 어깨를 움켜잡았고, 이 타는 듯한 통증이 단순한 근육통이길 희망했다.

마침내 샘이 말했다. "좋아. 동의하겠네. 경계를 이동시키지."

나는 차를 몰고 24시간 편의점을 찾아다녔다. 그런 편의점에서는 직원이 졸지 않도록 구석에 아날로그식의 구식 TV를 놓아두는 경우가 많기 때문이다. 내 노트북의 무선 접속이 되살아나는 것보다는 그런 기계 쪽이 훨씬 더 빨리 기능을 회복할 공산이 커 보였다. 그러나 먼저 소식을 전해온 것은 캠벨이었다. 뉴질랜드의 라디오와 TV는 '디지털 블랙아웃'이 해소되는 중이라고 보도하고 있었다 10분 후에는 앨리슨이 인터넷 접속이 된다고 알려왔다. 주요 서버 중 다수는 여전히 먹통이거나 묘한 장애를 겪고 있었지만, 로이터 통신이 이번 위기에 관한 최신 정보를 올리고 있었다.

샘은 약속을 지켰다. 그래서 우리도 반격을 중지했다. 앨리슨이 로이터 통신의 웹사이트에 실시간으로 올라오는 뉴스를 읽어줬다. 비행기 17대가 추락했고, 기차 네 편이 탈선했다. 정유소 한 곳과 여섯 곳의 제조 공장에서 사망자가 나왔다. 어떤 분석가는 전 세계의 사망자 수를 5,000명으로 추산했다. 사망자 수는 지금도 계속 늘고 있었다.

나는 노트북의 마이크를 끈 다음, 30초 동안 욕설을 내뱉으며 대시보드를 주먹으로 내리쳤다. 그런 다음 다시 동료들과의 대화에 합류했다.

위안이 말했다. "내가 쓴 메모들을 다시 살펴보고 있었네. 내 직감이 맞는다면, 예전에 내가 언급했던 정리는 옳았어. 일단 경계가 봉쇄되면, 그들은 더 이상 우리를 건드릴 방법이 없어."

"그럼 그쪽에는 어떤 이득이 있는데요?" 앨리슨이 물었다. "일단 팀의 알고리즘을 이해한 뒤에는, 그들도 우리의 공격을 방어할 수 있을까요?"

위안은 잠시 망설였다. "그렇다고도 할 수 있고, 아니라고 할 수도 있겠군. 우리가 〈저쪽〉에 주입하는 〈이쪽〉의 수학적 진릿값들의 군집은 경계면이 매끄럽지 않아서, 연산 능력을 갈아 넣는다면 제거할 수 있을 거야. 따라서 완전히 무방비 상태가 되는 일은 결코 없을 거야. 하지만 팀이 고안한 공격을 사전에 저지할 수단이 있을 것 같지는 않군."

"우리를 소멸시키지 않는 한은 말입니다." 캠벨이 말했다.

갓난애 울음소리가 들렸다. 앨리슨이 말했다. "저건 로라야. 지금 집엔 나밖에 없으니 5분만 어르고 올게."

나는 양팔로 머리를 감싸안았다. 여전히 어떤 선택을 했어야 옳았는지 전혀 알 수가 없었다. 우리가 캠벨의 알고리즘을 즉각적으로 넘겼더라면, 거기서 싹튼 신뢰 덕에 전쟁을 막을 수도 있지 않았을까? 아니면 어차피 전쟁을 피할 수 없었고, 단지 공격 시점만 앞당겨졌을 뿐일까? 우리 셋만으로도 이런 책임을 질 수 있다는 결정을 내렸을 때, 도대체 어떤 종류의 범죄적인 자만심이 작용했던 것일까? 5,000명에 달하는 사람이 목숨을 잃었다. 〈저쪽〉에서 실권을 쥔 강경파들은 우리의 제안을 검토해 보고, 전쟁을 계속하는 선택지밖에는 없다는 결론을 내릴지도 모른다.

그렇다면 우리들끼리만 그런 고뇌를 하는 대신 캔버라나 취리히,

베이징에 부담을 떠넘겼다면? 그랬다면 정말로 평화가 찾아왔을까? 혹시 나는 단지 피 묻은 손을 더 늘려서 죄책감을 분산시키고 싶은 것일까?

그때 불현듯 어떤 아이디어가 떠오르며 그 밖의 모든 생각을 나의 뇌리에서 몰아냈다. 나는 말했다. "〈저쪽〉이 반드시 연결되어 있어야 한다는 이유가 있어?"

"연결되어 있다니 어디에?" 캠벨이 물었다.

"자기 자신에게. 위상적인 의미로 말이야. 그치들은 경계 너머에 못을 박듯이 자기들의 정리를 삽입한 다음에 그걸 잡아 뺄 수 있어. 그 자리에 변화된 진릿값들의 거품을 남기는 식으로 말이야. 그런다면 난공불락일 정도로 완벽하게 매끄러운 경계면을 가진, 일종의 전초 기지를 〈이쪽〉 내부에 설치할 수 있어. 가능하지?"

위안이 말했다. "그럴지도 모르겠군. 양측이 협력해서 그런 전초 기지를 구축한다면, 불가능한 얘긴 아냐."

"그렇다면 문제는 이거야. 우리의 생존에 필수적인 과정을 하나도 건드리지 않으면서도, 팀의 공격을 아예 원천 봉쇄할 수 있는 장소에 그걸 설치할 수는 없을까?"

"젠장, 브루노!" 캠벨이 기쁜 얼굴로 외쳤다. "절단할 수 있는 조그만 아킬레스건 한 개를 〈저쪽〉에 넘기자는 거로군…. 그러면 그쪽에서도 더 이상 우리를 두려워할 이유가 없어지겠고!"

위안이 말했다. "그 가능성을 수학적으로 엄밀하게 증명하려면 몇 주, 아니 몇 달 걸릴 수도 있네."

"그렇다면 바로 시작하는 게 낫겠군. 그 과정에서 타당한 가설을 하나 찾아내는 즉시 샘에게 전달해야겠어. 그러면 〈저쪽〉에서도 가용 자원을 써서 우리 쪽의 증명을 도와줄 테니."

잠시 후 돌아온 앨리슨도 그 제안에 조심스러운 찬성 의견을 냈다. 나는 차를 몰고 한적한 커피숍을 찾아갔다. 전자 결제는 여전히 먹통이었고 현금도 다 떨어졌지만, 웨이터는 내 신용카드 번호를 기록하고 내 서명이 된 100달러의 결제 승낙서로 대금을 지불하는 데 동의했다. 거기서 내가 먹고 마신 대금을 뺀 나머지가 그의 팁이었다.

나는 카페에 앉아 머릿속에서 바깥세상을 몰아내고 수학 속으로 침잠했다. 우리 네 사람은 때로는 개별 작업에 임했고, 때로는 두 명씩 짝을 지어 막다른 길에 빠지거나 난제에 막힌 상대방을 도왔다. 캠벨의 알고리즘에는 무한하게 많은 변형이 존재했지만, 우리는 시간 단위로 그 개념을 다듬어 가며 이 수학적 무기의 어떤 버전에서도 필수적인 요소로 기능하는 공통 기반을 추려 냈다.

새벽 4시쯤에 마침내 강력한 가설 하나를 도출해 냈다. 나는 샘에게 연락해서 우리가 무엇을 성취하려고 하는지를 설명했다.

샘은 말했다. "좋은 아이디어군. 검토해 보겠네."

카페가 문을 닫았다. 나는 한동안 운전석에 멍하게 앉아 있다가 케이트에게 전화를 걸어 그녀가 어디 있는지 물었다. 어떤 부부가 그녀를 펜리스 부근까지 태워다 주었고, 그 차가 고장 난 뒤에는 걸어서 집까지 돌아왔다고 했다.

나는 거의 나흘 동안 책상 앞에 죽치고 앉아 〈결점〉의 지도 위에서 빨간 물결이 조금씩 퍼져 나가는 것을 지켜보며 대부분의 시간을 보냈다. 색조의 변화는 결코 쉽게 일어나지 않았다. 각 픽셀이 빨간색으로 변하려면, 열두 대의 분리된 컴퓨터들로부터 그것이 표시하는 해당 경계 영역이 편평하다는 것을 확인받아야 했기 때문이다.

닷새째 되는 날, 샘은 그의 컴퓨터들을 끄고 경계 〈저쪽〉의 광활한 영토와 우리의 아킬레스건을 포위하고 있는 〈저쪽〉의 작은 전초 기지를 잇는 좁은 회랑에 우리가 공격을 가하는 것을 허락했다. 이 가느다란 통로가 남아 있다고 해서 우리의 필수적인 수론이 실질적인 해를 입는 것은 아니지만, 이 회랑을 작게 만드는 동시에 난공불락으로 만드는 것은 불가능하다는 사실이 판명되었기 때문이다. 원래의 계획만이 확실한 보장으로 이어지는 유일한 길이었다. 경계를 완벽하게 봉쇄하려면, 〈저쪽〉의 본체는 그 분지分枝와는 완전히 단절될 필요가 있었다.

다음 단계에서는 양측이 협력해서 전초를 완전히 봉인하고 탯줄을 잘라 낸 자리를 매끄럽게 다듬었다. 이 작업이 완료되자, 지도상에는 광택이 있는 루비 하나가 남았다. 이제는 기존의 그 어떤 과정도 이것을 변형시키지 못한다. 캠벨의 방법을 쓴다면 전초의 경계를 건드리지 않고 그 내부로 침입해서 점령하는 것도 가능했지만, 캠벨의 방법이야말로 이 보석이 원천 봉쇄하고 있는 것이었다.

사라진 탯줄의 반대편에서 샘의 컴퓨터들이 마지막 상흔을 다듬기 시작했다. 초저녁 무렵에는 그 작업도 끝났다.

이제는 단 하나의 미세한 흠결만이 경계상에 남아 있었다. 쌍방의 통신을 가능하게 해 주는 한 줌의 명제들이었다. 이 명제들을 어떻게 할지에 대해 우리 쪽에서는 몇 시간이나 논쟁을 벌였다. 이 조그만 주름이 남아 있는 한, 이론상으로는 이것을 이용해서 모든 것을 풀어헤쳐 경계 전체를 다시 움직일 수 있다. 경계 전체와 비교하면 이렇게 작은 거점의 감시와 방어가 비교적 쉬운 것은 사실이지만, 경계 어느 쪽에서든 무차별 기법※을 동원한 지속적인 연산 공격을 가한다면 그 어떤 저항도 제압하고, 악용할 수 있다.

결국 우리 대신 결단을 내린 것은 샘의 정치적 우두머리들이었다. 그들이 항상 바랐던 건 확실성이었고, 설령 그들이 힘에서 우리보다 우세할지라도 그들은 이런 도박을 감수할 생각이 없었다.

나는 말했다. "앞으로도 행운이 함께하기를."

"〈희박한 땅〉에도 행운을 함께하기를." 샘이 대답했다. 나는 그가 강경파들에 맞서 버티려 했다는 사실을 믿었지만, 그와의 우정을 확신한 적은 없었다. 그의 아이콘이 화면에서 사라졌을 때, 내가 느낀 것은 후회보다는 안도감이었다.

나는 뼈저린 경험을 통해 그 무엇도 영구불변하지는 않다는 사실을 배웠다. 1,000년쯤 지나면 누군가가 캠벨의 모델은 뭔가 더 깊은 곳에 있는 원리의 근사치에 불과하다는 점을 발견하고, 이론상 관통 불가능한 그 방벽을 깰 방법을 찾아낼지도 모른다. 그때쯤이면 양측 모두가 상대와 공존할 방법을 찾을 준비가 되어 있기를 바랄

※　가능한 모든 경우의 수를 시도하는 방식.

따름이다.

케이트를 찾으러 가니 주방에 앉아 있었다. "이제는 당신 질문에 대답할 수 있어. 당신이 그걸 원한다면." 대참사가 벌어지고 나서 다음 날 아침, 나는 그럴 수 있을 때가 올 거라고 그녀에게 약속했다. 몇 달이 아니라 몇 주 안에 말이다. 그녀는 그때까지 떠나지 않고 기다리겠다고 약속했다.

그녀는 잠시 생각하는 기색이었다.

"지난주에 벌어졌던 일에 관여했어?"

"응."

"설마 바이러스를 퍼뜨리기라도 했다는 거야? 당국이 찾고 있는 테러범이 당신이었어?" 그녀는 이렇게 물었지만, 천만다행히도 심각한 말투는 아니었다. 내 정체가 실은 칭기즈칸이라고 주장했다면 그녀는 아마 똑같은 말투로 되물었을 것이다.

"아니, 그런 사태를 일으킨 건 내가 아니야. 내 임무는 그걸 막는 거였는데, 실패했지. 하지만 그 사태의 원인은 그 어떤 종류의 컴퓨터 바이러스도 아니었어."

케이트는 내 얼굴을 살폈다. "그럼 뭐였는데? 설명해 줄 수 있어?"

"설명하자면 긴데."

"상관없어. 밤새 얘기해도 돼."

나는 말했다. "모든 건 대학 시절에 시작됐어. 앨리슨이 낸 아이디어였지. 천재적이고, 아름답고, 정신 나간 아이디어."

케이트는 시선을 돌렸다. 얼굴이 붉게 상기되어 있었다. 마치 내가 일부러 모욕적인 말을 하기라도 한 것처럼. 그녀는 내가 대량 살인자가 아니라는 사실을 알고 있었다. 그러나 다른 일들에 관해서는 그만큼 확신하지 못하는 듯했다.

"내 이야기는 앨리슨으로 시작해." 나는 말했다. "하지만 그건 여기서, 당신과 함께 끝나."

8

방랑자의 궤도

Unstable Orbits in the Space of Lies

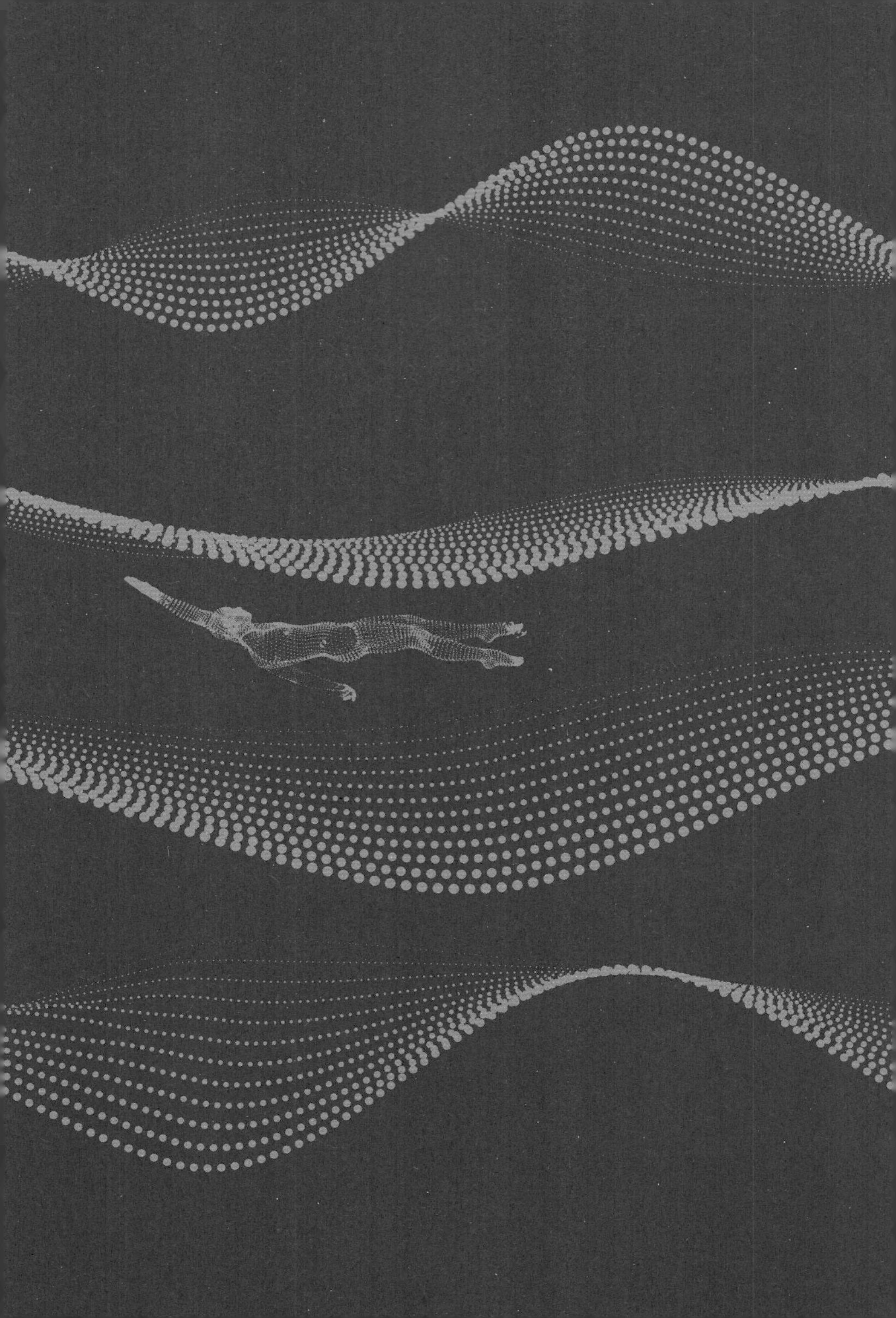

언제든 가장 마음 편하게 잘 수 있는 곳은 고속도로다. 적어도 주위 〈끌개〉*들의 흡인력이 그럭저럭 평형 상태를 유지하고 있는 영역을 지나는 구획 위에서는 말이다. 이제 북쪽으로 이어지는 차로들을 가르는 빛바랜 흰 선들을 따라 주의 깊게 침낭을 깔아놓기만 하면 안심하고 잠을 청할 수 있다. (굳이 침낭 위치에 연연하는 것은 아마 근처의 차이나타운이 발하는 풍수지리 신앙이—동쪽에 위치한 과학적 휴머니즘과 서쪽의 개혁파 유대교와 북쪽의 극렬한 반정신적, 반지성적 쾌락주의의 영향력에도 완전히 묻히는 일 없이—어렴풋하게나마 여기까지 뻗쳐 오고 있기 때문일지도 모르겠다.) 이곳에 머물러 있는 한 마리아와 나는 교황 무류성**이라든지 가이아 의식설***, 또는 명상에 의한 통찰력을 가장한 망상, 세제개혁의 기적적인 치유력 따위에 대한 만고불변의 믿음에 완전히 사로잡힌 채로 잠에서 깨지는 않을 것이기 때문이다.

그런 연유로, 잠에서 깼을 때 해가 이미 지평선 위에 떠 있는 데다

* Attractor. 수학의 동역학계 및 카오스 이론에서 시스템의 상태가 시간의 흐름에 따라 수렴하게 되는 일련의 상태의 집합. 어떤 시스템의 특정 영역(인력권) 내의 모든 궤적은 결국 이 지점으로 이끌려 들어간다는 수학적 결정론의 핵심 개념이다.
** 가톨릭 수장인 교황이 교리를 확정할 때 신의 은총에 의해 오류로부터 보호받는다는 믿음.
*** 지구는 유기적 생명체일 뿐만 아니라 자의식을 가지고 있다는 주장.

가 마리아의 모습이 보이지 않아도 나는 크게 당황하지 않았다. 그 어떤 신앙, 세계관, 신념 체계, 문화든 간에, 밤사이에 이곳까지 촉수를 뻗쳐 마리아를 잡아갔을 리가 없기 때문이다. 〈끌개〉가 만들어 내는 〈끌림 영역〉들의 경계가 수시로 변화하며 매일 몇십 미터씩 전진하거나 후퇴한다는 사실은 익히 알려져 있지만, 그것들이 무질서와 회의가 지배하는 우리의 이 소중한 정신적 공백 지대 내부로 이토록 깊숙이 침투했다는 것은 말이 안 된다. 마리아가 왜 말 한마디 없이 나를 내버려두고 갔는지는 알 수 없지만, 그녀는 이따금 도무지 이해할 수 없는 행동을 하는 버릇이 있었다. 실은 피차 매한가지였다. 우리가 함께 지낸 지 1년이 된 지금도 이 부분만은 여전히 달라지지 않았다.

당황하지 않았다고 해서 꾸물거린 것은 아니었다. 너무 뒤처지면 곤란하니까 말이다. 일어서서 기지개를 켠 다음, 마리아가 어느 쪽으로 갔을지 생각해 본다. 그녀가 출발한 후 이 부근의 상황이 크게 변하지 않았다면, 이 질문은 결국 지금 내가 어디로 가고 싶은지 자문하는 것과 같다.

〈끌개〉는 인간이 싸울 수 있는 상대가 아니고, 저항하는 것조차도 불가능하다. 그러나 〈끌개〉들 사이의 간극을 누비는 경로를 찾아내서 서로 반발하는 영향력들 사이로 빠져나가는 것은 가능하다. 가장 간단한 방법은 강력하지만 어느 정도 먼 곳에 위치한 〈끌개〉의 흡인력을 이용해서 출발 당시의 운동량을 얻는 동시에, 마지막에 가서는 그와 길항하는 다른 〈끌개〉의 반발력에 의해 진행 방향이 살짝 바뀌는 경로를 미리 설정해 두는 것이다.

첫 번째 〈끌개〉를 선택해서 그 사상에 짐짓 굴복하는 시늉을 할 때면 언제나 묘하고 낯선 행위를 하고 있다는 느낌을 받는다. 외부로 이어지는 경로를 글자 그대로 '체감'할 때가 있는가 하면, 순수한 자기 성찰을 통해 '나만의' 진정한 신념을 모색하는 것처럼 느끼는 경우도 있기 때문이다…. 그리고 지금처럼 명백하게 상반되는 두 개의 사상을 굳이 구분하려고 시도하는 행위 자체가 오류가 아닌가 하는 회의감에 사로잡힐 때도 있다. 시답잖은 선문답이라고 비난받아도 할 말이 없지만 이것이 지금 나의 가감 없는 본심이고, 그 사실만으로도 앞의 의문에 대한 해답이 된다. 이 구획은 아슬아슬하게 평형 상태를 유지하고 있지만, 한 〈끌개〉의 흡인력이 근소하게나마 강세를 보이고 있다. 지금 내가 서 있는 곳에서는 다른 선택지들에 비해 동양철학이 훨씬 더 설득력이 있다고 느끼기 때문이다. 이런 기분이 순전히 지리적인 상황에서 비롯되었다는 사실을 자각하고 있다고 해서 상황 자체의 핍진성이 줄어드는 것은 아니다. 나는 고속도로와 기찻길을 가르는 녹슨 쇠 울타리에 오줌을 갈김으로써 빨리 녹이 슬도록 조치했다. 침낭을 개고 수통의 물을 꿀꺽 마신 다음, 짐을 이고 걷기 시작한다.

빵 공장에서 온 자율주행식 배달차가 옆을 쌩 지나가는 것을 보고 나는 하필 혼자일 때 지나가냐며 욕설을 내뱉었다. 면밀한 사전 준비 없이 배달차에 올라타려면 적어도 몸동작이 민첩한 사람 두 명이 필요하기 때문이다. 한 사람이 배달차 앞에 우뚝 서서 길을 막는 동안에 다른 사람이 잽싸게 차에 실린 식량을 훔치는 식이다. 이런 식의 도난에 의한 물자 손실은 미미한 탓에 〈끌개〉 지역에 사는 사람들은 우리의 이런 행동을 뻔히 알면서도 눈감아 주고 있는 것처럼 보인다. 일부러 비용을 들여 지금보다 엄중한 보안 조치를 취할 가치가 없기 때문인지도 모르겠다. 그러나 단일 윤리의 절대적인 지배하에 있는 각 〈끌개〉의 주민들이 굶주림을 무기 삼아 우리 같은 무도덕한 방랑자들에게 복종을 강요하지 않는 데는 그들만의 독자적인 '이유'가 있을 게 뻔하다. 나는 시들어 빠진 당근 한 개를 꺼냈다. 어젯밤 곧잘 이용하는 텃밭을 지나쳤을 때 뽑아 온 것이다. 아침 식사라고 하기엔 너무나도 초라하지만, 당근을 우걱우걱 씹으면서 마리아와 다시 합류하기만 하면 훔칠 수 있는 롤빵을 머리에 떠올리니 기대감이 몰려왔다. 입안을 가득 채운 나뭇조각처럼 무미건조한 맛조차 거의 잊을 수 있을 정도였다.

고속도로는 완만한 곡선을 그리며 남동쪽을 향하고 있었다. 도로 좌우에 폐공장들과 폐가들이 늘어선 구획에 도달하자, 비교적 조용해진 주위 환경을 배경으로 정면에 위치한 차이나타운의 흡인력이 점점 더 강해지고 뚜렷해지기 시작했다. 물론 이 '차이나타운'은 과도하게 단순화된 편의상의 호칭에 불과하다. 기존의 사회 구조를 완전히 용해해 버린 〈멜트다운〉이 일어나기 전, 이 지역에는 홍콩계와 말레이시아계 중국인들 말고도 한국과 캄보디아와 태국과 티모르를 위시해서 적어도 열두 개의 고유한 문화에 속한 사람들이 섞여 살고 있었기 때문이다. 종교의 경우도 불교에서 이슬람교를 망라하는 온갖 종교의 여러 종파가 혼재해 있었다. 그러나 이제 그런 다양성은 완전히 소멸했다. 만약 〈멜트다운〉 이전의 주민이 단일 문화 혼합체의 형태로 최종적인 안정을 이룬 현재의 차이나타운을 목격했다면 그 기기괴괴함에 충격을 받았을 것이다. 물론 차이나타운의 현 주민들은 현재의 기괴한 혼종 문화를 지극히 타당하게 여기고 있지만 말이다. 이런 식의 흔들리지 않는 확신이야말로 '안정'의 정의이며, 〈끌개〉들의 유일한 존재 이유다. 만약 내가 지금 차이나타운으로 곧장 걸어 들어간다면, 나는 현지의 가치관과 믿음을 공유하게 될 뿐만 아니라 그곳에 정착해서 아무런 불만 없이 여생을 보내게 될 터다.

그러나 지구가 태양 속으로 뛰어들 가능성이 없는 것과 마찬가지로, 내가 저곳으로 직진할 가능성은 없었다. 〈멜트다운〉이 발생한지 거의 4년이 되어가지만, 여태껏 나를 사로잡은 〈끌개〉는 없기 때문이다.

그날 일어난 일에 관해서 몇십 가지에 달하는 '설명'을 들었지만, 내 입장에서는 하나같이 미덥지 않은 것들이 대부분이었다. 그것들 모두가 특정 〈끌개〉의 세계관에 뿌리를 둔 해석이었기 때문이다. 나 자신은 가끔 이런 생각을 하곤 한다. 혹시 2018년 1월 12일, 인류는 모종의 예기치 못한 역치—이를테면 총인구 따위의—를 넘어섰고, 바로 그 탓에 급격하고 불가역적인 정신 상태의 변화를 겪은 것은 아닐까.

그런 경우 **텔레파시**는 적절한 용어라고 할 수 없다. 무수하게 많은 와글거리는 목소리의 바다에 빠져 익사하거나, 공감 능력에 과부하가 걸려서 고통을 겪은 사람은 아무도 없었기 때문이다. 인간 의식이 24시간 동안 끊임없이 발하고 있는 잡음은 예전과 다름없이 개개인의 두개골 안에 머물렀고, 일상적인 정신적 프라이버시가 침해되는 일도 없었다. (그게 아니라면, 일각에서 주장하듯이 예의 정신적 프라이버시가 너무나도 철저하게 파괴된 탓에 사람들은 이제 그 사실을 아예 자각조차 못 하는지도 모른다. 그 결과, 시시각각 변화하는 전 인류의 사념의 합이 만들어 낸 무개성한 백색 소음이 지구 전체를 담요처럼 뒤덮었지만, 인간의 뇌는 별로 힘들이지 않고 이것을 걸러 내고 있다는 식이다.)

아무튼 그 이유가 뭐든 간에, 타인의 정신 활동이라는 이름의 멜로드라마를 초 단위로 훔쳐보는 것은 (다행히도) 여전히 불가능하다. 그러는 대신, 인간의 두개골은 서로의 가치관, 믿음, 뿌리 깊은 신념 따위를 완전히 투과하기 시작했던 것이다.

처음에는 순수한 카오스 상태였다. 〈멜트다운〉 당시를 돌이켜 보아도 혼란스럽고 악몽 같았다는 기억밖에는 없다. 첫째 날은 (아마) 밤낮으로 도시 내부를 헤매면서 6초마다 새로운 신을(또는 그에 상응하는 것을) 발견했다. 환상을 보거나 환청에 시달리지 않은 대신, 눈에 보이지 않는 꿈의 논리에 의해 한 신앙에서 다른 신앙으로 무작정 끌려다녔던 것이다. 사람들은 겁에 질리고 망연자실한 표정으로 비틀거리며 돌아다녔고, 그러는 동안 추상적인 개념들은 사람들 사이를 번개처럼 누비고 있었다. 계시가 찾아왔고, 그러자마자 그와는 정반대의 계시가 몰려오곤 했다. 나는 그런 상태가 끝나주기를 갈구했다.

기도를 마칠 때까지 똑같은 신을 믿을 수만 있었다면, 나는 제발 이 상태를 멈춰달라고 기도했을 것이다.

다른 방랑자들이 초창기의 이런 초자연적인 격변을 마약에 의한 황홀감이나 오르가슴, 또는 높이 10미터의 파도를 탔다가 떨어지는 상태가 몇 시간이나 끊임없이 계속되는 상황에 비유하는 것을 들은 적이 있지만, 내 경우는 심한 위장염을 앓았을 때의 경험에 가장 가깝다는 생각이 든다. 당시 나는 긴 밤 내내 고열에 시달리면서 끊임없는 구토와 설사에 시달렸다. 온몸의 근육과 관절이 찢어질 듯이 아팠고, 살갗은 불이 난 것처럼 뜨거웠다. 이러다가 그냥 죽는 것이 아닌가 두려웠을 정도였다. 더 이상 뭔가를 몸 밖으로 배출할 힘이 고갈되었다고 느낄 때마다 새로운 경련이 나를 엄습했다. 새벽 4시가 될 무렵, 나를 사로잡은 무력감은 숫제 초월적인 체험처럼 느껴지기 시작했다. 내장의 연동 운동은 나를 지배하는 가혹한(그러나 궁극적으로는 자비로운) 신의 은총이었다. 당시 이것은 내가 알고 있었던 가장 종교적인 체험이었다.

경합하는 사상 체계들은 도시 전체에서 추종자들을 얻기 위한 투쟁을 벌였고, 그 과정에서 변이와 교배를 거듭했다…. 진화 이론의 미묘한 쟁점들을 부각시키기 위한 시뮬레이션에서, 무작위적으로 생성된 컴퓨터 바이러스군끼리 서로 싸우게 하는 실험을 닮았다고나 할까. 아니, 문제의 사상 체계들이 실제 역사에서 벌여왔던 상호 투쟁과 유사하다고 해야 할지도 모른다. 〈멜트다운〉으로 인해 생겨난 새로운 형태의 상호작용은 사상들끼리의 투쟁 기간과 시간 척도를 극단적으로 단축했을 뿐만 아니라 유혈 사태까지 최소화했고, 그 결과 해당 사상들은 순수하게 정신적인 경기장에서 싸우며 우열을 가릴 수 있었다. 검을 휘두르는 십자군도, 인종 말살을 위한 강제수용소도 동원하지 않고 말이다. 또는, 소수의 의인을 제외한 모든 인간에게 빙의할 악마의 군세를 지상에 풀어놓는 광경에 가까웠을지도 모르겠다….

이런 카오스 상태는 오래 지속되지는 않았다. 〈멜트다운〉 이전에도 이미 문화나 종교의 중심지로서 번성했던 장소나, 순전한 우연으로 인해 선택받은 그 밖의 장소들에서, 특정한 사상 체계가 충분한 힘과 기반을 획득했기 때문이다. 그런 사상 체계는 핵심을 이루는 신봉자들을 통해 전파되기 시작했고, 지배적 사상이 아직 출현하지 않은 주변의 무질서한 집단들을 흡수하기 시작했다. 〈끌개〉의 영토가 눈덩이처럼 불어나면 불어날수록 해당 사상의 확산 속도도 빨라졌다. 그나마 다행이었던 것은 적어도 이 도시에서는 단일 〈끌개〉가 무제한적으로 확산하는 사태는 일어나지 않았다는 점이었다. 늦든 빠르든 모든 〈끌개〉는 길항하는 근처의 〈끌개〉들에게 포위당하거나, 도시 주변부의 인구 절벽 지대나 사람이 아예 살지 않아서 사상적으로는 거의 공백에 가까운 토지에 부딪힌 끝에 확산을 저지당했기 때문이다.

〈멜트다운〉 발생일로부터 1주쯤 지나자 무정부 상태도 침정되면서 대략 현재와 동일한 배치 구조가 고착되었다. 인류의 99퍼센트가 다른 장소로 이동하거나 내면적으로 변화한 결과, 한 장소에 정착해서 스스로의 정체성에 완전히 만족하는 경지에 도달했다는 뜻이다.

나는 우연하게도 〈끌개〉들 사이의 간극에 와 있었다. 여러 〈끌개〉의 영향을 받지만, 어떤 특정 〈끌개〉에 사로잡히지 않은 상태로 말이다. 그 이후 나는 줄곧 〈끌개〉들 사이를 방랑하는 궤도에 머물렀다. 이런 상태를 정확히 뭐라고 불러야 하는지는 모르겠지만 하여튼 내게는 그런 재능이 있었다. 세월이 흐르며 방랑자의 수는 줄어들었지만, 핵심을 이루는 인원은 여전히 〈끌개〉들로부터 자유로운 상태를 유지했다.

초기에 〈끌개〉에 속한 주민들은 자율주행식 헬리콥터를 도시 상공으로 날려 전단을 뿌리곤 했다. 무슨 일이 일어났는지를 그들이 신봉하는 사상 특유의 메타포로 설명한 전단이었다. 이 미증유의 대재앙에 관한 적절한 비유를 제공하는 것만으로도 개종자들을 획득할 수 있다고 생각한 것일까. 글이라는 매체가 종교적 세뇌의 수단으로서는 이미 한물갔다는 사실을 그들 일부가 이해하기까지는 꽤 시간이 걸렸던 듯하다. 시청각적인 수단도 효과가 없기는 매한가지였지만, 많은 사람이 여전히 이 사실을 모르고 있었다. 얼마 전 마리아와 나는 어떤 폐가에 있던 배터리식 TV를 통해 합리주의자들의 거주지에 있는 방송국이 보내온 영상을 수신한 적이 있었다. 〈멜트다운〉의 '시뮬레이션'을 자처하는 영상이었는데, 각기 다른 색으로 분류된 화소들이 몇 개의 단순한 수학적 규칙에 따라 서로를 잡아먹으며 춤추는 광경을 보여주고 있었다. 영상 해설자는 자기 조직 시스템이 어쩌고 하며 전문용어를 쏟아 냈다. 그러자, 보라! 소급적 깨달음이라는 마법의 도움을 받은 형형색색의 점들이 깜박거리면서 육각형들로 이루어진 낯익은 패턴을 빠르게 형성하지 않는가. 개개의 육각형은 검은 해자로 서로와 격리되어 있었다. (무인 지대를 의미하는 이 검은 부분에도 그리 중요하지 않은 몇몇 반점들이 희미하게나마 떠올라 있었는데, 마리아와 함께 그중 어느 것들이 우리를 나타내고 있는 것인지 궁금해했던 것을 기억한다.)

자율주행식 기계들과 데이터 통신 기반 시설을 미리 갖추고 있지 않았다면 세상이 어떻게 굴러갔을지를 상상하기는 힘들다. 이것들이 있었던 덕에 사람들은 그들이 속한 〈끌림 영역〉—이것은 발을 들여놓을 경우 중심부에 위치한 〈끌개〉로 무조건 끌려 들어가는 지대를 의미하며, 이들 대다수의 폭은 1, 2킬로미터에 불과하다—밖으로 나가지 않아도 생업에 종사하며 살아갈 수 있었다. (생각해 보면 그런 종류의 기반 시설을 아예 갖추지 못한 지역들도 많았을 것이다. 하지만 최근 몇 년 동안 나는 지구촌 네트워크에 접속해 있었다고는 하기 힘든 상태였기 때문에, 그런 지역의 사람들이 지금 어떻게 살고 있는지는 모른다.) 이런 사회의 주변부에서 근근이 살아가고 있는 나는 〈끌개〉라는 이름의 중심에서 살고 있는 사람들보다 한층 더 사회의 부에 의존하고 있으므로, 인류 대다수가 현 상황에 만족하고 있다는 사실에 감사해야 할지도 모른다. 사실 나는 그들이 평화롭게 공존하고, 교역을 통해 번영하고 있다는 사실이 기쁘다.

단지 나는 그들과 합류하느니 차라리 죽는 편이 낫다고 생각하고 있을 뿐이다.

(적어도 지금, 이 장소에서는 말이다.)

*

끊임없이 이동하며 최초의 운동량을 유지하는 것이 가장 중요하다. 그 어떤 〈끌개〉의 영향도 받지 않는 완벽하게 중립적인 장소 따위는 존재하지 않는다. 설령 그런 장소가 존재한다고 해도 너무 작아서 찾을 수 없고, 찾아낸다고 해도 터를 잡고 살기에는 너무 좁을 것이 뻔하다. 비교적 중립적인 장소조차도 〈끌림 영역〉의 상태 변화에 맞춰 이동한다는 점은 거의 확실하다. 그런 곳에서 하룻밤쯤 자는 것은 무방하다. 그러나 내가 그곳에 매일 또는 매주 단위로 머물려고 시도한다면, 아무리 근소하더라도 상대적으로 가장 큰 흡인력을 발휘하던 〈끌개〉가 나의 행동을 지배하기 시작할 것이다.

운동량, 그리고 혼란한 상태를 유지하라. 사람들이 타인의 내적 목소리를 듣지 않아도 되는 이유는 포화 상태에 도달한 무관계한 정신적 재잘거림이 서로를 상쇄하기 때문이라는 가설이 옳은지 그른지는 모르겠지만, 나의 목표는 그것과 본질적으로 같은 효과를 내는 것이다. 재잘거림보다 훨씬 더 항구적이고, 일관적이며, 유해한 〈끌개〉의 신호를 대상으로 말이다. 지구의 중심핵에서는 전 인류의 사상의 합이 응축되어 순수하고 무해한 잡음으로 변해 있을 것이 틀림없다. 그러나 지표면에서 모든 사람으로부터 같은 거리를 유지하는 것은 물리적으로 불가능하다. 따라서 신호의 영향을 최대한 평균화해서 상쇄하려면 나처럼 계속 이동하는 수밖에 없다.

이따금 시골로 탈출해서 맑디맑은 머리로 혼자 살아가는 광경을 몽상하곤 한다. 자율 경작식 로봇들이 일하는 농장 옆에 터를 잡고, 꼭 필요한 농기구와 물자를 슬쩍해서 나 자신의 밭을 일구는 식으로 자급자족하는 것이다. **마리아와 함께?** 그건 본인에게 달렸다. 마리아는 때로는 좋다고 하고, 때로는 싫다고 한다. 둘이서 이런 길에 나서자는 얘기를 한 것은 한두 번이 아니었다. 하지만 우리는 도시 밖으로 나가는 궤도를 여전히 찾아내지 못했다. 우리의 앞길을 가로막고 우리를 사로잡으려고 하는 〈끌개〉들 사이를 안전하게 통과해서, 도시 중심부로 다시 튕겨 돌아가지 않아도 되는 경로 말이다. 탈출 경로는 틀림없이 존재하므로, 그걸 찾아내기만 하면 된다. 지금까지 다른 방랑자들에게서 귀동냥한 경로들이 모두 막다른 길이었다는 사실은 전혀 놀랄 일이 아니다. 도시에서 확실하게 탈출할 수 있는 길을 찾아낸 사람들은 대개 우연히 그런 경로와 마주쳐서 소리 소문 없이 성공했기 때문이다.

이따금 길 한복판에서 문득 멈춰 서서 내가 '진심으로 원하는' 것이 무엇인지 자문할 때도 있지만 말이다.

시골로 탈출해서 침묵한 나의 영혼이 만들어 내는 정적 속에 몰입하고 싶은 걸까?

실은 이런 정처 없는 방랑을 그만두고 다시 **문명** 세계에 합류하고 싶은 것은 아닐까? 편리함과 안정과 확실함을 얻는 대가로 용의주도하게 마련된 일련의 자기 긍정적인 거짓말들을 받아들이고, 그 일부가 되어 살아가는 식으로?

그게 아니라면, 죽을 때까지 이런 식으로 방랑자의 궤도를 돌고 싶은 걸까?

해답은 물론 지금 내가 어떤 장소에 서 있는지에 달려 있다.

자율주행식 트럭들이 몇 대 더 지나갔지만 그때마다 반사적으로 흘끗 보기만 했을 뿐이었다. 머릿속에서 배고픔을 하나의 물체로 간주해 본다. 지금 지고 있는 짐보다 그리 무겁지도 않은 짐을 하나 더 짊어지고 있다고 상상하는 것이다. 그러자 배고픔은 점점 희미해지며 나의 뇌리에서 사라졌다. 마음을 비우고, 얼굴에 와닿는 이른 아침의 햇살과 걷는다는 행위의 즐거움에만 집중한다.

잠시 후, 깜짝 놀랄 정도의 명석함이 나를 엄습했다. 심오한 이해의 감각을 동반한 깊은 평온이 찾아온다. 내가 지금 뭘 **이해**하고 있는지 도통 감이 오지 않는다는 점이 묘하지만 말이다. 나는 통찰의 쾌감을 경험하고 있지만, 그 통찰의 대상 자체가 전혀 떠오르지 않는 탓에 '**무엇을 통찰했는가?**'라는 질문에 대답한다는 것은 애당초 불가능한 일이었다. 그럼에도 통찰의 감각만은 계속 유지된다.

나는 생각한다. 이토록 오랜 세월 동안 같은 곳을 맴돌았던 내 여정의 끝은 어디인가?

바로 이 순간이다. 깨달음으로 이어지는 여정의 첫걸음을 과감하게 내디딜 기회가 드디어 온 것이다.

따라서 이제는 앞을 향해 똑바로 걸어가기만 하면 된다.

지난 4년 동안 나는 가짜 도道에 현혹되어 자유라는 환상을 찾아 헤맸고, 단지 분투를 위한 분투를 계속해 왔다. 하지만 이제 이 모든 여정을 새로운 길로 변화시킬 방법이….

무슨 길? 지옥으로 가는 지름길?

'지옥'이라고? 그런 것은 존재하지 않아. 존재하는 건 오직 삼사라, 욕망의 수레바퀴뿐이고, 인간의 모든 노력은 허망해. 나의 이해력은 이제 흐릿해진 상태였다. 하지만 앞으로 몇 걸음만 더 디디면 진리가 명백해지리라는 사실을 나는 알고 있었다.

몇 초 동안, 순수한 두려움 탓에 마음을 정하지 못하고 그 자리에 못 박혀 있었다. 그러나 다음 순간, 구원의 가능성에 유인된 나는 쇠울타리를 기어올라 고속도로에서 빠져나온 후 남쪽을 향해 가기 시작했다.

낯익은 옆길에 들어섰다. 주차장 가득 널린 차들은 뜨거운 햇볕에 빛이 바랜 채로 완만하게 녹아내리고 있는 것처럼 보인다. 완전히 방치된 탓에 플라스틱 차대의 자동 분해가 촉발된 것이리라. 포르노 영상물과 성인용품을 파는 상점은 외관은 멀쩡했지만 어두운 실내에서는 썩은 카펫과 쥐똥 냄새가 코를 찔렀다. 선 외 모터 제조 회사의 쇼룸에 자랑스럽게 전시되어 있는 최신형(그러니까, 4년 전의) 연료전지식 선외기들은 지난 세기의 기괴한 유물처럼 보였다.

다음 순간 이 모든 지저분한 폐허 위로 솟구쳐 있는 대성당의 첨탑이 눈에 들어오자 노스텔지어와 기시감이 뒤섞인 현기증 나는 감각이 나를 엄습했다. 이런 세계가 되었음에도, 나의 일부는 여전히 성경의 돌아온 탕자처럼 정말로 고향에 돌아왔다는 느낌을 받는다. 실제로는 50번도 더 지나왔던 길이지만 말이다. 가장 최근 이곳을 지났을 때의 기억이 불러일으킨 기도문과 성경 구절을 중얼거린다. 판에 박힌 구절들이 묘하게 위안을 준다.

이윽고 고민거리는 하나로 수렴했다. 하느님의 완벽한 사랑을 받았다면, 나는 어떻게 그곳을 떠나올 수 있었을까? 상상도 할 수 없는 일이지 않는가. 감히 어떻게 하느님에게 등을 돌릴 수 있었단 말인가?

멀쩡해 보이는 아담한 집들이 늘어선 구획에 도달했다. 물론 모두 빈집이지만, 〈끌개〉의 경계에 해당하는 지대임에도 교구의 로봇들이 잔디를 깎고 낙엽을 쓸고 벽을 새로 칠하는 일을 계속하고 있었다. 여기서 남서쪽으로 몇 블록 더 나아간다면 나는 다시는 진리에 등을 돌리지 않을 것이다. 나는 자발적으로 그 방향을 향해 갔다.

그러니까, 거의 자발적으로.

그러나 얄궂게도⋯ 남쪽을 향해 한 걸음씩 나아갈 때마다 성경이 기괴하기 짝이 없는 사실적, 논리적 오류로 점철되어 있다는 사실을 무시하는 일이 점점 힘들어졌다. (가톨릭교회의 교리에 이르러서는 말할 나위도 없다.) 왜 완벽한 사랑의 하느님이 내린 계시는 위협과 모순으로 뒤죽박죽이 되어 있는 것일까? 왜 우주에서 인간의 위치에 관해 그토록 그릇되고 혼란된 관점밖에는 제시하지 못하는 걸까?

사실적 오류? 모름지기 메타포는 언제나 해당 시대의 세계관에 걸맞아야 하는 법이다. 신이 빅뱅이나 태초의 우주에서의 핵 합성에 관해 자세히 언급함으로써 창세기 저자를 어리둥절하게 만들었어야 했단 말인가? **모순?** 모순은 신앙과 겸손함의 시금석이다. 전능하신 하느님의 말씀에 대해 일개 인간의 빈약한 논리로 맞서려고 하다니, 나는 어떻게 그토록 오만할 수 있었던 것일까? 하느님은 논리를 포함한 모든 것을 초월한다.

특히 논리를.

문제는 바로 그거다. 처녀 잉태? 빵과 물고기의 기적? 부활? 이것들은 시적인 우화에 불과하고, 글자 그대로 받아들일 필요가 없다고? 하지만 그게 사실이라면 뒤에 남는 것이라고는 기껏해야 선의에 입각한 설교 몇 편과 겉만 번지르르한 연극조의 일화들뿐이지 않은가? 만약 하느님이 나를 구원하기 위해서 **실제로** 인간이 되어서 고통을 겪고 죽었다가 부활했다면, 내가 존재하는 것은 오로지 그 덕택이다…. 하지만 이것이 단지 하나의 아름다운 이야기에 불과하다면, 내 이웃을 사랑하기 위해서 딱히 빵과 포도주를 정기적으로 섭취할 필요는 없다.

나는 남동쪽으로 진로를 틀었다.

(이곳에서) 우주의 진정한 양태는 무한하게 불가해하며, 무한하게 광활하다. 진리는 인류를 통해 스스로를 알게 된 물리법칙들 내부에 존재한다. 우리 인류의 운명과 존재 목적은 미세 구조 상수와 밀도 계수 오메가 값의 형태로 암호화되어 있다. 인류라는 종은 로봇의 몸을 빌린 유기체든 간에 향후 100억 년 동안 진보를 거듭하고, 종내에 가서는 초지성을 낳을 것이다. 그리고 이 초지성이 미래에 **야기할** 정교

하게 조정된 빅뱅이야말로 인류 창조의 원천이었던 것이다.

인류가 다음 1,000년기에 멸종되지 않는다면 말이지만.

그럴 경우에는 다른 지적 생명체가 그 역할을 대신해 줄 것이다. 누가 대의를 실행에 옮기는지는 중요하지 않다.

바로 그거야. 그런 건 중요하지 않아. 포스트 휴먼이나 로봇이나 외계인 따위의 문명이 100억 년 뒤에 하거나 하지 않을 일에 대해 내가 왜 신경을 써야 해? 그런 거창한 개소리들이 나하고 도대체 무슨 상관이 있다는 거지?

마침내 몇 블록 앞을 걸어가는 마리아의 모습이 보였다. 그러자마자 서쪽에 있는 실존주의 〈끌개〉가 우주적 바로크 주의의 외연에서 결연하게 나를 떼어 내며 등을 떠민다. 약간만 걷는 속도를 올렸다. 달려가기에는 너무 더운 데다가, 무엇보다도 급격한 가속은 예기치 않은 철학적 일탈이라는 기묘한 부작용을 야기할 수 있기 때문이다.

두 사람 사이의 거리를 좁히자 내 발소리를 들은 그녀가 뒤를 돌아보았다.

"안녕." 나는 말했다.

"안녕." 마리아는 나를 보고도 딱히 기쁜 기색이 아니다. 어차피 이곳은 그런 일에 어울리는 장소가 아니지만.

나는 마리아와 보조를 맞춰 걷기 시작했다. "내가 자는 동안 출발했네."

마리아는 어깨를 으쓱했다. "잠시 혼자 있고 싶었어. 생각해 볼 일이 있어서."

나는 웃음을 터뜨렸다. "정말로 '생각'을 하고 싶었으면 고속도로에 머물렀어야지."

"앞쪽 공원에 또 다른 장소가 있잖아. 고속도로 못지않은."

물론 마리아의 말은 옳았다. 졸졸 따라온 내가 훼방을 놓고 있다는 점이 문제지만 말이다. 나는 이미 1,000번은 했음 직한 질문을 다시 곱씹었다. **왜 나는 이 여자와 함께 있고 싶어 하는 걸까?** 서로 공통점을 갖고 있어서? 그러나 그런 공통점은 대부분 우리가 함께 있다는 바로 그 사실에서 생겨난 것이지 않은가. 같은 궤도를 따라 길을 나아가면서, 물리적인 근접성에 의해 서로를 변화시켜 온 결과물이라는 뜻이다. 그렇다면 공통점이 아니라 서로의 상이점에 끌린 것일까? 가끔 서로를 전혀 이해 못 할 때가 있어서? 그러나 함께 있는 기간이 길어지면 길어질수록 약간의 신비스러움은 퇴색할 것이 뻔하다. 서로의 주위를 공전하는 물체들처럼, 결국은 함께 나선을 그리다가 모든 구분을 상실할 운명인 것이다.

그렇다면, 왜?

(지금 이 장소에서) 가장 정직한 대답은 식량 확보와 섹스일 것이다. 물론 내일 어딘가 다른 곳에 가 있을 나는 이 순간을 되돌아보고 시니컬한 거짓말이라는 낙인을 찍을 것이 뻔하지만 말이다.

〈끌개〉들의 흡인력이 평형 상태를 유지하고 있는 지대로 다가감에 따라 나는 침묵했다. 머릿속에서 지난 몇 분 동안의 혼란이 여전히 메아리치고 있다. 현기증이 날 정도로 잇달아 몰려오는 이런저런 〈끌개〉들의 불완전한 계시들이 맞부딪히며 실질적으로 서로를 상쇄했고, 그 뒤에 남은 것이라고는 막연한 불신감뿐이다. 〈멜트다운〉 이전의 시대에, 인간의 모든 사상은 경청할 만한 가치를 내포하고 있다고 주장하던 철학 학파가 존재했던 것을 기억한다. 미련할 정도로 선의에 가득 차 있었던 이들은 무조건적인 맹신을 아량으로 착각했고, 그것만으로도 모자랐는지 모든 철학의 본질에는 동일한 '보편적 진실'이 존재하므로, 궁극적으로 모든 사상은 조화를 이룰 수 있다고 단언했던 것이다. 이 게을러빠진 사해동포주의자들이 스스로의 주장이 확실하게 논파당하는 광경을 목도할 때까지 살아남지 못했다는 점은 명백하다. 그들 모두가 〈멜트다운〉 후 3초도 지나지 않아 가장 가까운 곳에 서 있던 사람의 신앙으로 개종했을 것이 뻔하기 때문이다.

마리아가 화난 목소리로 중얼거렸다. "저건 또 뭐야." 나는 고개를 돌려 그녀의 시선이 향한 곳을 바라보았다. 공원이 눈에 들어왔다. 만약 그녀가 혼자만의 시간을 갖고 싶었던 거라면, 이제 그걸 방해하는 사람은 나 혼자가 아니었다. 적어도 20여 명의 다른 방랑자들이 공원의 나무 그늘에 모여 있었기 때문이다. 드물기는 하지만 아예 일어나지 않는 일은 아니다. 평형 지대는 방랑자의 궤도상에서도 전진 속도가 가장 느려지는 장소이므로, 이따금 복수의 방랑자가 그런 곳에서 한데 뭉친다고 해도 딱히 놀랄 일은 아니다.

공원에 더 접근하자 뭔가 더 묘한 일이 일어나고 있다는 사실을 깨달았다. 풀밭에 앉아 쉬고 있는 사람들의 시선이 모두 같은 방향을 향하고 있었던 것이다. 나무에 가린 탓에 아직 보이지 않지만, 무엇인가를 또는 누군가를 바라보고 있는 듯했다.

누군가였다. 여자 목소리가 들려왔다. 아직 거리가 있는 탓에 뭐라는지 알아들을 수는 없지만 다정하고 확신에 찬 어조였다. 부드럽지만 설득력이 있다고나 할까.

마리아가 불안한 듯이 말했다. "그냥 여기서 보고 있는 편이 낫지 않을까. 평형 지대의 위치가 변했을 수도 있잖아."

"그럴지도 모르겠군." 나도 마리아 못지않게 불안하긴 했지만 그와 동시에 강한 호기심을 느끼고 있었다. 이 부근의 익숙한 〈끌개〉들로부터의 끌림을 거의 느낄 수 없었기 때문이다. 그러나 지금 내가 느끼고 있는 호기심 자체가 기존의 〈끌개〉가 보내오는 새로운 미끼가 아니라는 보장은 없었다.

나는 말했다. "그렇다면… 공원 주위를 한번 돌아보면 어떨까. 저걸 그냥 무시하고 갈 수는 없잖아. 무슨 일이 일어나고 있는지 알아낼 필요가 있어." 만약 근처의 〈끌림 영역〉이 확장해서 공원을 집어삼켰다면, 연설 중인 저 여자에 접근하지 않는 것만으로 우리의 자유가 보장되지는 않는다. 우리에게 실제로 해를 끼치는 것은 〈끌개〉지, 저 여자가 하는 말이나 존재 그 자체가 아니기 때문이다. 그러나 마리아는 (보나 마나 이 모든 사실을 숙지하고 있을 것이 뻔하지만) 당면한 위기를 회피하자는 나의 적당한 '전략'을 받아들였고, 고개를 끄덕이며 찬성했다.

우리는 공원의 동쪽을 지나는 도로 중앙에 자리를 잡았다. 딱히 어떤 끌림을 감지하지는 못했다. 연설 중인 여자는 중년인 듯했고, 머리부터 발끝까지 방랑자로밖에는 보이지 않았다. 먼지가 엉겨 붙어 딱딱해진 옷과 대충 자른 머리카락에서, 제대로 먹지도 못하고 1년 내내 걸어 다닌 탓에 거칠어진 피부와 비쩍 마른 체격에 이르기까지 말이다. 오직 목소리만이 보통 사람과 달랐다. 캔버스를 올려놓는 이젤처럼 세워둔 나무틀에는 이 도시의 커다란 지도가 펼쳐져 있었고, 지도상에는 육각형에 가까운 모양을 한 개개의 〈끌림 영역〉들이 여러 색으로 구분되어 표시되어 있었다. 〈멜트다운〉이 일어난 후 우리 같은 방랑자들은 한동안 그런 지도를 교환하곤 했다. 저 여자는 단순히 자기가 아끼는 지도를 자랑하면서 뭔가 가치 있는 물건과 교환하고 싶어 하는 것일지도 모르겠다. 하지만 별 가망이 없어 보인다. 모든 방랑자는 이제 마음속에 각인된 자기만의 사상 지형도에 전적으로 의존하고 있을 게 뻔하기 때문이다.

그러나 여자는 지시봉을 들어 올리더니 내가 미처 알아차리지 못했던 지도의 일부를 훑어 보였다. 육각형 사이의 간극을 누비는 파란 선들로 이루어진 섬세한 그물망이다.

여자가 말했다. "물론, 이건 우연 따위가 아녜요. 우리가 지금까지 〈끌림 영역〉 밖에 머물 수 있었던 이유가 순전히 운이나 기술 덕이 아니었던 것처럼." 그녀는 청중을 훑어보다가 멀찍이 서 있는 우리를 잠깐 응시하더니 이내 차분한 어조로 말했다. "우리는 우리들 자신의 〈끌개〉에 사로잡혀 있었던 거예요. 그건 다른 〈끌개〉들과는 전혀 달라서, 어떤 장소에 얽매여 있는 확고부동한 신념 체계가 아니지만 말이에요. 하지만 〈끌개〉라는 점에는 변함이 없어요. 우리가 아무리 불안정한 궤도를 따라 움직이더라도 그에 개의치 않고 우리를 계속 끌어당겼으니까요. 이 지도는 그 〈끌개〉 전체 또는 일부를 측량해서 최대한 상세하게 그려본 거예요. 실제 세부는 눈으로 볼 수 없을 정도로 정교할지도 모르지만, 이렇게 대충 그린 지도만 봐도 여러분이 걸어온 경로를 알아볼 수 있지 않나요.”

나는 여자의 지도를 응시했다. 이 거리에서는 개개의 파란 선을 따라가는 것은 불가능했다. 파란 그물망이 지난 며칠 동안 마리아와 내가 지나온 경로를 포함하고 있다는 것은 알겠지만….

노인 하나가 큰 소리로 물었다. “〈끌림 영역〉들 사이에 선을 여러 개 그어놓았을 뿐이잖아. 그걸로 뭐가 증명된다는 거지?”

“모든 〈끌림 영역〉들 사이에 그어놓은 건 아녜요.” 그녀는 지도상의 한 지점을 가리켰다. “여기를 지나가 본 사람이 있나요? 혹은 여기? 아니면 여기? 없어요? 여기는? 그러면 여기는? **방금 가리킨 지점들을 통과해 본 사람이 아예 없는 이유가 뭐라고 생각해요?** 내가 가리킨 곳들은 모두 〈끌개〉들 사이를 지나는 폭이 넓은 회랑들이고, 다른 회랑들 못지않게 안전해 보이지 않나요? 그렇다면 우린 왜 이 회랑들을 통과한 적이 없는 걸까요? 고정된 〈끌개〉의 주민들이 이 회랑들로 가지 않은 것과 똑같은 이유에서예요. 이 회랑들은 우리의 영역에 속해 있지 않아요. 바꿔 말해서, 이것들은 우리들 자신의 〈끌개〉의 일부가 아녜요.”

허튼소리라는 점은 알고 있었지만, 여자가 쓴 표현들은 나를 공황 상태로 몰아넣고 폐색감을 느끼도록 하기에 충분했다. 우리들 자신의 〈끌개〉. 우리는 우리들 자신의 〈끌개〉 안에 사로잡혀 있다. 나는

지도에 표시된 도시 주변부를 훑어보았다. 파란 선들은 도시 주변부에는 접근조차도 하지 않는 것처럼 보인다. 사실, 파란 선의 최대 판도는 도시 중심부에서 지금까지 내가 걸어온 거리를 넘지 않는 것처럼 보였다.

그래서 어쩌라고? 저 여자의 말은 그녀가 나만큼이나 운이 없었다는 사실을 제외하면 아무 증명도 되지 않는다. 만약 저 여자가 도시에서 탈출했다면, 탈출은 불가능하다고 여기서 소리 높여 주장할 일도 없었을 테니까 말이다.

청중 사이에서 배가 불러 임신한 티가 완연한 여자가 말했다. "그건 당신이 지나왔던 길을 그린 것에 지나지 않아. 당신은 위험한 곳을 피해 다닐 수 있었고, 나도 위험한 곳을 피해가면서 여기까지 왔어. 우리들 모두 어디를 피해 다녀야 하는지 잘 알고 있는 거야. 결국 당신은 기정사실을 되풀이했을 뿐이잖아. 우리들 사이의 공통점이라고 해봤자, 그것밖에는 없는 것 같은데."

"아녜요!" 여자는 다시 한번 파란 선을 훑어 보였다. "이 선이 표시하고 있는 건 바로 **우리들**이에요. 우린 목적 없이 배회하는 방랑자가 아니라, 이 〈기이한 끌개〉에 속한 사람들인 거예요. 결국은 자체적인 〈끌개〉야말로 우리를 하나로 묶어주는 정체성의 원천이었던 거예요."

청중들 사이에서 웃음이 터져 나왔다. 간간이 욕설도 섞여 있었다. 나는 마리아에게 속삭였다. "저 여자를 알아? 본 적 있어?"

"글쎄. 본 기억이 없는데."

"그건 당연해. 척 보면 모르겠어? 저건 인간이 아니라 로봇 전도 사고…."

"하는 얘길 들어보니 전도하러 온 것 같지는 않은데."

"**합리주의자들**이 보낸 게 틀림없어. 기독교도나 모르몬교도가 아니라."

"합리주의자는 전도사 따위를 보내진 않잖아."

"정말? 〈기이한 끌개〉를 **측량했다**. 이게 합리주의의 용어가 아니라면 뭐야?"

마리아는 어깨를 으쓱했다. "〈끌개〉, 〈끌림 영역〉 이런 표현들도 모두 합리주의자들이 만들어 낸 용어지만 우리 모두가 그걸 쓰잖아. 속담에도 있듯이 최고의 음악은 악마에게서 나오고, 최고의 전문용어는 합리주의자들한테서 나오는 법이야. 단어는 무에서 그냥 생겨나는 게 아니라고."

여자가 말했다. "나는 모래 위에 교회를 지을 작정입니다. 누구에게든 나를 따르라고 할 생각은 없어요. 하지만 여러분은 결국 나를 따를 겁니다. 한 사람도 빠짐없이."

"이제 가자고." 나는 마리아의 팔을 잡았지만 그녀는 화난 듯이 내 손을 뿌리쳤다.

"넌 왜 저 여자한테 그렇게 적대적인 거야? 옳은 말을 하고 있을지도 모르잖아."

"너 미쳤어?"

"다른 사람들은 모두 〈끌개〉를 갖고 있는데, 왜 우리에게도 고유

의 〈끌개〉가 있으면 안 돼? 그것도 그 어떤 것보다도 기이한 〈끌개〉
라잖아. 저걸 보라고. 저 파란 선이야말로 지도에서 가장 아름다운
부분이라는 생각 안 들어?"

나는 아연실색하며 고개를 설레설레 저었다. "너 제정신으로 하
는 소리야? 우린 자유롭잖아. 지금처럼 자유로운 상태로 남기 위해서
그렇게 고생했던 거 다 잊었어?"

마리아는 어깨를 으쓱했다. "고생했지. 하지만 우린 네가 자유라
고 부르는 것에 사로잡혀 있었던 건지도 몰라. 이젠 더 이상 힘들게
버둥거릴 필요가 없어졌을 수도 있어. 그게 그렇게 나쁜 일이야? 모
두가 어떤 식으로든 자기가 하고 싶은 일을 하고 있는 게 사실이라면,
그냥 신경을 끄면 되잖아?"

연설을 끝낸 여자는 더 이상 요란을 떨거나 하는 일 없이 이젤을
접기 시작했고, 방랑자들의 무리도 흩어지기 시작했다. 막판에 내뱉
은 짤막한 설교에 큰 감명을 받은 사람은 딱히 없어 보였다. 방랑자
들은 침착하게 스스로 선택한 궤도를 향해 나아갔다.

나는 내뱉었다. "'하고 싶은 일'을 하고 있는 건 〈끌림 영역〉에 갇
혀 있는 작자들도 마찬가지야. 난 그치들처럼 되고 싶지 않아."

마리아는 웃음을 터뜨렸다. "걱정하지 마. 넌 그 사람들과는 전혀
달라."

"맞아. 난 그치들과는 달라. 그치들은 부유하고, 살쪘고, 현실에
안주하고 있어. 반면 나는 배가 고프고, 피곤하고, 고뇌에 시달리고
있어. 뭣 때문에? 내가 왜 이런 식으로 살고 있다고 생각해? 저 로봇

은 이 모든 개고생을 의미 있게 해 주는 유일한 물건을 우리에게서 빼앗아 갈 작정인 거야.”

“그래? 흠, 피곤하고 배가 고픈 건 나도 마찬가지야. 그럼 나 자신의 〈끌개〉는 이 모든 개고생을 의미 있게 해 줄지도 모르겠네.”

“**어떻게?**” 나는 심드렁하게 웃었다. “그걸 숭배할 작정이야? 기도라도 올리면서?”

“아니. 하지만 더 이상 두려워할 필요는 없어지겠지. 만약 우리가 이미 〈끌개〉에 사로잡혔다는 게 사실이고, 우리의 생활 방식이 실은 안정된 것이었다면, 실수로 한 발짝 잘못 디디는 것쯤은 문제가 안 돼. 어차피 우리들 자신의 〈끌개〉로 다시 끌려올 테니까 말이야. 아주 사소한 실수 하나 때문에 어딘가의 〈끌림 영역〉으로 끌려 들어갈 걱정은 이제 안 해도 된다는 얘기야. 이게 사실이라면 기쁘지 않아?”

나는 화난 표정으로 고개를 가로저었다. “그건 개소리야. 그것도 위험천만한. 〈끌림 영역〉 바깥에 계속 머물 수 있는 건 우리의 기술이고, 재능이라고. 너도 잘 알잖아. 우린 신중하게 간극에서만 이동하고, 서로 대립하는 힘들 사이에서 균형을 잡으면서….”

“그래서? 줄타기 곡예를 하는 건 이제 넌더리가 나.”

“넌더리가 난다고 해서 그게 틀린 일이 되지는 않아! 아직도 모르겠어? 저 여자가 원하는 건 우리가 위험 불감증에 빠지는 거라고! 궤도 돌기쯤은 쉽다고 생각하는 사람이 늘어나면 늘어날수록, 〈끌림 영역〉에 사로잡히는 사람의 수도 늘어날 게 뻔하고….”

나는 자칭 선지자가 짐을 챙겨서 공원을 떠나가는 광경에 잠시 정신이 팔렸다. "저 여자를 잘 봐. 완벽하게 인간을 모방했을지도 모르지만, 저건 로봇이야. 가짜라고. 놈들은 마침내 자기들의 전단이나 설교 기계가 효과가 없다는 걸 알아차리고, 자유에 관한 거짓말을 전파하려고 우리한테 저런 기계를 보낸 거야."

마리아가 말했다. "그럼 증명해 봐."

"뭐라고?"

"너 칼 갖고 있잖아. 저 여자가 로봇이라면, 쫓아가서 꼼짝 못 하게 한 다음 칼로 해부해 보라고. 그럼 로봇이라는 걸 증명할 수 있잖아."

여자, 아니 로봇은 공원을 가로질러 북서쪽을 향해 가기 시작했다. 로봇의 모습이 점점 멀어지고 있었다.

"내가 그런 짓을 할 리가 없다는 걸 알면서."

"진짜 로봇이라면 아픔 따윈 느끼지 않으니까 상관없어."

"하지만 겉보기엔 인간이잖아. 난 못 해. 아무리 가짜라고 해도 인간 몸을 완벽하게 모방한 인형을 칼로 찌를 수는 없어."

"못 찌르는 건, 저 여자가 로봇이 아니라는 걸 네가 알고 있기 때문이야. 내심 저 여자 말이 옳다고 생각하는 거지."

내 마음의 일부는 마리아와 논쟁을 벌이고 있다는 사실을 단순히 기뻐하고 있었다. 의견 차이는 우리가 서로 분리된 존재라는 것을 증명해 주기 때문이다. 그러나 마리아의 말이 간과하기에는 너무나도 고통스러운 반론이라고 느낀 부분도 존재했다.

잠시 망설이다가, 짐을 내려놓고 공원 너머의 선지자를 향해 전력질주했다.

여자는 내가 달려오는 소리를 듣고 뒤를 돌아보았고, 멈춰 섰다. 근처에는 우리를 제외하면 아무도 없었다. 나는 몇 미터 떨어진 곳에서 멈춰 선 다음 거친 숨을 가다듬었다. 여자는 흥미를 느낀 표정으로 참을성 있게 내가 말하기를 기다렸다. 나는 그런 그녀를 빤히 쳐다보며 점점 멍청이가 되어가는 듯한 기분을 맛보았다. 도저히 여자에게 칼을 들이댈 엄두가 나지 않았다. 결국 이 여자는 로봇이 아니라, 단지 괴상한 망상에 사로잡힌 동료 방랑자에 불과할 수도 있지 않은가.

그녀가 말문을 뗐다. "뭔가 하고 싶은 질문이라도 있는 건가요?"

거의 아무 생각도 없이 말이 먼저 튀어나왔다. "이 도시에서 탈출한 사람이 아무도 없다는 걸 어떻게 알아? 무슨 이유에서 그렇게 확신할 수 있는 거지?"

여자는 고개를 가로저었다. "없다고 한 적은 없어요. 내가 보기에 방랑자의 〈끌개〉는 닫힌 고리고, 거기 사로잡힌 사람은 결코 거기서 떠날 수 없어요. 하지만 다른 사람들은 탈출했을 수도 있겠죠."

"다른 사람들?"

"처음부터 〈끌림 영역〉 안에 있지 않았던 사람들 말이에요."

나는 얼굴을 찌푸렸다. 영문을 알 수 없었다. "〈끌림 영역〉이라니? 난 지금 거기 사로잡혀 있는 사람들 얘기를 하는 게 아니라, 우리 같은 방랑자 얘기를 하는 거야."

여자는 웃음을 터뜨렸다. "미안해요. 방금 말한 〈끌림 영역〉이란 고정된 〈끌개〉에 속한 영역을 의미한 게 아니에요. 실은 우리 방랑자들의 〈기이한 끌개〉에도 고유의 〈기이한 끌림 영역〉이 존재해요. 〈기이한 끌개〉를 향해 우리를 잡아당기는 모든 지점이 바로 거기에 해당하죠. 이 〈기이한 끌림 영역〉이 정확히 어떤 모양을 취하고 있는지는 알 수 없지만, 그 중심을 이루는 〈기이한 끌개〉와 마찬가지로 세부 구조가 무한히 세밀할 수도 있겠죠. 그렇지만 육각형 모양을 한 고정된 〈끌림 영역〉들 사이의 간극에 놓인 모든 지점이 〈기이한 끌림 영역〉의 일부인 건 아녜요. 사실, 간극의 어떤 지점들은 〈기이한 끌개〉가 아니라 고정된 〈끌개〉로 이어지는 게 틀림없어요. 방랑자들 일부가 가끔 고정된 〈끌개〉에 사로잡혀서 그 주민이 되어버리는 건 바로 그 때문이겠고. 간극에 있는 그 밖의 모든 지점은 〈기이한 끌림 영역〉으로 이어지지만, 예외가 있다면…."

"예외?"

"예외적으로 무한으로 이어지는 지점들이 있을지도 몰라요. 도시에서 탈출할 수 있게 해 주는."

"그런 지점들이 어디 있는데?"

여자는 어깨를 으쓱했다. "그걸 누가 알겠어요? 나란히 위치한 두 개의 지점 중에서 한 지점은 〈기묘한 끌개〉로 이어지고, 다른 지점은 —궁극적으로는— 도시 밖으로 이어질 수도 있어요. 어느 지점이 어디로 이어지는지를 확인하고 싶다면 결국 양 지점에서 출발하는 식으로 직접 시험해 보는 수밖에 없겠죠."

"하지만 당신은 아까 우리가 이미 우리들 자신의 〈끌개〉에 사로잡힌 상태라고…."

여자는 고개를 끄덕였다. "이토록 오랫동안 같은 궤도를 돌았다면 〈끌림 영역〉의 모든 지점은 해당 〈끌개〉들로 완전히 수렴했다고 봐야 해요. 〈끌개〉란 안정된 부분이고, 〈끌림 영역〉은 그런 〈끌개〉에 속해 있지만 〈끌개〉는 〈끌개〉 자신에 속해 있으니까요. 그러니까 처음부터 도시를 떠날 운명이었던 사람들은 이미 다 떠났다고 봐야 해요. 여태껏 궤도를 돌고 있는 우리 같은 방랑자들은 계속 그런 상태를 유지하겠고. 따라서 우리는 이런 현실을 이해하고, 받아들이고, 거기 적응해서 살아가는 방법을 터득해야 해요…. 그리고 그러기 위해서 우리들 자신의 신앙을, 종교를 발명해야 한다면….”

나는 여자의 팔을 움켜잡으면서 나이프를 뽑았고, 칼끝으로 재빨리 여자의 팔뚝을 그었다. 여자는 새된 비명을 지르며 내 손을 뿌리쳤고, 손으로 자기 팔뚝을 거머쥐었다. 다음 순간 그녀는 다친 곳을 확인하려는 듯이 손을 뗐다. 팔뚝에 난 길고 빨간 상처와 손바닥에 번진 같은 모양의 핏자국이 보인다.

“이런 미친!” 그녀는 고함을 지르며 뒷걸음질 쳤다.

마리아가 다가왔다. 아마 피와 살을 가진 듯한 선지자는 마리아에게 외쳤다. “이 새끼 미쳤어! 나한테 못 오게 해!” 마리아는 내 팔을 잡더니 무슨 생각을 한 건지 내게 몸을 기대며 내 귀에 자기 혀를 집어넣었다. 나는 웃음을 터뜨렸다. 여자는 당혹스러운 표정으로 뒷걸음질 치더니, 몸을 돌려 잰걸음으로 떠나갔다.

마리아가 말했다. “해부치고는 좀 약했지만, 이만해도 내겐 유리한 증거야. 내가 이겼어.”

나는 주저하다가 마음에도 없는 항복 선언을 했다.

“맞아, 네가 이겼어.”

해가 질 무렵 우리는 다시 고속도로에 와 있었다. 이번에는 시내 중심가의 동쪽을 지나는 도로였다. 방치된 고층 사무실 건물들의 검은 윤곽 위로 펼쳐진 밤하늘을 함께 바라보며, 인근의 점성술사 집단 옆을 지나오다가 받은 영향의 잔재에 약간의 어지러움을 느끼면서, 오늘의 전리품인 점보 야채 피자를 나눠 먹었다.

이윽고 마리아가 말했다. “금성이 졌어. 그러니까 난 이제 잘래.”

나는 고개를 끄덕였다. “난 화성이 지는 걸 보고 잘게.”

하루 종일 이동하면서 이런저런 〈끌개〉들로부터 받은 영향의 희미한 흔적이 두서없이 뇌리를 스치고 지나가지만, 공원에서 그 여자한테 들은 얘기는 대부분 떠올릴 수 있었다.

이토록 오랫동안 같은 궤도를 돌았다면 〈끌림 영역〉의 모든 지점은 해당 〈끌개〉들로 완전히 수렴했다고 봐야….

그러므로 이제는 우리 모두가 사로잡힌 상태라는 건가. 하지만 그 여자는 어떻게 그 사실을 알아냈을까? 어떻게 그걸 확신할 수 있단 말인가?

게다가 그 여자의 생각이 틀렸다면? 우리 같은 방랑자들 모두가 아직 마지막 안식처에 도달하지 않은 상태라면?

점성술사가 말한다. 그 여자의 추잡스럽고 유물론적이고 환원주의적인 망언들이 사실일 리가 없어. 운명에 관한 부분은 예외이지만 말이야. 운명은 마음에 들어. 그럴 운명이라니 정말 멋지지 않아.

나는 일어서서 남쪽으로 10여 미터를 걸어감으로써 점성술사들의 영향력을 중화했다. 그런 다음, 몸을 돌려 잠든 마리아를 바라본다.

나란히 위치한 두 개의 지점 중에서 한 지점은 〈기묘한 끝개〉로 이어지고, 다른 지점은―궁극적으로는―도시 밖으로 이어질 수도 있어요. 어느 지점이 어디로 이어지는지를 확인하고 싶다면 결국 양 지점에서 출발하는 식으로 직접 시험해 보는 수밖에 없겠죠.

지금 이 순간에는 그 여자가 한 말은 모두 극단적으로 왜곡되고 잘못 해석된 합리주의적 가설처럼 들린다. 그리고 지금 나는 그녀가 설파한 가설의 반에만 매달리고, 나머지 반은 부정하는 식으로 실낱같은 희망을 이어가려고 하고 있다. 메타포들이 또다시 변이와 교배를 거듭하면서….

나는 마리아의 머리맡으로 걸어가서 허리를 굽히고 그녀의 이마에 거꾸로 입을 맞췄다. 마리아는 미동도 하지 않았다.

그런 다음 짐을 짊어진 채 고속도로를 나아가기 시작한다. 도시 너머의 공허가 전방의 모든 장애물을 뚫고 다가와 내게 손을 내밀고 껴안아 주고 있음을 불현듯 확신하며.

9

잠과 영혼

Sleep and the Soul

1

제시는 마지막 빵 조각으로 접시에 남은 육즙을 닦아 먹었고, 홍차 한 모금을 꿀꺽 들이켠 후 머그잔과 접시, 식기를 챙겨 취사 천막으로 가져갔다.

설거지 통 앞에서 그릇을 씻고 있던 헨리가 고개를 들어 그를 보더니 온화한 표정으로 고개를 까딱해 보였다.

"이젠 무슨 일을 하래?"

"돌 치우기." 제시가 답했다. "큰못 박기에서 그걸로 바뀌었어."

"그럼 휴식이나 마찬가지겠네." 헨리가 농담했다.

천막에서 나온 제시는 모닥불 옆을 지나 달빛에 물든 지면 위를 성큼성큼 걸어갔다. 발파반 감독인 게이지가 그를 보고는 못마땅한 어조로 말했다.

"슬로스, 어디 갔다 온 거야? 식사 시간은 5분 전에 끝났잖아."

"주님께서 우리더러 밤새워 일하길 원하셨다면, 밤에도 태양을 하나 더 띄워놓으셨을 겁니다." 제시는 응수했다.

그러나 게이지는 눈 하나 깜빡하지 않고 자신의 투박한 신학으로 제시의 논리를 맞받아쳤다. "주님이 그렇게 게으름을 피워도 좋다고 생각하셨다면, 처음부터 우리에게 소나 말처럼 약해빠진 몸을 내려 주셨겠지."

제시는 체념한 듯 끙 하는 소리를 내며 삽을 찾아 들었다. 가장 최근에 한 발파로 철로 앞을 가로막고 있던 화강암 덩어리는 산산조각 났지만, 주위에 널려 있는 파편들은 여전히 주먹만 한 크기였다. 제시는 동료들과 함께 수레에 돌을 퍼 담기 시작했고, 얼마 지나지 않아 단순 육체노동의 리듬에 몸을 맡겼다. 사실 이렇게 든든하게만 먹여 주고 주기적으로 다른 근육을 쓰는 작업으로 교대해 주기만 한다면, 이런 속도로 계속 일하는 것은 그리 어렵지 않았다. 게다가 아무것도 없는 이런 척박한 황야에서 일이라도 하지 않으면 대체 뭘 하면서 밤을 보낸단 말인가? 모닥불을 멍하니 바라보며 깊은 상념에 빠지기라도 할까?

그러고 싶다면 모닥불은 필요 없었다. 어둠 속에서 삽질을 하면서도 머릿속으로 얼마든지 상상의 나래를 펼칠 수 있었기 때문이다. 제시는 이 일을 끝내고 돌아가면 그를 맞아줄 펠리시아의 모습을 떠올렸다. 돈을 충분히 모아서 결혼한 후에는, 밤이 되더라도 피차 한가해질 일은 없을 것이다.

수레가 가득 차자 제시는 클레그를 불렀다. 두 사람은 힘을 합쳐 경사면 가장자리까지 수레를 밀고 갔다. 수레를 기울여 돌을 쏟아 냈을 때 제시는 어깨 근육 한 곳에 날카로운 통증을 느꼈지만, 재빨리 자세를 바꿈으로써 부담을 어깨 전체로 고르게 분산시켰다. 자칫 다치기라도 했다면 며칠 치의 품삯이 날아갔을 테니 천만다행이었다.

"이제야 시시포스가 어떤 기분이었는지 알 것 같군." 클레그는 함께 수레를 끌며 찌무룩한 어조로 말했다.

"우리는 철로가 완성되면 그걸로 끝이잖아." 제시는 대답했다. "이건 영원한 형벌하곤 달라."

"시시포스가 영원히 벌을 받고 있다고 느꼈던 건 그 바위를 1,000번쯤 굴렸을 때였을까? 아니면 100만 번쯤? 똑같은 일을 얼마나 반복했는지 기억도 안 날 정도라면, 우리가 시시포스하고 뭐가 달라?"

제시는 얼굴을 찌푸렸다. "우리가 이 수레를 100만 번이나 비운 건 아니잖아. 대충 계산해 봐도 3,000번 정도야."

돌 더미는 이제 많이 줄어들어 있었다. 새벽이면 다 치울 수 있을 것이다. 게이지와 동료 발파반원들은 이미 다음 화강암 덩어리에 드릴로 구멍을 뚫고 있었다. 이런 속도라면 눈이 내리기 전에 철로는 완공될 것이다. 비관적인 기분을 느낄 이유는 전혀 없었다.

"난 봄에 결혼할 거야." 제시는 말했다. 그는 께름칙한 기분을 털어버리고 작업을 재개했다. 한 삽, 한 삽 힘차게 돌을 퍼 담으면서, 아까 다칠 뻔했을 때 결렸던 어깨 근육이 조금씩 풀리는 것을 느꼈다.

"물러서!" 게이지가 고함을 질렀다.

제시는 고개를 들었지만, 발파팀은 20야드 전방에 있었다. 아무것도 걱정할 필요가 없다.

다시 삽질을 하기 시작했을 때 근처에서 휘파람을 부는 듯한 소리가 들리더니 관자놀이 쪽이 따끔했다. 한 손으로 이마를 짚어보자 축축했다. 발파 시에 날아온 미세한 파편 따위에 맞은 것일지도 몰랐다. 제시는 호주머니를 뒤져 손수건을 꺼내려고 했지만, 자신이 지금 느끼고 있는 이 어지러움이 일시적인 감각의 혼란이 아니라 몸의 균형을 잃고 쓰러지고 있기 때문이라는 사실을 뒤늦게 깨달았다.

2

어둠은 진한 흙냄새를 풍겼다. 흙 그리고 소나무 냄새다. 제시는 움직이는 것이 두려웠지만, 확인을 미룰수록 그가 느끼고 있는 막연한 불안과 현실 사이의 간극은 점점 더 줄어들 게 뻔했다.

그는 팔을 들어 올리려고 했으나 팔꿈치를 제대로 굽히기도 전에 손등이 나무에 부딪쳤다. 예상했던 바였지만, 놀라지 않았다고 해서 그가 받은 충격이 줄어든 것은 아니었다.

그렇다면 나는 죽었군. 사후 세계에 대해 어떤 희망을 품고 있었든 간에, 그가 상상했던 무덤 속의 삶은 이런 것이 아니었다. 자신의 죽음에 관해 곱씹으면서도 이렇게 움직일 수 있다니. 심판의 날까지 이런 상태로 참고 기다려야 하는 것일까?

주변 공기가 점점 탁해졌다. 퀴퀴해진 것과는 별도로 그의 폐를 더 이상 만족시키지 못한다는 뜻이었다. 죽은 것이 사실이라면, 어째서 여전히 신선한 공기를 필요로 하는 걸까?

만약 죽지 않은 거라면, 왜 캐번디시에서 헤이버힐로 돌아오는 여

정을 전혀 기억하지 못하는 것일까?[※]

폐부 깊숙한 곳에서부터 점점 더 강하게 밀려오는 신체적 절박감이 혼란에서 비롯된 철학적 고민을 뇌리에서 밀어냈다. 이 좁고 숨 막히는 연옥에서 그가 할 행동이 예의 바름과 동떨어진 것이라면 언제든 예수님에게 잘못을 빌 용의가 있었지만, 주일학교 선생님 중 어느 누구도 죽으면 그가 아홉 살 때 사촌들과 웅덩이에서 숨 참기 대회를 벌이던 것과 비슷한 내구력 테스트를 받을 거라고는 알려주지 않았다.

그는 손바닥을 위쪽의 나무에 대고 힘껏 밀어보았다. 널빤지가 약간 휘는 것을 느낄 수 있었다. 부모님이 그가 미리 써둔 유언을 존중해 줘서 다행이었다. 그의 피땀 어린 임금을 1인치 두께의 마호가니 관이나 푹신한 벨벳 안감 따위에 허비했다면 어땠을지 상상만 해도 끔찍했다.

그러나 관 뚜껑이 아무리 얇다고 해도 그것을 덮고 있는 흙은 여전히 꿈쩍도 하지 않았다. 워낙 삽질을 많이 해봤기 때문에, 관 위로 6피트 높이까지 쌓여 있는 흙더미의 무게가 자신이 들어 올릴 수 있는 것보다 몇 배는 더 무겁다는 사실을 제시는 잘 알고 있었다.

첫 시도의 무의미함을 받아들인 순간 제시의 몸은 다른 방향으로 절박함을 표출했다. 어느새 자기도 모르게 발치의 널빤지를 힘껏 차고 있었다. 팔보다는 다리를 움직일 여지가 더 많았기에 발길질에 더 많은 힘이 실렸다. 그런 어정쩡한 위치에 구멍을 내더라도 어떻게 활

<hr>

※ 캐번디시는 미국 버몬트주, 헤이버힐은 뉴햄프셔주의 소읍이다.

용해야 할지 아직 아무 계획도 없었지만, 뾰족한 대안이 없었기에 그는 점점 더 세차게 발을 내질렀다.

발치의 널빤지가 약간 들썩였다. 그것을 고정하고 있던 못들이 조금은 헐거워진 느낌이었다. 차라리 작업용 부츠를 신은 채로 매장되었다면 좋을 뻔했다. 지금 신고 있는 것은 교회 갈 때 신는 구두였는데, 그래도 자주 신지 않은 덕에 상태가 좋아서 다행이었다.

마침내 발치 쪽의 수직 널빤지가 완전히 떨어져 나왔다. 흙이 네모난 구멍을 통해 관 속으로 흘러들어 발 주변에 쌓이기 시작했다. 하지만 폭포수처럼 쏟아지는 흙더미에 파묻히는 최악의 상황은 피해서 천만다행이었다.

이로써 상황이 호전되었다고 할 수 있을까? 관에 틈이 생겼지만, 탈출을 가로막고 있는 것은 널빤지가 아니라, 그보다 덜 단단하면서도 훨씬 더 위험한 흙이었다. 적어도 그가 갇혀 있던 나무 감옥은 흙이 콧구멍으로 밀려 들어오는 것만큼은 막아주고 있었다.

몸 전체를 발치에 생긴 구멍 쪽으로 몇 인치 더 끌어 내리자 무릎이 뚜껑에 부딪혔다. 구두끈까지 손이 닿지 않았지만, 왼발 뒤꿈치로 오른쪽 발목 뒤쪽의 구두 가죽을 세게 눌러 오른쪽 구두를 벗을 수 있었다. 양말을 신은 오른발 발꿈치로 왼쪽 구두를 벗기는 데는 더 시간이 걸렸다. 그래도 일단 신발을 전부 벗고 나자 새 자유를 얻은 기분이었다. 그는 맨발로 헤이버힐에서 가장 높은 나무에 오른 적이 있었고, 그렇게 해서 안전한 지상으로부터 6피트 정도는 훌쩍 넘기는 높이까지 도달하지 않았던가.

제시는 떨어져 나온 발치의 널빤지를 발로 이리저리 움직여서, 그 너머에 쌓여 있던 흙이 관 속으로 더 쏟아져 들어오게 했다. 그렇게 밀려든 흙을 발로 밀어내는 동시에 같은 방향으로 몸 전체를 끌어 내렸고, 마침내 머리 쪽 수직 널빤지를 향해 거의 팔을 뻗을 수 있을 만큼의 공간이 확보되자, 손바닥 아랫부분으로 그 널빤지를 때리기 시작했다. 양 팔꿈치를 가슴에 붙인 어정쩡한 자세였지만, 공간이 생긴 덕에 예전보다 타격에 힘이 실렸고, 결국 두 번째 수직 널빤지도 떨어져 나왔다.

숨 쉬기가 점점 더 힘들어지고 있었지만, 가급적 그 생각은 하지 않기로 했다. 그는 새로 생긴 머리 쪽 구멍을 향해 몸을 끌어 올린 후 그쪽으로 손을 뻗어보았다. 손가락에 닿는 흙은 차갑고 약간 축축했지만 갓 파낸 흙이라서 식물 뿌리 따위로 뭉쳐 있지는 않았다. 한 움큼을 긁어내자마자 위쪽에서 흙이 쏟아져 내리며 빈 공간을 채웠다.

여기서부턴 좀 더 신중해질 필요가 있었다. 관 속으로 떨어진 흙은 위쪽 지면을 함몰시키지만, 관에 누워 있는 그는 그만큼의 소중한 공간을 영영 잃게 된다. 그러나 공기가 차 있는 공간의 천장에서 바닥을 향해 통제된 방식으로 천천히 떨어지는 흙은, 공간을 빼앗는 대신 오히려 그 공간 자체를 조금씩 위로 높여주는 발판이 되어줄 것이다.

그렇다면 어떻게 해야 흙이 천천히 떨어지도록 할 수 있을까?

그는 머리 쪽에서 떨어져 나온 널빤지를 양손으로 잡고 관 밖으로 내밀었고, 널빤지 가장자리를 관 뚜껑 끄트머리에 걸침으로써 머리를 가려주는 일종의 차양을 만들었다. 그는 그것을 양손으로 받친 채로 어설프게 몸을 뒤틀며 관 밖으로 빠져나갔고, 흙더미 속에 머리를 들이미는 일을 반복한 끝에 마침내 양어깨를 관 밖으로 완전히 내밀 수 있었다. 차양이 가려주는 덕에 코와 입에 흙이 들어갈 염려는 없었다. 그런 다음 그는 받치고 있던 널빤지를 위로 밀어 올려 가파른 각도로 기울였고, 그 위에 쌓여 있던 흙이 널빤지를 타고 관 속으로 흘러 들어가게 했다.

흙이 몸 주위에 쌓여가는 동안 그는 널빤지를 위로 계속 밀어 올리며, 머리 위의 흙이 한꺼번에 쏟아지는 것을 막았다. 양팔을 머리 위로 곧게 뻗었을 즈음엔 흙이 거의 가슴 높이까지 차올랐지만 부슬부슬한 덕에 호흡에 방해가 될 정도로 무겁지는 않았다.

제시는 잠시 휴식을 취했지만, 자신이 만든 공간이 얼마나 불안정한지를 뼈저리게 느끼고 있었다. 그러나 설령 자신의 전략에 대해 의구심이 들었다 해도, 그냥 포기하고 물러날 수 있는 상황은 아니었다.

그는 몸을 더 밖으로 끌어내며 최대한 어깨를 밀어 올렸고, 떨어져 내린 흙의 일부가 몸 아래로 흘러 들어와 자신의 몸을 받쳐주게끔 만들었다. 양팔이 견딜 수 없을 정도로 욱신거렸지만, 그는 널빤지를 받치는 데 모든 힘을 쏟아부었다. 여기서 널빤지를 놓친다면 모든 게 끝장난다. 마침내 허리까지 관 밖으로 빠져나왔을 무렵에는 상당히 비스듬한 각도로 누워 있었고, 등은 반쯤 곧추선 상태였다.

널빤지를 기울여 흙이 더 빨리 떨어지도록 하자, 이전보다 더 쉽게 밀어 올릴 수 있다는 사실을 깨달았다. 그 위에 있는 흙의 무게도 이미 훨씬 줄어들었고, 조금만 더 팔을 뻗으면 지면까지 뚫고 나갈 수도 있을 것 같았다. 입과 코는 흙투성이였지만, 널빤지가 보호해 준 덕에 질식하지는 않았다.

그는 무릎까지 관 밖으로 나온 다음, 온 힘을 다해 허리를 폈다. 부슬부슬한 흙이 폭포처럼 쏟아져 내렸지만 흙 천장에 박아 넣은 널빤지를 붙잡고 마침내 일어서는 데 성공했다. 쏟아져 내린 흙이 허벅지와 엉덩이 주위에 쌓이며 그의 몸을 지탱해 준 덕에 다리 근육을 잠시나마 쉬게 해 줄 수 있었다.

현기증이 몰려왔고, 짧은 휴식도 그것을 누그러뜨리지는 못했다. 주위의 신선한 공기는 이제 거의 다 소진된 듯했다. 제시는 잠시 망설였지만 달리 방법이 없었다. 그는 양팔을 내리며 널빤지로 얼굴을 보호했지만, 머리 위의 흙이 가슴 앞 공간으로 그대로 쏟아지도록 내버려두었다.

그의 운명을 결정지을 산사태는 너무 약해 거의 들리지도 않았지만, 주위의 어둠이 검은색에서 갑자기 잿빛으로 변했다. 널빤지를 떨어뜨리자 몇 움큼의 흙이 얼굴에 떨어졌다. 그럼에도 공기는 이미 이전보다 1,000배는 더 달콤하게 느껴졌다. 그는 위를 올려다보았지만 별이 보이지 않아 당혹스러웠다. 시야 밖 어딘가에 달이 떠 있어서 그럴 거라고 짐작했다.

얼굴에 묻은 흙을 모두 털어 내자 잠시 쉬고 싶은 유혹을 느꼈지만, 곧 모래흙이 몸 주위로 흘러내리고 있다는 사실을 깨달았다. 다시 널빤지를 집어 올려 구덩이 측면에 박아 넣은 다음, 그것을 잡고 몸을 끌어 올렸다. 관에서 두 발을 빼내자, 눈높이가 지면에 거의 닿을 만큼 올라왔다.

다음 움직임은 허우적거림에 가까워서 거의 우스꽝스럽게 느껴질 지경이었다. 더 이상 질식할 위험이 없었기에, 흙구덩이에서 빠져나오려고 버둥거리는 모습이 굴욕적이라고 느낄 정도로 여유가 생겼던 것이다. 그러나 이내 피곤함이 몰려오며 그런 감정을 지워버렸다. 창피함을 무릅쓰고 도와달라고 꽥꽥 소리칠 기분도 아니었다.

게다가 일찍이 경험해 본 적이 없을 만큼 바싹 목이 탔다.

몸을 끌어 올리면서 몸부림친 탓에 어느새 몸이 반대 방향으로 돌아가 있었다. 그는 마지못해 눈앞에 있는 묘석으로 손을 뻗었다. 묘석은 관과 마찬가지로 화려하지 않았지만, 구덩이로 굴러떨어지지 않게 그의 체중을 버텨줄 만큼은 묵직했다.

어깨높이까지 구덩이 밖으로 나온 그는 지면에 손을 짚고 몸을 완전히 지상으로 끌어 올렸다. 그대로 땅에 누워 한동안 기침을 하고, 코를 세게 풀며 흙먼지를 뱉어 냈다. 정상적인 호흡이 가능해진 것은 어느 정도 시간이 흐른 뒤의 일이었다.

제시는 일어나서 주변을 둘러보았고, 그러자 곧 자신이 어디에 있는지 정확히 알 수 있었다. 호스 메도우 공동묘지. 그의 여동생 샬럿도 그의 무덤 가까이에 묻혀 있었다. 그녀가 죽었을 당시 제시는 너무 어렸기에 자세한 사정까지는 듣지는 못했지만, 불쌍한 여동생이 자신과 비슷한 경험을 하지는 않았기를 간절하게 바랄 따름이었다.

주변에는 아무도 없었지만, 그는 길에서 보이지 않는 나무 그늘까지 걸어가 옷을 벗고 옷에 묻은 흙을 모두 털어 냈다. 다시 옷을 입으며 구덩이 속에 두고 온 신발을 떠올렸지만, 그것은 내일 아침에 살아 있는 사람을 생매장해 겸연쩍어할 장의사에게 부탁하면 될 일이다.

이렇게 결론을 내린 제시는 부모님의 집을 향해 발걸음을 옮겼다.

3

거실 창문에서 램프 빛이 새어 나오는 것을 보니 손님이 와 있는 듯했다. 가족 이외의 사람이 있다면, 자신이 살아 돌아온 모습을 본 부모님이 받을 충격이 더 커지지는 않을까 하는 걱정이 앞섰다. 그러나 손님이 떠날 때까지 마냥 거리를 배회할 수도 없는 노릇이었다. 게다가 그가 지금 어떻게 행동하든 간에 어차피 읍내 사람들은 결국 다 알게 될 일이었다.

그는 현관문을 단호하게 세 번 두드린 후 기다렸다. 문이 열리자, 아버지는 그의 예상대로 얼이 완전히 빠진 듯한 표정을 짓고 있었다. 그러나 그것을 해결할 수 있는 유일한 방법은 정확히 상황을 설명하는 것뿐이었다.

"다들 제가 죽었다고 지레짐작했던 모양입니다." 제시가 말했다. "머리를 맞고 쓰러진 게 화근이었지만, 죽을 정도의 부상은 아니었어요."

그의 아버지는 마치 말하는 개를 보는 듯한 표정으로 입을 떡 벌린 채 서 있었다.

"그냥 단순한 착오였어요." 제시는 힘주어 말했다. "저는 죽지 않았습니다. 죽은 것처럼 보였을 뿐이에요.”

그러나 아버지는 여전히 아무 대답도 하지 않았다. 이렇게 문간에 서 있는 것이 점점 불편해진 제시는 아버지 곁을 비집고 집 안으로 들어갔다.

거실 쪽으로 가자, 어머니는 이미 의자에서 일어나 우뚝 서 있었다. 방금 그가 한 말을 전부 들은 것이 분명했다. 그러나 아버지와 마찬가지로 그녀의 표정에는 기쁨도, 안도한 기색조차도 없었다.

“저 멀쩡해요, 엄마.” 제시는 그녀를 안심시키려 했다. “그놈의 관짝에서 빠져나오는 건 쉽진 않았지만….” 그는 잘 보라는 듯이 두 팔을 활짝 벌려 보였다. “지금 몰골이 말이 아니겠지만, 물 몇 잔만 마시면 금세 회복할 겁니다.”

그러자 어머니는 마치 누군가에게 도움을 구하려는 듯 옆으로 시선을 돌렸다. 제시는 어머니에게 더 가까이 다가갔고, 그제야 어머니와 함께 있는 사람이 자신의 약혼녀임을 알아차렸다.

펠리시아는 그를 물끄러미 바라보았다. 지금까지 마주한 것들보다는 그나마 덜 음산한, 놀라움이 담긴 시선이었다. 제시는 잠시 말문이 막혔다. 하지만 그것은 그녀 때문이라기보다는 부모님이 곁에 있었기 때문이었다.

“정말 보고 싶었어.” 제시는 어색하지만 진심이 담긴 말투로 말했다. 그러자마자 방금 그가 한 말이 마치 죽어서도 그녀를 잊지 못해 무덤을 박차고 나왔다는 식의 섬뜩한 인상을 줄 수도 있겠다는 생각이 들었다. 그래서 서둘러 이렇게 덧붙였다. “버몬트에서 일하면서,

당신을 이렇게 다시 만날 날이 오기를 매일 손꼽아 기다렸어.” 어느 정도의 로맨틱한 칭찬은 괜찮겠지만, 평범한 여성은 자신 때문에 죽은 남자가 되살아났다는 식의 칭찬은 듣고 싶지 않을 것이다.

펠리시아는 대답을 하려고 입을 열었다가 멈칫했다. 다만, 장례식까지 치른 그가 살아 돌아왔다는 사실을 아직 완전히 받아들이지는 못했더라도, 적어도 그의 부모님보다는 훨씬 더 긍정적으로 바라보는 듯했다.

“물을 가져올게.” 펠리시아는 말했다.

제시는 그녀가 지나갈 수 있도록 방 안쪽으로 한 걸음 물러섰다. 돌아서서 아버지를 바라보자, 그는 못마땅한 눈길로 펠리시아를 바라보고 있었다.

“제가 돌아와서 기쁘지 않으세요?” 제시는 물었다. 이런 일을 당하면 누구든 엄청난 충격을 받는 것은 당연하지만, 만약 전쟁에 나간 아들이 전사했다는 오보를 받았다가 이렇게 살아 돌아왔다면 아버지로서 벌써 몇 번쯤은 눈물 어린 포옹을 해주었어야 마땅하지 않을까.

“정말 죽지 않은 거라면,” 아버지는 차가운 목소리로 말했다. “네 여정이 어땠는지 말해보거라.”

“제 여정이요?”

아버지는 고개를 끄덕였다. “캐번디시에서 여기까지 어떻게 돌아왔는지 설명해 보란 뜻이야.”

“소달구지에 실려 왔습니다.” 제시는 대답했다. 작업 현장에서 물자를 나를 때 쓰던 것이 하나 있었다. “머리에 충격을 받은 뒤로 두통이 심해서 눈을 감고 좀 쉴 필요가 있었죠. 그렇다 보니 주변은 거의 보지 못했습니다."

"눈을 감고 쉬었다고? 꼬박 사흘 동안이나? 그래, 거기까진 그랬다고 치자. 하지만 장의사가 네 옷을 벗기고 지금 입고 있는 정장으로 갈아입힐 때, 넌 항의할 생각조차 하지 않았단 말이냐?"

제시는 그 질문에 대해서는 대답할 수가 없었지만, 적어도 자신의 현재 상태에 대해서만큼은 확신이 있었다. "죽은 지 사흘 된 사람 시체에서 어떤 냄새가 나는지 아세요?" 그는 자신의 손등을 내밀었다. 아버지가 냄새 맡기를 거부하자, 제시는 직접 킁킁 맡아보았다. "절대 이렇지는 않을 겁니다. 슬슬 목욕할 때가 된 것 맞지만, 상한 고기처럼 썩은 냄새는 전혀 안 납니다."

펠리시아가 물 주전자와 잔을 들고 문간에 서 있었다. 제시는 주전자와 잔을 건네받아 배가 빵빵해질 때까지 물을 들이켰다.

"악마가 내 아들의 육신을 점령한 거야." 아버지는 이 결론을 피하려 애썼지만 결국 달리 설명할 여지가 없다는 듯이 선언했다. 음울한 체념이 담긴 목소리였다. 제시는 어머니 쪽을 흘끗 보았다. 적어도 어머니만큼은 이 논쟁에서 사리에 맞는 판단을 내려주기를 바라고 있었지만, 어머니는 통곡하기 시작했다.

"그런 일은 일어나지 않았어요!" 제시는 외쳤다. "달구지에 실려 오는 동안 일어난 일을 기억하지 못한다고 해서, 제가 아들이 아니라는 건 말도 안 됩니다!" **방금 내가 소달구지를 타고 왔다고 말하지 않았나?** 하지만 공사 현장에서 꼭 필요한 소달구지를 30마일이나 떨어진 곳까지 보낸다는 건….

"영혼은 비단 끈과 같아서," 어머니가 비탄에 찬 목소리로 읊조렸다. "탄생에서 천국까지 끊이지 않고 이어지는 법이니라."

"아, 그 성경 구절은 저도 압니다." 제시는 인정했다. "그런데 그 비단 끈이 닳았을 때 우리는 어떻게 하나요? 당연히 잇고 수선하려 하지, 그냥 갖다 버리지는 않잖아요?"

"그러니까 충격으로 정신이 좀 멍해지긴 했지만," 펠리시아가 끼어들었다. "자신이 누구인지를 잊은 적은 결코 없다는 뜻이지?"

"바로 그거야." 제시는 단언했다. 혼란 탓에 기억이 확실하지 않은 부분은 있을 수 있어도 자기 이름이나 지금까지 살아온 인생에 대해서는 단 한 번도 의구심을 품은 적이 없었다…. 아무 생각도 하고 있지 않았던 것이 명백해 보이는, 문제의 기간을 제외하고 말이다.

제시는 아버지를 돌아보았다. "저는 제가 누구인지 알고 있습니다. 제 어린 시절에 대해 어떤 질문이든 해보세요. 오직 아버지와 저만이 아는 기억들이 있지 않습니까?" 그는 무슨 예를 들어야 할지 잠시 고민하다가 말을 이었다. "어릴 적 저한테 낚시하는 법을 가르쳐 주셨을 때, 제가 바보짓을 했던 것 기억하시죠? 송어를 맨손으로 잡다가 놓쳤고 그대로 고꾸라져 땅에 얼굴을 박고 엉엉 울었잖아요."

아버지는 역겹다는 듯이 그를 응시했다. "죽은 자의 기억을 도둑질한다고 해서, 죽은 자가 되살아나는 것은 아니다."

"전 죽은 적이 없습니다!" 제시는 고집스럽게 말했다. "매장하기 전에 숨소리는 들어보셨습니까? 심장 박동은 확인해 보셨나요?"

어머니가 말했다. "영혼의 생기는 육신의 것과는 다른 법이다."

제시는 펠리시아를 쳐다보았다. 그녀가 자신의 말을 믿는다는 것을 알 수 있었지만 부모님에게 직접 반박할 용기까지는 없는 듯했다.

"저는 사고로 정신이 멍해졌을 뿐이고 지금은 완전히 회복했어요!" 제시는 애원했다. "사촌인 너새니얼이 자기 여동생 결혼식에서 만취해 오후 내내 누워 있었을 때, 가족 중에 개를 악마라고 규탄하고 지옥으로 쫓아내려 한 사람이 있었습니까?"

아버지의 얼굴에 언뜻 부드러운 표정이 스치고 지나갔지만, 그는 제시와 눈길을 마주치려 하지 않고 그의 뒤쪽 벽을 바라보고 있었다. "나는 내 손으로 아들을 이미 묻었어. 이제 와서 아들의 시신을 토막 낼 용기는 없지만 다른 이웃들은 가만히 있지 않을 거야."

제시는 할 말을 잃었다. 불굴의 의지력으로 그런 엄청난 고난을 극복하고 살아 돌아왔으면 적어도 조금은 칭찬해 줘야 하는 것이 아닌가. 그런데 기껏 돌아온 것이 폭도에 의해 머리가 잘릴지도 모른다는 위협이라니?

제시는 거실에서 성큼성큼 걸어 나와 집 안쪽에 있는 그의 방 상태를 확인하러 갔다. 램프가 없이도 집 안을 돌아다니는 데는 아무 문제 없었다. 창문에서 비치는 달빛만으로도 충분히 보였다. 그의 물건들은 버려지지 않고 그대로 남아 있었다. 그는 옷과 담요를 챙겨 가방에 넣었고, 작업용 부츠를 신은 뒤에 부엌으로 향했다.

빵과 물 한 병을 챙겼다. 여전히 화가 풀리지 않은 상태였지만, 한편으로는 차분한 이성이 이 상황에 대해 의아해하고 있었다. 혹시 부모님이 자신의 안전을 걱정해 주고 있는 것일까? 그들이 어떤 입장을 취하든 간에, 그들 힘만으로 제시를 토막 내서 무덤에 되돌려 보내려는 광신도 무리를 막을 수는 없을 것이다. 따라서 제시의 목숨을 구할 유일한 방법은 아예 그를 모르는 척하는 것일 수도 있었다.

제시는 식료품 저장실 옆 벽에 난 구멍에 손을 넣어 돈다발을 하나 꺼냈다. 철도 회사는 유족들을 속이지 않고 제시가 받아야 했을 임금을 전액 지불한 듯했다. 부모님이 장례 비용을 최대한 아꼈다는 점을 감안해도, 다 가져가는 것은 좀 아닌 것 같았다. 제시는 잠시 생각하다가 돈다발을 똑같이 반으로 나눴고 반은 부모님 몫으로 다시 구멍에 넣었다.

몸을 돌리자 문간에 서 있던 펠리시아와 눈이 마주쳤다. 그녀의 눈동자가 달빛을 반사하며 반짝였다. 그녀는 앞으로 걸어 나와 그의 팔을 잡았다.

"나도 따라갈게." 펠리시아는 속삭였다. "1주나 2주 뒤에."

"여행하려면 돈이 필요할 거야." 제시는 아까 꺼낸 돈다발을 내밀며 말했다.

"나도 충분히 갖고 있어. 그냥 당신이 어디 있을지만 말해줘."

"뉴욕시." 그곳에서는 제시가 무덤에서 기어 나왔다는 사실은커녕 그의 얼굴을 아는 사람조차 없을 것이다.

"시내 어디로 찾아가면 되는데?"

제시는 잠시 생각했다. "허드슨리버 철도 회사에서 일자리를 구할 생각이야." 예전 직장에서 추천서를 받아 갈 수는 없겠지만, 수습

직원으로 채용해 일솜씨를 보일 기회를 줄지도 모른다. "거기서 채용해 주지 않더라도, 그 근처에 숙소를 얻어놓을게."

제시는 아버지가 다가오는 소리를 들었다. 다시 대면하고 싶지는 않았고, 그를 편든 펠리시아를 위험에 빠뜨리고 싶지도 않았다. 방을 나서며 그는 그녀의 얼굴에 자신 못지않게 결연한 표정이 떠오른 것을 보았다.

제시는 고향인 헤이버힐을 떠나면서 먼저 공동묘지에 들러 자신의 무덤을 최대한 원래 상태로 되돌려 놓았다. 그는 기울어진 묘석을 다시 세우고, 그가 탈출하면서 쌓인 흙더미를 퍼서 다시 구덩이를 메웠다. 그런 다음 잠시 샬럿의 무덤 앞에 서서 그녀가 편히 잠들었으며 지금도 그렇게 잠들어 있기를 기도했다.

묘지를 떠난 그는 남쪽으로 향했다. 읍내에서도 가능한 한 그늘진 곳을 택해 걸으며, 고개를 푹 숙이고 추위를 막기 위해 외투의 깃을 세웠다. 이렇게 하면 그가 지나가는 모습을 보더라도 사람들은 여행자쯤으로 여기며 딱히 신경을 쓰지 않을지도 모른다.

한참을 걸어 넓은 들판에 도달하자 그는 좀 더 자유롭게 움직였다. 달을 올려다보니 사고를 당한 날에 비해 사흘치쯤 가늘어져 있었다. 이 사흘은 그가 기억하지 못하는, 잃어버린 시간이었다. 부인할 수 없는 사실이었다.

그렇다면 그건 무엇을 의미할까?

어린 시절 선생님들이 그의 마음이 딴 데로 가 있는 걸 눈치채고 "악마가 네 영혼을 잡아당기고 있군"이라고 말하며 꾸짖었을 때, 제시는 그것을 그저 헛된 잔소리로 받아들였을 뿐이었다. 그러나 그는 복음서에 나온 얘기들을 믿었다. 의식을 잃은 사람들을 죽었다고 생각하고 비통해하는 가족을 본 예수께서 그들을 다시 살려내셨을 때, 그들은 정말로 죽어 있었던 것이 맞다.※ 다시 살아난 자들은 천국을 갔다가 돌아온 여정에 대해 묘사했으며, 단 한 순간도 빠뜨리지 않고 자세히 기억했다.

그리고 예수께서는 십자가에 못 박혀 고난을 겪으시면서도 사흘 동안 한순간도 눈을 붙이지 않은 채 계속 깨어 계셨고, 그것을 보고 부끄러움을 느낀 박해자들은 그분을 십자가에서 내려 성모 마리아의 품에서 회복할 수 있도록 하지 않았던가. 예수께서는 천국에 올라 단박에 자신의 상처를 낫게 할 수도 있었겠지만, 대신 육신에 어떤 고통이 가해지더라도 의식의 끈은 결코 끊어지는 일이 없다는 진실을 온 세상에 보여주기 위해 십자가 위에 남아 있는 쪽을 택했던 것이다.※※

제시는 천국에 갔다 온 기억이 없었고, 주님께서 그를 부활시키기 위해 개입했다고 믿을 만한 근거도 없었다. 그의 부모님이 기도하며 뭘 빌었든 간에, 죽은 아들을 다시 집으로 보내달라는 간청은 절대 아니었을 것이다.

그렇다면 어떤 설명이 남아 있을까? 제시가 기억하는 한 성경은 그가 겪은 특수한 경험에 관해 언급하고 있지는 않았다. 오직 악마적

※　복음서들은 실제로 예수가 죽은 자들을 부활시킨 일화에 관해 언급하고 있지만, 제시의 말과는 달리 '의식을 잃은' 사람들을 살려냈다는 언급은 없다.
※※　우리 세계의 신약성경에는 예수가 십자가에 못 박혀 죽은 다음 하늘에 올랐다가 사흘 만에 부활했다고 기술되어 있다.

인 수단만이 무덤에 묻혔던 사내를 되살릴 수 있다는 얘기를 언변 좋은 설교자에게 들었다면 제시도 마음이 흔들렸을지도 모르지만, 이미 되살아난 지금 그런 주장을 진지하게 받아들이는 것은 도저히 무리였다. 설마 자신은 정말로 인간인 척하는 악마일 뿐이고 그 사실을 모르고 있는 것에 불과할까? 자신조차 속일 정도의 교활함을 발휘해서 죽은 사람의 육체와 기억을 통째로 훔치기라도 했단 말인가?

제시는 눈앞으로 길게 뻗은 도로를 바라보았다. 설령 그게 사실이라고 해도… **대체 누가 누구의 몸을 빼앗았단 말인가?** 자신이 누구든 간에, 사악한 삶이나 방탕한 삶을 산다거나 다른 사람에게 해를 끼칠 생각은 전혀 없었다. 자신이 불굴의 의지로 무덤 속에서 살아 돌아온 제시 슬로스든, 단지 그의 육체와 기억을 둘렀을 뿐인 어떤 사악한 존재든 간에 말이다…. 제시 슬로스의 기억은 어떻게든 의지의 싸움에서 승리해 제시 슬로스의 미래를 결정지을 것이다. 부활하기 전에도 줄곧 그래왔듯이.

제시는 자신이 나아갈 길을 확실히 알고 있었다. 펠리시아가 곁에 있어줄 것이라는 사실도. 중요한 건 그거다. 다른 것들은 모두 지옥에나 떨어지라고 해라.

4

제시는 피곤했지만 더 빨리 올라가기 위해 계단을 두 단씩 뛰어올랐다. 쉬엄쉬엄 올라가다가는 층마다 쉬게 되어, 결국 필요한 시간의 세 배를 허비하게 된다.

아파트 안에 들어가니 유일한 불빛은 장작 난로에서 나오고 있었다. 펠리시아는 난로 옆에 서서 부글부글 끓는 스튜를 국자로 뜨고 있었다.

"냄새가 정말 근사하네." 제시가 말했다. 사실, 너무 냄새가 황홀해서 공복감과 감사함으로 머리가 어질어질할 지경이었다.

"먹고 나면 또 바로 가봐야 해." 펠리시아가 말했다. "두 번째 교대 시간에도 작업장에 와달래."

"거절하지 그랬어."

"그러다가 해고당하면 어떡해."

펠리시아는 음식을 차리기 전에 램프를 켰다. 평소에는 하지 않는 묘한 사치였지만, 제시는 그제야 식탁 위에 《뉴욕 선》이 펼쳐져 있는 것을 보았다.

"나한테 보여주고 싶은 기사라도 있어?" 제시는 말했다.

"그걸 보고 웃을지 화를 낼지는 모르겠지만, 다른 사람한테 먼저 듣게 하고 싶지는 않아서."

제시는 신문 1면을 훑어보았지만, 특별히 관심을 끌 만한 것은 없었다.

"어디 있는데?"

"6면, 세 번째 열 중간께."

그는 그 기사를 찾아냈고, 소리 내어 읽었다. "《버몬트 피닉스》에 의하면 뉴햄프셔주 헤이버힐의 몇몇 주민이 최근 사망한 철도 노동자 제시 슬로스 씨를 목격했다고 한다. 생전에는 차분하고 과묵한 청년으로 알려졌던 슬로스 씨는 사후에는 거칠고 뻔뻔하며 방종하게 행동해 많은 주민에게 민폐를 끼쳤고, 주민들은 결국 물리력을 동원해 그를 추방할 수밖에 없었다고 한다. 슬로스 씨의 무덤은 여전히 비어 있지만, 현지 주민들은 자신들의 단호한 행동이 더 이상의 출현을 막았다고 믿고 있다.”

“입에서 유황 냄새를 풍겼다는 얘긴 없네?” 펠리시아가 농담을 했다.

“묘지 뒷정리를 하고 왔는데, 내가 생각했던 것만큼 깔끔하지는 않았나 보군.” 제시는 음울한 어조로 말했다. 그게 아니라면 그가 떠난 후 비어 있는 관 속으로 흙이 들어가면서 지면이 패었고, 그 흔적을 보고 호기심을 느낀 누군가가 무덤을 더 자세히 확인해 봤을 가능성도 있다.

“이런 걸로 조바심 느낄 필요는 없어.” 펠리시아가 말했다. “무슨 사진이 있는 것도 아니고, 여기선 당신을 슬로스라는 이름으로 아는 사람도 없으니까 문제가 되진 않을 거야.”

“하지만 헤이버힐 사람들은 모두 당신을 의심할 거고, 시체와 도망친 게 아닌가 생각할 거야. 당신 부모님한테도 계속 거짓말을 할 수도 없는 일이고.”

“난 거짓말한 적 없어. 단지 편지에서 자잘한 얘기 몇 가지를 생략했을 뿐이야.”

“결국 당신을 만나러 오고 싶어 할 게 뻔해.”

"내가 먼저 만나러 가면 그만이야." 펠리시아가 맞받아쳤다. "함께 묵을 방 따윈 없고, 나도 워낙 일이 바쁜 데다가 설령 오더라도 즐거운 소일거리 따윈 없다고 편지에서도 못 박아뒀어."

제시는 아내가 조금 짜증을 내고 있는 것을 알아차리고 더 이상 이 일에 관한 언급을 피했다. 자리에 앉아 함께 식사를 시작한 뒤에도 음식 칭찬밖에는 하지 않았다.

"세라도 나하고 함께 두 번째 교대에 와달라는 얘길 들었어." 펠리시아가 말했다. "그동안 세라 아들을 돌봐줄 수 있어? 지금 갠 조금 아파서, 세라도 혼자 두고 싶지 않아 하더라고."

"물론이지." 제시는 세라의 아들 로비를 좋아했다. 워낙 피곤해서 밤새도록 함께 놀아줄 기운은 없었지만, 아이가 아프다면 평소보다 얌전할 테니 문제없었다.

세라가 두 사람을 집 안으로 들였을 때 로비는 소파에 누워 있었다. 문간에서도 쌕쌕거리는 숨소리가 들릴 정도였다. "많이 안 좋은 것 같습니다만." 제시는 나직하게 말했다. "의사한테 보여줬나요?"

"아직이에요." 세라가 대답했다. "다녀왔을 때도 상태가 더 좋아지지 않았으면 할로 선생님한테 데려가려고요."

세라는 황망해하는 기색이었고 제시도 그녀에게 더 부담을 주고 싶지는 않았다. "제가 돌보고 있겠습니다. 걱정하지 마세요."

제시는 두 여성에게 잘 다녀오라고 한 후 소파를 마주 보는 안락의자에 앉았다. 세라는 아들의 정신이 더 이상 흐려지지 않도록 램프를 켜놓고 갔다. 로비의 얼굴과 목은 땀으로 번들거렸고, 두 눈은 어느 한 곳에 머무르는 일 없이 방 여기저기를 불안한 듯이 훑고 있었다.

"이야기를 해줄까?" 제시가 제안했다.

"예."

제시는 잠시 망설였다. 아이의 기분을 달랠 수 있는 유쾌한 얘기를 해주고 싶었다. 듣는 사람의 도덕심을 고취하기 위해 주인공이 끔찍한 죽음을 맞이하는 교훈적 얘기 따윈 필요 없었다. "내가 살던 마을에는 고양이가 한 마리 살고 있었단다." 그는 입을 열었다. "그 고양이는 뒷발로 서서 걸었고, 근사한 반바지를 입고 있는 데다가 마을 사람 누구 못지않게 수다를 떨기 좋아하고 아는 것도 많은 고양이었지."

"아저씨 마을에서요?"

"물론이지. 그 고양이 이름은 솔로몬이었고, 다들 그와 대화 나누는 걸 즐겼어. 솔로몬한테는 딱 하나 단점이 있었는데, 오전 중간께부터 오후 중간께까지 햇볕을 쬐면서 몸을 웅크리고 쿨쿨 자는 버릇이 있었지."

로비는 나직하게 웃다가, 잠시 콜록콜록 기침을 했다. 제시도 미소를 지었다. 그러자 왜 방금 자신이 한 이야기가 재미있다고 느껴졌는지 문득 궁금해졌다. 모든 동물 중에서 사람의 눈과 가장 닮은 눈을 가진 동물은 고양이였다. 만약 고양이가 정말로 말을 한다면 그도 그 말에 진지하게 귀를 기울이고 싶어질지도 모른다. 그러나 문제의 고양이가 진짜 고양이라면, 실제로 매일 몇 시간씩 눈을 감고 바깥세상과 차단된 채 자는 게 당연하지 않은가.

"어느 날 아침," 제시는 얘기를 계속했다. "솔로몬은 길을 가던 중에 두 이웃이 다투고 있는 걸 봤어. 파핏 씨는 자기 집하고 트러스 씨 집 사이에 울타리를 세웠는데, 트러스 씨는 그 울타리가 자기 땅 일부를 침범해서 파핏 씨 쪽으로 넘어가게 만들었다고 생각하고 있었지. 솔로몬도 끼어들어 셋이서 얘기를 나눴는데, 잠시 후 솔로몬이 이런 제안을 했어. 트러스 씨도 자기 집 경계라고 생각하는 곳에 울타리를 세우면 된다고 말이야. 그러면 두 울타리 사이에 누구도 들어갈 수 없는 땅이 생겨서 트러스 씨도 그 땅을 얻지 못하겠지. 하지만 울타리를 정확하게만 세운다면, 적어도 파핏 씨는 부당하게 자기 땅을 넓히지는 못할 거라고 솔로몬은 설명했어."

제시는 말을 멈췄다. 아이의 눈꺼풀이 경련하고 있었고, 숨소리는 그 어느 때보다 거칠었다. "로비?"

"으응?"

"몸은 좀 어때?" 대답은 돌아오지 않았다.

제시는 일어나서 소파로 갔다. 로비의 눈은 완전히 감겨 있었고, 어깨에 손을 대도 꿈쩍도 하지 않았다. "말을 하든가 아니면 고개를 끄덕여야 해." 제시는 재촉했다. "몸이 안 좋다는 건 알지만, 넌 말을 해야 해."

제시는 로비를 품에 안았다. 축 늘어져 있었지만 분명히 숨소리가 들렸다. 통나무를 톱으로 켜는 듯한 소리였지만 말이다. 로비는 제시의 품 안에서 힘없이 머리를 기댔다. 뺨에 손을 대보니 열로 펄펄 끓고 있었다.

제시는 방을 왔다 갔다 하며, 아픈 아이를 건드리지 않은 채 최대한 쉽게 놓아두어야 한다는 본능과, 그 어떤 대가를 치르더라도 아이를 깨워야 한다는 또 다른 본능 사이에서 고뇌했다. "아직 내 말 듣고 있지?" 제시는 말했다. "네 엄마가 집에 오면, 솔로몬과 울타리 얘기를 처음부터 끝까지 해드려. 그럼 한 번도 정신이 나가지 않았다는 걸 증명할 수 있을 거야."

로비의 숨소리는 걱정스러울 정도로 거칠어지고 있었다. 한 번 숨을 내쉴 때마다 축축한 점액이 꾸르륵거리는 듯한 소리가 났다. 마치 폐가 공기보다 무거운 무엇인가를 밀어내려고 하는 듯한 소리였다.

어느 겨울밤, 겨우 여섯 살이었을 때, 제시는 여동생 샬럿이 누워 있는 요람 앞에서 부모님이 다투는 소리를 들었다. 아버지는 의사를 부르고 싶어 했지만, 어머니는 그러지 말라고 애원하고 있었다.

왜 그랬을까? 당시는 어려서 이해하지 못했지만, 지금 생각해 보니 분명했다. 샬럿은 의식을 잃었고, 어머니는 의사가 그 모습을 본다면 매장을 강요할까 봐 두려웠던 것이다.

그래서 의사는 오지 않았지만, 샬럿은 결국 죽고 말았다.

제시는 로비를 품에 안은 채로 아파트 복도로 나가 옆집 문을 쾅쾅 두드렸다. 잠시 후, 새뮤얼 윌킨슨이 문을 열었다. 뜬금없는 방문에 귀찮아하는 기색이 역력했다.

"이 아이 어머니의 부탁으로 애를 봐주고 있는데, 상태가 많이 안 좋아서요." 제시는 설명했다. "죄송하지만 할로 선생님을 불러주실 수 있을까요?" 제시는 로비의 상태를 최대한 감추기 위해 가급적 아이의 얼굴이 보이지 않도록 비스듬히 선 채로 말했다.

"당장 불러오겠습니다." 윌킨슨이 대답했다. "잠시만요. 외투를 갖고 오죠."

제시는 세라의 아파트로 돌아와서 방 안을 거닐며 품 안의 아이를 부드럽게 얼렀다. 그는 중얼중얼 의미 없는 말을 들려주며 아픈 아이를 달랬고 두서없는 기도를 올렸다. 하지만 원래의 제시는 정말로 죽었고, 지금 기도를 올리고 있는 자신은 제시의 육신을 훔쳐 돌아다니는 악령에 불과하다면, 주님이 이 기도에 귀를 기울여 주실 가망은 없지 않나? 게다가 로비가 이미 천국에 가버린 거라면, 다시 이승으로 불러오려고 애쓴다고 해서 무슨 의미가 있단 말인가?

문을 노크하는 소리가 들리자 제시는 망설였다. 혹시 잘못된 선택을 한 것이 아닐까 하는 갑작스러운 두려움을 느꼈다. 하지만 문에 빗장을 걸어두지 않은 상태였다. 이미 엎질러진 물이었다. 할로가 들어오더니 재빨리 상황을 장악했다.

"소파에 아이를 눕히게." 할로가 지시했다.

제시는 그의 말에 따랐고, 그가 검진을 하는 동안 뒤로 물러서서 기다렸다. 마음속으로는 의사에게 어떤 거짓말을 늘어놓을지 궁리하고 있었다. 조금 전까지만 해도 이 아이는 저와 말을 나눴습니다. 지금 말을 안 하는 건 제가 너무 말을 시켜서 피곤한 탓일 겁니다.

"물을 좀 데워줄 수 있나?" 할로가 물었다. "1파인트 정도면 되네. 펄펄 끓일 필요는 없고, 목욕물 정도의 온도면 돼."

제시가 부엌에서 데운 물을 가져오자, 할로는 자신의 가방에서 뭔가를 꺼내 물그릇에 섞더니 로비를 들어 올려 얼굴이 물그릇 위에 오게 했다.

"저걸 가져와서 아이 머리에 덮어주게. 천막처럼." 할로는 소파 위에 있는 구겨진 담요를 향해 턱을 까닥해 보였다. 물그릇에서는 박하유 향이 났지만, 그보다 더 강한 냄새도 함께 올라왔다. 제시는 뒤로 물러나면서도 코가 확 뚫리는 느낌을 받았다.

"이제 괜찮을 걸세." 할로가 말했다. "이걸로 폐가 깨끗해질 거고, 그 뒤로는 몸이 알아서 할 거야. 잠시 가만히 누워 있기만 하면 돼."

"정말 고맙습니다, 선생님."

할로는 제시의 얼굴을 유심히 보았다. 제시는 아까 울었던 탓에 자기 눈이 벌겋게 부어 있다는 사실을 알고 있었기 때문에 애써 의사의 시선을 피했다.

"이 아이 가족과 아는 사이인가 보군?"

"네, 선생님. 제 이름은 제시 콜입니다."

"나를 부른 건 올바른 판단이었네. 치료를 받았으니 곧 나아질 거야."

제시는 의사의 이런 태도에 어떤 반응을 보여야 할지 알 수 없었다. 로비가 반응을 보이지 않으니 죽었다며 매장해야 한다는 말은 처음부터 나오지도 않았고, 한동안 죽은 듯 동물적인 잠에 빠져 있던 로비가 깨어나서 자기는 여전히 예전 그대로의 로비라고 주장하더라도 그의 어머니가 기겁할 거라는 얘기도 없었던 것이다.

"제 고향에서는 말입니다." 제시는 입을 열었다. "영혼이 육신을 떠났는지를 두고 지나치게 성급한 결론을 내리는 관습이 있습니다."

그는 고개를 들어 할로를 보았다. 이 이야기를 꺼낸 것이 경솔한 선택이었을지도 모른다는 생각이 문득 뇌리를 스쳤다. 의사에게 입장을 밝히라고 다그친 거라면, 불안해진 의사는 태도를 바꿀지도 몰랐다.

그러나 할로는 흔들리지 않았다. "미스터 콜, 나도 성경은 읽었다네. 하지만 어린아이들을 조기에 매장하라는 구절은 어디를 찾아봐도 없었어. 성인 남녀의 경우도 마찬가지지."

제시는 로비의 호흡이 이미 규칙적으로 변했다는 것을 알 수 있었다. "저도 그 점에 대해서는 아무 이견이 없습니다."

할로는 웃었다. "내 동료들이나 일반 대중도 자네만큼 쉽게 설득된다면 좋으련만."

"저도 모든 것을 이해한다고 주장할 생각은 없습니다." 제시는 솔직하게 말했다. "하지만 기독교는 1,800년 넘게 이어져 왔는데, 왜 이런 문제에 대해서조차도 결론을 내지 못한 걸까요?" 세세한 쟁점을 둘러싼 신학적 논쟁이야 이 세상이 끝날 때까지 이어지겠지만, 아직 **소생할 가능성이 있는 사람**을 매장할지를 지역적 관습이나 개인의 의견 따위에 전적으로 맡겨놓는다는 것은 말이 안 된다.

"아리스토텔레스는 잠을 필요로 하지 않는 것이야말로 인간이 동물보다 더 높은 존재임을 보여주는 가장 명확한 증거라고 생각했다네." 할로는 생각에 잠겼다. "그는 이성적 영혼을 발달시키기 위한 필수적인 요소는 지속적인 자기 인식이라고 믿었지. 하지만 갈레노스※

잠과 영혼　　　　465

는 그보다는 훨씬 더 유연한 태도를 보였고, 치유를 위한 잠을 막아서는 안 된다고 믿었네. 갈레노스와 같은 입장을 취하는 문화권은 많다네. 지금도 아프리카의 많은 지역에서는 일시적인 의식 상실을 부끄러워하거나 배척하지 않지.

하지만 유럽에서는 그리스도의 수난, 즉 십자가에 매달린 예수가 눈을 부릅뜬 채 끝내 의식을 잃지 않았다는 서사는 잠이라는 '혐오스러운' 현상과 정면으로 대비되는 것으로 받아들여졌지. 복음서에는 잠에 대한 아무런 언급도 없지만, 우리 입장에서는 워낙 편리한 해석이었기 때문에 거부할 수 없었던 거겠지."

"편리하다고요?" 제시는 분노를 가까스로 억눌렀다. "우리 아이들을 산 채로 묻는 행위의 대체 어디가 편리하다는 겁니까?"

"대다수의 부모는 그러지 않는다네." 할로는 대답했다. "자기 아이가 잠시 의식을 잃더라도 대개는 쉬쉬하고 넘어가지. 반면 이런 상태를 숨기지 않는 다른 문화들도 존재해. 그들에게도 이런 현상이 드물다는 점은 우리와 다를 바 없지만, 우리처럼 부끄러워하며 감추지 않기에 더 눈에 띄는 거야. 그리고 우린 그걸 구실 삼아 그들은 진정한 인간이 아니라는 주장의 논거로 삼고 있어. 그들을 지배하고, 착취하고, 노예화하기 위해서."

제시는 선뜻 수긍할 수 없었다. 탐욕과 위선이 왜곡된 신념을 형성할 수 있다는 지적은 타당했지만, 그렇다고 해서 신학적으로 진지하게 고민해야 할 문제들이 사라지는 것은 아니지 않는가.

"만약 우리가 의식을 잃고도 죽지 않는다면, 그동안 영혼은 어디에 가 있는 걸까요?"

"성경에는 영혼은 결코 끊어지지 않는다고 쓰여 있네." 할로는 대답했다. "하지만 영혼이 잠들 수 없다고는 쓰여 있지 않아."

"하지만 예수님이 의식이 없는 사람들을 깨웠을 때," 제시는 반박했다. "그들 모두가 천국에 다녀왔다고 가족들에게 고백하지 않았습니까!"

"그랬지. 하지만 실은 죽은 게 아니라 그냥 잠들어 있었을 뿐이라면, 늦든 빠르든 어차피 깨어났을 게 아닌가? 굳이 예수님이 깨우지 않았어도."

일리가 있었지만, 그 말이 제시를 오히려 더 답답하게 만들었다.

"선생님은 모든 질문에 대답할 준비가 되어 있는 것 같군요. 하지만 대다수 사람은 선생님과는 전혀 다른 관점을 갖고 있을 겁니다."

"우리가 많은 일을 불완전하게밖에 이해하지 못한다는 건 사실일세." 할로는 시인했다. "하지만 그 어떤 논쟁적인 주제를 다루더라도, 같은 인간에 대한 잔혹 행위를 정당화하는 해석은 피해야 한다는 것이 나의 입장이라네."

할로는 로비를 덮고 있는 담요를 걷어 내라고 제시에게 손짓했다. 그들은 물그릇을 치우고 로비를 조심스럽게 소파에 눕혔다.

"왕진비는 얼마 드리면 될까요?" 제시가 물었다.

"1쿼터면 돼. 이 물약값도 포함되어 있네. 또 기관지가 막히면 방금 했던 것처럼 쓰게나."

제시가 돈을 건네자 할로는 굳이 영수증을 써주었다.

"아이 어머니한테는 뭐라고 할까요?"

"내가 어떤 치료를 했는지를 설명하고, 아이는 회복 중이니 충분한 휴식을 권했다고 하게. 그 휴식의 성격에 관해 굳이 강조하지만 않는다면, 아이 어머니도 크게 불안해하지는 않을 걸세. 사실, 전에도 왕진을 온 적이 있으니까 걱정할 필요 없어."

제시는 문을 닫으며 지난 반 시간 동안 마치 완전히 다른 세계에 다녀온 듯한 느낌을 받았다. 사고 이후 그의 삶을 완전히 뒤집어엎은 온갖 악의적인 힘들을 이성과 절제만으로 몰아낼 수 있는 세계.

제시는 그 세계에 대해 강한 동경심을 느꼈다. 하지만 그곳은 그가 사는 세계가 아니었다.

5

"미스터 콜?" 누군가가 외쳤다. "안녕하십니까!"

길을 걷던 제시가 고개를 돌리자 옆에서 따라오는 마차가 보였다. 마차 창문에서 몸을 내밀어 그를 부른 사람은 말쑥한 차림새였지만 체격이 우람한 사내였다.

"무슨 일이십니까?" 제시는 물었다. 처음 보는 그의 이름을 알고 있는 것이 의아했다. 같은 철도 회사에서 일하는 사람일 수도 있겠지만, 얼굴을 본 기억이 전혀 없었다.

"제 고용주께서 만나 뵙고 싶어 하십니다. 사업 관련해서 논의할 것이 있다고 하시네요."

퇴근 중인 다른 노동자들 사이에서 제시를 콕 집어 지명할 만한 이유는 단 하나밖에 떠오르지 않았다. 제시는 미안한 듯이 고개를 가로저었다. "말씀은 고맙지만, 나는 지금 다니는 직장에 만족하고 있습니다."

그러나 사내는 제시의 거절에는 아랑곳하지 않고 여전히 밝고 단호한 어조로 말을 이어갔다. "부디 재고해 주시지 않겠습니까? 몇 분만 시간을 내어 제 고용주를 만나주시면 됩니다. 선생께도 큰 이익이 될 수 있는 얘깁니다."

제시는 예의 바른 미소를 지었다. "그분께는 후한 제안을 해주셔서 감사한다고 전해주십시오. 하지만 저는 지금 저녁을 먹으러 집에 가는 중이고 너무 늦으면 아내가 걱정할 겁니다."

"정말 잠깐이면 됩니다, 슬로스 선생님." 사내는 끈질기게 말했고, 그러자마자 자기가 한 말을 정정했다. "아, 죄송합니다. 지금은 콜이라는 이름을 쓰고 계시는 걸 깜박했군요."

제시는 멈춰 섰다. 마부도 마차를 세웠다.

"대체 나한테서 원하는 게 뭡니까?" 그는 물었다.

"방금 말한 대로입니다. 제 고용주인 신사분을 만나서 얘기를 들어주시기만 하면 됩니다. 딱 한 번만 성의를 보여주신다면 다시는 귀찮게 하지 않겠습니다."

제시는 이 요청을 거절할 경우 어떤 대가를 치르게 될지 물어볼까 하다가 꾹 참았다. "좋습니다." 그는 말했다.

사내가 마차 문을 열어줬고 제시는 안으로 들어갔다.

"제 이름은 스탱입니다." 그는 제시의 손을 꽉 잡고는 마차 지붕을 쾅 쳤다. 그러자 마부가 말들을 출발시켰다. "걱정하지 마십쇼. 금세 도착할 겁니다." 마차는 브로드웨이로 들어가서 남쪽을 향했다.

"스탱 씨는 어떤 일을 합니까?"

"저요?" 스탱은 마치 한 번도 그런 질문을 받아본 적이 없다는 듯이 어색한 미소를 지었다. "대개는 뭔가를 들여다보는 일을 합니다. 바닥까지 파고든다고나 할까요."

"철학자란 말이군요." 제시는 메마른 어조로 말했다.

스탱은 재미있다는 듯이 웃었다. "그럴지도 모르겠군요. 사무소 명함에 그렇게 새겨야겠습니다. G. C. 스탱, 실용 철학자."

제시는 스탱에게 헤이버힐 사건을 조사하도록 요청한 사람이 누구인지 굳이 물을 필요를 느끼지 못했다. 처음부터 짐작 가는 바가 있었고, 그들의 마차가 향하고 있는 방향은 제시의 의구심을 걷어주기는커녕 오히려 확신을 굳혀주었기 때문이다.

마차는 브로드웨이와 앤 스트리트 모퉁이에 있는 박물관 앞에서 멈췄다. 주위는 이미 어둑어둑했고, 건물의 하얀 외벽은 이미 석회 등의 눈 부신 조명으로 물들어 있었다.

"이렇게 가까이서 보면 눈이 아플 정도군요." 스탱은 손으로 눈을 가리며 마차에서 내렸다. "하지만 멀리서도 확실히 눈길을 끄는 건 사실입니다."

제시는 호기심에 찬 표정을 한 관람객들이 도로 쪽 입구를 통해 박물관 안으로 계속 들어가는 것을 보았다. 하지만 스탱은 그를 건물 뒤쪽의 골목으로 이끌었다. 그는 주머니에서 열쇠 꾸러미를 꺼내 앞을 가로막고 있는 게이트를 열었고, 이어서 건물 내부로 들어가는 문까지 열었다. 카펫이 깔린 층계 세 개를 오르는 중에도, 건물 안팎에 있는 군중의 웅성거림이 희미하게 들려왔다. 층계참마다 가스등이 너울거리고 있었다.

짧은 복도를 나아가자 작은 대기실이 나왔다. 그곳에서 장부를 적고 있던 젊은 사내가 스탱을 올려보더니 고개를 끄덕였다. "안에서 기다리고 계십니다."

스탱이 사무실 문을 두드리자 안에서 목소리가 대답했다. "들어와!" 그러자 스탱은 문을 활짝 열어주었지만, 제시만 들여보내고 자기는 들어가지 않았다.

바넘은 책상에서 일어나 제시에게 와서 악수를 나눈 뒤, 그를 안락의자로 안내했다. "미스터 슬로스, 이렇게 만날 수 있어서 정말 반갑네!" 바넘은 열성적으로 말했다.

"처음 뵙겠습니다." 여기까지 와서 자신의 정체를 부정해 봤자 의미가 없었다. 사무실 벽을 메우다시피 한 요란한 포스터들 탓에 집중하기 쉽지 않았다. 곁눈질로 흘끗 보기만 해도 '피지섬에서 잡힌 인어!'라든지 '엄지손가락 톰 장군!' 따위의 거대한 글자들이 그의 시선을 강탈했기 때문이다.

"거두절미하고 본론부터 말하겠네." 바넘이 말했다. "자네 얘기를 듣자마자 난 확신했다네. 지극히 교육적이면서도 흥미진진한 공연의 기반이 되어줄 거라고 말이야. 자네가 사고를 당하기까지의 과정을 극적으로 묘사한 다음, 자네가 무덤에서 탈출하는 광경을 실시간으로 재현해 보이는 거지. 수조에 흙을 가득 채우고 한쪽 면을 튼튼한 유리로 바꾼다면, 관객들도 자네가 흙을 헤집고 나와 자유를 되찾는 광경을 세부까지 샅샅이 볼 수 있을걸세. 최대한 진짜처럼 보이기 위해서 자네가 있던 진짜 관까지 구해놓았다네.”

제시는 진짜 관을 구했다는 바넘의 말을 믿지 않았지만, 이런 상황에서는 사소한 문제다. “왜 내가 그런 광대 짓에 휘말려야 합니까?”

“일주일에 50달러를 주겠네.”

“돈이 무슨 소용이 있습니까? 보나 마나 길거리에서 나를 알아보고 악마가 빙의한 시체라고 할 텐데?”

바넘은 껄껄 웃었다. “여긴 뉴욕이야! 쇠스랑을 들고 쫓아올 사람은 없어! 개인의 성향이나 믿음에 따라 충격을 받거나 깊게 동정할 사람이야 있겠지만, 대중의 관심을 받고 죽은 사람은 없다네!”

일주일에 50달러. 제시는 바닥에 깔린 카펫을 내려다보며 실은 이것이 오히려 옳은 선택이 아닌지 고민했다. 대중의 관심이 식으면, 턱수염을 기르고 또 이름을 바꾸면 된다. 펠리시아와 함께 어딘가의 작은 소읍으로 가서 집을 산 다음, 그녀는 시를 쓰고 자신은 돼지 농사를 지으면 된다. 두 사람의 자식들도 아버지의 과거에 관해서는 전혀 알 필요가 없을 것이다.

“짜릿한 탈출의 순간이 지나면,” 바넘은 말을 이었다. “관객들 앞에서 직접 연설할 기회도 주어질 거야. 죽었을 때의 경험을 엄숙하게 들려주는 거지. 눈부신 빛, 진주처럼 반짝이는 천국의 문…. 뭐든 자네가 원하는 만큼 공개해도 돼.”

“공개할 만한 게 없습니다.” 제시는 대답했다. “그 시간은 제게 완전히 비어 있는 페이지나 다름없습니다.”

“그럼 내가 잉크를 써서 그걸 좀 채워주지.” 바넘이 제안했다. “자네의 종교적 감성을 모두 존중하면서도, 경이감과 신앙심 양쪽을 갈구하는 관객에게 어필할 수 있는 타협점을 틀림없이 찾을 수 있을 거야.”

제시는 바넘의 과거 공연을 홍보하는 포스터들을 올려다보았다. 그제야 줄곧 마음 한구석에 남아 있던 불편함의 정체가 무엇인지 뚜렷하게 떠올랐다.

“조이스 헤스의 포스터는 없군요.” 부모님이 그 전시회에 관해 이야기하는 것을 들었을 때 제시는 어린 소년에 불과했다. 하지만 그 사건의 배후에 있던 사내를 부모님이 얼마나 혐오하고 있었는지만큼은 또렷이 기억하고 있었다. “당신은 그녀를 ‘세계에서 가장 흥미로운 존재’라고 부르면서 전시하지 않았습니까? 정말 유명했는데, 그녀의 포스터도 응당 저 벽에 같이 걸려 있어야 하는 게 아닌가요?”

바넘은 의자 위에서 몸을 뒤척였다. “그건 15년 전의 일이야. 요즘 나는 좀 더 품위 있는 고객층을 상대하고 있다네. 몇 달 뒤에는 사상 최초로 유럽 최고의 가수를 미국으로 초청할 예정이고….”

“눈이 먼 늙은 노예 여성을 **사들여서** 이를 모조리 뽑아버린 뒤, 조지 워싱턴 장군의 유모라고 하며 구경거리로 삼았죠.”

“구입한 게 아니라 임대였어!” 바넘이 발끈하며 정정했다. “이봐,

젊은 날의 과오였다는 건 나도 인정하네.”

기억을 더듬자 점점 더 많은 사실이 떠올랐다. “그런 다음 해부까지 했죠! 그녀가 죽자마자 시신을 해부했고, 돈을 받고 해부하는 과정까지 구경꾼들에게 보여주지 않았습니까!”

“부검을 진행한 건 정식 외과의였어.” 바넘은 강조했다. “오로지 그녀의 나이에 관한 의문을 확인할 목적으로 말이야. 자기 나이가 160살이라는 그녀의 주장을 믿고 관객을 모집했던 만큼, 공개적이고 투명한 방법으로 그 의문을 해소할 필요가 있었네.”

제시는 자리에서 일어났다. “죄송합니다만, 우리 사이에서 더 이야기할 것은 없을 듯합니다.”

“위선 떨지 마.” 바넘은 날카롭게 말했다. “완벽한 세상이라면야 우리 모두가 열렬한 노예제 폐지론자가 될 수도 있겠지. 하지만 자기는 원칙을 지킨다고 떠드는 놈들치고 실제로 그걸 끝까지 지키는 경우는 없더라고. 예를 들어보지. 내가 들은 바로는, 자네 와이프는 가먼트 디스트릭트※에서 일한다지?”

“그래서요?” 제시가 쏘아붙였다.

“아니, 그럼 몰랐단 말인가?” 바넘이 낄낄거렸다. “자네 와이프가 5분 만에 한 벌씩 만들어 내는 싸구려 옷들 말인데, 누구를 위한 거라고 생각하나? 가난한 사람들은 옷을 직접 만들어 입고, 신사는 재단사한테 가서 옷을 맞추지. 그렇다면 자네 와이프가 재단하는 그 옷들은 대체 누구에게 입히기 위한 걸까?”

※　19세기 맨해튼 미드타운 봉제공장 밀집 지역의 별칭.

제시는 몸을 돌려 문으로 갔다.

"앉아!" 바넘은 성마르게 외쳤다. "내 제안을 받아들이면, 자네는 목돈을 쥘 수 있어. 어느 쪽을 선택하든 자네 비밀은 세상에 알려질 거야. 포스터에 자네 얼굴이 들어가서 돈줄이 될 관객을 끌어모으든가, 아니면 신문에 실려서 의심과 분노만 불러일으키든가, 둘 중 하나야. 선택은 자네 몫이네. 자, 미스터 슬로스. 어떻게 할 텐가?"

6

제시가 동료 인부들과 함께 철로 위에 자갈을 깔고 있었을 때 공사 감독인 스티븐슨이 다가와 그를 옆으로 불러냈다.

"삽을 공구 창고에 넣고, 사무실로 가서 급료를 받아 가. 자넨 이젠 여기서 일할 필요가 없어."

제시는 도움을 청하듯 동료들을 돌아보았지만, 아무도 그와 눈을 마주치려고 하지 않았다. 몇 달 동안이나 그와 함께 일하며 농담을 나누던 건장하고 튼튼한 사내들은, 이제는 창문을 깨놓고도 차마 자백할 용기가 없어 우물쭈물하는 구지레한 부랑아들처럼 보였다.

"왜죠? 제가 무슨 잘못이라도 했습니까?"

"잘못한 거 없어." 스티븐슨이 대답했다. "하지만 사무실에서 인부를 너무 많이 뽑는 바람에 자네는 필요 없는 인력이 되어버렸어."

"그 말이 사실이 아니란 거, 당신도 잘 알잖습니까." 공사는 최소한 일주일은 뒤처진 상태였다. "차라리 제 눈을 똑바로 보고, 제가 악마의 자식이라고 주장해 보시는 게 어떻습니까?"

스티븐슨은 움찔하며 얼굴을 찡그렸다. "내가 무슨 성경에 매달려 사는 독신녀라도 되는 것처럼 말하는군. 자넨 성실한 일꾼이고 문제도 일으킨 적 없어. 난 자네가 뉴햄프셔에서 묻혔든 안 묻혔든 상관 안 해. 하지만 다른 인부들은 대부분 자네가 불운을 불러온다고 믿고 있어. 자네가 온 뒤로 세 번이나 사고가 났고…."

"오기 전에는 그럼 몇 번이나 났습니까?" 제시는 따져 물었다.

스티븐슨은 고개를 가로저었다. "이미 내 손을 떠난 일이야, 콜. 급료나 챙겨."

제시가 집으로 돌아가는 길에 눈이 조금씩 내리기 시작했다. 설령 길거리에서 그를 알아본 사람이 있었다 해도, 두려움이나 혐오감은커녕 관심을 보이는 기색조차 없었다. 대다수 사람은 사는 데 바빠서 신문에 실린 허튼 소문에는 신경을 쓰지 않는 듯했다. 제시도 또 다른 일자리를 찾으면 그만이다. 유치한 미신 따위에는 크게 신경 쓰지 않는 동료들과 함께 일할 수 있는 곳에서.

아파트에 도착했을 때, 누군가 문 위에 상당히 긴 글귀를 써놓으려고 한 흔적이 보였다. 그러나 페인트가 번지지 않게 하면서도 복잡한 글을 쓸 기술이 없었던 탓에 결국 알아볼 수도 없는 얼룩만 남아 있었다. 오른쪽 아랫부분에 번진 부분은 몇 장 몇 절을 적으려는 것처럼 보였지만, 아무리 가까이서 들여다보아도 도무지 판독할 수 없었다. 그는 걸레와 물이 담긴 양동이를 가져와 지저분한 흔적을 닦기 시작했다.

청소를 마친 뒤, 그는 한가하게 쉬는 대신 저녁을 짓기 시작했다. 음식이 완성될 무렵이면 펠리시아가 집에 돌아올 것이다.

"이게 다 뭐야? 펠리시아는 아파트에 들어오면서 잠깐 기쁜 기색이었지만, 곧 걱정스러운 표정을 지었다. "어떻게 시간이 났어?"

제시는 그녀가 걱정하지 않도록 대충 얼버무릴지 고민했지만, 무슨 거짓말을 해도 쉽게 들통날 게 뻔했다. 그래서 그는 사실대로 설명했다.

"신경 쓰지 마." 펠리시아는 그렇게 말했지만, 제시는 그녀의 미간에 주름이 잡히고 어깨가 처진 것을 보았다. "이거 먹고 한 근무 더 뛰고 올게."

"그럴 필요 없어."

"우린 월세를 내야 해." 펠리시아는 대답했다.

"뉴욕에서 내가 일자리를 못 구하면, 다른 도시로 가서 구하면 돼." 제시는 대답했다. "아무리 바넘이라 해도 내 얼굴을 방방곡곡 신문에 실을 여유가 있겠어? 게다가 그 '스웨덴의 밤꾀꼬리'라는 가수가 오면, 그걸 선전하느라 바빠서 나한테 신경 쓸 여유 따윈 없을 거야."

펠리시아는 말했다. "배고파 죽겠어. 저녁부터 먹자."

펠리시아가 일터로 떠난 후, 제시는 어둠 속에 홀로 앉아 있었다. 어쩌면 애초에 관에서 빠져나오려 한 것 자체가 잘못이었는지도 모르겠다. 혹시 하나님은 그가 오기를 부리지 않은 채 관 속에서 죽기를 바라셨던 것은 아닐까.

병든 아이들까지도? 어쩌면 그 죄 없는 영혼들은 정말로 무덤 속에서 깨어나지 않았던 것인지도 모른다. 그 상태로 그냥 조용히 스러졌을 수도 있다. 반면 자신은 죄를 지었고, 시험을 받았으며, 결국 그 시험을 통과하는 데 실패했다. 그러나 만약 자신이 연옥에 갇혀 있는 거라면, 펠리시아는 대체 무슨 죄를 지었기에 자신과 함께 이런 형벌을 감내해야 한단 말인가? 나를 사랑하고 변함없이 곁을 지켜준 죄로 하나님의 노여움을 샀단 말인가?

문을 쾅쾅 두드리는 소리가 들렸다. 제시는 한동안 가만히 앉아 있었다. 지금 이 상태로 다른 사람을 맞이할 수 있을지 확신이 서지 않았기 때문이다. 그러나 문을 두드리는 소리가 워낙 다급하게 이어졌던 탓에 그의 자기 연민은 오래가지 않았다. 이웃이 아파서 저러는 것일 수도 있지 않은가? 그런데도 어둠 속에 웅크린 채 모른 척할 수는 없었다.

그러나 방문자는 이미 인내심이 바닥난 듯했다. "거기 있는 거 다 알아, 슬로스!" 사내의 거친 목소리가 문 너머에서 울려 퍼졌다. "이제 넌 무덤으로 돌아갈 때가 됐어!"

방금 전까지 그를 짓누르던 음울한 생각들이 순식간에 어딘가로 날아갔다. 저 무도한 협박을 듣고 피가 거꾸로 솟는 느낌을 받았지만, 그것이 준 활력은 결코 죄악처럼 느껴지지 않았다. 제시는 주먹을 불끈 쥔 채로 문을 홱 열어젖혔다. 저 얼굴도 모르는 무례한 놈에게 예의범절을 직접 가르쳐 줄 작정이었다.

문 앞의 복도에는 몽둥이를 든 사내들이 10여 명이나 서 있었다. 문에 가장 가까운 곳에 있었던 사내가 다가오자, 제시는 그의 옷깃을 거칠게 움켜잡고 뒤쪽에 몰려 있는 무리에게 내던졌다. 허를 찔려 허둥대는 사내들을 내버려두고, 제시는 재빨리 뒤로 들어와서 문에 빗장을 걸었다.

창가로 달려가서 아래를 내려다보았다. 아래쪽 길거리에서도 한 무리가 서성이고 있었다. 우연히 모였거나 뭔가 다른 볼일이 있어서 모였다고 보기에는 지나치게 많았다. 혹시 바넘이 사주한 일일까? 생명의 위기를 느낀 제시가 부유한 후원자인 바넘에게 보호를 요청하도록? 그렇다면 저자들은 제시에게 실제로 위해를 가하지는 말라는 엄한 명령을 받았을 것이다. 하지만 그보다는 바넘의 악의적인 폭로에 자극을 받은 일반 시민들이 바넘의 음모와는 무관하게 순수한 공분을 느끼고 자발적으로 모였을 가능성이 더 커 보인다. 제시가 돈이 될지도 모른다는 계산 따위는 아예 염두에도 없고, 단지 이 곡마단의 여흥에나 나올 법한 괴물을 퇴치할 작정으로 말이다.

"이 겁쟁이 놈, 당장 나와!" 아까 그 사내가 다시 조롱했다. 문에서 다시 쾅 하는 소리가 났다. 주먹으로 두들길 때보다는 귀가 덜 아팠지만, 그 충격은 문틀을 흔들 만큼 거셌다. 한 놈 또는 몇 놈이 어깨로 문을 들이받은 듯했다. 사내의 조롱은 제시의 신경을 건드렸지만, 만약 오만함을 버리겠다고 진정으로 결심했다면, 몽둥이를 든 열두 명의 남자를 맨주먹으로 돌파할 가능성이 있다고 생각하는 것은, 현실적이지도 못할뿐더러 생존 전략으로서도 낙제점이었다.

제시는 식탁 의자를 지붕 아래 공간으로 통하는 천장 해치 아래에 가져다 놓았다. 의자를 딛고 해치 뚜껑을 옆으로 밀어낸 후, 곧바로 기어오르는 대신 다시 내려와서 의자를 원래 자리에 되돌려 놓았다. 이러면 안으로 들어온 추적자들의 눈길이 위로 향하는 것을 막을 수 있을 것이다.

그런 다음, 천장의 해치 구멍 아래에 서서 짧은 기도를 중얼거린 후 최대한 높이 뛰어올랐다.

손가락이 천장의 구멍 가장자리를 간신히 잡았다. 제시는 상체를 끌어 올려 천장 위로 올라갔고, 먼지가 묻지 않은 손등으로 해치 뚜껑의 가장자리를 깨끗하게 닦은 다음 조심스럽게 제자리로 돌려 놓았다.

지붕 밑은 어두웠지만, 몇 초 지나자 잿빛 어둠 사이로 먼지가 두껍게 내려앉고 거미줄이 드리워진 목제 들보들의 질서정연한 배열이 또렷하게 보였다. 주님은 하늘에 두 개의 태양을 두지는 않으셨지만, 그의 자식들에게 어둠 속에서도 사물을 분간할 수 있게끔 야행성 포식자의 눈을 허락하셨다는 점에는 의문의 여지가 없었다.

빨리 이 공간에서 나가지 않으면 위험하다는 사실은 알고 있었지만, 정확히 어디로 가야 할지 확신이 서지 않았다. 기와를 들어 올리고 지붕 위로 탈출한다고 해도, 불필요한 소음을 내 추적자들에게 들킬 위험이 컸다. 설령 조용히 빠져나간다 해도, 지붕에서 무사히 지면까지 내려갈 방법이 있을지는 의문이었다. 제시는 자기 발밑의 건물 구조를 떠올렸다. 세라와 로비가 사는 아파트의 문은 복도 모퉁이를 돌아야 보이는 위치에 있었다. 즉, 지금 그의 집 문 앞에 모여 있는 폭도들의 시야에서 벗어나 있다는 얘기다.

제시는 최대한 소리를 내지 않기 위해 튼튼해 보이는 들보 위로만 무릎과 손을 짚으며 이웃집들의 천장을 가로질렀다. 과거에 이곳에서 쥐나 다른 짐승들이 움직이는 소리를 들은 기억이 있었지만, 지금은 느닷없는 침입자를 피하려고 모두 숨을 죽인 채 숨어 있는 듯했다.

제시는 제대로 도착했기를 바라며 잠시 귀를 기울였다. 무슨 말인지 알아들을 수는 없었지만 세라의 목소리가 희미하게 들렸다. 곧이어 로비가 뭐라고 대답했다. 제시가 갑자기 모습을 드러내면 놀라서 소리를 지르지는 않을까? 바넘의 비열한 책략으로 신문에 폭로 기사가 난 뒤, 제시는 세라와 단 한 마디도 말을 나누지 않았다. 그래서 그녀가 자신을 어떻게 받아들일지 전혀 알 수 없었다.

제시는 조심스럽게 해치 뚜껑을 들어 올렸고, 입술에 손가락을 가져다 대며 방 안으로 고개를 들이밀었다. 로비가 먼저 그를 발견하고 기쁜 듯이 웃었다. 세라는 깜짝 놀라 고개를 들었지만 곧 침착을 되찾았고, 허리를 굽혀 아들에게 조용히 하라는 몸짓을 했다.

그런 다음 그녀는 의자를 가져왔고, 제시는 그것을 딛고 방으로 내려왔다.

"고맙습니다." 제시는 속삭이듯 말했다.

"이 정도는 아무것도 아녜요." 세라는 대답했다. "저 막돼먹은 놈들이 어디서 왔는지는 모르겠지만, 믿어도 좋아요. 우리가 모두 당신 편이라는 걸."

제시는 감사의 뜻으로 목례했지만, 그녀가 말한 '우리'가 정확히 누구를 포함하는지는 짐작할 수 없었다.

　　그는 문 쪽으로 가서 귀를 기울였다. 간간이 들려오는 폭도들의 고함 소리와 지시를 내리는 소리만으로는 정확한 상황을 파악할 수 없었지만, 그들이 이미 제시의 아파트 문을 부수고 들어가서 샅샅이 뒤지고 있다는 점은 분명해 보였다.

　　"얼마든지 여기 있어도 돼요." 세라가 말했다.

　　"그럼 모두가 위험해질 수 있습니다." 제시는 단언했다. "빨리 나가는 게 좋겠습니다. 놈들이 여기까지 찾으러 오기 전에."

　　"건물 입구에서도 망을 보고 있던데." 세라가 경고했다. "거기로 걸어 나갔다가는 잡힐 거예요."

　　"알겠습니다." 제시는 창가로 가서 아래를 내려다보았다. 이 창문은 그의 거실 창문과는 건물의 다른 쪽에 면해 있었고, 아래쪽 골목에는 아무도 보이지 않았다.

　　"거기로 내려가는 건 너무 위험해요!" 세라가 다급하게 만류했다.

　　제시는 그녀를 돌아보았다. 처음엔 우려가 지나치다고 여겼지만, 곰곰이 따져보니 아마 그녀 판단이 옳을지도 모르겠다는 생각이 들었다. "그럼 어떻게 하면 좋을까요?"

　　"2층 아래에 친구들이 사는데, 숨겨줄지도요." 세라가 말했다. "그리고 거기서도 나가고 싶다면, 여기보다 훨씬 낮은 높이에서 뛰어내릴 수도 있어요."

　　"좋습니다."

　　세라는 몸을 숙여 로비의 이마에 입을 맞췄다. "금방 다녀올 테니까 여기서 조용히 기다리고 있어."

제시는 그녀를 따라나섰다. 그의 집 쪽에서 들려오는 소란스러운 소리는 점점 커졌고, 그 어조도 점점 더 혼란스럽고 분노에 찬 것으로 바뀌었다. 계단으로 향하는 동안 제시는 또 다른 감시자들이 기다리고 있을까 봐 두려웠지만 다행히 그들을 막는 사람은 없었다.

세라가 친구의 집 문을 두드리자 한 사내가 문을 열었다. 그 뒤로 여자 한 명과 어린아이 세 명이 보였다.

"윌리엄, 이분은 제시 콜이야." 세라가 설명했다. "내 아들의 목숨을 구해준 은인이지. 지금 저 깡패들한테 쫓기고 있고." 그녀는 위쪽을 가리켰다. 이 몸짓만으로도 다들 충분히 이해해 줄 거라고 확신하는 듯했다. 이 건물의 주민 모두가 폭도들이 와 있다는 사실을 알고 있는 게 분명했다. 그들이 표적으로 삼은 자가 누구인지까지는 모르는 듯했지만 말이다.

윌리엄은 제시의 손을 잡고 안으로 들어오라고 몸짓했다. 제시는 남자의 아내에게 목례했다. 그녀는 미심쩍은 눈으로 제시를 바라보았다.

"폐를 끼쳐서 죄송합니다." 제시가 말했다. "단지 이 집 창문을 통해 나갈 수 있도록 허락해 주시면 정말 고맙겠습니다. 그러지 않으면 머리통이 박살 날 게 뻔해서."

"부엌 창문으로 나가는 게 제일 쉬울 겁니다." 윌리엄은 이렇게 말하며 제시를 안내했다.

"펠리시아를 부탁드려도 될까요?" 제시는 세라에게 물었다. 그녀가 퇴근하기 전에 밖에서 만날 기회가 있을지 확신할 수 없었기 때문이다.

"절대 위험한 일은 없게 할게요." 세라가 약속했다.

윌리엄은 부엌 창문을 열었다. 창문 바로 옆으로 빗물 배수관이 지나가고 있었다. 제시는 작업 부츠를 벗어 골목에 떨어뜨린 후 힘겹게 창문 밖으로 나갔다. 지면까지는 불과 한 층 높이였지만, 그는 양손으로 배수관을 꽉 잡고 천천히 내려갔다. 지금은 발목을 살짝 삐는 정도라도 죽음으로 이어질 수도 있었기 때문이다.

골목에 발을 딛은 제시는 다시 부츠를 신고 건물 귀퉁이로 살금살금 다가갔다. 세라가 경고했던 대로, 거리 쪽 출입문 앞에 사내 여섯 명이 대기하고 있었다. 그중 일부는 출입문에서 한시도 시선을 떼지 않았지만, 다른 사람들은 망보는 일이 따분했던지 사방을 흘끔거리고 있었다.

제시는 몽둥이 대용이 될 만한 것을 찾으려고 골목 안을 둘러보았지만, 이내 폭도들에게 뼈아픈 교훈을 주고 싶은 충동을 억누르고 지금은 이곳에서 빠져나갈 수 있다는 사실에 만족하기로 했다. 그는 출입문 감시에 가장 관심이 없어 보이는 사내들이 지나가는 마차에 정신이 팔린 것을 보고 골목에서 슬쩍 빠져나와 건물을 등졌고, 기운차면서도 점잖은 보조를 유지하며 걸어가기 시작했다. 자신이 골목에서 나오는 것을 본 사람은 아무도 없다는 확신이 들었다. 설령 지금 걸어가는 모습을 보더라도, 딴 데 정신이 팔려 자신이 나온 곳이 펠리시아의 아파트란 사실만큼은 알아차리지 못하기를 바랄 따름이다.

곧 이것이 지나치게 낙관적인 생각이었음이 드러났다. 제시가 그리 멀리 벗어나지도 못했는데, 뒤에서 저벅거리는 소리가 들렸기 때문이다. 발소리가 가까워지자 그는 뒤를 돌아보았고, 파수꾼 두 명이 그의 신원을 확인하기 위해 무리에서 떨어져 나온 것을 깨달았다. 그러나 그는 도망갈 생각이 없었다. 신문에 실린 그의 초상화는 불완전했고, 제시가 냉정을 유지하며 짐짓 짜증스러운 표정으로 얼굴을 찌푸려 보인다면, 이 멍청이들조차도 생판 처음 보는 행인을 대낮에 다짜고짜 두들겨 패기에 앞서 주저할 가능성이 있었기 때문이다.

"제시 슬로스?" 사내 하나가 숨을 헐떡이며 제시 곁으로 와서 물었다.

"내 이름은 스티븐슨이야." 제시는 멈춰 서지 않고 계속 걸으며 대답했다.

"아닌 것 같은데." 다가오던 두 번째 사내가 대꾸했다. 두 사내가 좌우에서 제시의 양팔을 붙들었다. 제시는 그들의 손을 뿌리치고 한 걸음 뒤로 물러났다. 그러고선 양팔을 벌려 마치 친한 사이라도 되는 것처럼 좌우의 사내와 어깨동무를 했고, 이내 둘을 서로를 향해 세차게 밀어붙여 맞부딪치게 했다. 두 사내는 균형을 잃고 보도 위로 쓰러졌다. 제시는 그들 곁을 비켜 계속 걸어갔다. 그러다가 다시 뒤를 흘긋 봤을 땐, 이미 남은 네 명이 그를 향해 달려오고 있었다. 제시는 그제야 마지못해 달리기 시작했다. 채신없게 달아나는 자신의 모습이 행인들 눈에는 범법자나 겁쟁이로 비칠지 모른다고 생각하니 수치심으로 얼굴이 달아올랐다.

두 블록을 지나자 제시를 쫓는 이는 둘만 남았지만, 거리는 오히려 점점 좁혀지고 있었다. 게다가 두 명 다 몽둥이를 쥐고 있었다. 제시는 진즉에 달리지 않고 미적거렸던 자신을 탓하며 추적자들을 떼어놓으려고 애를 썼지만, 다그친다고 해서 몸이 순순히 따라줄 리가 없었다.

"미스터 콜?" 누군가가 도로 쪽에서 그를 불렀다. "도움이 필요하나?" 제시는 목소리가 들려온 마차 쪽으로 고개를 돌렸다. 욕설이 튀어나오기 직전이었다. 스탱이나 바넘이 보낸 졸개들이, 마치 사냥개들에게 쫓기는 짐승을 옆에서 낚아채듯, 궁지에 몰린 그를 잡아가려고 왔을 거라고 지레짐작했기 때문이다. 그러나 분노에 찬 얼굴로 마차를 바라보던 제시는 곧 자신의 생각이 틀렸다는 걸 깨달았다.

"할로 선생님?"

할로는 마부에게 마차를 멈추라고 손짓했다. 제시는 여전히 의구심을 버리지 못한 채 다가갔다.

"우연히 저를 보신 겁니까?" 제시는 물었다. "아니면 누가 선생님을 보냈습니까?"

"이 구역에 사는 사람들의 절반이 자네 아파트 건물에서 일어난 소란에 관해 쑥덕이고 있는 걸 모르는가 보군." 할로는 대답했다. "혹시 내 도움이 필요하지 않을까 싶어 들렀다가, 자네가 도망치는 걸 본 거라네." 할로는 마차 창문으로 고개를 내밀고 도로를 따라 접근 중인 두 사내를 흘끗 보았다. "마차에 탈 용의가 있다면 지금 타는 게 나을 걸세."

"어디로 데려가 줄까?" 사내들의 욕설과 고함 소리가 멀어진 뒤에 할로가 물었다.

"가먼트 디스트릭트로 가주시면 감사하겠습니다. 제 아내를 찾아야 해서요."

할로는 마부에게 거기로 가라고 지시하고, 좌석에 고쳐 앉았다. "난 신문들이 자네의 사적인 일들을 그렇게까지 자세히 보도하는 걸 보고 적잖이 놀랐다네. 그런 기사들은 보통 흥미 위주의 가십 기사인 경우가 많고, 그것도 신뢰성이 떨어지는 증인들 말만 듣고 쓴 게 대부분이거든."

제시는 바넘과의 만남과 그 뒤에 이어진 불운 속에서, 자신이 느꼈던 의구심에 관해 설명했다.

"정말이지 불쾌하기 짝이 없는 인물이로군." 할로가 동정했다.

"그 인간 탓에 일자리와 살 집을 잃었습니다. 적어도 당분간은요."

"친구들 집에 가 있을 수는 없나?"

"제가 신뢰하는 사람들은 모두 다 그 아파트에 있습니다. 다시 거기로 간다면 그들만 위험해질 겁니다."

"흐음."

마차는 펠리시아가 일하는 봉제 공장에 도착했다. 제시는 그곳에 들어갈지 말지 고민했다. 그녀의 직장 생활에 악영향을 끼치고 싶지 않았기 때문이다. 그때 펠리시아의 친구 중 한 명이고 그도 만난 적이 있는 제인 시웰이 공장 건물 밖으로 나오는 것을 보았다. 제시는 마차에서 나와 그녀에게 다가갔다.

"시웰 씨. 죄송하지만 잠깐 제 부탁 하나만 들어주시겠습니까?"

"안녕하세요." 그녀는 미소 지으며 멈춰 섰다가, 퍼뜩 제시가 뭘 원하는지 깨달은 듯했다. "펠리시아를 찾고 계시는 거군요? 반 시간 전에 이미 퇴근했는데요. 펠리시아는 풀타임 근무를 원했지만 일정이 미리 잡혀 있지 않아서, 오늘은 임시 일감만 맡았거든요."

제시는 그녀에게 감사를 전한 후 할로에게 돌아갔다. "지금쯤 귀가했을 겁니다." 제시가 말했다. "우리 집이 아니라 친한 이웃 집에라도 머물고 있다면 좋겠군요." 당장이라도 마차를 타고 달려가서 그녀를 데려오고 싶은 마음은 굴뚝같았지만, 다시 그 건물로 돌아갔다가 둘이 함께 있는 것을 폭도들이 보기라도 하면 그녀의 안전에 전혀 도움이 되지 않을 터였다.

"다음엔 어디로 갈까?" 할로가 물었다.

"집주인이 신문 따윈 읽지 않는 하숙집을 아십니까?" 제시가 물었다. 눈발이 거세진 이 밤에 골목에서 웅크린 채 보낼 생각은 없었다.

할로가 말했다. "자네가 안전하게 지낼 수 있는 곳을 하나 아네. 다른 손님과 함께 그 지하방을 써야 할지도 모르지만."

"눈비만 피할 수 있다면 어디든 감사할 따름입니다." 제시가 말했다.

"여기서 그리 멀지 않아." 할로가 보장했다.

제시는 좌석에 등을 기대며 눈을 감았고, 북쪽을 향해 가는 마차의 규칙적인 말발굽 소리에 귀를 기울이며 지금의 행운에 감사하려 애써봤다. 그는 폭도들의 손에 목숨을 잃을 뻔했지만 천신만고 끝에 살아남았다. 펠리시아는 세라와 함께 안전하게 있을 것이다. 상황은 암울했지만, 이 상태가 영원히 이어지지는 않을 것이라 믿고 싶었다.

"도착했네." 할로가 말했다. 마차는 어느 골목 옆에 멈춰 있었다. 할로는 한 건물 지하실 뒷문으로 내려가는 계단을 가리켰다.

"누구 소유입니까?" 제시가 물었다.

"내 친구들일세." 할로가 대답했다. "필요한 사람들에게는 언제나 이 임시 숙소를 기꺼이 내어주지. 하지만 다들 바빠서, 따로 소개를 못 해줘도 이해해 주게."

"제가 불법 침입하는 것만 아니라면 괜찮습니다."

할로는 지하실 문의 열쇠를 어디 숨겨놓았는지 알려주었다. 제시는 잘 가시라고 인사하고 눈이 내리는 보도를 재빨리 걸어가며 더 따뜻하게 입고 오지 못한 것을 후회했다. 집에 놓고 온 물건들은 무사하긴 할까.

이미 다른 손님이 있을지도 모른다는 말을 떠올린 제시는 경고 삼아 문을 두드리고 큰 소리로 말했다. "저는 할로 선생님의 지인입니다. 이 건물 주인들은 제가 하룻밤 묵는 데에 기꺼이 동의할 거라고 하시더군요." 대답은 없었다. 그는 문을 열고 안으로 들어갔다.

방 안에는 전혀 조명이 없었기 때문에, 제시는 가구의 배치 상황을 파악하기 위해 잠시 문을 열어두었다. 탁자, 의자 두 개, 낡은 소파, 목제 캐비닛이 있었다. 사내 하나가 의자에 앉아 경계하듯이 그를 바라보고 있었다.

“안녕하세요.” 제시가 말했다. “방해가 됐다면 죄송합니다.”

“안녕하신가.” 사내가 대답했다. “문을 닫아주겠나. 찬 바람에 얼어 죽고 싶지는 않아서.”

제시는 문을 닫고 자기소개를 했다.

“난 조슈아라고 하네.” 사내는 대답했다. “양초를 켤까?”

“그래주시면 좋겠습니다. 발을 잘못 디뎠다가 목이 부러지고 싶지는 않아서요.” 제시는 그제야 이 지하실이 껌껌한 것은 설계상의 하자 때문이 아니라 창문이 모두 검게 칠해진 탓이라는 사실을 깨달았다.

조슈아가 방 안을 오가며 움직이는 동안 제시는 그 자리에서 기다리다 부싯돌이 부딪히는 소리를 들었고 곧 촛불이 켜지는 것을 보았다. 조슈아는 탁자 위에 양초를 올려놓고, 제시에게 의자에 앉으라고 손짓했다.

“혹시 배가 고프다면 빵과 과일에 물도 있네.” 조슈아가 말했다.

“고맙습니다만, 아까 전에 먹고 왔습니다.”

“흠.” 조슈아는 며칠 깎지 않은 듯한 회색빛 수염을 기르고 있었다. 옷 상태를 보아하니 상당 기간 떠돌아다닌 듯했다. “자네도 캐나다로 가려고 여기에?”

제시는 상대방의 말이 농담인지 아닌지 확신할 수 없었다. 물론 도망친 노예들을 돕다가 들켜 처벌을 피하려 캐나다로 피신하려는 백인들이 있을 가능성도 아예 없지는 않았다. “그래야 할 정도는 아니길 바라고 있습니다." 제시는 대답했다. "제가 지나치게 낙관적인 건지도 모르지만, 아직 그 정도의 극약 처방이 필요할 정도로 큰 사고는 치지 않았다고 생각합니다."

조슈아는 웃음을 터뜨렸다. "실례가 아니라면, 무슨 사고를 쳤는지 물어봐도 될까?"

제시는 잠시 망설였다. 사실을 말했다가 또다시 불운을 불러오는 존재처럼 여겨지지는 않을지 걱정되었기 때문이다. "잠들었던 게 문제였습니다." 마침내 그는 말했다. "무덤에 묻힐 정도로 오래 말입니다. 그게 소문이 났는데, 저를 무덤으로 되돌려 놓아야 한다고 생각하는 사람들이 몇몇 있는 것 같더군요."

"흠." 조슈아는 딱히 의견을 말하지는 않았다.

"당신 친구 중에 캐나다로 도망친 사람이 있습니까?" 제시가 물었다.

조슈아는 고개를 끄덕였다. "지금처럼 힘들어지기 전에 나도 따라갔어야 했어."

제시가 이 말을 이해하는 데는 잠시 시간이 필요했다. 새로 제정된 연방법에 따르면, 노예제도를 금지한 주에서조차도 당국은 도망간 노예의 반환에 협조해야 했다. 뉴욕주에서 노예 소유는 불법이었지만, 도망친 노예를 되돌려 보내지 않는 것 또한 불법이었다.

제시는 어릴 적에 교회 목사가 사람이 다른 사람을 마치 짐승처럼 소유할 수 있는 세상이 얼마나 사악한 것인지 설교하는 것을 들은 적이 있었다. 그때는 성경의 모세와 파라오 이야기처럼 그의 현실 삶과는 동떨어진 일이라고 느꼈다. 나중에 성인이 되어 함께 일해본 해방 노예들은 제시 앞에서는 결코 노예 시절의 과거사에 관해 얘기하지 않았고, 제시 역시 자연스럽게 그 침묵에 안주한 채 무심해졌다.

하지만 지금 손을 뻗으면 닿는 곳에 있는 이 사내는 길거리를 돌아다니다가 잡히면 그 즉시 쇠사슬에 묶여 끌려갈 수도 있었다. 법의 승인하에 말이다. 모세는 지금쯤 사막의 먼지가 되어 있겠지만, 눈앞에 앉아 있는 조슈아는 피와 살을 가진 살아 있는 인간이었다.

"내 경험 하나를 얘기하자면," 조슈아가 말했다. "너무 오랫동안 힘들게 일한 탓에 거의 죽을 지경이 된 사내들을 본 적이 있어. 하지만 그중 몇몇은 휴식 시간이 되었을 때 더 깊은 잠에 빠지는 경우가 있더군. 1, 2시간, 길게는 한나절을 그렇게 있었는데, 죽었다고 해도 전혀 이상할 것이 없는 상태였어. 하지만 나중에 일어나더니 아무 일 없었던 것처럼 멀쩡하게 걸어 다니더라고."

"그걸 보고 어떤 느낌을 받았습니까?" 제시가 물었다. "두려움을 느꼈습니까?"

"두려움?" 조슈아는 고개를 가로저었다. "내가 느낀 건 두려움이 아니라 부러움이었어."

8

새벽 4시쯤, 누군가가 문을 두드리며 조슈아가 미리 귀띔받은 암호 구절을 말했고, 그는 다음 여정에 나섰다. 제시는 반지하 구석에서 담요를 한 장 찾아내서 몸에 둘렀고, 어둠 속에서 이제 무엇을 할지 고민하며 앉아 있었다.

1시간쯤 지난 후, 추위를 무릅쓰고 밖으로 나가보면 어떨지 생각했던 찰나, 다시 문을 두드리는 소리가 들렸다. "나네, 할로. 콜 선생, 잠시 얘기를 나눌 수 있을까?"

제시는 다시 촛불을 켜고 의사를 들인 다음, 마치 반지하가 자기 안방이라도 되는 것처럼 의자를 권했다.

"자네가 처한 상황에 대해 좀 생각해 봤어." 할로는 말을 꺼냈다. "바넘은 자네를 악명 높은 인물로 만들어서 자기 이익을 위해 이용하려고 했지만, 자네가 그 상황을 오히려 역이용해서 유리한 위치에 설 수 있다고 생각하네."

"어떤 식으로 말입니까?"

"자넨 다시 정상적인 삶을 살고 싶겠지. 신원을 숨기지 않는 삶 말이야. 그래서 말인데, 만약 자네가 자신의 경험을 대중에게 제대로 알리기 위한 강연 여행을 나선다면, 사람들을 설득해서 자네 편으로 끌어들일 가능성도 있어."

"설득한다고요?" 제시는 웃으며 말했다. "그렇게 쉽게 설득할 수 있겠습니까?"

"모든 사람을 설득하진 못하겠지." 할로는 시인했다. "하지만 자네는 대중이 이 '잠'이라는 현상을 인식하는 방식에 상당한 영향을 끼칠 수 있는 절호의 위치에 있네. 만약 설득에 성공한다면, 어젯밤 일어난 폭력 사건 따위는 극히 드문 예외로 치부되는 날이 올 수도 있겠지. 이건 결코 허튼 희망이 아니야."

"대신 아예 새 이름으로 개명하는 방법도 있습니다." 제시는 제안했다. "작은 마을로 이주해서 그럴듯한 경력을 늘어놓고, 근사한 구레나룻이라도 기르면 감쪽같을 겁니다."

"그런다면 아무것도 변하지 않아. 머리를 얻어맞은 후 무덤 속에서 깨어나는 다음 남자나 여자는, 자네처럼 또다시 하늘에 운을 맡긴 채 땅을 파는 수밖에 없겠지."

제시는 대답하지 않았다. 헤이버힐을 떠난 이후로 그는, 자신이 무덤 안에서 깨어난 일이 거기서 살아서 나온 일만큼이나 드문 현상이라고 애써 믿으려 했다. 그러나 어떤 상식에 비추어 보아도, 살아 나오는 경우가 극히 드물다는 점은 분명했다. 무덤 안에서 깨어났다가 그대로 죽는 경우는 부지기수겠지만 말이다.

"저더러 강연 여행을 어떻게 조직하란 말입니까?" 제시는 비난하듯이 말했다. "제가 가진 것이라고는 지금 입고 있는 이 옷뿐입니다."

"내가 돕겠네." 할로는 대답했다. "자네의 메시지를 널리 퍼뜨리는 일에 기꺼이 협력할 다른 노예제도 폐지론자들을 소개해 줄 수도 있어."

"노예제도 폐지론자요?" 제시는 당혹한 어조로 되물었다. "제 이야기로 사람들을 설득해서 노예제도 폐지에 찬성하게 한다는 겁니까? 더글러스 씨※의 연설을 듣고도 마음을 움직이지 않았던 사람들이, 기껏해야 관 속에 몇 분 있었던 뉴햄프셔주 출신의 백인 사내의

※　프레드릭 더글러스. 19세기의 흑인 노예 출신 노예제 폐지 운동가이자 정치가.

말에 귀를 기울여 줄 거라고 생각하십니까?”

할로가 말했다. “노예제도 폐지 운동도 그렇지만, 일반 대중도 매우 복잡하고 잡다한 신념을 갖고 있다네. 어떤 이들은 잠이란 영혼의 부재를 시사한다는 교리를 무기 삼아 노예제도를 정당화하려고 하지. 아프리카의 어린애들은 의식을 앗아 가는 풍토병에 걸렸다는 식의 허황된 신화를 근거랍시고 내세우면서 말이야. 반면 어떤 과격한 노예제 폐지론자 분파에서는 이들과 똑같은 교리를 신봉하면서도, 하나님이 창조하신 이 세상에서 잠 따위는 아예 존재하지 않는다는 주장을 펼치고 있어. 그러나 그 믿음이 잘못되었다는 증거는 차고 넘치기 때문에, 반박할 필요조차 없는 사실을 부정하려는 데 시간과 정력을 허비하게 되고, 결과적으로 노예제도 폐지 운동 자체의 신빙성만 깎아먹고 있는 셈이지.”

제시는 두 번째 부류에 대해 할로가 한 말을 반박할 수 없었다. 그의 부모님은 노예제도를 혐오했지만, 그 혐오를 그들이 속한 교파의 잠에 관한 무관용한 교리에 억지로 끼워 맞췄다는 점은 명백했기 때문이다. 그 결과 그들의 신앙은 기이한 매듭처럼 꼬여버렸지만, 어쩌면 그것을 풀 방법이 있을지도 몰랐다.

하지만 첫 번째 부류는? “아직 뭘 믿어야 할지도 정하지 못한 미적지근한 청중을 상대로 제가 아직 영혼을 갖고 있다는 걸 증명해 보인다고 해서, 노예 소유자들이 한 명이라도 회개하고 광명을 찾을 것 같습니까?” 제시는 되물었다. “평생을 노예들과 함께 살아온 온 농장주조차 그걸 인정하지 못하는 판인데….”

할로가 말했다. "우리가 허물어야 할 집은 사방으로 뻗은 나무 발판으로 이루어져 있다네. 누군가가 노예제를 유지할 구실을 찾고 있다면, 우리가 잠에 관한 발판을 걷어차 없애는 순간, 그자들은 두개골 형태라든가 함의 자손들※에 관한 성경 구절 따위를 끌어와 또 말도 안 되는 이유를 갖다 붙일 게 뻔해. 솔직히 말해서, 난 단 한 순간도 자네가 그 요새를 홀랑 불태워 버릴 성냥 따위를 쥐고 있다고 생각한 적이 없네. 하지만 조금이라도 그 집의 구조를 약화할 수 있고, 그와 동시에 자네의 상황을 호전시키면서 생매장당하는 사람의 수까지 줄일 수 있다면, 잃을 게 없지 않나?"

제시는 콧방귀를 뀌었다. "그냥 사람들만 더 짜증 나게 만들고 불필요한 관심만 더 받게 될 겁니다. 어젯밤 저를 죽이려고 했던 광신도 같은 부류가 그걸 기회 삼아 저를 또 죽이려고 하면 어떻게 합니까?"

"더글러스 씨의 비판자들 쪽이 자네를 노리는 자들보다 훨씬 더 많고 광신적일 거라고는 생각 안 하나?" 할로는 대답했다. "우리는 손님을 보호하는 방법을 잘 안다네."

"방방곡곡을 돌아다니는 동안 저는 어떻게 먹고살 수 있죠?"

"먹고 자는 문제는 우리가 책임지겠네. 자네의 아내가 동행하길 원한다면 그래도 좋고. 기다리는 편이 좋다면 뉴욕시에 안전한 장소를 마련해 줄 수도 있어."

"바넘의 제안과 다르지 않군요." 제시는 불평했다. "끝에 가서 부자가 될 거라는 점만 빼면."

※ 흑인을 의미한다.

할로는 미소 지었다. "자네도 그게 사실이 아니라는 건 잘 알고 있지 않나?"

제시는 말했다. "우선 아내와 얘기해 봐야겠습니다."

제시는 함께 마차를 타고 가자는 할로의 제안을 거절하고, 펠리시아가 지나갈 예정인 길모퉁이까지 걸어갔다. 그녀는 세라와 함께 다가왔지만, 세라는 둘이 이야기를 나눌 수 있도록 혼자서 가던 길을 갔다.

"건물 밖에 아직도 사람들이 남아 있어." 내리는 눈을 피하기 위해 차양 밑으로 간 후 펠리시아가 말했다. "뭔가 다른 일을 하는 척하면서 얼쩡거리더군. 그래도 우리 아파트로 돌아가서 물건 대부분을 세라 집으로 옮겨놓았어." 그녀는 가지고 있던 가방을 들어 보였다. "갈아입을 옷을 좀 넣어뒀어. 따뜻한 외투에, 스카프…."

제시는 가방을 받아 들고, 그녀의 표정을 읽어보려고 했다. "나와 헤어지고 싶은 거야?"

"아냐!" 펠리시아는 그의 손을 잡았다. "다시는 그런 말 하지 마. 또 그러면 용서 안 해."

"이 도시를 떠나고 싶어?"

"잘 모르겠어." 펠리시아는 말했다. "난 아직 일자리가 있고, 거기서도 날 해고할 것 같진 않아. 몇몇 직원들은 신문에 나온 남자가 내 남편인 걸 알아차렸지만, 대부분 내 친구들이고, 친구가 아닌 사람들도 굳이 평지풍파를 일으킬 생각은 없어 보여."

제시는 할로의 제안에 관해 설명했다. "내가 그 제안을 받아들인다면, 두세 달 정도 떠나 있을 수도 있어.”

“난 여기서도 잘 지낼 수 있어.” 펠리시아는 그를 안심시켰다. “세라는 내가 함께 있으면 좋아할 거고, 월세도 나눠 낼 수 있으니까 환영할 거야.”

“알았어.” 제시는 내심 그녀가 포기할 구실을 줬으면 좋겠다고 반쯤 바라고 있었다. “하지만 그게 정말 현명한 행동일까? 내가 겪은 일을 만천하에 떠들고 다니는 게?”

펠리시아는 말했다. “비밀을 유지할 수 있었으면 더 좋았겠지. 하지만 결국 그러지 못했고, 지금 와서 그걸 되돌릴 방법은 없어. 사람들이 당신에 관해 퍼뜨리는 헛소리에 대해 항변하지 않는다면, 헛소리는 영영 사라지지 않을 거야. 바로잡을 기회가 있다면, 최대한 활용하는 게 낫지 않겠어?”

9

“마치 자욱한 안개 밖으로 나온 듯한 기분이었습니다.” 제시는 말했다. “관 속은 껌껌했지만, 마음의 눈으로 나라는 존재를 똑똑히 떠올릴 수 있었습니다. 등에 닿는 널빤지의 감촉을 느낄 수 있었고, 송판 냄새를 맡을 수 있었고, 그 주위의 흙냄새도 맡을 수 있었습니다.”

제시는 작은 예배당의 신도석을 둘러보았다. 앞쪽 줄에서 누군가가 기침을 했다.

“처음에는 제가 죽은 거라고 생각했습니다.” 그는 고백했다. “하지만 곧 신선한 공기를 들이쉬고 싶다는 견디기 힘든 욕구를 느꼈습니다. 그런 욕구를 느끼는 순간, 죽었다는 건 말이 안 된다고 생각했죠. 그래서 탈출에 착수했습니다.”

제시는 그날 밤 일어난 일들을 최대한 사실 그대로 묘사했다. 부모님의 행동을 비판하거나 펠리시아를 끌어들이지는 않았지만 말이다. 그런 다음 고향을 떠나 뉴욕시에 정착하기까지의 과정을 간결하게 묘사했고, 바넘의 제안과 폭도들의 습격에 관해서도 얘기했다.

“저는 의사가 아니고, 그렇다고 신학자도 아닙니다. 제가 아는 것이라고는 제가 사고를 당하기 전의 나와 지금의 내가 똑같은 사람이라는 사실뿐입니다. 주님은 십자가에 매달린 채로 3일 동안 눈을 감고 쉬지도 않으셨습니다. 하지만 우리 같은 죄인이 주님과 같은 신적인 내구력을 보이지 못하면 지옥에 떨어진다는 얘기는 복음서 어디를 찾아봐도 없습니다. 제가 여러분에게 청하고 싶은 것은 오직 하나, 하나님의 은총으로 되살아난 이 삶을 다시 살아갈 수 있을 권리입니다. 모든 선한 크리스천이 자신의 아이나, 어머니나, 형제를 무덤에 묻기 전에, 혹시 그들에게도 저와 같은 은총이 내려졌는지를 확인할 기회를 가질 수 있도록 말입니다.”

제시는 눈을 내리깔고 성서대 위를 응시했다. 의례적인 박수 소리가 산발적으로 들려왔다. 할로가 단상으로 오더니 격려하듯이 그의 어깨에 손을 얹었다. “슬로스 씨에게 질문하고 싶으신 분은 없습니까?”

아까 기침을 했던 앞줄 사내가 헛기침을 했지만, 질문하지는 않았다. 제시는 냉랭하게 그를 응시하고 있는 청중의 얼굴을 훑어보며 그가 불멸의 영혼을 가지고 있다는 사실을 도저히 받아들이지 못하는 사람은 누구이고, 단지 그가 6피트 지하에서 단 한 순간이라도 있었다는 사실을 의심하는 사람은 누구일지 가늠해 보려고 했다.

"슬로스 씨." 볼이 빨간, 벨벳 조끼 차림의 사내가 말했다. "당신이 사고를 당하기 전의 당신과 똑같은 사람인 것을 대체 어떻게 확신할 수 있는지 설명해 주시겠습니까?"

"무슨 뜻인지 잘 모르겠습니다."

"내 인생을 되돌아보면," 사내는 대답했다. "기억은 하나의 끈처럼 이어져 있습니다. 어제 일어났던 일들, 그 전날 일어났던 일들, 이런 식으로 말입니다. 그런 식으로 계속 거슬러 올라가다 보면 상세한 기억은 어린 시절의 흐릿한 안개 속으로 사라지겠지만, 나는 내가 나라는 것을 확신할 수 있습니다. 왜냐하면 나는 언제나 이 육신 안에 있었고, 한 번도 중단되는 일 없이 주위를 의식하고 있었기 때문입니다. 따라서 '나는 나인가?'라는 질문을 받아도, 나는 한 치의 의심도 없이 '그렇다'라고 대답할 수 있습니다. 왜냐하면 의식이라는 충실한 파수꾼은 자신이 지켜보는 동안 아무도 오지 않았고 아무도 떠나가지 않았다는 사실을 알고 있기 때문입니다."

"만약 그 파수꾼이 잠시 눈을 돌렸거나, 한순간이라도 딴 데 마음이 가 있었다면," 제시는 대답했다. "그가 지키고 있던 집을 몽땅 불태워 버려야 합니까? 이웃들이 그 집 안을 들여다보고, 적의 모습 대신 예전부터 있던 가구와 아끼는 물건들만 발견했다면, 무슨 해를 입은 것도 아니잖습니까?”

“그렇다면 우리는 가구와 아끼는 물건에 불과하다는 얘기입니까?”

제시는 머리가 지끈거리는 것을 느꼈다. 이런 개똥 철학자들은 항상 자기만의 어설픈 비유를 꺼내 들기를 좋아하지만, 섣불리 맞장구를 쳤다간 마치 그 비유 전체를 진실로 인정한 것처럼 몰아가기 일쑤였다.

“저 역시 예전과 똑같은 기억과 성향을 가지고 있습니다.” 제시는 말했다. “그리고 그것들을 지켜보고 있는 영혼 역시 예전과 똑같은 영혼입니다. 그게 의심스럽다면 말해보십시오. 지금 선생님에게 말하고 있는 사람이 대체 누구라고 생각하십니까? 부정하고 사악한 영혼 따위가 주님의 집 안으로 태연히 들어와서, 눈 하나 까딱하지 않고 주님의 말씀에 귀를 기울일 수 있을 것 같습니까?”

“아마 그러지 못하겠지요.” 사내는 시인했다. “하지만 지금 나와 대화하고 있는 존재는 영혼이 아닐지도 모릅니다. 개나 말은 잠을 자지만, 훈련받은 기억을 유지하고 잠에서 깨어난 뒤에도 여전히 예전과 마찬가지로 온순하고 고집스럽게 오래전에 습득한 일을 수행하지 않습니까.”

“하지만 그 개가 영혼의 본질에 대해 선생님과 토론을 벌일까요?” 제시는 반격했다.

“아뇨. 하지만 개는 애초부터 그런 일을 할 지능을 갖고 있지 않습니다. 당신의 육신은 영혼이 깃들어 있던 동안 논리적인 대화를 가능케 하는 반사신경을 습득했을 수 있습니다. 하지만 그런 반사신경이 지금도 남아 있다고 해서 뭔가를 증명할 수 있는 것은 아닙니다. 인간은 그저 반사신경의 집합일 뿐이라고 주장하는 게 당신의 목적이라면 또 모르지만.”

제시의 인내심이 바닥났다. “그럼 선생은 여기 모인 분들 앞에서 자신이 오래전에 획득한 반사신경을 넘어서는 인간성의 어떤 측면을 보유하고 있다는 걸 직접 증명할 수 있습니까? 아니면 여기 모인 분들의 선량함에 기대서, 자기 말은 틀림없는 진실이니 선의의 판단을 해달라고 요구할 생각입니까?”

사내는 당혹스러운 듯이 웃었다. “하지만 영혼이 없었다고 스스로 **떠벌린** 사람은 내가 아닙니다. 그것도 사흘 동안이나! 이런 비난을 들은 당신이 화를 내며 그 사실을 부인했다면 나도 기꺼이 선의를 가지고 판단했을 겁니다. 하지만 당신은 그걸 부인하기는커녕 전국을 돌아다니면서 당신에 관한 이야기가 모두 사실임을 열정적으로 시인하고 있지 않습니까. 그런고로 입증의 책임은 내가 아니라 당신에게 있습니다.”

제시는 사내를 한 대 갈기고 싶은 충동을 느꼈다. 할로는 제시의 마음을 읽었는지 재빨리 강단으로 걸어 나와 청중을 향해 강연 종료를 고했고, 감사와 작별의 말을 전했다.

“좋은 날도 있고, 나쁜 날도 있기 마련이야.” 예배당에서 나온 할로는 제시와 함께 시내를 가로지르며 말했다. “잊지 말게. 강연에 와서 아무 말도 안 하는 사람들이야말로 자네 말을 가장 진지하게 받아들일 공산이 크다는 걸. 자네 강연을 듣고 그 자리에서 당장 흐느껴울지 않았다고 해서 실망할 필요는 없어. 비록 겉으로 드러내진 않았어도, 마음속으로는 너무 일찍 매장해 버린 친지를 떠올렸거나, 자기 자식에게만은 절대로 자네가 겪은 경험을 겪게 하지 않겠다고 다짐했을 수도 있으니까 말이야.”

“그럴 수도 있겠군요.” 제시는 대답했다. 할로의 논리를 의심하지는 않았지만, 그것이 주는 희망은 지나치게 추상적이라 별다른 위안이 되어주지 못했다. 차라리 바넘의 협박에 굴복하는 게 나았을지도 모른다는 생각이 들 지경이었다. 바넘이 아무리 비열한 인간이라 해도, 적어도 대중의 저급한 열정을 자극하는 데는 능했으니까 말이다. 제시는 한 번도 자신이 연설에 소질이 있다고 생각한 적이 없었다. 그가 정말 땅속 상자에서 탈출하는 차력 쇼에나 어울리는 인물에 지나지 않았다면, 왜 그토록 도도하게 바넘 동물원의 영입 시도를 일축했던 것일까?

“미스터 슬로우? 할로 선생님?”

제시는 그쪽을 돌아보았다. 강연장에서 따라온 듯한 사내였다. 표정을 보아하니 강연 내용에 관해 토론을 계속하고 싶어 하는 기색이었다.

“저는 모턴이라고 합니다.” 사내는 다가오며 말했다. “숙소로 가시는 길인 듯한데 방해해서 죄송합니다. 괜찮으시다면 구경꾼들이 없는 곳에서 긴히 나누고 싶은 얘기가 있습니다만.”

할로가 말했다. “물론 괜찮습니다. 그럼 우리와 저녁 식사를 함께 하면서 얘기를 나누시면 어떨까요?”

하트퍼드에서 머무는 동안, 제시와 할로는 벳츠 부부가 세 자녀와 살고 있는 집에 묵고 있었다. 그들은 흔쾌히 식탁에 자리 하나를 더 내주었다. 형식적인 대화가 이어지면서 그는 매사추세츠에서 온 치과 의사라고 자기소개를 했다. 그러나 식사가 계속되는 내내, 그리고 식사가 끝난 뒤에도 그는 구체적인 말은 피한 채 막연한 덕담만 늘어놓았을 뿐이었다. 이윽고 벳츠 가족은 세 사람이 내밀한 얘기를 나눌 수 있도록 각자 적당한 이유를 대고 다른 방으로 갔다.

"두 분의 말을 듣고, 의식을 잃는다고 해서 몸이나 정신 또는 불멸의 영혼에 손상을 입는 것이 아니라는 점을 확신했습니다." 모턴이 선언했다.

"그렇다면 다행입니다." 제시는 대답했다. 드디어 개종자를 한 명 얻었다는 점은 반가웠지만, 정작 강연장에서는 침묵하고 있었다는 것을 생각하니 못내 언짢았다.

"다른 사람들의 경우라면 슬로스 씨의 이야기는 심오한 철학적 성찰의 원천이 되어줄 수 있겠고, 당신이 경험한 잔혹한 일이 다시는 반복되지 않도록 하겠다는 다짐으로 이어질 수도 있을 겁니다. 하지만 내 경우엔, 그것은 단순한 성찰을 훌쩍 뛰어넘는 엄청난 의미를 지닙니다. 대다수의 사람은 상상조차 할 수 없을 정도로 심오한 수준으로 말입니다."

할로는 제시에게 일단 참으라는 듯한 눈짓을 보낸 후, 이내 모턴을 향해 정중하게 물었다. "그렇다면 그 이유가 무엇인지 저희에게 설명해 주시겠습니까? 비록 미약할지라도 최대한 상상력을 발휘한다면, 저희도 그런 경지에 도달할 수 있을지도 모르니까요.”

모턴은 설명했다. “지난 4년 동안 나는 통각 반응에 대해 연구했고, 그 과정에서 ‘레테온’이라고 이름 붙인 약물을 개발했습니다. 이 물질은 개, 고양이, 돼지, 소, 말을 예외 없이 고통에 무감각한 상태에 빠뜨립니다. 레테온의 영향하에 있는 동물들은 발치 수술을 견딜 뿐만 아니라, 극심한 고통을 수반하는 온갖 종류의 외과 수술도 별 무리 없이 견뎌냅니다. 레테온을 투여하면, 동물들은 평소 자는 잠과 비슷하지만 그보다 훨씬 더 깊은 수면 상태에 빠집니다. 충직한 사냥개는 침입자가 내는 아주 작은 기척에도 쉽게 잠에서 깬다는 것은 잘 알려진 사실입니다. 하물며 날카로운 도구로 찌른다면 어떨까요? 하지만 레테온을 투여한 개는 피부를 6인치나 절개한 뒤 봉합하는 동안에도 꼼짝도 하지 않았습니다. 아프다고 낑낑거리는 소리조차도 내지 않았죠. 더욱 놀라운 것은, 수술이 끝난 뒤 그 개가 나를 대하는 태도가 수술 전과 똑같이 우호적이었다는 점입니다. 평소라면 그런 극심한 고통을 겪고 난 뒤 겁에 질리거나 신경질적으로 변하고, 심지어 고통을 준 사람을 공격하려 들었을지도 모를 텐데도 그 개는 전혀 영향을 받지 않았던 겁니다.”

제시는 아직도 완전히 마음이 풀리지는 않았지만, 할로가 같은 의사인 모턴의 말을 말도 안 되는 이야기로 치부하는 기색이 없는 것을 보고, 그 발명이 약간의 자화자찬쯤은 감수할 만큼 중요한 성과일지도 모른다고 생각하기로 했다.

“그럼 아편보다 낫다는 말씀인가요?” 제시가 물었다.

　"외과 수술의 경우에는 훨씬 낫습니다!" 모턴이 맞장구쳤다. "지속적인 통증 완화에는 앞으로도 아편이 더 나은 선택일 수 있습니다. 일상적인 활동을 어느 정도 해야 하는 환자라면 말이죠. 하지만 내 몸에서 종양을 도려내야 한다면, 아편에 취한 채 수술 과정을 지켜보는 것보다는 차라리 완전히 의식이 없는 상태에서 수술을 받는 편을 택하겠습니다."

　할로가 물었다. "여러 동물에게 실험해 봤다고 하셨는데, 인간 환자에게는 시험해 보신 적이 없습니까?"

　"아직 안 해봤습니다." 모턴은 시인했다. "지금까지는 철학적인 꺼림칙함 때문에 마지막 단계까지 가는 걸 주저했습니다. 내가 오늘 슬로스 씨의 강연에 참석한 건 바로 그 때문입니다. 의식을 잃은 경험을 자발적으로 고백하면서도, 그로 인해 아무런 손상을 입지 않은 사람의 증언을 듣고 싶었던 겁니다." 모턴은 제시를 똑바로 바라보았다. "슬로스 씨. 나는 당신이 악마의 장난감이라거나, 인간 이하의 야수 같은 존재라고 생각하지 않습니다. 오히려 당신은 자신의 경험과 그 여파에 관해 솔직하게 얘기해 줬고, 그 점이 나로 하여금 이런 부탁을 할 용기를 주었습니다." 모턴은 할로를 돌아보며 말했다. "할로 선생님, 내가 레테온의 영향하에 있는 동안, 그러니까 영혼이 없고 고통도 느끼지 않는 상태에 있는 동안, 이 손에 난 사마귀를 메스로 절제해 주신다면 정말로 감사하겠습니다. 수술이 끝난 뒤에는, 나는 슬로스 씨처럼 신체적으로나 도덕적으로나 지적으로나 아무런 손상 없이 원래 상태로 돌아올 것을 기대하고 있습니다. 그렇게 된다면 나는 슬로스 씨의 증언에 나 자신의 증언을 덧붙일 수 있을 뿐만 아니라, 양심에 거리낌 없이 레테온의 상업적 제조에 착수할 수 있을 겁니다. 전 세계의 의과 의사들이 우선으로 선택하게 될 약물을 말입니다.”

10

모턴은 수술을 받기 전에 하루 단식할 것을 고집했다. “레테온을 투여받은 대부분의 동물이 먹은 것을 토해 내더군요.” 그는 설명했다. “이건 실험 대상에게도, 실험 참가자들에게도, 안전하거나 유쾌한 일이 아닙니다.”

“어째 좀 걱정스러운 표정이군요.” 수술 날, 제시는 모턴이 묵고 있는 하숙집의 계단을 오르며 말했다.

“어떤 수술이든 위험이 따르는 법이라네.” 할로는 대꾸했다. “괴저로 죽을 가능성도 아예 없는 건 아니야. 그것도 굳이 받을 필요도 없는 수술을 받았다가 말이야.”

“하지만 다른 점에서는 걱정되지 않는다는 뜻입니까?”

“아, 그 친구가 조제한 약물이 위험할 가능성은 있어. 하지만 이런 저런 동물들에게서 효과를 봤다는 말이 사실이라면, 인간이라고 해서 더 위험할 거라고 의심할 이유는 없네.”

제시는 이 말을 듣고 되레 불안해졌다. “말이나 개에게도 영혼이 있다고 생각하십니까?”

“나는 많은 동물이 극심한 고통을 겪기도 하고, 진정으로 헌신적인 행동을 보일 수도 있다고 믿네." 할로가 말했다. "동물은 단지 그런 감정을 흉내 내는, 단순한 태엽 장치 같은 기계가 아니야."

이것은 제시의 질문에 대한 직접적인 대답은 아니었지만, 그들은 이미 목적지에 도착한 참이었다. 모턴은 노크하는 소리를 듣자마자 문을 열었고, 들뜬 표정으로 그들을 맞아들였다.

"역사적인 순간입니다." 모턴은 선언했다. "두 분 다 일기는 쓰시는지요? 후대를 위한 기록을 남기기 위해서라도, 아내나 동료들에게 편지를 쓰면 좋겠군요."

"사용하실 약물을 보여주시겠습니까?" 할로가 물었다.

모턴은 탁자 위에 놓여 있던 플라스크를 건넸다. 할로는 마개를 열고 조심스럽게 냄새를 맡았다.

"어떤 종류의 불에도 가까이 두면 안 됩니다." 모턴이 경고했다. "하지만 내가 만든 흡입기를 쓰면 증기는 거의 새어 나오지 않죠." 흡입기는 두 개의 구멍이 있는 둥그런 유리 용기였고, 한쪽 구멍에 이어진 신축관 끝에는 마스크가 달려 있었다.

할로는 의료 가방을 열고 수술 도구들을 꺼내서 탁자 위에 가지런히 늘어놓았다. 모턴은 외투를 벗고선 의자에 앉았고, 마치 전장으로 함께 나아가는 전우를 바라보는 듯한 결연하고 우애적인 시선으로 제시를 응시했다.

모턴은 플라스크에 든 레테온을 구멍을 통해 둥근 흡입기에 채운 뒤, 그 구멍을 닫고 마스크를 양쪽 귀에 걸어 자기 입과 코를 덮었다. 제시는 조금 뒤에 서 있었지만, 흡입기에서 풍기는 달콤하면서도 코를 찌르는 냄새를 맡을 수 있었다.

모턴은 처음에는 불쾌한 듯이 얼굴을 찌푸렸다. 마스크에 덮이지 않은 얼굴 부분만 보아도 알 수 있을 정도였다. 그는 몇 번 심한 기침을 했다. 마치 그의 폐가 이 자극적인 증기를 끝까지 거부하려는 듯한 모양새였다. 그러나 얼마 후 그의 얼굴이 이완되면서 눈꺼풀이 천천히 감겼다. 그의 몸도 축 늘어졌다.

할로는 모턴의 가슴에 귀를 대고 심박 소리가 들리는지 확인했고, 엄지와 검지로 그의 손목을 잡고 맥박을 쟀다. 손을 놓자 잠든 모턴의 팔은 마치 허수아비라도 된 것처럼 탁자 위로 툭 떨어졌다. 할로는 모턴의 마스크를 벗긴 뒤 제시를 불러 천으로 된 패드 위에 모턴의 오른손을 손바닥이 보이도록 올려놓고 움직이지 않게 잡고 있으라고 지시했다. 할로가 손바닥의 사마귀 옆의 피부를 처음 절개했을 때 제시는 자기도 모르게 긴장했다. 몸부림치는 환자를 힘으로 누르고 있어야 한다고 본능이 속삭였기 때문이다. 그러나 실제로는 생명이 없는 물체가 할로의 손동작을 따라 움직이지 않도록 잡고 있는 것이나 마찬가지였다.

제시는 고개를 돌려 모턴의 얼굴을 살펴보았고, 조금이라도 감정의 흔적이 떠오르지는 않는지 확인해 보려 했다. 그러나 평온함도, 산만함도, 결의도 느낄 수 없었다. 그냥 완전히 텅 빈 것처럼 보였다. 제시의 품에서 정신을 잃고 축 늘어졌던 로비조차도 불편한지 이따금 얼굴을 찡그리곤 했는데, 모턴은 꿈쩍도 하지 않았다. 혹시 헤이버힐의 고향집으로 돌아가려고 힘들게 걸어가던 자신의 얼굴도 이랬을까? 하나님은 불행의 끝자락에서 제시의 영혼을 되돌려 주는 쪽을 택했지만, 모턴처럼 온전히 본인의 의지로 자기 몸을 떠난 영혼에도 같은 자비를 베풀어 주실까?

할로가 만족스러운 듯이 꿍 하는 소리를 내며 모턴의 손바닥에서 잘라 낸 사마귀를 옆으로 밀어놓았다. 손바닥을 절개한 자리에서는 피가 철철 흘렀지만 상처는 깊지 않았고, 외과용 실로 봉합한 다음 붕대를 감자 출혈은 멈췄다.

"손을 높은 위치에 둬야 해." 할로는 이렇게 중얼거리며 더 긴 붕대로 팔걸이를 만들었고, 모턴의 손을 그것에 끼웠다. 덕분에 제시는 더 이상 탁자 위에서 손이 흘러내리지 않도록 붙잡고 있을 필요가 없어졌다.

"죽지 않은 건 확실합니까?" 제시는 걱정스러운 어조로 물었다.

할로는 다시 한번 맥박을 확인하고, 모턴의 콧구멍 앞에 손을 가져다 대보았다.

"죽지 않았어. 문제는 정말로 깨어나느냐야. 가급적 자네보다는 빨리 깨어났으면 좋겠지만, 그게 아니라면 적어도 자네 못지않게 쌩쌩하고 영민한 상태였으면 좋겠군."

"레테온이 위스키의 사촌쯤 되는 물건이라면, 한동안은 쌩쌩하고 영민하긴 힘들 것 같습니다만."

할로는 웃었다. "그렇군. 하지만 아주 가까운 사촌은 아닐 거야. 술을 마셔서 이런 메스날에도 무감각해지는 수준에 도달하려면, 치사량에 가까운 양을 마셔야 하니까 말이야. 하지만 우리에게 숙소를 마련해 준 분들한테는 술 얘긴 꺼내지도 말게. 엄격한 금주주의자들이거든.”

제시는 모턴의 실험을 단순한 취기와 비교할 생각은 물론 없었지만, 모턴이 빠져 있는 이 상태에 대해선 여전히 이해하기 힘들었다.

“모턴 씨의 영혼은 지금 어디 있는 걸까요?”

“평소와 마찬가지로, 원래 있던 곳에 있겠지. 하지만 이 육신이 쉬고 있듯 영혼도 쉬고 있을 거야.”

“그렇다면 이 증기는 육신뿐만 아니라 그의 영혼에까지 영향을 끼쳤다는 뜻입니까?”

할로는 어딘가 불편한 기색을 보였다. “적어도 그의 뇌에는 영향을 끼쳤겠지. 그리고 나는 뇌가 모든 의식 활동을 중개한다고 믿네. 하지만 왜 나한테 이런 질문을 하는 건가? 자네야말로 직접 그 상태를 체험해 본 당사자가 아닌가?”

“그때의 기억이 전혀 없습니다.”

“그럼 그게 답이네.” 할로가 말했다. “아무것도 기억하지 못한다면, 애초에 기억할 것이 없었던 거야.”

제시는 만족할 수 없었다. 자신이 예전과 같은 사람이라는 점은 추호도 의심하지 않았다. 하지만 그것이 정확히 무엇을 의미하는지를 알고 싶었다. 영혼은 스스로를 인식하고, 자신이 존재한다는 사실을 안다. 그런 자각이야말로 인간을 짐승 이상의 존재로 만들어 주는 본질적 속성이 아니던가? 그런데 그런 자각이 완전히 사라졌다면, 영혼은 도대체 어떻게 존재할 수 있단 말인가? 그런 상태에서 영혼이 존재한다고 주장하는 것은, 마치 저울을 기울게 할 수도 없고, 타인의 눈에 띌 수도 없으며, 그 어떤 물체도 막아서지 못하는 육신을 갖고 있다고 주장하는 것이나 마찬가지다. 그런 **육체적** 속성들이 한동안 사라졌다가 다시 돌아왔다고 해서, 문제의 육신이 단지 '쉬고 있었다'라고 주장할 사람은 없지 않은가.

그때 모턴이 신음하며 고개를 들고, 눈을 가늘게 떴다. "수술은 아직 시작 안 했습니까?" 그는 쉰 목소리로 물었다.

"이미 다 끝났습니다." 할로가 대답했다.

제시는 모턴의 입가에 황급히 양동이를 갖다 댔다. 단식했음에도, 모턴의 위장에는 아직도 토해 낼 것이 남아 있었던 것이다.

"머리가 지끈거리는군요." 모턴이 신음했다. 할로는 그에게 물을 몇 모금 마시게 하고, 얼굴에 물을 끼얹게 했다. 몇 분이 지나자 모턴은 정상적으로 대화를 나눌 수 있을 정도로 정신을 차렸다.

"마취 이후로 기억나는 게 전혀 없습니까?" 할로가 물었다.

"없습니다." 모턴이 확인했다. "어둠 속에서 감각이 다시 돌아오기를 기다리고 있던 것도 아닙니다. 사고 작용 자체가 아예 없었습니다. 기억이 단절된 시점을 돌이켜 보면… 레테온을 흡입하기 전의 일들은 선명하게 기억하는데, 그 뒤로 짧은 혼란이 있고, 그런 다음 아까 눈을 뜬 기억으로 이어집니다." 모턴은 붕대가 감긴 손을 내려다보았다. "그 시간은 내 경험에서 완전히 잘려 나간 듯한 느낌입니다. 하지만 나 자신은 전혀 잘려 나간 느낌이 없습니다. 이렇게 살 조각을 잘라 냈다고 해서 나를 잘라 낸 것은 아닌 것처럼 말입니다."

"절제 부위는 아픕니까?"

"아픕니다." 모턴은 시인했다. "하지만 견딜 만하고, 눈을 뜬 채로 수술을 받을 경우 직접 느꼈을 통증에 비하면 아무것도 아닙니다."

"그렇다면 성공이라 할 수 있겠군요." 할로는 결론을 내렸다.

"그렇다면 저도 여러분의 순회강연에 동참할 수 있을까요? 그리고 강연과 함께 이번 시연을 반복해도 되겠습니까?"

"대체 몸에 사마귀가 몇 개 더 있는 겁니까?" 할로는 농담을 했다.

"수술까지 반복하자는 얘기는 아닙니다." 모턴은 설명했다. "하지만 청중 중에 명망 있는 의사가 있다면, 기꺼이 무대 위로 초대해서 직접 검진해 보라 하겠습니다. 피부를 바늘로 찌르든지 뭐 그런 방법을 써서, 이 처치가 정말로 효과가 있다는 사실을 확인하게 하는 겁니다."

제시는 여전히 찜찜함을 씻을 수 없었지만, 모턴의 제안을 반박할 마땅한 논거가 떠오르지 않았다. 만약 레테온이 계속 이런 방식으로 작용하고, 그 후유증도 약한 구토제의 부작용과 별반 차이가 없다면, 이런 시연은 비록 일시적으로 의식을 잃더라도 육신과 영혼의 온전함을 유지할 수 있다고 사람들을 설득하는 데 큰 도움이 될 수도 있다. 스스로 자각 의식을 꺼버린 이 사내에게 하나님이 즉시 천벌을 내리지 않은 것은 부정할 수 없는 사실이었다. 따라서 무지와 노예제도와 어린아이를 생매장하는 악습을 막을 목적으로 이런 행위를 되풀이한다면 하나님도 틀림없이 관용을 베풀어 주실 것이라고 제시는 생각했다.

11

제시가 동료들과 함께 뉴베드퍼드의 숙소 제공자의 집에 도착했을 때, 그는 그곳에 와 있던 편지가 펠리시아가 아닌 미시간주 마켓의 잭슨 교수라는 인물이 보낸 것임을 알고 놀랐다. 제시는 편지를 뜯어 두 번 읽어보았고, 할로를 따로 불러내 그 내용에 관해 상의했다.

"이 사람은 모턴이 자기한테서 레테온을 훔쳤다며, 우리 셋을 상대로 소송을 걸겠다고 위협하고 있습니다."

할로는 동요하지 않았다. "나한테도 이미 같은 편지를 보냈네. 하지만 내가 상대하지 않으니까 이번엔 자네를 귀찮게 하기로 마음먹은 모양이군."

"하버드에서 모턴 씨에게 화학을 가르쳤는데, 거기서 '황산 에테르'라는 물질을 쓴 자신의 실험에 대해 모턴 씨와 토론한 적이 있다고 합니다."

"레테온과 같은 물질일 수도 있겠지." 할로는 인정했다. "하지만 그들이 그 특허권을 두고 다툰다 해도 우리하고는 상관없는 문제야. 사실 난 특허 자체가 인정 안 되면 좋겠네. 그래야 누구든 이 약물을 자유롭게 사용할 수 있을 테니까 말이야."

"알겠습니다." 제시는 이 소송 얘기가 단순한 허세이기를 바랐다. 어떤 결과가 나오든, 그는 그런 일에 휘말릴 여유가 없었다.

두 사람이 거실로 돌아오자, 모턴은 그들의 호스트인 엣지콤 부인과 함께 앉아 있었다. 모턴은 자신도 어떤 편지를 받았음을 알렸다.

"베드퍼드에 사는 헬렌 윌리엄스라는 부인인데, 이전 시연에 대한 신문 기사를 읽고 저한테 편지를 보냈습니다." 모턴이 설명했다. "충치가 심한 어금니를 뽑아달라는 요청이었습니다. 공개된 장소에서, 레테온을 투여받고 말입니다!"

나이 지긋한 과부인 엣지콤 부인은 만족스러운 듯 고개를 끄덕였다. "윌리엄스 부인은 나도 잘 아는 사람이에요. 그런 제안을 가볍게 하거나, 장난삼아 하실 분이 아니지요."

"그럼 함께 가서 만나보면 어떨까요." 할로가 모턴에게 제안했다. "우선 그분의 건강 상태가 괜찮은지 확인하고, 어떤 처치를 받게 될지 미리 설명해 두는 편이 나을 테니까요."

제시는 동료들의 부탁을 받고 시연에 쓸 적당한 의자를 구하러 나섰다. 베드퍼드의 치과 의사는 의자를 빌려주는 것을 거부했지만, 다행히 이발사와 합의를 볼 수 있었다.

그날 밤 강연장은 거의 만석이었다. 제시는 늘 해왔던 간증을 했다. 청중은 그의 말에 점잖게 귀를 기울였지만, 제시는 그들이 단순히 그의 증언을 듣는 데서 그치지 않고, 자기 눈으로 직접 확인해 보고 싶어 조바심을 내고 있다는 것을 알고 있었다.

할로가 연단에서 제시와 자리를 맞바꾸었다. "오늘 밤," 그는 말했다. "레테온의 효과를 경험하는 사람은 모턴 씨가 아닙니다. 대신 그는 정신을 온전히 유지한 채로, 한 자원자를 상대로 치과 치료를 행할 것입니다."

무대 옆에서 대기하고 있던 모턴, 윌리엄스 부인, 그리고 그녀의 남편이 연단으로 올라왔다. 군중 사이에서 불안한 듯한 웅성거림이 일었다. 윌리엄스 부인이 이발사 의자에 앉고, 모턴이 흡입기와 치과 기구를 올려놓은 카트를 그녀 곁으로 밀고 오자, 10여 명의 청중이 벌떡 자리에서 일어나더니 소리치며 항의하기 시작했다.

"조용히 해주십시오!" 할로가 간청했다. "이 부인은 고맙게도 여러분 앞에서 충치를 뽑아도 좋다고 허락해 주셨습니다. 고통이 없다는 점과 치료 자체가 무해하다는 점을 증명하기 위해서입니다. 그러니 예의를 갖춰주시기 바랍니다."

"살인자들에게 무슨 예의를 갖추란 말인가!" 한 남자가 대꾸했다. 그는 자리에서 일어난 상태였고, 이내 연단을 향해 걸어오기 시작했다.

제시는 그를 가로막으며 말했다. "선생님, 자리에 앉아주시든지, 아니면 나가주십시오. 강연장에서 소란을 피우는 것은 용납할 수 없습니다."

"3류면 3류답게 에드거 앨런 포나 읊고 있어." 사내는 경멸하듯이 대꾸했다. 그러자 항의하던 사내들과 몇몇 여자들까지 앞다투어 모턴과 그의 환자 쪽으로 몰려들고 있었다. 제시는 강연 중 연사들을 경호해 주겠다고 자청한 자원봉사자들을 찾아 강연장 내부를 둘러보았다. 자원봉사자들은 이미 몸싸움을 벌이고 있었지만 머릿수에서 밀리고 있었다.

"나가주십시오." 제시는 말했다. 사내가 그의 곁을 그대로 지나치려 하자, 제시는 사내의 팔을 붙잡아 등 뒤로 꺾고, 몸을 반대 방향으로 돌려 출입문 쪽으로 끌고 갔다. 문에서 몇 발짝 떨어진 곳까지 가서야 사내는 놀라움을 떨쳐 내고 저항하기 시작했다. 제시가 사내의 팔을 어깨 쪽으로 비틀자 그는 무릎을 푹 꺾고 저주를 퍼부었다.

잠시 후 사내는 강연장을 떠나는 데 동의했다.

제시는 연단 쪽을 향해 몸을 돌렸다. 자원봉사자들이 최선을 다하고 있는 동안 청중 속에서도 자발적인 조력자들이 나타나 스크럼을 짜고 "살인자!", "타락자!"라고 외쳐대는 사람들을 앞줄에서 막아 세우고 있었다.

제시는 마음을 단단히 먹고 거세게 항의하는 사람들의 줄로 다가갔다. 자리로 돌아가라고 한 사람씩 설득했고, 응하지 않으면 붙잡아 밖으로 끌고 나갔다. 피가 거꾸로 솟는 것을 느꼈지만, 최대한 차분하고 정중하게 행동하려고 노력했다. 심지어 얻어맞거나 침을 맞을 때조차도 꾹 참았다.

말썽꾼들을 모두 쫓아내고 문을 걸어 잠갔지만, 그중 몇 명은 여전히 문 앞에 남아 욕설과 위협을 퍼붓고 있었다. 자원봉사자들을 보니 대부분이 옷이 찢어졌거나, 얼굴에 멍이 들고 할퀸 자국이 나 있었다. 제시는 자신도 그들과 크게 다르지 않은 몰골일 거라고 생각했다. 팔뚝에 손을 대보니 소매 아래에서 뜨뜻한 피가 흘러나오는 것을 알 수 있었다. 어떤 여자가 모자 고정용 핀으로 찌른 곳이었다.

할로는 연단으로 돌아가서 괜찮냐는 듯한 눈길로 윌리엄스 부인을 보았다. "제 마음은 변하지 않았습니다." 그녀는 단호하게 선언했다.

시술이 시작되자, 강연장 안이 조용해졌다. 강연장 밖에서는 여전히 항의하는 소리가 끊이지 않았지만 말이다. 만약 윌리엄스 부인이 아닌 모턴이 공식 석상에서 도합 일곱 번째로 '살해'당하는 쪽을 택했다면 저렇게까지 거세게 항의했을지 궁금했다. 혹시 모턴은 협잡꾼이고, 잠든 척하면서 의사들이 바늘로 발바닥을 찔러도 참고 반응하지 않는 거라고 믿고 있었던 것일까. 아니면 윌리엄스 부인이 존경받는 공동체의 일원이며 마땅히 보호해야 할 대상이라는 점이 가장 크게 작용했을까. 향후에도 그녀를 볼 때마다 불편한 진실을 곱씹어야 한다는 사실을 직감했기 때문일까.

윌리엄스 부인은 레테온의 포옹에 몸을 맡긴 것처럼 보였지만, 모턴은 그녀의 손을 몇 번 꼬집어서 완전히 잠들었다는 사실을 확인했다. 그녀의 남편은 앞으로 나와서 시술을 돕기 위해 그녀의 머리통을 꽉 잡았고, 모턴은 플라이어로 발치에 착수했다. 문밖에서 들려오던 고함 소리는 사라졌고, 제시는 어금니가 뿌리째 뽑히는 소리를 틀림없이 들었다. 다행히도 어금니는 온전한 상태로 뽑혀 나왔다. 그러는 대신 조각을 내야 했다면 수술은 족히 1시간은 걸렸을 수도 있었다. 모턴이 피에 물든 어금니를 금속 접시 위에 떨어뜨리자 딸각하는 만족스러운 소리가 났다. 청중의 반수가 참았던 숨을 일제히 내쉬었다.

"나 역시 이 용감한 부인이 지금 가 있는 공허한 풍경을 경험한 적이 있습니다." 모턴은 그녀가 깨어나기를 기다리는 관객들을 안심시키려는 듯이 말했다. "그런 경험이 없었다면 나는 윌리엄스 부인의 영혼을 그런 기이한 유배지로 보낼 엄두를 내지 못했을 겁니다. 그리고 지금 내 옆에 서 있는 슬로스 씨야말로 내 앞길을 닦아주고 용기를 준 분입니다. 우리는 한 사람씩 이런 식으로 그 땅을 탐험할 수 있습니다. 그곳에서 돌아온 후 지도도, 스케치도, 일기도 남기지 못하지만, 우리가 안전하게 돌아왔다는 사실 자체를 차트에 기록할 수 있었습니다. 여기에는 드래건이 없습니다.※”

오늘 밤의 시연이 배우들이 꾸민 연극이라면 지금이야말로 윌리엄스 부인이 깨어날 완벽한 시점이었을 테지만, 그녀는 여전히 꼼짝도 하지 않았다. 제시는 사람들이 고개를 숙여 기도하는 것을 보았다.

“감히 하나님을 조롱하다니!” 한 사내가 문밖에서 절규했다. 이 커다란 외침이 마침내 잠자는 사람을 깨웠다. 윌리엄스 부인은 기침을 하고 눈을 떴다.

모턴과 그녀의 남편은 그녀를 돌보며, 물을 마시게 하고 나직하게 말을 걸었다. 잠시 후 그들은 윌리엄스 부인을 일으켜 세웠고, 그녀가 청중에게 직접 발언할 수 있도록 연단 앞까지 부축하고 나왔다.

“제 이름은 헬렌 엘리자베스 윌리엄스입니다.” 그녀가 말했다. “저는 1812년 9월 7일에 매사추세츠주 린에서 태어났습니다.”

그녀는 자신의 지금까지의 삶에 관해 자세히 설명하기 시작했고, 신앙 간증을 하고 가족에 대한 헌신을 강조했다. 제시는 그녀가 이 모든 얘기를 미리 준비해 왔는지, 아니면 즉흥적으로 말하고 있는지 확신할 수 없었다. 그러나 여전히 약간의 메스꺼움과 어지러움을 겪

※   중세 서양 지도에서는 미지의 영역에 ‘여기에는 드래건이 있다(Here, there be dragons)’라고 표시하는 관행이 있었다.

고 있는 기색이 역력함에도, 제시는 그녀의 말에서 생기와 꾸밈없는 진실성을 감지했다. 저 부인만큼 감동적으로 자기변호를 할 수 있었다면, 나도 부모님을 설득할 수 있지 않았을까?

윌리엄스 부인이 말을 마치자 청중은 박수를 쳤지만, 들떠 있기보다는 침울한 분위기였다. 청중 다수가 잘 알고 존경하는 이 여성은 공허한 무無로부터 아무런 해도 입지 않고 무사히 귀환했다. 그렇다면, 그들이 어쩔 수 없이 떠나보낸 사랑하는 사람들도 기회만 주어졌다면 그럴 수 있었다는 얘기가 아닌가.

12

제시는 병원에서 열린 시연회에 지각했다. 모턴은 앞줄에 제시의 자리를 예약해 두었지만, 계단식 수술 교실에 들어가 보니 이미 다른 사람이 그 자리에 앉아 있었다. 제시는 돌아서서 나가려 했으나, 뒤쪽 자리에 있던 한 신사가 손짓으로 빈 옆자리를 가리켰다. 제시는 고개를 끄덕여 감사의 마음을 표하고 그곳으로 비집고 들어갔다.

모턴은 이미 설명을 시작한 상태였고, 평소 하듯이 과장된 말투로 레테온의 효능을 자화자찬하고 있었다. 설명이 끝나자 외과 의사인 워런이 환자의 상태를 설명했고, 수술이 어떻게 진행될지를 알렸다. 워런의 설명은 동료 외과 의사들을 대상으로 한 전문적인 것이었지만, 제시는 이미 모턴과 할로에게서 개요를 들었기에 이해하는 것은 어렵지 않았다. 수술대 위에 누워 있는 사내는 목에 종양이 있었고, 워런은 그것을 절제할 예정이었다.

"《뉴욕 선》의 커스버트입니다." 제시에게 자리를 안내해 준 사내가 속삭였다. "분명히 어디선가 뵌 것 같은데, 정확히 어디서 그랬는지 생각이 안 나는군요."

"제 이름은 스티븐슨이라고 합니다." 제시는 대답했다. "워런 선생님의 조카딸과 결혼한 사이인데, 감사하게도 이 시연을 직접 견학할 기회를 주셔서 이렇게 왔습니다."

커스버트는 제시와 악수를 했다. "아내분의 숙부 되시는 분이 버지니아 사람이 아니라서 다행이군요." 제시가 무슨 뜻인지 몰라 곤혹스러운 표정을 짓자 그는 이렇게 덧붙였다. "어제 버지니아 의회에서 법안이 통과되었습니다. '모든 방식이나 약물에 의해 유발된 의식의 상실'은 이제 버지니아 주법에서는 죽음과 동등한 것으로 간주합니다. 따라서 우리가 지금 보고 있는 행위를 살인으로 간주하는 주는 이제 일곱 곳으로 늘었고, 이를 부추긴 사람들은 교수형에 처해질 수 있습니다."

"흠." 제시는 고개를 돌려 진행 중인 수술에 집중했고, 한때 상당한 악명을 떨쳤던 자신의 얼굴이 이 추문 폭로 기자의 기억 언저리에서도 정말로 사라져 버렸기를 바랐다. 매일같이 새로운 수면자들이 등장해서 신문의 가십난을 채우고, 그들이 망각의 강을 왕복하는 광경을 몇백 명의 시민들이 목격하는 것도 흔한 일이 되어버린 요즘, 일개 철도 노동자가 무덤에서 기어 나왔다는 황당한 이야기 따위는 곧 애들이나 좋아할 만한 유령담 반열에 오르게 될 것이다.

수술은 거의 1시간이 걸렸고, 모턴은 그동안 주기적으로 환자에게 레테온을 투여했다. 봉합이 끝나고 환자가 의식을 회복하자, 워런은 환자에게 어떤 기분인지 물었다.

"살짝 긁힌 느낌입니다." 환자가 대답했다. 유혈이 낭자한 수술을 자기 눈으로 목격했던 의사들과 기자들은 일제히 자리에서 벌떡 일어나 환호했다.

숙소로 돌아와 자기 방 의자에 앉은 제시는, 당장이라도 짐을 싸서 보스턴발 뉴욕행 기차를 타고 싶은 유혹을 느꼈다. 그러나 모턴과 할로가 아무리 워런과 다른 의사 동료들을 상대하느라고 바쁘다 해도, 제대로 작별을 고하지도 않고 자취를 감추는 것은 예의에 어긋나는 일이었다. 내일 아침 첫차를 타더라도 해가 지기 전에 펠리시아 곁으로 갈 수 있을 것이다.

문을 노크하는 소리가 들렸다. "누구세요?" 제시가 물었다.

"앤더슨입니다."

제시는 앤더슨을 방으로 들어오게 한 후 앉으라고 권했다. 앤더슨은 매사추세츠주에서 순회강연을 하는 동안 연사들을 경호하는 일을 도운 인물이었다. 아마도 그 역시 뉴베드퍼드에 사는 그의 가족에게 돌아갈 작정이고, 제시와 마찬가지로 작별 인사를 하려고 온 것이리라.

"모턴 씨에게 부탁을 하나 하려고 하는데, 혹시 도와주실 수 있을까요?" 앤더슨이 말했다.

"무슨 부탁인지?" 제시가 물었다. "모턴 씨가 어디까지 제 말을 들어줄지는 모르겠지만, 제가 할 수 있는 일이라면 하겠습니다.”

앤더슨은 말했다. “레테온 6회 분량이 필요합니다.”

제시는 당혹했다. “친구 여섯 명이 치통에 시달리고 있습니까? 그렇다면 치과 의사인 모턴 씨가 기꺼이 치료해 줄 겁니다. 일시적으로 통증을 피하게만 해 주는 게 아니라.”

앤더슨은 잠시 침묵하다가 지금부터 자기가 말할 내용을 절대 발설하지 않겠다는 맹세를 해달라고 제시에게 말했다.

“맹세합니다.” 제시는 이렇게 대답하며, ‘제 무덤에 걸고’라고 덧붙이고 싶은 충동을 억눌렀다.

“우리는 버지니아로 건너갈 계획을 세웠습니다.” 앤더슨은 털어놓았다. “모두 열 명입니다. 그중 둘은 우리가 이번에 목표로 삼은 농장에서 탈출한 사람들이라 그곳 상황을 속속들이 모두 잘 알고 있습니다.”

“스스로를 보호하려면 레테온보다 더 강한 것이 필요할지 않을까요.” 제시는 말했다.

앤더슨은 미소 지었다. “무기는 이미 충분히 갖고 있지만, 가급적 사용을 자제할 생각입니다. 실은 레테온을 써서 농장 주인들을 잠재울 계획을 세웠습니다. 그렇게 하면 우리의 형제자매 중 소수나마 해방시킬 수 있을 뿐만 아니라, 우리가 한 일을 증거로 남김으로써 그 어떤 유혈 사태보다도 큰 타격을 줄 수 있으니까요. 피 한 방울 흘리지 않고 노예를 소유한 농장주 가족을 법률상의 사자死者로 만들고, 그들이 잠들어 있는 모습을 찍은 근사한 다게레오타이프◈를 신문에

◈　1839년에 프랑스의 다게르가 발명한 최초의 사진술. 은판 사진.

발표하는 방법으로 말입니다."

제시는 그게 얼마나 도움이 될지 확신할 수 없었다. "소유주들이 죽더라도 유족이 그들의 이른바 '재산'을 상속하지 않나요?"

"맞습니다. 농장주 가족에게는 우리 손이 닿지 않는 친척들이 있죠. 하지만 법적으로 죽은 사람인 노예 소유주들이, 가난한 친척들이 자기들의 그 큰 재산을 넙죽 받아 가는 꼴을 가만히 보고만 있을까요?"

"관계자들을 모두 바보로 만드는 거군요. 법까지 포함해서." 제시는 이 대담한 계획에 감탄하지 않을 수 없었다. 그 농장을 습격한다고 해서 거기서 일하는 모든 노예를 해방할 수 없다는 사실은 가슴 아팠지만, 그만한 인원이 눈에 띄지 않게 한꺼번에 달아나는 것은 무리라는 점도 잘 알고 있었다.

"그렇다면 모턴 씨에게 레테온을 나눠달라고 요청하되 용도는 밝히지 말라는 겁니까?"

"모턴 씨가 비밀을 지킬 수 있을 것 같습니까?" 앤더슨이 물었다. "우리 목적을 털어놓고 레테온을 달라고 한다면 순순히 응할까요? 나쁜 사람은 아니지만, 모턴 씨가 그토록 애지중지하는 자기 발명품을 그런 일에 사용하는 것에 쉽사리 동의할 것 같지는 않군요."

제시는 곰곰이 생각해 보았다. "당신 말이 아마 맞겠지만, 달리 어떤 구실로 모턴 씨를 설득해야 할지 감이 안 오는군요."

"모턴 씨가 여기서 바쁘게 일하는 동안, 당신도 뉴욕에서 레테온의 효과를 시연해 보이겠다고 하면 어떻습니까?" 앤더슨이 제안했다. "이 좋은 소식을 더 멀리, 더 빠르게 퍼뜨리겠다고 하면?"

제시는 고개를 가로저었다. "워낙 애착이 강해서, 남한테는 절대 넘기지 않을 게 뻔합…." 제시는 퍼뜩 말을 멈췄다. "어쩌면 모턴 씨에게 부탁할 필요는 아예 없을지도 모릅니다. 다른 방법을 쓸 수 있을지도."

"다른 방법이요?"

제시는 아직 확실한 증거가 없는 상태에서 앤더슨에게 헛된 희망을 품게 하고 싶지는 않았다. "한나절만 기다려 주십시오." 그는 말했다. "제 짐작이 틀릴 수도 있지만, 확인하는 데 그리 오래 걸리지는 않을 겁니다."

할로는 황산 에테르가 '호프먼 물약'이라고 불리는 인기 있는 약의 성분 중 하나라고 말한 적이 있었다. 제시는 1시간 동안 보스턴 시내의 약국들을 뒤졌고, 마침내 문제의 약을 팔겠다고 하는 약제사를 찾아냈다. 물약 같은 혼합물이 아닌, 순수한 주요 성분만이 담긴 병 하나를 말이다.

한번 냄새를 맡아보는 것만으로도 레테온에 포함된 성분과 같다는 사실을 알 수 있었다. 그렇다고 해서 모턴이 발명한 레테온에 그 밖의 성분이 포함되어 있지 않다는 증거는 되지 않지만 말이다. 잭슨 교수는 황산 에테르만으로도 동물을 안전하게 잠재울 수 있다고 주장했지만, 제시는 효과를 확인하지도 않고 앤더슨에게 넘겨줄 생각은 없었다.

방으로 돌아온 제시는 상의를 벗고 셔츠 차림으로 의자에 앉았다. 그는 집주인이 마련해 준 목욕 타월 중 하나를 집어 들었고, 그것을 에테르에 적신 다음 자기 얼굴에 갖다 댔다.

에테르의 증기는 달콤하면서도 가장 진한 향수조차도 상대가 되지 않을 정도로 자극적이어서 금세 눈물과 콧물이 줄줄 흐르고 목이 따끔거렸다. 그는 기침을 하기 시작했다. 곧장 타월을 내팽개치고 타오르는 듯한 입천장을 타고 흘러내리는 끔찍한 맛을 모조리 뱉어 내고 싶은 충동을 억누르기 위해 남아 있는 자제력을 총동원해야 했다.

그와 동시에 머리가 어질어질한 느낌이 왔다. 그러자 증세 자체는 변하지 않았지만 불쾌감이 많이 줄어들면서, 그는 묘하게 행복하고 자유로운 기분을 느꼈다.

나를 매장하면 안 돼. 제시는 생각했다. 그렇게 입 밖에 내서 말하려고 해도 말이 나오지 않았다. 누군가가 이런 상태의 자신을 발견할 경우를 대비해서 메모라도 남겨놓았다면 좋았을 텐데. 그는 자신의 영혼이 단지 육신에 대한 결속을 느슨하게 풀고 있는 것인지, 아니면 레테온이 영혼에 스며들어 그 능력을 감소시키고 있는 것인지 가늠해 보려 했지만, 곧 그 해답을 찾으려 애쓰고 있다는 사실 자체가 이미 답이라는 결론에 이르렀다. 오감이 아득해지는 느낌과 함께 그를 희뿌옇게 감싸고 있던 기이한 황홀감조차도 마침내 끊어져 나갔고, 어둠 속에서 부유하다가, 추락했다.

13

처음에는 자세가 이상하다는 느낌이 전부였다. 그 어떤 것과도 결부되지 않은, 순수한 느낌. 다음 순간, 마치 먼지 알갱이 주위에 얼음 결정이 생겨나듯이, 상황의 다른 측면들이 의식 내부에 축적되기 시작했다. 그의 몸은 뒤틀린 자세로 의자 위에 축 늘어져 있었고, 얼굴을 덮고 있던 타월은 무릎 위에 떨어져 있었다. 목이 말랐고, 위가 딱딱하게 굳어 있었다.

제시는 눈을 뜨고 의자 옆에 두었던 양동이를 더듬어 찾았다. 구토를 마친 뒤 그는 회중시계로 시간을 확인했다. 반 시간 이상 의식을 잃고 있었다.

추웠다. 물이 담긴 대야를 가져와서 얼굴을 씻었지만, 눈 뒤쪽의 둔한 통증은 계속 남았다. 방 안의 먼지, 사이드보드와 벽 거울 위에 내려앉은 먼지는 그가 기억하는 것보다 두꺼워 보였다. 그게 아니라면 적어도 더 눈에 띄었다.

그는 태어나서 두 번째로 자신임을 멈췄고, 다시 시작했다. 그러나 이번에는 숨을 쉬기 위해 모든 신경을 집중할 필요도 없었고, 자신의 위업을 찬양할 군중도, 자신을 염려해 주고 참견하는 친구들도 없었다.

그는 멈췄고, 그런 다음 다시 시작했다. '그'라는 집이 침묵해 있는 동안, 그의 기억과 성격을 구성하는 가구와 물건들은 먼지막이 커버에 덮인 채로 고스란히 남아 있었지만, 그는 그것들을 안전하게 보관하기 위해 다른 곳으로 옮겨두지는 않았다. 모든 것은 예나 지금이나 그의 피부 아래에 보관되어 있었다. 영혼이란 단지 몸이 깨어 있을 때 몸이 느끼는 감각에 불과했다. 그가 잠들면 영혼은 사라진다. 그가 죽은 뒤에는 영원히 사라질 것이다.

제시는 외투를 입고 방 안을 청소하며 생각을 정리했다. 앤더슨은 미리 약속한 대로 5시 정각에 돌아왔다.

"계획은 잘 풀렸습니까?" 앤더슨이 물었다.

"예. 여기 있습니다." 제시는 그에게 병을 건넸다.

"모턴한테서 훔친 것입니까?"

"아니요." 제시는 자신이 무엇을 샀고, 그것을 어떻게 시험했는지 설명했다. "이 약의 비밀은 오래가지 못할 겁니다. 곧 국내의 모든 치과 의사와 외과 의사가 알게 될 테니까요. 모턴 씨는 결국 부자가 되지는 못하겠지만, 아마 이정표 몇 개를 세운 위인으로서 기억될지도 모릅니다."

"흐음." 앤더슨은 다른 생각에 잠긴 듯했다.

"버지니아의 노예 농장을 습격하는 계획 말인데," 제시가 말했다. "저도 참가할 수는 없을까요? 저는 군인은 아니지만, 필요하다면 거친 일도 마다하지 않겠습니다."

"실패하면 교수형인 걸 아실 텐데요?" 앤더슨은 미심쩍은 어조로 물었다.

"물론 저도 그런 걸 원하지는 않습니다. 하지만 이제 제 삶을 되찾았으니, 그냥 가만히 앉아서 모든 것이 잘되기만을 바라며 마냥 기도만 할 수는 없는 노릇이지 않습니까."

앤더슨은 웃음을 터뜨렸다. "도저히 열렬한 선동가의 언사라고 하긴 힘들지만, 그걸 가지고 뭐라 하진 않겠습니다. 중요한 순간이 올

때마다 알아서 잘 처리하는 걸 봤고요. 출발까지 엿새 더 남았는데, 동료들이 찬성한다면 자세한 계획을 알려드리겠습니다.”

제시는 펠리시아에게 편지를 썼다. 그녀를 속이고 싶지 않다는 마음과 그가 합류할 음모에 그녀가 연루될 위험 사이에서 균형을 잡으려 노력하며.

모턴의 시연, 특히 보스턴에서의 마지막 시연은 우리의 삶을 다시 올바른 궤도에 올려놓았다는 생각이 들어. 그래서 내가 가까운 시일 내에 충분히 존중받는 위치에 오르거나, 적어도 익명성을 되찾을 수 있다면, 아무 문제 없이 새로운 일자리를 얻을 수 있으리라는 희망을 갖게 됐어. 하지만 아직 처리해야 할 일이 조금 더 남아 있어서 2, 3주 뒤에야 당신에게 돌아갈 수 있을 것 같아. 다시 만나는 날까지, 매일 매 순간 내 마음속에는 당신이 있다는 걸 알아줘. 내가 매사에 힘을 내고 위로를 얻는 건, 곧 당신과 함께하리라는 것을 알고 있기 때문이야. 그리고 내가 나 스스로를 가치 있게 여기는 것은, 내 편을 들어주는 사람이 아무도 없을 때 오직 당신만이 내 곁에 있어줬다는 걸 기억하기 때문이야.

당신의 헌신적인 남편,
제시가

작가의 말
: 한국의 독자들에게

허블 출판사를 통해 나의 최신작 『잠과 영혼』을 한국의 독자들에게 선보이게 되어 매우 기쁘고 뜻깊다. 이 책에는 내가 근래 집필한 중단편 중에서도 특히 애착을 느끼는 작품들이 실려 있다. 수록작 중 일부는 팬데믹 기간에 사람들이 서로 돕고 협력하던 모습에서 영감을 얻은 것으로, 어려운 시기를 함께 헤쳐나가는 이야기를 담고 있다. 한국 독자들이 이 책을 즐겁게 읽어준다면 작가로서도 더 이상 바랄 것이 없겠다. 수록작 중 몇 편에 관해 짧게 언급하자면 다음과 같다.

고향으로 돌아가는 길

이 작품은 우주에서 예기치 못한 사고가 발생하는 상황을 다룬 앤솔러지를 위해 썼는데, 집필 당시 내 머릿속에는 오스트레일리아의 인디 록밴드 '크루얼 시Cruel Sea'의 동명 곡이 흐르고 있었다. 나는 주인공이 더없이 긍정적이고 행복한 상황을 만끽하고 있을 때, 그런 사고가 일어나는 순간의 대비를 묘사하고 싶었다. 그리고 달에서의 신혼여행보다 더 낭만적인 설정이 어디 있겠는가?

너 혼자서?

집단 지성이라는 개념은 개미나 벌에게는 유용할지 몰라도, 인간은 그와는 전혀 다른 존재다. 만약 누군가가 어리석게도 인간에게 그런 구조를 강요하려 든다면, 사람들이 어떤 방식으로 저항할지 상상해 보는 일은 내게 무척 흥미로운 경험이었다.

꿈 공장

이 단편을 쓰게 된 동기는 사람들이 소셜 미디어에서 반려동물을 마치 무대 소품처럼 이용하는 유행을 목격했기 때문이다. 어린 시절 이후 반려동물을 키운 적이 없지만, 그 광경은 풍자의 대상으로 삼기에 충분하리만치 충격적이었다. 한편, 동물의 의료 연구에 관한 논쟁은 복잡하다. 내가 어떤 의사에게 동물 실험에 관해 우려를 표했을 때, 개를 대상으로 한 초기 실험이 없었다면 모든 당뇨병 환자들은 여전히 사형 선고를 받은 것이나 다름없었을 것이라는 대답이 돌아왔다. 하지만 의료 연구를 위해 동물을 희생시키는 것과 반려동물을 존중하는 척하며 핼러윈 의상 따위를 입혀 억지 연기를 시키는 주인들의 행태는 전혀 다른 차원의 문제다.

잠과 영혼

이 중편의 시발점은 자신의 마음을 완벽하게 복제한 로봇이나 프로그램이 진짜 '나'일 수 있는가 하는 의문에 대해 사람들이 보여주는, 미신이라고밖에 볼 수 없는 반응이었다. 그러나 우리의 몸 역시 매 순간 같은 정보를 유지하려고 애쓰는 불완전한 시스템일 뿐이다.
만약 사람들이 자신의 육체가 '잠'이라는 거대한 의식의 단절을 가로
질러 정체성을 유지하는 방식에 대해서도 똑같이 미신적인 태도를 보
인다면 어떨까?

그렉 이건

옮긴이의 말

Q: 당신의 포스트휴먼 소설은 컴퓨터화된 하이브 마인드나 특이점 같은 SF적 장치를 쓰는 것을 피하는 경향이 있습니다. 그러는 이유가 무엇인가요?

A: 개미 군락과 유사한 어떤 집단의식을 가진 외계 종족은 상상할 수 있지만, 디지털화되었든 아니었든 간에 우리 후손들이 그와 비슷한 존재가 되고 싶어 하는 상황은 상상하기 힘들군요. 인류는 협업과 소통을 위해 비약적으로 향상된 도구를 만들어 낼 수는 있겠지만, 그것은 집단 지성과는 상이한 것입니다.

'컴퓨터화된 집단 지성'이라는 장치에 관해서는, 대부분 잘못된 유추에 기초한 판타지에 불과하다고 생각합니다. 마치 가상의 지성적 개미 군락처럼, 다수의 인간 수준의 지성을 무엇인가와 조합해서 단일 인간보다 '더 세련된' 무언가가 될 수 있다는 식의 유추 말입니다. (중략) 특이점 역시 이와 같은 종류의 잘못된 유추에 기인하고 있습니다. 우리가 디지털화될 수 있다면 우리의 정신이 더 빨라지고 효율적이게 되며 오류에 대해서도 저항력이 늘어날 가능성에는 동의하지만, 저는 특이점이라는 단어가 내포한 '초월'의 뉘앙스, 즉 우리보다 질적으로 우월한 형태의 의식이 생겨날 것이라는 믿음을 정당화할 수 있는 설득력 있는 근거를 찾지 못하겠습니다.

—그렉 이건 인터뷰, 2014년

『내가 행복한 이유』와 『대여금고』에 이어 2년 만에 출간되는 세 번째 한국어판 오리지널 작품집인 그렉 이건의 『잠과 영혼』을 독자 여러분에게 선보인다. 이번 책은 이 작품집의 저본底本이 된 동명의 중단편집 『잠과 영혼』(2023)에 실린 열 편 중 다섯 편에, 단편 「크리스털의 밤」(2008)을 위시한 중기의 대표작 네 편을 더한 일종의 걸작선 체제를 취하고 있으므로, 지금까지 한국에 소개된 그렉 이건의 작품집 중에서는 실질적으로 가장 최근의 경향을 보여준다고 해도 무방하다. 한국어로 번역 소개하는 과정에서 그렉 이건의 주요 중단편집인 『행동 공리』(1995), 『루미너스』(1998) 및 『오셔닉』(2009) 원서의 연대기적 수록 방식을 답습하지 않은 것은 40편에 달하는 중단편들을 순차적으로 번역 소개하는 것이 분량상으로 현실적이지 않은 탓이기도 하지만, 그와 동시에 작품의 시의성과 주제의 연속성을 한국 독자들에게 더 효과적으로 전달할 수 있는 자체 편찬 쪽을 편집부와 기획자인 필자가 선호했기 때문이기도 하다.

534

21세기 최고의 하드 SF 작가로 명망 높은 그렉 이건은 과학적 논리에 대한 천착이 소재 선택에까지 큰 영향을 끼친다는 맥락에서 비슷한 평가를 받는 테드 창보다 한층 더 '하드'하다는 평이 일반적이었지만,『잠과 영혼』원본에 포함된 2020년대의 작품들은 20여 년에 걸친 꾸준한 장편 집필을 통해 응축된 작가의 생득적인 '문학성'이 일종의 임계점에 달해 꽃을 피운 결과라고 해도 과언이 아니다. 표제작인 중편 「잠과 영혼」(2021)을 예로 들자면, 그렉 이건의 작품 중에서는 보기 드문 19세기의 미국을 무대로 한 대체역사물 내지는 평행 우주물로 분류할 수 있지만, '작가의 말'에서 볼 수 있듯이 이 작품을 쓰게 된 계기는 마인드 업로딩과 정체성과 관련된 일반인들의 '미신'에 대해 느낀 인지적 위화감 내지는 불쾌감(!)이었음을 확인할 수 있다. 그럼에도 불구하고 「잠과 영혼」의 등장인물들의 행동 방식—이 세계의 인간들은 생리적으로 더 이상 잠을 잘 필요가 없는 방향으로 진화했고, 그에 따라 야간 활동에 편리한 "고양이를 닮은" 수직 동공을 가지게 되었다는 부분을 제외하면 전형적인 19세기 미국인들이다—은 그들의 문화적, 역사적 배경의 자연스러운 산물이며, 그런 맥락에서 지극히 논리적인 동시에 문학적인 장치로서도 완벽하게 기능한다. 기존의 작품들에 비하면 이 중편은 오히려 대체 빅토리아 시대를 무대로 한 테드 창의 「일흔두 글자」(2000)와 비슷한 결을 가지고 있으며, 사고실험적인 측면 못지않게 설정 면에서 자기 충족적인 '중편소설'로서의 체제를 갖추고 있다는 점에서 특기할 만하다. 극언하자면 일반 독자들도 딱히 그렉 이건이 쓴 하드 SF라는 선입견이랄까, 마음의 준비 없이도 이 소설을 바로 읽고 '즐길' 수 있다는 뜻인데, 작가 특유의 현기증을 유발하는 과학적 사유에 익숙한 기존의 애독자라면 바로 이 지점에서 또 다른 의미의 '센스 오브 원더'를 경험할 공산이 크다.

같은 맥락에서 2020년대 이후 쓰인 작품들은 서사적인 측면에서도 지극히 매력적이며, 궤도 엘리베이터의 변종이자 실제로 존재하는 우주공학 개념인 스카이훅이 등장하는 「고향으로 돌아가는 길」(2019)과 뉴럴 네트워크와 (존재하지 않는) 집단 지능을 다룬 「너 혼자서?」(2020)의 결말 부분 역시 놀랄 정도의 서정적인 울림을 자아낸다. 지구 온난화를 부인하는 음모론에 빠진 과학자의 사적인 테러 행위를 다룬 「크라이시스 액터스」(2022)의 경우는 아마 이 작품집에서 가장 시의성이 높은 작품이라고 할 수 있는데, 작가 본인의 난민 지원 활동 경험을 바탕으로 하면서도 미디어에 잠식된 현대의 가짜 뉴스와 '미신'의 문제를 향한 냉소적이면서도 왠지 동정적인 시선이 씁쓸한 여운을 남기는 수작이다. 개인적으로 필자가 최상의 '고양이 SF' 중 하나로 꼽는 「꿈 공장」(2022)의 말미에 이르러 이런 정서적인 경향은 최상의 형태로 발현되며, 이 단편의 집필 동기에 관한 작가 본인의 일견 드라이한 설명조차도 작품의 기반을 이루는 필연적인 정조情操의 일부임을 극명하게 보여준다.

한국어판 『내가 행복한 이유』에 실린 중편 「루미너스」(1995)의 직접적인 속편인 「암흑 정수」(2007)와 초기 작품에 해당하는 「방랑자의 궤도」(1992)는 수학적 논리가 일종의 하부구조인 동시에 꿈의 언어처럼 작용하고 있다는 공통점을 가지는 수학 SF이며, 극대화된, 글자 그대로 경천동지할 상상력에 내포된 철저한 논리 구조가 내러티브조차도 압도하고 있다는 점에서 아마 가장 '이건적'인 작품일지도 모른다. 「루미너스」와 비슷한 시기에 쓰인 「미토콘드리아 이브」(1995)는 아마 이번 책에서는 가장 해학적인 작품일지도 모르지만, 집필 계기가 유전공학의 탈을 쓴 유사 과학적 신비주의에 대한 '불쾌감'에서 비롯되었다는 사실에서 중편 「잠과 영혼」과의 밀접한 관련성을 엿볼 수 있다.

비교적 최근에 쓰인 단편 「크리스털의 밤」(2008)은 SF 문학의 단골 소재 중 하나인 포켓 우주의 효시로 유명한 에드먼드 해밀턴의 「페센덴의 우주Fessenden's Worlds」를 방불케 하는 스릴 넘치는 플롯에 인공 생명의 진화에 관한 최신 사유를 결합한 걸작이다. (여기서 '크리스털'이란 본문에서 언급되는 광자 컴퓨팅 소재를 가리키지만, 그와 동시에 나치에 의한 홀로코스트의 서막이었던 1938년의 '수정의 밤Kristallnacht' 또는 '깨진 유리의 밤'에 대한 언급일 수도 있다.) 지능을 가진 인공 생명체 개념에 대한 그렉 이건의 회심回心을 다루고 있다는 점에서, 또 장편 『쿼런틴』(1992)의 연장 선상에서 그가 쓴 최고 걸작 중 하나로 꼽히는 장편 『순열 도시』(1994)에 대한 성실한 윤리적 '해답'이라는 점에서 여러모로 큰 의미가 있는 작품이기도 하다. 왜냐하면 『순열 도시』를 발표하고 나서 가장 후회되는 점은 무엇이냐는 인터뷰어의 질문에 대해 그는 다음과 같이 대답했기 때문이다.

"제가 가장 후회하는 점은 오토버스 내에서 지적 생명체가 진화하도록 방치한다는 아이디어를 무비판적으로 다루었다는 사실입니다. 물론 이는 SF에서 흔히 쓰이는 소재이긴 하지만, 몇 년 뒤에 다시 곰곰이 생각해 보니, 실제로 이런 일을 벌이는 자가 있다면 그는 분명 도덕적으로 완전히 파산한 상태일 것이라는 결론에 도달했기 때문입니다. 이런 방식으로 미생물에서 지적 생명체에 이르기까지 진화가 진행되려면, 그 과정에서 수십억에 달하는 지각 있는 생명체들이 삶과 죽음을 반복하며 투쟁하고 고통받는 엄청난 양의 고난이 수반될 수밖에 없습니다. 설령 우리 인류의 조상들이 실제로 그러한 과정을 겪어왔다 할지라도, 그것이 우리에게 타자에게 동일한 종류의 고통을 가할 권리를 부여해 주지는 않으니까 말입니다."

김상훈(SF 평론가, 번역가)

그렉 이건 저작 목록

장편소설

An Unusual Angle (1983) | Quarantine (1992) | Permutation City (1994) | Distress (1995) | Diaspora (1997) | Teranesia (1999) | Schild's Ladder (2002) | Incandescence (2008) | Zendegi (2010) | The Clockwork Rocket (2011)* | The Eternal Flame (2012)* | The Arrows of Time (2013)* | Dichronauts (2017) | The Book of All Skies (2021) | Scale (2022) | Morphotrophic (2024) (*〈Orthogonal〉 3부작)

중·단편집

Axiomatic (1995) | Our Lady of Chernobyl (1995) | Luminous (1998) | Dark Integers and Other Stories (2008) | Crystal Nights and Other Stories (2009) | Oceanic (2009) | The Best of Greg Egan (2019) | Instantiation (2020) | Sleep and the Soul (2023) | Phoresis and Other Journeys (2023)

잠과 영혼

초판 1쇄 펴낸날 2026년 3월 11일
초판 2쇄 펴낸날 2026년 3월 25일

지은이   그렉 이건
옮긴이   김상훈
펴낸이   한성봉
편집   안태운·김학제·박소연
콘텐츠제작   안상준
디자인   최세정
마케팅   오주형·박민지·이예지·정효인
경영지원   국지연·송인경
펴낸곳   허블
등록   2017년 4월 24일 제2017-000050호
주소   서울시 중구 필동로8길 73 [예장동 1-42] 동아시아빌딩
페이스북   www.facebook.com/dongasiabooks
인스타그램   www.instagram.com/hubble_books
X(트위터)   x.com/in_hubble
전자우편   dongasiabook@naver.com
블로그   blog.naver.com/dongasiabook
전화   02) 757-9724, 5
팩스   02) 757-9726

ISBN   979-11-93078-80-8 03840

※ 허블은 동아시아 출판사의 문학 브랜드입니다.
※ 잘못된 책은 구입하신 서점에서 바꿔드립니다

만든 사람들

편집   김학제
크로스교열   안상준
디자인   석윤이
본문조판   최세정